新蜀门

上

吴尔芬
自在天
著

SPM
南方出版传媒
广东人民出版社
·广州·

图书在版编目（CIP）数据

新蜀门 / 吴尔芬，自在天著．— 广州：广东人民出版社，2019.1
ISBN 978-7-218-13082-8

Ⅰ．①新… Ⅱ．①吴… ②自… Ⅲ．①长篇小说—中国—当代 Ⅳ．①I247.5

中国版本图书馆 CIP 数据核字（2018）第 164451 号

Xin Shu Men
新蜀门
吴尔芬 自在天 著

出 版 人：肖风华

责任编辑：马妮璐 刘 宇
责任技编：周 杰 易志华
封面设计：九 五

出版发行：广东人民出版社
地 址：广州市大沙头四马路 10 号（邮政编码：510102）
电 话：（020）83798714（总编室）
传 真：（020）83780199
网 址：http://www.gdpph.com
印 刷：天津旭丰源印刷有限公司
开 本：787mm×1092mm 1/16
印 张：44 **字 数：**786 千
版 次：2019 年 1 月第 1 版 2019 年 1 月第 1 次印刷
定 价：78.00 元（全二册）

如发现印装质量问题，影响阅读，请与出版社（020－83795749）联系调换。
售书热线：（020）83795240

新蜀门

目录

新蜀门

目录

第一章 ｜ 魔鬼开口

凤凰！罗紫烟又见到那群凤凰！它们体覆五彩、翼展遮天，像一道五彩的旋涡，盘绕在一条大汉的头顶。

大汉双掌擎天，巍然而立，氤氲白气从他身上蒸腾而起，化为雪花碎末，转瞬即逝。

片刻，一声凤鸣啼破苍穹，五彩旋涡突然凌空落下，洪流般向大汉倾泻。

大汉冷哼一声，一拳向天打去。

“轰——”

周遭的群山同时一跳，左侧高峰上的积雪奔腾如千军万马，右侧红色岩峰上的乱石则是滚落似疾风暴雨。

与此同时，空中的凤凰们，身子都像被点燃一般，蹿起一团团火。它们呼啸一声，汇为一股巨大的火流，直冲向地面的大汉，瞬间将他淹没。

摇曳的焰火，映红了战栗的群山。

……

“啊，好热！好热！”

罗紫烟惊恐地大叫着，手忙脚乱想去扑火，耳边却传来一声急叫：“小烟！小烟！”

叫声很远又很近，罗紫烟猛地睁开眼，看到司明就在眼前，他俊朗的脸上挂着密集的汗珠，眼里满是焦急。

看到罗紫烟终于醒来，他长舒了一口气，柔声说道：“又做梦了？没事的，没事的。你的额头好烫。”

说着，他拿出一支温度计，笑眯眯说道：“来，让我们一起玩读数游戏。”

“啪！”

罗紫烟一甩手，递来的温度计立即掉地，碎成数块。

“司明！我再告诉你一次！我精神没有问题，少把我当小孩哄！”

司明怔了怔，旋即大笑：“哈哈！我们著名的漫画家小烟，怎么可能是小孩呢？”

他利索地扫掉温度计碎片，又变戏法似的捧来一碗水，笑道：“口渴了吧？来，喝水。”

罗紫烟大感无语，瞟了那碗水一眼，“你以为我不知道，水里有阿立哌唑片和喹硫平片吧？我说了，我没有精神狂躁症！你干吗一定要把我当病人看？我看你才有病，无可救药！”

司明脸色僵了僵，又哈哈大笑道：“我的小烟越来越厉害了，真的是什么都瞒不过你。”

说着，他抱起罗紫烟，将她放在床边一张皮躺椅上，“来，躺下，我给你按摩。”

司明满脸笑容，却让罗紫烟心中怒火腾腾，她霍地站起来，“你这蠢货！我告诉你多少次了！这所谓的精神病按摩椅，根本不是什么高科技产品，你那两万块掉水里了！掉了也就算了，干吗非要让我像傻子一样躺在上面呢？”

司明怔怔地看着罗紫烟，突然大笑起来，猛地一把抱住罗紫烟，在她额头上狠狠亲了一下，“我的小烟，原来你什么都记得，看来真的没事了！”

这一记温柔，浇灭了罗紫烟心头的怒火。她叹了口气，紧紧抱住司明的腰，“司明，你真的爱我吗？”

司明愣了下，半跪下来，深情仰视着罗紫烟，“小烟，你难道不知道，你是我这个世界上唯一的亲人了吗？”

“也是！现在如果连你也不相信我，我真不知该向谁倾诉了。”顿了下，罗紫烟缓缓道，“我刚才又梦到那群凤凰了……”

罗紫烟迫不及待地把梦境复述给司明，但刚说到一半，就捕捉到司明眼里闪过的一抹不耐。

“怎么，你还是不相信我是吧？”罗紫烟突然尖叫起来。

“不是不是！小烟，你这些话都讲了上百遍了，我都能倒背如流了。”

“你不懂！虽然每次做梦的开头都是一样，但每次到后面都会有新东西，像这回，我发现空中那群凤凰，原来是在跟一个人在战斗，战斗得好激烈……”

“好了小烟！自从你开始构思那个仙侠题材的漫画后，你就陷进去了，分不清幻想和现实了。无论如何，你都不能再这样了。”

“我怎么样了？”罗紫烟像只母豹子似的看着司明。

司明迟疑了下，猛地指着罗紫烟身上那一件厚棉袄，“你看现在都什么季节了，你还把自己裹成这个样子！你有多久没洗澡？多久不让我靠近了？你这里真的有问题。”

罗紫烟再也忍不住，“啪”地一掌掴在他脸上。

司明呆住了。

“你不明白是吧？我让你看看！”

罗紫烟猛地脱掉棉袄，几乎是赤身呈现在司明面前。司明呆住了，“小烟，你，什么时候纹身的？”

只见罗紫烟那裸露的胸与背上，爬满斑斓而又古怪的纹理，一道道一条条极为扎眼。

“这不是纹身，是自己长出来的！自从我做了那个该死的梦后，它就长出来了，做一次梦长一些！这不是普通的梦，它肯定在昭示着什么！可我怎么跟你说呢？”罗紫烟愤怒地看着司明，眼泪在眼眶里打转。

“你早该跟我说的，小烟，你这是皮肤病，怎么能耽搁呢？我去找医生，还要通知你妈快过来！”司明突然着急万分，一溜烟转身出去。

等罗紫烟回过神来，门已经“哐当”地关上，并从外面锁上。

“浑蛋，这不是皮肤病！这肯定是某种提示，你怎么不相信我呢！”罗紫烟再也忍不住，坐在地上号啕大哭起来。

但只是片刻工夫，她便擦干眼泪，神情变得分外决绝，“你不相信我！我也不用你相信！哼！我自己去弄个明白！”

说着，罗紫烟拿起手机，打通一个电话，“喂？开锁的吗？我被误锁在家里，地址你记下……”

半年前，罗紫烟和司明是让人羡慕的一对。

罗紫烟是厦门本土著名的美女漫画家，创作的一部考古探险作品长期占据漫画网站畅销榜。而司明则是省级散打队的主力，国内赛事冠军几乎是拿到手软。

两人珠联璧合，爱情长跑将近八年，本约定年底举行婚礼。

但半年前，一个古怪的梦突然侵入罗紫烟的生活，打破了她对生活的所有美好期许。作品断更了，她变宅了，每天还神神道道说一些司明听不懂的话。

司明眉宇间的忧虑与日俱增，他不再出战赛事，而是整天变着戏法哄罗紫烟开心，为她寻医问药，两人几乎天天腻在一起。

但罗紫烟对他的排斥，却是日益激增。

现在，她不辞而别，一个人来到这片广阔的天地之中，看着寂寥的群山，不由自主又想起司明来。但看着手机未接电话中，那个熟悉的号码背后缀着的上百个红色数字标记，她却没有回拨的冲动。

“告诉你我到了阿尔泰山，你肯定会认为我疯了，算了，还是靠自己吧！”

心念一转，罗紫烟关了手机，大步走向绵延无边的阿尔泰山。

阿尔泰山横亘在西北边陲，贯通中、俄、哈、蒙四国，无数冰峰雪峦在此巍峨耸立，阴阳割昏晓。

每当日过天中，这条山脉就会进行一场长达数千平方公里的光影轮换。上午阳光明媚的地方，会被昏晦逐渐吞噬，而本是阴暗的区域，则开始铺上金闪闪的光。直到夜幕完全降落大地，这场日复一日的光影轮换才会结束。

而罗紫烟，已经目睹了五次这样的轮换。

她现在非常后悔，后悔低估了困难，后悔没多买个移动电源、没多带点干粮、没规划好路线……她感觉自己就像一叶被丢在太平洋中心的小舟，无论东南西北，都是绝望的方向。

来时满满的背包已变得松松垮垮，仅剩的牛肉干、压缩饼干和浓缩牛奶，最多再支撑两天。而她最缺的其实是体力。连日把崇山峻岭和溪流沟壑集中征服个够，她走路腿都会打战。

但是，梦中那个地方到底在哪里?

搭载厦航飞机落到乌鲁木齐地窝堡机场后，罗紫烟在去北疆喀纳斯的路上，用APP约了个专业向导，请对方带自己进阿尔泰山。但次日，她就把向导给炒鱿鱼了，因为对方说什么也不敢进入阿尔泰山深处。

罗紫烟可不是盲目到这里的，她是输入了几百个关键词，浏览了数万张网络照片，才确定梦境发生地，很像是在阿尔泰山中的。

一进入阿尔泰山，她更肯定自己的判断无误。因为这里的山山水水，处处都给她似曾相识的感觉，冥冥中更像有种力量，牵引着她的脚步，给予她一条路走到黑的勇气。

只是，山一程，水一程，腿都走软了，路却似乎永无尽头。

自信，也开始像风中残烛，随时会熄灭。

“扑通！”

背包掉落地上，罗紫烟也一屁股坐在地上。疲乏像一张网，牢牢网住了她。

“那个鬼地方到底在哪里？”仰望着蓝天白云，罗紫烟无力地闭上眼。

一进入阿尔泰山，那个梦就不再出现，而她几乎也没怎么睡，神经总是绷得紧紧的，生怕会与传说中的棕熊、雪豹或者是狼狭路相逢。

但她现在实在太困了。刚眯上眼不久，一阵怪异的声响就传来，罗紫烟悚然惊醒过来，吓得一跳而起。

十几只猎隼正包围着她的背包，争相啄食着包里的食物。

这种北疆天空的王者，个头大且爪尖嘴利，极其凶猛。不过，罗紫烟一愣之下，还是抓起一把石头丢了出去。

“哗啦！”

猎隼们受惊，纷纷腾空飞起。但旅行包已被劫掠一空。

饥饿很快攫住罗紫烟的胃，让她不由得想起厦门那香喷喷的烧肉粽、风味独特的沙茶面、让人大快朵颐的同安封肉、简直香到骨子里的姜母鸭……以及司明的黑暗料理。

司明的厨艺不好，但非常乐于给罗紫烟献一手。以前罗紫烟总是各种嫌弃，但现在她觉得自己可以吃三四碗饭。

从吃的，她又想起司明来。凭良心说，司明真是中国好男友。他有着让女人尖叫的健硕身材，更有着女人都想要的温柔与体贴，简直就是传说中的美男与暖男的合体。最重要的是，他还对罗紫烟爱得深沉，从没对她说过一次重话。唯一一次红脸，还是被罗紫烟一巴掌甩出的。

罗紫烟突然有些恨自己，就算司明不相信她说的也正常啊，她没必要给他一巴掌啊。想到这儿，心痛盖过了胃的空虚。

日头再次西沉，罗紫烟感觉自己的生命正步着太阳的后尘，即将消失于天地间。她再次坐在一块石头上，感觉魂魄正一丝丝抽离身体。

当夜幕完全降临，罗紫烟突然发现，远处山中正蹿起一片火光，映红了夜空的一角。

“不会是临死前的幻觉吧？”虽然是这样想，罗紫烟还是像扑火的飞蛾那样，径直朝着那亮光走去。

半个小时后，红光就在眼前。

罗紫烟发现自己进入一座红彤彤的山谷，这里到处都是红色的峰林，大小不一，高低各异，犹如千姿百态的火花，盛开在阿尔泰山夜的深处。

罗紫烟虽是漫画家，但大学修的却是考古专业，对地质学颇有了解，一眼就认出这是片火山地质玄武岩。

她在地上坐下，刚要再睡会儿，一抬眼看到山谷左侧远处，立着一片巍峨雪峰，再看右侧，是众多红色的岩峰。

“是……这里！”罗紫烟突然跳了起来，全身激动得战栗个不停。

虽然地形变化不小，但从这些熟悉的红岩山与雪峰来看，这里与梦中凤凰与大汉交战地极其相似。

一刹那，罗紫烟打了鸡血般快速穿行在玄武岩中，她要寻找更多的证据。

在山谷深处，罗紫烟看到一座由大大小小红色岩石堆垒而起的巨石堆。

石堆底部特别大，罗紫烟足足用了十分钟才绕着它走完，而石堆的高度则在百米以上，看起来就像是一座乱石堆成的金字塔。

在阿尔泰山山脉里，散落着多处这样的巨石堆，其来源一直没有统一的定论。而且据说很多巨石堆的摆放结构和纹样，与全球发现的神秘“麦田圈”的图样和形状都差不多。而麦田圈可是当代最神秘的未解之谜之一，很多人坚信它的制造者是UFO。

就算是考古专业高材生，罗紫烟仍认为巨石堆绝非目前科学能解释的。

此时，一轮圆月正起于东方。借着月光，罗紫烟突然发现石堆底下的大石块表面，都有着醒目的纹理。她趴了下来，只看了几眼，血液就沸腾起来。

她身上近几个月长出来的纹理，竟出现在万里之外的阿尔泰山深处！

巨石堆底部的每块石头上面，都有着明显的纹理。除了部分跟罗紫烟身上的纹理一样，还有一些模糊的画面，虽然笔画粗劣，但作为漫画家的罗紫烟，仍能清楚地辨认出其中的内容。

画中内容，简直就是梦境的简笔画呈现。而且，不仅包含罗紫烟梦到的内容，还有一些是她没有梦到的。

罗紫烟最后一次的梦，停留在那大汉被浴火的凤凰群淹没的时候。

而从岩画上来看，事情并没有就此结束。因为随后从冲天大火中，传出大汉无穷无尽的宏伟之力，震得天火漫空飞蹿，横扫四方。大地更加震荡不止，雪峰摧折，乱石激射，空中到处是被天火点燃的火石球。

而凤凰群所形成的火球则是越扩越大，犹如爆炸的原子弹，所过之处石头立即为齑粉。

直到很久之后，这毁天灭地的火团才逐渐弱了下去，但凤凰群也跟着消失。唯有充盈天地的尘埃，纷纷沉落，在火团升起的地方重新堆积出一座座峰林。

这一幕，被一个躲在远方的原始部族目睹。他们视能与凤凰激战的人为天神，所以在岩画里，那大汉被画成一个与山峰齐高的巨人。

当热焰与尘埃都冷却，大地重新恢复平静的时候，那原始部族在遗址上建了这座巨石堆，并把当时的情景用岩画记录下来。

这一切被时光掩藏在阿尔泰山深处，如果不是罗紫烟被梦境吸引过来，只怕永远无人知晓。

那个与凤凰交战的人到底是谁？他们为什么交战？自己为什么会做这个梦？

罗紫烟发现知道得越多，疑问越多。

突然，她发现巨石堆顶部有什么在闪光。刚开始罗紫烟以为那是月亮，但一抬眼，却看到月亮还在东边慢吞吞地往上爬。

罗紫烟想也不想就攀着突出的石头，小心往上爬。

光华，来自巨石堆顶部一块半圆形的石头。

罗紫烟凑近后才发现，发光的不是玉石，而是沉于玉中的一片羽毛状的东西。

“这是……凤羽！”

罗紫烟呆呆地看着那羽毛，与梦中的凤羽一模一样，夺目光华让美玉都相形见绌。

罗紫烟不由得拿起那块玉石。

玉石刚入手，突然“啪”地碎裂开来，内中那根凤羽，“嗖”的一声，直飞入罗紫烟口中。

“啊——”

罗紫烟手忙脚乱想把羽毛抠出来，但什么也没有抠到，嘴里也感觉不到丝毫异常。

与此同时，脚下“轰隆”一声，本来结实的巨石堆簌簌松动。

“不好！”罗紫烟大惊，本能地想稳住身子，脚下却是一空，巨石堆已经垮塌了，大大小小的红色岩石像被赶的鸭子，乱哄哄朝着四面奔去。

罗紫烟感觉脚下像踩了弹簧一般，不由自主地跟着乱石直往下冲，耳边是石头磕碰声、大地呼啸声，眼前则是天旋地转。远方的玄武岩柱，正像骨牌一般依序往她所在的方向倒塌过来。而更远处高峰上的积雪，则化为数股洪流，千军万马般滚滚而下。

石堆散、柱倒、雪崩！

天地仿佛要颠了过来，罗紫烟眼前一黑，没了意识。

不知过了多久，罗紫烟感觉自己像在坐船，身子来回颠簸着，耳边还有“哗啦”的水声，脸上也是水渍渍的。

她吃力地睁开眼，看到浓密的乌云低低地压在眼前，雪片儿不断飞洒下来。

雪片落到脸上，立刻就变成水珠滴落下来。所以，她脸上没有雪，只有水。而她的身子，则是在无边无际的雪地里缓缓移动着。

罗紫烟视线下行，发现自己裹在一条厚厚的毛大衣里，双腋下套着的绳子正拉着她在雪地上滑行。

怎么回事？

疑惑之际，空中突然传来一声尖啸，一道黑影闪电般扑来。那是一只壮硕的猎隼，大概饿急了，竟把罗紫烟当作猎物了。

罗紫烟想躲，哪里来得及？

“砰——”

空气猛烈震动了下，一溜烟火升空而起，猎隼吓得一个掉头消失在乌云白雪之间。

罗紫烟吃惊地坐起来，发现身后站着个人，肩头挂着绳子，绳子一头就连接在他腋下。此时，那人正端着把双筒猎枪指着空中，枪口往外散发着一缕青烟。

看到罗紫烟坐起，他突然大叫一声，踩着没膝深的雪向罗紫烟冲来，二话不说就把她搂住，哽咽叫道：“小烟，你醒了？你醒了！”

是司明！他只穿一件普通大衣，头上也就包块毛巾而已。显然，防寒装备都穿到罗紫烟身上了。

罗紫烟心头一暖，但想起之前的事，身子一扭，挣开他的怀抱，“别碰我！我是精神狂躁症患者！”

司明僵了僵，赔笑着凑过来，“小烟，你这气从厦门到新疆，还没消啊？我知道错了……”

他这副低姿态，温言软语让罗紫烟特别受用，加上这些天来怨愤已经少很多，此刻只听得心花怒放，但她嘴巴却仍是刁得很，“哼！只有精神病有错，你一个头脑健全的人，怎么会有错呢？”

司明急忙摇摇头，“小烟，我真的错了！我总结了下，我犯了九大错。第一是不该怀疑女朋友的话；第二是不该把女朋友独自丢在家里；第三是女朋友来阿尔泰山，我竟然没有及时跟过来；第四……”

看他煞有介事的样子，罗紫烟再也忍不住了，摆摆手，“行了行了！就你拙口笨舌的，也能总结九大错误？是不是把哄我吃药也当作一错呢？”

“没错，我不该喂女朋友吃没用的药，我应该自己吃下去。”司明认真地说。

罗紫烟差点笑出声来，猛地张开双手，“说得再多，不如来点实在的！”

司明愣了下，急忙一把将她抱住，“小烟！”

两个字刚叫出，他突然像受委屈的小孩子一样，泪水流了下来。

罗紫烟一颗心被他的眼泪浸得更柔了，泪水几乎要夺眶而出。不过，她马上一擦眼角，拍了拍司明的肩头，“好啦好啦，我又没死，哭得这么伤心干吗？再哭下去我们都冻死了。”

“啊，对！我们先找个地方避雪，我背你。”司明一把背起罗紫烟，却是忍不住剧烈咳嗽起来，“咳咳——”

罗紫烟心头仿佛被锤子敲了下，急忙道：“你着凉了？我自己走吧。”

“没事，对我这种挨打专业户来说，这点苦算什么！”司明不由分说，迈开步子就走。

他身强体壮，但山中雪厚，背个人仍是颇感吃力。不过打从相恋以来，但凡苦累之事，司明从不让罗紫烟碰，罗紫烟早习惯了他的这种宠爱。

此时，俯趴在司明那熟悉的宽肩厚背上，罗紫烟禁不住百感交集。

来阿尔泰山时，她满怀决绝，哪怕因此死在山里也无足为惜。现在，她突然发现人生处处充满着希望，对生重新有了热切盼望。

当你发现，你所爱的人依旧像你爱他那样矢志不渝时，你就会发现对这个世界的所有失望都只是层纸，一戳即破。

这种感慨，让罗紫烟满心感激与柔情，她捏了捏司明的耳朵，“我跟你说，不许逞强，累了就马上让我自己走，听到没有？”

“背包袱会累，背我的小烟怎么会累呢？”司明嘿嘿一笑，“要是小烟把这些天在山里的事告诉我，我就更不会累了。”

“你就不怕是一个精神病的臆想吗？”

“不会，就算你说自己飞上天了，我也相信！”

看着司明那认真的样子，罗紫烟被逗乐了，接着她把进山的经历简单说了下。

“嗯？凤羽飞进了小烟的嘴巴？我看看！”司明放下罗紫烟，罗紫烟依言张开嘴。他只看一眼，便差点跳起来，“小烟，真的！你嘴巴上颚里，真有个羽毛的痕迹，好像刻印在上面一样！”

“奇怪，我没什么感觉……”罗紫烟恨不得有个镜子好自己看个清楚。

“哈？这么说来，我的小烟还跟凤凰有缘呢！”司明乐得手舞足蹈的，“我有个凤凰女友，看来赚大发了。”

“你才是凤凰女呢！不对，你是凤凰男！”

罗紫烟轻打了下司明的肩头，却又面露凝重之色，“我来这里本是想弄清楚情况的，但现在我更搞不懂这是什么情况了。”

“没事，我一定会帮你弄清楚的。”司明柔声说道。

罗紫烟点点头，突然想起一个问题，“对了，你是怎么找到我的？”

“说来，多亏我在公安局的那个朋友，他帮我找到你登上到乌鲁木齐飞机的信息……”

原来那天得知罗紫烟坐飞机去乌鲁木齐后，司明立即也去买到乌鲁木齐的机票，但等他上了飞机，已是七个小时之后了。

这时候，公安局的朋友又传来消息——罗紫烟从乌鲁木齐买票去喀纳斯了。

司明在乌鲁木齐刚好有个仗义的散打道友，消息颇为灵通。在他的帮助下，司明竟找到了带罗紫烟进阿尔泰山的那个向导，并确定她的最后行踪。

随后，司明谢绝了那位散打道友继续陪同的好意，独自带着各种野外装备进山。

他知道此行凶险非常，不想连累别人。不过，因为有朋友帮忙，司明进山带的装备比罗紫烟优良多了，不但有各种仪器，还有一杆猎枪。

但他的运气比罗紫烟差多了，进山第二天就碰到一只白熊。一番混战，虽然逃得一命，却在混乱中丢了一个重要的背包。

“你胆子好肥啊，没什么野外经验居然也敢来找我！”罗紫烟忍不住嗔道。

“咳咳！咳咳！”司明闷咳几声，笑了起来，“至少我是散打冠军！连杀鸡都不敢的宅女能闯的地方，我当然没什么好怕的。”

“切，我弱的是外表，不是内心。”罗紫烟撇撇嘴，“那后来你怎么找到我的？”

司明目露疑惑之色，“这个说来，简直就是个奇迹……”

经历白熊一战后，司明不但丢了重要的补给，还迷失了方向。

昨晚，当他绝望地缩在一个小山洞里挨着等天亮时，远处的山峰突然震动起来，等司明跑出来时，滚滚大雪正从山峰上呼啸而下。

司明立即拔腿就跑，但片刻之后就被雪浪吞没。

“我本以为死定了，没想到醒来发现自己被雪流冲出了很远，天空正飘着鹅毛大雪……”

司明说着，突然神情怪异地盯着罗紫烟身后。

罗紫烟急忙回头，不由得愣住了。只见白毛纷飞的空中，突然出现无数只鸟，既有雕、鹰、隼、鹫等大型猛禽，也有雀、鸲、鹀、鸦等中小型鸟类，密密麻麻正迎面飞来。

“快走！”司明突然发出一声低吼，背起罗紫烟往前面一座山壁跑去。

“哗啦——哗啦——”密集的扇翅声，阴魂不散紧随而至。

“快，快跑！”罗紫烟尖叫起来。

“咳咳——咳咳——”司明剧烈咳嗽起来，脚下一个踉跄，仍是拔步飞奔。

“那边，那边可以躲躲！”罗紫烟发现山壁一侧似乎有个山洞，急忙叫道。

司明想也没想，立刻飞奔过去。

谢天谢地，那真有一个狭长的山洞。司明让罗紫烟先进去，自己则是端着枪，点燃出一缕火。

“砰——”

火舌照亮洞口，群鸟惊恐万状，纷纷掉头而去。

“奇怪，怎么会突然冒出这么多鸟？”罗紫烟坐在洞内，心有余悸地说道。

“这已经不是第一次了。”司明放下枪，转身进来说道。

罗紫烟怔了怔，“什么意思？”

司明犹豫了下，“刚才我不是还没说怎么发现你的吗？其实，多亏了鸟的帮忙。”

原来，当司明从雪崩中醒来，发现最后一个背包也不见了，只剩一杆猎枪还别在背上。而一场暴风雪，说来就来。

低纬度的厦门，初夏时节早就穿短袖了，但北疆的鹅毛大雪却常常不期而至。

天寒地冻，粮食断绝，司明倍感绝望。就在这个时候，他突然看到无数飞鸟正从各个方向飞来，聚集在远处一片雪坡上。

司明本想过去打几只鸟充饥，却发现鸟群正用爪子在雪地上刨着。在它们爪下，一个人形正从雪地中显露出来。

“不会是……鸟群把我从雪里刨出来的吧？”罗紫烟愣愣问道。

司明点点头，当时他本以为罗紫烟已经死了，没想到一探鼻息居然还有呼吸，而且身子还是温热的，只是昏睡不醒而已。

司明大喜，立即把外衣和帽子脱下来裹着罗紫烟，先拖着她去找避雪之地……

“怪不得我一醒来就有猎隼扑来，原来我跟鸟这么有缘？”

“我突然想到，凤凰是百鸟之灵，这应该是鸟儿追你的原因吧？”

“先不管这些……我看风雪一时还不会停，要不我们先在山洞里休息一阵子吧。”罗紫烟发现山洞似乎很深，便小心往里走。

“我背你。”

“不用……”

司明不由分说，就把罗紫烟背起来。

他平时在罗紫烟面前没多少话语权，但遇到这种情况，罗紫烟是拗不过他的。

不过，罗紫烟心底却是喜欢他这种霸道。她把脸贴在司明肩头上，莫名觉得这才是最好的时光，虽然情况恶劣，但两颗心却是最贴近的时候。

但是，司明的呼吸越来越浊重。

“司明，你累了吧？别死撑了。”

“背着我的小烟又不是包袱，怎么会累呢？”

“拜托，甜言蜜语能不能有点创新啊。”

“对小烟哪里能用甜言蜜语，要用真心说话。咳咳！”

“咦，这句话倒是有进步。”罗紫烟在司明面颊上亲了一下，司明大感受用，喘着粗气说：“小烟，谢谢你。”

“谢什么？”

“谢谢你给我这种久违的感觉。”

“哼，还不是看在你戴罪立功的份上！要是像在厦门那样，我恨不得掐死你。”提起往事，罗紫烟仍带有几分怨气。

司明不敢回应，只是“吭哧吭哧”往前走。

这山洞远比想象的深，走了好一会儿都不见头。就在他们准备停下不走的时候，突然发现前面黑暗中有什么在闪闪发光。

罗紫烟好奇道：“那是什么在发光？”

“过去看看就是。”司明说着，脚下突然一个趔趄，咳嗽声更是一声紧过一声。

“司明，让我下来吧！”

“我没事，你身子不好。”

但罗紫烟却是一个骨碌，强行从他背上下来。几乎同时，司明身子一软，向罗紫烟倒了过来。

“司明！”

“咳咳，我没事，我们去看看！”司明挣扎着起身，罗紫烟感觉他的手冷得像块坚冰。

“不对劲，你的手怎么冷成这样？”

“我没事……”

“闭嘴，省点力气走路，你要是倒下我可背不动。”

司明心头一暖，更加紧紧地抓着罗紫烟的手。两人相互搀扶，走得很慢，罗紫烟能感觉到靠在身上的司明越来越重。

就在此时，山洞拐了个弯，那片光亮骤然映在眼前。

“哇！”两人不由得惊呼起来。

只见两人面前，是一条狭长形的山洞，洞内两壁及顶上，散发出无数簇光芒，犹如漫天繁星般相互辉映，璀璨夺目。

这些光，除了部分是罗紫烟说不清学名的发光石，其余全是映光闪耀的金沙、金矿石！

“阿尔泰”在蒙语就是“金山”的意思。从汉朝开始，这里就有人开采金矿，到清朝据说淘金客多达五万，20 世纪 80 年代初期更是达百万之众。

两人做梦也没想到，会在山中撞到一条“黄金长廊”。

罗紫烟高兴地说：“司明！看来我们要发财了。”

身后却传来一声闷响，罗紫烟急忙回头，只见司明瘫坐在地上，一脸惨白。

“司明，你怎么了？”罗紫烟急忙扑上来，只觉司明身体冷得像块寒冰。

“没事……”

“还说没事！”罗紫烟伸手探入司明怀里，发现中间的内衣上竟结了一层冰。

人一直这样被冰着，哪能没事？

“冻成这样了还不说！”罗紫烟又气又急，急忙把司明外衣脱了，剥掉结冰的内衣，再给他套上外衣。然后，又把身上的厚大衣脱下来给他。

“不行，你会……”

“闭嘴，你不能有事，否则我一个人是活不下去的。”罗紫烟不由分说，特别霸道。

加了件大衣，司明脸上总算有点血色，但额头却是一片滚烫，咳嗽声则尖锐得撕心裂肺。

“你把衣服穿回去……咳咳……你会着凉的……”

“不会，我一点儿也不冷。”罗紫烟紧紧抱着司明，“不信你看。”

她并没有说假话，虽然没了厚大衣，但她并没有感到任何寒意。这让她懊悔万分，早知这样就不该让司明挨冻。

“你真暖和……咳咳……怎么会这样？”

“大概是老天要我当你的小火炉，你别说话，先把身子烤暖和再说。”罗紫烟满腹不解，但此刻顾不得多想了。

“不，咳咳……我不知道以后还有没有……有机会说这些话，现在就说……”

司明吃力地从身上那件厚大衣的口袋里掏出一个绣着心形的锦囊，“我这回来……给你带了个东西……本来想等走出去后再给你个……惊喜……”

罗紫烟心跳不由加速了，抬眼看着司明。

司明苍白的脸泛起一抹红，哆嗦着手打开锦囊，只见里头是个小小的锦盒。

盒子打开，一道光芒照亮了罗紫烟的双眼，原本璀璨辉煌的黄金廊道，瞬间变得黯淡无关。

在锦盒里两枚镶钻对戒面前，世间一切珠宝都可以忽略不计。

“罗紫烟同志……”司明努力坐直，忍住想咳嗽的冲动，诚恳地看着罗紫烟，“不知你愿不愿意……”

“我愿意！”罗紫烟不等他说完，猛地俯身过去，用柔软的唇封住他颤抖的嘴，不让他把后面的话说完。

他们本就约定要共同走上红地毯的。现在，罗紫烟对这个约定更加矢志不移了。此时，她无需任何承诺，因为能万里迢迢赶来陪她至此的人，就是她此生可以永远托付的人。此刻，唯有热烈的吻，才能代表罗紫烟内心的激动。

自从罗紫烟身体出状况之后，两人已经好久没有亲密接触了。如今，这久违的吻，像是点燃了干柴的烈火，让两人都分外热烈，足足持续了数分钟才分开。

罗紫烟只觉双唇发麻，全身有种要燃烧的感觉。

而司明脸色看起来也红润一些，他砸巴了下嘴巴，冲罗紫烟嘿嘿傻笑。

“你笑什么？”罗紫烟略感羞涩，低嗔一句。

“很久没品尝过你的唇，感觉好舒服。”

“有什么舒服的，不就是嘴巴对嘴巴碰了下嘛。”罗紫烟又是甜，又是羞，还有点恼。

“不是那么简单的事，我感觉好像有股热流……咳咳……传到我身体里，暖烘烘的，整个身子都舒服起来了。”

“傻瓜！是电流！”

“不是电流，是暖流！”

司明的坚持，让罗紫烟一怔，心里突然掠过一个念头。

“咳咳——罗紫烟同志……”司明拿起一枚钻戒，托起罗紫烟的手，深情地看着她，“在这简陋的条件下，感谢你愿意嫁给我。”

“这里不简陋，世界上没有几个新娘，能在黄金长廊里结婚。”罗紫烟柔声打断司明的话，“你不用觉得我会委屈。”

“谢谢你！小烟！余生请多指教！”司明激动地捧起罗紫烟的手，在上面轻轻一吻后，把钻戒郑重地戴到她的无名指上。

冰凉的戒体缓缓摩挲过肌肤，仿佛带起一股电流，传遍罗紫烟全身。罗紫烟感觉双眼火辣辣的，泪水忍不住流了下来。

她无数次幻想着结婚时会是何等盛大情景，会有多少亲友、多少粉丝欢聚一堂，共同见证。

“如果我们能活着回去，我一定会补办个盛大婚礼的。”看着罗紫烟也给自己戴上戒指，司明猛地一把搂着她，在她额头轻轻吻了下。

“嗯！”

罗紫烟拭了把泪水，看着司明，说道：“吻我！”

司明立即捧起罗紫烟的脸，双唇印了过去。

两条身影紧紧交缠着，四片嘴唇火热地碰到一起，彼此交换着体温与浓情蜜意，久久不分开。

吻得越久，司明越舍不得松口。他觉得罗紫烟那两片柔软的丰唇，仿佛是两团火焰，源源不断给他注入了火力，虚乏疲倦的身躯慢慢地又充满了力量。他突然坐了起来，一把将罗紫烟推倒，就要俯身继续深吻下去。

罗紫烟却一把将他推开，“我的新郎官，你感觉怎么样？”

“什么？”

“起来打一拳看看。”

司明有些哭笑不得，但他还是依言起身，一拳打了出去。

拳头刚打出去，司明便愣住了，难以置信地看着自己的拳头。

罗紫烟兴奋地叫道：“果然没错！果然没错！”

“我，我好像突然好了！全身还都有劲了！”

罗紫烟得意地道：“这是你用心亲我的奖励！”

“什么意思？”司明云里雾里的。

罗紫烟张开嘴巴：“看到没有？我觉得是那根凤羽治好你的。”

先前第一次接吻后，罗紫烟便发现司明的病情有明显好转，而司明又肯定地说，有一股暖流从她嘴里传递到他身体的时候，罗紫烟心里突然闪过一个念头。

“我突然想到，为什么冰雪落到我的脸上会立即化为水？为什么我脱掉大衣后也不觉得冷？难道因为我本身体热？那我怎么会体热？最近唯一的异常就是嘴里多了根凤羽，难道是因为它的影响？传说中的凤凰属火，是浴火而生的生灵。”

“所以，你叫我再吻你。”司明恍然大悟，“哈哈，小烟，你真聪明！”

“谁让你老婆是考古专业出身，又是漫画家呢！这点想象推理能力还是有的。”罗紫烟得意地说道。

“是吗？”司明突然一把抱着罗紫烟，“那我可要更多地奖励你了。”

他的眼里冒出腾腾的火，直勾勾看着罗紫烟。罗紫烟有些羞涩，索性闭上眼，“你的新娘你做主，温柔点就是！”

话落，唇间一甜，司明又凑了过来，两个人紧紧搂在一起，似乎生怕不够似的拼命亲着对方。

“哐当！”

一声重响毫无征兆地传来，打断了两人热烈的缠绵。两人不由得停下，一起看着黄金走廊尽头，只见那里的石壁正在簌簌往下落土，仿佛有什么恶魔就要破壁而出。

司明神色剧变，猛地拉着罗紫烟起身往外退，“不好，先离开这里！”

“轰隆！”

两人刚跑出没多远，身后便是一声巨响，廊洞深处的石壁突然炸裂开来，一股乱石流朝着两人方向喷射过来。

“卧倒！”司明眼疾手快，一把扑倒罗紫烟。

乱石流呼啸而过，震得廊道上的金沙与荧光石纷飞于空，煞是好看。

罗紫烟只觉脑袋昏昏沉沉的，片刻之后，这才身子一轻，被司明扶了起来，“小烟！小烟！你没事吧？”

罗紫烟吃力地睁开眼，刚要回答，突然神色一变，只见三个大汉正从那爆破的廊道深处走出来。金灿灿的黄金长廊，让他们目眩迷离，但看到罗紫烟和司明后，三人立即如临大敌地从身后拔出枪来。

罗紫烟和司明，立即落在三个黑洞洞的枪口下。

那是三个人高马大的壮汉，清一色欧罗巴脸孔，每个人都是面露杀气，冷冷地盯着罗紫烟二人。

在这种地方猝然相遇，对双方来说都是一场骤然降临的考验。

“别激动，我们没有敌意。”司明突然起身，高举着双手，人却挡在罗紫烟面前。

这个示弱的动作，似乎消解了对方的一些戒心。一个持枪人叽里咕噜说了一通话，见两人都是茫然不解，便又以枪示意两人往廊道深处走。

“我们怎么办？”罗紫烟强忍着害怕问道。

司明缓缓道：“别害怕，有我呢！先按他们说的做，别激怒他们。”

在枪口的驱赶下，罗紫烟和司明穿过黄金廊道深处的爆破口，发现里面居然是一个广阔的矿洞。

洞内深处，传来柴油发电机的马达声，一片明亮的灯光下，到处是各式各样的采矿机械。

十几个欧裔男人正聚在一辆大型铲车四周，抽着烟大声地说着罗紫烟二人听不懂的话。他们都是身穿牛仔服，衣服上面遍布油污，其中几个腰间还别着手枪。

罗紫烟的心不由得揪紧起来，回头看了司明一眼，却见他神色平静，只是冲她微微点头。此时，罗紫烟悬起的心，才稍稍放下来。

听到动静，那些高谈阔论的外国人立刻聚集过来。其中一个矮胖子同押着罗紫烟二人的三个大汉叽里呱啦几句后，回头对身后一个年轻人说了句话。

年轻人立即小跑离开，没多久他又回来，身后还跟着个黄皮肤黑头发的男子。

矮胖子对那亚裔男子交代几句，男子点一下头，这才上前好奇地打量了罗紫烟二人一眼，用生硬的普通话问道：“我叫黄海，你们是中国人？怎么敢跑这里来了？”

罗紫烟的心放下了几分，不满地道：“这是什么意思啊？他们干吗拿枪指人？”

黄海脸色一变，急忙摆摆手，“小姐，小心点！惹恼了谢尔盖，你们别想活着离开这里。”

“谢尔盖？他们是俄罗斯人？”

“对啊，这里就是俄罗斯啊！你们怎么敢来谢尔盖的地盘淘金呢？”

阿尔泰山地跨中俄等四国，很多地方的界线本就难以分辨，罗紫烟二人根本不知道自己稀里糊涂竟闯入俄罗斯境内。而这一带刚好是个金矿富区，被谢尔盖为首的黑帮团伙控制。

如今，乍然见到罗紫烟二人，谢尔盖怀疑他们是从中国过来偷采黄金的，因此让华工黄海来问个清楚。

司明意识到问题的严重性，缓缓说道：“请黄兄转告谢尔盖，我们不是淘金客，我们只是迷路的游客，不巧进入他的采金矿区而已。你让他看我们的样子，就知道我们不是淘金客了。”

黄海点点头，立即过去把话转述给谢尔盖。谢尔盖冷冷看了罗紫烟二人一眼，拍了拍腰间的手枪，大声说了几句话。

“他在说什么？”罗紫烟低声道。

司明摇摇头，“他们有枪，你要忍住脾气，别跟他们硬碰硬。”

说话间，黄海又小跑着过来，为难地说道：“两位，谢尔盖不相信你们的话，按照他们帮会规矩，偷金客是要被活埋的。”

“什么？他们敢！”罗紫烟忍不住叫起来。

那些大汉都是神色一变，手纷纷放到腰间的枪上。

“小姐别激动！谢尔盖说只要你们帮他完成一件事，他就可以网开一面放你们走。”

罗紫烟正要说话，司明抢先接过话茬问道：“什么事？”

“是这样的，我们这个片区里，有个苏联留下的废弃科研钻探井，谢尔盖希望两位能替他下去考察考察。”

司明疑惑地问：“就这么简单？”

黄海顿了下，点了点头。

“肯定没这么简单，不说清楚我们死也不下去。”罗紫烟说道。

黄海回头看了一眼身后，无奈道：“你们拒绝得了吗？”

那些俄罗斯黑帮如狼似虎，不管罗紫烟二人是否愿意，仍用枪赶着他们穿过一条地道，进入一座群山怀抱的山谷中。

从谷内矗立的那十几座高高的井架和破旧的楼房来看，这里曾经也热闹过。但如今除了中间一座锈迹斑斑的井架边上挂了数盏大功率电灯外，其他地方都是黑漆漆的。

罗紫烟二人走到那片灯光下，只见中间那座井架竖在一口深井上头，井深不见底，灯光只能照出地面以下十几米的轮廓而已。

一个俄罗斯人拉下井架旁的电闸，深井内立即传来沉闷的“轱辘”声，一个圆筒状的铁笼被钢丝绳拉了上来。

“这是红外摄影仪，你们拿着，下去的时候拍一边，到底部开始上升后，就拍另一边，只要拍完了就会放你们走。”黄海把一个摄像机以及两副供氧装备交到罗紫烟和司明手里。

“你刚才说这里是苏联废弃科研钻探井？”罗紫烟突然想起什么来，“是不是这里曾经发生过怪事，所以才被废弃的？”

黄海愣住了，支吾道：“这……”

“小烟，你知道什么？”

“我读过一些文献，苏联曾经开启过对地钻探工程，目的是研究地球内部结构，但后来据说当钻头到达千米深的时候，科学家突然侦听到地底传来一种奇怪的声音，像是号叫，又像是痛骂，极为瘆人，很多人都觉得那是来自地狱的哀号。为了不把恶魔释放出来，对地钻探项目就被喊停……”

罗紫烟看着黄海，“不会就是这里吧？”

“我们都是中国人，告诉你们也无妨。这里的情况，确实很像你说的那样……”

这片钻探基地不知什么时候被废弃的，多年来一直都是座鬼城，后来被谢尔盖给控制了。谢尔盖是个坚定的无神论者，他认为这里被关掉的真正原因是经费不足。但这一两年来，他的观点开始出现动摇了。

“这一两年，井底经常传出怪叫声。起初声音很小，后来慢慢大了，而且越来越频繁……”

谢尔盖也是怕了，正筹划着派人下去查探情况，刚好罗紫烟和司明来了，就想把这个重任交给两人。

“这么说来，他们是让我们下去送死呢？”罗紫烟叫了起来。

黄海叹了口气，“谁让你们闯进来，下去也未必送死，但不下去，他们可是心狠手辣。”

“你告诉谢尔盖，我可以下去，但她要留在上面。”司明斩钉截铁地说道。

罗紫烟愣了下，大叫起来：“司明，你疯了？”

听到争吵声，黑帮大汉们立即围了过来。

“下去一遭有什么的，只要你不成为我的累赘，我可以安然上来的。”

“我才不自己在上面呢，要下去就一起下去！”

司明不理会罗紫烟的话，回头对黄海说道：“黄兄，请把我的话转告谢尔盖。”

“谢尔盖的唯一原则，就是从不允许有人跟他讨价还价。”黄海迟疑了下，还是把司明的话翻译过去。

谢尔盖满脸肥肉骤然抖了起来，猛地拔枪指着罗紫烟，嘴里叽里咕噜说着。

“你想干什么！”罗紫烟只觉身子一紧，仍是愤声喝道。

“谢尔盖说，要么你们都下去，要么死一个，下一个！”黄海无奈地说。

司明突然哈哈一笑，一把将罗紫烟拉到身后，“告诉他，我们下去就是。”

听了黄海的翻译，谢尔盖神色稍缓。

“小烟，那我们去地心冒险吧。”司明拿起摄像机，推着罗紫烟走向铁笼。

罗紫烟二话不说，立即向铁笼走去。宁可跟着司明在下面死，她也不想跟着一群散发着腥膻气息的黑帮大汉在上面傻等。

“嘭！”

就在此时，身后突然传来一声闷响，紧接着是谢尔盖杀猪般的号叫。

罗紫烟急忙回头，只见司明一手把谢尔盖按在地上，一手夺过他的枪，顶在他脑门上。

就这么片刻工夫，司明突然转身发难，手中摄像机猛地砸向谢尔盖，继而飞身过去，一脚扫得谢尔盖当场跪倒，手中的枪更是被顺势缴了。

这个俄罗斯黑帮头子，哪里是散打冠军的对手？等其他黑帮大汉回过神来，他们的头子已经束手就擒。

罗紫烟只看得呆了，没想到司明比她想象得还厉害。

“告诉他们，谁敢乱来，我就做掉他们的老大。”司明冲着黄海厉声喝道。

黄海急忙把话翻译给谢尔盖手下。

“再告诉谢尔盖，我们只是普通的进山游客，只要放我们回中国境内，我们就会放他的。”

谢尔盖为了活命立即同意司明的条件，命令他的手下退到钻井一侧，而黄海则是带罗紫烟二人往中国国界方向走。

罗紫烟跟在黄海后面，司明则是押着谢尔盖走在最后。

“司明，你刚才好帅哦。”走出几十米，回头见谢尔盖的手下依旧在原地站着，罗紫烟忍不住对司明道。

司明狠狠拍了谢尔盖后脑勺一记，心有余悸地说道：“要不是这浑蛋逼人太甚，我可不会冒这个险。你想他们要是一急开枪，伤到你怎么办？”

罗紫烟心头不由暖意阵阵，嘴巴却是一撇，“就该这样，冒险至少比任人宰割好！”

“嗬——”一声厉啸突然传来，地面随后猛摇起来。

罗紫烟急忙抓住司明的肩膀，司明回头望向钻井方向，只见一股黑烟正从里头冲天而起，在空中凝聚出一个巨大的黑影。

“砰——砰砰——砰砰砰砰——”

那些黑帮大汉早吓坏了，一人开枪，其他人纷纷跟着扣动扳机。

“嗷呜——”

一声厉吼，黑影陡然形体一变，像条大蟒蛇似的蹿入大汉们之中。

“啊！”

“啊啊！”

黑帮大汉纷纷像布娃娃似的被抛到空中，落地后又没了声息。

随后，黑影闪电般向罗紫烟等人方向飞来，一个狞笑声从中传来：“哈哈——”

笑声里，一股寒意扑面而来。黑影竟是直冲罗紫烟，只见里头有个隐约的人形，正张牙舞爪来势凶恶。

“闪开！”司明骤然暴喝一声，直冲而来，罗紫烟身子不由一轻，摔飞了出去。

“司明！”罗紫烟吃力地爬起来，发现那条黑影已经扑在司明身上，正像水落海绵一般在他身上消失。

“啊——”司明惨叫着，猛地扼住脖子满地打滚。

“司明！司明！”罗紫烟大惊失色，飞冲了过去。但是，司明却是往前一滚，躲开罗紫烟，口中爆发出一声大吼：“快走！”

话落，一股黑烟从他体内往外溢出，但是到了一半，又像被无形的力量扯着一般，退回司明的体内。

“司明，你怎么了？”罗紫烟手足无措，只能再次冲向司明。但是司明立刻又是一个翻滚，远远躲开，“不要靠近我，不要靠近我！啊！啊——”

厉吼与惨叫声交织一处，司明时而鱼跃而起，时而仰面摔倒，时而狠狠砸着自己的面门，时而拼命用拳砸地，像个疯子般大吼大叫，痛苦不堪，疯癫万状。

但只要罗紫烟冲向他，他又会猛地往旁边蹿去。

“不要过来，他……他会害你的，啊——”

黑烟不断从司明体内溢出，但总是出来一半，又被扯回去。这一来一回，司明都是痛苦万状。

罗紫烟看得魂儿都要飞了，只是像傻子般不断冲向司明，她想抱着他，安抚他，分担他的痛苦。

但司明却是像野狗般号叫，像懒驴一般打着滚，就是不让罗紫烟靠近。

“司明！”罗紫烟急得放声大哭起来。

“砰！”一缕火光突然破空而来，直没入司明的脸上。司明身子一颤，突然僵住了。

“不！”罗紫烟眼前一黑，只觉整个世界都要塌了。

“哈哈！”一声得意的大笑传来，谢尔盖拿着手枪，向司明走来。刚才黑烟冒出时他吓得瘫倒在地上，谁也没想到他竟会突然袭击。

“当！”

就在谢尔盖快到司明面前的时候，一颗金灿灿的弹头突然从司明的嘴里吐出来。

谢尔盖的肥脸当即变成青色，他颤抖着举起枪，司明却是鬼魅般闪到眼前来。

“司明！”罗紫烟还来不及惊喜，便又陷入巨大的恐惧之中。

司明却是置若罔闻，一个摆拳蓦地扫出，谢尔盖那颗肥圆的脑袋当即飞离身体，呼啸着跌入夜色深处。

罗紫烟全身一软，无力地跌坐在地上。而司明的身影，则是迎面笼罩过来。

罗紫烟抬起头来，怔怔地看着司明，这个曾经无比熟悉的人，此刻突然变得分外陌生。

司明拳头一捏，就要向罗紫烟砸来。

罗紫烟没有躲避，也无力反抗，只是呆呆地看着他，“司明，是你吗？你看看我是谁？”

司明身子一震，高举的拳头落了下来，呆滞的目光打量着罗紫烟，仿佛在看一个陌生人。

罗紫烟猛地起身，一把抓着司明的衣摆，大叫道：“司明！司明！你怎么了？”

“啊——”司明突然一声悲鸣，黑烟再次从他体内溢出，弥漫向罗紫烟的双手。

罗紫烟视而不见，更是死死抓着司明的衣服，“你到底怎么了？快醒醒！别吓我啊！”

黑烟弥漫得更快了，像是无数只蚂蚁，沿着罗紫烟的双手，直向她身躯弥漫过来。

“司明！司明！”

司明目光呆滞，一声不吭。

“轰！”就在此时，罗紫烟体内突然冲出一股大力，击得那些快爬到她肩头的黑气笔直地倒泻回司明的身体里。

“啊！”司明惨叫一声，蹬蹬后退数步，茫然地看着罗紫烟。

罗紫烟却从他的眸子里又看到了曾经熟悉的光芒，不由大喜，“司明，是你吗？”

司明眼睛转了转，猛地一个掉头，狂奔而去。

“司明！”罗紫烟大急，飞步追了过去。

“快回去——”司明顿了下，回头看了一眼后，立即又狂奔而去。

但罗紫烟哪里肯，死死咬住那逐渐渺远的身躯发足狂奔。

金色的阳光再次洒遍阿尔泰山。三天前的暴雪已消融得差不多。漫山遍野，重新弥漫着初夏的生气。

罗紫烟发现自己竟走出了阿尔泰山腹地，来到一片青绿色的牧场。

从三天前的晚上至今，她一直在向着司明离去的方向走着。

这三天来，她的身体遭到苦难与意志的双重考验。但想到司明，她始终充满了力气。

追随着爱人远去的方向，即便是一次看不到希望的跋涉，她也必须一往无前。

不过，她运气还算不错，沿途陆续碰到的几个牧民，都热情地给她食物和饮水。但罗紫烟更希望的是，他们能提供司明的消息。只是，没人看到过司明，他就像从这个世界蒸发了一般。罗紫烟不知道自己还能这样无目标地追赶多久。

这时，一阵声浪突然传来。罗紫烟回过神来，只见前面一座山谷口外，有一群人在围着一个老牧民说话。

看那群人的衣着以及手里拿着的长枪短炮、各式各样的录音话筒，应该是一些记者。

看到这么多人，罗紫烟不由得大步走过去。

只听人群中的那个老牧民，正操着浓重的腔调，满脸凝重地说道：“那是旋风谷的魔鬼口，它现在又张开了，千万别靠近它，不然会被它吞掉，嚼成渣再吐出来的。”

“您能说下那魔鬼口到底是什么吗？”一个美女记者问道。

老牧民迟疑了下，“这个……这一带部族的老人都知道，旋风谷里有个魔鬼口，平时就隐藏在山壁中。几千年张一次口，吞掉任何靠近它的人，再吐出一堆血肉来。至于它到底是什么……可能真是魔鬼的嘴巴吧！”

罗紫烟迈步继续往前走，若是以往，喜欢猎奇的她是不会错过这种猛料的，她一定会过去看看，长在石壁上的魔鬼口是什么样子的。但现在，除了司明的消息，没有什么能勾起她的兴趣。

“请问，这次魔鬼口张口前，这里有发生什么异常吗？”

“异常啊，倒没有什么……就是三天前的晚上，突然来个外乡人，个头很高大，脸色很可怕，而且非常凶，一只牧獒就冲他叫几声，就被他一巴掌把头盖骨都打碎了，那可是上百斤的牧獒啊！头有多硬啊！”

罗紫烟心头猛地一惊，转身看着那老牧民，只见他神情惊恐，“当时，把部族的人都吓坏了。后来有几个小伙子还壮着胆追过去，看见那人头也不回飞快地朝着旋风谷跑过去……”

“后来呢？”罗紫烟猛地冲过来，尖声叫道。所有人都奇怪地看了她一眼，目光马上又聚集到老牧民身上。

老牧民眼里闪过一抹恐惧，“年轻人们追进旋风谷，发现那里的山壁上突然发光，魔鬼口一下子就出现了，而那个人……那个人竟冲了进去。”

“是司明！原来司明在那里！”罗紫烟心里大叫着，猛地转身往旋风谷跑去。

老牧民的声音从身后飘来，“我们的年轻人不敢跟进去，就放一只羊过去，没想到羊进去后，马上就被吐出来，身子已经破碎了……”

旋风谷内竟比外头还热闹。足足有上百人，聚集在一面山壁前的百米处，正议论纷纷。

罗紫烟挤了进去，不由得目瞪口呆。只见在前方山壁底部，出现一个椭圆形的光洞，直径在三四米之间，内有无数道光流，像舞动的银蛇那样交织着，翻滚不息。

不过，真正触目惊心的，还是魔鬼口外数十米的谷地上，落满了猩红色的东西，细看之下竟是一团团零碎的血肉，夹杂着骨头及蹄角等物事。看样子，是一些牛羊马的残尸。

听着围观者的议论，罗紫烟才知道，他们都是刚从全国各地赶来的。虽然魔鬼口已经出现三天了，但是昨天才有一则相关的视频在社交媒体上传播。于是，今天这里立即热闹起来，听说还有更多的人在往这里赶。

“老牧民说的那个可怕的外乡人，应该就是司明！他为什么到这里？跟这个魔鬼口又有什么关系？他进入里头干什么？”四周纷扰不息，罗紫烟心里则是疑问重重。

“这边赶！”就在这时候，一声大喊传来。

罗紫烟回头，只见一个大汉赶着几只羊，正往魔鬼口方向走去。

围观者纷纷鼓噪起来，很多人纷纷拿起手机，热情洋溢地说个不停。

罗紫烟才发现，这些人绝大部分都是自媒体人，有些还是各大直播平台的当红主播，他们嗅觉特别灵敏，第一时间赶来给数亿关注此事的网民带来实况直播。而那些羊，则是他们买来测试魔鬼口的。

鼓噪声里，几只羊咩咩叫着，慌不择路往魔鬼口冲去，而赶着它们的大汉，则是掉头疯了一般往围观者这边跑来。

“快拍快拍！魔鬼口要吃掉它们了！”

“激动人心的一幕开始了，大家可不要眨眼。”

“羊已经冲到距魔鬼口十米的危险距离了，据说这个时候魔鬼口就要发威了。”

……

在主播门声嘶力竭的叫声里，魔鬼口突然爆发出一股刺眼的强光。光芒到了外头，立即汇成龙卷风状，盘旋着往外冲来，刮得沙土冲天而起。

“轰隆——轰隆——”

巨响犹如来自地底恶魔的吟啸，而盘旋震颤的空气则像死神的镰刀，滚滚而来，拥有横扫万物之力，势不可挡。

倏然，旋风暴往魔鬼口一缩，魔鬼口又趋于平缓。仿佛什么事也没发生。

四周鸦雀无声，那几只绵羊已经消失在这股可怕的风暴之中。

“真的被吞进去……”

不知谁叫了一声，声音未落，魔鬼口里突然传来一声闷响，紧接着一股鲜红的血雨从里头喷射而出，洒落在数十米外的地面上，给那里新铺了一层刺眼的殷红。

“如大家所见，魔鬼口再次发挥威力，把几只绵羊嚼得粉碎。”

“简直太可怕了，不知道人进去会怎么样？”

“听说最初是有个人进去了，但没有被吐出来，也不知道去哪里了呢！”

“说不定这是个虫洞呢！”

……

主播们的声浪再次纷涌而来。

罗紫烟置若罔闻，死死地盯着那魔鬼口，内心只有一个念头：“司明消失在那里面，他一定是从那里到别的地方去了！我一定要找到他！我一定要找到他！”

内心呐喊个不停，罗紫烟猛地拨开人群，拔步往魔鬼口冲去。

身后沉寂了数秒后，突然爆发出阵阵惊呼：“她在干什么？”“疯了，不要命了吗？”“谁家的女主播啊，别拿命来吸引粉丝啊！”

随后，整个世界又是一片死寂。

罗紫烟不管不顾，她心中只有司明，眼前只有司明曾经消失过的地方。司明不知被什么魔神带走了，她要追随着司明的去向，找到他，带他回来。哪怕粉身碎骨，哪怕龙潭虎穴，哪怕死无葬身之地！

“呼——”

耀眼的光芒迎面扑来，罗紫烟感觉自己就像是一朵浪花，没入由无穷无尽白浪花构成的海洋之中。

魔鬼口震颤了一下，很快又恢复了宁静。

第二章 | 致命误会

彩礼箱笼都已经准备停当，迎亲队伍也在门外寮亭里嗑瓜子，喝茶水。

但干鹊却没有丝毫喜意，他心事重重地往屋里走去，准备到楼上辞别阿娘，却在门口愕然停下，“阿娘，你怎么……”

阿娘拄着一根老树藤结成的拐杖，步履蹒跚走来，蜡黄的脸上居然焕发出罕见的红润。

干鹊急忙扶住她，热泪当即滚到眶边来。阿娘已经快半年没离开过床，更别说独自下楼走这么远！这场婚事，看来真能给阿娘冲喜。

“阿娘，你怎么出来了，会着凉的。”

“咳咳……我不碍事……你迎亲阿娘当然要送，咳咳。”阿娘说着，笑容逐渐敛去，紧紧攥着干鹊的手，“我的儿，阿娘还是认为，云驼村的阿灵，未必是你的佳配……”

“阿娘，我不管是不是佳配，我就是要办个热闹的婚事，来为阿娘冲喜。”

“这样想就不对了！”阿娘摇摇头，正色地看着干鹊，“阿娘病好不好没那么重要，重要的是，你未来的夫人必须要配得上你，要能助你成家，还要能立业……这样阿娘就算走了，也不用担心你了……”

“阿娘，胡说什么！”干鹊急了。

“我没有胡说，如果想让你随便娶个女人，原来隔壁那个铁姝，就是个不错的人选。”

“阿娘，铁姝都离家出走那么多年了，你就不要再笑话我们小时候的事了。”

新蜀门

“算了，聘礼都下了，千峰岭也没有更好的女子，能配上你这千峰岭第一勇士……你去吧！”阿娘落寞地摆摆手道。

干鹊用力点点头，提起挂在门首的灯笼，“草鬼婆说了，我得在午时之前把新娘请进门，才能给阿娘冲喜，现在该出发了。”

天化村的干鹊迎娶云坨村的阿灵，无疑是千峰岭近来最般配的一桩婚事。

一个是千峰岭公认的第一勇士，一个是云坨村族长的千金，实乃门当户对，天作之合。

从十五岁开始，干鹊就经常被同村或别村的姑娘示好。他那线条分明的脸庞，透着果敢与刚毅的目光，不知偷走了多少少女的芳心。

只可惜，妾有意，郎无情，这些年来，干鹊始终专注于学习武艺及照顾病重的阿娘。

直到半个月前，眼看阿娘病情加重，他才应草鬼婆之劝，决定成亲给阿娘冲喜。

他从小就没爹，是阿娘辛苦拉扯大的，阿娘所受的每一点病痛，都会在他身上成倍放大。为了阿娘他可以把心挖出来，何况只是早点成亲而已。

消息一传出来，说媒的就络绎不绝。干鹊懒于应对，就顺着草鬼婆的建议，同意了云坨村族长家的提亲。尽管他对那个叫作“阿灵”的未来婆娘一无所知。

对此，阿娘并不赞同，却也没有更好的人选。

从天化村到云坨村，隔着七八重山。干鹊一行紧赶慢赶，直到天光初透，才进入云坨村。

族长嫁女儿，那可是全村的大喜事，灯光下每张脸上都挂满喜气。族长更是拉着干鹊，要不醉不休。但干鹊却没多少心绪，敷衍一阵，便要求接亲。

族长大手一挥，外头数百根爆竹同时点燃，紧接着雄浑的鼓声、铿锵的锣声、明快的管弦声交错而起，热热闹闹迎接黎明光临大地。

片刻之后，新娘阿灵就在一众年轻貌美姑娘的簇拥下，从后堂走了出来。她头上披着块精致的大红绸盖头，一身鲜红喜服束裹下的婀娜身姿，让干鹊突然对这场婚事多了几分期盼。

新娘一直在哭，双肩耸动个不停，快上轿之前，更是紧紧抓着母亲的手再也不肯松开，“阿娘，我不想嫁，我不想嫁……”

“都什么时候了还任性！快上去！”族长一把推开妻子，又把阿灵塞入轿子里。

八个轿夫早就半蹲于地，轿帘一放下，立刻一挺身，大步往外走。

迎亲队伍蜿蜒行走在崇山峻岭之中。

干鹊归心似箭，他必须赶在午时之前把新娘迎入门，才能给阿娘冲喜。

但令他心烦意乱的是，新娘一直在轿子里嘤嘤哭着。真担心这样悲悲切切，会不会影响到冲喜效果……实在搞不懂女人，嫁个人哪来那么多泪水？

糟心之际，接亲队伍突然发现身后鬼鬼祟祟跟着几个人。他们不远不近地跟着，时而隐匿，时而探头，而且人数还在不断增多。

不安的气息，很快就笼罩了整个迎亲队伍。

"干鹊哥，看样子是白鲨帮。"一个叫作舒歌的小伙子上前，神情凝重地说道，"路还很长，我们得做最坏的打算了。"

"白鲨帮？他们可从没做过劫掠迎亲队伍的勾当呀。"干鹊沉吟道。

在这片莽苍大山里生活的人都知道，山贼就像幽灵，随时都可能冒出来，劫掠一切。

不过，白鲨帮虽然被认为是最大的山贼团伙，但他们很少做没本钱的买卖，更从不打接亲队伍的主意。

舒歌眉头紧皱，"对呀，那他们跟着我们干什么？"

"我们走自己的路就是。他们要敢来讨没趣，就叫他们试试我刀头的厉害。"干鹊冷笑一声，拍了拍鞍边的大刀。

在千峰岭里，只要离开村庄，就必须佩带武器，做好随时厮杀的准备。长期跟山贼打交道，村民们都非常清楚，凶残是对付凶残的唯一办法。

这次迎亲队同样带了武器，所以真要厮杀，干鹊并不担心。

转过数重山，进入一座开阔的山谷后，身后的白鲨帮众终于按捺不住了，但听哗啦一声，数十骑奔腾而出，分两头迂回包抄向迎亲队。

迎亲队立即聚集一团，同时掣出兵刃准备迎战。

两股白鲨帮众，在迎亲队伍前头合龙，堵住了去路。

干鹊冷笑一声，不慌不忙迈步上前，"你们想干什么？"

"你就是干鹊？老子有话想对你说。"白鲨帮中，一骑越众而出，只见马上骑士身高九尺，肩宽腰细，脸方嘴阔，即便是在众多如狼似虎的帮众中，仍是分外醒目。

而他头顶上，则戴着一顶扎眼鲨口状的大帽，那是白鲨帮之王的象征。

“你就是白鲨帮头子俞利？”干鹊冷冷道。

大汉哼了一声，“正是！老子听说你是条好汉，想来跟你商量个事。”

“什么事？说来听听！”

“老子缺个压寨夫人，想找你商量。”俞利目光越过迎亲队伍，落在喜轿上。

迎亲队伍一阵骚动，干鹊则是勃然大怒，“你说什么？”

俞利死死盯着喜轿，右手按在刀柄上，“今天不交出新娘，谁也别想活着离开这里。”

“今天午时之前，新娘必须进我干鹊家的门！”干鹊也是拔刀而起，“你要敢阻拦我，我就让白鲨帮明天就得重选新帮主。”

“好小子，有种！”俞利猛地刀头向前一指，厉喝道：“给我把新娘抢了，谁挡杀谁！”

“杀！”白鲨帮众们呼啸一声，同时扑向喜轿。

“守好轿子！”干鹊冲着身后大喝一声，独自挥刀冲向白鲨帮众。

“当当——当当——”

密集的兵刃交击声，干鹊一把刀舞得滴水不漏，冲来的白鲨帮众，不是被劈得连连后退，就是血溅当场，竟是没人能越过他刀头防线。

千峰岭第一勇士，果然骁勇无敌。

“让开！”俞利狂吼一声，舞着刀飞身直扑向干鹊。

双刀当即交击一处，只是眨眼间便打了十几个回合。

两人均是招沉力猛，双刀翻滚如龙，劈、斩、挑、抹、刺，各得精妙。

千峰岭山穷水恶，唯有勇武之人才能生存，而干鹊自幼在阿娘督导之下就勤奋练武。加上他在武道一途天分突出，又善于杂学百家，因此年纪轻轻就在比武大赛中勇夺冠军。

而俞利也不愧为白鲨帮之王，大刀就像他双手的自然延伸，舞动起来如雪片滚滚，绵密不绝，攻守之间，进退有度，缓急相间，像盾一样无懈可击，又像枪一样犀利绝伦。

两人堪称棋逢对手，十招过后便都是争胜之心大起，出招越发狠辣，外人只能看到一片刀光裹着两人来回移动，根本分不清彼此身影。

“新娘——新娘跑了！”

就在这时候，一声惊呼传来。干鹊百忙中一回头，只见舒歌率众，正与纷涌而来的强盗们交战一处，而在众人身后，新娘正掀开轿帘，扯掉红盖头，拔步往一侧飞奔而去。

“蠢娘们，跑什么跑！”干鹊心头大急。

但俞利看起来更急，他猛地舍了干鹊，拔步向阿灵追去，“阿灵！”

干鹊愣了下，立即飞步向俞利追去，口中大喝道：“你认识阿灵？”

“老子跟她好了半年多了！是老子先跟她家老头提亲的！没想到那老家伙却把女儿许配给你！”

俞利边跑边回头怒视了干鹊一眼，“阿灵中意的是我，你识相的话，就让老子带走阿灵。”

干鹊又怒又急，没想到云驼村族长急着上门提亲，背后还有这层关系。

但他马上牙关一咬，“我的妻子，岂容你染指！”

就算不为了给阿娘冲喜，他也不能让自己明媒正娶的妻子被一个白鲨帮抢走，否则他有什么颜面再号称千峰岭第一勇士？只怕阿娘会先赏他一个耳刮子，恨铁不成钢！

三人你追我赶，很快就把白鲨帮众与天化村民抛到身后。

阿灵虽是族长千金，但动如脱兔，双足犹如沾着草在飞一般。俞利和干鹊一时竟追不上。

“阿灵，等等我啊！”俞利急了，急吼连连。

“我跟你说了，我爹不会同意的！你为什么还要缠着我？你们别打了，让我去死！”阿灵头也不回，依旧狂奔而去。

“我知道你是爱我的，我一定要娶你！”俞利双目尽赤，厉声大吼道。

干鹊大怒，“浑蛋，你说什么？”

就在这时候，奔跑中的阿灵突然消失了。

“阿灵！”俞利惊呼一声，身子一闪，也消失了。

干鹊下意识地想刹住步子，但去势太快了，还是脚下一空，直直往下跌落。

原来，这片山林的尽头是个断崖，三人都跑得太快，发现时已经来不及了。

“砰！”

干鹊重重地跌在一片荒草丛里，大蓬乌鸦从这些一人高的荒草中冲天而起，占据了大半个天空，黑羽被日光一映，折射出蓝紫色的流光。

干鹊的心似乎跟着跌到尘埃里，如果午时新娘不进门，冲喜的目的就要变成一场空。

新蜀门

“痛死老子了！阿灵！阿灵！你在哪里？”左侧不远处的草丛里，突然传来俞利的叫骂声，声音也把干鹊从发懵状态中拉回来。

断崖并不高，也就两三丈高，干鹊并没有摔坏，只是屁股火辣辣而已。

俞利看起来也没事，他吃力地爬起来，从那疯长的茅草中间，一眼便看到了干鹊。

两人只是目光一个交接，便同时挥刀，拨开荒草向对方冲去。

“当当——当当——”

“阿灵是我的，你敢跟我抢，我就杀你全村！”

“就算天王老子来，也别想动我的妻子！”

两个身影兔起鹘落，双刀各自带起一股旋风，盘旋交织一处，扫得周遭茅草成片偃伏。

“你们别打了，我去死还不行吗？”远处传来阿灵一声悲鸣，她正从一团草丛里跑出来。

“阿灵！”

“阿灵！”

干鹊和俞利都是大急，果断朝着阿灵追去，同时挥刀边向对方招呼过去，既想捷足先登，又要阻止对方。

“当当——当当——”

断断续续的兵刃声，交织着进入一片开阔的谷地。只见狂奔的阿灵正像一抹红色的风，向横在面前的一条大河淌过去。

“别过去！别过去！”干鹊心头一突，急吼道：“那是绝命河！那是绝命河！”

“哗——”

阿灵箭一般冲到绝命河边。她回头看了边打边跑来的二人一眼，凄声大叫道：“你们一个个都来逼我，让我只能跟谁好，不能跟谁好！让我嫁给谁，不能嫁给谁！这个不许那个不许的，我就一个身子，应不了你们这么多要求！你们逼我，我就死给你们看！不用再为我打了！”

说着，她大步迈入河里，直往河中央走去。她本是刚烈性子，这些日子备受俞利、父亲的相逼，今天迎亲路上，又闹出如此大的事情，自感无脸再活下去了，因此每一步都走得分外坚定。

绝命河河面宽达数十丈，不深也不急，通常情况下并不会真的要人命。

但干鹊的心却急得快飞出嗓子眼了。只有他知道，绝命河非常危险，因为它流入天化村人禁足的旋风谷里。

在天化村的古老传说里，旋风谷是一个恶魔之谷，它不定期刮起的旋风足以把人撕碎。

据说，这种旋风，发自谷内山壁中的一个神秘山洞。那山洞远看就像一个大口，因此被乡民称为“魔鬼口”。

因为魔鬼口的存在，乡民把跟旋风谷有关的东西列为禁忌，包括涉足绝命河。

俞利哪知道这些，一个飞身就跳入水里，追向阿灵。

干鹊犹豫了一下，但一想到阿娘那憔悴的容颜，还是一咬牙跟着跳了进去。

冰冷的河水漫过脚背，干鹊不由得打个哆嗦，一抬眼却愣住了。原本由蓝天、白云、青山、绿水构成的斑斓世界，突然失去本来的颜色，变成清一色的灰暗。

这条绝命河就像是一道界线，河里与河外是截然不同的两种存在。站在河边看，河面平缓，进入河里才发现，里头激流汹涌。

原本万里晴空，也突然间翻涌出层层云浪，从旋风谷那一侧汹涌掩盖过来。

而阿灵和俞利则浮动在这条滔滔浊流之中，越去越远。

干鹊深吸一口气，顾不得这骇人的异象变化，奋力朝着阿灵追过去。

“轰隆——”

乌云之中，突然惊雷阵阵。迷雾像是帷幕一般突然拉起，覆盖整个天地，放眼所及皆是白茫茫的一片。与此同时，河面大浪涌动，冲天而起。

“不好！快回来！快回来！”从来不怕事的干鹊，此时忍不住嘴角哆嗦，叫声刚起就被迎面吹来的大风撕碎。

干鹊几乎快闭气过去，关于旋风谷的种种可怖传说，纷纷涌上心头，他转身想跑回岸上，脚下却像是套了道无形的绳索，他一用力，自己反而重心一轻，直直地扑入水中。

冰冷的河水涌入口鼻，仿佛千万道冰锥在扎刺着他。

与此同时，身后巨啸喧天。干鹊急忙回头，只见旋风谷上空，乌黑云团之下，突然出现一根接天连地的旋风柱。

风柱裹挟着闪电与惊雷，一刻不停地往谷外盘旋过来，所过之处，大石冲天飞旋，树木连根拔起，源源不断汇入它膨胀的体内。

只是眨眼工夫，这股旋风便转出旋风谷，沿着绝命河河面飞旋而来。

在这种摧山坼地的旋风面前，天地无光，唯余茫茫。

干鹊内心一片惨然，他知道自己跑不掉了。而俞利和阿灵，已经在他面前数十丈处被风柱一口吞没。随后，巨大的风柱吹到干鹊面前。

干鹊突然大怒，一拳向风柱打过去。

“轰隆——”

干鹊感觉自己变成一片叶子，汇入风柱之中，被来自四面八方的力量撕扯着，一下子就失去了意识。

意识恢复过来之前，罗紫烟处于一种很奇怪的状态中，一会儿头朝上，一会儿头又向下，一会儿头往后仰翻，一会儿脸又向前扑。

意识清醒的那一刻，她总算明白了，她刚穿过一个奇特的甬道。甬道似乎没有边界，她到哪儿，它就延伸到哪儿。

在这其中，罗紫烟像是一根没有重量的浮羽，不停旋转，身不由己。

片刻之后，她飞入一片白光之中。

白光之中，藏着一股股看不见的力量，从四面八方撕扯着罗紫烟的长发及衣服。

“啊——”

罗紫烟不由尖叫起来，就在此时，口中突然一烫，阵阵热量从那里传向全身，由内而外直达皮肤。

紧接着，罗紫烟看到她胴体上那些怪异的纹路，突然间活了过来，像是无数条色彩斑斓的蛇，交相缠绕个不停。

片刻之后，弥漫四周的白光，倏然化为一道道光流，水银泻地般流入那些纹理之中。

撕扯力消失了，一股冰冷寒意开始弥漫全身，罗紫烟有种被甩入冰湖的感觉。但她马上发现这不是幻觉，她真的在水里，在一条宽阔的大河里载浮载沉。

在她前面的河面上，正发生罕见的龙吸水现象，冲天水柱逐渐盘旋远去，整条大河波涛涌动，水气迷蒙，景象煞为骇人。

而大河及其两侧都是灰蒙蒙的，看不到别的颜色。

“这是哪里？”

片刻后，大河开始平静下来，而这灰暗的世界也开始多了点颜色，变得通透起来。

一个浪头涌来，罗紫烟被冲到河滩边，她看到不远处浑浊的河水中，一抹红色长裙正漂浮而来。

作为一个有追求的女漫画家，罗紫烟始终关注着时尚潮流。巴黎、伦敦、米兰、纽约等顶级时装秀，是她常年关注的对象，山本耀司、卡尔·拉格菲尔德、让·保罗·戈尔蒂埃等大师的时装作品她如数家珍。

但眼前这件红长裙的样式却是罗紫烟从未见过的，轻薄柔和，触手细腻温润，好像由纯蚕丝织造而成。单是这种材质，就不知价值几何了。而那窄肩、宽袖、V 领低襟、小腰围，更是非常大胆，把女人最抢眼的部位都凸衬出来。

最让罗紫烟称道的是，裙子上面用黄、蓝、绿、青、紫、黑、白等丝线绣着各种图案，腰间以上环绕着日月星辰以及蹿腾着火焰的大地，腰间以下的裙摆，则勾勒出一根根炫彩的羽毛，从任何角度看，都像是个美丽的凤尾在摆动。

不过，罗紫烟顾不得多欣赏，她的衣服早被刚才那股撕扯力不知给扯到哪里去了，此刻她可不能光着身子躺在河边。

红长裙不但好看，而且穿起来快速简单，往身上一套就行了。它的腰间部分缀着两条腰带，打成一个像翅膀一样的斑斓结子，可以随意拉动，调整腰围的宽窄。

更妙的是，这条红长裙的材质特别奇特，在水里湿漉漉的，但罗紫烟穿着它上岸后，裙子便迅速变得干燥清爽。

罗紫烟大感惊奇，原地转了一圈，裙摆迎风飞舞，带得她似乎也要凌空飞起。

女人天生就对衣服敏感，过了好一会儿罗紫烟才把注意力从新衣服上转移，打量起四周来。

眼前群峰耸翠，山谷幽深，大河平缓，上有蓝天白云，中有雾气环绕，下有密林阴郁、芳草萋萋。

一切都笼罩在寂静里，没有高楼大厦，也没有山郭人家，更没有车马喧声。

“我这是在哪里？”罗紫烟喃喃道。

“哗啦！”

身后突然传来一声异响。罗紫烟吓了一跳，急忙回头，只见大河中正有一团蓝影飞快向她这边游来。

那是一个年轻人，面目俊朗，皮肤被晒成古铜色。他身穿一件深蓝色大襟短衣，看样子也是由丝绸织成的，做工精致细腻，上面绣着花鸟虫蛇，惟妙惟肖，令人过目难忘。

看到罗紫烟，那人呆了呆，突然大喜过望，淌水朝着罗紫烟直冲过来。

“阿灵！阿灵！你没事吧？刚才简直吓死我了，没想到真碰到魔鬼口张开……”

虽然腔调怪异，但那人说的话罗紫烟还是听得懂。不过，他那双眼发光的样子，却让罗紫烟阵阵发寒，急忙喝道：“站住！”

对方依旧踩着水花，满脸兴奋地跑来。

罗紫烟又怒又急，下意识一脚猛踹出去，正中对方两腿之间。这是司明教她的防狼必杀技。

这一脚出其不意，对方全然没有防备，当即惨叫一声倒入水里。

“臭流氓！”罗紫烟啐了一口，掉头就往河滩上的荒草堆里跑。

“阿灵！阿灵！”

那人一骨碌从河里爬起来，竟又追过来。

罗紫烟拨开荒草全力逃跑，但穿惯鞋子的嫩脚怎么经得起遍地草梗与荆棘呢？才没走几步，她的脚就被割出几道口子，疼得连路都走不利索了。

而那人则像野猪一般拱入杂草丛里，朝罗紫烟扑来。

“滚开！”罗紫烟一急之下，回头一脚自上而下向对方面门踢去。

这种劈挂路数，可是司明的必杀绝技之一。但罗紫烟的腿脚力道太逊了，对方轻松就托住她的脚，一个四两拨千斤，罗紫烟便趔趄着往后仰倒。

“哈哈，我的婆娘脚还挺细的嘛！”那人用力捏了捏罗紫烟的脚掌，大跨步上前，在她摔倒之际将她拦腰抱住。

“放开我！”

罗紫烟挣扎着，但对方双手就像铁箍，使她的挣扎变得徒劳。

“想不到我的婆娘原来这么漂亮，怪不得那贼头会来跟我抢。我干鹊可不会让他得逞。”

“你在说什么？放开我！”罗紫烟愤怒地扭动着，粉脸挣得通红。

看她这副模样，干鹊心底不禁生出怜惜之意来，轻轻地抚着她的面颊，“我本只是想娶个摆设……没想到，看到你会有这种古怪的感觉……放心吧，我会好好待你的——哎哟！”

罗紫烟猛地一侧脸，咬住干鹊的手，痛得他惨叫起来。

除了司明，罗紫烟的脸从没被别的男人碰过。干鹊的这种怜惜动作，简直让她反胃恶心，只能把仅有的“武器”用上。

“放开我——哎哟，放开我——”干鹊惨叫不迭。

罗紫烟哪里肯，双目像要喷火似的看着他，口里咿唔怒吼：“放……放开……我！”

干鹊心头一怒，刚要发作，但转念一想，却又哈哈大笑：“好好，阿娘说，我应该娶个像豹子那样的女人，她说，只有敢咬男人的婆娘，才是能成就男人的妻子——

哎哟，你轻点，我们一起……一起放！”

“哼！”罗紫烟怒视着对方，哪里肯？

“好好，我先放！先放！阿娘肯定会喜欢你的，之前她还担心你不够野，配不上我……”嘴里叫着，干鹊一松手，放了罗紫烟。

罗紫烟却在此时，牙关猛地一发力。咬到干鹊惨叫不迭，她才松口跑掉。

一口气跑出几十米，身后却是静悄悄的。罗紫烟不由得回头，只见荒草摇曳，干鹊竟没有追来，也没有了声息。

罗紫烟正发愣，右耳边突然传来一股热气，她急忙回头，不由呆住了。

只见干鹊不知何时来到她身后，脸上挂着得意的笑容，“好了阿灵，我们赶快回去，别误了吉时。”

“浑蛋……”

还没骂出口，罗紫烟就被干鹊扑倒。干鹊顺手扯起旁边一根青藤，一层一层往她身上套，眨眼就把她捆得像个粽子。

“放开我！放开我！”

“回去拜堂后，你就是我干鹊的婆娘了，别闹了。”干鹊拍了拍手笑道。

“你……你认错了！认错人了！我不认识你！”罗紫烟突然明白了什么，大叫起来。

“哈哈，我就算认不得你的脸，也认得这身喜服。你就别想着去找那个山贼头子了！”干鹊说着，转身拨开草丛走了。

罗紫烟一个人孤零零被丢在草堆里，她愤怒地挣扎着，但身上的藤条却是坚韧无比。

一阵山风掠过，四周茅草沙沙摇曳个不停。

罗紫烟停止挣扎，内心泛起恐惧：如果那个人不回来，她岂不是要被永远地丢在荒郊野外吗？

好在，干鹊很快去而复返，他一手拿着朵鲜艳欲滴的紫色花，一手拿着双大红绣花鞋。到罗紫烟面前后，不由分说就抓起她的右脚。

“啊！”罗紫烟尖叫着，奋力蹬脚。但干鹊只是手底一发劲，她的腿脚便再也动弹不得。

“安静点，马上就好！”干鹊从那朵紫色花上掰下几片花瓣，放在嘴里嚼成渣后，吐出来一把按在罗紫烟脚底那几道割痕上。

“啊！你干什么！”罗紫烟本就觉得恶心，伤口沾了花瓣泥后更疼了。

“很快就好了。真搞不懂你为什么要寻短见？嫁给我委屈你吗？”

“活该人家不嫁你，你连娶谁都认不清。”罗紫烟气得大骂。

“早知道你长得这么对眼，我应该提早几天去迎亲的。”

罗紫烟气得说不出话来。

“你真喜欢俞利那山贼头子？”干鹊一边把花瓣泥挤入罗紫烟左脚伤口，一边问道。

“俞利是什么人？”

“你以前跟他有什么瓜葛我不管。反正现在你是我的婆娘了，我会对你好的，你把他忘了吧。”

“你在说什么？我说了，我不是你要找的那个人！”罗紫烟又一次解释。

干鹊并不生气，好奇地看着罗紫烟，“你生气起来也很漂亮，怪不得那山贼头子会来跟我抢！”

“你……”罗紫烟刚想开口，但干鹊却一把抓起她的双脚，鼓起腮帮子朝着上了花瓣泥的伤口使劲吹。

罗紫烟只觉脚底心奇痒无比，但伤口上的灼热却消失了，化为阵阵清凉直沁心头，居然也不觉得痛了。

“好了，以后别往旋风谷跑了，这回我们能活下来真是太幸运了。那个山贼头子估计就没有这么幸运了，我都没再看到他了。”干鹊边说边把那双绣花鞋给罗紫烟穿上。

鞋子居然十分合脚。罗紫烟觉得自己更加无法理解所发生的一切了。

“回去吧！”干鹊一把将罗紫烟扛在肩头上，大步往一边的山林走去。

“时间快赶不及了，我们就先回天化村拜堂吧，然后我再去找接亲的兄弟们，也不知道他们现在如何了。”

罗紫烟没有再挣扎，无力感再次攫住她。她看着四周，再看着干鹊和自己身上的衣服，终于承认一件事。

她从魔鬼口，穿越到一个陌生的世界了！

扛着罗紫烟，干鹊扎入一片山林，顺着山林爬到一个坡顶后，他得意地向前一指，“看，那就是天化村，我们以后的家！”

只见山下是片广阔的谷地，蜿蜒盘旋着一条大河。一座村寨坐落在河的两岸，屋宇鳞次栉比，颇为壮观。

“我知道你现在不乐意，但以后会慢慢适应的。”干鹊回头看了罗紫烟一眼，嘻嘻笑道：“你以后会发现，我比那个姓俞的更配当你丈夫。”

“我的丈夫叫司明！”罗紫烟本不想理他，此刻忍不住怒了，“你是什么人？”

“原来姓俞的还有这么个名字，以后也一并忘记吧。”干鹊说着扛着罗紫烟大步往山下走去。

罗紫烟气结，她发现自己跟这个人是说不通的，以现今境地，要逃走也是不可能的。所以，她更要冷静，唯有如此才能寻找逃走的机会。

心念已定，罗紫烟深吸一口气，突然柔声说道：“喂，你叫什么？”

“哈哈，我干鹊名扬千峰岭，自己的婆娘居然不知道……”干鹊大笑不已，但神情分明还在认为，罗紫烟是故意装作不认识他的。

“好吧，你现在要带我去结婚？”

“结婚？什么意思？嘘！”

干鹊突然把罗紫烟放下，一把捂住她的嘴巴，俊朗的眼睛里闪着警惕与不安。

罗紫烟愣了下，再看看四周，一颗心不由得跟着狂跳起来。

两人一路走来，林木葱郁，生机盎然。但眼前这片翠绿中，却出现一道枯黄色的廊道。

这条廊道宽五六米，里头的树木都已枯黄，而且树干表面还在往外流着脓状的汁液。有不少树整棵被脓汁包裹，摇摇欲坠。

罗紫烟不知这是怎么回事，只觉看着胃里很不舒服。

“别乱动，非常危险！”干鹊边说边从地上抓起一块石头，掷了出去。

“啪！”

脓汁飞溅，最近的一棵树，树身被砸出个大洞，一团白花花的东西从中蠕动出来。

“啊！”罗紫烟忍不住干呕起来，那白花花的东西，竟是不计其数的虫子，一见风后竟迅速变黑变小，萎缩成一粒粒羊屎般的黑东西。

“哪个浑蛋干的，不怕害死别人吗？”干鹊擦了把冷汗，“幸亏还没有长熟，否则蔓延开来我们就完蛋了。”

“那是什么东西？”罗紫烟问道。

“蛊啊！”干鹊随口道，“你不知道我们天化村最擅长用蛊吗？”

罗紫烟哼了一声：“我都说了……算了，这就是蛊啊？我从没亲眼见过，让我过去看看。”

她从小就听过关于“蛊”的传说，此刻竟能亲眼见到活的，好奇心立即占上风了。

“有什么好看的！这种东西要是养熟了是很危险的！不知道村里哪个浑蛋竟敢不守村规，私自在这儿养蛊。”干鹊边说边扛着罗紫烟小心前行，“我先去把他揪出来，狠狠教训他一顿！”

这条枯萎长廊很长，被种了蛊毒的树木表面包裹着的脓汁剧毒无比，手触即烂。

干鹊谨慎地避开每一棵毒树。

越往里头走，死树上面的脓汁越多，也越焦黄，在它们的包裹下，很多死树都像融化的蜡烛，正在失去原本的树形树貌。

“这里的蛊都快长熟了。如果跑到村里可怎么办？”干鹊越看越怒。

罗紫烟敏锐地嗅到，空气中多了几分腥臭气息，让人联想到腐尸的气味。

“你别怕，这事儿得查清是谁干的，因为关系到村里很多人的性命，比我们吉时成亲还重要……”

“谁跟你成亲！”

干鹊嘿嘿一笑，突然拔刀斩掉罗紫烟身上的藤条，“还是放了你吧，但别乱跑，万一碰了不该碰的就完了。”

说着，干鹊不再理会罗紫烟，继续大步往前走。

罗紫烟看着他的背影，恨不得狠狠踹几脚，但她还是忍住了。这个人虽然讨厌，但现在至少还是个依靠。

枯萎廊道延伸进入一个小山谷后，里头的树木基本都在脓汁的包裹下融化成一坨坨、一滩滩腐水。

“看来，老巢就在这里！”干鹊游目四顾，突然直直地盯着对面山壁，“哪来的浑蛋，好像不是村里的人……”

罗紫烟抬头望去，一颗心差点跳出胸腔。

只见那面山壁上有个飞崖，此时崖上站着一人，双手高捧着一炷香火，宽大的袍袖凌空当风，猎猎作响。

虽是隔得老远，虽是异世再见，服饰悬殊，但八年的相依相恋相知早就像血液般融入她的生命之中。罗紫烟一眼认出，崖上之人便是司明！

司明浑然没注意到谷内多出两个人，那摇动的香火，正不断从他双手之间飞出，萦绕在山谷之中。

“浑蛋！你怎么敢在天化村后山养蛊？还不快停下来！”干鹊急得大叫起来。

司明置若罔闻，自行其是。

“浑蛋！”干鹊骂了一句，回头对着罗紫烟道：“阿灵，那家伙在催熟蛊虫，这里很危险……你先离开！”

罗紫烟没理会他，只是直直盯着飞崖。

干鹊没发现她眼里泛着泪光，又催道：“快走！我去把他打下来！喂——”

罗紫烟却像是脱缰的野马，猛地飞蹿出去。

干鹊愣了下，急忙跟了过来，“阿灵，快回来！”

“司明！司明！”罗紫烟往飞崖冲去，“我来了！我在这里！”

司明若有所觉，低头望向罗紫烟。

罗紫烟更加激动了，哽咽道：“司明，司明！”

虽然分离才几天，但思念却像三十年那样长。罗紫烟的狂喜，笔墨难书。

但司明仍是没有反应。

这种冷漠与陌生感，像冷水般泼熄了罗紫烟心头的狂热，她不由得停了下来，呆呆地看着飞崖。就在这时候，罗紫烟身子突然一轻，干鹊自后赶上，猿臂一伸将她挟到腋下。

“放开我！放开我！”罗紫烟拳打脚踢，状若疯狂。干鹊却将她挟得更紧了，“那家伙会养蛊，你别靠近他！”

“司明！司明！”罗紫烟大喊大叫，眼里只有崖上的司明。

“嚓嚓——嚓嚓——”

四周突然传来密集的碎响，干鹊脸色随之剧变，“不好！”

他抱着罗紫烟，疯一般往谷外狂奔而去。

几乎同时，谷内那些被脓汁融化的树木，突然像孵化的蛋壳一样纷纷裂开。从里头爬出的，却是一团团黑色的东西，迎着日头舒展开来，化为一只只八九寸长的大虫子，向飞崖方向蠕动。

眨眼间，枯黄的山谷里就布满了蠕动的黑虫，密集得让人恐惧。

“别让它们碰到，不然身子立刻会烂掉的！”到了谷口，见黑虫都朝着相反方向而去，干鹊这才停了下来，不忘叮嘱罗紫烟道。

这时候，谷内的景象变得更加诡异了，只见黑虫们爬到飞崖下后，背上突然都展开一对翅膀来。

“哧哧——哧哧——”

无数黑虫同时振翅飞翔，就像是一道倒挂而起的瀑布，直冲飞崖之上。

司明手中的香火已燃尽，他从身后拿出一个猩红色的瓮子，瓮口向下迎着那股逆行飞上的黑流。

黑虫前仆后继直汇入瓮里。

瓮子不大，黑虫不断涌入，但好一会儿过去，瓮子仍没有被填满的迹象。

“那是怎么回事，瓮子怎么装得下那么多虫子？”罗紫烟忍不住问道。

干鹊沉声道：“那是化蛊瓮，再多的蛊虫也装得进去。”

原来，这种化蛊瓮是养蛊者必备的法器，里头涂抹了独特的药物，蛊虫进入其中后，就会相互吞噬。弱肉强食，层层搏杀，最后留下的那只蛊虫，便是养蛊者所想要的蛊王。

干鹊对此见怪不怪。罗紫烟却是诧异万分，司明什么时候懂养蛊了，又为什么要养蛊？

沉吟间，谷口左侧突然传来“嗷嗷”的叫吼声。罗紫烟急忙回头，不由得芳容失色。

只见大股黑虫正向谷口这边飞快而来。所过之处，树木、花草瞬间变得干枯焦黑。而在它们前面，正有三只野猪慌不择路地狂奔着。

但是，黑虫的速度实在太快了，眨眼就追上了野猪。

凄厉的惨叫声里，三头野猪身上瞬间爬满了黑虫，当即一个跟头栽了下去。

更多的黑虫潮水般从野猪身上漫过，等它们过去后，三头野猪已变成一地焦黄的枯骨。

“外面的蛊也熟了，我们得快跑！”干鹊突然大叫一声，背起罗紫烟往山谷另一侧口跑去。

而那股黑虫则是鱼贯涌入两人身后的谷口。

“这里太危险了……只能回去通知村里的草鬼婆来收拾了。”

干鹊一咬牙，背着罗紫烟大步往外奔去。但是，没多久却与一股黑虫不期而遇。

这股黑虫数量巨大，蔓延达数十丈，把两人的去路挡住了。

背后无退路，前头有死神。罗紫烟纵然胆大，此刻也已面无人色。

干鹊一咬牙，猛地把罗紫烟放下，从衣兜里拿出一个翠绿色的瓶子，打开瓶盖朝着罗紫烟甩了甩。似烟似雾的粉末从瓶内喷出，笼罩住了罗紫烟，但落到她身上后却又什么都没有，只能闻到一股淡淡的辛辣之气。

“这是什么？”

“别说话，我们只有一刻钟！”干鹊手忙脚乱地把瓶子对着自己身上也喷洒了几下。

就这么一耽搁，黑虫已是滚滚而来。罗紫烟想要后退，却被干鹊一把抓住，再次驮到背上，迎着黑虫群冲了过去。

“走！”

“啊！”

看着踊动的黑虫群，罗紫烟忍不住大叫起来。却见虫子到两人面前，突然向两侧退开，让出一条路来。

“它们……”

干鹊得意地看了罗紫烟一眼，“这驱蛊药厉害吧？”

说话间，两人冲出山谷，冲下一片斜坡，眼前景色豁然开朗，只见四周郁郁葱葱，一条河蜿蜒在其中。

“总算没事了……”罗紫烟惊魂甫定，刚要擦把冷汗，干鹊却突然双膝一软，往前扑倒。

罗紫烟一惊，急忙爬起来，却见干鹊面目呆滞，脸上罩着一层黑气。

罗紫烟一愣，注意到干鹊右脚鞋子不见了，上面赫然出现一个小洞，蜡黄蜡黄的，隐约有脓汁生成。而且，这种蜡黄，还在不断往脚上蔓延着。

“没想到，驱蛊药还是少了点……”，干鹊长长地吐了口气，无力地看着罗紫烟，“蛊虫已经进入我的体内，用不了多久它们就会在我身体里产卵，你快走……”

“什么？”罗紫烟倒吸一口气，“快告诉我，谁能救你？”

“草鬼婆……”

“那是什么人？我去找来救你！”

“别傻了……这里离村里可还有五里路呢……”干鹊深吸一口气，“你快走，我等不到那一刻了……”

他边说边拉起裤管，只见焦黄之色已经蔓延到膝盖以上，而且速度越来越快。

“回去告诉我阿娘……我不能让她抱孙子了，让阿娘不要为我难过……”

“我带你走。”罗紫烟一咬牙，伸手要扶干鹊。

干鹊却是挣扎着往后退开，“别过来……等我身子开始溃烂……你也会被蚀烂的……”

“少啰唆！”罗紫烟不由分说扶起干鹊，一把将他驮到背上，“怎么走？”

“放下我……”

“至少让你阿娘见你最后一面吧！”

“那好吧……沿着河边走就可以到村里了。要是我全身发黄……很快就会溃烂化脓，到时候千万别再背我……找根藤条把我拖回去就是。”

罗紫烟没有回答，来自背上的重负让她快说不出话了。而干鹊却是身子越来越虚软。

“阿灵……谢谢你……”

“阿娘一辈子不容易，我是她唯一的指望……看来我是要做个不孝子了……”

“你真的喜欢俞利吗？”

“我原来娶你只是想给阿娘冲喜，但见到你以后，不知怎么就喜欢了……现在更喜欢了……”

“想多活会儿就闭嘴。”罗紫烟不耐烦地说道。

“趁现在能说多说几句……我阿娘为了我，一辈子不知吃了多少苦……我死了她肯定很伤心……你要多安慰安慰她……”

“我可不是你的未亡人，你要尽孝得靠自己，努力活下去！”

“我也想活下去，谁舍得你这样如花似玉的婆娘……可现在……”

背后传来干鹊重重的叹息声，“连手上都黄了……我撑不了多久了，放下我吧。”

“还要多远才能到你们村里？”背上重如山，脚下又是泥土松软，罗紫烟感觉自己每走一步，双脚就被掏空一分。

“起码……还有四里半……”

“什么？”罗紫烟回头看来时路，发现出发时的那块河漫滩，仍在视野之内。

“来不及了……放下我吧……”干鹊急道。

“我还能坚持，你少废话。”罗紫烟咬牙继续前进。她对干鹊并无好感，但想到这人好歹帮过自己，就这么放下他，看他被蛊毒融化成一团脓汁，她做不到。

但干鹊却是身子猛地往后一挣。

罗紫烟猝不及防，回头时干鹊已经滚落到地上。只见他全身发颤，那些带来死亡的黄色，已经蔓延到他的脖颈上。

干鹊无力地喘息着，看着罗紫烟想说什么，却又说不出来，只是冲她眨了眨眼，示意她离开。

罗紫烟大感恼火又抓起他的右手把他拉起来，“在你没死之前，我不会丢下你的！”

就在双手接触的刹那，一股冰寒气息突然泄洪般从干鹊的掌上涌来。

罗紫烟不由得打个寒战，还没反应过来，这股冰寒气息便沿着手臂，弥漫到她的全身。

与此同时，罗紫烟体内突然蹿起一股股热流。这种感觉再熟悉不过，是那些纹身引起的热流！

罗紫烟吓了一跳，本能地想放手。但是，来自干鹊体内的冰寒气息却像电流般牢牢吸附着她的手，源源不断涌入她体内。

“怎么……怎么回事？”干鹊突然精神一振，吃惊地看着罗紫烟。

罗紫烟同样讶异地看着他，只见那蜡黄之色正从他脖颈处快速往下褪去，恢复了原本的古铜色泽。

很快，干鹊的双手便也恢复了常色。再过一会儿，连他脚上被蛊虫叮咬过的地方也回归了本色。与之一起消失的还有那种濒死的气息。

干鹊甩开罗紫烟的手，惊奇地跳了几下，立马又紧紧拉着罗紫烟的手，“你居然能吸掉蛊毒？”

“什么意思？”

“我的婆娘居然这么厉害！”干鹊得意地说。

罗紫烟警惕地甩开他的手，“神经病，你刚才故意吓我的吧？”

“神经病？那是什么病？”干鹊莫名其妙，却是顾不得深究，兴奋地道：“阿娘最希望我能娶个厉害的婆娘了！她要知道你连蛊毒都能吸掉，一定高兴坏了。”

干鹊欢喜雀跃，罗紫烟的脑筋却是飞快转着。

她可以肯定，这一切必定跟身体上那些神秘的纹身有关。

在穿越魔鬼口时，罗紫烟一度差点被魔鬼口内的撕扯力撕碎，是纹身突然活了起来，让她有惊无险。而刚才，又是纹身产生热量，吸走了干鹊身上的蛊毒。

而从那不断袭来的冰寒感来看，蛊毒是转移到罗紫烟体内了，但她并没有丝毫不适。看来，那些古怪的纹身还是好东西呢。

不过，罗紫烟没兴趣跟干鹊说这些，她猛地起身，转身大步走去。

既然对方已经好了，她也该走了。

干鹊愣了下，急忙冲了过来，一把抓住罗紫烟的手，“阿灵，天化村不是走这边……那是刚才来的路……”

罗紫烟大感不耐，猛地反手倒扣住干鹊的手腕，同时右脚狠狠踢在他膝弯上。

干鹊猝不及防，当即跪倒下来。而罗紫烟则是一甩手，拔步狂奔而去。

“阿灵……吉时马上就要过了！别上去，那里还有蛊啊！”干鹊又惊又急，踉跄着追过来。但蛊毒刚退，身子还没完全恢复，他一时竟追不上罗紫烟。

罗紫烟不理会他，只是全力狂奔。她要赶快去找到司明。

正在这时候，前头草丛里传来“窸窣”声，随后一群衣衫破碎，浑身挂彩的大汉走了出来。看到罗紫烟迎面奔来，无不愣了下，旋即个个面露喜色。

“这不是新娘吗？干鹊哥呢？”

“后面追赶着的那个不就是！”

“我说他们怎么不见了，原来偷偷跑来这里干好事了。”

“干鹊，你丢下我们跟白鲨帮干架，自己带着婆娘躲到这里来快活啊！”

那群人正是跟干鹊去迎亲的村民，他们刚摆脱白鲨帮，个个都是筋疲力尽，但看到干鹊和罗紫烟一后一前跑来，又纷纷起哄。

罗紫烟心中暗暗叫苦，想也不想掉头就往另一个方向跑去。

“拦住她，别让她跑了！”干鹊猛地大叫起来。

那些大汉们愣了下，随即向罗紫烟追来，把她给团团围住了。

“滚开！”罗紫烟的怒吼从人群里传来，像是绝望的伤狼。

第三章 | 贼窝惊情

鼓声一传来，阿娘楚氏便颤巍巍从坐榻上爬起来，胸腔里的两片肺不堪重负地发出嘶鸣声，她只能拄着拐杖，让自己缓缓气。

“我不碍事，不碍事。我儿迎亲回来，是大喜事……我要给他添点精神气才对……”

几个围上来的阿嬷都默默退开了，她们知道楚氏为人，绵里藏针，要说服她比登天还难。

片刻之后，楚氏竟丢了拐杖，扶着门缓缓往外走去。阿嬷们跟在她背后，无不觉得她每一脚抬起和落下，似乎都像要踏入万丈深渊，个个揪心不已。

外头，由笙、箫、埙、笛、琵琶、二胡、琴等各种乐器混杂出的音乐，正响彻整个天化村。但夹道观看迎亲队伍的村民，却发出阵阵惊呼声。

看到迎亲队伍狼狈回来，楚氏不由愣了下，但旋即又笑了，冲着队伍前头的干鹊道：“没事吧？”

“阿娘，没事！新娘来了！”干鹊兴奋地道。

在母子俩说话的时候，罗紫烟却在喜轿里，把干鹊的祖宗八代都问候个遍。

她已知现在逃脱不了，所以没再像之前那样试图逃跑，而是从轿帘缝隙悄悄往外望去。

天化村的模样，基本符合她对一个古代村落的想象。整个村落背山临河，天堑自成，足以打消任何山贼土匪的觊觎。在临河一侧，还矗着一排吊脚楼，同间隔分布其中的木栅栏和寮亭共同构造出一道固若金汤的寨墙。

寨门开在大河与西侧护山交接处，那里也正是河道狭窄之处。要想进入寨内，必须是寨内的人把高悬在寨门外的吊桥放下才行。

此时，村寨里的人几乎都聚集在干鹊家门口，他们穿着鲜艳醒目而又风格独特的衣服，而罗紫烟的注意力，则落在那个和干鹊说话的彩服老妇人身上。

只见她虽然脊背微倾，双鬓斑白，眉宇间藏着淡淡的愁意，但从五官来看，年轻时定是个大美人。

“咳咳——咳咳——”

听着干鹊的话，楚氏露出了笑意，却又猛地弯下腰，剧烈咳嗽起来。四周的鼓乐声，也无法盖过这急促的咳嗽声。

干鹊急忙从马上跳下，一把扶住楚氏，“阿娘，我不是让你少出来吗？”

“理当如此。”楚氏笑道，“我儿今天要成人了，阿娘就该出来接喜的。咳咳……”

喘息片刻，楚氏又微微一笑：“吉时马上就到，快把新娘请进屋里吧。”

“阿娘，我先搀你进去吧！”

“不用不用，你今天要照顾的是你的新娘！”楚氏笑着，步履蹒跚往屋里走去。

干鹊忧心忡忡看了母亲背影一眼，转身大步走向喜轿，一把掀开轿帘。

正在这时候，罗紫烟突然探出手，一把抓住干鹊的衣襟用力往里扯。

干鹊猝不及防，几乎是扑到罗紫烟胸前。一股女人独有的气息迎面冲来，让他顿感晕头转向，几乎找不到北。

“看新娘子多么着急！”

“我看着急的是干鹊呢，当着这么多人的面都忍不住了。”

人群中传来一阵爆笑声，干鹊挣扎着要从那迷人的女人气息里爬起来，但是罗紫烟却是双手一环，抱住他的脖子，小声地道：“你想不想治好你妈的病？”

“什么？”

“你阿娘是不是得肺痨？”

“大夫是这样说的……你能治好我阿娘的病？”

罗紫烟松开手，哼了一声道：“你说呢？刚才谁快死了，是我让他起死回生的？”

干鹊一想也对，不由大喜，“太好了，草鬼婆说得没错，这桩婚事真可以给阿娘冲喜……”

罗紫烟瞪着干鹊，压低声音道：“你听好了，我可以治好你阿娘的病，但你别让我拜堂成亲，让我离开这个地方。”

干鹊有些为难了，“这怎么成，你已经是我的婆娘了……”

“少啰唆，要不要治好你阿娘的病？”

“当然了，但不成亲怎么给我阿娘冲喜？”

“我的办法你又不是没见过。”

干鹊想起之前罗紫烟救自己的情景，不由心头一热，却又迟疑道：“可马上就要拜堂……”

“那是你的事，你自己搞定吧。出去！”罗紫烟不由分说把干鹊往外推。

外头突然安静下来，所有人都看着干鹊。

罗紫烟的心则是揪紧起来。她刚才言之凿凿，其实心里没什么底。就算放到现代，肺痨也是个需要系统治疗的病，她并没有治好它的能力。但是，现在这是她找到的，唯一能让干鹊主动放弃拜堂成亲的办法。至于是否有效，罗紫烟也不知道。

“干鹊，犹豫什么啊？快把新娘抱进去拜堂啊。”

“就是啊，马上就要到午时了！”

“我看啊，是新娘太漂亮了，他魂儿都被吸没了。”

……

阵阵爆笑声从外头传来，罗紫烟心急如焚，死死盯着眼前那黑漆漆的轿帘，生怕干鹊再次改变主意，突然冲进来，抱她进去拜堂。

正在这时候，一声惊呼从外头传来，“啊？憨驴儿，你怎么了？”

“好端端的，怎么突然晕倒，不会是中蛊了吧？”

“快！快去叫草鬼婆！”

突来的变故令罗紫烟大奇，她忙掀开轿帘往外望去。只见四周的人突然围向地上一人，惊骇地议论个不停。

不一会儿，有人大叫草鬼婆来了。人群让开一条道，一个老妇人大步走来，只见她有一头褐色的头发，发髻上插着数根鲜艳的野鸡翎，一张脸半边戴着个铜面具，半边露出红彤彤的面颊。枯瘦的身子上披着件鹤氅裘，飘然若有神仙之姿。

千峰岭山穷水恶，雾瘴丛生，蛊虫繁多，自古以来就盛行养蛊。因为“蛊”又被称为“草鬼”，所以善于养蛊弄蛊的女人，就被称为草鬼婆。

草鬼婆神色凝重，蹲下来查看了憨驴儿半晌，沉声道：“遭了‘尸食蛊’。”她的声音又尖又利，听起来就像是穿堂冷风，让人不由得打战。

“尸食蛊？那不是只会以死人为食的蛊吗？可憨驴儿看样子还活着。”干鹊疑惑地道。

草鬼婆摇摇头，“那只是普通的的食尸蛊而已，这种叫作绿头食尸蛊，它会寄附在活人体内，让人处于不醒不死的状态，像死尸一般任由它吸食……”

“啊！”惊呼声四起，每个人都听得不寒而栗。

楚氏也被惊动了，她又拄着拐杖缓缓出来，“有解救办法吗？”

“解救并不难。只是这种绿头食尸蛊非常罕见……”草鬼婆边说边从怀里拿出一个药瓶，倒出一颗药丸喂进憨驴儿嘴里，“憨驴儿怎么会中这种蛊呢？”

“我们也不知道，他刚才还好端端的，突然就倒下，人事不省。”

“嗯？难道有人来我们村下蛊不成？”草鬼婆眉头皱了起来，四周随之一静，每个人都是心头发凉，要知蛊乃大凶之物，轻易不得使用。如果有人来村里下蛊，那便是严重的大事。

“还真有可能！刚才我在后山就遇到一个养蛊虫的人！”干鹊把先前后山发生的事简单说了下。只是略去了中蛊毒被罗紫烟所救的细节。

当他说到蛊虫洪流般涌出的时候，所有人都是愀然变色。有人立即大骂道：“那是哪个浑蛋在我们后山养蛊？”

干鹊摇摇头，“我看不太清楚，但肯定不是我们村的人。就不知道憨驴儿跟这事有没有关系？”

草鬼婆的脸色变得十分难看，“当然有关系了。你遇到的那种黑色蛊虫，其实就是尸食虫的一个变种，它们最后蜕化出的蛊王，就是绿头尸食蛊！”

“这么说来，我们天化村现在很危险了？”楚氏沉吟道。

草鬼婆点点头，“是的，如果绿头食尸蛊泛滥开来，我们天化村就首当其冲。”

楚氏的脸色突然变得分外阴冷，“草鬼婆，你下午立刻带人去后山，清除那里的蛊毒，如果碰到那个养蛊之人，就把他抓起来烧死。”

“是！族长！”

罗紫烟愣了下，干鹊这个弱不禁风的阿娘，居然是天化村的族长？而且看村民的样子，分明对楚氏这个族长还特别敬重。

“不过，能养绿头尸食蛊的人，只怕不简单，我怕凭我们未必……”

“不用担心，真要对付不了，我会给火猴修书一封的。”楚氏淡淡道。

草鬼婆大喜，连连点头：“那就好！那就好！”

楚氏回头看了干鹊一眼，眼里又充满了慈爱，“干鹊，你先拜堂吧。”

“吉时已过，现在拜堂已无法给阿娘冲喜了，我看择期再拜吧。”干鹊大声说道。

“不必为阿娘如此……”

“阿娘，反正人来了，也不急一时。”干鹊坚持道。

罗紫烟心里暗舒了口气，至少眼前这一劫，是暂时躲过了。

未拜堂就不能圆房，因此罗紫烟暂时被请进干鹊家的客房。这是间不大的木屋，里头陈设极其简单。

从窗缝望去，前来庆祝的客人正成群离开，罗紫烟无力地在床边坐了下来，心中后怕不已。从穿越至今，简直是波澜横生，步步惊心。她现在只觉全身疲倦，冷汗暗生。

门突然吱呀一声推开了，罗紫烟弹簧般站起，警惕地看着进来的干鹊。

“我给你送饭，你饿了吧？”干鹊左手拿着个粗硕的竹筒，里面装着香喷喷的白米饭，右手提个篮子，里头装着一只焦黄的炸鸡。

“嗯！”罗紫烟早饿得发慌，接过东西便狼吞虎咽大嚼起来。

“你真的可以治好我阿娘的病？我之前找过一些修仙者帮忙，他们也只能给阿娘开一些延命丹药而已。”干鹊饶有兴趣地看着罗紫烟，问道。

“你说呢？”罗紫烟嘴里正不得闲呢，哪里有空理会他。

“那你快治好我阿娘吧，她被这病痛折磨好多年，我再也不想看到她那痛苦的样子。”干鹊眼巴巴看着罗紫烟，声音透着激动。

“治好了，你准备怎么报答我呢？”

干鹊咬了咬牙，“你要走，我就放你回去！只要阿娘病能好！”

“这就对了。”罗紫烟摆摆手，“你先出去，我吃完得先睡会儿。有精神才能治病。”

“可阿娘想见你。”干鹊起身却不肯走。

罗紫烟想了想，起身道，“那我去陪她老人家说说话。但你要记住我们的约定。”

“没问题，但请你……请你尽量哄我阿娘开心些。她日子一直很苦，我不想她再为我担心。”

“好说好说。”

楚氏已经回到床上躺着，看到罗紫烟进来，立即挣扎着坐起来，拍了拍床沿，“咳咳……阿灵，来，这儿坐下。”

说着，她上上下下端详罗紫烟一眼，眉开眼笑道，“模样儿果然很俊，我的儿真有福气。”

罗紫烟微微一笑，在她身边坐下来，甜甜一笑，“阿娘，你感觉怎么样？”

这声“阿娘”，让楚氏笑逐颜开，“你和干鹊现在还没有成亲，这声阿娘我可真有点消受不起。”

罗紫烟娇羞一笑，没有说话。

楚氏叹了口气，“本来我也盼着你和干鹊能早点拜堂成亲，可是下个吉日，还得再过九天……咳咳！咳咳！”

罗紫烟见状，急忙轻轻地为她抚背。

“阿娘，你先别说这么多，阿灵她说有办法治你这病的。”干鹊在旁兴奋地说道。

楚氏脸上泛起一抹红，她拍了拍罗紫烟的手，笑道，“被阿灵这么一抚，我还真感觉舒服多了。阿灵，你这是哪里学来的？”

“我妈以前也得过肺痨，我对这病知道一些。”罗紫烟答道，不由得想起母亲来。她的母亲以前得过肺结核，多方寻医才治愈，所以她对这病颇为熟悉。

“哦？我倒没听过这事儿。怪不得你懂得这么多。”楚氏恍然大悟，“你阿娘现在如何了？”

“她很好，没什么事了。”

罗紫烟说的是实话，干鹊眼里闪着希冀的光芒。

“哦，看来我这病还真有点盼头了。”楚氏只是淡然一笑，却没有多少喜色。

干鹊急道，“那还等什么呢？阿灵，快给我阿娘治病。”

“什么时候治，阿灵自有主意，你急什么？你先出去，我要跟阿灵说几句体己的话！”楚氏看了儿子一眼道。

干鹊只得转身出去，顺便关了门。

楚氏这才笑着对罗紫烟道，“我这病啊，让我儿担心了很多年，都快成他的心病了。”

罗紫烟点点头，本能地意识到，对方接下来要说的话只怕不简单。

“我的病我比谁都清楚，只怕没有多少阳寿了。”楚氏看着罗紫烟，“你如果真懂得治，那是上天赐给我的莫大恩宠。但我活到这把岁数，早就不奢望能有什么奇迹了。”

罗紫烟默默听着，发现楚氏浑浊的双眼里透出的精光，似乎有种洞穿人心的力量。

“我看得出来，你和干鹊之间关系不那么融洽。我也听迎亲的人说了一些风言风语。”

“其实没什么，都是些误会。”罗紫烟微笑着说道。

楚氏也笑了，“我知道你们肯定达成了某种默契，来哄我老婆子开心。不过你们不用这样，我到这把年纪，很多事都能看得开的。”

顿了一下，楚氏又道，“我看得出来，你是个刚烈的女孩子。今天我们推迟了婚礼，你完全可以选择接下来是否继续嫁给干鹊。如果你改变主意，谁也怪不得你。”

罗紫烟愣了下，马上又笑了，“阿娘，您真开明！”

“其实，想嫁给干鹊的女人一直不少，但他自己没什么心思，我也不怎么满意。”楚氏脸上露出一抹骄傲之色，眼里更是光芒闪动，“因为我非常清楚我儿子是什么人，他将来必定是要做大事的人。我希望他娶的女人，是有主见，将来能为他分担重任的人。”

楚氏的声音突然变得激昂了，那昂然自信的样子，让罗紫烟心头犯迷糊了，不知这是一个老太太的真实想法，还是老年痴呆症的前兆。唯一可以肯定的是，她还没觉得，罗紫烟是理想的儿媳。

半个时辰之后，罗紫烟才从楚氏房间里出来，干鹊立刻迎过来，把她拉到门外。

“我阿娘怎么样了？你施法给她治病了吗？”

“睡下去了，她这个病很重，没那么快能治好。我除了要施法，还得辅以药物才行。”罗紫烟答道。

“你吸收掉我身上的蛊毒，不是一下子就好了吗？”干鹊狐疑地说道。

罗紫烟瞪了他一眼，“你阿娘那是蛊毒吗？那是肺痨！是气血两虚，阴精损耗，正气不足，体弱不强，才让痨虫乘虚而入，侵蚀肺元导致的。你说，这种病能跟蛊毒相提并论吗？”

这番话振振有词，听得干鹊一愣一愣的，片刻才点点头，“大夫也是这样说的……那你要用什么药？”

罗紫烟暗呼侥幸，她从小就好读古文，大学学的又是考古专业，因此颇有古典知识涵养，加上当年她母亲得肺结核的时候，她又查阅了大量的中西医资料，所以才能以中医的口吻说这么多。

“我需要用的药主要有五味，鱼腥草、鸭跖草、半枝莲、灵母芝、黑雪精。”

干鹊迟疑了，“前面三种还好办，以前大夫开过家里还有，后山也很容易找到。但后面两种又是什么？我可从没听过。”

“前面三种都是药臣，灵母芝和黑雪精才是药君。”罗紫烟道，“我开的当然不是寻常之物了。它们都是罕见的珍贵药材，只要弄到它们，你阿娘的病就可以痊愈了。”

“真的？”

“你不信自己想办法去。”

干鹊急忙满脸赔笑，“别生气！我当然相信了。你说，到哪儿能找到那两味药，我马上就去找！”

“你们这里山水一般，也不知道后山有没有……”罗紫烟扫了四周群山一眼，说道。

“我们这里什么药都有。它们长什么样子，我明天马上就找人去寻。”

“算了，我还是亲自去一趟吧。”

干鹊迟疑了，“你还没过门，不适合抛头露面。而且，后山非常危险……”

“行吧，你们自己去找吧。找不到可怪不得我。”

“别！让你去也行，不过我担心……”

“担心我跟别的男人跑掉是不是？”罗紫烟反问道。

干鹊尴尬地挠挠头，“也不是……我怕又遇到那个养蛊人，现在还不清楚他是何方神圣，但他会来我们村下蛊毒，必定是来者不善……”

“也是，我躲起来比较安全，你阿娘的事就拜托你了。”

“别别，这药你还是要帮忙找的，我陪你去就是！”干鹊急忙道，“不过，我们等草鬼婆他们回来再说吧……”

在这个异世界的第一夜，罗紫烟彻夜未眠。她听着外头彻夜长鸣的虫声，看着这个古代的星空，内心纷繁，前尘往事随着诸般滋味涌上心头。

她追着司明的踪迹来到这里，但面对的却是个全然陌生的世界，连司明都变成熟悉的陌生人……偏偏又碰到干鹊，差点莫名其妙就被结婚。

现在虽然是把拜堂之事拖延下来，但她一个弱女子，陷入穷山恶水刁民中间，以后的路简直像这漫漫长夜，看不到一点光。

“不管如何，我都必须赶快逃离这个鬼地方，尽快找到司明，带他一起回去。”想到这儿，罗紫烟不由得紧握双拳。

她绝不会稀里糊涂就在这个异世界里当个村妇，跟这些粗鲁的男人、可恶的蛊毒、险恶的山水一生为伍的。

要在这个世界生存下来，保护自己，她必须用现代人的思维，要多用点心机，占据主动，避免任人鱼肉。

现在，她已经把诱饵装好，能不能逃离天化村，就看干鹊什么时候上钩了。

当晓色透进窗户，门被“咚咚”敲响。罗紫烟等了片刻才不耐烦地说道，“谁啊？”

“我。”是干鹊压得低低的嗓门。

罗紫烟故意弄乱头发，顶着一头乱发开门，“这么早干吗呢？”

“你穿这身吉服不合适。我给你准备了件新衣服。”干鹊把一捧折叠整齐的衣服递过来，满脸讨好的笑容，“准备下，我们等下就出发。”

半个时辰后，罗紫烟就在干鹊的带领下，穿过大河之上的浮桥，离开了天化村。

昨天下午，草鬼婆带人去搜山，清除了残剩的蛊虫，因此后山现在暂时是安全的。

“不过，他们没有找到那个养蛊人，我们还得小心点，遇到他要尽量躲得远远的。”通往后山的小路静悄悄的，干鹊希望罗紫烟不要太深入了，以免再与养蛊人不期而遇。

但罗紫烟置若罔闻，依旧往山里走。

“阿灵……”

“灵母芝通常是生长在深山大泽千年古木周围，黑雪精会像雪片一样避人飘动。你如果怕了，我自己去找吧。”

干鹊急了，“我怎么会怕？还不是怕你有事！告诉我，它们长什么样？”

罗紫烟捡起一根枯枝，在泥土地上画出两株花草，一株略像灵芝却周围长满细微小骨朵，一株则是由层层叠叠雪片般的花瓣串联而成。

“就是这样的，看清楚了。”罗紫烟认真地说道。这两株花当然是她凭空画出来的，但一枝一叶都是栩栩如生，惟妙惟肖。干鹊看得仔细，心中再无怀疑了。

“这样的草药我还真没看过，看来真得往里找找。”

“行吧，带路！”

“好吧，不过里头除了那个养蛊人，还有各种毒虫猛兽，说不定还会撞到你那白鲨帮的老情人呢。你必须紧紧跟着我，知道吗？”

罗紫烟点了点头，却又惊奇道，“白鲨帮？”

“阿灵，你现在还跟我装什么傻？白鲨帮帮主俞利，不就是你的情人吗？我知道那厮还不死心，当然，我也不会介意你跟我成亲之前有什么过往的。”

干鹊认真地看着罗紫烟，“只要你以后能和我好好过日子……”

“行了！”罗紫烟不耐烦地打断干鹊的话头，这种乱七八糟的牵扯她实在没兴趣去深究。她现在只有一个目的，那就是抓着后山这唯一的线索，尽可能找到司明。司明出现在天化村后山必有原因，说不定还潜伏在里头！罗紫烟只希望，自己的运气能像上回那样好。

干鹊哪里猜得到罗紫烟的心思，他一边在前开道，一边搜寻着树下花丛里的一切。

罗紫烟则是左右张望，只希望能发现司明的蛛丝马迹。

两人各怀心事，半个时辰后便翻过数重山，进入群山深处。四周峰峦如簇，沟壑溪涧错杂，密林间不时有怪石露出峥嵘一角。

除了两人的脚步声和偶尔被惊起的飞鸟，山中唯余寂静。

罗紫烟心头掠过一抹失望，司明呢?

“这两味草药还真难找。等养蛊人抓到后，要多找些人来帮忙。”干鹊喃喃说道。

罗紫烟刚要回答，突然发现前头密林中有道人影一闪而过。

难道是司明？罗紫烟心头一热，大步走过去。

干鹊闻声回头，急忙跟了过来，“阿灵，不是让你紧跟着我吗？”

话落，一阵“嗖嗖”声突然大作，伴随着干鹊的怒吼声，“什么人？”

罗紫烟愕然回头，只见干鹊正挥舞着大刀，把十几根射过来的箭矢扫落。而在他身前、身后，正有十几名大汉挥舞着兵刃从草莽与林木之中蹿跳出来，猛虎般疾扑而至。

“有山贼，有山贼！阿灵！快跑！快跑！”干鹊急忙挥刀迎战，同时冲罗紫烟大吼。

罗紫烟刚想掉头逃跑，眼前却是一黑，一个黑麻袋当头扣下。

“啊——”

被人扛着，一路腾云驾雾似的，不知过了多久，罗紫烟才被重重地丢在地上。耳边传来说话声，“帮主，兄弟们都知道你心情不好，所以给你送个乐子来！”

“阿灵没了，老子对任何女人都不感兴趣！赶快滚，不然老子把你们脑袋拧下来。”

“帮主你别急，这个女人是送给你解恨的，不是解渴的。”

说话间，罗紫烟身子一轻，不由自主从麻袋里跌了出来，摔到冰冷僵硬的石头地面上。

眼前，是个宽阔的穹顶山洞，洞内四壁挂着数十盏壁灯，灯光下一个男人坐在一张卧榻旁边，正把玩着一把月牙形的小刀，刀锋锐利，在灯光下折射出耀眼的寒光。

大汉胡子拉碴，一头沾满土灰的乱发垂到面前来，遮去了他的大半张脸，罗紫烟看不清他的样子，但可以看到他的嘴角带着深深的哀伤。

而在他身边，卧榻之上躺着一个人，身穿素白罗裳，看样子是个女人，动也不动未知生死。那大汉目光直直盯着她，看也不看罗紫烟一眼。

用麻袋把罗紫烟劫到这里的，是两个腰间挎刀的大汉。其中一人指着罗紫烟，殷勤地道，“帮主，你这样盯着也唤不醒嫂子，倒不如拿这小娘们献祭嫂子。”

“她是什么人？带她来做什么？”那大汉终于回头看了罗紫烟一眼，马上又继续盯着卧榻上那人。

这么一瞥间，罗紫烟终于看清他的模样，只见他鹰鼻牛目，棱角粗犷，颇为威武，但满脸都是哀伤。

“兄弟们打听到了，没了嫂子，干鹊不知从哪儿又弄个妞，准备过些时候再拜堂……没想到，让兄弟们撞上大运，在天化村后山给弄到了。”

“嗯？”那个大汉喉底发出一声怒吼，下一刻他已经旋风般来到罗紫烟面前，手中那把月牙形的弯刀，已然架到罗紫烟咽喉口，冰冷寒气直抵心口。

“你干什么？”罗紫烟吓了一跳。

这呵声声色俱厉，凛然不可侵犯，大汉愣了下，旋即咬牙道，“干鹊那狗东西，害死我的阿灵，你得为他赔命。”

“阿灵？”罗紫烟脑海中电光火石一闪，想起干鹊上山前说的话，脱口道，“你们是白鲨帮的？”

“没错，我就是白鲨帮帮主俞利！我会让你死得瞑目的。”俞利说着，猛地一手扣住罗紫烟的后颈，几乎是将她提起，丢到那个卧榻前。

“扑通！”

罗紫烟跌落在地，一抬头看到卧榻上那女人，不由得倒吸一口气。只见那是个妙龄少女，容貌倒是颇为周正，但惨白的脸上毫无生气。

惊愕间，俞利的弯刀已抵在罗紫烟的脖子上，“看到没有，她是我的女人阿灵。我们本来两情相悦，她亲口对我说过，非我不嫁。可是，她的父亲却把她许配给干鹊，干鹊那浑蛋居然还敢来娶她。千峰岭方圆百里，敢动我俞利女人的，那厮可是第一个！”

俞利越说越怒，抵在罗紫烟脖子上的弯刀，一分分勒进肌肤里，眼看就要割开皮肉了。

“你讲不讲道理啊！”罗紫烟再也受不了，猛地大吼一声。

俞利愣了下，“你说什么？”

罗紫烟心头又怒又急，回头怒视着俞利，“如你所说，阿灵是她父母许配给干鹊的，干鹊去娶她有什么错？”

“要不是干鹊答应她父亲的提亲，阿灵怎么会在真爱和父母之命间左右为难，又怎么会寻短见跳到那条大河里，被滔天旋风给卷走……要不是我及时赶到，她连尸骨都没有了。”

俞利说到动情处，眼眶红了，盈盈泪光在眼眶边闪烁着。

“那是你们的事，跟我也不相关。”

俞利咬牙道，“怪就怪现在你成干鹊新的女人了。”

罗紫烟刚要反驳，但念头一转，突然意识到跟对方解释是没用的，便冷冷说道，“我还以为白鲨帮的帮主是什么英雄好汉，没想到只是个敢跟女人耀武扬威的孬种！”

“你……”俞利的脸被气得通红。

“有仇你找干鹊报仇就是，杀我算什么好汉！”

“你说得没错。”俞利突然一咬牙，收了月牙刀，指着那两个大汉骂道，“谁让你们抓她的，传出去岂不是让人笑话我吗？”

两个大汉唯唯诺诺，一人道，“那……放了她？”

“既然来了，就让她在这里做客。好好招待她，然后通知干鹊来接她。”俞利冷冷地说道。

“你……”罗紫烟刚要说话，俞利一挥手，两个大汉立即走过来，提着她往外走去。

出了洞室，罗紫烟才发现，白鲨帮的老巢居然是在一片纵横交错的山洞内，大洞连小洞，绵延不断，简直就是山腹里的迷宫。

两个大汉把罗紫烟带进一间带有石门的小山洞，里头的地上铺着毯子，墙上挂着兽皮，角落里别着明亮的灯火，倒是颇为舒适。

“好好在里头待着，别想逃走！外面兄弟们很多，你如果出去被谁看上了，可没人会救你。”冷冷撂下一句话后，两个大汉转身走了，顺便关上了石门。

外头随即传来一阵男人们的起哄声。山贼窝里几乎没有女人，罗紫烟一路被押过来，不知招来多少山贼的眼光，他们紧跟过来，此刻聚集在石门外头。

想到他们两眼发光的样子，罗紫烟即便明知石门没有上锁，也没有勇气推门出去。现在，她非常盼望干鹊来救她，却也知道干鹊一旦来了，那就等于是羊入虎口。

简直是让人纠结的想法。

过了好一会儿，罗紫烟终于想通了，这事跟她一点关系都没有，她纯属是因误会被卷进来的。管他俞利和干鹊会怎么斗法。一个司明就够她伤脑筋的，她实在没有心思来理会这破事。

这一想通了，心也就舒畅了，罗紫烟干脆往床上一躺，决定先休息会儿再说。

迷迷糊糊不知过了多久，罗紫烟突然感到很冷。

刚开始她以为是在做梦，但一个惊觉醒来，却见洞室内不知何时竟结了一层厚厚的坚冰，尤其是地上，更是冰冻半尺，寒意直侵肌肤。

若不是罗紫烟身体上那些纹理开始发热，她只怕要冻僵了。

这种天气，山洞内怎么会结如此厚的冰呢？

而外头，一切似乎也被冻住了，连男人们苍蝇一般的嗡嗡声也没了。

“怎么回事？”罗紫烟隐约觉得不对劲，迟疑了片刻，还是起身去推石门。

好在石门虽然也被冻住，但冻得并不厉害，罗紫烟一用劲就推开了。

外头的情景让罗紫烟呆住了，只见冰封的廊洞内，横七竖八躺着不少白鲨帮帮众，他们个个目光呆滞，直直看着洞顶。

罗紫烟伸手探了探，发现这些人都有鼻息，只是没有知觉。

“这是……”罗紫烟突然全身冰冷，眼前这些人的样子，让她不由得想起先前憨驴儿的模样。

她沿着廊洞快步往外走，一路上不断有白鲨帮众出现，情景却都是一模一样。

本是喧嚣的山贼窝，此刻死寂一片，只有罗紫烟的脚步声和呼吸声。

经过先前俞利所在的那个山洞，罗紫烟发现俞利依旧坐在那卧榻边，看着已经变成冰人的阿灵，动也不动。

从眼前这情景来看，整个白鲨帮似乎是突然被冻住了。

怎么回事？

罗紫烟满心疑惑，却顾不得多想，她只想先离开这个鬼地方再说。

正在这时候，脊背上突然一阵冷意泛起。罗紫烟本能地回头，胸口顿时像被巨锤猛击一下似的，眼泪登即脱眶而出。

“司明！”

真真切切，日思夜想百般寻觅不得的司明，此时突然出现在她身后！

他穿着一身让罗紫烟觉得别扭的圆领长袍，但那熟悉的五官、刚毅分明的轮廓，确实是朝思暮想之人。

罗紫烟再也忍不住了，她飞奔过去，想紧紧搂着司明，像以前那样久久不分开，把这几天所流的眼泪，所担受的忧虑与不安，用一个深情的长吻补回来。

“呼——”

恰似清风飘过，眼前一空，司明突然消失了。

罗紫烟一怔，猛地一个回头，只见司明躲到一丈开外，正用狐疑的眼神看着她，那异样而陌生的目光，火一般烧得罗紫烟心头发痛。

“司明，你……你不认得我吗？我是你的小烟呀！”

司明没有回答，只是冷冷地看着罗紫烟，仿佛一只饿狼在盯着一只惶恐不安的羔羊。

罗紫烟的一颗心仿佛都要结冰了。她忍住即将盈眶而出的泪花，一步一步小心地向司明走去，“司明，你到底怎么了？你还记得吗？我们以前是男女朋友，后来在阿尔泰山结婚了，然后你被那股恶魔黑烟附体，穿越到这个世界来了……”

想到以前的事，罗紫烟眼中的泪水忍不住流了下来，迎着司明的目光，“我知道那个魔神可能还控制着你的身体，但我知道你不是那种轻易服输的人，我相信你仍听得到我的话。司明，我是来接你一起回去的。”

“嗜嗜——嗜嗜——”

司明终于开口了，但声音却是异常沙哑难听，分外陌生，“是你？我记得你。原来我是想夺你身体，借你重生的，后来被这家伙挡住了，我才不得不屈居在这具肉体凡胎中。如果不是他而是你，我现在的修行，或许没有这么多麻烦。”

声音在冰窟里回荡着，像是无数倒刺而来的长矛，罗紫烟感觉双耳难受异常，却仍是咬牙喝道，“你这个浑蛋东西，我不管你是什么鬼，我就一句话，赶快从司明身上滚开，否则我会亲手把你打跑的。”

“他之躯舍，已是我元神居所，他是我，我是他。”司明眼里凶光暴涨，身子一飘闪电般来到罗紫烟面前，右手一探，罗紫烟半边身子发软，已经被他给提了起来。

“浑蛋！”罗紫烟大怒，刚要拳打脚踢，但转念一想，却又颓然住手。不管怎么样，她都不能伤害司明的身体，尽管这只是副没有司明灵魂的皮囊而已。

“奇怪？绿头尸食蛊怎么会在你身上无效呢？”司明一脸不解地看着罗紫烟。

罗紫烟心头一寒，本不相信的事还是被证实了，这里的一切，都出自司明之手。

“你，你到底想干什么？”罗紫烟无力地问道。

司明阴阴一笑，“就是给我的蛊虫找点养料而已。”

“那他们怎么会被冻住了？”

“哈哈，他们冻住了，我的蛊虫才可以慢慢吃呀。”司明说着，手里变着戏法般多了一只头绿身黑、足有食指长短的大虫子，放在罗紫烟咽喉处。

冰冷而又黏糊的感觉让罗紫烟差点吐出来，怒道，“你，你干什么？”

“大概是刚才疏漏了，没关系，不会疼的，我的蛊虫可不喜欢吃死人的肉，必须是活着的，而且是很愉快的肉……”

“你这死变态，快从司明身体里滚出去！”罗紫烟大骂着，只觉那黏糊糊、冷冰冰的感觉，正沉沉往咽喉陷入。

“司明——是我啊！是我！你怎么忍心这样对我？”罗紫烟突然悲从中来，冲着司明叫道，她多么希望看到对方冰寒的脸色能松动一下。

但是，司明的脸就像冰冻的湖面，没有丝毫涟漪。

绝望比恐惧更加摧残人心，罗紫烟突然闭上眼，不想反抗也不想再求生。

司明都已经变成如此陌生的人，活着对她而言变得已无意义。

绿头尸食蛊王，像一支利剑般直往罗紫烟咽喉刺进去。

正在这时候，罗紫烟喉头突然一热，大股热流火山喷发般向四肢百骸传递出去，整个身子瞬间化为熊熊熔炉，热气腾腾。罗紫烟能感觉到，全身的皮肤似乎有无数条蛇在其中踊动着。

是身上那些纹理又在吸收蛊气！

“啪！”

那只往她体内钻的绿头尸食蛊，突然惊恐地倒退出来，紧接着它突然身子一松，凌空掉落地上，已变成一段焦炭。

“嗯？”

司明怔怔看着这一切，又死死盯着罗紫烟，“你到底是什么人？为什么可以……”

回答他的是一声怒吼，罗紫烟猛地飞身起来，“浑蛋！快把我的司明还我！”

司明右掌霍地竖起，向罗紫烟迎面劈来。

罗紫烟呼吸不由得一窒，从对方掌上传来的凌厉掌劲，像一块大冰块当头砸下，劲风带得她发丝同时向后飞扬。

罗紫烟全无反手之力，只能闭上眼，等着死亡当头罩下。

“罢了罢了！就当是死在司明手下吧。”

“呼——”

劲风到了眼前却顿住了，一个炸雷般的声音传来，“小烟！”

罗紫烟怀疑是幻听，但仍立即睁开眼，只见司明的右掌就停顿在眼前，他眼里透出的光，却是罗紫烟所熟悉的。

“司明！你醒过来了？”

罗紫烟大喜，猛地扑了过去。但是，司明却是身子一晃，直直往后滑出丈余。

罗紫烟不由得呆住了，只见司明的脸上一会儿冷漠霜寒，一会儿柔情脉脉，一会儿恶意凛生，一会儿喜上眉梢。

“司明！司明！你快醒醒！不要让这恶魔再控制你的身体了！”罗紫烟虽然不甚了了，却也看出来了，司明体内有两股力量正在交战着。

“不要过来——”

惊呼声刚过，司明突然竖起右掌，恶狠狠向罗紫烟劈来，“找死！”

但就在掌劲快扫到她的时候，司明突然往后一倒，倒跌到地上，那一掌就击到地面上，震得坚冰四碎，激射开来。

“呼哧——呼哧——”

司明犹如恶斗之后的困兽，双手突然抱着脑袋，剧烈喘息个不停。

“司明！”

罗紫烟看得惊心动魄，却仍是向司明走去，不管司明在遭受着什么，她都要与司明一起承受。

“快走！”

司明猛地低吼一声，下个瞬间他却蹿起，双掌骤然一合，向罗紫烟飞劈而来。

一股霜寒气息从司明双掌之间生成，直罩向罗紫烟。

罗紫烟周身血液似乎瞬间凝固住，别说动弹了，就是开口也不行，而衣服上更是瞬间覆满冰霜。

原来，这山洞里的冰霜，就是司明这样弄出来的。

罗紫烟心下骇然，却根本抵挡不了，只能看着死神再次逼面而来。

“啊——”

正在此时，司明毫无征兆地惨叫一声，再次痛苦地抱着脑袋，原地打着滚。

“司明！”

罗紫烟悲鸣一句，竭尽全力挣脱冰封之力的束缚，冲了过去。

但司明却是惨叫一声，震得头顶及四壁上的坚冰瞬间碎裂如雨，然后踉跄起身，疯一般往外冲去。

“司明！”

等罗紫烟冲出山洞，司明已经不知所踪了。

罗紫烟不肯罢休，她拼命往前冲，冲进山谷里，冲进群山中，不断呼喊着司明的名字。

山谷里一片寂静，除了罗紫烟徒劳的呼喊，没有任何回应，更没有司明的丝毫踪迹。

她的寻觅与呐喊，与广阔的世界和无情的事实相比，渺小得可以忽略不计。

许久，罗紫烟终于跑累了，叫累了，无力地在一块石头边坐下。

“司明……司明……”

泪水不争气地滑过满是灰垢的脸，冲刷出一道道洁白的沟痕来。罗紫烟想放声大哭，却只剩无助的呢喃。

时光飞快流逝，西沉的落日在大山深处投下一道长长的斜晖，照在罗紫烟身上，暖烘烘的。

罗紫烟终于回过神来，她想了想，拭了一把眼角，转身往回走。

白鲨帮老巢里的冰雪已经融化许多，但俞利和白鲨帮帮众依旧静静地躺在原地，圆睁着空洞的双眼，浑如木偶。

罗紫烟默立片刻，还是走到俞利身边，拉起他的手。

身上的灵纹再次被激发，罗紫烟感到全身阵阵发热，一缕缕黑色的蛊气立即从俞利臂上散发出来，直钻入罗紫烟体内。

“哎哟——”

俞利突然一声呻吟，从地上爬起来，惊奇地看着周身上下，又看着罗紫烟，“怎么回事？”

“你们被人下蛊了，差点全军覆没了。”罗紫烟冷冷道。

俞利呆了呆，“下蛊？难道是天化村的那浑蛋？”

“不是干鹊，是另一个……”顿了下，罗紫烟才道，“恶魔！”

“对对对！我想起来了。是有个浑蛋突然闯进来，然后我就开始发晕，怎么也动不了，那浑蛋呢？”俞利猛地拔出刀来，惊恐地看着四周。

“他已经走了。”

罗紫烟说着，又抓起一个白鲨帮帮众的手，继续吸走他身上的蛊毒。

只是一会儿工夫，那个白鲨帮众便也恢复了自由。俞利在旁边看得眼睛都快掉下来，“你……你原来会仙法啊？”

罗紫烟心情不好，没有理会他。但她每救一人，俞利眼里的崇仰就多了一分。

等罗紫烟把所有人都救醒的时候，俞利的神情就像见到了仙人一样，眼珠瞪得都快掉下来。

吸收蛊毒，对罗紫烟似乎并没有什么影响，但是一下子救那么多人，可是把她累坏了。

因此，当晚，她就在众山贼的盛情邀请下，平生第一次留宿贼窝。

次日，罗紫烟走出洞室，却见俞利徘徊在外头，看到她出来，立即单膝跪地，“上仙姐姐！”

罗紫烟愣了下，警惕地道，“你又打什么鬼主意？”

“我以白鲨帮帮主的名义，恭请上仙姐姐，加入我们白鲨帮！”俞利昂然说道，洪亮的声音在宽阔的洞廊内来回盘旋。

在他身后，突然涌出大批帮众，黑压压跪了下来，齐声大叫道，“恭请上仙姐姐加入白鲨帮！”

罗紫烟又好气又好笑，“你们这些浑蛋，我有那么老吗？还上仙，还姐姐呢！”

“有能者为大！姐姐是尊称，和年纪无关。”俞利认真道，“上仙姐姐法力高强，绝非凡人。恳请加入白鲨帮。”

亲眼见证罗紫烟救下全帮子弟的情景，俞利对她敬服无比，因此不遗余力地想拉她入伙。

帮主如此，帮众自是跟着满脸哀求地看着罗紫烟。

“让开！让开！我只是个过客，你们放过我吧！”罗紫烟边说边往外走去。

“上仙姐姐！”俞利猛地从腰间拔出那把月牙刀来，白花花地在罗紫烟面前晃了下。

罗紫烟吓了一跳，怒视着他，“你想干什么？”

“这把月牙刀是上古重宝，也是我俞利此生最重要的宝贝。我想送给上仙姐姐！”俞利诚挚地说道。

罗紫烟愣了下，突然冷笑起来，“送我？你觉得这样可以收买我吗？”

“上仙姐姐你误会了。”俞利眼巴巴地看着罗紫烟，“我是想以此为礼，请求与上仙姐姐义结金兰！”

“义结金兰？你要跟我拜把子？”

俞利用力地点点头，“既然上仙姐姐不肯加入我们，那我也不强求，只求能和上仙姐姐义结金兰，还请上仙姐姐不弃！”

罗紫烟狐疑地问：“没有别的附加条件？”

“上仙姐姐不弃，俞利怎么敢提条件呢？”俞利似乎看到希望，急忙说道。

罗紫烟心想：她一个人流落在这个陌生的世界里，想要找到司明谈何容易。而她只是个弱女子，虽然身怀禀赋，但并没有比俞利强到哪里去。多个把子兄弟又何妨……而俞利求结拜，不过也是想给白鲨帮找个倚仗而已。

想到这儿，罗紫烟道，“结拜是可以，但我不喜欢别人勉强我做我不愿意的事！”

“放心，不会的，不会的！”俞利连声应着，又道，“择日不如撞日，那我们马上就结拜？”

罗紫烟犹豫了一下，点了点头。

“太好了！请上仙姐姐收了我的礼物吧！”俞利大喜，把月牙刀递上来。

罗紫烟大大方方地接了。

很快，一场简单而又庄重的结拜仪式就开始了。

之前，罗紫烟没少在电视上看过结义拜把子的场面，没想到有朝一日自己居然也能亲身体验一次，而且还是跟一个山贼头子拜把子，此情此景当真如梦如幻，她几乎忍不住要掐自己的大腿，看是不是一场荒唐怪梦。

俞利的年纪明显大于罗紫烟，但他坚信能者为大，始终要奉罗紫烟为姐。罗紫烟也不多推辞，结拜完后她想了想，道，“现在你是我的义弟了，我应该也给你一件礼物。给什么呢……”

“上仙姐姐如果没有就算了。”

罗紫烟略作沉思，突然有主意了，笑着说道，“你赶快给我准备些笔墨、纸张还有彩色颜料来。”

“什么？”

“送到石洞里给我。”罗紫烟说着，匆匆进入石洞。

俞利虽感莫名其妙，还是照做了。等东西送到石洞后，罗紫烟把洞门一关，不让任何人进来。

俞利不由得满头雾水。

一个时辰后，罗紫烟这才打开门，笑吟吟道，“俞利，进来看看，里面是谁？”

俞利狐疑地走进去，心头一震，失声叫道，“阿灵！”

只见洞内灯火昏黄，阿灵真真切切就站在眼前，她穿着一袭白衣，双手张开正向他迎面扑来，足尖飘逸犹如驾云而行。那如花笑靥、弯弯柳眉、灿若夏夜星辰的眸子，以及微微翘起的嘴角，不正是闭眼都会梦见的模样？那罗裳底下隐约露出的纤细脚趾，那从袍袖里伸出的两段藕节般的玉臂，岂不正是他所沉迷的？

“阿灵！”俞利的眼泪不由得哗啦流下，他飞快冲过去，想把扑来的佳人抱个满怀。

正在这时候，阿灵突然像纸片般往旁边斜斜地飞去，罗紫烟则从一旁冒出来，冲着俞利使劲摆手，“退开退开！文明观看别乱抱，不然三下两下就让你给废了。”

俞利呆住了，这才发现阿灵原来只是个画中人而已。

“怎么样？是不是跟真人一样？送给你吧，这样阿灵随时都会陪在你身边。”罗紫烟擦了擦沾满泥彩与墨汁的双手，郑重地说道。

俞利呆呆地看着画中伊人，只觉那心上人就像要从纸上跃出似的，盈盈浅笑如花盛开，勾起他万千思绪，往事历历涌上眼前来。

“我还以为阿灵真的活过来了呢。”好一会儿，俞利才失落地道，“要是真的活过来，永远在我身边多好！”

“得了吧！如果她活过来，一直在你身边，你会发现她的腰不断变粗，屁股日益变大，脸上皱纹一天多过一天。只怕过个几年就满心生厌了。”

俞利竟无以回答，只是怔怔地看着罗紫烟。

罗紫烟指着画中人，“像现在这样，虽然抱不到，求不得，但你却记住她最美的时候的样子，而且永远不褪色，不正是你内心真正想要的？”

俞利长长叹了口气，擦拭了下眼角，“我觉得鼻子略微大了一点儿，要是左边再小点就完美了。”

罗紫烟端详着那画片刻，点点头，“还真是哦。不过，有点缺憾也好，免得你当作真人太沉迷了。”

俞利点点头，却又道，“上仙姐姐，你才见过阿灵一面，怎么记得住她的样子，而且画得这么像？”

罗紫烟得意一笑，“这有什么难。”

她从小就开始习画，临摹、写生、创作，早就练成了看一眼东西就过目不忘的本领，把阿灵原样画出来不过是小菜一碟。最大的难题其实还是这个世界的原料都过于粗糙，花费了她不少时间去适应。

“这画你好好留着，至于阿灵的遗体，让她入土为安吧。”罗紫烟拍了拍俞利的肩头，叹了口气，又道，“好了，我该走了！”

“啊？上仙姐姐要走了？”俞利急了，“那怎么可以！”

第四章 | 隐秘身世

喧哗声来得突然，击破了楚氏的梦境。她迷迷糊糊摸索着爬起来，口中叫着，“咳咳……干鹊！干鹊！”

叫了两声，她突然苦笑一声，到底是老了，竟然忘记干鹊天没亮时就跟她告辞说要去找阿灵。

昨晚，夜很深了，干鹊才失魂落魄地回来，说阿灵在后山被人抓走。她猜是白鲨帮下的手，曾劝他要不就通知云驼村，把这桩婚事退了。但干鹊那坚决摇头的样子，让她一瞬间有些失落，儿子真的是喜欢上那个未婚妻了。不过，她马上就释然了，这是人生必定会经历的过程，她早就做好准备了。所以，她随后安抚干鹊，让他要吃饱喝足，休息好了再去找阿灵。

干鹊勉强答应了，但楚氏知道，他必定一夜辗转未眠，其实她何尝不是？所以，当他一早来跟她请辞的时候，她就假装睡着了。

干鹊是带着一帮村里的兄弟们连夜进山去找罗紫烟和白鲨帮的。

不会是他们回来了吧？

外头天光已经大亮，楚氏颤巍巍地起身，站到窗前往外望去，眼前的情景却让她全身血液瞬间冰凉。

只见村民们正从各自的屋子里走出来，络绎不绝地往村中央的那片空地走去。

楚氏对这里的每个人都很熟悉，但现在她却有种在看一群陌生人的感觉。因为那些村民无不是面目呆滞，目光直直向前，犹如行尸走肉一般。

更可怕的是，他们口中还在发着“嗬嗬”的叫声，汇集在一起，便成为刺耳的喧哗。

在这些人中，有个人特别显眼，那就是草鬼婆，她跟其他人并没有两样！

“出……出事了！”楚氏心中发凉，忍着肺腑咳嗽的冲动进入后房内，捧出一只信鸽来，轻轻地抚着它的羽毛，低声道，“干鹊不知道去哪儿了，现在只能靠你了……”

不管俞利如何苦苦哀求，罗紫烟还是毅然离开了白鲨帮的老巢。

她只是这个世界的过客，只要找到司明就设法回去，她不想和谁依依不舍，更不想跟谁扯上关系。

最好这一切只是场梦，醒来后她依旧在21世纪的厦门，继续更新她的漫画作品。

可惜，人生如梦，却不是梦。

看着苍莽无边的大山，罗紫烟又有落入阿尔泰山深处的那种苍凉与无奈感。她在这里，只是渺如尘埃的过客，要如何才能找到司明呢？

临走之前，她曾想让俞利派人帮她找司明的行踪，但想到整个白鲨帮在司明面前顷刻覆灭，她就知道这样无异于驱羊找狼。

还是她自己去找吧。可司明已经是来去如风的魔神了，要到哪儿才能找到他呢？

几个时辰眨眼就过去了，罗紫烟依旧没有找到丝毫线索。她实在累了，便在一块石头上坐下来，准备歇口气再说。

此时，不远处的草丛里突然传来“窸窣窸窣”声。

“谁在那里？司明吗？”罗紫烟警惕地站起来，大声喝道。

话落，“哗啦”一声，草丛后冲出四个人来，不由分说就扑向罗紫烟。

“啊！你们这些浑蛋，干什么！”罗紫烟惊呼着，一个大麻袋已经当头扣下。

随后，她感觉麻袋被提起，那种腾云驾雾感又来了。

“你们是白鲨帮的吗？你们的帮主是我的金兰之交！”罗紫烟愤怒地大叫着，这已经是两天来她第二次被人装进袋子。

那些人回答她的，却是一阵“嗬嗬”的叫声。

“嗬嗬”声一路持续个不停。不知过了多久，罗紫烟听到更多相同的叫声，紧接着麻袋重重地落地，她从里头滚落出来。

“嗬嗬——嗬嗬——”

怪叫声浪潮般纷涌而来。罗紫烟吃力地站起来，耀眼阳光不断晃动着，刺得她不得不眯起眼。

片刻之后，她才看清自己正站在一片空地上。空地纵横数十丈以上，上面铺着一层碎石，中间醒目地兀立着一座十丈高的大雕塑，模样似蛇非蛇，似龙非龙，盘旋缠绕，极其诡异。

而她四周则是围着一圈人，个个面目呆滞，口中不断发出怪异的“嗬嗬”声。

“这里是……天化村？”

这些人的装扮让罗紫烟感到极其熟悉，而对那个雕塑，罗紫烟印象更深刻。因为干鹊带她上后山的时候，曾经经过这里。

当时，干鹊还特地告诉她，这片空地叫作“圣天场”，那个雕塑，是天化村崇敬的图腾。因此，这里是天化村议事和祭祀之地，平时村民都不来，一来必定有大事。

她怎么会被带到这里，是干鹊派人来抓她吗？这里又发生了什么事？为什么这些村民让她感觉怪怪的。

惊疑之际，那巨大雕塑的上头突然传来一声冷笑，“嘿嘿，我们又见面了！”

罗紫烟悚然抬头，只见一道身影从雕塑上面一闪，眨眼间就到面前，冷冷地看着她。

“司明！”

罗紫烟惊呼一声，想要上前，却又顿住了，紧紧盯着眼前人。

这人是司明，又不是司明，她想靠近，却又知道靠近不得。

“你，你对这些村民怎么了？”片刻，罗紫烟才又咬牙道。

司明扫了四周一眼，淡淡道，“没什么，只是用点摄心蛊，让他们暂时听我号令而已。”

“你，你到底想干什么？”

“你还不明白吗？”司明好奇地打量着罗紫烟，“你活着，总让我有种不安的感觉。”

罗紫烟不理会他，深吸一口气，直直看着司明的双眼，“司明，你听得到我的声音吗？他到底把你怎么样了？”

“没用的，现在这个身体的主人是我！”司明冷笑一声，“不过，我不明白，你和他以前是什么关系？”

“他是我夫君！你到底把他怎么样了？”罗紫烟咬牙道。虽然她和司明不算合法的夫妻，没有法律登记，没有酒宴，没有亲朋祝福，但她已经认定了两人在那个黄金走廊里的婚约盟誓。

“哦，怪不得。”

“回答我的问题！你把司明怎么样了？”

司明没有回答，而是若有所思地看着四周，“知道我为什么不直接杀你，而是要借助他们之手吗？”

罗紫烟想起在白鲨帮老巢里的情景，脑中灵光一闪，冷笑道，“我知道！你杀不了我！对不对？”

“聪明！”司明竟露出一丝笑意来，“我就不明白，为什么只要想杀你，他就会发狂，就会让我难以控制这身体，原来你们居然还有这层关系。”

“是司明在阻止你！他还没死！”罗紫烟愣了下，突然欣喜若狂。

“他只剩一缕元神而已，活与不活差距并不大。倒是你，却是马上就要死了！”

罗紫烟看着他，突然扑通一声跪了下来，声泪俱下，“你为什么要这样做？我们又不认识你，跟你无冤无仇……”

“嘿嘿，怯弱的人，根本没有活在这世上的意义。”司明冷笑一声，眼里满是嘲讽。

“如果你真要杀我，没问题。你可以杀了我，但求你放过司明，他是个好人，求求你。或者你寄到我身体也行，放过他吧，我求求你了。”

罗紫烟猛地使劲磕起头来。

司明眼里的嘲讽倏然消失，取而代之的是惊异，“你不怕死？”

“你要杀我随时都可以！只要你放了司明！”

“你为了他，可以做任何事？”

“只要你放了司明，我为你做牛做马都可以。”罗紫烟坚决地道。

司明呆了呆，突然冷笑道，“你们真是愚蠢透顶，他为了你把我死死拉在这副凡身里，而你，为了他可以不要命，可惜……”

“求求你，放了司明吧！”罗紫烟苦苦哀求道。她性格刚烈，从来羞于低头求人，但这一刻她顾不得了，哪怕是尊严扫地，哪怕颜面被踩到泥土里，只要能救司明，她也不在乎。她不能看着司明变成另一个人，自己却无能为力。

“可惜，现在就算是我想放了他也不行，因为我的元神已经跟这副身体融为一体了。”

“你……”罗紫烟眼前阵阵发黑，猛地爬起来，疯了一般扑向司明，“你这浑蛋，快从司明身上滚开。”

司明身子一闪，罗紫烟扑了个空，直扑到地上。

“把她撕碎！”司明退后数丈，冷冷一挥手道。

话落，那些“嗬嗬”叫个不停的村民，突然都是双眼发亮，从四面八方冲向罗紫烟。

不等罗紫烟回过神来，她的身子便是一轻，被数不清的手抓住，整个人给托到空中，同时被往四方扯动。

那些状若疯狂的村民，竟是要把罗紫烟活活撕碎。那个恶魔无法亲手杀罗紫烟，竟是要假借他人之手来杀她。

“司明——”

罗紫烟绝望地大叫一声，剧痛从全身各处弥漫而来，她感觉自己就要四分五裂了。

正在这时候，灵纹再次发热，滚滚热流再次在全身生起。

“啊！啊啊啊！”就在这时候，抓着罗紫烟的村民们突然惨叫着连连后退，罗紫烟扑通一声摔到地上。

她吃力地抬起头，只见刚才抓着她的村民，个个惊恐地看着自己的手，手上无不在往外冒着黑气。

“哈，他们也杀不了我的！”罗紫烟突然明白过来，冲着司明冷笑道。

她体内那些纹理，能够发出热力吸收掉蛊毒，因此这些中了摄心蛊的村民一沾到她身子就产生了反应。

“嗯？倒是小瞧你了。”司明冷笑一声，“那就烧死她吧！”

话落，村民突然散开了，等他们再回来的时候，手里都拿着松油火把。

“你们，你们……”

罗紫烟不由得怕了起来，她可不想被活活烧死，她想躲，却不知往哪里躲。四面都是面无表情的村民。

“阿灵！阿灵！”

就在此时，一声大叫突然从远处传来。罗紫烟急忙回头，从火光缝隙望去，只见干鹊正带着几个大汉从村外匆匆跑来。

“你们干什么？快放下火把！”干鹊急得大叫，恨不得立即飞过来。

“嗯？”司明眉头一皱，厉声道，“烧死她！”

话落，四周“呼呼”声大作，村民手里的火把密如雨，同时向罗紫烟当头落下。

“啊！”

只是眨眼间，罗紫烟四周就堆满了火把，汇集成熊熊大火把她包围。炙热的焰火飞蹿，她身上的衣服瞬间燃烧起来。

罗紫烟大叫着，但马上又闭嘴了，她并没有感到疼，尽管四周火舌飞蹿，身上衣服已经烧尽，但裸露的肌肤如常，并没有丝毫灼伤的痕迹。

“怎么回事？我……我还不怕火烧？”罗紫烟又惊又喜，突然注意到身上那些纹理此刻正像蛇一般窜。在这种火热环境下，它们显得特别活跃。

而火光之外，那些村民们则是围向冲来的干鹊等人。

“阿灵！阿灵！”干鹊怒吼着，双拳左右开弓，疯狂地往前冲。但村民太多了，他又不敢痛下杀手，竟是被堵得死死的。

“你们这些浑蛋，为什么要这样对她！为什么要烧死她啊！”眼看火势越来越旺，干鹊再也忍不住了，怒吼连连，声音一如伤狼。

没人回答他，村民都是目光直视前方。

“居然还有人想救她！”就在这时候，司明突然冷笑一声，大步过来。

村民们立刻散开来。

干鹊愣了下，死死盯着司明，“是你！你是后山那个养蛊人！”

司明淡淡道，“没错！”

“你，你……”干鹊看着四周，倒吸一口气，“他们都被你蛊惑了？”

“不过是一群凡夫俗子而已。”司明不屑一顾地道。话落，他右手突然一洒，一片金光突然蹿出。

“啊！啊！”干鹊等人突然惨叫起来，死死抱着脑袋。

“没用的，摄心蛊一入体内，只需片刻，你们都得听我的！”司明冷笑道。

话落，干鹊等人抱着头的手都放下来，顺从地看着司明。

“很好，有你们，足以养好我的绿头尸食蛊了。”司明看着远处雕塑出了会儿神，突然大步向那个已经逐渐熄灭的火堆走去，“差不多了吧！”

“我还没死呢！你这个恶魔！”就在这时候，火堆里突然传来一声大叫，罗紫烟拨开杂乱的火堆，疯了一般朝着司明冲来。

炭灰落满她全身，远远看去，她就像一道黑旋风。而她手里，则是握着那把月牙刀。

刚才发生在干鹊一行人身上的事，她都看得清清楚楚。此刻她心头怒火冲天，有种想狠狠刺死眼前这恶魔的冲动。因此，她没想到逃跑，反而是朝着司明冲来。

“嗯？你想杀死你夫君吗？”司明始料不及，着实愣了下，但马上又笑了。

罗紫烟不由得停下来，握刀看着司明，却没有力气再冲来。是啊，虽然是恶魔附身，但眼前这人到底还是司明啊，她怎么忍心伤害司明呢?

“你真不简单，蛊毒不怕，烈火也烧不死。”司明冷笑一声，瞳仁收缩，声音骤然变得分外寒冷，“这样，我更容不得你了。”

话落，他骤然暴喝一声，拔身而起，一掌向罗紫烟天灵盖劈来。

罗紫烟紧紧握着月牙刀，但看着那迎面盖来的铁掌，却没有力气刺出去。

“啊——”

就在此时，司明猛然惨叫一声，快到罗紫烟面前的时候，突然抱着头蹲了下来。

“司明！”罗紫烟大惊，刚要冲过去扶起他，司明却是霍地起身，睚眦欲裂地看着罗紫烟。

“我——我今天非杀了你！”

话落，他再次飞扑过来。

每次要杀罗紫烟的时候，来自体内那股反噬之力总是让他痛不欲生。他已经吃过两次这样的亏，决不能容许罗紫烟这样的“命门”继续存在。今天无论如何也要了结这个祸根!

“魔头休得猖狂！”

就在这时候，司明身后突然传来一声刺耳锐响。

司明心头一凛，急忙回头，只见一道红光正从远处飞驰而来。

“哪来的魔头，敢在此撒野！”

厉喝声里，红光已到眼前，司明不由得后退数步。猛地一个掉头，往外飞掠而去。

那道红光穷追不舍，紧跟着过去。罗紫烟呆呆地看着，发现那是一个红衣人，正驾着一道白光，在空中飞来飞去。

“那是……仙人？”

从小到大没少看仙侠小说，突然亲眼看到书中描绘的画面，罗紫烟只怀疑自己是不是眼花了。

发呆之际，那个红衣人已经追近司明了。

司明骤然回身，双掌一错，带起大片雪花，迎面打了过去。

“轰隆——”

双掌与红光交击一处，烈焰流窜，雪花飞舞，交汇出一片冰与火同舞的奇观。

司明身子一轻，借势远飞而去，瞬间就移位数丈。

“魔头，休走！”厉喝声里，红衣人再次驾着白光追去。罗紫烟看清楚了，他脚下那道白光，原来是一口宝剑。

“御剑飞行！”

这不是修仙人常用的招数吗？罗紫烟呆若木鸡，终于发现，自己不但来到一个异世界，而且是一个有着修仙者的异世界。

“轰隆——轰隆——”

流窜的火舌，纷飞的白雪，在巨响中随着司明与红衣人的追逐远去。

罗紫烟回过神来，刚想要追过去看看，但见干鹊等村民依旧呆若木鸡地站在原地，她不由得停了下来。

“算了，先救人吧。”叹了口气，罗紫烟大步走到草鬼婆面前，拉起她的手。

片刻之后，黑烟腾起，草鬼婆打了个寒战，悚然惊觉过来，“你……这是怎么回事？”

“你们都中了摄心蛊，你懂得治吗？”

“啊？摄心蛊？谁弄的？”草鬼婆大惊失色，“我也中了吗？”

“你先别问是谁弄的，你懂得治吗？”

草鬼婆点点头，“当然了！我去拿解蛊的药。那你……没事吧？”她上下看着罗紫烟，目光古怪。

罗紫烟双颊一红，急忙道，“没事，我先去找个衣服穿。”

干鹊家里静悄悄的，罗紫烟冲进去，到处翻了起来。她要赶快找一身衣服穿。

“咳咳……你需要衣服吗？”身后突然传来一个细弱的声音。

罗紫烟触电般回过身来，只见楚氏正拄着拐杖，站在身后一间房门外，微笑看着她。

“阿娘？你没事？”罗紫烟又惊又喜，但看到楚氏的目光落在自己身上，不由双颊发烫，恨不得找个地缝钻进去。

“屋后寮棚里有水，你先洗洗，我给你找找我年轻时的衣服。”楚氏突然笑了，转身走入屋里。

罗紫烟如释重负，急忙穿过后门，那里果然有个寮棚，里头蓄着一缸清水。

关上门后，水滑过凝脂般的肌肤，上面的炭灰随水冲走，又露出那一身古怪的纹理来。

幸亏被炭灰遮住，不然草鬼婆和楚氏看到这些纹理，不知要骇成什么样子。

罗紫烟轻轻抚着那些怪异的纹理，突然觉得它们其实挺可爱的。要不是它们，她穿越不了魔鬼口，解不了蛊毒，早被火烧成焦炭了。

这些纹理到底是什么？还有那根飞入嘴里的凤羽，好像用处也很大。也不知道司明现在怎么样了？看来这个世界里神奇的东西还很多，只是我还没碰到而已……胡思乱想之际，门被敲响了，楚氏的声音传来，“咳咳……阿灵，衣服我给你放在外面了。”

“好的，谢谢阿娘。”

“咳咳，自家人，说什么谢谢。”

穿好衣服，回到屋里，罗紫烟看到楚氏坐在大堂里，正微笑看着她。

那眼神里，似乎比之前多了几分异样的光芒。罗紫烟心头一紧，上前行礼，“阿娘，你这身衣服穿着很舒服。”

“呵呵，二十一岁时穿的，看到你穿着它，我突然好像也年轻了许多。”

罗紫烟笑了笑，看着外面，“阿娘，你怎么……”

“那个坏人可能没有发现我，也可能觉得我这种老太婆对他没什么用吧。”楚氏淡淡道。

罗紫烟吃惊道，“阿娘知道外面发生什么事了吗？”从干鹊家到“圣天场”足有几百米距离，对于常人来说没什么，但对于楚氏来说，那是一场几乎不可能走完的路。

“我虽然不知道，但也猜得出来。有人用摄心蛊控制了村里的人，可能是要做某种恶行。”

楚氏关心地看着罗紫烟，“他没得逞吧？”

“没……”罗紫烟迟疑了下，忍不住道，“阿娘看我这样子……就不问我发生什么事吗？”

“呵呵，你要是想告诉我，不用我问；你不想告诉我的话，我问了也白搭。”顿了下，楚氏淡淡道，“我只知道，刚才看到圣天场那边出现烟火，而你看起来，好像被火烧过，但你……”

“但我怎么了？”

“但你好像又不怕被火烧，虽然被熏黑了，但应该没什么事……”

罗紫烟更奇了，“阿娘不觉得这样很奇怪吗？”

楚氏突然笑了，“这有什么好奇怪的，告诉你，阿娘年轻的时候也是见过世面的，什么奇人异事，上仙魔头没见过？”

“阿娘不会是……修仙者吧？”罗紫烟心头一动，小心说道。

“咳咳！咳咳！”楚氏突然一连串闷咳，片刻才笑道，“有我这种病恹恹的修仙者吗？”

这时候，外头突然传来一阵急促的脚步声，紧接着干鹊飞奔进来，“阿娘！阿娘！你没事吧？”

“我没事，你的阿灵也没事。”楚氏微笑着说道。

干鹊目光落在罗紫烟身上，却是呆住了，片刻之后，突然冲过来，惊喜地抓着她的肩头，上下左右看着，“阿灵！你没事！阿灵！你没事！刚才我肯定是在做梦，梦到你被烧死……”

“要是做梦，那地上怎么会有那么多火把呢？”罗紫烟笑道。

干鹊放开罗紫烟的肩头，难以置信地敲着脑袋，“对啊，难道是真的？可你……好像没什么事呀。”

“臭小子，我也是让火猴带你去见过世面的，你至于大惊小怪吗？”楚氏不由笑道。

干鹊回过神来，好奇地看着罗紫烟，“难道阿灵还是修仙者不成？”

“我不是什么修仙者，其实我也不知道自己为什么不怕火烧。”罗紫烟耸了耸肩头，“刚才我真以为自己死了，没想到衣服烧了，人却没事。”

顿了下，罗紫烟诚挚地看着干鹊，“说来，还谢谢干鹊你当时拼死来救我……”

“哎，我后来不也中蛊了吗。怪不得我问草鬼婆你的尸体去哪儿了，她用见鬼的眼神看着我。”

干鹊突然想起什么，兴奋地跟楚氏说道，“阿娘，你知道刚才谁来解救我们全村吗？是火猴！我在地上看到他留下的火烈拳的痕迹了。”

楚氏淡然道，“我当然知道了，因为是我用信鸽通知他的。”

“太好了！火猴那么厉害，一定可以把那个养蛊人给抓住的。那浑蛋，居然敢来祸害天化村！”

干鹊义愤填膺，神情间却对那火猴极有信心。

楚氏却是皱着眉头，摇摇头，“我看未必，对方敢来天化村闹事，只怕不是简单的人物。”

“不管怎么样，阿灵没事就好！阿灵，你这一天多没事吧？”

罗紫烟刚要回答，外头突然传来脚步声。

干鹊大喜，“是火猴来了！”

话落，门外匆匆进来一人。只见他身穿红衣，长得甚为精壮，但个头矮小，只到干鹊的腰间。不过举手投足间却透着一股威势。

正是先前追赶司明而去的那个红衣人。

“楚姑姑，你没事吧？”看到楚氏安然无恙，火猴松了口气，急忙跪下行礼。

楚氏急忙示意道，“起来吧，我没事。本来不该打搅你清修的，但事情紧急，还是要劳你一趟。”

火猴起身，大声道，“楚姑姑何出此言！姑姑有事，尽管传唤我！只可惜让那个魔头跑了！”他人小，声音却响亮如洪钟。

“跑了？可知道来历？”楚氏忧心忡忡道。

火猴摇摇头，“面生得很，可能是从外面来的魔头。楚姑姑放心，我会召集一些同修，务必抓住此魔，不让他再来天化村为恶。”

罗紫烟心里直打鼓，刚才她见过这个火猴的威力，司明遇到他只怕情况不妙。

“阿灵，我来给你介绍，这位是火猴，上仙门的副门主。”干鹊热情地为罗紫烟介绍道。

罗紫烟上前躬了躬身，好奇道，“上仙门……是什么？”

“嗯？”火猴鼻孔里哼了一声，回头冷冷看了罗紫烟一眼，显然罗紫烟这句话让他非常不满。

“上仙门可是咱大蜀第一修仙门，直接受蜀王统领，专门抓捕世间的邪仙魔头……”

干鹊刚要说下去，火猴却是摆摆手，“错了，当今修仙第一门应该是极阳宫，上仙门只是个不足挂齿的宗门而已。”

“好了火猴，阿灵她不懂你们上仙门的威名，多有得罪你就不要跟人家一个小姑娘一般见识了。”楚氏笑着起身说道。

火猴脸上仍有几分愠气，却还是点点头。

罗紫烟知道自己说错话了，本有些不安，但见火猴这副模样，生气地想，真是小气鬼，谁知道你那什么上仙门是什么鬼呢！

“对了火猴，她是阿灵，干鹊未过门的妻子。”楚氏拉起罗紫烟的手，笑着说道。

“哦？”火猴眼睛一亮，看着罗紫烟的神情倏然变了，“能得楚姑姑青睐，选作干鹊的妻子，想必非同寻常，怪不得对上仙门如此不屑一顾。”

“火猴，你就不要跟阿灵一般见识了。她可真不知道上仙门厉害的。”干鹊忍不住道。

火猴这才大笑起来，“哈哈！好吧好吧！不知者无罪！”

顿了下，他向楚氏一躬身，“楚姑姑，那个恶魔未除，终究是个隐患，我这就回门里，多带些人来，务必将他抓捕到！”

“那就有劳了！”

楚氏话落，火猴一闪身已经消失不见了。

干鹊艳羡地看着，“火猴的修为看来更加精进了。阿娘，你为什么不让我跟他到上仙门去修仙呢？你不是说，很小的时候就有修仙者断定我有很好的修仙潜质吗？”

“这个……有些事也该说给你知道了。”楚氏沉吟着说道。

干鹊一愣，“什么事？”

楚氏拉着罗紫烟的手，“你们两个跟我来。”

“阿娘今天怎么奇奇怪怪的。”干鹊虽觉奇怪，还是跟了过去。

三人进入楚氏的房间，在卧榻边坐了下来。

楚氏看着两人，面露笑意，“你们昨天上山为我找药，阿娘心里很高兴。不过……咳咳……阿娘知道，自己是行将就木的人了，药石能保得一时，保不了长久。否则火猴他早治好我了。”

“阿娘！”干鹊急了。

楚氏笑了笑，摆摆手，“你不用听着难受。阿娘是个经事的人，生死本是天道寻常，谁也回避不了。趁着我现在还能开口，你们也都在，我跟你们说个事儿。阿灵，你也听听。”

罗紫烟不由得打起精神来，她隐约感觉到楚氏即将说的话非同小可。

楚氏却没有马上开口，她的目光变得深邃起来，仿佛被拉进无尽的回忆里。

“阿娘……”干鹊忍不住了。

楚氏回过神来，看着儿子，“这件事我一时竟不知怎么开口……我先问你，你对我们的过去了解多少？”

“该了解的我都了解啊。阿娘本是成都人氏，我爹是朝廷命官，后来因为被奸臣排挤，惨死狱中。为了避免被牵连，阿娘就带我到这里避难。然后……村里的人就奉阿娘为族长……”

“阿娘又没有改嫁村里的人，为什么村里的人会奉阿娘为族长？”

“这当然是因为阿娘见多识广，大小事都能拿主意……还有可能是因为，火猴认阿娘为姑姑，村里的人想借火猴来保护村里的安全……”

楚氏满意地点点头，“你这个推断没错，但火猴并非真是我侄儿，他又是上仙门副门主，为什么对我这么恭敬？”

“这个……阿娘，其实我也一直很不解，火猴那么心高气傲的人，为什么见到阿娘，都是毕恭毕敬的？”

楚氏没有回答，而是伸手向前一指，“你把第三块木板掀开。”

干鹊莫名其妙，还是依言掀开那块木板，只见里头竟然放着一把黑皮鞘腰刀。

“阿娘，你原来还藏着这么把刀？看起来好像不错！”干鹊拿起那把刀，满脸好奇。

楚氏微微一笑，目光变得更加悠长，“这把刀是你刚出生那天，你爹给你的。因为时机未到，我一直把它埋在地下。现在你已经长大了，是该把你父亲送的东西交给你了。”

“我爹？你不是说我出生的时候他就不在了吗？”

楚氏突然猛烈咳嗽起来，片刻之后，她才喘息过来，“你先试试，趁手不趁手？”

干鹊点点头，右手握刀，徐徐往外拔。

“铮！”

一声龙吟从刀鞘里传来，紧接着一团耀眼强光像流水一般从里头盈盈流出来，溢入罗紫烟和干鹊二人的眼中。

随着刀身不断往外移，光芒越发强烈。两人全然看不到刀锋模样，只有满眼强光耀目，似乎整个世界都被白光充满了。

屋外烈日高照，阳光明媚。屋内因为这把刀的出鞘，似乎也升起一轮烈日，映得罗紫烟和干鹊目眩眼盲。

“仓！”

刀身骤然入鞘，强光消失，屋里又恢复了原来的亮度。干鹊惊喜地看着刀，“好刀，阿娘，有这么好的刀你怎么不早拿出来？”

“咳咳……我是准备等合适的时候，把刀，连同你的身世，一起交给你的。”

干鹊一愣，“我的身世？阿娘，什么意思？”

“我这病是药石无效了，此生不久矣了。有些话，有些秘密，也该说出来了，否则到棺材里跟谁说呢？”

干鹊一脸发怔，只觉阿娘今日有些奇怪。而罗紫烟则是疑惑地看着楚氏。只见她陈橘皮般的脸上，每道皱纹都如刀刻般深。双眼则是更加炯炯有神了，透着常人所没有的光彩。

片刻之后，楚氏嘴角露出一丝苦涩的笑容，“我这辈子所经历的事，也算是不少，虽死也无憾，只可惜不能看到我儿称帝的那一天，但我希望阿灵你能陪着他，到成为他皇后的那天。”

“称帝……皇后？”

干鹊突然笑了，“阿娘，你今天在犯糊涂了。”

楚氏摇了摇头，神色突然透着几分骄傲，“我没犯糊涂！你就是龙子凤孙，大蜀国的三皇子！”

“阿娘，你说什么？”

“而我，就是你父亲的楚贵妃！”楚氏脸上泛起一抹红晕，眉眼间更加光彩照人，仿佛又回到了过去，回到那个让她一生难以忘怀的光辉岁月里。

楚氏十二岁因家贫而被送入宫中，在工事坊里待了三年后，因为聪明伶俐，被选为侍女。十八岁那年，她的娉婷善舞打动了蜀王的心。于是，一年后，她成了皇贵妃。

楚氏深知，后宫深如海，步步杀机，步步惊心。有多大的恩宠，往往伴随着多大的毁损。因此，她满心盼着能诞下一个龙种，好母凭子贵。

当时，蜀王本有两个子嗣，但后来都夭折了。于是，所有嫔妃都在暗暗较劲，希望能够早生个儿子，提高自己的地位。其中，楚氏最大的敌手就是皇后和另一位皇贵妃懿妃。

一年后，当楚氏肚子还一平如砥的时候，懿妃和皇后的肚子却先后隆了起来。当楚氏以为在这场后宫之争中要失败的时候，意外却不断发生。

先是懿妃大出血早产了，几个月后皇后新生的龙子也毫无征兆地夭折了。这下后宫哗然，多数人都怀疑这事背后有人在做鬼。楚氏自然成为最大嫌疑人。

即便是蜀王，也怀疑此事和楚氏脱不了干系。但因为恩荣犹在，最后只是诛杀女御医、太监、宫女数十个。而楚氏则是被贬黜出宫，永世不得再面圣，更不得再对人提及自己的过往。

“那我……”干鹊只听得惊心动魄，突然问道。

“你是我劫后余生最大的惊喜，也是我能够活到今天的力量。”又是一阵咳嗽，楚氏脸上露出了欣慰的笑容，“我真没想到，上苍仁慈，居然不绝于我。”

原来，楚氏被贬出宫不久，便发现自己竟也怀上了龙胎！

这事不知怎么竟让蜀王知道了，蜀王就派火猴来保护他们母子，对外楚氏与火猴则姑侄相称。

蜀王也曾想把干鹊接回宫去，但君无戏言，接干鹊回去后，如果楚氏不回去，干鹊的抚养就是个问题。

最后，蜀王便作罢了，而火猴仍暗中保护楚氏，只要楚氏信鸽一到，他就会立即赶来。

也因为有火猴，素来排外的天化村，后来竟让楚氏当村里族长。

“阿娘，你说的都是真的？”半晌，干鹊才呆呆说道。

“这把日曜刀，就是你出生那天你爹让火猴带来的。它是蜀王室的象征。”

顿了下，楚氏拉起罗紫烟的手，“干鹊的身份，无论是蜀王还是我，都不敢泄露出去，阿灵你知道是为什么吗？”

罗紫烟迟疑了一下，“是担心宫里的皇后或是贵妃等人，会来加害干鹊吗？毕竟，从年龄和地位算，干鹊是目前的王长子，足以继承蜀王位了。”

“真是聪明的姑娘，我就喜欢像你这样的。”楚氏满意地笑了笑，“那你知道，我为什么要让你知道吗？”

“这个……我就不懂了。”

楚氏神情变得严肃起来，“我原来还担心你的才智配不上干鹊。但今天发生的这些事，我突然发现，你不同于一般女子，很可能就是那个能辅助干鹊成大事的人。”

楚氏抓起罗紫烟的手，“既然你是干鹊的新娘，他的身世，他的一切，我当然要让你知道了。”

罗紫烟心头一紧，她最担心的事还是来了。

“我……我能不能也说一下我的身世？”罗紫烟沉吟了下，一横心，决定把话说开了。

楚氏母子都是一愣，楚氏道，“你的身世，不就是……”

“其实，你们真的误会了。我跟干鹊也说过好几次，他一直都没当回事。”罗紫烟一抿嘴唇，“我其实真不是阿灵。”

“阿灵，你又在胡说什么！”

“跟你说不通，我还是跟你的阿娘说吧。”

罗紫烟本想把自己的来历和穿越到这个世界的前因后果说一下，但转念一想那也太惊世骇俗了，楚氏和干鹊绝不会相信的。

因此，她稍微打下腹稿，才道，“其实，我并不是阿灵，我家住在大熊山附近，那天到咱这一带采药，误入旋风谷，不知怎么碰到旋风……醒来发现身上衣服都没了，刚好捡到阿灵的新娘服，没想到被干鹊误会了，其实我在白鲨帮那里见过真的阿灵，她已经死了……”

把自己穿越而来的经历以三分虚构七分真实的方式说出来后，罗紫烟又道，“所以，我真的不是阿灵，之前见伯母病得厉害，我怕说出来伯母着急……其实我原名叫罗紫烟。”

“不可能，怎么会有这么巧的事？”干鹊摇摇头，一脸难以置信。

楚氏默然片刻，却是点点头，“我相信紫烟说的。”

“阿娘……”干鹊呆若木鸡，打心底不相信这事。

楚氏突然微微一笑，“这事确实很巧，但很巧的事背后通常都藏着天意。是天意，让紫烟你和干鹊相遇，又是天意，让紫烟你刚好穿上阿灵的礼服。”

说着，楚氏拉起罗紫烟的手，亲切地看着她，“所以，是天意让紫烟你来当干鹊新娘的。”

干鹊眉头一扬，不由自主点点头。

“可伯母，我跟干鹊才认识三天……”

“你父母在哪里？我可以托人去说媒。”

“没了，阿娘和阿父早都不在了。”

“哦？可曾婚配？”

罗紫烟迟疑了一下，摇摇头，马上又补充一句，“但是我有意中人了。”

“有意中人怕什么？我们这里但凡没有成亲，都可以重新选择夫婿。”楚氏用力握住罗紫烟的手，似乎生怕她溜掉一般，“干鹊对你的一片心意，我看得出来，相信你也是。”

“没错，我不管你叫阿灵还是叫罗紫烟，我都不在乎。反正我已经当你是我的未过门妻子了！”干鹊突然大声说道。

罗紫烟大感无语。

“我相信这一切巧合背后定有天意，那就是老天给干鹊送来了能辅佐他成就大业的女人。”楚氏直直地看着罗紫烟，眼里闪着兴奋的光芒，“我相信你绝非那些庸脂俗粉能比，你们一定能珠联璧合，相辅相成的。”

“谢谢伯母，可我真没兴趣成为他后宫的女主人。”

楚氏笑了笑，摇摇头，“你不用急着做决定。我以一个过来女人的身份告诉你，一个女人，一生最重要的，就是嫁对男人。”

罗紫烟大感无奈，可她如何能与一个古代老太太争论呢？

“不过，决定在你心中，路在你脚下，我们母子俩勉强不了你。反正你家里也没别人了，这段时间就先在我们家住着，等想清楚再做决定，如何？”

罗紫烟暗暗松了口气，“谢谢伯母，我会好好考虑的。”

楚氏点点头，神情恢复了淡然，“只要你同意，我就会安排你和干鹊去修仙。等你们学有所成，再来争夺大蜀江山也不迟。”

回到房间躺下，罗紫烟心头依旧思绪纷杂。

现在，她内心对楚氏这个病恹恹的老太太更加敬畏。她从这个风烛残年的老妇人身上，看到一股柔弱而坚韧的力量，是这股力量支撑着她行将就木的身体，让她拥有洞若观火的睿智。

“可惜，任她说破嘴皮，司明在我心中也是无可替代的。”罗紫烟心头暗道一句。

想到这儿，她的心再次阵阵揪紧，也不知道司明是否逃过火猴的追捕？

“修仙”这两个字，突然火光一般闪蹿在罗紫烟的脑海里。

辗转反侧不知多久，外头突然传来敲门声。

罗紫烟起身去开门，只见楚氏微笑着站在门边，“饿了吧？干鹊已经做好饭了。”

矮几上备好了丰盛的饭菜，干鹊还在忙里忙外张罗着。罗紫烟只看得好笑，情知这是楚氏的意思，想以此来俘获她的芳心。

而楚氏则是绝口不提先前的话题，只是招呼罗紫烟吃饭。她淡定从容，举止优雅，让罗紫烟有种如沐春风的感觉。跟这个老太太在一起，可以很轻松，不用拘泥也无须过于殷勤，就像一家人那样自然。

只是罗紫烟知道，自己心有所属，终究是无法融入这里的。

“让干鹊也来吃饭吧。”罗紫烟拿起筷子，看了厨房一眼。

楚氏微微一笑，“他饿不着，做完菜自然就来了。”

“对的，紫烟，你尝尝我的手艺，看满意不满意。”干鹊的声音随即传来，显然他也是竖着耳朵在听罗紫烟的动静。

“肯定好吃！闻着就香。”罗紫烟笑道。

好一会儿，干鹊又炒了两个菜，这才落座，他笑道，“紫烟，你多尝尝。要是喜欢，我天天做给你吃。”

“那怎么行！我相信紫烟需要的，不是一个天天给她做饭的男人，而是偶尔给她做饭的男人。”楚氏微微一笑，“能配得上她的男人，应该是以天地为战场，而不是以厨房为天地。”

罗紫烟不由点点头，再次佩服这个老太太的胸怀。

干鹊挠挠头，笑道，“阿娘说得对，但不知道为什么，给紫烟做饭菜我感觉特别好。”

罗紫烟不知说什么，只是低头吃饭。

饭桌的气氛一下子变得有些僵硬。楚氏马上笑了笑，给罗紫烟夹了一块红烧肉，“来，多吃点肉。”

饭毕，罗紫烟还在和楚氏闲聊的时候，门外突然传来急促风声，一人匆匆进来。

“是火猴来了吗？”干鹊起身去看，却见从外头走来一个年轻人，穿着一身宽袍，背负宝剑，足履轻风，全身上下透着仙风道骨。

“请问，这位是楚奶奶吗？”来人见到楚氏，立即躬身行礼。

楚氏起身，微微颔首，“正是！”火猴都称她姑姑了，别的修仙者称她奶奶，她也没有谦虚，泰然受之。

“在下上仙门牧艾！奉副门主之命，前来保卫楚奶奶。”

“哦？火猴呢？”楚氏点点道。

“副门主已经发现魔头的踪迹，正带领一些门人赶去围捕，但魔头行踪不定，副门主担心又来天化村作恶，因此命我来此守护楚奶奶。”

罗紫烟一颗心几乎跳到嗓子眼上来。

楚氏面露喜色，“发现那个魔头了，在哪里？”

“目前魔头流窜到吞云泽一带，副门主正率弟子们全力搜捕，还请放心。”

“那就有劳你了。请屋里坐。”楚氏笑着说道。

“不用，我到外头修炼！”牧艾说着，大步走到外头一棵树下盘膝而坐，闭目不动了。

罗紫烟的心却是七上八下的，她起身说，“我出去走走。”

“紫烟，这里你不熟，我给你带路。”干鹊急忙跟过来。

天化村又恢复了往日的安宁，罗紫烟走过圣天场的时候，发现那个巨大的雕塑下，早上曾经扔向她的那堆松油火把的残渣也都被打扫干净了。

罗紫烟继续大步向前，朝着村寨大门走去。

“紫烟，你要去哪儿？”干鹊跟在后面，见状有些急了。

罗紫烟顿了下，想了想，回头看着他，“我想去吞云泽，你知道在哪里吗？”

“我当然知道了，可是那里不是有魔头吗，你去那里干什么？”

“我就想去看看，你告诉我怎么走，我自己去就好了！”

干鹊摇摇头，“那怎么行！那魔头那么厉害，你去那里干吗，太危险了！”

罗紫烟掉头往外走，“算了，我自己去好了！”

“紫烟！你等等我，我带你去！”

罗紫烟大喜，却又迟疑道，“你就不怕那魔头吗？”

“你不怕，我怎么会怕呢？再说了，你都去了，我哪里能在家里发呆。”干鹊一咬牙，“这样，你先在这里等我，我去跟阿娘说一下，免得她担心。”

罗紫烟点点头，“也行，你只要把我带到吞云泽就行，我也不想你去冒险。”

干鹊匆匆离去，很快又回来，但背后还跟着牧艾。

罗紫烟不由得愣了下，“这是……”

“我阿娘听说你要去，二话不说就同意了。但她要牧艾仙长随我们去，以免遇到危险。”

“那阿娘这边……”

干鹊笑道，“阿娘没事，我们也就是去去就回来，很快的。”

“好吧，阿娘没有问我为什么去那边？”

“阿娘从不多问事情的。”

说话间，牧艾一拍背上那把仙剑，“嗖”的一声，长剑冲天而起，又如有灵性一般落在罗紫烟面前，悬停于地面半尺处，强光弥漫开来，使得它看起来像是一面皮筏艇。

“好久没坐仙剑了，上来吧！”干鹊欢呼一声，率先跳上那道剑光，回头朝着罗紫烟伸出手。

罗紫烟却是看着那剑光有些发晕，犹豫了下才伸出手。

她只从电视剧里见过仙人驾剑的画面，做梦也没想到有朝一日，她能站到真的仙剑上面。

借着干鹊的扶力，罗紫烟发现脚下那看似纤细的仙剑，竟像万吨轮船一样沉稳。她把手从干鹊手里抽开，发现自己就像钉在上面一样稳。

怪不得传说中的那些仙人能驾剑飞行，要是人人都掌握这门技术，估计也不需要高铁飞机了。

胡思乱想之际，牧艾微微一笑，也飞身跃上仙剑，站在两人前面，“在下修为尚浅，御剑速度较慢，还请见谅！”

“没事，吞云泽离这里可有一百多里，要靠我们骑马走路，可把人累死了。”干鹊笑着说道。

“那我们走吧！”牧艾说着，口念一阵诀，那仙剑开始缓缓往上升。

罗紫烟感受到一阵失重，但随着四周山风吹来，她突然又有种要乘风而去的欢愉。这一刻，竟没有紧张，只有兴奋。

再看干鹊，显然托火猴的福，已经多次搭乘过这种仙剑，居然优哉游哉地看着四周的风景。

升到数百米时，仙剑略一停顿，蓦然往前飞了出去。徐徐而来的山风骤然变快变急，群山迎面而来，又倒退而去。而脚下的山林，则变成一面面的绿毯，覆盖在起伏的山川之上。

牧艾并没有谦虚，仙剑飞得虽快，但远没有达到传说中风驰电掣的程度。罗紫烟激动的心情也逐渐平复下来，她突然想到一个问题，拍了拍干鹊的肩头，“这个世界上，有很多修仙人吗？”

“哪能呢！想修仙的人是很多，但真正能步入仙门的，万中无一。就算进入仙门里，能真正羽化修仙的，也是万中无一。”干鹊摇摇头说道。

牧艾笑了笑，“正是如此。修仙一道，犹如登天。登天有多难，修仙就有多难。像我上仙门，虽然号称大蜀第一仙门，但真正的修仙者其实也不多。”

牧艾看着羞涩，却善于言谈。从他口中，罗紫烟才知道，这确实是个存在修仙者的世界，而且修仙宗门遍布天下名山大川。

多数修仙者，都是卓尔不群之辈，喜欢独辟洞府，收三五徒弟以传承衣钵，因此多数宗门都很小。

因此，聚集着众多修仙者的上仙门，堪称当今有数的大宗门之一。而且，它还是唯一一个由帝王发起的修仙门。

“牧艾，其实我一直不明白，修仙者不都是独立于世外，鲜少往来人间，更不受官府节制。为什么蜀国可以创立这么一个修仙门呢？”

“这个问题说来得追溯到上千年前了。当时，我们蜀地出现一个旷世大魔头，叫作血魔，残杀无道，修仙界不少人想除掉他，却都被他所害……”

血魔之修为参天造化，厉害无比，而修仙者们又各自为战，形同一盘散沙，因此根本无人抵挡得了。

危急存亡关头，当时的蜀地之王挺身而出，诏谕仙凡两界，呼吁携手共抗血魔。

这个诏书言辞恳切，几乎是泣血相告，真把仙凡两界都说动了，于是大家团结在蜀王身边，拧成一股巨大的力量，竟真把血魔诛灭。

新蜀门

血魔虽灭，但他之前所培养出来的魔头，却仍活跃在世间各地。于是蜀王再次倡议，请修仙者们创立一个宗门，专司为民除魔伏妖之职。这个宗门，就是上仙门。

此后，蜀地王朝更替频繁，但千年下来，上仙门始终被各个王朝所接纳，成为蜀地灭魔的主力军。

罗紫烟越听越吃惊，她原以为自己是穿越到中国古代的某个时代。但从牧艾的口里，她听到的只有陌生。

在她认知的历史上，虽然有老庄大道，有魏晋玄学，有终南修仙，但从没有仙人大量出现的记录，更没有国设修仙宗门以除魔卫道的记载。

她来到的是一个她之前从没听过的古时代，很可能是一个传说中的平行空间。

但对罗紫烟来说，这不重要，重要的是，找到司明，和他一起回去，告别这个陌生的世界。

她心中暗想，也不知道司明现在怎么样，有没有被上仙门围住？

直到傍晚时分，仙剑才飞到吞云泽上空。

暮霭之中，只见一片蒙蒙云海裹着连绵群山，在落日余晖中被染成血红之色。

这片山处于低洼地带，四面之水都汇集于此，绵延成片，形成大大小小的水泽。因为水泽终年往外散发雾瘴云气，就像在吞云吐雾，所以这里被称为吞云泽。

“这里好大，火猴他们在哪里？”干鹊问道。

牧艾摇摇头，“那个魔头很狡猾，副门主他们一定在全力追捕，也不知道追哪儿去了。”

“那我们进去看看。”罗紫烟急道。

牧艾迟疑道，“在下修为尚浅，如果遇到那魔头，只怕保护不了两位。”

“我不怕，你把我放下去就行了。”罗紫烟心急如焚，恨不得马上能在吞云泽里找到司明。

至于找到司明后能做什么，她现在完全顾不得，她只想要确定司明还活着。

干鹊笑道，“牧艾，你就带我们进去转转吧。我看紫烟她很好奇你们修仙人是怎么斗那魔头的呢。”

罗紫烟感激地看了干鹊一眼。

牧艾迟疑了一下，“好吧，我们进去看看。但大家都得小心点，听说那魔头非常难对付。”

说话间，西侧一片密林里突然蹿起几道华光，在夜色里一闪而逝。

“那是剑光！”牧艾大喜，驱动仙剑朝着剑光消失的方向飞去，“那边肯定有情况，去看看！”

“哗啦——”

就在这时候，右侧方向突然传来摧山坼地般的巨响。随后一片红光从林子里飞起，染红了大半个夜空。

“是火猴副门主的火烈拳，看来真遇到那魔头了。”牧艾急忙掉头飞去，满脸兴奋。

干鹊却是倒吸一口气，“看样子，那魔头一会儿西，一会儿东，速度非常快。”

话落，南方密林里又蹿起一串剑光，夹杂着密集的断裂声，撕开了暗夜混沌的本色。

正在这时候，一声怒吼传来。剑光之中，突然飞卷起一股白毛风，呼啸着盘旋在林子里。所过之处，皑皑白雪立即覆满树木枝丫。

随后，一切声浪突然停歇下来。

“发生了什么事？”牧艾颤声问着，再次掉转剑光，朝着南边林子飞去。

进入那块被白雪覆盖的山林里，眼前情景让三人都倒吸一口气。只见雪地上立着数个修仙者，看服饰与牧艾相似，身上却披着一层霜雪。

“是韩师兄他们！韩师兄！这里怎么了？”牧艾急忙挥着手。

但那几个上仙门人却是动也不动。

牧艾神色倏然一变，急忙飞落下来，收剑在手，警惕地看着四周，“这里情况不对，你们跟我来！”

他边说边走到一个修仙者背后，用力一拍，“韩师兄，你们没事吧？”

那个修仙者应声往旁边摔落，撞在另一个修仙者身上。几乎一瞬间，其他修仙者像骨牌一样，同时往一旁倒下。

“咔嚓——咔嚓——”

甫一落地，那些修仙者的身子就像被砸破的冰块，四分五裂开来。带着殷红色泽的身体碎片，大大小小滚落在雪地上，触目惊心。

“这……这……”牧艾似乎吓呆了，半天说不出一句话。

而罗紫烟和干鹊，同样惊得目瞪口呆。

“轰隆！轰隆！”

就在这时候，远处突然传来阵阵巨响，伴随着怒吼声、剑啸声。

显然，魔头的踪迹又出现了。

“韩师兄，章师兄，孙师弟，你们等着，我给你们报仇！”牧艾一咬牙，拔剑朝着声浪方向冲去。

罗紫烟回过神来，立即跑着跟过去。她不知道自己过去能干什么，只知道有司明在的地方，就是她要去的方向。

干鹊愣了下，一跺脚也追了过去，“紫烟，等等我啊！”

第五章 | 凤魔再临

夜色如墨。山林地势复杂，罗紫烟才跑没几步，眼前就没了牧艾的踪迹。

“紫烟，紫烟！”

罗紫烟刚要回答干鹊的叫声，脚下却一滑，不由自主往前摔了出去。

“扑通！”

等罗紫烟缓过劲来，干鹊的叫声已经远去。她心头骤然一寒，知道自己被丢在这黑暗的深山老林里了。

不过，只是躺了片刻，罗紫烟便爬了起来，吃力地拨开眼前的灌木丛往外走。

找到司明！找回司明！

这个目标，支撑着她在黑暗中大步前行，无论是横生的枝丫，还是遍地的荆棘藤蔓，都无法阻拦她的脚步。

夜，无边无际，山林，似乎漫无边际。

过了一会儿，罗紫烟终于跑累了，她扶着一棵树停下来，茫然看着四周，泪水突然不争气地流下来。

她想起在阿尔泰山那个黑山洞里，那时候也跟现在一样黑，但有司明在身边，她并不害怕。

现在，黑暗丛林无声吞噬着她，她多么希望司明能突然冲出来，将她拥入怀里，用宽大的胸怀将她包裹，给予她对抗冰冷黑夜的力量。

时间分秒过去，黑夜依旧如冰冷之水，包裹着罗紫烟的每一寸肌肤，把彻骨奇寒浸润到她的骨髓，继而直抵心底。

“你不出来，那我就去找你！就算你在龙潭虎穴，就算你跑到天涯海角，就算你忘记了我是谁，我也要把你找到，唤醒你，带你回去。”

这番狠话，既是心志，也是壮胆。

罗紫烟一擦眼泪，继续大步往前走。不管层林有多深，夜色有多重，她也要一头走到黑，不把司明带回 21 世纪誓不罢休。

内心念头一旦坚定下来，即便眼前有千难万险，对罗紫烟而言也只是纸障泥墙。

“轰隆——”

左侧密林深处突然升腾起一片白光，继而又消逝得无影无踪。

“司明！”罗紫烟立即朝着白光方向奔去。

好一会儿，罗紫烟冲进一片裹着白雪的树林里。首先映入眼帘的，是落在雪地上的一些明晃晃的兵刃。

借着兵刃的光，她看到不远处立着数个身覆白雪的修仙者，动也不动。

毫无疑问，这又是司明的手笔。

罗紫烟只觉心头剧痛，忍不住叫道，“司明！你在哪里？不要再杀人了！”

叫声方落，可怕的一幕发生了。只见那些披着雪的修仙者突然像雪人一般，化为无数夹着血泥的碎片，松垮垮落成一摊，全然没有人形。

不过，在这之中，却有个身影没有变化，反而传来细微的喘息声。

“你是？”

罗紫烟屏住呼吸，看着那仅存的身影，只见他全身罩白，全然看不清模样。

“又是你！”那个身影猛地一个转身，大步向罗紫烟走来。

司明！

罗紫烟大喜过望，想要扑过去，却又急急站住，“司明，你能听到我吗？”

“你简直就像苍蝇一样令人生厌！”司明恶狠狠地说道，“今晚，就让你也粉身碎骨！”

说罢，他右手一抬，大股白雪凭空而生，盘旋呼啸着，渐渐形成一股白毛风。

罗紫烟看了地上那些化为红雪碎片的修仙者尸体一眼，想要转身逃跑，但心念一转，却是站得更加笔直，“你少费力气，这身体是司明的，他不会伤我的！”

“嘿嘿，你太高估他了，现在是我在掌控这具身体。”司明冷笑一声，右掌一推，就要把白毛风送出。

只要被它扫中，只怕罗紫烟身体也要瞬间冻化，轻轻一推就会化为齑粉。

“你杀不了我的！司明绝不会坐视不管的！”罗紫烟继续道。

经历这么多事，她发现自己越来越不怕对方了，相反，她更加相信司明会为她撑腰的。尽管司明自身难保。

“无知的丫头，死！”司明大喝一声，右掌刚要推出去，却突然惨叫一声，往后倒下。那股白毛风随即消失得无影无踪。

“司明！司明！”罗紫烟愣了下，急忙向司明跑去。

只见司明摔倒在地上，一张脸因为痛苦而扭曲，两只眼里放着幽绿骇人的光芒。

“司明……你，你这浑蛋，害得司明受伤了！”

罗紫烟惶急大叫着，蹲下来才发现，司明胸口出现一道剑伤，正往外流血不止。

这情景让罗紫烟心都快碎了，她很想痛揍对方一番，但是打下去，伤的还是司明，她哪里下得了手？

“你这个恶魔，他已经伤得这么重了，快从他身体里出来！”

“嘿嘿，你要想救他，就赶快扶起我，找个安全的地方躲起来，否则那些自命正道的崽子来了，他就死定了！”司明冲着罗紫烟一阵怪笑。

“你这恶魔，到现在还想利用我！”罗紫烟怒骂一声，却还是将司明扶起来，放到背上。

长夜终于过去，晓色就像一把刀，切开了笼罩在山林上空的黑幕，让阳光透林而入。

罗紫烟停了下来，讶然看着四周。

摸索了大半夜，她早就迷失了方向。此刻才发现自己进入一片石林中，四周全是高高低低的石峰石柱，错落起伏，恰似无数怪兽虎踞龙盘。

而她，奔波了一夜，早就筋疲力尽，此时再也支撑不住，把司明放在一座蘑菇状的大石峰下，自己一屁股坐在旁边。

司明紧闭的双眼睁开，晨光映得他脸色惨白如纸，但他却在发笑。

“你这恶魔，笑什么笑！快从司明身体里滚出去！”罗紫烟恨恨地道。

司明只当没听到，而是看了看四周，“这里很好，那些家伙应该不会追来。”

“少给我转移话题，你到底要怎么样才能滚出司明的身体。开出条件来！”

“他现在胸口受伤，我要是离开，他岂不是马上就死了？”

“你……”罗紫烟气得咬牙切齿，“你到底要怎么样？”

司明砸吧砸吧嘴，“我好渴，那边有汪山泉，你扶我去喝点水。快点，不然受苦的可是你夫君的身体。”

罗紫烟满心不愿意，但想到身体是司明的，还是把他扶过去。

司明看来是渴坏了，立刻趴在山泉边喝起来。但没喝几口，他身子突然一颤，咕噜一声栽到泉水下的池子里。

“司明！司明！”罗紫烟急忙将他扶起来，只见司明眼珠动了动，目光转到她身上来。

“司明……”

“小……小烟？”

声音虽微弱，但听在罗紫烟耳里，却像是雷声滚滚。泪水瞬间糊花了她的脸，她猛地一把将司明搂进怀里，“司明！司明！你回来了！我就知道，我就知道，你会回来的！”

“你，快滚！”就在这时候，司明突然暴喝一声，猛地挣脱罗紫烟的双手，咕噜着翻出来，一拳打在旁边的一块石头上。

“轰隆！”石头应声破碎。

罗紫烟呆了呆，心头一凉，知道那个恶魔又把司明的身体夺走了！

“是你！每次都是你，让他来跟我捣乱……我就不信杀不了你！”司明猛地起身，愤怒地朝着罗紫烟冲来。

罗紫烟呆呆看着他，不想躲，也不想反抗。或许死在司明手里，是她在这个世界里最好的归宿。

“小烟，小烟，你没事吧？”快冲到罗紫烟面前的时候，司明突然打个寒战，单膝跪了下来，一把将罗紫烟给扶起来，满脸着急看着她。

罗紫烟一愣，笼罩心头的绝望再次消失得无影无踪，她狂喜地抓着司明的手，“司明，司明，你又回来了？”

“小烟，他没伤到你吧？”

“你没事，我就没事。”罗紫烟抚着司明的胸口，“你的伤势很重。”

“奇怪，之前是很痛，但现在一点儿感觉都没有。”司明疑惑地摸了摸胸口，突然神色剧变，发出一声惊呼。

“啊！”

“司明，司明！”罗紫烟吓了一跳，急忙扶住司明的肩头。正在这时候，一股大力从司明肩头传来，将她震得蹬蹬后退。

“司明……”

司明抬头看着罗紫烟，眼里又露出那种让罗紫烟深恶痛绝的幽光，“他斗不过我的，这副身躯终究是我的，你死了这条心吧。”

罗紫烟咬牙道，“你别得意得太早，我和司明一定会把你从他身体里赶走的。”

“哈哈！”

“你别笑，只要司明还在一天，他就不会放弃，只要我在一天，我就会时时缠着你，鼓励司明与你奋战到底，直到你从他的躯舍里滚出去为止！”

“无知凡夫，就凭你们！”司明狞笑一声，一步步向罗紫烟走来，“你是那可怜元神的唯一牵挂，只要杀了你，他从此就会安分下来，再也没有人能影响到我的心志了。”

“你杀不了我的！司明不会让你得逞的！”罗紫烟斩钉截铁地说道。

司明冷笑道，“是吗？现在他已经被我压到心窍深处，纵然想帮你，看谁还来救你！”

话落，司明倏然出手，右手扼住罗紫烟的咽喉。

“啊——”

罗紫烟拼命往后挣，但喉咙间就像是上了个寒铁冰锁，呼吸停滞，视线一下子模糊了。

“我……我就要死了！”罗紫烟心底响起一个绝望的声音。

就在此时，喉咙之中突然一热，像是有团大火熊熊燃烧起来，似乎那些纹理又动了。

“死吧——”

司明眼里闪着凶光，手底急剧催劲，但脸上的神色却突然一变，“怎么可能？”

叫声未已，一股炙热的气息突然从罗紫烟的喉咙深处喷薄而出，与那寒冽的掌劲相互抗衡着。

司明又惊又怒，劲道再次一催，霜寒气息更强数分，罗紫烟的喉咙又是阵阵发紧，意识再次模糊了。

“啊！”

正在此时，司明突然闷哼一声，左手痛苦地捂着心口，眉头紧紧皱起来，口中则是怒吼连连，“浑蛋……放了她！”

是司明的声音！

罗紫烟大喜，眼泪几乎夺眶而出。世界上再美的天籁，也没有此时司明的发声听起来美妙。

“你给我回去！”

“放了她！”

“回去！”

“快放了她，不然我一有机会，就毁了这身体！”

“你没这个机会！”

“这么久了，你不可能永远防住我的！”

司明与那恶魔的怒吼声交相出现，两个元神你争我夺，大吼大叫，争吵激烈。

而罗紫烟的意识却更加模糊了，那卡住她喉咙的右手扼得越来越紧。

“司明……”罗紫烟拼命地呼唤了一声。

司明身子一颤，左手突然扣住扼在罗紫烟咽喉的右手。

“你——”恶魔咆哮声响起，右手仍是死死扼住罗紫烟。

双手互搏之际，罗紫烟的喉咙却是松了松，那原本被压制下来的热意，再次喷发而出。而身上纹理激发出的一股股热流，则同时向咽喉处汇集。

“怎么回事？”罗紫烟惊讶异常，想大叫嗓门却被什么堵住，根本无法发声。

就在此时，司明右手突然一振，震得左手脱飞而起，随即无力垂下。而右手则是力道再次加大。

经历了多次较量，恶魔之手终于占上风了，它要抓住这个胜利空隙，立毙罗紫烟于掌下。

“啊！”

就在此时，罗紫烟突然发出一声大叫，随后一团积郁已久的烈焰，犹如火山般从她嘴里喷发出来，化为长长的火舌，直扑司明面门。

司明大惊失色，闪电般抽身后退。火舌如有灵性，紧追而来，绕到司明之后，又延伸到他身前，蛇似的一圈圈绕身盘旋过来。

烈焰之中罡气凌动，满蕴巨力，简直就是一圈圈烈火绞索。

罗紫烟跌坐在地上，目瞪口呆地看着这一切。烈焰喷出之后，她就像被人抽了脊梁骨，腿脚虚软站都站不住，而皮肤表面则是一片清凉，有种透心的清爽感。

“怎么回事……”

罗紫烟突然下意识地掀开衣领往里看了看，不由惊喜交加。

那一身离奇长出的斑斓的纹理，此刻已消失得无影无踪，细腻肌肤又恢复了往昔凝脂般的色泽。

想到刚才喷出那股烈焰的时候，身上涌起的一股股热力，随之汇入咽喉之处，罗紫烟就明白，那是纹理里的能量都转化到那股烈焰里了。

可这股烈焰是怎么回事？

疑惑之际，烈焰里传来恶魔的怒吼声，“又是你们……这回我必让凤凰一族先灭绝……啊！”

“凤凰？”罗紫烟愣了下，急忙起身大叫道，“司明！司明！”

“你烧不死我的……哈哈，我们注定永生永世命运纠缠……哈哈……”

“啾——”一声脆鸣，打断了恶魔之声。紧接着，烈焰绞索轰然炸开，横扫的火力震得罗紫烟倒跌出去，而眼前则是尘沙冲天，灰烬漫空。

“司明！”罗紫烟缓了个神，疯一般向那急促萎缩的火舌冲去。

火舌消散，只见司明斜卧在焦土之上，身上片缕不存，被大火烤过的肌肤一片焦黑，正升起袅袅青烟。

真难以想象，在烈火中煅烧如此之久，他身子依旧保持完好。

“笃笃——”

一阵细响突然传来，罗紫烟定睛望去，只见一只麻雀大小，五彩斑斓的小鸟立在司明鼻梁上，正用尖尖的小嘴啄着他的眼珠子。

“你干什么？”罗紫烟大惊，猛地冲过去，奋力驱赶那只小彩鸟。

小彩鸟“嗖”地腾到空中，用两只晶莹剔透犹如宝石的眼睛好奇地看着罗紫烟，突然点了点头，头顶三根特别长的彩羽，卷成两圈，迎风而动，分外招眼。

“原来，我的凤主小烟长这么个模样，挺漂亮的嘛。”

“嗯？”

罗紫烟愣住了，小鸟会说人话？

“小烟别怕，我认识你很久了。”小彩鸟又道。

罗紫烟回过神来，“你是什么鸟？”

小彩鸟双眼一瞪，似乎颇为生气，“什么啊！我哪里是鸟了？”

“你就是鸟啊！”

“我不是鸟！”

“明明就是个鸟样，不然还是凤凰不成？”

小彩鸟突然咧嘴，“哈哈！没错，我就是凤凰。”

“哈哈！”罗紫烟不由得也笑了，旋即脸色一变，扑到司明身边，“你把司明怎么样了？”

被大火烧过的司明身体，竟是出奇的冰寒，而被小鸟啄过的眼珠子，却是完好无损。罗紫烟暗暗松了口气。

“小烟你别笑，我真的是凤凰！准确地说，是凰雏，你懂不懂？”小凰雏飞到罗紫烟面前，不依不饶地说着，“只是还没足月的凰雏，你当然看不出了。”

“凰雏？”罗紫烟愣了下，她只听过“凤雏”，可没听过什么“凰雏”。

“对啊，就是凰雏！”

“我才不关心你是什么。他怎么样，没事吧？”

“唉，真让人担忧。”

罗紫烟心头一颤，急道，“怎么，他伤得很重吗？”

“不是，我烧他这么久，他都没多大事，真不知该怎么才能杀得掉他。”

罗紫烟不由大喜，“他真的没事？”

“当然了，小烟你高兴什么？”小凰雏不解地看了罗紫烟一眼，又落到司明身体上，狠狠啄着他的身体，“趁他还没醒来，赶快破了他的功体，不然他醒来又会来杀你的，哎哟……”

罗紫烟眼明手快，一把将小凰雏抓住。小凰雏惊怒地扭动着身子，“小烟，你干什么？”

“我警告你，不要再伤害他，否则我捏死你。”

“可是，他要醒过来就会害了你啊。我这都是为你好呀。”

“你是我妈吗？还为我好呢！”罗紫烟嗤之以鼻，却又好奇道，“你不会是鹦鹉吧？说话这么溜？”

“我是凰雏啊，未足月的凰雏。”

“未足月的凰雏？”罗紫烟愣了下，终于理解了这句话的意思，“你是小鸡仔，不对，小凤仔？”

“是凰雏！”小凰雏抗议道，“我是你生的，你怎么能如此说我呢？”

“我生的？”罗紫烟伸指弹了下小凰雏的脑袋，“别毁我清誉，我可是有老公的人！”

“就是你生的，因为我是在你嘴里孵化的啊！本该再待三十六天的。但这浑蛋马上要害死你了，你身上的凤凰原力又对抗不了他，我只能提前出来救驾了。不然，人家可会是世间最美的凰雏呢！”

小凰雏满腹委屈，看着司明愤愤不平。

“难道，你是那根凤毛变的？”罗紫烟突然想起什么来，恍然大悟。

“什么凤毛？那是凤凰精元！”

“好吧，不管怎么样，你总算是出来了。”罗紫烟松了口气，“那纹身也不见了，以后终于可以穿裙子了。”

说着，她手一松，放开了那只凰雏，“好了，你爱去哪儿就去哪儿吧。”

“这怎么行，你要对我负责。”小凰雏叫了起来。

“负责？”罗紫烟差点笑了出来，“还要我养你不成？”

“当然了！”

罗紫烟气闷，挥挥手，“我对你这种鸟人没兴趣，司明这是怎么回事？”

司明依旧双目紧闭，但是被烈火烤黑的肌肤上，却泛起一层白色的霜点来，看起来分外诡异。

“我跟你说，我是凰雏，不是鸟人！”小凰雏飞到罗紫烟面前，愤怒地扇着翅膀，“还有，我跟你说真的，你是要养我的，决不能赶我走的！”

罗紫烟不理会它，手指头轻轻地在司明面颊上拂过，冰冷凉意从指尖直透到心底来，“司明，你怎么样？你听得到我的声音吗？”

没有回应，只有细微的“嚓嚓”声密集响起，更多霜点生起于司明身体之上，与焦炭色泽相间成灰褐色。

“看样子他在恢复元气了。这个魔头太可怕了，小烟，我们还是快走吧！”小凰雏落到罗紫烟肩头上，不安地说道。

“我不走，你自己走！”

“我跟你说，我出生时带来的那点凤凰力刚才跟他一拼，已经消耗得差不多了，等他再醒来的时候，我肯定斗不过他的，到时候根本没法帮你。”

“我不需要你帮，这是我自己的事，你先自己去玩吧。”罗紫烟心中烦闷，但考虑到对方一片好心，还是忍气说道。

小凰雏摇摇头，“不行，你现在还是凡人之躯，在凤凰功体没有炼化出来之前，无法跟他抗衡。还是快跑吧。”

小凰雏越说越着急，罗紫烟却是大感不耐，猛地一把捏住它的嘴巴，“你听好了，我知道自己在做什么！如果你再饶舌，我就把你的嘴巴绑起来，知道吗？”

小凰雏迟疑了下，点了点头。

罗紫烟这才松开手，好奇地看着小凰雏，“你没地方可去吗？”

“小烟去的地方，就是我要去的地方呀。”

“好吧，你一定要跟着我吗？我没有养宠物的经验呢！”

“小烟，我是你生的，你怎么能说我是宠物呢！凤凰可是百鸟之灵呢！”

罗紫烟好奇地打量着它，“你还真是凤凰啊，为什么可以说人话？”

“这有什么啊，人话本来就是向凤凰学的好不好！”

“哦？你不是早产儿吗，居然能说人话，而且这么流畅……”

“我只是不足月的凰雏，不是早产儿！”凰雏又急了，“就算是早产儿，我也是凤凰。”

“凤凰很厉害吗？”

“你自己就是凤凰后裔啊。”

“我是凤凰后裔？不会吧，我可没发现自己有多厉害啊。”

“那是因为我还没出生嘛！我出生了，你自然就会厉害了。”

想到先前那团火，把司明团团围住时占尽优势的样子，罗紫烟心头一动，“你能帮我变厉害？”

小凰雏落到司明身上，昂着头，“当然了！”

“能比这个魔头厉害吗？”罗紫烟指着司明道。

凰雏迟疑了一下，“应该吧，但得等我长成真正的凤凰，还有你也练出凤凰功体……”

罗紫烟心中有了希望，“那你什么时候能长成真正的凤凰呢？”

“这个……我要是没有早产，不对，我若是足月出生的话，也许一年就可以，但现在……”

小凰雏突然不说话了。

“怎么了？”

小凰雏迟疑了下，“那就不好说了，有可能要多好久好久。”

“这么久！”罗紫烟大失所望地看了司明一眼，“那我要怎么练出你说的凤凰功体呢？”

“这个，得看小烟你的天赋和造化了，我说不准的。”

“好吧！”罗紫烟想了想，“这一切到底是怎么回事，我为什么会摊上你这么一只凰雏？”

“小烟，什么叫作摊上，这是命运因缘好不？”

“怎么说？”

“因为没有你，我成不了凰，没有我，你成不了凤。我们要是缺了彼此，就无法成为凤凰了。”

别看凰雏才刚出生，但记忆里却藏着诸多来自上古的秘密。从它饶舌的叙述中，罗紫烟总算知道凤凰的一些秘密了。

世人常以为，凤凰者，雄者为凤，雌者为凰，其实是一种误解。凤与凰的区别，不在于性别，而在于族类出身。

凤与人是同根同源，都为万物灵长，而凰则是百鸟之灵。

二者都是承接天地之灵气孕育所生，其生长过程中都受到天损地毁，鬼神所嫉。因此，在漫长的岁月里，为了能够躲过世间灾劫，凤与凰逐渐联合起来，相伴而生。

凤为万物灵长，它先生于天地，但成长缓慢；凰寄生于凤中，借助凤体内的灵气滋养，生长极其迅速。

因此，凤会先孕育凰，凰生成后反过来又保护凤的生长。这时候的凤为主，被称为凤主，而凰为仆，被称为凰仆。

二者相辅相成，直到共同生长完成，才统一称为凤凰，至此二者基本一致，再无主仆之分。

“也就是，完全生长之前，凤是凤，凰是凰，完成成长之后，大家都是凤凰了？”

“小烟你真聪明。”

“这么说来，我是你的凤主，你是我的凰仆？”

小凰雏点点头，“对啊！”

罗紫烟看着这只小不点，哭笑不得。这样的凰仆，能有什么用？

“对了，小烟，人家还没名字呢。”

罗紫烟一愣，“什么？”

“按照我们凤凰的规矩，凰仆出生，凤主要给凰仆取个名字啊。”

“我现在没心情。”罗紫烟看着司明一脸沮丧。司明的情况越来越不妙，现在他身上的灰褐色，已经全被皑皑冰霜所覆盖。

“不行，我不能没有名字，我不做无名之辈！”小凰雏在罗紫烟面前飞来飞去，念叨不停。

“好了好了，我给你取个名字好了。”罗紫烟不胜其烦，看着它脑袋上那三根小小的彩色卷毛，随口说道，“就叫小卷毛吧！”

“小卷毛？好像是个不错的名字呢。”小凰雏偏着脑袋，看着罗紫烟。

“当然好了！”罗紫烟摆摆手，“行了行了，你先到一旁玩去吧。”

“哈哈，我有自己的名字了。”

小卷毛欢呼雀跃，在空中绕了一大圈，又落到罗紫烟肩头上，好奇地看着司明，“小烟，你为什么要守着我们的世仇？赶快杀了他才好！”

罗紫烟愣了下，“世仇？难道你知道这个恶魔是谁吗？”

新蜀门

“我是凤凰精元，当然传承着凤凰的记忆。”

小卷毛凑到司明面前看着他，“虽然这家伙的元神附在凡人身体里，但我用鼻子一闻，就知道他是血魔！”

“血魔？这个名字好熟悉。”罗紫烟喃喃说道，突然想起来，驾剑带她至吞云泽的牧艾说过这个人，“那魔头，不是千年之前就被伏诛了吗？”

“他确实是伏诛了，但只是肉体被灭，元神是杀不死的，只好被封印到地下，没想到又回来兴风作浪了。这对我们凤凰一族来说，可不是什么好消息。”

“为什么？”罗紫烟奇道。

“因为当年最后打败他的是我们凤凰，他这次回来，肯定会找我们凤凰报仇的。”

血魔作为凤凰一族的生死大敌，在小卷毛的记忆中有着大量相关的信息。

原来，所谓的血魔，本名叫血神子，因为修炼一门叫“化血神通”的极度邪恶功法而得此名。

古往今来的魔头中，从没有一个像血魔这般可怖，也从没有一个像他这样，曾经差点毁灭修仙界，屠尽整个天下。

牧艾只知道，千年前蜀地之王曾下诏谕，广邀仙凡两界同抗血魔，却不知道当年参与其中的，还有凤凰一族。

仙凡两界虽然联手起来，但与血魔苦战数年，不但未能降服血魔，反而死伤惨重，形势日益严峻。此时，一向不问人间之事的凤凰族，不得不出面，以巨大的牺牲，成功焚灭了血魔的功体。最后，修仙界才得以将血魔元神封印起来。

“这么说来，我之前经常梦到一群凤凰化为火海，淹没一个大汉。梦到的就是凤凰与血魔那一战的事了？”

“小烟梦到过这事？看来，小烟会到这里，跟血魔此次的破封有莫大的因缘。”

罗紫烟突然明白过来，血魔元神被封印地，想必就在阿尔泰山腹地深处。可能因为苏联钻探工程，导致封印被破坏，他才得以逃出生天，并寄附在司明的体内。

“那他为什么要穿越时空，回到这个世界呢？”罗紫烟沉吟道。

小卷毛摇摇头，“不清楚，但肯定有什么阴谋的。恶魔嘛，总要做点坏事的。”

罗紫烟看着司明，心乱如麻，“不管怎么样，都不能让司明变成他作恶的工具。有没有办法把他从司明身体里赶跑？”

小卷毛摇摇头，“我只有一个办法。”

罗紫烟喜道，“什么办法？”

“赶快跑，趁他魔性还没完全回归之前赶快跑。不然他醒来了，我就没有多少力气来保护你了。”

“我千辛万苦才找到他，才不会这样走呢！”

“好吧，其实我也不是怕这魔头。他醒了！”小卷毛惊呼一声，落到罗紫烟肩头上，眼里满是戒备。

罗紫烟也是警惕地看着司明。

只见司明身体表面突然出现一道道裂缝，纵横交错，犹如蛛网一般，隐隐有黑气从里头散发出来。

“司明！”罗紫烟轻呼一声。

司明霍地坐了起来，直直地盯着罗紫烟，身上的冰雪瞬间化为无数碎片，簇簇落下。大股黑气，随着飞扬的碎雪片盘旋升空。

罗紫烟呆呆地看着司明，只见露出来的身体除了片褛不挂，跟先前没有两样。

“小烟！”司明茫然地看着四周，突然一把捂住关键部位，失声叫了起来。

“司明！”罗紫烟愣了下，狂喜飞冲过去。

司明张开怀抱，抱住了罗紫烟，他那雄壮的双臂环绕过来，是罗紫烟熟悉的感觉。

罗紫烟眼角不由一热，哽咽地叫道，“司明，你回来了？你回来了！”

“小烟，是我！你为我做的一切和发生的一切事我都知道，就是说不出话来。”

司明紧紧搂着罗紫烟，激动不已，“现在没事了，我回来了。”

罗紫烟难以置信地看着他，“你……你怎么能回来呢？”

“我也不知道，本来我已经被他给逼到心窍里了，但刚才那恶魔突然不见了，我又能控制自己的身体了。”

小卷毛飞了上前，看着司明的胸口，“怪不得刚才你身上魔性那么强，还裹着一层冰。原来他从里面给你治愈了伤口。”

罗紫烟这才注意到，司明胸口的伤已经好了。

“是那恶魔治好司明的伤的？那他呢？”罗紫烟问道。

小卷毛茫然摇摇头，“不知道，有可能消亡了，也有可能只是蛰伏着而已。”

“那恶魔……”罗紫烟心头不由蒙上一层阴影。

“小烟，谢谢你为我做了这么多。”司明再次抱住罗紫烟，激动地说道。

罗紫烟嫣然一笑，“傻瓜，说什么蠢话。”

两人劫后相逢，都生怕对方跑了似的，紧紧抱在一起舍不得松手。

“哎哟，好肉麻哦。”小卷毛嘻嘻道。

新蜀门

司明愣了下，下意识想松开手，罗紫烟却把他搂得更紧了，“别理它，一只贫嘴的小鸟罢了。”

说罢，罗紫烟猛地踮起脚尖，整个人像考拉熊一般抱住司明，狠狠吻住他。司明身子一颤，也是紧紧搂住她。

两人久久拥在一起，深深吻着对方。多日来的提心吊胆与凄切绝望，一朝都化作最为甜蜜的吻。

“咦！”小卷毛突然叫道，“那边有人来了。”

罗紫烟和司明这才停止了亲热，回头望去，果见空中有道匹练风驰电掣而来。

“不好，我们快走！”罗紫烟大叫一声，却是来不及了，那道匹练已轰然落在两人面前。

剑上之人，相貌堂正，五绺清须飘胸，身姿飘逸。但眉眼间却透着凛冽的杀气，一双眼正狠狠地盯着司明。

司明身无寸缕，倍感尴尬，只好闪到一块大石头之后。

“无耻魔头！看你往哪里躲！”那上仙门人冷哼一声，右手食指一点，足下之剑腾空，化为一道犀利匹练，闪电般射向那块大石头。

“司明！小心！”罗紫烟大惊失色。

司明不愧是散打冠军，反应也甚为机敏，听声音不对立刻往侧里扑倒。

“咔嚓——”

仙剑势如雷霆，大石应声碎裂开来，乱石飞射。所幸司明躲避及时，并未造成伤害。但罗紫烟已看得心惊肉跳，急忙扑向那修仙者，“住手！”

“滚开！”那修仙者伸手一拂，罗紫烟身子一轻，飞了出去。

“小烟！”

“魔头，受死来！”

修仙者看似信手一拂，其实力道何其巨大，罗紫烟头脑登时昏沉沉的，耳边更是嗡嗡作响，怎么被摔到地上的都不知道。

小卷毛急得飞过来，“小烟，你怎么样？可恶，不知道小烟还是凡胎肉体吗，怎么能对你用那么大的劲道！”

罗紫烟顾不得疼，挣扎着坐起来，花容失色大叫道，“司明，小心！”

只见司明正施展他的散打本能，与那修仙者拼死相搏。但常人之技，怎么能斗得过修仙之术，只是数息之刻，便被那修仙者一脚踢飞，重重地摔在地上。

修仙者随即一个纵跃，落到司明面前，手中一口仙剑如电般刺下。

“司明！”

性命交关，司明反应甚为敏捷，猛地一侧身，仙剑几乎是贴着他的腋窝刺到地上。

“魔头，你逃得过天道裁决吗？”修仙者冷笑一声，一脚踩住司明的胸口，仙剑再次刺下。

“喝！”司明骤然怒吼一声，双手死死抓住那夺命剑锋，抵挡它的下刺之势。

“魔头，你死定了！”修仙者眼里寒光暴涨，双手催动，纵然司明的肌肉再发达，求生本能再强，也无法阻挡剑锋不断往心口刺去。

“放开司明！”罗紫烟拔腿就冲了过去。小卷毛尾随而来，直飞到她耳边低声道，“小烟，要救他就得听我的！”

罗紫烟停了下来，狐疑地看着小卷毛，“你有办法？”

“哎，其实我觉得还是不要救他的好，别看他现在魔性消失，其实只是暂时没发作而已……”

“到底有没有办法？我决不能看着司明死！”罗紫烟急道。

小卷毛叹了口气，落到罗紫烟肩头，“那赶快照我说的做。”

罗紫烟将信将疑，但见那仙剑离司明心口已不足数寸，还是慑住心神。

“双手向外推出，意念与我交接，什么也不要想，如果感到有热流从身上生起，就用意念把它引导到右手，照着那家伙打过去！”

话落，罗紫烟突然感到肩头一沉，小卷毛双爪已经按在上面。它的爪子如此之小，但给罗紫烟带来的力量感却是如此之强。

不等罗紫烟反应过来，一股热流已经从体内生起，飞快蹿动着。她从没有遇到过这种情况，难免有点惊慌，但想到小卷毛的话，还是摈弃一切杂念，试着去引导那些热流。

虽是第一次，但要引导这些热流也并不难，罗紫烟意念一催，它们就集成一束，流到了右臂之上。

“动手——”

罗紫烟只觉聚集在右臂上的力量，猛地被什么一推，整条右臂随即变得炙热无比。她讶然回头，只见肩上的小卷毛头顶的三根卷毛竖直如箭。

“呼！”

就在此时，一股红闪闪的光气，骤然像波浪一般朝着那修仙者后背袭去。

光波去势很快，但落到罗紫烟眼里却又好像很慢，慢到每个波劲罗紫烟都看得清清楚楚。

先是第一道波头击中那修仙者后背，随后是第二、第三、第四道光波，又绵密地叠加上去。

修仙者闷哼一声，一个筋斗倒摔出去，再也不动了。

“好厉害！”罗紫烟愣了愣，突然疯了一般飞奔向司明。只见他仰面躺在地上，双手依旧紧紧握住那把仙剑，剑尖差点就刺入他心口，而他的双手则是鲜血横流。

“司明！”罗紫烟小心抽掉那口剑，又撕掉衣服一角为司明包扎好双手。

“小烟，我没事的。刚才，刚才那是怎么回事？”司明看起来颇为镇定。

罗紫烟摇摇头，“我也不知道。小卷毛，他死了？”

小卷毛正盘飞在那个修仙者头上，“没呢，只是晕过去而已。我觉得他的衣服，司明穿起来应该挺合身的。”

罗紫烟两眼一亮，立即把那修仙者的衣服剥得只剩一条白衬内衣。

“嘻嘻，不愧是我的凤主，和我心意相通呢。”小卷毛嘻嘻笑道。

罗紫烟把衣服丢给司明，自己却好奇地看着小卷毛，“刚才，那是怎么回事？”

“哦？你说我们一起发的凤凰波吗？那是咱天生就有的防身本领了。”

经过小卷毛的一番解释，罗紫烟才知道，凤与凰完成生长之前，为了对抗天道灾劫和邪魔侵害，遂合修出一门独特的功法。

这门功法叫作凤凰力，其妙处在于，能集凤与凰之力，生出数倍之力，以共同抗击强敌。

凤凰力依据凤与凰在各阶段力量大小的不同，分为数个境层。

在凤生凰之初，凤弱而凰强，凰仆功体远胜于凤主，就担当着保卫凤主的责任。一旦遭遇强敌，凰仆就会以自身凰力，催化凤主体内潜在的凤力，合力对付敌人。

正常情况下，由凤主送力，凰仆主攻。但因为小卷毛太小了，所以如今变成罗紫烟主攻，小卷毛送力。

二者此时能发出的凤凰力，因为呈光波状绵延攻击，被以被称为“凤凰波”。

“看来，这凤凰波挺厉害的嘛！”罗紫烟惊奇地道。

“不是咱厉害，是因为这家伙只是个很普通的修仙者而已。咱能打倒他，靠的还是偷袭，不然……”小卷毛以翅膀遮脸，“其实说出去，真丢死人了。”

按照小卷毛的说法，凤凰波虽然只是最初级的凤凰力，但威力其实不小，足以轻松击败修仙门派中的一般弟子。但因为小卷毛未足月就被迫离开凤主寄体，其凰力严重不足，威力打了不小的折扣。

“说来，小烟的凤力是没问题的，就怪我凰力还不够，必须要修炼一段时间才行。”

罗紫烟若有所思，“我的凤力就是原来身体上那些纹理变的吧？”

“纹理？哦，那是凤灵纹，确实是凤力凝聚而成的。不过，只是一种潜力，小烟要变得厉害，还得继续修炼。”

顿了下，小卷毛又道，“修炼法门我都知道，有空我教你。”

“咦，我的伤口又好了！”这时候，司明已经穿上那身玄袍，呆呆地看着自己的双掌，只见原来那两道剑伤，此刻竟然在愈合。

如果不是伤口边上的血迹未干，罗紫烟都要怀疑他刚才是否真的受伤。

不过，两人却没有丝毫喜色，反而在对视中看到彼此眼里无言的恐惧。

“好强的魔性，那魔头可不想坏了司明这副身体。小烟，你最好离他远点。”小卷毛落到罗紫烟肩头，不安地说道。

罗紫烟瞪了小卷毛一眼。

司明却是点点头，失落地道，“小烟，我们确实不应该太乐观了……”

“那又如何！我绝不可能让他再带走你的。”罗紫烟拉着司明的手，斩钉截铁道。

司明心里一暖，紧紧握着她的手，“小烟，我知道你的心意，但这件事不应该把你牵扯进来，就让我跟他斗法好了……”

“哼！典型大男人主义！这事也有我一份！”罗紫烟嗔了一句，“好了！不要废话！我们赶快去旋风谷，那里的魔鬼口，应该能带我们回到 21 世纪去。”

三天后，旋风谷终于悠然在望。

为了走到这里，这三天来，罗紫烟和司明不知吃了多少苦头。不过，最让罗紫烟提心吊胆的，还是司明的身体。她做梦都在担心，血神子会突然又夺走他的身体。

幸好，这一幕并没有发生。

现在，罗紫烟最大的愿望，就是旋风谷的魔鬼口还开着，那样她就能和司明回到 21 世纪，回到他们熟悉的生活里去。

“小卷毛，我们马上就要回去了，你……”

“小烟去哪儿，我就去哪儿呀。”

“好吧，但你到现代社会，不要随便开口，不然会吓死人的。”

“别人发现了，你就说我是一只新品种的鹦鹉好了。”

司明不由得笑了，“我倒是觉得，小卷毛跟我们回去挺好的，至少我不在，小烟有人解闷。”

小卷毛头顶的三根卷毛抖了抖，“就是，小烟你以后会发现，你离不开我的！”

话落，一阵尖啸声突然从身后传来。

罗紫烟急忙回头，不由神色一变，只见远处的空中出现数道匹练，正风驰电掣而来。当先一道匹练，红光刺眼，分明就是火猴。

“魔头！哪里逃！”

想不到，一路潜行低走，还是被火猴追到了。罗紫烟又急又怒，推了司明一把，大声道，“你先去旋风谷，我和小卷毛挡住他们！”

小卷毛却是摇摇头，“小烟，我们的凤凰力太弱了，抵挡不了一个回合的！”

“我不能走，要走一起走！”司明断然道。

罗紫烟大急，“那怎么行，火猴他们会杀了你的！”

“嘿嘿，我们可以做个交易。”就在此时，司明体内突然传来一个阴冷的笑声。

罗紫烟触电般回头，却见司明神情突然变得呆滞起来，嘴巴没有动，但那个声音却是真真切切从他身上传来，“让你的男人放松警戒，由我来掌控这身体，他们自然杀不了他了。”

“你休想！”罗紫烟断然道，“我们就算死，也不会再成为你的傀儡。”

“嘿嘿，我可是杀了他们不少人的，如果我被抓住，你的司明可是要跟着元神俱灭的。还有，她跟你在一块儿，你觉得他们会放过她？”

最后一句话分明是对司明的元神说的。

罗紫烟倒吸一口气，急忙道，“司明，别听他的！”

“小烟……他说得对”司明嘴巴动了动，“但你要保证能救她！”

最后一句话是对血神子说的。

“没问题！”

“不，司明我们再想办法！”罗紫烟大急，急忙去抓司明的手，只觉司明的手彻骨奇寒，紧接着，这手上突然传来一股大力，震得罗紫烟不由后退开来。

“司明！”

“哈哈！”

一声狂笑，司明身上骤然升腾起一股白气，随即大蓬白雪将他全身包裹住。

血神子重新开始掌控司明的身体！

“别让他跑了！”火猴已经一马当先飞到，见状足下宝剑立即飞射而出，迎面直取血神子，他身后的修仙者也是依样施为。

“嗖嗖嗖——”

剑华闪烁，匹练如电，不给血神子丝毫逃生空隙。

“哼！”血神子双拳一抬，同时向两边打出，两股霜寒狂劲随即席卷而出，飞射而至的仙剑被它扫中后，立即黯然无光，覆满皑皑白雪，去势陡缓。

就在此时，血神子双拳再次向外打出，狂烈的霜劲呼啸着，震得那些仙剑纷纷掉头，倒射向火猴等人。

“小烟，小心！”小卷毛飞到罗紫烟肩头大叫着。

混乱之中，竟有一股霜冷狂劲直击罗紫烟，罗紫烟猝不及防，当即被震得倒跌出去。

“轰隆！”

混乱之中，火猴等人纷纷闪避不迭，而血神子则是身子一纵，竟凌空飞去。

“别让他跑了！追！”火猴等人怒吼一声，再次御剑追了过去。

“司明！”罗紫烟绝望地悲鸣一声，踉跄着爬起来，想要追过去，却见剑光闪了闪，眨眼便消失在远方。

罗紫烟双腿一软，无力地坐在地上。她再一次失去了司明！

“小烟！小烟！你好些了吗？”

片刻，罗紫烟才回过神来，她看了满眼焦急的小卷毛一眼，擦了一把眼角，“没事，我能有什么事，无非是要再费点力气找到他而已。这叫作好事多磨。”

“没事就好，小烟你刚才的样子可吓坏我了，我都不敢说话了。”小卷毛说着，突然回头望着身后，“咦，又有谁来了？”

罗紫烟回头，看到一道剑光破空而来。

“不管谁来，司明的事都先不要说出去，知道吗？”

“小烟放心吧，我懂！”

说话间，那道剑光已经落在眼前，一人从上面欢呼着奔了过来，“紫烟！紫烟！你怎么在这里？你可把我担心坏了！”

来者正是干鹊，而驾着那道剑光的，则是牧艾。

“干鹊，你怎么来了？”罗紫烟也是愣住了。

干鹊兴奋非常，从他的口中，罗紫烟才知道，那晚在吞云泽分散后，他摸索了一个晚上才被牧艾找到，随后两人便在林子里找罗紫烟，却怎么也没找到。后来他们遇到了四处追捕血神子的火猴等人，便跟着众人一起扩大搜索范围。

牧艾的修为远逊于其他修仙者，因此落后火猴一行好一会儿才赶到。

“小烟，你这三天都发生什么事了？怎么会到这里？”

“我迷路了，在山林里摸索着，不知怎么就到这里了。”罗紫烟敷衍道。

干鹊心疼地拉起罗紫烟的手，“肯定累坏了吧，先回天化村休息吧。”

以罗紫烟现在的能力，要追到司明也是不可能的，罗紫烟想了想，便答应了，跳上牧艾的仙剑，干鹊跟在后头。

血神子又把他的爱人给带到哪里去了？下次相见，又该是何时？什么时候才能把血神子从司明身上赶跑，一起回到他们熟悉的那个世界去？

看着四周，罗紫烟一阵恍惚，这时候，耳边突然传来一个温柔的声音，“你没事吧？”

有那么一刹那，罗紫烟以为那是司明的声音，但那柔和的热气，却又让她惊觉过来，忙把身子前倾，避开身后干鹊的气息。

“我没事，只是有些累。”

“是我不好，害你苦了三天，我都恨不得把自己的脑袋拧下来了。”干鹊懊恼地说道。

罗紫烟回头，见他这副模样，心头不由得一暖，笑了笑，“是我自己找的苦受，你要再这样自责下去，会让我良心不安的。”

“不管怎么样，你安然无恙就好。”干鹊说着，双手环绕过来，想把罗紫烟搂住。但罗紫烟却是双肘往后顶，抵住了他的臂窝，“我能站稳，你不用扶我！”

“好吧！”干鹊讪讪地放手，却又好奇地看着罗紫烟肩头的小卷毛，“你哪里找来这么一只漂亮的小鸟？”

“注意你的措辞，我叫小卷毛！”

半个时辰后，剑光落到干鹊家门口。

这段时间，干鹊跟小卷毛已经变成无话不聊的好朋友了。

听着他们天南海北乱聊，罗紫烟却是没心情听，下了仙剑后直直往屋里走去，“我很累，先睡会儿。”

关上房门后，罗紫烟坐到卧榻上，泪水再也忍不住了，哗啦流下来。

“小烟，你在哭吗？”小卷毛好奇地看着罗紫烟。

“胡说，我怎么会哭呢？”罗紫烟胡乱抹了把眼角，“我就是眼睛不舒服而已。”

小卷毛飞到罗紫烟面前，认真看着她，“小烟，你没必要再为那个魔头担心了，忘记他吧，他真的很危险的。”

“你不懂，我来这个世界，就是要把司明带回去的。”

小卷毛无奈地扇了扇翅膀，“好吧，真是纠结啊。”

小卷毛不再说话了，屋里一下子安静下来。

不知过了多久，外头隐约传来干鹊的声音，“阿娘，草鬼婆说有个关于那个魔头的事，要来跟你说。”

罗紫烟急忙凝神倾听。

“咳咳……关于那个魔头的？”楚氏的声音传来，随后她的拐杖声一路拄着往客厅而去。

罗紫烟心头一动，拉开房门走了出去，小卷毛忙跟了出来。

第六章 | 夜战天化

客厅里，楚氏与草鬼婆正相对而坐，干鹊在一旁奉茶。看到罗紫烟出来，干鹊忙迎了过来，“紫烟，你起来了？怎么不多休息会儿？”

“我睡不着了，口干舌燥的。”罗紫烟捏了捏太阳穴说道。

干鹊喜道，“正好泡着茶呢，过来坐吧！”

看到罗紫烟坐到旁边来，草鬼婆迟疑了下，把要说的话咽回去。

楚氏微微一笑，“紫烟不是外人，但说无妨。”

“是！族长，是这样的，我发现天化虫最近有苏醒的迹象。”草鬼婆缓缓道。

楚氏却是神色一变，“不是已经深眠数千年了吗？怎么突然要醒了？”

草鬼婆迟疑了下，“我怀疑是那个魔头搞的鬼！他上次来我们村的目的，只怕不仅仅是把我们村的人变成绿头尸食蛊的养料那么简单。”

“如果他的目的是天化虫，那这事儿就远比想象的严重了。”楚氏喃喃道。

罗紫烟听得一头雾水，再看干鹊，同样莫名所以。此时，他终于忍不住了，“阿娘，天化虫是什么？”

楚氏看着草鬼婆，“干鹊长大了，是条好汉了，这种事也可以让他知道了。”

草鬼婆点点头，回头看着干鹊，“你有没有发现一个问题，整个千峰岭，就我们天化村会用蛊？”

“是啊，为什么呢？”干鹊好奇道。

“因为万蛊之王就在我们村里，是它让各种蛊虫聚集到我们村附近，让我们得以养蛊。”草鬼婆顿了顿，“天化虫就是万蛊之王。”

“它在哪里？我怎么从没听过？”干鹊好奇道。

草鬼婆突然笑了，“你见过它的，而且经常见到，因为它就在圣天场上。”

“可圣天场那里就一座雕塑啊。”

“天化虫就在雕塑里。”

“不会吧？万蛊之王被封在那个雕塑里？”

草鬼婆摇摇头，“不是，那雕塑——就是天化虫！”

干鹊愣住了，马上又摇头，“怎么可能？那明明就是块石雕啊。”

罗紫烟也是呆住了，她非常肯定，那座雕塑就是整块石头雕成的，怎么会是一只蛊虫？

“觉得不可思议吧？那就对了，天化虫就是非常不可思议的蛊虫。”

草鬼婆笑了笑，眼里闪着崇仰的光芒，“它可大可小，变化多端。就算进入深眠状态时，还会幻化成各种形状，有时候可能是根草芥，有时候又会是棵大树，有时候会是山，甚至可能变成一朵云，飘飞在空中……”

天化虫神奇多变，不过每隔一段时间，它就会进入深眠状态。

而根据蛊师们的代代相传，落在天化村的这只天化虫，至今已经深眠数千年。

数千年来，天化村这个古怪的村寨，就是因为这只蛊虫而存在。而历代蛊师们则是守护着天化虫，借助它的力量，聚蛊与养蛊。

不过，这只是草鬼婆之间流传的秘密，普通村民之中，除了族长，鲜少有人知道这个秘密。

天化虫一直很安静，但自从血神子那天大闹天化村后，草鬼婆便发现天化虫雕塑每天都有位移的迹象，而且位移的速度每日都在增加，表面石屑也出现了松动。

刚开始，草鬼婆以为天化虫是要从深眠中自然醒来，但很快便发现，事情似乎不是这样的。

“我用‘寻踪蛊’和‘返照蛊’追溯前因，重新复原之前的情景，发现在这之前，那个魔头曾多次来到天化虫身边，用绿头尸食蛊喂它，刺激天化虫逐渐醒转过来。”草鬼婆说道。

楚氏愣了下，“绿头尸食蛊可以刺激天化虫苏醒？”

草鬼婆凝重地点点头，“我也是这次才发现的。绿头尸食蛊会钻入天化虫雕塑内，啃食天化虫的身体。天化虫自然就会产生反应，用蛊气将它消灭。只要反复这样做，天化虫就会被打扰，逐渐清醒过来。”

罗紫烟一直不明白，司明或者说血神子，为什么会流连在天化村附近。原来，他是有目的。

“也就是说，那个魔头拿人喂绿头尸食蛊……真正的目的还是用来唤醒天化虫？”

草鬼婆点点头，咬牙道，“只怕就是如此。”

楚氏沉吟道，“他想要干什么？占有天化虫吗？”

“不可能吧，天化虫乃万蛊之王，从没有记载过有谁能占有它的。”草鬼婆说着，却又摇摇头，“可也说不准……我也从没听过，绿头尸食蛊居然可以用来唤醒天化虫的。”

“我们有办法让天化虫再深眠吗？”楚氏沉吟了下，又问道。她虽然吃惊，但神情已经恢复如常了。

草鬼婆摇摇头，“天化虫太神秘了，就算是在蛊师界，对它的了解也非常少。”

“那它醒过来会怎么样？会伤害村里的人吗？”

草鬼婆摇摇头，“不知道。不过天化虫好像也没什么凶名。”

楚氏沉声道，“不怕一万，只怕万一。这样，干鹊，你马上去传令，让全村的人到圣天场——不，那里不安全，到我们家门口来集合。”

“是！阿娘！”干鹊匆匆离去。

“族长，你是要下令疏散吗？”草鬼婆迟疑道，“可是，我们现在连天化虫到底什么时候会醒来都无法预测。”

“人命关天，宁可早走，也不要迟走。”楚氏下了很大决心地说道，“你也回去准备准备，今天我们全村撤离。”

“好吧！”

看着草鬼婆离去，楚氏又回头看着罗紫烟，“紫烟，时间很紧，但我身体不便……”

“伯母坐着，我去帮忙收拾东西。”罗紫烟明白过来，忙起身道。

等罗紫烟把干鹊母子的一些衣服打成两个包袱后，全村的人也聚集到干鹊家门口。

楚氏颤巍巍地出去，直截了当地说要全村的人马上回家收拾东西，务必在今天离开天化村，到各自的亲戚家暂住。

“等我或者干鹊回来了，这里重新升起了炊烟，你们才能回来。”

说完这句话，她一挥手，村民立即默默散开了，各回各家。

此情此景，令罗紫烟吃惊不已，她把楚氏扶进屋里，不解道，“伯母，你怎么做到的？”

“什么怎么做到的？”楚氏愣了下。

罗紫烟道，“就是让他们什么都不问就执行你的命令啊。毕竟，背井离乡可不是小事。”

楚氏笑了，“紫烟，你不是咱这里的人。只要在咱这里生活的人都知道，不管什么时候，族长的话都要听。因为，族长就是他们的领头羊，跟着领头羊走未必有活路，但不跟领头羊走，必定死路一条。”

“原来是这样！”罗紫烟一琢磨，明白楚氏的意思了。在这种穷山恶水之中，生存就要靠群体团结。

让群体团结的最好办法，就是无条件服从族长。这也是一方水土，养出的一方风俗。

“咦，你哪里捡来的这只小鸟？咳咳！好漂亮，看起来就像是小凤凰一样。”楚氏这时才注意到罗紫烟肩头的小卷毛，亲切地摸了摸它。

小卷毛听的受用，叫道，“伯母，您真有眼光，一眼就看出我是凤凰！”

楚氏愣了下，旋即笑了，“你会说话？还真是只神鸟啊！”

罗紫烟不由得暗暗佩服，楚氏到底是见过世面的人。换作别人，看到一只小鸟会开口说话，不被当场吓晕过去才怪。

“阿娘，大家都要离开了。那我们去哪里呢？”这时，干鹊匆匆进来。

楚氏缓缓起身，“你们跟我来吧！”

当下，罗紫烟扶着楚氏，干鹊提着那堆包袱，关了家门，同守在门外的牧艾一起往外走。

“先到圣天场去看看吧。”楚氏说道。

圣天场一片空寂，天化虫的雕塑仍是静静地立在其中。

不过，四人靠近它的时候，脚步不由得都放缓了，就像生怕惊醒梦中人一般。

“确实是移位了，大约一尺左右。”楚氏只看一眼，便点了点头，指着天化虫右侧尺余处的一簇草，“我记得这草原本是从雕塑下长出来的。”

“啪！”

干鹊一掌轻轻地拍在雕塑上，半是惊奇半是疑惑地说道，“要不是亲耳听到，我真无法想象，它居然是一只虫子变的，明明就是块石头嘛。”

“世界很大，无奇不有。”楚氏语重心长道，“等我儿也出去闯荡了，自然就知道，这其实没什么。”

“它在动！它在动！”这时候，小卷毛突然尖叫起来，神色惊恐。

罗紫烟吓了一跳，立即挟着楚氏快速后退。而干鹊则是拔出那口日曜刀，摆开架势，紧紧盯着那雕塑。

牧艾则是不声不响走到他身边，以手按剑，蓄势待发。

时间仿佛凝固了，但是半晌过去，雕塑却是纹丝不动。

“小卷毛，你没听错吧？它没动呀！”罗紫烟忍不住低声道。

小卷毛摇摇头，“它一直在动呀，只是很慢，动静也很小，你们感受不到而已。”

“真是一只厉害的小神鸟。”楚氏赞赏地笑了。

“伯母，叫我小卷毛就行！”片刻之后，小卷毛才如释重负地松了口气，“好了，它不动了。看来还不想醒来。”

“仓！”

干鹊收刀入鞘，笑道，“是不是我们太紧张了？说不定它这一睡，又要睡个几千年呢！”

牧艾也松开了握剑之手，轻轻地在额头上擦拭下。

“被惊动的蛊虫，终究会醒来的。”楚氏面露忧色，“君子不立危墙之下，我们走吧！”

众人继续往村外走，正在此时，空中突然传来密集的剑啸声。

二三十道剑光正从远处疾驰而来，直落在四人面前。

剑光敛去，火猴带着二十多名上仙门人，快步迎了过来，“楚姑姑！”

罗紫烟心头狂跳起来，迎了过去，问道，“那个魔头呢？”

火猴愣了下，冷冷道，“你问这个干吗？”

罗紫烟心中着急，刚要再问，干鹊却抢先道，“其实我也想知道，那魔头太可恶了。”

“可惜，又让他跑了！”火猴愤愤地说着，躬身向楚氏行礼，“楚姑姑，你们这是要去哪里？”

“你来得正好，我们天化村现在非常危险，我们要出去避避。”楚氏简单地把天化虫一事说了。

火猴等人都是神色一变，一起好奇地看着那雕塑。

楚氏又道，“为了安全起见，你们以后也别随便进村了。”

火猴却是笑了，“哈哈！楚姑姑，你们出去躲避吧，这里交给我们就行。”

楚氏怔了怔，突然会意了，“你们是要伏击那个魔头？”

罗紫烟也猜到火猴话中之意，心不由得一阵猛揪。

火猴点点头，眼里闪着兴奋的光芒，“我们这几天穷追不舍，却总是叫他跑了。既然他对天化虫有兴趣，那再好不过，我们就在这里守株待兔。”

楚氏眉头一皱，“可是，天化虫乃万蛊之王，醒来谁也不知道会发生什么事……”

火猴毫不在意地摆摆手，“楚姑姑放心，不过就是一只虫子，那个魔头我看才是心腹大患，一定要把他拿下！”

“那你们务必小心！”

“楚姑姑尽管宽心！牧艾，保护好楚姑姑！”

“是！”

四人出了天化村，在楚氏的指引下，上了天化村南面的大山。在山上，面朝天化村一侧，有一座高崖，崖上有座天然山洞。

“阿娘，我们不会要住在这里吧？”干鹊望着山下的天化村一眼，疑惑地道。

楚氏点点头，“阿娘是族长，你是村里第一勇士。我们不能像其他人那样一走了之。咱就在这里盯着天化村，直到确定安全了，再通知大伙儿回来。”

“还是阿娘想得周到。”干鹊由衷地说着，扶楚氏先到洞内休息去。

罗紫烟却站在洞外，出神地望向天化村方向。

这里居高临下，天化村尽收眼底。她看到火猴等人正在圣天场附近出没，似乎在布点。

一张针对血神子的罗网已经张开，他会不会来呢？

罗紫烟心乱如麻，却又无能为力。

她特别痛恨这种感觉，但到了这个世界后，却经常被这种感觉纠缠着。

“小烟，我们现在怎么办？”似乎看出罗紫烟的心思，小卷毛突然附耳低声问道。

罗紫烟摇摇头，默然片刻才道，“那个魔头诡计多端，火猴要拿下他可没那么容易。只要不伤害到司明就行。”

现在，她好像也只能许下这个愿望了。

火猴的天罗地网已经张了十天，但等待的猎物却是迟迟没出现。

倒是天化虫的移动速度，却在日渐加快。即便远在山洞之上，罗紫烟也看出来，它所在的位置，跟十天前比相去甚远。

新蜀门

“看来天化虫醒来只是时间问题。”看着这一切，楚氏眉间的忧愁与日俱增。

这种等待极其煎熬，对于罗紫烟而言尤甚。她每天都是提心吊胆的。

这晚，月亮刚升起不久，在洞口瞭望的干鹊突然大叫一声，“快看，那是什么？”

罗紫烟扶着楚氏出去，不由得都愣住了。

只见如纱的月色下，圣天场上的天化虫突然被一层盈盈流动的蓝光包围着。远看就像一座装饰满灯彩的大楼，在夜色下流光溢彩。

而天化村内依旧风平浪静，想必此刻，埋伏其中的火猴等人，也在紧张地关注这一切。

“天化虫有可能今晚就会醒来，那魔头会不会来？”楚氏突然喃喃说道。

罗紫烟心乱如麻，她猜血神子必定会来，今晚肯定有大事要发生。

只是，她又能做什么？

“干鹊！干鹊呢？”这时候，楚氏突然惊呼起来。

罗紫烟回过神，才发现洞口除了她和牧艾陪伴在楚氏身侧，干鹊已经不知所踪了。

“刚才还在，好像往那边走了。”牧艾指着下山的路，语气却充满着不肯定，“要不我去把他找回来？”

楚氏摇摇头道，“这孩子……算了，男子汉要闯就去闯，由他去好了！”

罗紫烟心头一动，拉着楚氏的手，“伯母，我去找干鹊！”

楚氏愣了下，突然微微一笑，“你自己决定好了，但要注意安全！”

“我明白，牧艾，伯母就拜托你了！”罗紫烟匆匆吩咐一句，立即往下山的路跑去。

“楚奶奶，为什么不让我去，让她去呢？”牧艾不解道。

楚氏微微一笑，“你去，只是去找干鹊，她去，目的可是跟干鹊一样。两人都有这副闯劲，倒是天造地设，他们真要能成，我儿必能成就一番大业……”

牧艾挠挠头，不明白楚氏在说什么。

“小烟。天化村现在非常危险，我们真要进去吗？”

“只要是司明会到的地方，就是我要去的地方。”

“可是，我们能做什么呢？”

“我们联起手来，不是可以发出凤凰波吗？说不定关键时刻能救司明一命。”

“但现在小烟你还没修炼功体，我又太小，我们一个时辰内，最多能发一次。”

“一次也好。至少比隔岸观火袖手旁观好吧？”

絮絮叨叨之际，天化村寨门已经近在眼前了。罗紫烟停了下来，感觉脊背被一团寒意笼罩着。

一路下来，她没有看到干鹊，也没有看到任何人，所过之处都是静悄悄的。

到了这寨门外，这份沉沉死寂更浓了，连寻常能看到的虫蛙，此刻也都销声匿迹。天地之间，似乎已没有丝毫活物。

“好强的杀气，不愧是万蛊之王。”小卷毛低声说着，全身羽毛根根倒竖而起，看起来像是个彩色的刺猬球。

罗紫烟深吸一口气，大步往寨门前的吊桥走去，“管它的，进去看看再说。”

寨门内，那种逼人的寒气更浓了，罗紫烟的呼吸甚至都有些不顺畅了，但这仍无法阻止她大步向圣天场走去。

“轰隆！”

就在这时候，脚下突然猛地一震，罗紫烟停下来。只见在她前方，圣天场上的雕塑竟开始摇晃起来，无数道蓝光像粼粼波光摇曳在夜色之中。

“天化虫动得好厉害啊！小烟，我们别靠得太近。”

罗紫烟点点头，闪身躲到一座屋子后面，死死盯着天化虫方向。

圣天场上依旧空无一人，尽管天化虫异变频频，火猴他们仍耐心地躲在暗处。

又过了片刻，“哗啦”一声，一块巨石突然从雕塑顶部脱落，砸在地面上，声传四方。

片刻之后，雕塑表面开始大面积剥落，无数碎石如雨落下。一具幽蓝的虫身在那千疮百孔的裂洞里半隐半现，就像无数蓝色星光在闪动，乍看之下似乎银河就倒竖在圣天场上，壮观而又瑰丽。

天化虫苏醒了！

罗紫烟的呼吸快停滞了，她时而看着天化虫，时而又看着四周。既盼着血神子出现，又怕他真的来。

“奇怪，血神子不来吗？”小烟飞到高处看了一圈，又落到罗紫烟肩头。

“哗啦！”

巨大的闷响中，又有石头雨从空中掉落下来，天化虫真身完全呈现出来，只见它粗硕异常，遍体幽蓝之光，绚烂无比。

它正在不断蠕动着身体，速度越来越快，带得外面那层石壳加速分崩离析。

“好恶心啊。”罗紫烟从没见过如此巨大的虫子，不由一阵反胃。

小卷毛也是目露紧张之色，“这么大的家伙，不知道会不会吃凤凰？”

话落，一道人影突然呼啸着从空而降，正落在天化虫附近。

“司明！”罗紫烟不由得惊呼一声。

来者显然是血神子，他仰头看着不断蠕动的天化虫一眼，正要向它走去，身后突然啸声四起，火猴等人已经驾着剑光从隐藏之处飞了出来，团团环绕在血神子四周。

“魔头，今晚你休想再逃！”火猴厉喝一声，直落到血神子身后。

血神子回过头来，微微一笑，“总算出来了。”

“嗯？你知道我们在等你？”火猴眉头一皱，冷冷道。

“不用猜也知道，你们怎么会放过这个围捕我的机会。”

火猴神色一变，“那你还敢来？”

“哈，时候到了，该来就来，有何不敢？”血神子笑了笑，回头看着天化虫，竟是不把火猴等人放在眼里。

“哼！拿下此狂魔！”火猴大怒，当先飞扑向血神子，右拳一捏，大股火红光芒直击血神子后心。

火烈拳！

与此同时，“嗖嗖”声大作，几十道剑光同时射向血神子，威势骇人。

“哼！”血神子冷哼一声，陀螺般原地一转，双掌同时打了出去。

两股巨大的冰风凭空而起，绕着血神子旋转了一周。先后射出的仙剑，被冰风一扫，立即摇摇晃晃，纷纷凌空坠落。

上仙门众人慌忙施法，召回各自的仙剑。

“这魔头进步好快！比十几天前厉害多了！”小卷毛忍不住惊呼道。

叫声里，火烈拳先发后至，直贯入那冰风之中。

“轰隆！”

冰风暴与火光一触即震开，雷火飞蹿，汹涌气流扫得刚拿回各自仙剑的上仙门人纷纷倒跌出去。

“魔徒，休得猖狂！”火猴大怒，纵身上前，再次一拳挥向血神子。

其他上仙门人缓过劲来之后，也是驭控仙剑，直冲向血神子。

“哼！”血神子视若无物，再次打出两股冰风暴，向众多仙剑迎面扫出。

冰风怒吼，匹练纵横，霹雳奔腾。汹涌杀气涌动，狂暴之力势不可挡，带得雕塑上残余的石壳纷落如雨。天化虫大半个身子已经露出来，像条蓝色巨龙正要从大地里拔身而起。

一个上仙门人见状，立即发出一道仙剑，射向天化虫。

但那剑光刚进入天化虫发出的蓝光之中，突然光芒敛去，“砰”的一声，在空中化为齑粉。

“小心它！”火猴不由惊呼起来。

几乎同时，血神子的冰风暴已经迎面扫来，狂轰猛击之下，几个上仙门人躲避不及，被它一扫立即化为雪人，继而化为无数碎片，消亡于一旦。

“倚天联星阵，布阵！”火猴急得大叫起来。

话落，其他上仙门人同时动了起来，六人一组，分为四组，从东西南北四方同时向血神子进击，形成合击之势，威力陡然倍增。

而火猴则是从正面牵制血神子。

这个阵法一成，威力远胜于先前，血神子再无法向之前那样猛攻猛击，一招破敌了。

霹雳攻势一旦凝滞，阵法的合击威力就更加明显了。血神子就像落入罗网中的野兽，虽然依旧凶猛无比，但缚手缚脚，已难发挥全力。

“这个阵法蛮厉害的，我看那个魔头有点危险了。”小卷毛低声道。

罗紫烟看得心烦意乱，“司明会不会有危险？”

“如果血神子被阵法诛杀，他的肉身肯定首当其冲。可这阵法这么厉害，我们根本做不了什么的。”小卷毛恨恨道，“都怪那个魔头，搞得小烟现在反而要替他担心。”

“他死了最好，就是不要连累我的司明。”罗紫烟咬牙发狠道。

正在此时，深陷阵法中的血神子突然身子一挺，冲天而起。

上仙门人见状，立即呼啸一声，跟着腾空跃起，仙剑合围一圈，密集包抄向血神子。

血神子却是视若无睹，人到空中，突然咬破自己的舌头，一道血箭闪电般射入天化虫体内。

“呀——”

一声似哭似笑的怪叫声突然响彻夜空。激战的双方不由得都顿了下，似乎时间也跟着停顿了下。

然后，天化虫猛烈地扭动起来，使得残剩不多的体外石壳，化为无数碎片激射四方。

“哈哈！来吧！”血神子冲着天化虫招手大笑。

上仙门人正在仓皇躲避着乱石，还没明白怎么回事，只见一道巨大的蓝色身影突然直竖而起，像一条被激怒的眼镜蛇，立到血神子身后，全身刺眼蓝光透着死亡的气息。

“不好！快后退！”一个上仙门人突然惊恐大叫着，抽身往外飞去。

几乎同时，天化虫吐出一口蓝色唾液，激射向一众上仙门人。上仙门人惊呼不断，纷纷驭动仙剑，试图抵御这些蓝色汁液。

但是，仙剑一碰上汁液，立即敛尽光芒，在闷响中粉碎。而人碰到了汁液，则是先遍体发蓝，继而倒地身亡，等蓝光消失了，身体也分解了，变成一堆含着血迹的肉泥。

死状与死在血神子手里的那些上仙门人一样！

“看来，这天化虫跟那魔头的功体很搭，都是走至阴一路的。”小卷毛只看得惊心动魄。

有天化虫相助，只是片刻间，飞逃的上仙门众人便纷纷在蓝光之中身死魂灭，倚天联星阵应声告破！

在这其中，只有火猴一人飞掠及时，躲过了蓝色汁液的喷射。而眼前的情景，让他不敢恋战，猛地一个掉头飞驰而去。

上仙门副门主，面对这骇人的天化虫，竟吓得落荒而逃！

“这血魔好厉害！竟驭使天化虫变成他的杀人利器！”小卷毛不禁惊呼连连，罗紫烟却是看得心如刀割，怒火万丈！

这个恶魔，竟假司明之手，一会儿工夫残害二十多条人命！

此时，天化虫突然身子猛地一摆，体型急剧缩小，从数十丈高迅速缩小，继而化为一道蓝光，落入血神子之手。

“哈哈！万蛊之王，终于为我所得！”血神子仰天狂笑一声，身子一闪，眨眼间就到罗紫烟面前。

“不好！”小卷毛惊呼一声，全身毛发再次倒竖而起。

血神子那阴鸷的目光已经牢牢钉在罗紫烟身上，“又是你——也好，今晚顺便把你解决了，我就可以无憾地离开这里了。”

“你想杀她，先过我这关！”小卷毛大叫着，双翅已经张开。

血神子冷哼一声，“你？”

罗紫烟猛地上前一步，直直盯着血神子的双眼，大叫道，“司明，你听得到我的话吗？”

“嗯？”血神子眉头皱了起来。

“你一定要记住，不管血魔如何强大，你都要牢记自己是谁，不要为他所用，知道吗？”

“哼！”

血神子勃然大怒，右手一抬，一团蓝光从他掌心浮现，赫然就是那只天化虫。只见它已缩小了数百倍，形同普通蚕虫那样。但它的头，却像眼镜蛇那样高高竖起，似乎随时会喷射出致命的汁液。

“杀……”

血神子牙关一咬，刚要开口，突然神色剧变，捂着脑袋惨叫一声，“啊！你——”

“司明！司明你回来了！”

罗紫烟大喜，刚要上前，血神子却如碰蛇蝎一般，惊恐地往后退开，“滚开！”

说罢，他猛地掉头飞奔而去。

“司明！”罗紫烟大急，迈步想要追过去，却是脚下一绊，跌了出去。

等她爬起来时，血神子已经消失在夜空之中了。

“司明！等等我！”罗紫烟疯一般朝着司明消失的方向跑去。

“啊？这是怎么回事？”就在这时候，远处一座屋子里突然冲出一道人影来，那人惊恐地大叫着，“发生了什么事？火猴，你在哪里？天化虫呢？”

“小烟，那不是干鹊吗。”小卷毛回头叫道。

罗紫烟置若罔闻，她一颗心只想跟着司明的方向去。

山洞外冷冷清清的，只有牧艾在那儿徘徊着，看到干鹊过来，他长长松了口气，“干鹊公子，你总算回来了。楚奶奶她……”

“阿娘怎么了？”干鹊打个激灵，急声问道。

牧艾说，“刚才看到村寨那边乱成一团，她老人家担心你的安危，突然大口咯血……”

“阿娘！阿娘！”干鹊急忙冲进洞里，只见惨淡烛光下，楚氏无力地斜靠在洞壁边上，枯瘦的脸上一片惨白，嘴角却挂着一丝血迹。而她身上的衣服和身下的被褥都沾染着血迹。

“我儿，你没事！”看到干鹊，楚氏眼前一亮，无力地拍着被褥，喃喃道，“太好了！太好了！”

干鹊急忙过去，一把握住她的手，愧疚地道，“阿娘，是我该死，不该私自下去，害你担惊受怕……”

“咳咳，男子汉就该闯闯，阿娘没有怪你的意思。你没事吧？我看那天化虫好像很厉害，好多修仙者都被它害了。”楚氏艰难地说道。

干鹊一脸失落，“说来丢脸。我一到圣天场，就被火猴给带到屋里点昏了，说是怕我误事。等我醒来出去，发现天化虫和火猴他们都不见了。”

“幸亏如此，你才能捡到一条命，那天化虫太可怕了。”楚氏剧烈咳嗽着，声音里充满着后怕。

“可惜我没看到。”干鹊看了看四周，突然问道，“紫烟呢？”

“她，咳咳，说是去找你，你没见到她吗？”

干鹊摇摇头，声音都变了，“没有啊。阿娘，紫烟她不会……”

楚氏断然摇摇头，“你别胡思乱想，我看她吉人天相，不会有事的。”

“但愿吧。”干鹊喃喃一句，却又着急地看着楚氏，“阿娘，那你呢？”

“阿娘时日不多了，你看这血……比以前严重多了。”

干鹊懊恼地道，“阿娘，都怪我，我不该让你为我担心的！”

“咳咳……我的儿，生死有命，这一天迟早要来的。阿娘这辈子也是够了！”

楚氏紧紧握着干鹊的手，眼里满满都是骄傲，“能看着你从小小一个人儿长成千峰岭第一好汉……阿娘已经是满足了。”

“阿娘！”

“把眼泪收收，以后的日子，阿娘不能再看着你，你要自己去飞了。”

“阿娘！”干鹊哽咽着，想说什么，却又说不出来，只是低下头，不让自己的眼泪被母亲看到。

楚氏爱怜地抚摸着儿子的头，“答应阿娘，阿娘死后，你不要伤心。你是龙血王脉，要志怀天下，不能被人世这点悲苦羁绊，知道吗？”

“知道了，阿娘。”

“对于女人，你一定要找有德有才，并能成就你大事的人……其他的，纵有倾城之貌，也不要去沾染，知道吗？”

泪水模糊了干鹊的双眼，他用力点了点头。母亲之前也有交代过后事，但从没有像今晚这样令他不安与害怕。

母亲冰冷的手像一根剑直刺他的心口，并在那里搅个不停。

“那个姑娘……罗紫烟……阿娘看人很准的，她不是寻常女子，你最好不要错失她……咳咳，阿娘预感，有她相陪，你的未来或许真能成就一番事业。”

“阿娘，你也看到了，她心中并没有我。”干鹊哽咽着道。

深深喘息一声，楚氏看着儿子，“我就问你一句，你真喜欢她吗？”

干鹊毫不犹豫地点点头。

楚氏颔首道，“这就对了。男女之情，不在于一见钟情，而在于日久生情。现在她不了解你，不知道你的好。但是我的儿，以后她会喜欢你的。”

干鹊没有说话，只是默默看着母亲。

“你要相信阿娘。阿娘能活到今天，靠的除了本事，还有经验。”

干鹊点点头，“阿娘，你累了，还是先休息会儿吧。”

“不，阿娘的时间不多了，趁着现在还说得出来，多跟你说说。”楚氏摸索着从身下毛毯里拿出一块黑黝黝的木牌，递到干鹊手里。

“阿娘，这又是什么？”干鹊好奇地看着那木牌。牌面凹凸不平，看起来像块焦炭，但入手温热，轻盈若无物，分辨不出是什么材质做成的。

“这是极阳宫的集火令。”

“极阳宫？就是火猴说的那个，比上仙门还厉害的修仙门派？”

楚氏脸上露出一丝嘲讽，“上仙门，怎么能跟极阳宫相提并论呢？”

“极阳宫真这么厉害？但好像我只听过上仙门呀。”

“上仙门是国立修仙之门，为国除妖，乃其司职本分，所以门内的人行事高调，做点什么都唯恐他人不知。但是……咳咳，真正的修仙宗门，是不会轻易入世的，更不会随便抛头露面的。”

干鹊听得悠然神往，“这么说来，极阳宫是个很隐秘的修仙宗门了？”

“不但隐秘，而且很神秘。”

一般的修仙宗门都是常年敞开门户，但有资质上佳的弟子上门，就会纳入门墙。但是，极阳宫却不是这样，它只招收世间的天纵奇才加以培养。而且，十年才开府收一次徒，错过一次，得再等十年。要想成为极阳宫弟子，还得接到极阳宫的入门考核邀请才行。

为了寻觅世间绝顶好苗子，极阳宫常年派出十名高手在人间游历。这些人被称为“采火者”，因为他们承载着极阳宫薪火相传的重大使命。

能被采火者看中的修仙良胚，则被称为“火种子”。采火者相中一个“火种子”后，就会给他一道令牌。只要对方有心，就可以凭着令牌找到极阳宫，拜入极阳宫门下。这种令牌，被称为“集火令”。

“阿娘，你怎么会有极阳宫的集火令？”干鹊又惊又奇。

“这是二十年前，一个采火者给我的。”楚氏爱怜地看着干鹊，“但当时我已经有你……”

当年，楚氏刚被罢黜，内心灰暗透凉。有一天，她想要自杀，一个采火者突然出现了，邀请她上极阳宫接受入门考核。

原来，采火者遍搜神州大地，下至贩夫走卒，上到九五之尊，都在他们的考察范围。

楚氏万万没想到，她居然有很高的修仙天赋！当她满怀期望准备上极阳宫开启新的人生时，却发现自己怀孕了。

极阳宫的宫规森严，绝不允许孕者入宫。

为了把儿子生下来，楚氏只能忍痛错过这个机会。但采火者告诉她，只要手握集火令，在任何一个开府收徒时期，都可以直接拿牌去入门拜师。

但是，到了下一个十年，为了照顾好干鹊，楚氏只能继续选择放弃。

“阿娘，这么好的机会，你怎么能错过呢！”干鹊拿着集火令，心中百感交集。

楚氏微微一笑，“世上还有什么比你更重要？阿娘怎么舍得丢你孤苦伶仃在天化村？”

“阿娘！”干鹊再也忍不住了，泪如雨下。

“这些年我为什么不让你跟火猴修仙？因为上仙门不是最好的修仙门，火猴也不是良师。我可不想糟蹋你这块璞玉。”

楚氏骄傲地拉着干鹊的手，“我的儿我比谁都清楚，你能成为千峰岭第一勇士，自然也能成为世间第一仙。”

“阿娘不会是让我拿这块集火令去极阳宫吧？”干鹊问道。

楚氏点点头，“再过十天，又到极阳宫开府收徒之日。阿娘未完成的事，就交给你了。咳咳……可是阿娘，等不到你学成归来的那天了。”

“可是，这是采火者给阿娘的呀！”

“采火者说了，如果火种子真去不了，可以推荐自己认可的人作为火种子上极阳宫……咳咳，反正有这块令牌，只是有参加入门考核的资格而已。到时候还得经过他们考核筛选的。”

极阳宫只认集火令不认人，每块集火令送出去后，在返还极阳宫之前都是有效的，这是楚氏会让干鹊带着集火令去极阳宫求艺的底气所在。

当然，集火令只是块入门砖而已。入门之后要想成为正式弟子，还得修习一段时间后经过严苛的考核才行。

“可是……”

“不用可是了，这是我多年来苦盼的一刻。拿着集火令去吧，它会指引你到极阳宫的。”

“啪！”

干鹊猛地把集火令往地上一丢，“阿娘，你别说了！我是不会去的。”

“你……”

“父母在，不远游。至少等阿娘身体无恙了，我才会考虑这个事。好了阿娘，你好好休息吧。”干鹊柔声说道，但是话里的倔强却是铿锵如铁。

“干鹊……”

“阿娘，你有恙在身，我如果舍你而去，就算学到一身仙法，又与禽兽何异？”

楚氏欣慰地点点头，“我的儿，阿娘明白了。集火令宝贵异常，你先收着，这事儿我们以后再说！”

“是！”干鹊不敢违逆，把集火令收了。

“外面好像有动静，不会是紫烟回来了吧？”

“是吗？我去看看！”干鹊大喜，急忙冲了出去。

洞外，除了打坐的牧艾，并无他人。

干鹊大失所望地回去，“不是紫烟，也不知道她有没有事。”他一抬头，突然双腿一软，差点跌到地上。

只见楚氏斜靠在洞壁上，右手边上掉落着一把染血的匕首，而左腕则多了个大口子，汩汩鲜血正流过她身下的被褥，像条小蛇般蜿蜒在石头地面上。

干鹊只觉头脑里“轰”的一声炸响，他连滚带爬地扑到楚氏身边，抓起她的左手拼命去按那伤口。

楚氏本就没多少血，此刻血口子正在枯竭，而她的肌肤则在变凉，两只失神的眼睛直直看着干鹊。

“我的儿……”

“阿娘！阿娘！你这是干什么？你为什么要这样做啊！”干鹊疯了一般大吼大叫，内心被恐惧、愤怒、哀伤、不解填得满满的。

“我的儿……”楚氏脸上突然泛起一抹微红，浑浊的双眼里放出前所未有的光芒来，“阿娘该走了，不能再成为你的累赘了……”

言罢，她眼里的光一点点地熄了。

当最后一点光，也消失于前方山嘴之后，罗紫烟再也撑不住了，她跌坐在一块石头上，仰望着点点如墨的山头，想放声大哭，却又欲哭无泪。

天地广阔，除了小卷毛，她举目无亲，内心孤苦如山。

唯一能给她带来安慰的人，却是非人非魔，半人半魔，寻不得，诉不得。

一切黑暗，仿佛都因她而生，一切苦难，仿佛都为她而设。

“小烟！小烟！”小卷毛看着四周，“这样盲目追下去也没有意义。就算追到了司明，又能奈那个魔头如何？”

“是啊，我跑不过他，打不过他，更别说把他从司明的身体里拽出来了。”

“所以啊，打铁还需要自身硬。咱与其没头苍蝇似的追逐司明，倒不如提升自身修为，等修为足够了就去打败血神子，把他赶出司明的身体！”

罗紫烟愣了下，眼里的光芒再次亮了起来，“说得没错！小卷毛，你能帮我提升修为吗？”

小卷毛为难道，“可以是可以，但我现在还是未足月的凰雏，还做不到。”

罗紫烟大失所望，“那要多久才行？”

“我说不上来。但我们可以去最近的凤凰谷啊！如果我的记忆没错，那里应该还住着凤凰，我们跟它们同根同源，它们一定会帮我们提升修为的，届时就能跟那个血魔周旋了！”

罗紫烟不由得心神激荡起来，小卷毛的话当真是一言惊醒梦中人。从穿越以来，她几次遇到司明，哪次不是被动挨打的？要赶跑血神子，眼泪和哀求都不行，唯有变强，才能将他从司明的身体里赶出去！

“行，我们就去凤凰谷求助，那在什么地方？”

“我记得怎么走，要不要回去跟干鹊他们道别？”

罗紫烟迟疑了一下，“以后终究不是同路人，相见不如怀念。算了吧！”

拂晓重返人间的时候，干鹊在牧艾的帮助下，把母亲葬到天化村屋后的小山头上。

生前在此长住，死后亦永眠于此，这就是一生的故事。

让牧艾回去复命后，干鹊又跪在新堆的土坟前放声恸哭良久，这才收了泪水，缓缓地站了起来。

“阿娘，你放心。我会记住自己身上流的是什么血，也会记住你的每句教诲！”

心中默念一句，干鹊拿起放在一旁的包袱，又把日曜刀别到腰间，大步往山下走。

此时，偌大的村寨只剩干鹊一人。

经过家门口，抚摸着那已经被摩挲的发亮的门把，他的鼻子再次发酸，眼泪顺着鼻边往下流，但是马上就被他擦掉了。

“没有阿娘在的房子，就是一堆木头而已，有什么好不舍的。”一发狠，干鹊把门重重扣上，头也不回往外走。

当他决心去找极阳宫的时候，集火令就开始产生异样了，在令牌前端，出现一个箭头状的光点，不断变换着方向。

阿娘说，只要沿着箭头所指的方向走，最终就可以到达极阳宫。

千峰岭连绵不绝，但阿娘说这里不过是大蜀江山中的一隅而已。

很早之前，干鹊就渴望着能到外面去闯闯，见识大蜀江山。但阿娘身体不好，这个愿望被深深埋藏起来。

现在，他终于要走出去，只是心情却与当初截然不同。

他内心只有痛苦，没有丝毫欢愉，他无心游山玩水，只想兼程以赴。只有景色的不断变换，才能冲淡他内心的悲伤。

一晃眼，几天过去了，干鹊也不知道自己走到了哪里，只是按照集火令上的指引继续往前方走。

这天，看看落日将尽，干鹊又饿又累，便以包袱为枕头，躺到一块大石头上，准备将就一夜。

阖上眼帘不久，阿娘便又出现在梦里，她临走之前的话再次响彻梦乡。

“阿娘！我会的！”干鹊大叫一声，从梦中惊醒过来，只觉双颊凉飕飕的，泪水流到双颊上，被夜风一吹，寒意像刀子一样在脸上刻着。

空中乌云低垂，像要压到心口上似的，让干鹊喘不过气来。他那发涩的眼窝，再次被泪水盈满了。

“阿娘……”

“铮——铮——”

就在此时，日曜刀突然猛烈地颤动起来。刀身似乎要从刀鞘里跳出来。

“嗯？”

干鹊猛地坐了起来，紧紧握住刀柄，警惕地看着四周。阿娘告诉过他，日曜刀乃是一口极富灵性的上古神刀，遇到邪物靠近，就会铮鸣示警，要干鹊无论到哪里都要将它带在身边。

新蜀门

夜色漠漠，山岚过岗，沙沙作响。似乎没有什么危险……

就在此时，铮鸣声戛然而止，四周立即陷入坟墓般的死寂里，干鹊的呼吸不由一滞。

“嗡嗡——嗡嗡——”

一阵嗡响突然传来，干鹊急忙回头望去，只见左侧密林内突然飘出一片幽蓝光云。

光云由无数细小的蓝光组成，闪烁个不停，犹如银河落九天一般。细看之下，它是由无数只像萤火虫那样的小虫子组成，来势飞快，眨眼就飞到干鹊眼前，只只清晰可见。

只见每只发光虫的身子都是短而圆，状似瓢虫。幽蓝之光就发自半圆形的背部。但它们的脑袋却是烙铁状的，前端的虫咀居然有半指长，又尖又利，浑似一把小匕首。

此时，这些长咀全都指向干鹊。

干鹊吓了一大跳，日曜刀本能地出鞘了。

“铮——”

耀眼白光，刹那间像团光球般笼罩住干鹊。

那些发光虫飞进刀光里，突然间都像喝醉了似的，摇晃数下，齐齐凌空掉落，眨眼间就掉落大片。

而后面的发光虫则是掉头绕过刀光边沿，直向大石头后面飞去。

“嗷嗷——嗷嗷——”片刻之后，远处突然传来一声惨叫。

干鹊急忙飞步赶过去。只见一头野猪趴在草丛中，遍体密布着幽蓝光点，正惨叫着往远方跑去。

干鹊心头发奇，随后紧追过去。

夜色之下，奔跑的野猪就像一盏摇曳的蓝灯，极其醒目。没多久它就冲出山林，进入一座空旷的河谷。

干鹊突然停了下来，吃惊地看着前方。

只见河畔上流动着一团团蓝光，那只野猪进入其中，犹如雨滴入海，眨眼消失无踪。

而这股蓝光洪流，竟是由众多虫蛇鸟兽组成，它们都跟野猪一样，遍体密布着诡异的蓝光。

等干鹊小心地靠近这股蓝色洪流时，发现其中不少野兽的身体正像融化的蜡油，逐渐在变形中。

对于靠近过来的干鹊，它们都是无动于衷。

“这是……”

干鹊心头又惊又怒，此情此景，让他不由得想起天化村后山那些融化树木的尸食蛊。现在，不同的是，融化的对象变成飞禽走兽！

“一定又是那个魔头在搞鬼！”

沉吟之际，干鹊眼角余光突然看到前方人影一闪，速度飞快。

换作常人，碰到这种怪事早就溜之大吉了。但想到那个弄走天化虫的魔头又在这里兴风作浪，戕害生灵，他哪里走得了？立即向蓝色洪流延伸的方向奔去。

这股蓝色的兽流竟比想象的还长，干鹊跟着它们走了许久，进入一片乱石错杂的谷地中。

群兽有条不紊地在乱石中穿行，而那神秘的身影却没再出现。

倒是前方，突然传来一个沙哑的叫声，“呀——”

声音极其古怪，干鹊听得莫名一寒，小心翼翼地循声过去。

拐过一座巨石后，干鹊不由得停了下来，眼睛都直了。

只见前方一片空地中，正趴着一条蓝色的庞然大物，它的身躯在缓缓蠕动着，而巨大的嘴巴则像是个蓝色的洞口。

那竟是·条巨型大虫。

成群而来的蓝色禽兽，正源源不断走入这张蓝色虫口之中。

在虫口外，这些禽兽们还保留着原形，进入虫口后，它们无一例外，都像是过水的泥塑一般，眨眼变成软趴趴一滩，往那条巨虫嘴里流进去。

而在巨虫的尾部，则是笼罩着一团白光，里头似乎包裹着什么东西。

干鹊定睛看了片刻，肺都要气炸了。只见那白光里竟坐着一个人，看模样分明就是那个从天化村带走天化虫的魔头！

那眼前这条巨虫，就是天化虫无疑了！

想不到，这魔头居然在这里，又不知用什么蛊虫，害得这么多鸟兽主动投入天化虫之口。而天化虫也不知吞了多少禽兽，但体形却没有显著增减。不愧是有天化之名，简直是善化万物！

干鹊心念一转，混杂在这股蓝色兽流之中，直向天化虫靠近。

天化虫懒洋洋支着嘴巴，但当干鹊来到它面前的时候，它突然一个激灵抬起头来。

几乎同时，“铮”的一声，日曜刀出鞘，疾劈向虫口下颚。

“啪！”刀锋正中天化虫的嘴巴，蓝色汁液四射溅开。

“啊！”

天化虫痛苦地扭动着身子，拼命往后退。

“给我去死！”干鹊大吼一声，追了过去又是一刀劈下。

再出手之前，他本把目光瞄准血魔的。但想到血魔的可怕，连火猴都难占到便宜，他便决定先对付天化虫。

血魔从天化村处心积虑夺走这万蛊之王，说明天化虫对他而言极其重要。只要杀了天化虫，就等于断了血魔的臂膀，那时再来和他决战不迟。

只是天化虫这时候却倏地一缩，消失在干鹊面前。

与此同时，一声冷哼传来，血神子已经如风亦如电般来到干鹊面前。只见他换了一身崭新长袍，面带嘲讽笑意，“嗯？又有漏网之鱼？”

干鹊又惊又怒，暴喝一声，刀锋直劈血神子。

“嘿嘿！”血神子冷笑一声，右手竟是迎着日曜刀抓去。

“嚓——”

日曜刀刚劈到半途，就被一股霜寒之劲凭空托住，再无法往下劈一分。

同时，干鹊握刀之手，竟是一瞬间爬满了冰霜。

寒意沿着手臂迅速传遍全身，让他眨眼间有种快被冻僵的感觉。

“米粒之光，也敢争辉！可惜空有一口好神刀。”血神子冷哼一声，掌上寒劲加大。

“呼！”

干鹊不由自主倒跌了出去。

“小子，能给天化虫佐餐，是你的荣幸！”血神子说着，右手一抖，蓝光闪现，天化虫又落到地上，迎着风瞬间长到数丈。

随后，它巨大的脑袋一摆，向干鹊当头咬下。干鹊全身僵麻，哪里躲得开。

“嗖——”

一枝利箭却在此时急电般从侧里射来，正中天化虫的额头，随即一团火光从箭身上蹿起。

“啊！”

天化虫痛苦地扭着头，身子迅速变形，眨眼就变成一道蓝光，朝着前方飞射而去。

“天化虫！”血神子又惊又怒，恨恨地朝着来箭方向望了一眼，转身朝着天化虫追去。

怎么回事？干鹊想爬起来，但冰寒的身体沉重如山，眼皮更是沉得睁不开。

在眼帘快合上之际，他看到一个窈窕的身姿正飞身而至。

第七章 | 恶兆初现

远古之时，凤凰一族曾经昌盛无比，遍布天下。

但如今，世间只有两个地方尚有凤凰，一是位于昆仑的凤凰山，一是位于大蜀西北的凤凰谷。

不过，凤凰谷因其狭小，平时在此生活的凤凰并不多。

在小卷毛的记忆里，凤凰谷堪称是天下最美的宝地，不但有绝美风光，还有前来朝仪的百鸟在此翩翩起舞，美不胜收。

但是，当罗紫烟顺着小卷毛的指引进入凤凰谷时，却发现眼前这座山谷，既没有传说中高欲破天的梧桐，也没有五彩缤纷的奇花异木，更没有日夜歌舞的百鸟。

放眼望去，只有遍地的焦土。

如果把小卷毛描述的凤凰谷喻为凤凰，那这里就像煺毛的鸡，丑陋不堪。

小卷毛也是呆了，片刻之后猛地甩着脑袋，“没错啊！我记忆中就是这里啊。不会是这块宝地也废了吧，那我们凤凰真的没有什么容身之地了。”

罗紫烟扫视四周一眼，“有可能你记错了，我们再往里头去看看。”

越往谷内走，景象越是触目惊心。只见焦土与碎石之间散落着无数禽鸟尸体，奇怪的是，它们的形貌却是栩栩如生。

罗紫烟抓起一只鸟尸，发现它竟是全身僵硬如铁，触手冰冷无比。

“这是怎么回事？”罗紫烟回头望向小卷毛。

小卷毛瞳仁一阵收缩，“难道是阴劫……又来了？”

“阴劫？什么意思？”

"它……它是造成我们凤凰一族式微的天劫啊！"

阴阳二气，乃天道运行的根本。

凤凰属火，浴火而生，嗜火一生，乃纯阳之命。因此，在阳气炽盛的上古，得阳而生的凤凰一族繁衍昌盛。

不过，天道之行损有余补不足。阳气不可能久盈，阴气也不可能久亏。

在漫长的岁月里，每当阴气转强，阳气转弱的时候，都会对凤凰一族造成极大的影响。

尤其是阳气锐减而阴气暴涨的时候，凤凰一族会成批死亡。这种情景，就被凤凰一族称为"阴劫"。

经历不计其数的阴劫之后，上古曾经鼎盛一时的凤凰族群日渐萎缩。

而凤凰又天生挑剔，宁可累死也不落无宝之地，饥不择寻常之食，渴不饮庸常之水，是以处境更是江河日下。

为求生存，百万年前，一些凤凰不得不放下架子，主动与百鸟、万兽融合，通过调和阴阳，蜕变自身，以增强对抗阴阳突变的能力。

其中一些凤凰，与强势崛起的万物灵长——人族融合，并助人族成为世间之主。

但仍有少量凤凰坚持纯正血统，代代相传。

这些凤凰，无比强大，也无比脆弱，很容易受阴阳二气异变的影响。对于阴劫的恐惧，几乎是深藏于心底的阴影，挥之不去。

"可如果真是阴劫，你还能活蹦乱跳吗？"罗紫烟看着小卷毛道。

小卷毛用翅膀一拍脑袋，"也对哦！那这是怎么回事？"

"哼！孽畜！"

这时，一声冷哼突然从凤凰谷深处传来。紧接着是尖锐的剑啸声，伴着一声惨叫，"啾呜——"

小卷毛愣了下，急忙跳到罗紫烟肩头，"小烟，那是什么声音？"

"过去看看！"罗紫烟像豹子般冲了出去。

就在此时，一道黑影突然从前方冲天而起，罗紫烟和小卷毛不由得都停下来，眼睛都看直了。

只见那团黑影，乍看很像凤凰，但全身上下却是漆黑一团。

而在它面前，则是一个朱衣玄袍的修仙者，正足踏虚空，驱动一道红色匹练，紧守着门户。

“那是凤凰？”片刻之后，罗紫烟回头看着小卷毛。

小卷毛摇了摇头，眼里满是迷惘，“不对不对，凤凰哪有黑色的！”

那黑色凤凰扇着翼展达数十丈的双翅，一刻不停地向那玄袍修仙者扑击过去，力大势猛，锐不可当。玄袍修仙者全力驱动那红色匹练，看着十分吃力。

双方激斗正酣，谁也没有多看远处的罗紫烟一眼。

“不对不对，凤凰确实有黑色的。”小卷毛突然想起什么，声音不由一颤，“难道又有量劫要来了吗？”

“量劫？那又是什么？”

“在我的记忆里，有一种说法，说是世间若出现黑凤凰，量劫将如影随形而至。”小卷毛顿了顿，又颤声道，“届时，我们凤凰一族，不，整个世间，都将蒙受无尽的血祸之劫！”

凤凰乃天地灵长，五彩而文，首文曰德，翼文曰义，背文曰礼，膺文曰仁，腹文曰信。是以，凤凰出而天下宁。

但阴阳总是相伴而生，凡事都有两面性。如果出现在世间的不是凤凰，而是黑色凤凰，那就是量劫将临的恶兆。

所谓黑凤凰，指的是五彩凤凰因受阴邪侵蚀而变成的魔凤凰。它弃仁义而沦魔道，乃聚集世间万恶之物。

黑凤凰为什么会出现，修仙界和凤凰一族至今都没有定论。但过往的记载都表明，黑凤凰出现之后，量劫必至。

所谓量劫，是修仙界的一种说法。指的是三界之中，五行之内，人、仙与凤凰，同时遭遇巨大灾难，从而劫数不断的一种现象。

量劫到来后，世间将异象不断，随之而来的是邪祟丛生，恶魔横行，无论仙凡两界，都将灾厄不断，即便超然于红尘之外的凤凰，也要历劫不断，最终以流血漂橹结束。

所以，凤凰一族最怕的事，就是看到黑凤凰出现。

“我怎么这么倒霉，不知沉睡多少年了，好不容易才被小烟孵化出来，却不足月……现在倒好，刚从一个旷世魔头和一只万蛊之王那里逃生，又遇上一只黑凤凰，这命也太不好了！”小卷毛不禁自艾自怜起来。

罗紫烟没有搭腔，这量劫对她来说太陌生了，她只要找回司明就行。

“呼！”

就在此时，那黑凤凰骤然长啸一声，巨嘴一张，大股黑焰席卷向那修仙者。焰火一去达数丈，里头竟裹着风雷之声。

“好厉害！”小卷毛忍不住惊呼道。

那修仙者识得厉害，迅疾往后一退，已到百丈之外，正落在罗紫烟面前不远处。随后，手中的宝剑光华暴涨，像一根熊熊燃烧的火柱，迎着黑色焰火斩去。

“轰——”

红与黑两股焰火相交于空中，绵密而猛烈的炸响化为汹涌的力波，直扫四方。

“小烟，快退！”小卷毛紧紧抓着罗紫烟的肩头，大叫道。

叫声未已，罗紫烟只觉自己身子一轻，已被力波击得腾空飞起，眼前天旋地转，一个跟斗又一个跟斗地在空中翻起来。

世界仿佛要翻覆过来。罗紫烟看到大蓬黑色的云片翻滚不停。在它们中间，则是飞蹿着一团团火球，瞻之在前，忽而在后，将整个天空装点得黑红相间，鲜艳夺目。

罗紫烟挥舞着双手，想要抓住什么，但是冲击力何其大，她哪能左右得了自己。

“小卷毛！”

“小烟！”

小卷毛虽有翅膀，境地也没比罗紫烟好到哪里去。只见它一圈又一圈地在罗紫烟面前翻滚着，稚嫩的双翅根本掌控不了自身。

而等待在罗紫烟和小卷毛前方数十丈开外的，是一堵黑黝黝的山壁。就算是铁人，以如此高速撞到上去也要被砸成肉饼。

混乱之中，一道清亮的声音破空而来，“停！”

这声音如有魔力，罗紫烟和小卷毛应声停了下来，继而缓缓落到地上。两人惊魂回头，发现那修仙者不知何时来到他们后头，一个拂袖卸掉了两人的去势。

双方靠得近，罗紫烟终于看清那修仙者的模样。只见他三旬模样，面如傅粉，眉目清朗，但顾盼间却透着与年龄不相符的锐利。

“多谢仙长！”罗紫烟急忙躬身道。

那修仙者没有回答，只是上下审视着罗紫烟，目光继而又落到小卷毛身上，喃喃道，“人身凤体，凰雏随护，从未见有如此奇观。”

罗紫烟愣了下，没想到对方竟一下子看透了她和小卷毛的底细。

“仙长小心，它又来了！”

小卷毛突然大叫起来，只见那黑凤凰正扇着双翼，向三人疾冲而至。

“莫慌！”

修仙者淡淡一笑，一个转身，掌中那口红色仙剑带起一抹骄阳之炎，再次迎着黑凤凰斩去。

“开阳——斩！”

黑凤凰长嘶一声，铁爪一张，迎着刀光抓去。

“小卷毛，我们不能傻愣着！”罗紫烟突然急叫道。她看得出来，这只黑凤凰凶残暴虐，如果这修仙者落败，只怕她和小卷毛也难以幸免于难。

小卷毛会意，双爪紧紧抓着罗紫烟的肩头。

凤凰波蓄势待发。

“当！”

剑光被黑凤凰铁爪一抓，竟是光华湮灭。而黑凤凰则是长驱直入，铁爪一扬，又朝那修仙者当头罩落。

修仙者似乎始料未及，步履踉跄朝着罗紫烟这边倒退过来。

“上！”罗紫烟大喝一声，右掌已是击出。

“轰！”凤凰波从侧里击在黑凤凰铁爪上，打得那对铁爪偏了又偏。

与此同时，那修仙者手中仙剑再次挥出，这一剑看似随意，但那赤焰般的剑光却是瞬间充斥天地，锐不可当。

原来刚才他在藏拙！罗紫烟和小卷毛不由得都愣了下。

“咔嚓——”

红光四射，黑羽纷飞。

这一剑的威力远超先前，那黑凤凰不堪承受，掉头急飞而去，眨眼消失无踪。

“哼！”那修仙者也不追，右手一抖，收了掌中仙剑，回头冲着罗紫烟一个拱手，“多谢！”

罗紫烟愣了下，忙摆摆手，“我们又没有帮上什么忙。早知道你这么厉害，我们就不用多事了。”

“这黑凤凰端的厉害，我本想攻其不备，将它生擒活捉，没想到力有不逮，还是让它跑了。”修仙者长叹了口气，“看来，又有量劫要来了。”

罗紫烟和小卷毛不由得对视一眼，这话正好印证了两人之前的隐忧。

“在下丁引，不知这位凤主，该怎么称呼？”那修仙者好奇地看着罗紫烟。

罗紫烟迟疑了下，还是躬身道，“我叫罗紫烟，它是小卷毛。”

丁引点点头，笑道，“赤松临上游，驾鸿乘紫烟。罗紫烟，好名字。”

罗紫烟笑了笑，又问道，“仙长，这里发生了什么事？”

小卷毛道，“对啊，凤凰谷怎么会变成这样子呢，其他凤凰呢？”

“我到这里的时候，这里就是这样了……”丁引叹了口气，“凤凰谷只怕被毁了！”

罗紫烟和小卷毛不由得对视一眼。罗紫烟道，“仙长，你为什么会到这里呢？”

“我是追着那只黑凤凰来的。”

原来，半天前，丁引无意中在数百里之外撞见那只黑凤凰。当时，黑凤凰正在袭击一个村子。

丁引出手赶跑了黑凤凰，随后一路追赶，来到了这里，才发现绝美凤凰谷竟变成了人间地狱。

丁引本想将黑凤凰活擒下来，以弄明白个中缘由，没想到黑凤凰极其凶恶，斗了上百个回合还不露丝毫怯意。

道清原委，丁引话锋一转，“两位呢？为什么会到这里？”

“我们是来找凤凰提升修为的。”小卷毛看了罗紫烟一眼，“没想到会出这种事，看来，只能去凤凰山了，可那里好远好远，不知要走多久。”

罗紫烟咬了咬牙，“再远也去！”

“原来如此。”丁引颔首道，“罗姑娘资质独特，诚为难得的修仙之才。如果不弃，最近敝处极阳宫正在开府收徒，大可去试试。”

“极阳宫？”罗紫烟好奇地望向小卷毛。小卷毛摇摇头，“我记忆里没有这个宗派。”

“极阳宫很厉害吗？”罗紫烟问道。问完却又觉得太唐突了。

丁引却是不以为忤，笑了笑，“厉不厉害我不好说，但跟姑娘肯定很对路。”

见罗紫烟和小卷毛都是一脸茫然，丁引又道，“罗姑娘拥有罕见的人身凤体之质，如此资质，非常适合修炼纯阳功法。普天之下，要论修阳之集大成者，莫过于极阳宫了。”

“哦？我还以为凤凰山最适合小烟呢。”小卷毛两眼放着亮光。

丁引笑了，“凤凰山当然适合你的凤主了。不过，她是人形之身，极阳宫说不定更适合。”

罗紫烟心动了，“但那极阳宫会收我为徒吗？”

“这个得经过入门考核才知道。你若不嫌弃，就拿着这块令牌，它会指引你去极阳宫，到了自然会有人接待你的。”丁引掏出一面黑色的令牌交给罗紫烟。

罗紫烟好奇地看着那令牌，“这样就行？”

“这叫作集火令，你去了自然就知道了。”丁引笑了笑，回头扫视四周，“此地魔化之事着实可疑，我必须再去做调查。如若有缘，极阳宫再见！”

“多谢仙长！”罗紫烟忙道。

丁引点了点头，“那我们就此别过！”

说着，他袍袖一甩，身子骤然腾空而起。等罗紫烟和小卷毛回过神来，他已经化为一点红光，消失在视野尽头。

“哇！小烟，这丁引仙长的道行深不可测，看来极阳宫真可以去试试。”小卷毛咋舌不已。

罗紫烟点点头，只要能学到厉害本事，降服得了血魔，就算龙潭虎穴她也去。

“妹的茶，妹的茶里有油盐，有油有盐茶赖记，有情有义才好连。哥的茶，哥的油茶味道鲜，只要情哥不嫌弃，陪哥吃茶六十年。”

熟悉的歌声，让干鹊仿佛又回到小时候某个冬日下午。当时，他得了一场病，发着高烧。阿娘用被子将他裹得像粽子，抱到门口晒太阳，希望这能排出他体内的热毒。

为了逗他开心，隔壁家的那个小女孩就在寒风里为他载歌载舞，唱的正是这首叫作《茶歌》的山歌。

那是一个比干鹊矮了小半头的女孩子，在浅弱的阳光里，她像只蝴蝶那样翩翩起舞，优美的歌声珠子一般从她嘴里吐出来，撞击着干鹊的耳膜。

“铁姝……”干鹊不由得叫了一声，突然想到，许久没有铁姝的消息了。

“干鹊哥，你醒了！”

耳边传来一个欣喜的叫声。干鹊吃力地睁开眼，看到一张明净的大圆脸，两只大眼睛正惊喜地看着他。

这是个年纪与干鹊相仿的少女，虽然不算极美，却也眉目俊秀，透着伶俐与精明。

“你……”

干鹊一阵恍惚，只觉这少女有些眼熟，却一时又想不起是谁来。

“干鹊哥，你刚才明明还念叨着我的名字，怎么一转眼又装作不认识我了？”那少女撅了撅嘴巴，不满地嗔道。

干鹊急忙爬起来，惊喜地看着眼前少女。只见她身穿一身藏青色劲装，背负一口金边强弓，腰间挂着一壶火色长弩。

“你是铁姝？刚才是你射中天化虫的？”

“对啊，原来我也不知道是干鹊哥，就是见那东西恶心，给它一箭，没想到后来才发现救的竟是干鹊哥。真是老天有眼！对了，你说那什么虫，到底是什么鬼东西？”

“那是天化虫，也就是我们圣天场上的天化公。”

天化虫形成的雕塑本无名，但为了表示尊敬，村里有些人将它尊称为天化公。

当干鹊把村里的剧变告诉铁姝，铁姝听得目瞪口呆，“什么……居然有这种事？”

她在数年前就离开天化村，万万没想到宁静的天化村里竟藏着一只万蛊之王，引出如此大的事端来。

干鹊点点头，又道，“不过你放心，你阿爸阿娘和村里的人都被疏散了，没事的。”

“那就好。干鹊哥，真没想到能在这里遇到你，太让人意外了。”铁姝直直看着干鹊，眼里流露出来的似水温情，让干鹊不由得脸发热。他忙把视线移开，“铁姝，你这几年都去哪了？当初怎么说走就走呢？”

此时，两人就在一个小山洞里。从洞口可以看到，远处群山环绕。干鹊猜测，他应该还在晕倒的那座山谷附近。

“我不是说走就走。我走，还不是为了你。”

铁姝幽幽的声音，让干鹊不由愣了下，“什么？为我？”

铁姝看着干鹊，眼里突然燃起两束火光来，她用力点了点头，“如果不是为你，谁愿意离开阿爸阿娘，离开天化村呢？”

“铁姝，别开玩笑了。我明明在天化村，你怎么为我离开天化村了？”干鹊勉强笑了笑，“我听说你是被你阿娘骂了一顿，自己跑走的。”

铁姝幽幽道，“我确实跟我阿娘吵了一架，那是因为她不同意我去学艺，然后我就自己走了。”

干鹊愣了愣，“你原来是出去学艺呀？”

“嗯，这其实是你阿娘的意思。”

“我阿娘？”干鹊愣住了。

“对，就是你阿娘。她说你将来肯定是干大事的人，我只有学到足够的本事，才能配得上你。我在天化村学不到什么，就只能出来了。”

干鹊不由苦笑，“我阿娘的话你怎么能当真？”

“她是认真的，我也是认真的。”铁姝缓缓说道，一个字一个字，铿锵有力。

干鹊说不出话来，铁姝喜欢他，他早就知道，可喜欢他的女孩子太多了，他并不是很在意。他始终只是把铁姝当作邻家要好的小妹，要说作为妻子，却从无此想法。

楚氏对铁姝也是不大看得上，干鹊这个态度正中她的下怀。

但铁姝从来不掩饰她对干鹊的喜欢，经常黏着干鹊，让干鹊常感到不自在。

这种尴尬，直到多年前一个仲夏之夜，铁姝独自摸黑离家出走才结束。

铁姝走之前，曾找干鹊说了一通话，当时许多话干鹊听不大懂，后来才知道那是一场告别。

干鹊没想到，竟会在这样的时日，这样的境地与她重逢。

“在我走的十天前，你不在家，我到你家给你送吃的，你阿娘挡在门口，不让我进去。她直截了当地说我不配当你的妻子，希望我不要对你心存妄念。”

铁姝陷入往事之中，眼里不由泛起泪光来。干鹊无言以对，唯有苦笑。阿娘的生性为人他非常清楚，有时候决绝如铁，不近人情。

“我不服气，就问她凭什么说我不配。她说我不能给你带来未来。我问她要怎么样做才能。她说，最起码我得有本事，将来能为你保航护驾。”

“然后你就当真了？”干鹊问道。

铁姝看着干鹊，点了点头，“我一直都很认真。”

“铁姝……”

铁姝笑了，“你不用为你阿娘感到愧疚，说来我还得感谢她呢，是她让我逼自己一把，我才敢找上火猴门主，也才不会一直当个村姑……”

“是火猴带你离开的？”干鹊突然想起来，铁姝走的那天，火猴确实来过。

“嗯，他被我缠不过，就给我推荐了几个师父。”

这些年，铁姝先后从那些修仙者身上学到不少本事，修为提升很快。现在用的仙器——金乌弓和羿神箭，就是其中一个修仙者授予的。

“这么说来，你现在也是个修仙者？”

铁姝摇了摇头，“只是比普通武士厉害，但教我的那些师父也都是一般修仙者，我现在的本事，明显达不到你阿娘的要求。”

“铁姝，我阿娘已经不在了，她的话你就不用当真了……”

“不，她是认真的，我也是认真的。”铁姝咬了咬牙，脸上露出自信的笑意，“不过没事，我将要去更好的宗门修炼，只要再给我一段时间，我一定可以的！”

干鹊大感无奈，只得把话题岔开，“那你怎么到这里的？”

“我刚想回天化村探探亲，顺便看看你。路过这一带时，发现好多禽鸟走兽都不对劲，就跟过去看看，没想到……这是天意促成我们见面！”

干鹊笑了笑，没有接茬。

铁姝又好奇道，“干鹊哥，那你这是要去哪里呢？”

“阿娘让我去极阳宫，说那里最近在开府收徒。”

铁姝愣了下，突然从腰间掏出一块黑黝黝的令牌，在干鹊面前扬了扬，“去极阳宫？你有这个吗？”

干鹊也拿出那块贴心珍藏的集火令。

两块令牌竟是一模一样！

“铁姝，你也要去极阳宫？”干鹊回过神来，看着铁姝。

铁姝兴奋地抓起他的手，“哈哈，天意！天意！干鹊哥，天意就是要让我们在一起的。”

原来，半个月前，突然有个修道者找到了铁姝，自称是极阳宫的采火者，说已经观察铁姝许久，认为铁姝资质不错，邀请她去极阳宫参加入门考核。

当时，铁姝并不把这块称为“集火令”的黑木牌当回事，后来找师父们一打听，才知道她竟获得了修仙者梦寐以求的机会。

不过，她不知道这一去极阳宫，要多久才能出来，因此决定先回天化村探亲，当然重点是再见见干鹊。没想到，阴差阳错，竟在半途跟干鹊相遇，而且干鹊也要去极阳宫。

铁姝那一腔本来说不出口的离别愁绪，顿时化作能够长相厮守的喜悦。她再也忍不住了，舒展那纤柔的肢体，再次唱起干鹊常听到的山歌来：

左手开门金鸡叫，右手开门凤凰音

金鸡叫 凤凰音，日落黄金夜落银

左脚进楼增田地，右脚进楼发人丁

两脚齐进富贵斗量金

一步进财宝　二步进田庄

三步多发旺　四步大吉昌

五步洪福齐天运，我也富贵斗量金

一踩东方甲乙木，贵境儿孙代代富

二踩南方丙丁火，贵境儿孙富登科

三踩西方庚辛金，全村家家斗量金

四踩北方壬癸水，全村代代出贵人

五踩中央戊己土，先出文官后出武

今日楼门我们进，贵境从此富登天

看着铁姝那欢歌笑语的样子，干鹊的一颗心却在徐徐下沉，“真是天意……天意弄人呐。”

极阳宫虽在世间，却深藏于宏大结界中，如非集火令指引，别说罗紫烟和小卷毛了，就是道法高深之辈，也未必摸得清其方位。

不过，有集火令那就另当别论了。

当令牌上那道指示光缩到最小的时候，一个修仙者出现了。

“接火者丹平子，欢迎姑娘光临极阳宫！”

这是个年轻的修仙者，十五六岁的样子，一脸稚气。他穿着身浅白玄袍，谈吐举止之间彬彬有礼。

“别看人家幼齿，有可能都已经修行数百年了，只是得道较早，相貌固定在得道时没再变了。”小卷毛低声对罗紫烟说道。

罗紫烟想起那个丁引，一身修为何等高深，却也就三旬模样，想来就是这个道理。

“丹平子今年凡龄应是三百二十六岁，算来比凰雏仙友小许多。”那接火者虽然走在前面，耳朵仍是贼尖，闻声后笑道。

从他的口中，罗紫烟才知道，每次极阳宫开府收徒时，都会派出大量弟子守候在外围，引导那些身携集火令者穿过极阳宫外的结界。

这些引领者就被称为“接火者”。

“极阳宫在哪里呢？”罗紫烟看了看四周，放眼所及，群山苍莽，平淡无奇。

“过了万相迷仙阵，马上就到了。”

“万相迷仙阵？”

“其实就是极阳宫与外界隔绝的一层结界。”

小卷毛好奇地看着四周，“这里有结界吗？我怎么没感受到一丝阵法仙气？”

丹平子不由笑了，“我们如今就在阵中呢。”

“什么？”罗紫烟和小卷毛同时叫了起来。

丹平子微微一笑，突然快步走到一块大石头边，在上面轻拍三下，口中默念几句话语。

“啾——！”

四周传来鸟鸣声，眼前的山川草木扭曲起来，景象倏然一变，四座连绵围合的大山缓缓出现了，山头云封雾绕，仙气缥缈。

而四山中间，则是竖着一座高峰，高不见顶，气势恢宏。

这五山之外还有绵延群山，但跟这五座山相比，却又没什么存在感。

“这里就是极阳宫？”罗紫烟喃喃道。

丹平子点点头，“以天穹为顶，环山为墙，至阳为根，这就是极阳宫。”

说话间，三人来到正面那座大山前，丹平子又道，“这是本宫四大护山中的南面山，也叫作天门山。”

他指着山中一条幽深的裂缝，“这是天门道，进入宫中的主要通道。”

说话间，天门道已经近在眼前。从外头看，它似乎只是一条山中裂缝，但进入其中，罗紫烟才发现这条裂缝居然有数十丈宽，纵深则是不知几许，而且像外头一般明亮。

天门道内甚为热闹，不时有极阳宫弟子匆匆往来，都是袍袖轻飞，飘然出尘。

“我们这是要到哪里去？”罗紫烟问道。

丹平子道，“火种子正式入宫之前，先要到半峰台集合。”

“集合，干什么？”

“接受入门考核，通过了方能成为极阳宫正式弟子。”

“还要考核啊。”小卷毛愣了下，“会不会很难？”

丹平子笑了笑，“难与不难，因人而异。我只是个接火者，这个问题回答不了。”

小卷毛回头看着罗紫烟，“小烟别怕，我会帮你的。”

“你还是赶快长身体吧。”罗紫烟摸了摸小卷毛的脑袋，笑道。她虽然心中也是没底，但是并不怎么担心。

小卷毛不服气道，“小烟，你别瞧不起人，我很快就会变成凰的。”

“那你可不要让我等太久了。”罗紫烟笑着说，又对丹平子道，“对了仙长，招我们进来的采火者，回来了吗？”

“这个难说，许多采火者终年在外头游历，他们只负责推荐火种子来参加入门考核，至于火种子能否名登极阳宫仙籍，他们可不管。”

“原来是一群撒手掌柜啊。”罗紫烟自言自语道。

这时，丹平子停了下来，回头看着她，目光怪异。

“仙长，你怎么……”

罗紫烟刚一开口，就被小卷毛给拦住，“嘘！有人在用遥寄传音术跟他说话呢！”

罗紫烟不知这“遥寄传音术”是什么法门，但看这架势，分明比手机还方便。

“是，弟子明白了。”

新蜀门

丹平子默然片刻，恭恭敬敬地回了一句后，又古怪地打量了罗紫烟一眼，语气突然变得分外恭敬，“姑娘，我们不去半峰台了。”

“嗯？”

“直接到云上台去。”

罗紫烟毫无概念，“那是什么地方？”

“那也是极阳宫的一个地方，跟半峰台略有不同。”丹平子似乎不知该如何回答。

罗紫烟道，“那请带路吧！”既来之则安之，客随主便就是。

丹平子立即在前头带路。

小卷毛想了想，突然凑到罗紫烟耳边低声道，“小烟，有些不对呢。”

“嗯？”

“你没发现吗？他看你的眼神突然变了。”

“当然发现了，所以我也很好奇呢！”

说话间，天门道已到尽头，那里有座十丈高的大门，訇然中开。

从门口往里头望去，只见里头一片亮堂堂、空荡荡，与山外并无两样。但当罗紫烟跟着丹平子跨过那高高门槛后，却发现外头所见不过是假象。

门内首先吸引罗紫烟和小卷毛注意的，是挂在天空中的两个一大一小的太阳。

罗紫烟当然听过上古天有九日的传说，但亲眼看到双日并行于天，内心还是震撼不已。

只见天空双日，小的如平常所见的日头那般大小，大的却是它的数十倍，但所发出的光却是极其柔和，沐浴在其中舒适万分。

双日之下，东、西、北三面护山，与天门山呈巨龙合抱之势。而在它们中间那座高耸天际的尖峰，依旧仰望不到峰顶。

在这巨峰之下，云雾环绕，间有华光闪烁，那是一片片琉璃飞檐，在阳光下闪闪发光。

这一切，恰似一幅巨大的仙境画卷，在眼前流水般地铺展开来。

“通常情况下，应邀来的火种子，一般先住到东边初胜峰的半峰台，通过考核成为入门弟子后，才会分配到其他地方去住。”丹平子指着东边护山说道。

“至于云上台……一般只有上品弟子和长老们才能踏足的。”丹平子说着，又看了罗紫烟一眼。

罗紫烟明白他眼里的含义了，奇道，“那我怎么能去那里？”

丹平子道，“这是宫主的法旨。”

罗紫烟更奇了，“不会是宫主要见我吧？”

丹平子点点头，“正是！”

“我只是一个尚未入门的新丁，宫主为什么要见我？”

“我也不知道，我们快走吧，到了你自然就知道了。”

丹平子大步走向一条白玉铺就的大道。

这条大道直通向接天峰之下那一片琉璃屋舍之中，并蜿蜒着往峰上而去。在它的尽头，云雾缭绕中，一片更为精致宏大的殿宇正时隐时现。

“那就是云上台吗？”小卷毛问道。

丹平子吓了一跳，急忙摆摆手，“嘘！别嚷嚷！”

话落，前方迷蒙云雾中传来一声冷喝，“何人在此喧哗？”

话落，一个身影出现在众人面前。只见他五旬左右，着一袭灰色玄袍，鬓角苍白，双眼则是精光四射。

“啊？参见白长老！”丹平子对来人极为敬畏，急忙躬身行礼。

“这里是你能来的地方吗？”灰袍人哼了一声，目光落在罗紫烟身上，双眉更是倒竖起来，“好大胆子，连扁毛畜生都敢带上来！”

小卷毛立即炸了，“放屁！你才是扁毛畜生，我是凰雏！”

“有这等丑陋的凰雏？哼！这里只有极阳宫修为在四等以上的弟子才能踏足，你们退下！”白长老冷冷地做了个“退下”的动作。

小卷毛全身毛发倒竖，气呼呼道，“老不羞的，你也不照照镜子，居然敢说我丑？等我长成凰了，比你好看一万倍……”

“小卷毛！”罗紫烟见那白长老眼里杀机一闪，急忙一把将它护住，放到身后。

丹平子更是脸色苍白，急忙挡在罗紫烟面前，颤声道，“白长老息怒。弟子和这位火种子不是故意闯上来。是宫主用遥寄传音术，给弟子下了法旨，让弟子带她进来的。”

“宫主？”白长老眉头一皱，眼里闪出火炬般的光，“他不知道这样有违宫规吗？”

“弟子……弟子不知，弟子也只是奉命行事而已。”丹平子怯懦着道。

“哼，宫主可是越来越不把宫规放在眼里了！长此以往，极阳宫都不知要变成什么样子了。”

丹平子低头，不敢应答。

白长老越说越火，指着丹平子大骂，“宫主肆意妄为也就罢了，你一个三等弟子，难道也不懂遵守宫规吗？你想被逐出宫吗？”

“弟子……”

丹平子苦瓜着脸，一句话也说不出来。

“白长老，丹平子仙长是奉命行事，我们则是奉诏而来，此乃宫主的旨意，你若有异议应该找宫主详说，岂能责怪我们呢？”罗紫烟本不想初来乍到就得罪一个长老。但此情此景，让她无法再沉默了。

丹平子回头感激地看了罗紫烟一眼。

白长老眉头却是一竖，罗紫烟顿感一袭无形的力量排山倒海般袭来，不由得一个踉跄往后倒退出去。

“白长老，不可！宫主可是等着接见她呢！”丹平子大惊失色。

“我不管她背后有谁！宫规如山，不可逾越。谁要敢再往前一步，我就以触犯宫规处置，格杀勿论！”白长老森然说着，头顶散发出一道红光，映得他面目通红，竟有几分狰狞。

罗紫烟定了定神，目光迎着白长老望去，虽是不怒不火，却是分外坚定。

白长老没想到这个女子看似柔弱，面对自己的雷霆之威却能如此镇定，不由更怒了，“怎么？你不服气吗？”

罗紫烟刚要回答，丹平子却突然大叫起来，“等等！宫主法旨来了！他让我改带这位火种子去半峰楼，他将在那里接见她。”

“哼！这丫头是什么人，宫主为什么要见她？”白长老冷冷打量着罗紫烟。

罗紫烟冷冷道，“白长老，我跟你一样不明白。”

“别说了！快走吧！”丹平子早吓坏了，立即拉起罗紫烟的手快步往回走。

而那白长老，则是冷面跟在后头。

初胜峰风光远不如接天峰，沿着一条崎岖山路向上，沿途怪石嶙峋，芳草萋萋，野花繁茂，行走其中，泥土腥气与草木花气扑鼻而来，让罗紫烟有种重返天化村的感觉。

山路到了尽头，一座写着“半峰台”三个大字的石碑出现在眼前。

石碑之后是一片开阔的台地，数十座亭台楼阁散落其中，飞檐走壁，气象万千，无不是精美华屋。

在台地之后，则是万仞绝壁，屏风般将台地半包围于其中。

而在这片屋落上空，此刻正有数十条身影驾着剑光飞掠在其中。他们高低飞翔，时落时上，看着都有几分拙笨。

而在他们下方的空地上、亭阁间、楼台前，有更多的男女修仙者在各自修炼。他们修为深浅各有不同，方法各异，有的能御剑飞行，有的却还停留在普通练剑的阶段上。

“这些都是今年来的火种子。”丹平子看了跟在远处的白长老一眼，低声说道。

小卷毛道，“有的好像修为也不高嘛。”

丹平子笑了笑，“修仙之道，重在天赋根骨，入道早晚倒在其次。只要是好苗子，就算是古稀之年到此，我们极阳宫也能助他轻松登上仙途。”

“那个采火者说我们小烟可是人身凤体，天赋根骨肯定不成问题的。”小卷毛得意道。

罗紫烟没有吭声，心头生起一股豪情。她一定要在这里学到本领，救回司明。

说话间，丹平子带着罗紫烟来到一座巍峨的高楼前。只见门上匾额写着“半峰楼”三个大字。

“启禀宫主，火种子罗紫烟带到！”丹平子冲着楼内躬身说道。

“进来吧！”楼内飘出一个清朗的声音，听得罗紫烟一愣，竟有种耳熟的感觉。

丹平子回头示意罗紫烟进去。罗紫烟冲他点点头，拾级而上，进入半峰楼。

楼内，清风徐来，空气中浮动着若有若无的香气。

穿过雕梁画栋的门庭，罗紫烟进入一座雕花客厅。厅内，窗明几净，一人坐在上首，正轻轻擦拭着一把宝剑。

听到足音，他抬起头来，冲罗紫烟微微一颔首，脸上的神情，既有威仪，又有柔和，还有几分喜悦。

罗紫烟和小卷毛却是愣住了，片刻之后，小卷毛才叫一声，“原来你就是宫主啊！”

这人，正是在凤凰谷赠罗紫烟集火令的丁引。他微微一笑，“我们又见面了！”

罗紫烟回过神来，急忙躬身，“罗紫烟见过宫主。之前有眼不识泰山，还请宫主见谅。”

“免礼，坐吧！”

罗紫烟点点头，依言在丁引对面盘膝坐了下来。

“知道我为什么给你集火令吗？”丁引看着罗紫烟，淡淡一笑道。

罗紫烟道，“宫主在凤凰谷说过了，因为我是人身凤体，宫主觉得我的天赋和根骨适宜修炼极阳宫的功法。”

丁引笑了，眼里满是赞许之光，“没错，如此功体，是我入道以来仅见，太难得了！”

“我就说我的小烟与众不同！”小卷毛骄傲地说道。

“多谢宫主慧眼相识！我定当勤奋精进，以报宫主知遇之恩。”

“那就闲话少叙，以后你就跟着我，由我来亲自授你仙法。”丁引淡淡道。

罗紫烟愣住了，“宫主……亲自教我？我都还没正式入门……”

“我平生不喜收徒，只因没见过让人动心之材，而你，却勾起我的收徒兴趣了。还有什么比培养出一个高徒更有乐趣的呢？”

“啊？”罗紫烟有种突然被天上掉的馅饼砸中的感觉。她迟疑了下，刚要行拜师大礼，一个冷冷的声音突然从外头传来，“白谷逸求见宫主！”

话落，门口人影一闪，白长老阴沉着脸，大步走进来。

丁引眉头微皱，“白长老，何事这般着急？”

白谷逸扫了罗紫烟一眼，又目光炯炯地盯着丁引，“我有一事不明，宫主缘何让一个火种子到云上台？”

丁引淡淡一笑，“白长老一反对，我不是改到这里了吗？”

“宫主的一举一动都牵动极阳宫上下，白谷逸认为，宫主不管做什么，都该三思而后行。”

罗紫烟不由暗暗皱眉，宫主这样说等于认错了，这白谷逸未免太咄咄逼人了。

丁引却是淡淡一笑，“白长老的话，本座会切记的。”顿了下，又笑了笑，“不过，有个事要与白长老周知，以后罗紫烟肯定不是一般弟子了。”

“什么？”

丁引笑了笑，起身走到罗紫烟面前，看着她，“本座已经决定收她为入门弟子了，以后她应该有资格到云上台，或者凝碧崖吧？”

“什么？宫主不是一直都不肯收徒……”

“谁说本座不收徒的？本座只是一直没找到合乎心意的人选而已。”丁引望着罗紫烟，目光里满是赞赏之色。罗紫烟心中暗喜，却又有几分不安，低下眼帘来。

“她有何资质，配当宫主之徒？”白谷逸终于认真打量起罗紫烟。

“这个我自有分寸，似乎不是白长老该过问的吧？”

白谷逸哑口无言，片刻才道，“宫主的选择，当然非我所能质疑的。不过，目前有一事无法解决，还请宫主定夺。”

“什么事？”

“请宫主到外头，自然明白。”

丁引点点头，大步往外走去。罗紫烟迟疑了下，还是跟了出去。

“那个白老头好嚣张啊，哈哈，不过看他被宫主气得七窍生烟，我心里都乐开花了。”小卷毛压低嗓门幸灾乐祸地对罗紫烟道。

罗紫烟却是笑不起来，凝眉道，“看来，我们以后的日子不会好过了。”

“怎么可能！有宫主罩着，那白老头能奈你何！”

罗紫烟摇摇头，不知该如何说起。从刚才白谷逸凌人的气势来看，丁引这个宫主之位坐得并不是特别稳固。只怕当他的徒弟，未必有想象中的光鲜。

“不过说实在的，宫主突然说要收你为徒，我也觉得奇怪得很！虽然小烟的资质确实卓尔不凡，但宫主这个决定未免太突然了。”小卷毛眨了眨眼，凑到罗紫烟耳朵边，低声道，“小烟，你说宫主会不会看上你了？”

“神经病，怎么可能！”罗紫烟吓了一跳，屈指弹了下小卷毛，“你可别瞎说。”

“可我的小烟确实长得闭月羞花呢。”

“天下漂亮的女人多着呢。”罗紫烟冷冷地说了一句，心中却起了个疙瘩。丁引这份青睐，确实有些让人消受不起。

沉思之际，一声凄厉大叫突然从楼外传来，“啊——你们干什么？放开干鹊！”

罗紫烟和小卷毛都是吓了一跳，不由得对视了一眼。

罗紫烟道，“我怎么听到有人在叫干鹊？”

“我也是。”

罗紫烟突然拔腿飞冲了出去。

此时，半峰楼外的空地上，聚满了火种子，他们正交头接耳窃窃私语着。

罗紫烟挤过人墙，只见人群中的空地上跪着一男一女两个人，女的圆盘大脸，罗紫烟不认识，但男的面目俊朗，不是干鹊是谁？

两人似乎都被仙法所制，铁姝满脸着急，干鹊则是额头大汗淋漓，跪在地上动弹不得。

“白长老，这是干什么？”丁引皱眉道。

白谷逸指着干鹊，“这人所携的集火令，本该是二十年前给另一个女子的。但他说那是她母亲。”

“嗯？这没问题吧？”丁引不解地看着白谷逸。

干鹊点点头，“就是！我阿娘说了，极阳宫认令不认人，而且她作为集火令获得者，可以推荐我来极阳宫的。”

白谷逸不理会他，回头看着丁引，“宫主，自从我们颁行采火收徒之制以来，常有宵小之辈，盗窃、劫杀火种子，冒用其集火令混入宫里。此种不正之风一直受外界诟病，认为此乃恶法，理应废止……”

“他身上的集火令，真的是他母亲给的，我可以作证！”铁姝花容失色，突然大喊大叫起来，“这绝非是他偷盗而来的，请宫主明察！”

白谷逸眉头一皱，厉声斥道，“闭嘴！你与她非亲非故，有何资格能证明他与获得这面集火令的女子乃是母子关系？如若多言，没收你的集火令，废你功法，逐出宫门！”

“我从小跟他一起长大的，宫主，请明察！”铁姝豁了出去，大喊大叫。

“闭嘴！轮不到你多嘴！”白谷逸一扬手，一道白光闪过，干鹊和铁姝当即瞠目结舌，再也说不出一句话。

丁引皱了皱眉，“白长老，那你有何想法，直说吧。”

白谷逸扫了四周一眼，大声道，“白谷逸认为，不管这小子是否冒用他人之令入宫，都必须逐出去。以此告示天下人，从今往后，非本人持集火令，不再有资格入宫参加考核！”

“这个……”丁引沉吟起来。

“师父，弟子有句话不知当讲不当讲？”罗紫烟突然越众而出，和声说道。

丁引愣了下，旋即颔首道，“当然！”

干鹊眼里突然闪出一抹狂喜之色，死死盯着罗紫烟。

罗紫烟只当作没看到，躬身道，“白长老所虑甚是。不过，弟子认为，任何新规的执行，都该在新规公布之后，而不是令未行，就先执行新规矩了，那会让人无所适从。”

这话一出，四周围观的火种子无不点头。

白谷逸却是怪眼一翻，怒道，“你懂什么？以霹雳手段，才能做到令行禁止！”

罗紫烟没有反驳他，而是和声道，“白长老所言有理，但弟子认为，新规未行，就赶人立规，对持令千里迢迢而来的人来说，未免太不公平了。”

丁引想了想，赞许道，“紫烟所言甚是，我们极阳宫乃万界仙宗，岂能做那种新令未行，便先毁旧约的事呢？白长老，放了他们吧。你说的新规，就从下个十年开始。”

“可是……”

“服从宫主之命，可是宫规。”丁引淡淡一笑道。

白谷逸脸不由一黑，还是躬身道，“谨遵法旨！”说着，他又是一挥袖，一道白光打在干鹊二人身上。

干鹊打个激灵，猛地跳起来，狂喜地冲了过来，大叫道，“紫烟！紫烟！你怎么也在这里？”

罗紫烟早就预料到他会是这个反应，眼见众人目光都聚集在她身上，她只得干笑一声，“是呀，好巧……”

丁引饶有兴趣地看着两人，“你们认识？”

罗紫烟点了点头，“之前在天化村认识……”

丁引对此却没有多少兴趣，淡淡道，“有个认识的人也好，都散去吧！紫烟，你跟我来！”

罗紫烟点点头，回头看了干鹊一眼，大步跟上丁引。

“紫烟……”干鹊呢喃一句，立在原地却是说不出的落寞。

铁姝大步从身后过来，盯着罗紫烟的背影，冷冷道，“她就是你说的那个差点被你误做新娘的外乡人？你们还真是缘分不浅呢！”

干鹊没有回答，但铁姝话里的酸气他还是听得出来的。

回到半峰楼内，丁引示意罗紫烟在面前落座，这才笑道，“刚才你做得很好。”

“什么？”罗紫烟没反应过来。

丁引笑了笑，“白谷逸的作风你也看到了，有些时候我实在不方便与他多争，但你出来提出异议，有理有据就做得很好。”

“师父谬赞了，我只是从常理角度出发。”罗紫烟笑道。

丁引点点头，严肃地看着罗紫烟，“你是宫主首徒，不是一般弟子，有些事该做就要做，有些话该说就要说，知道吗？”

罗紫烟点了点头。

丁引满意地点点头，起身道，“明天，白谷逸就会主持火种子入门资格考核，他这人要求严苛，你要小心应对，晚上就早点休息吧。”

“我住哪儿？”

丁引看了四周一眼，笑道，“先住这里吧，等通过了考核再说。”

罗紫烟愣了下，“这一整座，也太大了吧……”

丁引笑了笑，“刚跟你说了，你是宫主首徒，住的当然不一样了。而且我会传令下去，没有你允许，谁也不许来打扰你。”

“谢谢师父！”

丁引微微一颔首，神情突然严肃起来，“不过你要记住，要正式成为我的弟子，入门考核必须通过，丝毫不得轻视，知道吗？”

“是！”

丁引迈步要出去，突然又想起什么，从身上掏出一个小令牌，轻轻一揉，令牌就变成一个精致的小脚环。他把脚环递到小卷毛面前，“这个你戴到脚上。”

小卷毛奇道，“这是什么？”

“这是宫主特令密符，戴着它，你就可以畅行宫中各处结界，没人会拦你。”

“好啊！”小卷毛一伸脚，脚环“嗖”地套到它脚上，光芒轻轻闪烁数下，便恢复如常。

“明天的入门考核，根据宫规我是不能干涉的。不过，以白谷逸的性情，难免会为难你们。如果有需要我出面，就到接天峰凝碧崖的九离殿找我。”

小卷毛喜动不喜静，有了这脚环，它立即飞出去逛了一圈。

等它回来，罗紫烟已经睡了一觉。小卷毛显得特别兴奋，进门就叫道，“不好了小烟，你成名人了，好多人都在议论你！”

罗紫烟正拥着绮丽锦衾闭目休养，闻言不解地道，“怎么说？”

“刚才啊，我飞了一圈，听到宫里到处在叽叽喳喳议论你呢。大家都在奇怪，从不收徒的宫主今年怎么还没开始正式入门考核就预定徒弟了！好多人说你一定有特殊来头。还有一些火种子很不服气，扬言有机会要找你切磋切磋呢。”

罗紫烟大感无语，“不用理会他们。”

小卷毛得意道，“我的小烟天生就是让人羡慕嫉妒恨的。而且，你还有一样招人嫉妒的。”

“什么？”

“别的火种子都是十几个人挤一座楼阁，你一人住一座半峰楼，你说人家能不嫉妒吗？”

半峰楼高达五层，底下是客厅，往上四层，厅室皆具，雕梁画栋，美轮美奂。论宏伟与秀丽，冠绝整座半峰台。让罗紫烟独自居住这样一座高楼里，确实难免不让人眼红。

罗紫烟叹了口气，“算了，反正我只是个过客而已，别人爱怎么议论就怎么议论吧。”

小卷毛眨了下眼睛，突然神秘地说，“不过，宫主对小烟确实好得过分了。”

罗紫烟笑了笑，“这世上，没有无缘无故好的。”

“嗯？小烟知道宫主为什么对你这么好？”

“我猜到一些了，不过还得等到验证之后，才能跟你说。”罗紫烟淡淡道。

第八章 | 血杀之冤

天光渐亮，在极阳宫的第一个晚上就这样溜走了，迎来的则是入门考核之日。

罗紫烟回头看了身后一眼，只见小卷毛窝在枕头边，双目紧闭，睡得正香沉。她轻轻地起身，走到窗户边，凝望着那发白的东方。

这里的晨曦，跟21世纪的没有什么差别，但罗紫烟却找不到丝毫熟悉的感觉。

也许，没有司明在身边，熟悉的地方也会变得陌生吧。

罗紫烟叹了口气，望着窗外怔怔出神。

这时候，她注意到一个奇怪的现象，就是空中那轮大太阳，依旧高悬在原处。

不过，它上面没有多少光芒，看起来像是熄灭一般，只剩一个模糊的轮廓。

随着那轮小太阳从东方升起，快熄灭的大太阳也开始跟着发光了。

“嗯？”罗紫烟心头不由一动，“难道这大太阳的光是靠小太阳补给的吗？”

她突然想起月亮和太阳的光照关系，只是这里为什么会有两颗太阳，它们之间又有什么关系？

“小烟，你起来了！”身后传来小卷毛的叫声，它飞到罗紫烟肩头，睡眼惺忪地看着外头，“考核开始了吗？”

考核尚未开始，但所有火种子都已聚集在半峰台后面那座屏风般的绝壁前。

放眼望去，火种子们衣着各异，兵器也是各式各样，人数估摸着有近百之多。

十年一个周期，才采集到百名火种子，可见极阳宫采火之严苛。

罗紫烟一到，立即吸引来众多目光，不过她对此早有心理准备，没事一般往人群中走去。

“紫烟！紫烟！”一个大叫声突然从身后传来，干鹊兴冲冲地跑到罗紫烟面前，“我昨天后来有想去找你，但他们不让我去你那边……”

“干鹊，有话等通过考核再说吧！”罗紫烟忙打断干鹊的兴头。说实在的，她非常不想在这里碰到干鹊，毕竟那是一段她不想有的美丽误会。

“好吧……”干鹊脸上闪过一抹失落。

“哼，干鹊哥，你还看不出来吗？人家被宫主垂青了，没空搭理你呢。”一直面无表情跟过来的铁姝再也忍不住了，上前拉了干鹊一把，两只眼睛却是死死盯着罗紫烟，目光像要把她灼穿。

罗紫烟却是心头一喜，她知道这目光的含义。有人喜欢干鹊，对她来说简直就是个天大的好消息，她顿时感到压力少了许多。

“紫烟才不会这样……”干鹊说着，目光直直望向罗紫烟。

罗紫烟一狠心，把视线移开，大步往外走，“我还有事，失陪了。”

干鹊不由得僵愣当场。

“小烟，你这里的老朋友还真多啊。”小卷毛突然附到耳边说道，“你往前走几步，看看右手边。”

罗紫烟一愣，依言照做，等她向右望去，目光与一人交接在一起，不由惊得差点叫起来。

她又看到司明——确切地说，是血神子。只见他换了一身青色劲装，头缠英雄巾，跟天化村时截然不同。

但罗紫烟对司明太熟悉了，一眼就认出他来。

没想到这家伙也会到这里来，他怎么进来的？

罗紫烟心头倏然一凉，不用想也知道，必定有个火种子遭到他的毒手……

血神子显然早就发现了罗紫烟，但他一直混在人群中不露面。此时，与罗紫烟目光一交接，他便又低头往人群里钻。

罗紫烟想要追过去，干鹊却从身后跟了过来。

“你干什么？”罗紫烟心头着急，没好气地回头问道。她不敢再去追血神子，生怕干鹊也认出他来。

这里是极阳宫，一旦干鹊闹将起来，血神子纵然厉害，只怕也难全身而退。他死了没关系，但司明势必会被连累。想到这个，罗紫烟就不能不小心。

干鹊尴尬一笑，“我不放心你……”

新蜀门

“你别再纠缠不清了，不然以后我不会再理你了！”罗紫烟俏脸一寒，低声说道。

干鹊的笑容僵住了，呆呆看着罗紫烟大步离去，还真不敢再跟过来。

“白长老到！”

一声长喝传来，四下里顿时一静，目光齐刷刷地看着从远处走来的白谷逸。

白谷逸的脸色看起来比昨天还难看。他负着双手，扫视众人一眼，沉声道，“各位能到这里，都是天赋异禀的奇才。而今天的考核，将决定你们的天赋是否当得起极阳宫薪火相传的大任。如果考核不进，就得立马离开，知道吗？”

场下鸦雀无声，火种子们都是神色凝重，人人心头都像压了块大石头。

白谷逸猛地双足一点，腾飞上空，一掌打在那面绝壁之上。

“轰隆——”

石壁晃了晃，一个洞口竟凭空出现在山壁上，洞内光芒闪烁，看不清里头的情景。

“这是考核之门，它可以把你们带到不同的考场去。每个考场，都是个独立封闭的空间，里面刻着我们极阳宫的宫规戒律，只要你们能将它抄一遍，就算是通过入门考核了。”

“这么简单？”火种子们一阵交头接耳。

白谷逸凌空落下，脸上浮起一抹冷笑，“别以为简单。考场内可不只有宫规戒律，抄戒律也不是只用纸笔就行。陈抟生，你把考核规矩跟大家说下。”

一名极阳宫弟子立即躬身出列，他看了众人一眼，道，“刚才白长老说了，入门考核的，是抄经的本事。但能不能抄得了经，关键得看各位能不能拿到命器。没有命器，这经可是抄不了的。”

求索仙道之人，都面临一个共同的问题，那就是找到契合自己体质和心力的武器，努力修炼它，进而以它来助长自己的修为，达到人器共修，人器皆仙之目的。

这种武器，被称为本命之器，简称命器。

百器之中，剑之灵性最强，最容易与本命相契。因此多数修仙者都以剑为命器。

不过，仙剑有灵，人择剑，剑亦择人，如非天赋根骨极高，很难获得命器青睐，修仙之途也就盼之难得了。

因此，极阳宫的入门考核，表面是抄经，实质是考察火种子对命器的掌控情况。

极阳宫拥有天下最大的仙剑库，打造和收罗来的仙剑据说有上万口之巨，多数都是稀世宝剑，这些宝剑被埋在各大考场之中。

“各个考场内所埋的宝剑，都在百口以上，但只有一部分是仙剑，另一部分是嗜血的魔剑。你们不但要找到自己的命器，还要躲避魔剑的击杀，并在险恶的境地里，用命器把宫规戒律抄一遍，安然离开考场才算通过考核。”

所谓魔剑，指的是邪魔生前所用的命器，通常沾染了邪魔的魔性，而且因为剑上饮血无数，缠聚冤魂无数。不小心拿到这种剑，很容易被剑上的恶灵邪魔所控，从而堕入魔道，甚至有些厉害的魔剑还会见人即杀，甚至令人魂飞魄散。

“要想找到命器，就得经历九死一生的考验。一旦你们踏进考核之门，那就是生死由命，极阳宫绝不会帮你们，也不会救你们，最后你们能否顺利位列门墙，就看你们有无拿到命器，并抄一遍戒律，而且还活着出来。”

陈抟生说完，扫了众人一眼，又道，“事关生死，如有人不想冒险，现在就可以退出。”

没人说话，更没人动。

陈抟生点点头，“都不想退出是吧？那考核马上开始。为了减少伤亡，你们可以找个考伴，齐心协力找到彼此的命器，也可以单枪匹马去完成考核。记住，极阳宫关心的是最终你们能否拿到命器出来。”

说完，陈抟生回头望向白谷逸，“白长老，交代完毕。”

白谷逸大手一挥，沉声道，“开始吧！”

场下一阵骚动。谁都清楚，有个人并肩作战总比单枪匹马来得好，因此纷纷寻找考伴。

很快，便有两个火种子结成第一组，率先联袂进入考核之门。

“小烟，要是没人跟你拼组，我就陪你去闯。”小卷毛见罗紫烟左顾右看，在人群中茫然寻找着，便安慰道。

“快帮我找找看司明在哪儿！”罗紫烟低声道。

刚才陈抟生说了一大堆，她都没什么心思听，只想找到血神子。但是，血神子却像是凭空消失一般。

“小烟，小烟！”身后传来干鹊的叫声，罗紫烟头皮一麻，假装没听到，快步往前走。

“小烟，你可以跟干鹊结对子！”小卷毛突然喜道。

罗紫烟不理他，继续快步往前走。但干鹊却从斜侧里一个疾冲，拦住了去路。

而铁姝则是不远不近地跟在他身后，眉头紧蹙，两道目光像是箭一般射向罗紫烟。

罗紫烟不由得有些恼了，不耐烦地道，“干吗？”

“我想……”

“你应该跟她结对才对。没看到她一直跟着你吗？”罗紫烟指着铁姝道。

铁姝愣了下，似乎没想到罗紫烟会说出这种话。

“铁姝已经有一定的修为了，她通过考核应该没问题。但你……”

罗紫烟摇了摇头，“我不用你担心，我已经有伴了。”

“你有伴了？”干鹊疑惑道。

“没错，我就是她的同伴。”这时候，身后传来一个淡然的声音。

罗紫烟心头一震，回头望去，不由又惊又喜，只见血神子赫然站在身后。

“你是……”血神子的形貌，跟原来相比变化极大，加上干鹊打死也想不到他居然敢来这种地方，一时竟认不出他来。

“我们走吧！”罗紫烟怕干鹊认出血神子来，急忙一推他，大步往考核之门走去。

小卷毛惊得目瞪口呆，却哪里敢说什么。

两人来到考核之门外头，血神子才回头，冲着罗紫烟笑了笑，“进去吧！”

“你……好吧，走吧！”罗紫烟感觉肩头一紧，小卷毛正用爪子抓着她，要她别跟血神子进去。

但罗紫烟却是鬼使神差一般，迈步跟了过去。司明就像块磁铁，哪怕前方是万丈深渊，她也会被吸过去。

小卷毛又急又无奈。

“慢！”陈抟生突然出现在面前，指着小卷毛说道，“考核之门，只限火种子进入！”

“我就进去看看又没事。”

“宫规如山，不可逾越！”

罗紫烟摸了摸小卷毛的头，笑道，“算了，你就在外头等我吧。”

小卷毛犹豫了一下，还是飞离罗紫烟的肩头，却又瞪了血神子一眼，“我的小烟要是有个差池，我拿你是问！”

血神子只是淡淡一笑，没有理会它。罗紫烟生怕小卷毛说漏嘴，忙道，“好了小卷毛，我自己会小心的。”

说着，大步跟着血神子迈入那道考核之门。

考核之门，其实就是一个传送结界。

罗紫烟只觉眼前白光闪动，很快又消失了。而四周景色却是陡然一变，她发现自己来到一座丈高的山洞外，洞内光芒闪动，阵阵热风从中刮来。

血神子就站在前头，他回头冲着罗紫烟一笑，“这里就是我们的专属考场了，说什么话，发生什么事，只有我们两个知道。你有什么想问的，想说的，不用顾忌。”

罗紫烟只觉他的笑容里透着说不出的阴冷，不由心头微凛，但马上上前一步，死死盯着对方，“你少给我制造恐怖气氛，我怕谁也不会怕你的！快说，司明怎么了？”

“嘿嘿。他现在还好，以后就难说了。”

“你……”罗紫烟气急交加，但转念一想，却又放慢语气，“那你来这里，又想干吗？”

“嘿嘿，有点小事而已，不过还得请你帮个小忙。”

罗紫烟咬牙道，“你死了这条心吧，我绝不会为虎作伥的。”

血神子笑了笑，“你如果不帮我保守秘密，极阳宫的人一旦知道我的真实身份，你的夫君肯定要给我陪葬的，你真忍心吗？”

“你……”

罗紫烟怒视着血神子，恨不得把他的元神从司明身体里揪出来，撕个粉碎。

但迟疑了下，她还是点点头，“我会守口如瓶的。”

这是一场绑架，司明就在对方手里，她唯一能做的就是按照血神子的要求交付赎金。

“你那只小鸟呢？”

“我会管好它的嘴巴。”

“这就对了，我们去通过考核吧。”血神子冲着罗紫烟伸出手来，罗紫烟却是后退一步，冷冷盯着他，“不对！”

“什么？”

“你要保守秘密，完全可以直接杀死我，反正别人未必知道。”

“先不说我能不能杀得了你，就算能杀得了，丁引就不会察觉吗？你那只小鸟就不会到处说吗？”

罗紫烟咬了咬牙，“但我敢肯定，你跟我结对，绝不会只是要我保守秘密这么简单，你一定还有别的阴谋，对不对？”

血神子笑了，“就算有，你能拿我怎么办？”

罗紫烟无言以对。

“所以，走吧！”血神子大笑一声，当先往洞内走去，罗紫烟迟疑了下，也跟了进去。

眼前豁然开朗，只见呈现在两人面前的，是一座巨大的山谷。谷中兀立着一座石峰。石峰向着两人的这一面山壁，被劈得光滑如镜，上面写着三个字，“抄经台”。

而石峰周遭光芒闪烁不停，竟有几十上百口各式各样的仙剑虚悬于空，来回飘动着。

“叮叮——”

“当当——”

“嚓嚓——”

各种剑鸣声，似长叹，像大叫，又如哀号、狂笑、呢喃……

血神子停了下来，饶有兴趣地看着漫空剑影。罗紫烟却是盯着他的背影，缓缓道，“司明，你还听得到我的声音吗？”

血神子淡淡道，“我们所见的，只是明面上的一部分而已，这地下埋着的可是更多。”

“司明，你记住，不救出你，我是不会离开这个世界的。”

“一旦我们踏入这剑海之中，生死莫测，别怪我不提醒你。”

“司明，你要相信我，也要相信自己。无论用什么办法，无论要多久，我都不会放弃你的，你也不能放弃我，知道吗？”

两人自说自话，血神子只是笑了笑，猛地大步向中间的抄经台走去。

“哗——”

空中飘浮的仙剑突然同时激射向血神子。

血神子冷哼一声，右手一抬，挡在了眼前。

呼啸而来的剑群倏然顿下，但反应却出现了分化，有的剑尖直指血神子，剑身猛烈狂颤着，似乎要再次激射而来；有的却是悄然掉转个头，剑柄倒向血神子手边，仿佛在等待血神子来执掌。

几乎同时，“嗖嗖嗖”声大作，石峰四周的地面上，腾起几十道尘柱。

尘柱之中寒芒闪动，各有一道剑光隐于其中，最后同时折身朝着血神子冲来。

眨眼工夫，这些密集的仙剑便像是一道风暴，团团裹住血神子。

血神子，就像站在众剑风暴眼里。

罗紫烟只看得目瞪口呆，一颗心猛地提起。

她看得出来，绝大部分仙剑都是将剑尖朝着血神子，就像随时会离弦的箭，满满都是不怀好意。

血神子却是视若无睹，他猛地狂笑一声，探手握住一口通体黝黑发亮的仙剑。

“铮！”

那黑剑一声震鸣，立即散发出璀璨的金光来。血神子上上下下打量了它一番，大笑道，“深瞳重锋，修仙界名宿迦南曾用之剑，果然不错。”

笑声里，他猛地双手握剑，一圈儿横扫出去。

“刷——”

仿佛平地刮起一股黑旋风，横扫向四周。

仙剑风暴应声告破，众剑被扫得七零八落，直飞向四方。而血神子则是紧握深瞳，穿过凌乱的剑影，大步向抄经台走去。

站在抄经台前，他大喝一声，飞身而起，深瞳就像如椽大笔，一笔一划在“抄经台”三个大字下的石壁上写起来：

极阳宫宫规第一条，奉道至阳！

极阳宫宫规第二条，尊师敬长！

极阳宫宫规第三条，事强如兄！

……

铁钩银划，一剑一字刻在山壁上，汇集成一条条宫规，字字如乌金一般闪闪发光。

在此期间，散落四周的众剑终于又汇聚到抄经台四周，或虚悬于空，或重没地中。

好一会儿，血神子才落下最后一笔，他一收深瞳，看着台面上的宫规突然一阵冷笑，“迂腐陈论，却奉为圭臬，可笑至极！”

罗紫烟呆呆地看着血神子，只觉他全身似乎笼罩在一团蒙蒙血气之中，分明是个降世血魔，哪有一丝司明的模样？

“司明！”罗紫烟莫名心恸，泪水不争气地涌出眼眶。她可以承受任何苦与累，却无法看到司明变成另一个人。

思绪杂乱之际，血神子已经手握深瞳，冷面走来。

罗紫烟不由得后退数步，目光紧紧盯着深瞳，一股杀气正从其中散发出来，直逼眼前。

“放心，我不会杀不了你的。”

血神子朝着抄经台一指，“我只是想告诉你，轮到你了。”

顺着剑尖指向，罗紫烟看到抄经台上刚才所刻的宫规正在消失，而众剑也都各归各位，一切都如刚来那样。

“不用你提醒！”瞪了血神子一眼，罗紫烟大步走入剑群之中。

随着她的到来，剑群再次骚动起来，悬空的仙剑呼啸而至，埋藏的仙剑冲天而起，带着凌厉的声势向罗紫烟疾冲而来。

“小心了！你要是死在这里，大家都会觉得理所当然，你可无处喊冤去了。”血神子的冷笑从身后传来。

罗紫烟没理会他，此时身陷仙剑风暴之眼，她能感觉到，每口剑上都萦绕着一缕缕看似无形却又若有形质的气息，正像蛇一般向她缠附过来。

它们粗细不一，冷暖各异，质感有别，简直就像各式各样的幽灵。

这些，就是所谓的剑灵？

沉吟之际，仙剑们再次动了，一部分掉头，将柄对着罗紫烟，一部分仍把剑尖直指罗紫烟，剑身轻颤不已，似乎随时会劲射而至。

此情此景，与血神子先前所遇并无二致。但在剑网之外和置身剑网中的感受却是截然不同的，罗紫烟全身绷得像石头。

与此同时，她听到那些授她予柄的仙剑身上，传来一个个若有若无的低声细语。

“选我吧，青冥宝剑愿为你效命……”

“胜冶剑，更适合你的体质！”

“魔罗神锋，助你驰骋八极！”

“镆铘，静候新主！”

……

罗紫烟突然没那么紧张了，目光在一众仙剑中逡巡着，她发现自己竟能分辨出说话的是哪口剑。

青冥剑浑如一汪秋水，剑身流着盈盈青光浑如青冥倒映，洁净无瑕。

胜冶剑又粗又大，剑身上布满锤炼凹痕，但每个凹痕里似乎都蕴藏着无穷之力。

魔罗神锋则是显得又圆又细，像是一根带着尖锥的棍子。

至于镆铘，这把罗紫烟从小就在传说里听到过的宝剑，则是一把极其古朴无奇的青铜剑……

十几口仙剑争先恐后地说着，莫不希望能获得罗紫烟的青睐。

罗紫烟又惊又喜，刚开始她还怕没有命器可选，现在突然来这么多备选之剑，她感觉幸福来得有点突然。

不过，她马上又陷入选择困难中，只觉这把也好，那把也妙，似乎谁也不该放弃。

“嘿嘿！”身后突然传来血神子的冷笑。

罗紫烟下意识地回头，只见血神子正举起深瞳，刺在自己的掌心上。

“你干什么！别伤害司明！”罗紫烟急得大叫。

话落，一蓬血雨骤然从血神子掌心飞洒出来，在空中聚集成束，蛇似的蠕动着。

四周众剑，突然像是一群被鲨鱼驱赶的鱼，齐齐往后退开，无不惊慌失措。

“你在搞什么鬼？”罗紫烟心生凛意，厉声喝道。

血神子却是淡淡一笑，掌中深瞳一挥，正好拍在那道血蛇的尾部。

“啾！”血蛇闪电般射向罗紫烟。

罗紫烟愣了下，急忙侧身闪避，血蛇从她眼前一闪而没，消失于地里。

罗紫烟又惊又怒瞪着血神子，“你在搞什么鬼？”

血神子微微一笑，“没什么，给你一份大礼而已。”

“什么？”

“我先走了，祝你好运！”血神子大笑一声，头也不回地走了，眨眼消失在洞口处。

“浑蛋，你干什么……”

“轰隆！”

地面突然猛烈地颤抖起来，四周的剑群开始惊恐后退开来，只有青冥等十几把仙剑徘徊之后又回到罗紫烟身边。

而在刚才血蛇消失的地方，则有一道血红光柱透地而出，冲天而起。

仙剑们退得更远了，就连环绕在罗紫烟面前的青冥等剑，也是不安地退到罗紫烟身侧，剑尖齐齐向前。

“是它！”

“它要现世了！”

“不好！”

剑灵之音凌乱破碎，虽然不知它们说的“它”是什么，但看这架势，罗紫烟也知道来者不善。

“咔嚓——咔嚓——”

就在此时，红光显处，地面出现一条巨大的裂缝，大股的血液从中喷涌而出，向两侧奔流而去。

汩汩血流一下子就流到罗紫烟脚下。罗紫烟大惊，急忙抽身后退。

血流突然同时蒸腾而起，在空中凝聚出一道血色的身影。

“啊？”

罗紫烟不由得倒吸一口气，只见那血色身影高约三丈，背生双翅，恰似一只巨型夜枭，正待择人而噬。

更让罗紫烟脊背发寒的是，不断有一汩汩鲜血从血影里流出，滴落到地上后又迅速蒸腾为血气，凝聚到血影四周。

“你是什么鬼？”罗紫烟大叫一声，同时使劲掐着大腿。

痛感清晰地从大腿传来，但是血影也变得更加清晰。只见它略作停顿之后，倏然双翅一扇，裹着浓烈的腥风血气向罗紫烟凌空直扑而来。

罗紫烟只觉一股透骨寒意迎面袭来，有种快被冻僵的窒息感。

危急当头她的反应也甚快，本能地抓住身边一口仙剑，双手握实，迎着那血影劈了过去。

“啊——”

那口仙剑似乎呻吟一声，撞上了血影。

“咔嚓！”

罗紫烟手中的那口仙剑竟是应手折为数段，碎片四射飞溅开来。而血影则是往后一退，立马又像炮弹般射向罗紫烟。

罗紫烟吓了一跳，立即又抓住身边一口仙剑，奋力劈了过去。

“咔嚓！”

那口仙剑竟再次碎裂开来。但血影只是顿了下，便又扑来。

“刷！”一口仙剑突然飞到罗紫烟面前，剑柄冲着罗紫烟摆了摆。

罗紫烟愣了下，马上意识到，这口仙剑是在主动请缨。

此时无暇多想，她立即抓住剑柄，再次迎着血影劈过去。

结果依旧，罗紫烟更是被巨力震得倒飞出去，但立马又有一口仙剑飞到罗紫烟面前。

血影的攻势犀利无比，但罗紫烟在一口又一口仙剑的接力相助下，竟是将它一次又一次挡回去。

当第十二口仙剑也被震飞的时候，血影的来势突然一挫，随后竟是摇摇晃晃落到罗紫烟面前，屈膝跪了下来，双翅更是收敛一处。

罗紫烟愣了下，还没反应过来，血影已缩成一团，变成一口红彤彤的剑，静静地插在地上。血红而又斑斓的剑身上，散发着一圈圈黯淡的红光。

罗紫烟呆了呆，突然意识到，这剑就是刚才那血影的本体，血影就是深藏在剑中的邪灵。

与其说是血影在攻击罗紫烟，倒不如说是这口剑要置罗紫烟于死地。

那现在又是怎么回事？

罗紫烟迟疑了下，还是小心地走向那口血色长剑。

“叮叮——叮叮——”

血色长剑突然像一朵枝叶摇曳的花，猛烈摇动起来，似乎在向罗紫烟招手。

罗紫烟犹豫了一下，还是伸手握住那剑柄。血色长剑立即安静下来，温驯如羊。

“这就是我的命器吗？”罗紫烟心中又惊又喜，“那个魔头，只怕做梦也想不到吧！”

这口剑是血神子以自身之血，用类似血咒的术法招引出来的。而他的目的很明显，就是要置罗紫烟于死地。只是，他万万没想到，罗紫烟竟借助众仙剑之力击退这口剑的逼杀，还让它俯首称臣。

“这浑蛋！”罗紫烟心中暗骂一句，她本来觉得这剑过于凶残，少沾为妙。但又想挫一挫血神子的锐气，看看他恼羞无奈的样子。

因此，片刻之后，她还是决定以此剑为命器。

“算了，开始抄宫规吧！”

抄经台边上立着一块玉石碑，上面篆刻着宫规戒律。抄经时，只要对照着把宫规用命器刻到壁上即可。当用戒律条文把整面石壁填满，考核便算结束。

沿着考核之门返回，当迷眼的白光再次消失，罗紫烟又回到出发时的那片峰前空地上。

火种子已经出来了不少，正聚集在白谷逸、陈抟生等人身后。

看到罗紫烟出来，小卷毛立即从人群中飞了过来，落到罗紫烟肩头上，着急道，“小烟，你没事吧？那浑蛋没有害你吧？”

“我没事，不是好好的嘛。”罗紫烟笑了笑道。她可不敢把洞内的情况跟小卷毛说，生怕它一个忍不住，当场发作了。

“到现在才出来，宫主相中的火种子也不过如此。”

一声冷笑，白谷逸大步过来，冲着罗紫烟招招手，“让我看看，你的命器是什么？”

罗紫烟急忙将那口血红长剑奉上。

“什么？”白谷逸刚接过剑，脸色刷的就白了，他猛地把剑往地上一丢，厉声道，“你怎么会有这剑的？”

“当然是在考场里得到的呀，怎么了？”罗紫烟莫名其妙。

白谷逸神色冷厉，“怎么了？你知道这是什么剑吗？”

罗紫烟茫然摇摇头。

“这是血杀！禁忌之剑！一直以来都被数十重结界封禁在极阳地脉下，根本不在任何一个考场中。你怎么会拿到它？”

罗紫烟愣住了，“什么？”

其他人听到动静，都是讶然地围拢过来。白谷逸紧紧盯着罗紫烟，声音更加疾厉了，“这可是当年旷世魔头——血魔的遗物。这个世上，也只有血魔能驾驭它，你是怎么做到的？”

“血魔的遗物？”罗紫烟竟是不知如何回答。

“你跟血魔到底有什么关系？快说！”白谷逸厉声道。

罗紫烟心头拔凉，目光快速地在人群中搜索着，很快就看到血神子正躲在人群之后，面带冷笑看着她。

罗紫烟明白了，她又陷入血神子的算计之中了！

血神子既然是这口“血杀”的主人，能让它从封印中挣脱出来，也就没什么好奇怪的。而他召唤此剑，无疑是想借机杀死罗紫烟。如果杀不死罗紫烟，血杀反而被罗紫烟收服，那罗紫烟就会陷入更大的麻烦——跟血魔扯上不清不楚的关系。

看白谷逸的样子，跟血魔有关的人就是洪水猛兽。

“白长老，你在说什么，我听不懂？”迟疑了下，罗紫烟摇摇头，一脸不解地道。

话落，她看到血神子脸上的笑意更浓了。他已经吃定罗紫烟绝不敢把真相招供出来，因为司明就在他手里，罗紫烟冒不起这个险。

“没有关系？哼，那它怎么会变成你的命器？”

“我也不知道，它突然冒出来，向我刺来，我只能用别的仙剑去抵挡它……”

罗紫烟掐头去尾，略去血神子沥血召唤出血杀一事，把血杀出现之后的事简单描述了下。

“哼，一派谎言！”白谷逸听得大怒，“凭你一个区区火种子，岂可操控十多把仙剑，还抵挡住血杀的进攻！”

“喂，你什么意思？你不行，不代表我们小烟不行。我看你这是欲加之罪！”小卷毛终于忍不住了，大声嚷嚷起来。

白谷逸充耳不闻，只是狠狠盯着罗紫烟，咬牙道，“怪不得宫主之前说量劫征兆已现，原来是血魔要回来了！那个人，是不是你？”

“白长老，我不明白你说什么。”

“哼，我自有办法让你现形！”白谷逸脸色一沉，“陈抟生，把她还有那只扁毛畜生投进九阳窟！”

九阳窟的入口，在接天峰北侧一个不起眼的角落里。进入其中，是一条窄窄的甬道，炙热而又逼仄。

甬道尽头，是个巨大的圆形山洞。洞内四壁布满了各种小洞口，都是石门紧闭。这让罗紫烟有种进入蜂巢的感觉。她回头看着紧跟在后面而来的白谷逸，强忍着心头的急怒，缓声道，“白长老，你这是想干什么？”

“能操控血杀者，唯有血魔。我怀疑，你就是血魔的化身！”白谷逸冷冷道。

“放屁，小烟明明是凤凰之体好不好！”小卷毛一听立即急了，“血魔……”

“小卷毛，不可对白长老无礼！”罗紫烟急忙捏住小卷毛的嘴巴，心平气和地看着白谷逸，“白长老，那你要我们怎么证明自己？”

“血魔所修，乃至阴邪道，与我极阳宫的纯阳正道恰恰相反。而这里，九阳窟乃极阳宫地火最旺之地，任何一间冥火室的纯阳地火，对于邪魔而言都是个销金化铁的熔炉。”

说着，白谷逸走到罗紫烟面前，恶狠狠看着她，“凤凰后裔极其喜火，但血魔却是相反，无法忍受冥火长久烤炙。所以，在这里可以看出，你这副美丽的皮囊下包裹着的是凤凰还是血魔。”

小卷毛急了，“凭什么听你的？小烟，我们去面见宫主！”

白谷逸冷笑一声，“就算是宫主亲临，你们也得证明自己！陈抟生！”

“是！”

一旁的陈抟生会意，走到一个小洞口边上，掌中生起一团光，击在洞口的石门上。

两扇石门缓缓向两侧退开。一股滚烫的热浪随即从中喷出，蹿腾到长空中。

“两位进去吧！”陈抟生折身走到罗紫烟身边，大袖一拂，罗紫烟不由自主腾空飞起，直落入那个敞开的洞口。

洞内，是个半丈见方的小洞室，乍看与普通山洞没两样，但双足刚踏入其中，罗紫烟便感到一股炙热气息，腾腾从脚下蒸起。

脚下的地面，竟是像烧红的铁锅那样火红，阵阵肉眼可见的红色火流，蚯蚓般从土里钻到地面上，接着又化为一道道红色暗流，向罗紫烟包抄过来。

眨眼间，罗紫烟就被包裹在一团红光之中。不过，除了有点热，倒没有什么不适感。

“冥火室中的纯阳地火，乃淬炼阳体，固基培元之良助。如果你真不是血魔，那在这里正好可以帮你洗髓伐筋，驱散体内阴气，对你日后的修行大有益处。”白谷逸站在洞外说道。

“多谢白长老！”罗紫烟不卑不亢地道。

“你就在这里待十二个时辰，只要能证明你不是血魔，极阳宫待你如初！”

说着，白谷逸转身走了，而洞门则在他身后关上。

四周骤然安静下来。小卷毛环顾洞内一眼，一脸轻松道，“小烟，这里也挺好的，舒服得很。”

罗紫烟没有回答，喃喃道，“你说，司明来极阳宫想干吗？”

“谁知道呢？说不定也来学艺呢，或者他就是来拿回他的命器的。”

罗紫烟摇摇头，“我看不是。白谷逸不是说了，血魔修炼的功法与极阳宫截然相反。他一定别有图谋。而且，他如果真想拿回自己的血杀，早就拿走了，不会用它来害我，这样反而让人注意到血杀了。”

“也对！要不小烟，你把实情告诉宫主，让宫主出手解决这事……”

“闭嘴！”罗紫烟吓了一跳，急忙严厉看着小卷毛，“你答应我，这个秘密，绝不能让任何人知道，听到没有！”

“可是……说不定宫主能帮你呢？”

“万一不能呢？万一他直接出手杀了血魔呢？万一血魔玉石俱焚让司明陪葬呢！”

小卷毛哑口无言。

罗紫烟咬了咬牙，无力地在地上坐下，“总之，这事绝不能说出去。”

“好吧！”

“我别的不要求，只要司明没事。”罗紫烟失神片刻，突然开口，“怎么突然这么热！”

刚开始还不觉得地火有多厉害，此时多待一会儿，罗紫烟发现那股热力正润物细无声地聚集在她的五脏六腑、经络穴脉之中，汇聚成滚滚热流，由里到外迅速热成一片。

再看小卷毛，则是全身毛发怒张，隐约有红光从翎毛根处散发出来，头顶那三根卷毛，更是笔直如箭。

不过，小卷毛的眼里却是闪着兴奋之光，“白老头说得对，这对我们来说是个修炼的好机会！”

“怎么说？”罗紫烟全身大汗淋漓，热得快喘不过气来。

“我们是凤凰之体啊，纯阳之火对我们来说是好事不是坏事。小烟，我知道怎么淬炼我们的凤凰功体，你忍着，照我说的做。用意念，引导地火在经络血脉里走，它可以淬炼我们的凤凰之体……”

小卷毛边说边振翅腾空，一圈又一圈飞绕着。

罗紫烟立即依言盘膝坐下，集中精力内观自我，引导体内乱窜的阳气。

鸿蒙初开，阴阳两分。世上万物，不管是一花一草，一沙一水，或者一人一兽，体内都有阴、阳二气。

阳气又称为元气，是人之存活的最重要元素。人只要活着，躯体就会像鼎炉那样，时刻散发着阳气。阳气越盛，体魄越强，越能经风沐雨。当炉火逐渐燃尽，便是阳气衰减之时。原本被压制的阴气，则会顺势逆扬，主掌人身。阴气每强一分，人体就弱一分。当阴气完全掌控身体时，也就是人身衰朽至极的时候。

机体死亡，身僵体冷，便是阴气充斥全身而阳气被挤压到最弱的时候。

因此，在不同的人与物上，阴阳二气始终相伴，只是不同时期阴气与阳气主宾各有不同。

世间修道之法千千万万，但溯本清源只有两大流派，要么修阴，要么修阳。

修阳之流，终极目标就是强化自身的阳刚之气，延年益寿，乃至长生不朽。他们将阳气称为——纯阳罡气。

凤凰乃接近纯阳之体，修行之道与人并无两样，都是要固本培元，强化内火，保证生命之阳气生生不息，抑制死亡之阴气的滋生。

地火乃地之精火，火力强于常火百倍，而且它不是以明火形式存在，那丝丝缕缕的“火流”，容易吸纳进体内，游走在经络之间，成为人之阳火。

因此，地火常被修阳之人用作修行强助，以驱赶体内阴气，淬炼纯阳之躯。

援引地火淬炼功体的方法很简单，那就是集中意念，掌控游走体内的冥火，催动它们洗伐筋骨，驱阴滋阳，以增强纯阳之体。

有小卷毛指点，罗紫烟收摄心神，很快就进入宁静忘我之境。她清楚地看到，体内的阳火混杂无比，一缕缕、一道道，像无数蜉蝣，遍体活动，凌乱无序。

新蜀门

随着罗紫烟意念转动，阳火紊流开始快速扰动起来。不过片刻工夫，它们便化为上百道细流，汇入罗紫烟经络穴脉之中，成为在其中快速流动着的阳气。

炙热感突然消失得无影无踪，取而代之的是温暖舒适。

不知过了多久，罗紫烟耳边突然传来一阵异响，若有若无，细若游丝。

“嗯？”

罗紫烟想睁眼，但眼睑只是稍微睁开一条缝，便无法再睁开了。

不仅如此，全身还僵硬得像铁板似的，难以动弹。

“怎么回事？”罗紫烟心头讶然，这种感觉很像小时候经历过的鬼压床。

通过内视，罗紫烟很快就发现，她全身上下的经脉和穴位此时都聚集着一团团阳气。它们不像先前那样快速流动奔腾，而是像一个个小火球，烘烤着周遭的肌理血脉。

看样子，洗伐筋髓正到一个关键的环节，全身筋骨穴脉都被纯阳之气填满，气血难以正常运行，因此身子才会变得浊重无比，难以动弹。

不过，之前听小卷毛说过，运功到这个阶段，应该处于天人两忘之境，为什么会突然醒过来？

讶异之际，罗紫烟的视听又恢复了几分。她听到一阵闷响，接着模糊的视野逐渐清晰，她看到那扇原本密闭的石门，此时竟然缓缓开了条缝，有个身影闪了进来。

难道禁闭时间到了，白长老来放人了？

沉吟之际，罗紫烟看清了来人，心头不由一凉，来者竟是——铁姝！她怎么会来呢？

铁姝一声不吭地走到罗紫烟跟前来，死死盯着她，脸上满是阴狠之色。

罗紫烟的心一阵收缩，虽然不知道会发生什么事，但她看得出来，铁姝对她仇恨满满。

“都是你这贱婢，把他的一颗心都给勾走了！你可知道，他从小就是我的！我们一起长大，一起生活，他比谁都关心我，比谁都心疼我。我离开天化村那么多年，就是为了能变得更好，能够让他阿娘承认我！”

铁姝越说越怒，指着罗紫烟的鼻子破口大骂：“可你这贱婢倒好，趁我不在把他给抢走了。但我告诉你，没有谁能夺走他的。你给我起来，我要亲手杀了你！”

话落，一道冷冽的剑光已经到罗紫烟面前，闪个不停。

罗紫烟也是听得心头火起，偏偏动弹不得，只能干瞪着那抹锋刃。

铁姝却当罗紫烟故意轻视她，猛地长剑一转向罗紫烟劈来，“贱婢，你看不起我是吧？”

罗紫烟对此无能为力。

“敢伤害小烟，我跟你拼了！”

一声尖叫突然传来，紧接着小卷毛像道闪电般，迎着铁姝面门直扑而至。

铁姝吓了一跳，下意识地挥剑向小卷毛劈来。

小卷毛半空中一个折身，避开了锋芒，继而一个迂回环绕，再次向铁姝后脑勺扑来。

它个头小，但势头凶猛异常，铁姝不敢小觑，只得回头又是一剑，斜劈向小卷毛，“臭鸟，找死！”

“臭八婆，离我的小烟远点！”

对骂声里，剑光纷飞，小卷毛像道穿越雪片的闪电，直扑到铁姝面门上，狠狠啄了她一口。

“哎哟！”

铁姝惨叫一声，踉跄后退数步。而小卷毛则是飞身落到罗紫烟肩头上，得意大叫道，“臭八婆，有我在，你伤不了小烟一根汗毛。”

这一来一往，快如急电，罗紫烟只看得惊心动魄，但马上又被一股强烈的不安笼罩着。

她能感觉到，小卷毛落在她肩头上的双脚正在颤抖不停！

凤凰本一体，就这么一接触，罗紫烟清楚地感应到，小卷毛体内的阳气乱成一团，就像是一道道乱流在横冲直撞，来回对冲，纷乱无比。

显然，刚才小卷毛也到了淬炼阳体的关键时刻，但为了救罗紫烟，它强行冲破了功体的禁锢。但如此一来，对功体影响巨大。

它的凶狠，其实只是虚张声势。

“臭鸟儿，我还治不了你！”铁姝恼羞成怒，眼里煞气一闪，浓烈的杀气立即充盈满室。

“不好！小卷毛快跑！”罗紫烟心中大叫着。

但小卷毛却是全身毛发倒竖，一副拼命架势。它身体虽小，架势却不小。

“喝！”铁姝再次扑来，剑光暴涨，兜头就砍。几乎同时，小卷毛双足一点，迎着铁姝劲射而出，竟是拼命的打法。

“小卷毛！”罗紫烟心急如焚。

“刷！”剑光落在小卷毛身上，数道翎羽冲天飞起。

小卷毛虽然躲过正面劈斩，但仍被剑背扫到，当即跌飞出去，落到地上来回翻滚着，却难以再爬起来。

而铁姝则是再次恶狠狠扑向罗紫烟，“贱婢，我要你付出代价！”

剑锋未到，寒意便笼罩住罗紫烟周身。

罗紫烟心头的怒火早被点燃了，此刻她猛地牙关一咬，“你敢伤害小卷毛！”

铁姝不由得停了下来，吃惊地看着罗紫烟缓缓立起。

小卷毛停止了翻滚，惊喜交加，“小烟！小烟！你突破了吗？”

“我不知道，我就想胖揍她一顿！”罗紫烟狠狠盯着铁姝，咬牙说道。她确实不知道发生了什么事。当看到小卷毛被铁姝打成那样子，怒火就充盈她全身，先前被阳气凝滞住的关节与筋脉，竟是应声被冲开，全身上下，当即充斥着一股说不清的力量。

“来呀，贱婢！”铁姝回过神来，一剑再向罗紫烟刺来。

她这剑显然是通过考核得来的命器，虽然用着还不趁手，但剑上传来的凛然杀气却直击人心。

“哼！”

罗紫烟右拳一捏，迎着铁姝的面门打去。她手无寸铁，也不知该如何与铁姝交手，只是本能地想用体内那股力量狠狠揍对方一顿。

拳刚出，罗紫烟就感觉体内有一丝异样，不等她反应过来，“哗”的一声，有什么呼啸着从拳头冲出，周遭空气随之颤动起来。

“什么？”铁姝惊呼一声，刚到罗紫烟面前，便身子一弓，踉跄往后倒摔了出去。

“啊！”

罗紫烟呆了呆，又看着自己的拳头，发现并没有什么异常。

“哈，小烟！”小卷毛突然尖叫起来，“你的凤凰力突破了！”

“是吗？”罗紫烟看着自己的双手，还没回过神来。

“贱婢！去死！”铁姝缓过劲来，更加恼火，再次向罗紫烟扑来。

“凤凰力！”罗紫烟信心大增，依样画葫芦，又是一拳打出去。

“呼！”又是一股大力从掌心里喷薄而出。

铁姝似乎撞到一堵无形的墙，再次往后倒摔了出去。这回她有备在先，只是在空中翻一个筋斗，便稳稳地落到地上。

而罗紫烟则是快步跑到小卷毛身边，一把将它托到掌心上，“小卷毛，你没事吧？”

小卷毛摇了摇头，突然大叫道，“小心！”

话落，身后金风啸动，来势急促。铁姝再次挥剑冲来，剑上寒光暴涨，来势万钧。

“小烟！小烟！”小卷毛突然大叫起来，“快，快放我到你肩头上。”

罗紫烟愣了下，还是依言照做。小卷毛双足一落到肩上，那种熟悉的重压感再次降临。体内一股大力应声而生，与肩头传来的力量会合一处。

“太好了！”

罗紫烟又惊又喜，只觉全身上下每一寸肌肉里都蓄满了力量。

“小烟——凤羽矢！”小卷毛大叫着，与罗紫烟会合一处，它突然精神抖擞，与先前萎蔫模样截然不同。

“什么？”罗紫烟愣了下，眼见铁姝的剑锋又到，当下想也不想，又是一拳打出去。

“轰！”

罗紫烟只觉身子一空，似乎有什么东西从体内呼啸而出。那道耀眼的剑光突然四分五裂。

“啊！”

铁姝惨叫一声，拖着宝剑一路后退，“砰”地撞到洞壁上，又无力地跌落地上，再无声息。

洞内一片死寂，罗紫烟看着自己的手，又看着小卷毛，一脸迷惘。

“哈哈，小烟，我们的凤凰力有长进啦！发出来的不再是凤凰波，而是凤羽矢了！”小卷毛突然狂喜不已，“我的小烟就是厉害，来这里随便修炼下，就进入凤凰力第二重！刚才可是急死我了！”

罗紫烟小心地走到铁姝身边，探了探她的鼻息，确定只是昏过去而已，这才松了口气，“你说什么？我们的凤凰力升级了？”

“对啊，你没发现刚才的凤羽矢，比之前的凤凰波强多了吗？”

“这升级也太容易了……”罗紫烟感觉像在做梦，顿了下又奇道，“刚才你不是受伤很重吗？怎么突然间又生龙活虎了？”

“刚才我确实差点被这臭八婆害死了，幸亏小烟你功体突破了，不然我们真的都完蛋了。”小卷毛飞过去狠狠啄了铁姝后脑勺一记，恨恨地说，“这臭八婆真狠！”

罗紫烟却是更加迷糊了，“为什么我功体突破了，你就跟着好起来呀？”

“因为我们凤与凰是一体的啊，一损俱损，一荣俱荣呀。小烟你功体突破了，我们一合体，我自然也就跟着沾光了。”

小卷毛看着铁姝，愤愤道，“当然，这臭八婆其实也没伤我多厉害，是我自己功体凝滞住了而已。对了，这臭八婆要怎么处置？”

罗紫烟凝眉望向铁姝，“先弄醒她，看看她是怎么来的？”

“对呀！她是怎么来的？门还开着，是要放我们出去吗？”小卷毛呢喃了一句，突然警惕地说道，“咦？又有人来了！”

话落，一股清香袭来，门外闪进一个女子来。只见她身穿红色长袍，个头高挑，五官深邃，眉眼清秀而又透着一股凌厉，顾盼间威仪凛生。

“嗯？”那红袍女修仙者扫了四下一眼，劈手提起铁姝，回头看了罗紫烟一眼，“走吧！”

“去哪儿？”

“宫主在云上殿等你！”

“等我？干什么？”

“去了就知道。”

罗紫烟和小卷毛不由得对视一眼，都是暗暗嘀咕起来。不会又要问罗紫烟与血神子的关系吧？

第九章 | 六阳心法

九阳窟之外，双日正炽。其中，大太阳依旧位于中天附近，而小太阳则开始西斜了。

耀眼的日光让罗紫烟有些目眩，她眨了眨眼，突然发现洞口外倒着一人，双目紧闭。不是干鹊还有谁？

“干鹊？他怎么会在这里？”小卷毛也看到了。

罗紫烟望向那红袍修仙女，“仙长，这是怎么回事？”

“我来时正看他在外头鬼鬼祟祟地往里张望，就顺手打晕了他。哼！擅闯九阳窟，好大的胆子！”红袍修仙女冷冷地说了一句，顺手也提起干鹊。

罗紫烟恍然大悟，“我知道了！干鹊一定是听到我被抓的消息，想来救我。但他修为不够，进不了九阳窟，就让铁姝进去找我。”

“但那臭八婆却起了歹心，想趁机弄死小烟，对不对？”

罗紫烟点了点头，没有说什么，心中却是大感无奈。

“哼，不管他们想干什么，擅闯九阳窟就是大罪！”红袍修仙女冷冷道。

沿着接天峰下那条玉石铺就的大道，一路向上，过了先前罗紫烟和丹平子被白谷逸挡下的地方，再往上走半里路，便是云上台。

云上台终年云雾缭绕，二十多座大小不一的亭台楼阁在其中半隐半现，远远望去，一派云霄仙境，美不胜收。

“先把他们收押，等宫主定夺再发落。”那红袍修仙女把干鹊和铁姝丢给入口处一个弟子，那弟子忙躬身道，“是！廉长老！”

“原来她是个长老。”罗紫烟心中暗道一句，看着千鹊和铁姝被带走，本想开口，但转念一想却又闭嘴了。

一切，等见到宫主再说。

“走吧！”

那廉长老冷冷看了罗紫烟一眼，大步往不远处的一座大殿走去。

大殿恢宏雄壮，穿过挂着“云上殿”大匾的殿门，罗紫烟感到一种大山般的凝重当头压下，连呼吸都有些不顺畅起来。

殿内两侧立着二十多名修仙者，听到动静纷纷回过头来，密集的目光让罗紫烟头皮发麻。

这些修仙者，个个气度不凡。白谷逸也位列其中，不过他只是冷冷看了罗紫烟一眼，便又面无表情地回头。

“启禀宫主，罗紫烟带到！”廉长老大步上前，冲着大殿上首躬身说道。

罗紫烟这才看到，丁引正沉着脸坐在大殿上的一张寒玉座上。他看了罗紫烟一眼，冷冷道，“那好，我们说正事吧。”

“慢着！”白谷逸突然出列，指着罗紫烟道，“云上殿乃本宫议事重地，宫规明确规定，唯有长老以上方能踏足其中！罗紫烟虽是宫主亲授弟子，辈分比普通弟子高，但也没有资格站到这里吧？”

话落，便有一个长老点头道，“没错！宫规乃铁律，岂可因人而改？”

“如果随便一个人都有资格进云上台，那极阳宫还有何规矩可言？”

“无规矩不成方圆，宫主，请莫拿宫规当儿戏！”

……

白谷逸的话，一石激起千层浪，竟让半数以上的长老纷纷点头称是。

罗紫烟心中吃惊不已，先前从白谷逸与丁引的言语交锋中，她就看得出来，丁引这个宫主，在宫中颇受掣肘。但如今才发现，情况远比她想象的更糟糕。

丁引却也不恼，等一众长老七嘴八舌说完，这才淡淡道，“各位长老的话我都听明白了。既然不是长老不能上这里，那我现在就宣布，擢升罗紫烟为宫中第二十六位长老。”

“啊？什么？”

“长老乃宫中要职，岂能随意任命！”

“简直是拿长老任命当作儿戏！”

“宫主，宫规不可一坏再坏啊！”

……

殿内激烈反对的长老竟有一半左右，而其他人要么面带迟疑，要么一脸不以为然，神情各异。

罗紫烟不由得和小卷毛对视一眼，两人都暗自吃惊不已。

丁引冷着脸等众声消歇，这才淡淡一笑，“大家都在拿宫规说事，很好，证明大家心中还有宫规这个东西，今天我召集大家过来，也是想让大家明白宫规为何物！”

长老们不由得面面相觑，似乎都不明白丁引此话何意。

丁引指着罗紫烟，冷冷道，“白长老，请你告诉我，为什么把通过考核的罗紫烟关到九阳窟里？”

一时间，所有的目光都在白谷逸身上聚集。

白谷逸脸色数变，大步出列，朗声道，“回禀宫主，因为我想确认她是不是血魔化身再临，会不会给我们极阳宫带来隐患……”

“你凭什么认定她可能是血魔再临？”

“显而易见！如果她跟血魔无关，为什么她的命器会是血杀呢？”

“我相信各位长老都看得出来，紫烟凡躯之内，藏有凤凰之质。而凤凰正是当年镇压血魔的关键。血杀碰到她，想杀她为血魔复仇，也在情理之中。”

众长老若有所思地看着丁引，只听他又道，“从考场内的情况来看，此事也非常明朗。紫烟人身凤体，资质奇佳，是以获得众多仙剑青眼，都想成为她的命器。但血杀却感应到紫烟的气息，想杀她为主报仇。紫烟是借助众多仙剑的帮助，才打败了血杀，并让血杀甘愿认紫烟为新主的。”

长老中有人望向罗紫烟，眼里却多了几分敬佩。

丁引霍地起身，大步走下来，“依照宫规，发生难断之事，应先向我这个宫主请示，再会合十位以上长老，共同对紫烟功体加以鉴证。但是，白长老却擅自把紫烟投入九阳窟——倘若不是紫烟资质不凡，一个普通火种子进入其中，功体焉能不被纯阳地火冲坏？”

罗紫烟不由得心中暗暗喝彩。她早就看出来了，丁引在宫中被一干反对派包围着，地位堪忧。原以为他鲜少使用反制手段，如今看他的反击竟是如此凌厉，才知他之前只是老虎不发威而已。

“没错，我的所作所为，固然是为了极阳宫好，但确实违反宫规。我愿意认罚！”白谷逸默然片刻，大声说道。

“那你觉得，该如何处罚呢？”丁引冷冷道。

白谷逸咬了咬牙，大声道，“请宫主裁决！”

“宫主，白长老虽然行事有所偏差，但一颗心都是为了极阳宫好，请宫主轻罚！”

“请宫主轻罚白长老！”

不等丁引发话，替白谷逸求情的声音便四起。

“师父，白长老初衷也是为了极阳宫好，请从轻处罚。”罗紫烟沉吟片刻，突然躬身说道。要在这种陌生的地方待下去，罗紫烟深知冤家宜解不宜结的重要性。

白谷逸没想到罗紫烟会为自己说话，不由愣了下。

丁引冰寒的脸色马上出现一丝松动，“既然紫烟既往不咎，那就从轻处罚。白谷逸！”

白谷逸缓缓躬身道，“在！”

“我前阵子路过凤凰谷的时候，发现那里遭遇邪魔入侵过，有凤凰入魔成为黑凤凰。这段时间，廉长老一直奉命在调查此事。目前，她发现被魔化的凤凰不止一只，而是一群。你带一些弟子，全力去追踪黑凤凰的行踪，务必查清凤凰谷遭劫的缘由。我怀疑，这是血魔重现、量劫再临的征兆，切不可疏忽大意。”

大殿内一静，所有人都是脸色剧变。白谷逸朗声道，“是！”

“那些黑色的魔凤凰极其厉害，要抓捕到它们必须有足够的人手，我已经让廉长老草拟一份名单，到时候就让名单上的人跟你一起去吧。”

“这……是！”白谷逸躬身应是，但脸色却变得极其难看，语气也甚为勉强。而长老们则是相互对视，个个神情古怪。

罗紫烟心思灵巧，一看这情景立即明白了，能被丁引列入名单上的，必定是丁引不喜欢的人。难怪那些反对他的长老们都是神情复杂。

想不到丁引竟有如此手段，利用罗紫烟一事，轻松就给反对派们一个措手不及。

这时候，廉长老突然躬身道，“宫主，另外刚才发现有两个新入门弟子，擅闯九阳窟……”

廉长老将事情经过简单说了，丁引眉头不由得皱了起来，长老们更是议论纷纷。

罗紫烟心头大急，忙躬身道，“师父，干鹊和铁姝二人是因担心我的安危，情急下才闯入九阳窟的，请师父念在他们并非有意为恶，也没造成什么后果，宽大为怀，从轻发落。”

“从轻发落是可以，但也不能太轻了，否则有恃无恐的人越来越多。到头来变成我这个宫主不守宫规，上梁不正下梁歪了。”丁引沉吟了下，“就让他们两个也跟着白长老他们出去历练历练。白长老，你要负责教导他们的修行。”

“是！”

“我希望你们最好能活抓一只黑凤凰回来，我要彻查凤凰谷一事！”

“是！”

丁引望向罗紫烟，“宫中事务繁忙，白长老等人离宫办事的这段时间，白长老的职务，就由新晋长老罗紫烟来担任吧！”

白谷逸急了，“宫主，她怎么是长老……”

“宫主亲传弟子，地位等同长老，我记得这是本宫惯例吧？”

“是！可那一般都是在修炼有成才正式晋升长老……”

“本座首徒，理当享受此殊荣。就这样吧！”丁引回头冲罗紫烟一颔首，“紫烟，你来一下。”

“师父，长老这事我还没做好准备……”

出了云上殿，罗紫烟刚要开口，丁引却先笑了，拍了拍她的肩头，“先跟我来吧！”

话落，罗紫烟身子一轻，被什么猛地一提，眼前景象就像万花筒一般变幻着，目不暇接。

等她回过神来，只见头顶的云层全部不见了，倒扣下来的湛蓝天空上，一大一小两轮太阳正散发着柔和的光，沐浴其中如临春风。

一同不见的还有小卷毛，丁引出手太快，速度又迅如急电，小卷毛根本跟不过来。

此时，罗紫烟就在一座青草翠绿的山崖上。

山崖前，上是万里晴空，下是云海如涛。而山崖后，则是接天峰的峰顶，一座大殿若虚若实地坐落在上面，犹如天空之殿，气象万千。那琉璃焕彩的脊檐、数人合抱的巨柱、焕发金彩的殿墙，以及精致入微的雕梁画栋，无不绚烂夺目，透着罗紫烟形容不得的仙气。

“师父，我们这是在哪里？”罗紫烟怔怔地问道。

“接天峰之巅，凝碧崖上，那殿，就是我长住的九离殿。”

顿了下，丁引严肃地看着罗紫烟，“不管你准备好与否，现在你都已经是长老了，我得把极阳宫的情况跟你交代清楚。”

极阳宫不是一座宫殿，而是一片天形地势而成的修仙宝地。概括起来，主要由一峰、一谷、一台、一崖、一窟及四仙山组成的。

一峰，即接天峰。而四仙山指的就是环绕接天峰的四座护山，分别是东边的初胜峰，西侧的横绝岭，南面的天门山，北部的荒土高地。

由四山环抱接天峰所形成的山谷，名叫接天谷。这里也是极阳宫多数弟子起居修炼之所。

而九阳窟，则是一般弟子日常修炼的重要场所之一，当然，要到里头修炼，得经过长老同意才行。

云上台则是宫中长老及高等弟子修炼之地，云上殿更是宫中议事重地。

而凝碧崖，则是位于接天峰之巅，这里的九离殿，是历代宫主专有的修炼重地。

“这么说来，我们是在极阳宫最上层了？”罗紫烟看着四周，只觉心旷神怡。

在这充满天地灵气的景象之下，似乎一切凡俗都可以了断。

只可惜，罗紫烟心中，有无法割舍得下的司明。

“这里不但是极阳宫之顶，也是修仙之巅。”丁引淡然一笑，马上又正色道，“跟你一起进去考核的那个司明，你认识吗？”

罗紫烟心头不由得剧震，没想到会从丁引嘴里说出这个名字。她愣了下，才点点头，“认得，他就是跟我一起组队进考场的人，怎么了？”

“你原来认识他吗？”丁引直直地看着罗紫烟。

罗紫烟心头狂跳，不知道他为什么这么问。内心一阵思索后，她摇摇头，“不认识。就是考核的时候，需要结个伴，他怎么了？”

想不到，血神子在极阳宫的化名，竟是司明！这个魔头，占了司明的身体还要占他的名字！

丁引哪里知道罗紫烟内心澎湃，只是淡淡道，“你被关进九阳窟不久，我也把他投进那里了。”

罗紫烟愣了下，“师父那时候没放我出来，也是对我有怀疑吗？”

丁引盯着罗紫烟，笑了笑，“我是宫主，有嫌疑的话，当然得排查下。”

罗紫烟心头微寒，丁引分明是认可白谷逸的做法，但他却利用这事来反击白谷逸！

罗紫烟只觉自己在这其中，像是一颗被随意移动的棋子。

丁引似乎看出罗紫烟的心思，笑了笑，“你别怪为师，为师这也是为了你好。因为我仔细查验了一下血杀，发现它能挣脱结界蹿出来，似乎受了某种魔力的召唤。能使用魔力召唤它的，举世之下，唯有血魔。”

丁引看了罗紫烟一眼，“既然你的嫌疑洗刷了，那跟你一起进考场的那个人嫌疑就最大了。”

“所以，师父把司明也关进九阳窟去验证一下？”

丁引笑了笑，“我这样做可是按照宫规程序走的，和白谷逸的做法截然不同。”

顿了下，他却又眉头一皱，“不过，这司明能在九阳窟待足十二个时辰而不受影响，说明他也不是血神子化身。难道血杀真的因为你是凤体人身，所以来找你为主报仇？”

罗紫烟没有说话，只是摆出一脸无知的样子。

丁引沉吟了下，目光迷惑，“但魔凤凰分明又是量劫出现的征兆。难道，这次量劫，不是因血魔而起？”

罗紫烟好奇道，“师父，这血魔和量劫一直有关系吗？”

丁引望着长空片刻，摇摇头，“这个问题，现在修仙界也是众说纷纭。从过往记载来看，量劫的多次出现，都是因为血魔重返人间。但血魔为什么会一次次被封印，一次次又重临，至今还是个谜。”

罗紫烟想起血神子出现的情景，突然觉得那不算谜。因为血神子懂得穿越时空，只要他破封而出，从一个时代穿到另一个时代，次数多了自然就会形成让人无法理解的重返乱象。

“算了，此事姑且不论，先到里头去，我有话跟你说。”丁引说着，转身大步走去。

九离殿的两扇大门上，各嵌着九九八十一颗宝石，此刻它们正在璀璨光芒中，缓缓地开了，阵阵仙音随即从殿内传出。

但跨入门槛的瞬间，罗紫烟却发现大殿消失了，首先入眼的是一片璀璨的苍穹，她就行走在这片星空之下，四周无形无界，广袤无边。

“这里……九离殿呢？”罗紫烟茫然看着四周。

丁引微微一笑，“这里就是九离殿！”

说着，他右手向上一拂，星空消失了，变成万里晴空倒扣在头顶。

丁引又是一拂袖，晴空不见了，漫天白云如絮，在头顶轻轻漂浮着。

“这九离殿会变形？”罗紫烟看得目瞪口呆。

丁引笑了笑，“它本就是无形之体，自然就可以千变万化了。”

原来，这座九离殿，本是日月精华及天地仙气千万年凝聚而成的一股仙气，所以有形又无形，有界又无界。只要能进入其中与心神交接，它就会心随人意，变幻出人想要的景象来。

“这里，连仙殿都成精了！”罗紫烟由衷地赞了一句，又看着丁引，“师父让我来这里，不知有何吩咐？”

丁引一拂袖，四周景色骤变，一座金色大殿出现。

“坐吧！”丁引坐到大殿上首一块云青色的石榻上，又指着下面数块火红色石椅说道。

罗紫烟依言坐上去，只觉石椅看着像块火炭，坐下后却是清凉舒适。

“血杀饮血无数，凶戾残暴，这样的魔剑虽然认你为主，但依照宫规你是不得使用的，所以我已经把它重新封印了。”

丁引边说，边变戏法般从坐榻下拿出一把皮鞘镶珠宝剑，递给罗紫烟，“此剑名为‘见采’，应该适合当你的命器。”

“多谢师父！”罗紫烟忙起身接了。只觉剑身轻盈，入手十分舒服。她稍稍用力，剑便在龙吟之声里，像一汪秋水般缓缓地出鞘了。

剑长三尺三，身扁刃薄，剑锷上刻着一些罗紫烟看不懂的古符，两边各缀个小兽吞口。剑柄则由一块火色玉石铸成，握在手里微感温热，有种说不清的力量从里头传递出来。让罗紫烟有种人与剑连接一处，剑乃人之手臂加长的感觉。

这是一把上好宝剑！

“若有知音见采，不辞遍唱阳春。”罗紫烟不由得想起一句古诗，信口吟了出来。

丁引眉头一扬，微笑颔首道，“说得好。此剑就当是我对你的知音见采。”

罗紫烟急忙捧剑躬身道，“多谢师父！”

“你喜欢就好，以后呢，你别跟其他人一起修炼了，就到这里来，我会亲自教你。”

罗紫烟愣了下，“啊？”

“怎么？不喜欢吗？这可是宫主首徒才有的殊荣。”

“弟子当然喜欢了，就怕会影响到师父清修，而且弟子刚入门，便专占如此多的恩宠，心里着实不安……”

“这样安排完全合乎宫规，你不用担心会有什么流言蜚语。”丁引淡淡地道。

罗紫烟大喜，“是！”

“另外，”丁引顿了下，似乎在斟酌语句，“为师在宫中的处境，你觉得如何？”

“这……”

“但说无妨！”

罗紫烟迟疑了下，还是决定实话实说，“如弟子所见所闻，师父在宫中颇受长老们牵掣……不知是不是弟子的错觉？”

“哈哈，果然是心思灵巧。”丁引哈哈大笑，眼里却是寒光凛动，“所以为师希望你作为新晋长老，能尽快成长，好在以后成为我的左膀右臂。”

果然如此！罗紫烟心念一动，朗声道，“是！但弟子毕竟刚入宫不久，修为有限……”

“哈哈，名师尚能出高徒，何况你还有个宫主师父。而且这凝碧崖，可是本宫第一修炼宝地。”

丁引说着，大袖一拂，金殿突然消失了，罗紫烟发现自己置身于一片芳草地中，一大一小两轮骄阳就悬在头顶上，似乎伸手可摘，柔和阳光洒在姹紫嫣红的花草上，熠熠生辉。

日轮离得如此近，罗紫烟却不觉得热，只是感觉一丝丝暖意，浸润身心，极其舒坦。

“这里位居全宫最高之处，阳气最为充沛。在此修炼一日，可抵下面五天。只要你悟性再高些，假以时日，必当一飞冲天。”

丁引走在草地之中，看着罗紫烟，“当然，你如果觉得不方便，可以在我授课之时上来，其他时间你自行决定去哪儿修炼。”

“是！”

“这段时间，白谷逸等人被我外派出去找黑凤凰，不会有人来打扰你的修炼，你要抓紧时间，我希望你能尽快在宫中展现你的作用。”

“是，弟子一定尽力而为！”

丁引微微一笑，看着罗紫烟，“相信为师的判断，你的独特功体，加上我能提供给你的方便，你的修为一定会比想象的还快！”

“多谢师父！”

丁引摆摆手，“好了，为师开始传课了。在修炼之前，你得先明白，何为仙，何为魔。”

有修仙以来，仙魔之争就从没有停息过。

不过二者其实都是修仙者，本质差别在于道统不同。

仙道修的是纯阳功法，而魔道修的是至阴功法。

双方都自认为正道，但因为修阳之人远多于修阴者，因此渐渐地，修阴者便成为魔道中人了。血魔，便是个修阴者中的大魔头。

至于极阳宫，便是当今修阳界的翘楚，仙法之多，仙术之妙冠绝无双。

目前，宫中仙法浩繁如烟，但归纳起来，就内门与外门两大类。

内门仙法是筑基之道，其用在于炼神养元，修阳补气，以接引天地阳气，淬炼自身神力，为外门之法夯土筑基。

外门仙法，则是在内门基础上发展起来的各种实用仙法，拳掌、仙器、驭气、驱物……法门多达上百种。

但内门心法却只有一种，那就是六阳心法。

“人之一身，共有主经脉十二条，纵贯全身，分六阳六阴。阴阳之气，聚集于这阴阳经脉之中，再流通全身，从而阴阳一体，立命于世间。”

阴阳之气，在万物体内并蒂双生，但从来都不是势均力敌的，而是在不同时期各有所胜。

在人之初，阴阳二气持平，随着年岁增长，阳气日增，阴气则被压制住，阳盛而阴衰。中年之后，阳气日少，阴气暗生，又变成阴盛阳衰之局。

人之生死转变，本质就是阴阳的盛衰变化。

修阳之人走上苦修大道，就是为了打破凡胎的生死困境，抑阴而生阳，求得纯阳仙体，从而获得永生。修阴之人的目的也相似，但却是反其道而行之。

“六阳心法重在六个字，那就是强六阳，弱六阴。”

丁引学识渊博，侃侃而谈，深入浅出间就把阴阳之理讲得透彻。

所谓六阳，指的是手少阳、手太阳、手阳明、足少阳、足太阳、足阳明六阳脉；而六阴则是手太阴、手少阴、手阴明、足少阴、足太阴、足阴明六阴脉。

手撑天，脚接地，分布在四肢上的六阴六阳经脉，正是人体聚散天地阴阳二气的通道。

所以，六阳心法的总纲，开宗明义，直指修仙之道，唯有拓展六阳脉道，强化六阳脉的阳气吸收与蓄积，方能以纯阳正道，羽化而登仙。

六阳心法共有七层，每炼成一脉，功体的修为就会提升一层。六脉皆成之后，便到了最难的第七层，六阳会首。

手三阳、足三阳最终都交会于头上，因此六脉皆修成后，阳气就会融汇于首，只要将它们彼此贯通，便是修仙者梦寐以求的纯阳之体。至此，六阳心法也就进入大圆满之境。

但是，抑阴扶阳本质是在逆天改命。因此，修仙之难，难于上青天。每多炼一道阳脉，便是难度的成倍升级。

极阳宫中，修成一脉二脉的很多，但越往上越稀少。即便是众仙之首的丁引，也刚达到大圆满之境，但并未达到透彻圆满，因此尚未能脱离五行三界，永登仙班。

罗紫烟越听越是心凉，修仙传说她听多了，但此刻了解其中奥义，发现比想象的难多了。

不过，丁引马上就给她一颗定心丸，“我会收你为徒，是因为你的资质非常适合修仙。”

凤凰属火，天生就是近纯阳体质。罗紫烟虽然是人身凤体，但阳体远胜于常人，所以丁引坚信她在修阳一途更具优势。

开宗明义之后，便进入实修阶段。

六阳心法第一重，主修手三焦手少阳之脉。

这条主脉起于小指次指之端，上出两指之间，循手表腕，出臂外两骨之间，上贯肘，循臑外上肩，而交出足少阳之后，入缺盆，布膻中，散络心包，下膈，遍属三焦。其支者，从膻中，上出缺盆，上项，系耳后，直上出耳上角，以屈下颊至出其支者，从耳后入耳中，出走耳前，过客主人，前交颊，至目锐眦。

丁引抓起罗紫烟的手臂，两根指头从无名指出发，沿着她臂膀上的经脉，逐个穴位比画过去，口中念念有词。以罗紫烟的古文功底，只能听懂个大概，至于经脉沿途上的笔画那么多，她一时哪里记得住。

“你无须记得太多，我说这些，只是让你对少阳之脉有个直观的了解。”丁引似乎看出罗紫烟的焦虑，淡淡一笑，“接下来，我会助你把经脉上的脉道、穴池打开、拓宽、变强，吸引更多的阳气来淬炼元体。”

“是！”

丁引满意地点点头，猛地后退一步，食指与中指并拈，直指头顶天空。

一道浅白色的华光从丁引双指间破空射出，打在空中那个小号的太阳上。

“兹兹——兹兹——”

一阵尖锐刺耳的声音，直钻入罗紫烟耳朵里。紧接着，那小太阳似乎震颤了下，从中分射出一股强光，打在大太阳上。

大太阳光芒暴涨，华光雨帘一般倾泻下来，正好落在罗紫烟身上。

“这是……”

丁引面色肃穆，盘膝坐下来，“坐下！按照我说的做。”

罗紫烟依言坐下，只觉那笼罩住自己的阳光，像是无孔不入的水银，直往体内浸入。整个人被包裹在里头，有种说不出的舒服。

“现在，我要借助九凝鼎之力，为你打通三焦少阳脉。”丁引话罢，指头一扬，上面发出的匹练不减反增，光华更加绚烂夺目。

“九凝鼎？那是什么？”

罗紫烟刚要发问，空中那小太阳上的光柱，和大太阳上的光瀑布同时暴增。原本只是像涓涓细流那样浸润入体的阳光，突然间像是汹涌大水猛灌进来。

罗紫烟只觉自己像落入惊涛骇浪中一般，呼吸堵塞，似乎就要窒息过去。

“师父……”

“不要说话！收摄心神在关冲穴，用心感受阳气的冲击，身心放松……”

丁引的话就像当头棒喝，令罗紫烟的灵台瞬间空明。她深吸一口气，全副心神汇集到双手的无名指关节端处。

片刻之后，双手无名指处突然像被撕开一个大口子似的，外头的阳气立即一拥而入。

随后，罗紫烟感到两股细细的热流从左右无名指进入，蛇一般蜿蜒向上，所过之处，阵阵撕痛随之产生。

“啊——”罗紫烟不由得低呼一声，但叫声马上被更剧烈的撕痛给掐断。

“这只是修仙过程中必须经历的一个小痛苦而已。尽管放松，继续集中精力，引导阳气入体！过了这个坎，后面的路子就宽了。”

丁引的话像是晴空霹雳，点亮了罗紫烟混沌的意识。她眼前不由得又浮现出司明被血魔附体时痛苦万分的样子。

“我来此修仙，是为了让司明脱离苦海，这点苦都受不了，又如何得偿夙愿？”

想到这儿，那撕心疼痛似乎也没什么。罗紫烟深吸一口气，再次把心神聚集到无名指上。

此时，因为阳气涌入，关冲穴上竟各自生出一个阳气旋涡，它吸纳阳光瀑布，化为更多的阳气源源不断涌入体内，奔流在三焦少阳脉之中。

阳气，一波比一波凶猛，撕痛，一阵强过一阵，但是罗紫烟的心已是安如磐石，任它风涛险恶，任它山崩地摧，她都不管不顾，只把精力聚在关冲穴上。

随着关冲穴口子越开越大，汇成洪流的阳气，开始在双臂的三焦少阳脉内部攻城略地。首先被冲开的是液门穴，其次是中渚穴。

滚滚的阳气，在阳池穴聚集一段时间后，汇成一个阳气大浪，轻松就突破了后面的外关穴……

每一次穴位破开，都是对身体的一次猛烈冲击，所引发的剧痛是常人无法想象的。但当阳气冲过四渎穴后，撕痛感却是急剧减弱，取而代之的是难以言状的舒畅感。被阳气破开的经脉，有种说不清的空灵与清爽，身体的其他部位跟它比起来，就像是顽石般坚硬。

这种奇妙的感觉，让罗紫烟迫不及待想冲开后面的穴位。

身随意念而动，三焦少阳脉后半段，一改先前的紧绷与堵塞，所有穴位纷纷自行敞开，蜂拥而入的阳气畅通无阻，势如破竹一泻千里。

很快，阳气就直贯丝竹空穴，在那里一个回旋，又转而往来路冲去。

至此，三焦少阳脉被外来阳气充满，在其中鼓动激荡着，让罗紫烟感觉整条手臂仿佛变成了翅膀，就要凌空飞起。

“行了！”丁引的声音突然传来。

几乎同时，关冲穴口突然一空，涌动的阳气消失了，敞开的口子瞬时封闭。罗紫烟回过神来，发现四周一片黯淡，不但先前笼罩着她周身的阳光瀑布不见了，连天空那轮大太阳也像要熄灭似的，只剩一个隐约的轮廓。

唯一还正常的，就是那轮小太阳了。

“这是怎么回事？一天过去了吗？”罗紫烟茫然看着四周，却见丁引就立在对面，若有所思地看着她，眼神中既有惊讶，又有欢喜，却还夹杂着几许的不安。

“才过去两个时辰而已。”丁引淡淡说了一句，又上下打量了罗紫烟一眼，颔首道，“凤凰之体，果然名不虚传，真是没想到！”

“师父，没想到什么？”罗紫烟莫名其妙。

丁引道，“没想到，你这六阳第一重，进境如此之快。如果我没有估错，你的凤凰力，应该已经达到第二重凤羽矢阶段了吧？”

“师父英明！”罗紫烟心中暗自惊讶，没想到这个丁引都看得出来。

丁引点点头，“怪不得！凤凰力与六阳心法本是殊途同归的正道大法，以凤凰力第二重修为来促进六阳心法第一重的修炼，事半功倍，再妙不过。”

罗紫烟听得云里雾里的，“弟子今天的进境算快吗？”

丁引淡淡一笑，“不是快，是很快。你这两个时辰的进境，足以抵得上别人半年之功。”

六阳心法修炼中，阳气冲关是每一重都要面临的最大困难。毕竟，把肉体之中天生狭窄的阳脉拓宽，再淬炼成为阳气吸聚之所，本身就是一种逆天之举，其中艰难是无数常人毕生也克服不了的。

极阳宫从创立至今，即便是最具天赋的火种子，完成首次阳脉加拓与淬炼，也要耗时一个月以上，但罗紫烟仅用两个时辰便做到了，难怪丁引都要为之震惊不已。

“如果没有师父的帮助，我就算功体再好，也不可能进步这么快吧？”罗紫烟沉吟了下，缓缓说道。

丁引笑了笑，也不否认，“我既然要你成为我的膀臂，当然得让你的修为快人一步了。”

顿了下，他又道，“你的手三焦少阳脉拓脉已成，接下来必须趁热打铁淬脉，你先回去休息一下，明天我再传你淬炼阳脉之道吧。”

罗紫烟摇摇头，“师父，你现在就把法门教我，我回去有空就可以继续修炼啊。”

丁引愣了下，“你不累吗？”

“不会，累也不怕！”罗紫烟摇摇头，断然说道，司明的情况危急，她必须分秒必争。

丁引看着她，片刻之后赞赏地道，“很好，那我们开始吧！”

六阳心法易懂难修，每一重境的修炼过程大同小异，归结起来无非就三个方面：拓脉、淬脉、用脉。

淬脉的法门相对来说略微深奥一些，但难在讲义晦涩难懂，每一个字都暗藏多种道理。有丁引这种宗师引路，加上罗紫烟悟性又高，没用多久她就初步懂得了如何引导少阳脉中蓄积的阳气。

丁引却是生怕罗紫烟似懂非懂的，又让她重述一遍。罗紫烟娓娓道来，把淬炼之道的方法、技巧与禁忌，条清缕析讲述完毕。

丁引再无疑虑，颔首道，“很好，看来接下来需要我操心的地方不多了，你可以继续了。”

罗紫烟点点头，刚要盘膝坐下，一个冷厉清脆的声音突然从凝碧崖下面传来。

“启禀宫主，白谷逸求见！”是廉长老的声音。

丁引眉头一扬，顿了下才沉声道，“让他进来吧！”

话落，他一拂袖，四周景色再变，空中那一大一小一暗一亮两轮太阳，连同碧云天、繁花地统统都不见了，金碧辉煌的大殿再次回来。

“这个白长老，看来又要给我带点麻烦来了。”丁引淡淡地道。

片刻之后，殿门之外传来脚步声，白谷逸大步进来。只见他面带沉郁，只是对丁引微微一躬身，“参见宫主。”

丁引微微一笑，“白长老是来道别的吗？路上可要小心。”

“不是……刚才不知因何缘故，九凝鼎的阳气突然被集中到凝碧崖上，宫中各处弟子的修行都大受影响。现在群情不安，议论纷纷，不知发生什么事。”

丁引笑了笑，“不必惊慌，是我让阳气集中到这里的。”

“啊？不知宫主为何要聚集如此巨量的阳气到凝碧崖呢？”白谷逸口中问着，目光却是望向罗紫烟。

丁引没有回答，而是望向罗紫烟，“紫烟，时间不早了，你先回半峰楼吧。”

“是！”罗紫烟躬身应了一句，拿起“见采”，却又迟疑了，“弟子要如何下去？”

“廉红药会带你下去的。”

罗紫烟点点头，转身大步往外走去。刚出殿门，就听丁引不知说了句什么，白谷逸的声音立刻大了，“宫主，九凝鼎乃是极阳宫公器，每日阳气分发关系到所有弟子的修为，岂可这样……”

“白长老，你这样想可就不对了。在我看来，极阳宫的宗旨是擢升英才，任何修炼公器，都应优先提供给资质超群之人才对。如果什么都均分，最终只能造成弟子普遍平庸。那样只怕不用三代，极阳宫就会失去统领修仙界的资格，这是你我都不愿看到的吧？”

“擢拔良才，给予特别优待是没错，但是……”

白谷逸据理力争的声音越来越远，罗紫烟已经走到凝碧崖边沿。此时再看空中那个大太阳，只见它的光芒正在恢复，不过较之先前仍是暗弱许多。

“原来那个不是太阳，而是九凝鼎？”

罗紫烟正沉吟之际，一条身影突然从崖下升起，落在她眼前。只见她脚下是一朵似虚似实的大红花，悬停于空中轻轻转动着。

罗紫烟忙躬身道，“廉长老，师父说，你会带我下山。”

“过来吧！”廉红药冷冷道。

罗紫烟登过凭空虚御的仙剑，还从没有踏上过这种仙器，不由头皮发麻，还是飞身跳了上去。

大红花似真似幻，廉红药踩在上面如踏平地，但是罗紫烟上去后，却是双脚一空，整个人直直往下坠。

“啊——”

罗紫烟惊呼一声，马上又紧抿着嘴，任迎面而来的罡风自下而上撕扯着她的颜面。

几乎同时，三焦少阳脉里，生起一股滚烫的热意，不等罗紫烟回过神来，她下坠的身子突然缓缓往上升，眨眼间便又升到大红花之上。

虽然脚下仍像是踩在棉花上，但罗紫烟一番东倒西歪后，到底是站住了。

“嗯？有点能耐嘛！”廉红药冷冷道，脚下一点，“走吧！”

仿佛被一股巨大的力量猛地往前一拉，罗紫烟纵然做了充足的准备，仍是一个趔趄，径直被甩出了大红花，倒跌到空中。

“呼——”

危急中，罗紫烟反应也甚为敏捷，竟抓住那大红花的一个花瓣。

那花瓣看着是虚的，入手却是结结实实。

只是，大红花的速度实在太快了，风驰电掣间，狂风像是巨手，使劲揉捏撕扯着罗紫烟的脸面，罗紫烟只觉气息一窒，差点闭过气去。但她的手却是始终抓得牢牢的，不管外头风声再大，风力再紧。

“我不能放手！不能放手！”

心底的念头越坚定，罗紫烟的手抓得越紧。而手三焦少阳脉里，则是再次生起一股热力。

这股热力瞬间就变成一股巨力，猛地一吐，罗紫烟便腾空而起，直落到大红花之上。

风依旧在怒号，但从三焦少阳脉里传出的力量，却像是个重锚一般，把罗紫烟稳稳地定在大红花之上。

“要我慢点吗？”廉红药这才回头看了罗紫烟一眼，淡淡道。

罗紫烟心头有气，但转念一想，却笑了，“不用，我没事！”

“没事就好！”廉红药冷冷道，“天色不早了，我们赶快下去吧！”

话落，大红花倏然往下直降。自下而上的大风，掀得罗紫烟差点迎风飞起。

“浑蛋，这家伙故意整我啊！”罗紫烟心中大骂着，手三焦少阳脉里的热力奔腾不息，化为一股阳劲，把她牢牢钉在大红花之上，风力虽大，却也撼她不得。

经过这么一来一回的折腾，罗紫烟突然发现自己开始懂得怎么利用三焦少阳脉里的阳气，变成可供自己使用的阳劲了！

只是眨眼工夫，重重云海就被抛到头顶之上，眼前也清晰起来，初胜峰已近在眼前。

此时，天色尚早，半峰台上静悄悄的，看不到一个人影，想来弟子们都去修炼了。

“廉长老，你这花挺好的，漂亮又能飞。”罗紫烟已经完全镇定下来，她深吸一口气，故意与廉红药搭讪，把话说得云淡风轻。

“宫主赠你的见采剑更好。”廉红药冷冷答了一句，大红花已停在半峰楼前，“下去吧！”

双脚落地的刹那，罗紫烟一个趔趄，但她仍是稳稳立定，冲着廉红药躬身行礼道，“多谢廉长老！”

“不必了！你我皆是长老，你又是宫主高徒，如此大礼可会折煞于我。”廉红药打量着罗紫烟，眼里比先前多了点热度，“怪不得宫主会对你青睐有加，刚入门就有两下子。”

说完，她脚下一点，那大红花托着她，直直升空而去。

“小烟，你去哪儿啦！”楼内传来一声尖叫，小卷毛疯了一般从里头冲出来，直往罗紫烟腋窝里钻。

“哈哈，你这家伙快打住打住，痒死我了，痒死我了，走开快走开。”罗紫烟始料不及，只觉腋窝阵阵发痒，急忙一把揪住小卷毛，将它抓在手里。

小卷毛狂喜不已，马上又挣脱罗紫烟的手，绕着她一圈圈飞起来，“小烟你没事吧，担心死我了，宫主带你去哪儿了？”

罗紫烟简单地把在凝碧崖的事说了一遍，小卷毛听得双目圆睁，“我的小烟占大便宜了！”

“怎么说？”罗紫烟愣了下。

小卷毛兴奋地说，“宫主把所有的阳气都集中到你身上了，你还都吸收进去了。”

“所有的阳气？”

罗紫烟愣了愣，想起丁引发功时的情景，貌似真是那么回事。

“对啊，你不知道，我到处找你的时候，天空中那个大太阳突然一分分暗了，宫中各处都炸开锅了。听长老们私下议论，好像那个大太阳其实不是真的太阳，而是叫什么九凝……”小卷毛偏了偏头，绞尽脑汁想着什么。

“九凝鼎！”

“对，就是九凝鼎！听说那是个能聚集太阳之光，把它们变成阳气的神器，是宫中弟子修炼的重要法器，比九阳窟还重要。突然间它就暗了，大家自然都急了。白老头也够奸猾的，一下子就想到可能是宫主施法，把阳气都用到你身上去了！当时很多人还不敢相信他的话呢。我以为他故意在诋毁你，还跟他吵一架呢。哼，早知道我就不生气了，还要得意给他们看。看，我的小烟几个时辰的光景，抵得过你们半年！”

“好了小卷毛，记住咱来这里的真正目的——高调修炼，低调做人。”罗紫烟捋了捋小卷毛的毛，又道，“对了，司明……血神子怎么样？”

“我没注意他，一整天都在挂念你，哪里有空去关注他。”

罗紫烟想了想，道，“接下来，我会经常到凝碧崖去修炼，你替我盯着他。”

“为什么？”

“我总觉得他到极阳宫，可能跟到天化村一样，有不可告人目的。”罗紫烟咬咬牙，道，“我们这次要提前弄清他的目的，看能否借机找到血神子的破绽，把司明救出来。”

“没问题，交给我。”小卷毛说着，突然想起什么，“对了小烟，一个时辰前，干鹊想来跟你道别的，但你不在，现在应该已经出发了吧。”

“他啊……”罗紫烟心头一沉，“希望他在外头没事。”

“放心吧，我看那个白老头对他挺好的。”小卷毛笑着说道，“当然，没宫主对你的好！”

罗紫烟无奈一笑，“小卷毛，你难道不明白师父为什么对我特别好吗？今天我跟师父一番交谈，更加相信自己之前的判断了。”

“什么判断？”

“师父对我好，是因为他目前在宫中处境窘迫，急于培养自己的嫡系子弟，来壮大他在宫中的地位。而我，刚好就是那个他觉得可以栽培的人而已。”

“说起来好像真是这样。”

罗紫烟看着窗外片刻，笑道，“管他呢，只要能修炼到解救司明的仙法就行了，其他的再说。”

天色逐渐暗下来，空中那轮大太阳的光芒已趋于最弱，只剩蒙蒙的弱光浮在空中，就像一盏老旧的路灯。

用过晚膳后，罗紫烟在客厅点了盏灯，开始在灯下练起见采剑来，一遍又一遍，竟是如痴如醉。

小卷毛看得大感无聊，叫道，“小烟，这剑有什么好玩的？”

“是挺好玩的。”罗紫烟停了下来，打量着见采片刻，又道，“它真像个知音，我练得越久，越知道它的脾性，它也越配合我，感觉就是……就是它要把我体内的凤凰力给带出来一样。”

“不可能！这种事只有我才做得到！”小卷毛不服气道。

罗紫烟笑了，“就许你可以，别人不可以？人家好歹也是一把神剑。”

小卷毛撇撇嘴，“那你以后用它好了，我省得出力呢。”

“哈哈，你还吃醋！你不是说了，我们谁也离不开谁，都要靠着对方，才能成为真正的凤凰吗？”

“那是，一把剑怎么能取代我呢？”小卷毛又得意了。

罗紫烟弹了弹见采，笑道，“不过，我发现我跟它挺投缘的，师父真厉害，肯定是知道它最契合我，才把它送给我当命器的。”

舞剑到子时，罗紫烟才想到睡觉。睡前，她又依照丁引所授的法门，引导手三焦少阳脉里的阳气，一遍又一遍淬炼着被拓开的脉道。

淬脉是个繁重枯燥的过程，每一轮修炼，耗时都在两个时辰以上。不过罗紫烟白天被廉红药那么一折腾，倒是对如何化用阳气为阳劲有了不少心得。因此虽然是第一次修炼，却也是进展喜人。

次日，罗紫烟一起来，便看到廉红药站在楼外。她面无表情，像是朵寒冬里独自俏开的梅花，与周边格格不入。过往的弟子，都只是远远躬身行礼，无人敢近她三丈以内。

“廉长老，找我吗？”

廉红药冷冷道，“宫主让我接你上去修炼。还有，记得带上见采。”

“是！”

这次，大红花不颠不簸，一飞冲天，直达凝碧崖。

此时，九离殿已经幻化成一个全由檀香木构筑而成的大堂，大堂内雕梁画栋，极尽奢华。在大堂中心处摆着一张黄梨花木，上面放着几样精致的小菜。

丁引正面带笑容，端坐在上首之中。

“弟子参见师父。”

“不必多礼，坐吧！”丁引示意罗紫烟坐下。

罗紫烟迟疑了下，在他对面坐了下来。

丁引笑着指着一桌饭菜，“我已辟谷千年，今天九离殿为你特地染上人间烟火。”

这些饭菜，罗紫烟没有一样叫得出名字的，只看得出来，样样都是珍馐佳肴，人间绝无仅有之品。

接过丁引递来的一双玉箸，罗紫烟夹起面前小碟里一根犹如金条的物事，小心放入口里。

“这是九登仙山独有的金质云龙笋，具有消食安神，巩益足阳明胃经之奇效。”

金条吃起来与普通竹笋的口感差别并不大，但落肚之后，罗紫烟却感觉肠胃之间似乎生起一股大火，向周边烧了过去，暖烘烘的特别舒服。

“不错吧，再试试这个，长于地底深处的雷公须，看着品相不佳，但却是长年吸收地火精元，富含阳气。”

在丁引的指引下，罗紫烟夹起一团黑不溜秋，盘缠如发丝的东西，看着却是毫无食欲。

“这雷公须对于手阳明大肠经的增益特别明显，普通弟子，必须达到三级以上，才能吃上一根。你这一夹，可超过五十根了。”

被他这么一说，罗紫烟都不好意思再犹豫了，一狠心就把那雷公须往唇齿间放。

虽然品相让人没有食欲，但雷公须的味道却是挺赞的，不但多汁，而且嚼劲十足，更妙的是每一次咀嚼，都能感觉到有一股暖流回荡在唇齿间，像是火信子一般，把整个精气神都给点燃了，说不出的舒服。

“好吃！”罗紫烟不由得连连点头。

丁引准备的这些菜，食材无不采自常人难达、修仙者罕至之地，功效则是分为两大类，一类是在增强六阳脉上有奇效，一类则是在抑制六阴脉上效果非凡。

丁引摆下这么一桌“仙草宴”，分明就是要以仙药来强化她的阳脉，提升她的修炼速度。

没多久，桌上的碟盘便是一干二净，盘底朝天。

丁引满意地起身，道，“行了，那你继续淬脉吧。”

两个时辰后，手三焦少阳脉再次淬炼一轮。罗紫烟睁开眼，看到丁引正盘膝坐在对面，微笑看着她。

“师父……”

“淬脉之后是什么感觉？”

“感觉手三焦少阳脉充满阳气，只要稍微激发一下，它就会变成力量。”

“这就对了，以后的感觉会越来越妙。”丁引长身而起，“淬脉是每天必行的功课，不过有一样功法你也必须尽快掌握，这样以后上下山，就无须廉长老接送了。”

罗紫烟会意，拿起见采，跟着丁引来到凝碧崖边沿。

“御剑之道，说难也不难，要点只有两个。”丁引拈指在见采上轻弹一下，那剑鞘内立即传来阵阵铮鸣，剑身更是轻轻颤动个不停，似乎有什么在回应着。

“哪两点？”

“第一，与剑结心；第二，以气御剑。”

与剑结心，就是要能与剑交心，从而心动剑动，剑随心动。

以气御剑，说穿了就是把阳气注入剑中，从而激发剑中之气，实现二者的共振，以形成御剑之力。

结剑心，御剑气，御剑飞仙也就不再是梦。

见采极具灵性，昨晚罗紫烟试练一番，已经能跟它很好地结成一心了。现在，她急需解决的是如何以阳气激发出剑气，从而生出剑劲。

根据丁引传授的口诀，罗紫烟开始以意念驱动。

近百次的失败后，见采终于“铮”的一声，破鞘而出，疾飞在空中，寒光凛冽，闪烁不定。

“太快了！先让它慢下来！”丁引见状，沉声喝道。

罗紫烟心念转动，以意念命令见采慢下来。但是，见采却像无头苍蝇一般，到处乱闯。

“师父，它不听我的命令。”罗紫烟有些急了。

就这么心神松懈的刹那，见采突然脱缰野马似的飞射出去，直击在远处一块山石上，“轰隆”一声，碎石四射，偌大一块石头竟当场四分五裂，威势煞是惊人。

“看来结剑心，也没有那么容易。”看着见采那颤动的剑柄，罗紫烟不由得呆了。

丁引点点头，“没事，第一次驭剑，不出点问题才怪。接下来按我说的，别急着让见采飞远，先用意念，命令它从地上飞起来。”

罗紫烟深吸一口气，死死盯着见采，意念转动，让它从石头缝隙中退出。

见采终于动了，一分分往后退，片刻之后才从石头裂缝中全身而退。

就在剑尖脱离石缝的刹那，罗紫烟第二个命令紧随而来，原本该直直往下掉落的见采，骤然悬空停住，继而身子一颤，缓缓往上升起。

“很好，就该这样！”丁引在旁看得连连颔首，“保持速度，控制好节奏！”

罗紫烟点了点头，沉住气继续用意念锁住见采，带动它缓缓往前飞。

当见采绕着凝碧崖飞了一圈后，罗紫烟开始加快速度，只用一会儿时间，见采便又绕凝碧崖飞了一圈。

“差不多了，可以再快点。”丁引的声音又响起。

“是！”罗紫烟心念一转，见采呼啸而出，飞快地绕着凝碧崖转起来，越转越快。

罗紫烟的心神突然像是张满的弦那样，跟着绷紧起来。因为剑动得越快，她的心念越要跟着加快，否则一个跟不上，见采就会失控，危险时刻会发生。

此时，她的控剑能力还不足，就算想让见采放慢速度也很难，只能咬着牙，全副心神押在剑上。

人驱剑，剑催人，双方都是全力施为。这种感觉，就像遛狗时狗突然发足狂奔，人只能拉着狗绳跟着狂奔一样。

罗紫烟疲于奔命，却只能气喘吁吁跟在后头。

好在，见采的速度似乎在变慢，罗紫烟赶了一阵子，不但赶上了它，而且还可以跑到它前头，引领着它前进。这种速度差异，还在明显增加。

事实上，随着罗紫烟意念的加快，见采不但没有变慢，还以肉眼可见的速度加快着。到后来，环绕凝碧崖一圈，也就是眨眼的事。

而见采的速度仍在罗紫烟意念之后，不断加快着。

“现在，收！”丁引突然喝道。

罗紫烟立即意念一收，见采突然向她飞来，剑尖几乎贴着她的鼻子停下来，轻轻颤动个不停。

罗紫烟脊背不由得一阵发寒。

“很好，你已经可以初步掌控见采了，现在照我说的，往它体内注入阳气，刺激它的剑灵。”

罗紫烟点了点头，双手握住见采，依照丁引传授的法诀，把手三焦少阳脉里的阳气，源源不断注入见采之中。

见采剧烈地震动着，注入其中的阳气，竟是反向逆冲回罗紫烟的少阳脉里。

“别慌！阳气注入，剑灵会本能地产生排斥，不要理会它，继续注入阳气。”

“是！”

更多的阳气被注入见采之中，来自剑上的抵抗，开始被阳气冲弱，剑上的颤意随之衰减。

只是，剑灵的反击仍是极为顽强，罗紫烟一刻也不敢大意。

不知过了多久，剑灵的反击终于消失了，阳气瞬间灌注满剑身，剑身散发出蒙蒙华光来。

“时机已到，动手！”

罗紫烟立即把更多的阳气送了出去。

“刷——”

见采骤然一震，一股巨大的剑力生成，从罗紫烟手中脱飞出去，在空中旋转一圈后，又停到她面前。

“沉！”罗紫烟意念一动，见采便应念下降，直落到她脚跟前。

罗紫烟望向丁引，见他点了点头，便不再犹豫，一脚踏上见采。见采剧烈地晃了晃，片刻后便又稳稳立定，稳如磐石。

罗紫烟放心了，另一只脚也踩上了见采。

片刻之后，罗紫烟才发出前行的命令。她小心翼翼控制着意念，见采也只是往前滑行数尺，但罗紫烟仍被一股大力甩得不由飞了出去。

“砰！”

罗紫烟吃力地一抬头，看到丁引来到眼前，正似笑非笑看着她。

“师父……”

丁引笑了，一把拉住她的手，将她扶起来，“已经很不错了，再接再厉吧！”

第十章 ｜ 居心叵测

此后十几日，罗紫烟潜心修炼，手三焦少阳脉的脉道日益坚固，而里头的阳气，则是一日少过一日。丁引说这是正常现象。因为阳气刚入体时，毕竟繁杂不纯，而修炼的目的不只是吸收它们，还要凝聚它们，从而为新的阳气吸收腾出空间。

而她御剑飞行的进境更加明显，虽然上下凝碧崖仍需要廉红药的接送，但罗紫烟已能低空缓慢飞半个时辰左右。

这天晚上，罗紫烟刚走进半峰楼，小卷毛就兴冲冲过来，低声道，“小烟，我有个惊人的发现。”

“关于司明的吗？”罗紫烟一个激灵，疲乏一扫而空。这些天，她天天都不忘叮嘱小卷毛要盯着血神子。但是，小卷毛却是毫无所获。

血神子看起来跟其他新入门弟子没两样。每天，他都是按时起床、吃饭、修炼。目前，他也在长老们的教导下修习六阳心法。不过，他的资质在所有弟子中极其不显眼。因为他的手三焦少阳脉，至今还没有多少进展。

但今晚，小卷毛却注意到，晚课结束后，血神子以勤加修炼为名，独自悄然离开半峰台。

“他去哪儿了？”

“到极阳宫外头，初胜峰以东十里外的一片山里。那家伙平时装弱，没人的时候飞得太快了，我没能追上他。”

“没事，这家伙看来开始要搞事了。明天继续盯着！”罗紫烟轻轻抚着小卷毛的背毛，“但要注意安全，情况不妙先保命要紧。”

“放心吧，我机灵得很！”

此后数晚，血神子都会在晚课之后偷溜出极阳宫。小卷毛暗中观察良久，发现他每晚都进入初胜峰以东十里外一座形似仙人掌的山峰中。

在那山峰西侧根部处，有个小小的洞口。血神子每次进去都是良久才出来。

小卷毛不敢跟过去，只能回来把情况告知罗紫烟。

罗紫烟决定亲自去看看。这晚，回到半峰楼前，目送廉红药驾花离开后，罗紫烟立即带着小卷毛，驾着见采直往天门道飞去。

夜下，天门道空无一人。这里出去就是万相迷仙阵，不用担心有人擅闯进来。而极阳宫已经有数百年没有邪魔敢来入侵。因此，极阳宫弟子进出很方便。

出了天门道，往初胜峰以东飞去，那里群山连绵，要不是事先小卷毛就锁定了目标，罗紫烟只怕一进山中就要迷路了。

没多久，目标就出现在前方。

绕着那座仙人掌状的山峰观察片刻，罗紫烟这才按剑往仙人掌峰西侧飞去。

少顷，那个隐秘的洞口便黑黝黝地出现在眼前。罗紫烟顿了下，示意小卷毛在外头等候。

“小烟，我也要进去。”

“不，你在外面盯着，要藏好！如果这是魔头的陷阱，我最终没能出来，你就把血魔的真面目告诉师父。那样，至少给司明一个痛快。”罗紫烟坚定地说道。

小卷毛迟疑了下，点了点头，转身飞去了，“小烟，如果你有什么事，我不会放过那个魔头的！”

罗紫烟长长地吐了口气，放慢剑光小心地向那山洞靠过去。

洞口越来越近，里头悄无声息的，却有一股寒意，迎面不断袭来。

罗紫烟的心揪紧起来。极阳宫及其周围乃天地间阳气最炽盛的地方之一。会出现如此寒意，只有一个解释，那就是血神子真的就在里头！

落到洞口边上后，罗紫烟收了剑，小心地钻进那逼仄的洞口。

洞内寒意远甚于外头，而且漆黑无光，罗紫烟小心翼翼摸索着，只觉手足所触之处，无不是滑腻腻的冰面。血神子又在这里做什么勾当？

沉吟之际，罗紫烟的手突然摸索到一个软绵绵的东西。她愣了下，刚要继续往上摸，耳边突然传来一声冷笑，“你总算来了，可等得我好苦。”

是血神子！

罗紫烟大惊，急忙抽身后退。耳边风声啸动，她的脊背却撞到一个怀抱里，血神子的声音又响起，“你那小鸟儿不是跟了我好多天吗？我以为你早该找到这里的。”

罗紫烟大惊，下意识一个提肘后击，但是身后却是一空，血神子又鬼魅般离去。

几乎同时，眼前一亮，洞壁两侧各亮起一道壁柱。火光映在四壁冰面上，化为千千万万个光点，交织出一片绚丽光芒。

罗紫烟定了定神，只见眼前是个冰封的洞室，血神子就站在对面，一脸笑意看着她。

罗紫烟心头寒意凛然，“你这是设局引诱我过来？”

“嘿嘿，谁叫我知道你很想见你的司明呢！”血神子淡然一笑，大步向罗紫烟走来。

罗紫烟缓缓后退着，见采已然出鞘，“你杀不了我的，司明不会允许的。”

“哈哈，你说得没错，所以我也没有这个打算。”血神子伸出手来，轻轻地弹开见采，“为了你的司明好，我们好好谈谈如何？”

罗紫烟愣了下，依言收了见采，咬牙道，“你又有什么阴谋？”

“你想不想每天都能见你的司明，跟他叙叙旧？”

罗紫烟死死盯着血神子，没有说话。

血神子从怀里掏出一颗晶莹剔透的小冰珠，滴溜溜地在掌心里转着，“知道这是什么吗？”

“什么？”

“天化虫。”

罗紫烟看着那花生米大小的冰珠，片刻才道，“它怎么变成这样了？”

“天化虫可大可小，变幻多端，这只是它沉眠的一个形态而已。”

罗紫烟愣了下，“沉眠？跟在天化村一样？”

“不大一样。在天化村它是自然沉眠，但在这里它却是不得不沉眠。”顿了下，血神子又道，“因为天化虫属阴，但这里阳气太强了，它只能以沉眠来抵抗。”

“我才不关心它的死活，你跟我说这个干吗？”

血神子直直盯着罗紫烟，半晌才道，“我想把它寄在你体内，让它安然度过这个难关。”

“什么？”罗紫烟冷笑连连，“你以为我疯了吗？”

“我是认真在跟你商量。”血神子顿了下，指着四周道，“这里阳气太强了，虽然我已经吸聚了不少阴气，但对于天化虫来说还是不够，如果再不给它找个安身之所，用不了多久，它就会消融掉。”

“那最好了，害人的东西早死早超生。”

血神子嘿嘿笑了一声，看着罗紫烟，“如果天化虫有事，你的司明绝对是要陪葬的。”

“你——”罗紫烟全身发颤，怒视着血神子。

“当然，如果你肯合作，我可以让你们每天晚上相见一个时辰——我的意思是，每天，我可以让司明重新掌控这具身体一个时辰。”

“嗯？”罗紫烟不由得心动了。

“我想，你一定有很多话要跟他说吧？”血神子笑了笑，一脸悠然地看着罗紫烟。

罗紫烟怒视着他，恨不得把这恶魔从司明身体里揪出来，丢到地上狠狠踩几脚。只是，司明在他手里，她怎么能不委曲求全？

“你为什么要这样做？”片刻之后，罗紫烟问道。

“很简单，因为你身体里的阴气，能够滋养天化虫，保障它性命无忧。”

罗紫烟冷笑道，“是吗？难道你不知道我是凤凰后裔，天生体质接近纯阳？”

“我当然知道了。但只要是个人，体内都会有阴气。你的体质只是接近纯阳，而不是纯阳之体。”

顿了下，血神子道，“我只要借助你体内那一点阴气，来滋养天化虫就行了。而且，你的阳休，还能掩盖它的存在。”

“恐怕根本原因，是后面这个吧？”

“找个人来寄养天化虫并不难，难在于怎么才不会被极阳宫那些人察觉到。”

罗紫烟直直地盯着血神子，“但你一定还有别的目的，对不对？”

“嘿嘿！”血神子笑了笑，“你赶快考虑下。”

“告诉我你的真正原因。”

“这是你能与司明相会的最好机会，过了这个村，就没有这个店了。”

罗紫烟没有回答，她盯着血神子，心中念头急转。血神子必定别有目的，否则他完全可以把天化虫弄到阴气丰盛之地，何必如此大费周章找自己合作……

洞内突然静得落针可闻，血神子迎着罗紫烟的目光，一脸从容，“现在不抓紧机会跟你的司明会面，以后说不定就没这个机会了。”

“好吧，不管你有什么诡计，我都接下就是。”罗紫烟咬了咬牙，终于下定决心了，“你要让这条寄生虫在我体内待多久？”

“不会多久的，时机到了我就会让它出来的。”

罗紫烟看着那天化虫冰珠，强忍着恶心，“行，但我要先见司明，确定他没事！”

“哈哈，没问题，你们马上就可以见面了。”血神子放声大笑，笑声到一半，脸上的神情倏然变了，由冷厉转柔和，一双眼睛使劲眨了眨，直直地盯着罗紫烟。

这个眼神，罗紫烟再熟悉不过了，她心头狂颤起来，猛地大叫着向对方冲去。

“司明！司明！你回来了！”

司明张开双臂，一把抱住罗紫烟，似乎生怕她逃掉一般抱得紧紧的，“我回来了，紫烟！紫烟你怎么能这么傻，跟魔鬼做交易呢？”

熟悉的声音，熟悉的语气，虽然带着哽咽，虽然是在责备，但对罗紫烟而言，却是世上最美妙的天籁了，她紧紧搂着司明的腰，声音也哽咽了，“司明，你都知道了？”

“我说不出话来，但发生的事情我都知道。紫烟，你没必要再这样下去，没用的。”

“谁说没用？你这家伙，我没有放弃，你怎么能失去信心呢？”罗紫烟抬起头，狠狠捶了下司明，“我不是进了极阳宫，还拜了宫主为师吗？你相信我，总有一天，我会把那个恶魔从你体内赶跑的。”

“哎！紫烟，我比你更了解他，他就是个旷世恶魔，就算极阳宫的人也未必能奈何得了他。你不用管我，自己回 21 世纪吧！”

“说什么蠢话！”罗紫烟打断司明的话，却又放缓口气，“我们先不说这些我不会同意的事了。我问你，你知道他到极阳宫想干什么吗？”

“我不知道，他的心思藏得很深。”司明指了指自己的心口，眨了眨眼。

罗紫烟知道他在提醒自己，血神子一定在暗中听两人交谈。但她也顾不得了，“那他有什么命门吗？”

司明摇摇头，茫然道，“我每天都被他压制着，除了大概知道外界发生了什么事，其他的什么也不知道。”

罗紫烟略感失望，深吸一口气道，“司明，你听我说，千万别气馁，我……又是你？”话说到一半，罗紫烟突然觉得不对劲，猛地推开司明，冷冷盯着对方。

司明那熟悉的眼神已经荡然无存，血神子又回来了。

“嘿嘿，今天的见面时间结束了，要想明天再见，咱先把事情定下来。”血神子说着，把那颗晶莹圆润的天化虫冰珠递了过来，“只要你接纳它，就可以和司明天天卿卿我我了。”

“什么？小烟你怎么能答应那个魔头呢？”回半峰楼的路上，罗紫烟把洞内发生的事跟小卷毛说了，小卷毛急得差点跳起来。

罗紫烟看着自己的右手，“我也知道这样很危险，但我别无选择。”

“我看小烟你是太想跟司明说话了吧？那个魔头知道这点，所以才会这样拿捏你。”

罗紫烟看着小卷毛，无言以对，这确实是她内心隐秘的渴望。

“那个天化虫真的就钻进这里吗？它不会像那个魔头控制司明一样控制你吧？”小卷毛跳到罗紫烟右手掌，急切地看着上面。

“放心吧，它就在手少阴脉里。我试过几次，只要我用阳脉里的阳气攻入阴脉之中，它就会受不了自己跑出来的。这也是我答应让它寄存的原因。”

“可是，它不会潜伏一阵，然后从里头吃掉你吧？”小卷毛着急道。

“应该不会，我是近纯阳之体，不是它的菜才对。”罗紫烟一捏右拳，眼里闪着决然之色，“其实，我肯答应这么离谱的条件，是因为我突然想到一个对付那魔头的办法。”

小卷毛愣了下，“什么办法？”

次日深夜，到了约定的时间，罗紫烟再次来到那座仙人掌峰下。

血神子早就等在寒冰洞里。他在洞内点了十几根蜡烛，烛火映着冰面，编织出光影交错的美景。

罗紫烟竖起右掌，“快让我见司明，不然我把那虫子赶出来！”

“别急别急！说好的每天一个时辰，我自然会言出必行的。”血神子笑了笑，“你看，洞房布置得不错吧，祝你们愉快。”

阴阴一笑，血神子的神色敛去了，温柔的目光随即出现，柔情款款地看着罗紫烟。

司明的元神又掌控了身体！罗紫烟心头一颤，二话不说就扑入他的怀里。

司明轻轻地抚着罗紫烟的后背，叹了口气，“紫烟，你怎么这么傻呢？你怎么这么傻呢？”

“我不傻！我要是什么都不做那才是傻呢！你的元神感觉怎么样？”

“我没事，自从到了极阳宫后，那个魔头生怕被别人发觉，都不敢用他那魔功来炼化我，我只是被压制住而已。”

“那就好。”罗紫烟松了口气，“司明，你就当这是一场擂台赛，就算你的对手是个魔鬼，你也要像以前那样，不放过任何一个机会，跟他放手一搏，知道吗？”

司明默然片刻，突然笑着刮了一下罗紫烟的鼻梁，“没错，有小烟观战，我怎么会输呢？”

“这次我不只会观战，还会替你做好各种后勤保障工作。”

“我就知道，小烟肯定是想到什么办法了，快说，我全力配合。”

看着司明的眼里又有了熟悉的自信，罗紫烟大喜，紧紧攥住他的手，“你听好了，现在我们每天相聚的这一个时辰，你要当个好学生，我要当个好老师。”

“嗯？小烟要教我什么？”

“就是我刚学的六阳心法，它可以增强你的阳气，对抗那个阴寒的魔头。”

司明迟疑了，“可那魔头一定知道你的计划……”

“知道又如何？他要是不让我见你，我就把天化虫从体内逼出来，到时候看谁的损失大！”罗紫烟哼了一声，又摆摆手道，“咱先别管他怎么样，我们马上开始就是。”

司明挠挠头，突然笑了，“我这散打高手，看来是要变成修仙高手了。”

罗紫烟也不多言，当下把六阳心法第一重的秘诀与方法倾囊相授。

司明虽然是学武出身，但这些上古仙术秘诀，对他来说，理解起来还是困难重重。

罗紫烟没有丁引的高深造诣，只有不厌其烦地解释，希望司明能多理解一点是一点。

一个时辰眼看就要过去，司明对六阳心法也仅有个大致的理解，这令他有些沮丧，“小烟，是不是我太笨了……”

罗紫烟急忙捂住他的嘴巴，“别说丧气话，这可是目前修仙界最强也是最难的内门心法，你要是一个时辰就弄懂了，那才有鬼呢！振作点！”

司明点点头，“我知道……”

话未说完，他的脸上突然露出一抹戏谑的笑意，声音也变得生冷起来，“原来你还藏有这个心思，那你们可得抓紧点才行哦。”

“哼，你回得可真快！”罗紫烟厌恶地推开血神子，恶狠狠地看着他，“总有一天，会如你所愿的。”

话罢，她掉头大步往外走。

“哈哈！”

血神子狞厉的笑声不断从身后传来，罗紫烟飞出一里外，声音仍是清晰可闻。

“哼，笑吧笑吧，总有一天你会笑不出来的！”

时光荏苒，三个多月，似乎也就是弹指间的事。

这段时间，是罗紫烟穿越以来最安稳的日子。她每天的生活基本一模一样，白天到云上殿修炼，晚上到寒冰洞里教司明修炼。

她的修为一直都在突飞猛进，加上丁引又顶着宫中怨声，聚集九凝鼎的阳气为她冲炼几次脉道，凝化内中的阳气，如今她的手三焦少阳脉，不但淬脉大成，而且还轻松掌握了“用脉”之道，能够心随意动，将少阳脉里的阳气变成阳劲。

以六阳心法为基，御剑术跟着长进不少。如今罗紫烟御剑飞行的能力，已经不亚于宫中一些入门数年的弟子，不用廉红药，她也能自如地上下凝碧崖。

别说一般弟子，就是廉红药也不得不对罗紫烟刮目相看。

不过，这样的神速却无法让罗紫烟高兴起来。她发现自己先前太天真了，司明的资质远不如她，每天又只有一个时辰能修炼，经过近百日的修炼，也只是在拓脉上有点进步而已。

以这样的速度，他的元神别说对抗血神子，就是抵御血神子侵蚀都是个问题。

但是，能有什么办法呢？

这晚，罗紫烟再到寒冰洞时，血神子没有像以往那样，立刻让出身体，而是若有所思地打量着她。

“你干什么？快让司明出来！我一分钟也不想见到你！”罗紫烟被他看得心头犯恶，不耐烦地说道。

血神子嘿嘿一笑，“我在想，你不着急吗？”

“着急什么？”

“嘿嘿，着急司明的修为啊。照这个速度下去，下辈子他也修不成六阳心法第一重。”

“你这是什么意思？”罗紫烟怒瞪着血神子。要不是这副躯体是司明的，她早一巴掌盖过去。

血神子嘿嘿一笑，“别生气，我只是想帮你们而已？”

“哼，你要想帮我们，母猪都会上树。”

“哈哈，我只是觉得这样赢你们也没什么意思。你要不领情，那就慢慢修炼吧。看一百年过去，司明能不能修炼到六阳心法第二重。”

“你——”罗紫烟心头火起，但是念头一转，却又放缓了口气，“好！你说，我怎么可以让司明提升修炼速度？”

“哈哈，这个答案就在你身上。”

罗紫烟愣了下，“我？”

“对啊，你为什么在修炼中能一骑绝尘，别人却只能蜗牛漫步呢？”

罗紫烟呆了呆，半晌才道，“因为……师父集中了所有阳气，为我拓脉？”

“哈，你倒是挺有自知之明的。”

罗紫烟冷冷道，“你的意思是，我也要请师父为司明拓脉？”

血神子嘿嘿一笑，“那样的话，我只能选择和司明同归于尽了。”

“那你说个屁，我又不懂得操控那九凝鼎。就算会，又如何能不让人发觉？”

“哈哈，你不会我会。”血神子淡然一笑，看着罗紫烟，“不让人发觉很简单，凝碧崖没有许可，谁也不敢上去，只要丁引和他的那个跟屁虫廉红药不在，晚上去操控九凝鼎，就没有人会发觉阳气出现变化的。”

“你的意思是，你愿意帮我们？”

看着罗紫烟的一脸狐疑，血神子哈哈大笑，“其实，我是为了自己。”

“哦？”

“再过三个月，便是新入门弟子的首次大考。目前，我在所有弟子中，修行垫底。如果到时候还不能有所突破，很可能就会被逐出门墙。”

“你到极阳宫本就没有什么好心思，把你逐出才好。”

“嘿嘿，我要是被赶走了，你这辈子估计再也见不到你的司明了。”

“你——”罗紫烟恨不得一拳打出去，但想了想，却是冷笑一声，“我还纳闷呢，你这种大魔头，挨过九阳窟地火都没有问题，修行上又怎么会落后呢？难道你是故意藏拙？”

“这你就误会我了。有道是，隔行如隔山，隔法如隔界。我这修阴之门，与极阳宫的修阳之道，本就水火不容，你们修炼难一百倍的，到我这里就是一千一万倍了。”

这话似乎有点道理，但罗紫烟总觉得哪里不对，她冷冷道，“既然如此，那你又怎么操控得了天上那个大太阳——九凝鼎呢？”

血神子大笑起来，“哈，你对九凝鼎知道多少？”

罗紫烟摇摇头，“我只知道，它就是天上那个大太阳。”

“那我再多告诉你一点，九凝鼎是天地之间最强的仙器，它可以吸纳阴阳二气，并且化用它们。”顿了下，血神子又道，“只要是能吸收阴气的东西，我要操控它就不难。”

罗紫烟脑中灵光一闪，直直盯着血神子，“你来极阳宫，不会是想偷九凝鼎吧？”

血神子嘿嘿一笑，“哈，你如果了解九凝鼎在极阳宫中的状态，就不会这样想了。”

“什么状态？”

血神子一摊手，“现在这样空谈，说再多你也不会明白的，只要亲眼见到它的样子，我不说你也会懂的。”

“我不会再上你的当。”

“那随便吧，反正最坏不过是我被赶出极阳宫，以后我们不再见面而已。”

又是赤裸裸的威胁！

罗紫烟的肺瞬间快气炸了，她怒视着血神子，血神子却是满不在乎地说道，“那就不要废话了，我让司明出来见你吧。”

下一秒，血神子的眼神就消失了，变成司明那熟悉的目光。

“小烟，刚才的话我都听到了，你做得好。”司明一把拉住罗紫烟的手，“这个魔头诡计多端，千万别被他牵着鼻子走。”

罗紫烟点点头，“我知道的，司明，我们抓紧时间吧。”

一个时辰，对罗紫烟和司明来说都太短了，司明还没把昨日的功课复习完毕，时间就没了。

看着司明那熟悉的眼神逐渐被血神子阴鸷的目光代替，罗紫烟心头又是火燎火急的。

“哈哈，别失望。多点耐心，多点时间，说不定真能心想事成呢。”血神子大笑一声，对罗紫烟做了个请的动作。

“哼！”罗紫烟一甩脸，转身大步走了。

小卷毛正在洞外一株老树上等罗紫烟，看到见采像一道光芒闪过，它立即迎面飞来，落到罗紫烟肩头上，好奇地看着她。

“小烟，发生什么事了，看你一脸晦气的样子。”

罗紫烟回过神来，“小卷毛，回去你得替我做一件事。”

“什么事？尽管说！”

“设法打听下九凝鼎是什么东西，有什么用处，在极阳宫是干什么的。反正，只要跟九凝鼎有关的，你都给我打听下来。”

“好嘞！”

宫中人多嘴杂，小卷毛只用一天的时间，就得到不少关于九凝鼎的信息。

血神子说得没错，九凝鼎确实是修仙界最强的圣器，也是唯一一个能同时吸收和炼化阴阳二气的仙家重宝，是仙魔两道都梦寐以求的法器。

大约在八九百年前，九凝鼎正式落入极阳宫手里，从那之后，它就没有再离开过。

而极阳宫也因此，从普通修仙门，一跃成为修仙界首宗。

九凝鼎对于极阳宫弟子的修炼贡献极大。在九凝鼎到来之前，极阳宫人获取阳气，只能靠九阳窟。

但自从九凝鼎被放到天上后，它开始吸收太阳光，再炼化为阳气分发出去，供宫中每个弟子随时随地修炼之用。

极阳宫弟子本都是天纵奇才，又有九凝鼎这个修炼帮助，因此个个修为远超外头的修仙宗门。这让极阳宫的实力，一直以来都是冠绝修仙界。

“九凝鼎这么厉害，就没有人打它的主意吗？”罗紫烟念头一转，问道。

小卷毛点点头，“当然有了，听说前后有不少厉害的魔头想染指于它，不过没人成功，还都被九凝鼎给轰得元神俱灭。”

罗紫烟来了兴趣，“哦？为什么？”

“听说啊，九凝鼎跟极阳宫的地气天生契合，而且跟整个极阳宫的护持仙阵融为一体，任何人想动它，就会遭到所有仙阵的同时反噬。别说偷走九凝鼎了，就是想逃命都难了。”

“我明白了，也就是说不管谁想偷走九凝鼎都是不可能的？”

“绝无可能！听人说，就算是丁引想带走九凝鼎，也是不可能的。因为九凝鼎自身所蓄积的阳气太宏大了，加上与护持仙阵有着千丝万缕的关系，丁引也没那个力量去移它。”

“那就好！那就好！”罗紫烟喃喃说道。

小卷毛却好奇地问，“小烟，你问这个干什么？”

罗紫烟迟疑了下，还是把血神子的话告诉它了。小卷毛摆摆翅膀，“我看血神子不会脑筋抽到想去动九凝鼎的。”

罗紫烟沉思道，“那他想干什么呢？”

“这个我也猜不出来。但咱只要不理会他，就不会上他的当了。”

罗紫烟想了想，摇摇头道，“怕着他，防着他也不是办法。”

"小烟，你不会要答应他吧？"

罗紫烟咬了咬牙，道，"进攻是最好的防守，试试看，说不定能帮司明一把呢！"

次日晚，一到那座寒冰洞，罗紫烟劈头盖脸就问道，"你准备什么时候开始？"

"什么什么时候开始？"血神子淡淡地问道。

罗紫烟哼了一声，"你少装蒜，你不是说要用九凝鼎为司明——也为你拓脉吗？"

血神子笑了，"哦？难道你改变主意了？"

"说吧，你要怎么做，需要我怎么帮你？"罗紫烟实在不想跟血神子多浪费口舌。

血神子笑了笑，"很简单，等丁引和廉红药都不在的时候，你带我上凝碧崖就行了。"

"就这样？"

"对！"

罗紫烟狐疑地看着血神子，"以你的能力要上凝碧崖不难吧？为什么一定要我带？"

"哈，你当极阳宫真是吃素的吗？如果我自己去闯，别说到凝碧崖，就算是靠近云上台，也容易被人发现。"

原来，极阳宫内外，密布着各种护持仙阵。这些阵法构筑起一道道防线，既严防外魔入侵，也防止低阶弟子乱闯禁地。

血神子如果只在仙阵稀疏的初胜峰一带活动，倒也不会引人注意。但要进入重重仙阵设防的接天峰周遭，那难免要让人发现问题。

"那你要我怎么做？"

血神子阴阴一笑，"我好像看到你那只小鸟儿脚上戴着一道通行符，可以畅通整个极阳宫。是丁引给它的吧？"

"你倒是挺关心它的嘛！"罗紫烟口中冷笑，心中却是寒意阵阵。这厮居然连小卷毛脚上这个细节都关注到！

血神子嘿嘿一笑，"你那小鸟儿不是在外头候着吗，让它把通行符借我一用，如何？"

小卷毛一进洞，就是全身毛发倒竖，对血神子破口大骂。

血神子却也不恼，只是拈指在它的脚跟上轻轻弹了下。

"你干什么？这是宫主给我的，没人取得下来的。"小卷毛刚大叫，一道吉光突然像是晶莹剔透的羽毛，从它脚上飞了起来，飘在空中。

血神子伸出食指，那吉光就化为绕指柔，戒指般缠绕在上面。

小卷毛呆了呆，突然急了，“你想干什么？那是我的！”

“没什么，我只是想证明丁引小儿的东西，我戴着也挺合适的。”血神子笑了笑，食指一弹，那道光状的通行符，瞬间又回到小卷毛脚上。

“这枚通行符现在还用不着。”血神子回头望向罗紫烟，“我们先来制定行动计划吧。”

罗紫烟哼了一声，“我还不知道师父和廉红药什么时候会不在……”

“后天晚上，晚课结束后，我到半峰楼里等你。”

罗紫烟愣了下，“可后天晚上，万一师父他……”

血神子嘿嘿笑了起来，“丁引和廉红药那边，我自有安排。你不用操心太多，好好跟你的夫君相会吧。”

司明极力反对罗紫烟带血神子上凝碧崖，但罗紫烟却是心坚如铁，只要司明有一线希望，就算是天大的险，她也要一试。

不过，直到次日傍晚时分，罗紫烟才明白血神子为什么对自己的计划那么有自信。

当时，丁引正在教罗紫烟如何用脉，把脉内的阳气最大化地转化成阳劲，廉红药突然匆匆过来，低声对他说了句什么。

丁引脸色当即一变，“确定？”

廉红药点点头，道，“白谷逸传来的消息，应当确定无误。宫主，看来你有必要去一趟。”

罗紫烟看得莫名，但隐约觉得可能与血神子有关。

丁引沉思片刻后，突然道，“紫烟！”

罗紫烟忙躬身道，“师父有何吩咐？”

“白谷逸那边传来消息，他们总算在极阳宫以东两千里处，发现了数只黑凤凰的踪迹，只怕后面还能发现更多，我必须亲自去一趟。”

难道是血神子在捣鬼？罗紫烟愣了下，问道，“数只黑凤凰？”

“没错！”丁引眉头紧皱，“看来，我一直担心的事还是发生了，凤凰谷里消失的其他凤凰，也被魔化了。”

“一只黑凤凰都如此可怕，数只黑凤凰，那岂不是……”

倘若这些黑凤凰是因血神子而魔化，还受血神子操控，那血神子远比想象的可怕多了。

丁引眉头皱了皱，旋即笑了，“无妨，一起出现，就一起解决掉，倒是省事多了。”顿了下，他又看着罗紫烟，“这几天，我得和廉长老出去一趟，你只能自行修炼了。”

罗紫烟心头发寒，还是点头道，“弟子明白！”

丁引和廉红药一刻也不耽搁，立即启程。

罗紫烟继续留在凝碧崖修炼，却是心浮气躁，只盼晚课时间能早点结束。

好不容易到了晚课结束的时间，罗紫烟立即驾剑回半峰楼。

楼内，血神子淡然坐在里头，小卷毛则是远远落在这个不速之客对面的屋梁上，警惕地盯着他。

一人一鸟，就这样大眼瞪小眼，偌大的半峰楼内，寂静无声。

听到罗紫烟的足音，血神子哈哈笑了起来，“你再不回来，你这小鸟儿胆子估计要吓破了。”

“浑蛋，谁说我怕了？我只是不屑跟你这种魔头为伍而已，免得脏了我的翎羽。”

血神子嘿嘿一笑，不以为意。罗紫烟走到他面前，冷冷看着他，“凤凰谷里那些被魔化的凤凰，是你的手笔吧？”

“什么？是他干的？”小卷毛飞了过来，怒视着血神子，“是你吗？”

血神子愣了下，旋即嘿嘿一笑，“这好像跟我们今晚的主旨无关吧？”

“不可能，这家伙虽然厉害，但也不可能让那么多凤凰一起魔化吧？”小卷毛摇摇头，实在难以置信。

血神子只是微笑，不作声。

“师父说过，黑凤凰若出现，就是量劫降临的前兆，而血魔就是量劫的化身！”罗紫烟死死盯着血神子，“会出现这种现象，根本原因就是血魔降临经常会把凤凰魔化，对不对？”

“你把凤凰们怎么样了？快放过它们！”

小卷毛大急，飞到血神子面前叫着，却被血神子闪电般一探手，将它扣在手里。

“啊！”

“小卷毛！”罗紫烟大急，飞扑了过去。血神子却是轻轻一拂袖，将她挡住了，“别慌，我不会伤了它的。”

说着，他掂指在小卷毛脚上轻弹一下，那枚通行符便飞到他手上，缠绕于指尖。

“不管凤凰谷发生什么事，都与你们无关，你们也做不了什么。”血神子手一松，放开了小卷毛，起身走到罗紫烟面前，笑道，“不如我们做点力所能及的，如何？”

“你……”罗紫烟咬了咬牙，还是点点头。

“哈哈，那我们走吧。”

罗紫烟哼了一声，见采已飞起，虚悬于空中。她跳上去后，血神子跟着也上去了，右手顺势一伸，向罗紫烟腰间揽来。罗紫烟却是警觉地伸手挡住了，“干什么！”

小卷毛也是愤怒地拍翅，嘴巴张得老大，口里吐出一股焰火，“别占小烟的便宜，不然我烧死你！”

血神子笑着抽开手，“这可是你情郎的手。”

“你是谁，我比谁都清楚。”罗紫烟冷冷地回头瞪了血神子一眼，“我知道你这样，是要防着我暗算你。收起你那点小人之心吧。”

“哈哈，那我们可是说好了，要精诚合作。”

笑声里，罗紫烟一驱见采，疾出半峰楼，向接天峰方向劲射而去。

剑光在夜色之中，破开一条幽深无际的甬道，两侧不断有绚烂流光迎面飞来，又一闪而过。

罗紫烟往返九离殿不下百次，但第一次乘夜高飞，眼前景象让她惊艳而又惊奇。

“看吧，这些光芒都是从护持仙阵中发出的，要不是因为你的见采和我的通行符，它们早就把我们撕碎了。”血神子的声音从身后飘来。

罗紫烟回过神来，不解道，“我白天上来，看起来不是这样的。”

“白天宫中到处是人，谁敢前来送死？这种护持阵法，一般都是到夜深人静的时候，才会完全开启的。”

罗紫烟冷冷道，“看来你预谋很久了，什么都摸透了。”

“嘿嘿。”血神子笑了笑，神色骤然一紧，“我们得快点，别被人发现了。”

罗紫烟立即一催少阳脉里的阳气，见采光芒暴涨，没多久便跃上了凝碧崖，停在九离殿外。

“接下来要怎么做？”

血神子没有回答，而是跳下见采，环顾着四周，神情又悲又喜。

罗紫烟看着他，冷冷道，“你又在琢磨什么鬼主意？”

血神子回过神来，淡淡道，“没什么，不过是缅怀往事，有些感慨而已。”

“你原来到过这里？还是回想起你被极阳宫封印的事？”罗紫烟好奇道。

血神子嘿嘿一笑，“上一次我被封印的时候，极阳宫还是籍籍无名，不过开创极阳宫的那些家伙，倒是跟我渊源极深。可惜，兵解的兵解，羽化的羽化，就剩丁引这种小辈在撑门面了。”

原来，论辈分血魔还在丁引之上，他与极阳宫的纠葛，也只是在极阳宫开创者之间……罗紫烟心中吃惊不小。

“如果不是后来侥幸得到九凝鼎，极阳宫又岂有今日？”血神子抬头看着空中那轮只剩模糊轮廓的大太阳。

“我对你们的恩怨没兴趣，我们是不是该做正事了？”

血神子微微一笑，指着空中的大太阳，“没错，照我说的，飞剑去刺那九凝鼎中心。”

“嗯？干什么？”

“九凝鼎四周必定埋伏着至强的仙阵结界，贸然上去必死无疑。”血神子顿了顿，“如果我猜得没错，它中间那个地方是个阵眼，击中了就可以安然进去。”

罗紫烟半信半疑，“那你为什么不做？”

“我乃修阴功体，一个不好就会在仙阵里留下阴气，容易被丁引小儿察觉。你就不同了，即便失手仙阵也不会有什么异常的。”

“就你鬼话连篇。”罗紫烟冷冷说着，却不动手，她总觉得血神子此举令人不安。

血神子似乎看出她的心思，冷笑道，“看来，你不想管司明的死活了。也行，那我们回去吧，也该睡觉了。”

“那你听好了，如果你胆敢搞鬼，我就把天化虫从少阴脉里赶出来。”

“我这都是为了司明好，不相信就算了。”

罗紫烟哼了一声，默念剑诀，见采立即应声出鞘，化为一抹流光冲天而起，片刻才准确地击中那九凝鼎中点。

“咔嚓！”

虚空之中，突然响起一声闷响，紧接着九凝鼎之下的虚空里，道道流光生起，在空中交错相融，眨眼间便化为一级级阶梯，彼此相衔成一条通天金梯，斜挂在漠漠夜空之中，似真似幻，虚实不定。

“这是……”罗紫烟下意识地往凝碧崖下看了一眼，四野白云封绕，山下如有人未睡，应该也看不透这接天峰之巅的异常吧。

血神子看出她的担忧，笑了笑，“放心吧，这上面结界层层，我们就算闹翻天，底下的人也未必知道。阵眼已开，走吧。”

话落，他已大步踏上那金色天梯。看着他那得意的背影，罗紫烟越发感到不安了。

但箭在弦上不得不发，她也只能跟了上去。

那一级级金阶，乍看像无根之木，但踩下去却坚如实地。罗紫烟走了几步，不由得往下看。只见九离殿就位于接天峰最高处，如今这天梯又在接天峰之上，颇有登天之感。

好一会儿，他们才走到金色天梯的尽头，只见上面有个金光凝聚的小平台，虚悬于空中。

台上，立着一座半米见方的三足鼎，形制古朴，发着浅淡的吉光。如果不是亲眼所见，罗紫烟实在无法将它跟那轮耀眼大太阳对等起来。

“它怎么看起来好像一点儿阳气都没有？”罗紫烟看了血神子一眼，手却是按在见采上，如果血神子有出手抢的意思，就立即阻止他，

血神子环绕着九凝鼎，两只眼里闪着熠熠光芒，淡淡道，“现在是子时，正是阳气最弱的时候，再过半个时辰，阳气转强，它的阳火就会逐渐炽盛起来。”

“你倒是会挑时间！”

“嘿嘿！”血神子淡淡一笑，回头看着罗紫烟，“你过来一下。”

“干什么？”罗紫烟警惕地道。

“我的阳脉没有开，需要你帮我激发它的阳气。”

罗紫烟皱眉看着血神子，“我？”

“没错，就是你。”血神子点点头，“你先催动手三焦少阳脉里的阳气，化为阳劲打在九凝鼎上面，引导鼎内的阳气进入我的三焦少阳脉。这样，我，不，司明的少阳脉就可以拓开了。”

罗紫烟没有动，冷冷盯着血神子，“你在骗我？”

“哈哈，此时此地此情此景，我需要骗你吗？”血神子大笑一声，双手先放到九凝鼎一侧，冷冷望着罗紫烟，“司明能否有足够的阳气与我对抗，就看你肯不肯出手。”

“你真卑鄙！”罗紫烟骂了一句，还是走到血神子对面，把双手放到九凝鼎上，“你等着司明来收拾你吧！”

血神子淡淡一笑，“我乐意给晚生后辈们制造机会。”

罗紫烟厌恶地哼了一声，双臂的手三焦少阳脉同时催出一股阳劲来。这三个月来，在丁引的指点下，她已经能够较为熟练地发出阳劲了。

阳劲一催九凝鼎，鼎上立即泛起一抹殷红。这股红迅速蔓延开来，眨眼间，罗紫烟和血神子身上都被映得红彤彤一片。

与此同时，九凝鼎内涌起一股雄浑如潮的阳气，在其中奔腾如雷。

“来吧！”血神子冲着罗紫烟大叫一声，双眼闪着疯狂的光芒。

罗紫烟一咬牙，催动这股阳气，朝着血神子方向冲去。

“轰！”

宏大的阳气奔腾而出，双掌抵在鼎身上的血神子首当其冲，闷哼一声往后倒摔出去！

但他马上一跃而起，只是嘴角已是见红了。

“你到底在搞什么？”看到司明身体受伤，罗紫烟急怒，刚要收手去看个究竟，右掌掌心突然一阵抽搐，一股透骨寒意从中传来。

罗紫烟本能地一抽手，发现掌心间有团小小的发光物事正透过皮肤往外渗。

是一颗晶莹剔透的小冰珠！是天化虫沉眠后所化的小冰珠！

不等罗紫烟反应过来，它眨眼之间便射入九凝鼎中，随即消失得无影无踪。仿佛一颗水珠靠近了火焰，突然被蒸发掉似的。

“这是怎么回事？”罗紫烟惊异地看着自己的双掌，又怒视着血神子，“刚才天化虫怎么回事？你在搞什么鬼？”

血神子大步过来，拍了拍九凝鼎，“你误会我了，我其实是想替你解脱而已。”

“解脱？”

“天化虫沉眠够久了，随时会醒过来。如果还在你体内放着，它会借着你体内的阴气滋养，逐渐侵蚀你的阳体，破坏你的修炼。”

血神子顿了下，笑了笑，“我想来想去，如果把它寄养在九凝鼎里，对你就不会有这个危害了。而且，你也不会再拿它来威胁我，对你对我，都有好处。”

“少胡说了，你真正的目的，就是要把天化虫投入九凝鼎，对不对？”罗紫烟死死盯着血神子，心中又怒又悔。就算是瞎子也看得出来，刚才发生的一切，分明是血神子利用她的牵引，把鼎内的阳气送出去，好让天化虫趁机进入鼎内。

她再一次上了这个恶魔的当。

“不过是暂时寄养而已。你想，天化虫乃至阴之虫，在这至阳之鼎内，能待多久？”血神子淡淡道，“过一段时间，我自然会将它取出来的。”

罗紫烟哪里会相信他的鬼话，咬牙道，“如你所说，你放天化虫到鼎内，岂不是害死它了？你到底想干什么？”

血神子嘿嘿一笑，“九凝鼎阴阳并蓄，天化虫到里头，应该暂时能找到一点存身之处的。”

“所以，你根本不是想来拓脉的？”

血神子一拍脑袋，“哎哟！我突然想到一个严重的问题。如果我真拓脉了，阳气入体，元神势必受损，届时司明难免也要遭到池鱼之殃。”

顿了下，血神子看着罗紫烟，“这种情况，你也不想看到吧？”

“你……”

“算了，不拓脉了。不过此行也不是全无收获，至少你卸下一副重担了。回去睡觉吧。”血神子打个哈欠，沿着金阶大步往下走去。

“小烟，上面到底发生了什么事，让你变成这样子！你别吓我啊！”

回到半峰楼后，罗紫烟跌坐在地上，足足发了半个时辰的呆，急得小卷毛团团转。

片刻，罗紫烟终于回过神来，她看着小卷毛那两颗满是焦急的小眼珠，不由得长长叹了口气，把那枚通行符系回它的脚上，“小卷毛，我好像闯大祸了。”

接着，她把九凝鼎上发生的事说了。

“可恶的东西！”小卷毛听得几乎要炸毛了，“我就说那魔头准没安好心。”

“我一直想不明白，他不是该设法拿回他的血杀才对吗？为什么处心积虑要把天化虫放进九凝鼎里，到底想干什么？”

小卷毛疑惑地摇摇头，“我也奇怪呢，那东西到九凝鼎不会被化掉吗？”

“按那魔头的话应该不会，天化虫还可以在里面过得很滋润。”

小卷毛侧着头想了想，“我觉得，他应该有更大的图谋在后头。”

罗紫烟咬牙道，“我也这样觉得，要不是怕司明跟着倒霉，我真想马上把这事儿告诉师父！”

小卷毛摇了摇头，“那样的话，宫主的反应会是什么样，我们谁也没有把握，说不定还会治小烟的罪呢。”

罗紫烟默然不语。

“反正现在也没什么事。我们静观其变，要真有什么事发生，再告诉宫主也不迟。”

罗紫烟想了想，点点头道，“只能这样了，接下来，你盯紧他一点。”

次日，太阳照常升起，二日依旧并行极阳宫上空。

两天后，丁引和廉红药也回来了。正如罗紫烟预料的那样，他们只是白跑一趟，那群黑凤凰惊鸿一现后，又如人间蒸发一般，再无消息。

此后，极阳宫的日子，又是风平浪静，眨眼间两个月又过去了。

这段时间，白谷逸等人依旧在外头寻找黑凤凰，而血神子则是变得安分异常。他白日里勤奋修炼，晚上则是雷打不动地给罗紫烟和司明提供约会时间，有时候甚至会破例给两个时辰。

对于那晚九凝鼎上发生的事，他只字不提，似乎从没发生过一般。

这一切，本该让罗紫烟高悬的心慢慢放下来的，但不知为何，她心中的不安却是与日俱增。

更让她不安的是，无论怎么努力，司明的六阳心法进境都是蜗牛漫步，始终无法拓脉成功。她怀疑这不是司明的悟性问题，而是血神子暗中有意压制。

因为，血神子自己说过，阳气入体对他可没有什么好处。

既然司明无法从内突破血神子的禁锢，罗紫烟只能逼自己更加废寝忘食地修炼。

有凝碧崖充沛的纯阳之境，加上万界仙宗丁引的悉心指点，罗紫烟的六阳心法第一重的进境，轻松甩了所有新入门弟子几条街，很快就如期达到圆满之境，双臂的手三焦少阳脉里，积郁着的阳气似乎无穷无尽。

这不但增强了罗紫烟的凤凰力，也使得她的御剑术更快更强。

丁引对此非常满意，开始着手教罗紫烟修炼外门功法。

极阳宫的外门功法，以六阳心法为基，分拳掌、仙器、驭气、驱物等九大类，分支仙法更多。经过层层甄选，丁引决定让罗紫烟修炼“开阳斩”。

这门功法隶属九大法门中的“仙器”门，与御剑术原理相近，都是以阳脉里的阳气来驱化出阳劲，继而加之于仙剑之上，从而发出至强威力。

不同之处在于，御剑术以飞为主，攻击只是辅助之用。而开阳斩，则是纯粹的进击之道。

罗紫烟刚一修炼，便是进境飞速，在雄浑的阳气驱使下的见采，首次飞出去就把数丈外的一块大石头削掉一角。

不过，丁引却不甚满意。因为罗紫烟出剑虽利，却远远不够沉猛。而“开阳斩”的要义，就是以大拙成大巧，以招沉来破力巧。

因此，丁引让罗紫烟先不急着飞剑攻击，而是每日老老实实双手握剑，一板一眼地比画着剑招。

这种修炼方式枯燥无趣，不过，修炼久了，好处也是显而易见。罗紫烟能清楚地感觉到，只要她一接触到见采，手三焦少阳脉里的阳气就会自然而然流入剑中，与其中的剑灵交融，化为雄浑的剑劲。

而她只要挥剑，少阳脉里的阳气，就会与剑气相互激荡，进而交融，激发出奇强的威力来。

只用半个月时间，罗紫烟就做到了，一剑轻出，大石应声斩落。

虽然这只是开阳斩最基本的威力，出招时也笨拙难看，丁引却是很满意，因为这才符合开阳斩沉、猛、重的精义。

第十一章 | 极阳生劫

转眼间，离新入门弟子首次大考只剩半个月。

这次大考，将考察新入门弟子半年来的修为，嘉勉先进，激励后进，找出各个弟子的不足，对症下药，从而迎接年底的考核大典。

而年底考核大典，将决定各级弟子是修炼新功法，还是继续原来的功法。如果悟性实在是差，屡教而无功的弟子，甚至会被逐出门墙。

因此，每年的年底考核大典，对所有弟子来说都是个坎，有人甚至开玩笑说，这是极阳宫弟子们的“量劫”。就算罗紫烟是宫主首徒，依律也要参加年底考核大典。

“以你现在的修为，就算马上参加年底考核大典，也是可以顺利通过的。但是，我对你的要求不止于此。”这天，罗紫烟刚上凝碧崖，丁引劈头盖脸就说道。

罗紫烟愣了下，旋即颔首道，“师父尽管吩咐。”

“我多次动用九凝鼎为你拓脉和淬脉，别说白谷逸他们，就是宫中不少弟子也暗中感到不平。我希望你不管是在入门半年考核还是年底大典上，都要能以实力堵住他们的嘴。”

罗紫烟明白了，朗声道，“是！我会让大家看到，师父的选择是对的。”

丁引露出一丝笑意，满意地点点头，“我一直倡议，极阳宫要扶强不扶弱，谁强就照顾谁，而不是人人雨露均沾，那只会造成人人平庸。但很多伪君子，却认为我这是不仁之念。”

看着罗紫烟，丁引眼中突然多了几分光芒，“我倾注这么多心血在你身上，除了希望能多个高徒，也希望能树立个典范，来证明我是对的。为师此念能否服众，就看你了。”

“弟子定不辜负师父厚望。”

“很好，接下来，你要开始修炼六阳心法第二重，把其他人甩得更远一点。”

罗紫烟精神一振，喜道，“我可以进入第二重了？”

丁引点了点头，笑道，“对，就现在！”

六阳心法第二重，修炼方法与第一重大同小异，也是拓脉、淬脉和用脉三步走。

不同之处在于，第二重修炼的是手太阳小肠经。这道主脉起于小指之端，循手外侧上腕，出踝中，直上循臂骨下廉，出肘内侧两骨之间，上循臑外后廉。出肩解，绕肩胛，交肩上，入缺盆，络心，循咽，下膈，抵胃，属小肠；其支者，以缺盆循颈上颊，至目锐眦，却入耳中；其支者，别颊，上出页，抵鼻，至目内眦，斜络于颧。

简单来说，就是从手小指尺侧端，沿手掌尺侧缘上行，出尺骨茎突，沿前臂后边尺侧直上，从尺骨鹰嘴和肱骨内上髁之间向上，沿上臂后内侧出行到肩关节后，绕肩胛，在大椎穴处与督脉相会。又向前进入锁骨上窝，深入体腔，联络心脏，沿食道下行，穿膈肌，到胃部，入属小肠。其分支从锁骨上窝沿颈上面颊到外眼角，又折回进入耳中。另一支脉从面颊部分出，经眶下，达鼻根部的内眼角，然后斜行到颧部。脉气由此与足太阳膀胱经相接。

为了能推动罗紫烟的修炼，丁引再次聚集九凝鼎之阳气，倾力为罗紫烟拓脉。

只不过，第二重境的拓脉远比第一次难多了。足足三天，罗紫烟的拓脉才初步完成。

连续三天，极阳宫上空都只有一颗小太阳，这让宫中其他弟子自是牢骚满腹。对罗紫烟的各种嫉恨不满之词，源源不断经小卷毛之口传入罗紫烟耳朵里。

罗紫烟心中满是不安，但情势至此，只能充耳不闻。要救出司明，她必须全力以赴，抢在血神子彻底魔化他的身体之前，将血神子元神赶走。

按照丁引的计划，第四天要趁热打铁，继续凝聚九凝鼎阳气为罗紫烟拓脉。但是当罗紫烟一大早飞上凝碧崖，却发现他不像平时那样打坐练气，而是驾着一道剑光，在空中来回飞旋着，双眼熠熠生辉，似乎在搜寻着什么。

“师父，你在找什么？”罗紫烟驾着剑光，迎了过去。

丁引闻声停住剑光，回头看着罗紫烟，“紫烟，你有没有感觉哪里不对？”

“哪里不对？”罗紫烟愣了一下，“弟子不明白师父的意思。”

丁引眉头拧了拧，若有所思道，“看来，情况还不严重。”

罗紫烟问道，“师父，什么？”

“说了你现在也不会明白的……今天你先自行修炼，我得去查个清楚。”

说罢，丁引身子一沉，驾着那道剑光，直往接天峰下疾飞而去。

罗紫烟莫名其妙，还是先驭使见采，练习了一个时辰的飞剑击杀术，继而又握剑在手，横斩竖劈，练习开阳斩的招式。

六阳心法不愧是修仙大道的筑基之法，一进入第二重后，罗紫烟所修的这两门外家仙法，施展开来气象便与先前截然不同。御剑时，飞剑更轻，力度更沉，而施展起开阳斩时，则是剑气更重，剑身更轻。

只是，随着开阳斩招式逐渐凌厉，罗紫烟突然产生一种怪异感。

见采身上似乎附着一团什么，随着挥斩次数的增加，它变得越来越重，如同有什么东西不断往上面加码一般。

怎么回事？罗紫烟停了下来，游目四顾，却没发现什么异常。但再次施展开阳斩时，凝滞感却又更强了。

又演练数回后，罗紫烟突然明白过来，不是有什么东西附着在剑上，而是手三焦少阳脉和手太阴小肠经里的阳气似乎在变少。

阳气不足，就无法用脉，仙剑也就无法发挥出原有的威力。

只是，脉中的阳气怎么会突然变少呢？

“咔嚓——”

毫无征兆地，凝碧崖下的云海中，突然传来一声炸响。紧接着，群云像是惊恐的羊群，以中间一处为中心，四散逃逸开来，其速飞快。

“怎么回事？”

罗紫烟愣了下，立即驾剑向那片云海翻腾之处驰去。

飞出没多远，来自见采的凝滞感却更强了，本该是风驰电掣，此刻却像老牛拉破车。

这种感觉，让罗紫烟想起她曾经坐过的一辆发动机出故障的车，尽管车头在突突前进，但是车身却像鬼打墙一样，往前一分都很艰难。

而她脉中的阳气，还在不断衰减着。

“嗯？”罗紫烟连试几次都无尺寸之进，心中突然生起一股不妙之感，决定先回凝碧崖再说。

但是，剑身约有万斤重，竟是难以动弹。

与此同时，前方云海生变之处，那些往外逃逸的云群，突然像被一条条无形绳子往后一扯，同时闪电般往回倒退着。

罗紫烟只看得目瞪口呆。

那些被倒着拉回的云团，到了中间原点后，突然间像是跌入旋涡一般，绕着原点盘旋起来。而一股白色的风柱，则是从旋涡心中轰然生起，风中，夹杂着无数飞转的白点。

那是——雪花！

至阳之地极阳宫，竟然出现雪花？

罗紫烟眨了眨眼，不敢相信自己的眼睛。会出现雪花，本身就说明阴气积郁比较多。这在极阳宫里怎么可能？

惊疑之际，那股白色风柱已像冲天巨龙，在空中一个翻身，裹着滚滚雪片向罗紫烟这边扑来。

“搞什么！”

罗紫烟大叫着，只觉周遭气氛全变了，一股股透骨寒意从各个方向包抄过来，将她包裹在其中，阳气刚催发出去，立即泥牛入海般消失得无影无踪。

见采就像被固定在一个无形的巨冰内部，动弹不得。

罗紫烟听丁引说过不少阴阳相生相克之理，知道当二者势力悬殊的时候，弱势一方将被强势一方彻底压制，难以动弹。就如人之壮年时，阴衰而阳盛，阴气难以侵蚀身体，人也就体健无病了。

而此时的情况恰恰相反，阴盛阳衰，罗紫烟手少阳与手太阳脉里的阳气，根本施展不开，只能眼睁睁看着那旋风柱兜头撞来，周身上下就像被冰封一般，难以动弹分毫。

衣服表面、颜面及手足之上，瞬间布满雪花。照此情况，不消片刻罗紫烟就要彻底被冰封。

“紫烟！”

喝声里，一道耀眼金光突然从九凝鼎上面激射而下，于间不容发之际击中白色旋风。

“轰隆！”

雷声起，闪电出，四方风云激荡！

纯阳之力与阴寒之气交击一处所迸发出的巨大狂力，一波波向罗紫烟撞来。在这之中，漫空飞舞的雪花像是过火的纸片，瞬间化为黑色灰烬，消失于混乱之中。

与此同时，四周那无形的坚冰突然分崩离析，见采再次变得轻灵起来。罗紫烟立即驱着它急回凝碧崖。

丁引不知何时已经回到凝碧崖了，只见他正单手指天，一道金光从他指间射出，连接着天上的九凝鼎。

刚才那道击破白色风柱的金光，正是丁引牵引九凝鼎催发出来的。

九凝鼎所发出的阳气何其宏大，只是一瞬间，便以摧枯拉朽之势，扫尽残剩的阴寒之气。

凝碧崖下扰动的云海，逐渐恢复了宁静，似乎什么事也没发生过。但刚才那惊心动魄的一幕却是那样真切，罗紫烟的一颗心仍在狂跳不已，她不解地道，“师父，刚才那是怎么回事？”

丁引凝眉环顾四周片刻，这才说道，“有阴气！”

罗紫烟倒吸一口气，“极阳宫怎么会有这么强的阴气？”

丁引沉吟道，“我会弄清楚的。”

从晨之初，丁引就敏锐地注意到，极阳宫中突然多出一股股若有若无的阴气。他一直想捕捉这些阴气的源头，但阴气却像是泥鳅，无论丁引如何以心神去感应它们，都无法捕捉到它们，更遑论是找到它们的源头。

为了追踪这些阴气，丁引让罗紫烟自行修炼，自己则到下面去查探。没想到，异变却从空中的云海里产生。

如今，这场离奇灾劫虽然消弭无踪，但本是细若游丝的阴气，为什么可以在极阳宫里存在，还能聚合为白色风暴呢？

一想到这些，丁引眉头就皱得更紧了。

罗紫烟心头突然一阵狂跳，不由得看了九凝鼎一眼。刚刚被催发出宏大阳气的九凝鼎，此刻被阳光衬托得黯淡了许多。

“师父……”罗紫烟牙关一咬，突然叫道。

丁引愣了下，“怎么了？”

“没什么……”罗紫烟的话到了嘴边，却又缩回去了，改口道，“九凝鼎没事吧？”

“它看起来很正常。”丁引也不由得望了空中一眼。

这时候，一朵大红花突然从崖下飞上来，廉红药匆匆来到丁引面前，“宫主！”

丁引点点头，“山下情况如何？”

“人心惶惶，群情不安。”

“嗯？道心如此不坚，定力如此薄弱，岂能修仙得道？”

“毕竟是前所未有之怪状，引发人心忧惧也在情在理。”廉红药看了罗紫烟一眼，缓缓道，“不过，有些长老和弟子们，对宫主颇多微词。”

“说来听听。”

“他们认为，会出现今日异端，全因为宫主近期频频聚集阳气于一人身上，如果长此以往，难保不会出现第二次、第三次类似的事。”

罗紫烟心头一沉，不由得望向丁引。

丁引冷冷一笑，“你把我的话传达下去，今日宫中异端何起，目前尚不明白，但肯定与聚集九凝鼎阳气辅助紫烟修炼无关。至于这种事以后还会不会发生，就看事发缘由到底是什么了。”

廉红药吃了一惊，“这个……连宫主都无法测知此事缘由？”

丁引摇摇头，“此事绝不简单，如我所料不错，定是有人在暗中捣鬼。”

“宫主的意思是，我们宫中……”

丁引点点头，“我甚至怀疑，很可能是我们所担心的那个人干的。”

“可是，目前没有确凿的证据证明血魔真的再临了。”

“如果不是他临世，他以前的命器血杀为什么会破封而出？”

廉红药点了点头。

丁引眼里精光闪动，又道，“就算此事不是血魔所为，至少也跟他有某种关联。”

廉红药神色数变，片刻才道，“如果宫中真潜伏了血魔或他的爪牙，那该如何把他揪出来？”

“办法不难。”丁引沉吟了下，“你先把宫中所有修炼进境缓慢的人给我挑出来。记住，先别打草惊蛇。”

廉红药点点头，躬身道，“是！”

话罢，她再次驾着大红花走了。

“紫烟，没你的事了，你继续修炼吧！”丁引一拂袖，转身便走。

罗紫烟听他与廉红药说的一番话，心头早就纷乱如麻，先前被压制的念头一直在蠢蠢欲动，此刻再也忍不住了，上前一步叫道，“师父……”

丁引愕然回头，“怎么了？”

“我想……”罗紫烟支吾着，却是没有勇气把心头的话说出口。

丁引眉头一皱，“有话直说，吞吞吐吐做什么？”

“我……我听师父经常说起血魔，我很好奇他到底是什么？”她不禁暗自痛恨自己，心中明明已经下定决心了，要把知道的全盘说出来，但真正说出口的，却变成另一件事了。

丁引默然片刻，道，“血魔一直都是修仙界的一个禁忌，本不该谈起的，但他如果真的又回来了，也确实该让你们知道一下。”

修仙界素来因为修阳与修阴之道统不同，而有仙魔之争。血魔就是属于修阴一脉的。

“不过，血魔跟以往，还有以后的任何一个修阴者都不同。”

“什么不同？”罗紫烟好奇道。

“血魔是第一个以魔道自居的修仙者。”

修阴与修阳，何为正道？历来都为修仙者争论不休。在修阳者眼里，修阴是魔徒，但在修阴者眼里，修阳的才是魔道。

但血魔却不同，他打横空出世以来，就以魔道自居，而他的行事也与其他修阴者不同。一般魔徒只会视修阳者为仇寇，只想杀光异类修仙者。但血魔却是不同，他的最终目标是灭掉所有修仙者，无论修阴还是修阳之人，都在他消灭的名单里。

“灭掉修阳者好理解，为什么也要灭掉修阴者呢？”罗紫烟不解道。

丁引凝眉道，“因为他认为，真正的魔只有一种，就是他代表的那种。即便修阴者在他眼里，也不是纯粹的魔。此外，他还不信任任何人，认为只有让所有人变成他想要的那种魔，才能真正为他所掌控。”

“那他不是把自己变成仙魔两道的公敌吗？”

“正是，可惜当年仙魔两道也曾联手来对付他，仍是被他打得大败。后来仙凡也合作，依旧对付不了他。要不是后来凤凰一族对他群起而攻之，只怕今日世界已是截然不同了。”

罗紫烟心头阵阵发寒，“他怎么那么厉害？”

丁引默然片刻，才道，“因为他不但魔功厉害，他还能制造出各种魔物，魔凤凰，很可能就是他制造出来的。”

“小烟，今天上面到底发生了什么事？为什么外头好多人都说是你害的？”罗紫烟一回到半峰楼，小卷毛就迫不及待地问道。这个问题快把它憋死了。

罗紫烟没有回答，反问道，“今天那个魔头，可有什么异常？”

小卷毛摇摇头，“挺正常的，怎么了？”

罗紫烟将云海中突现白毛风一事说了。

“居然有这种事！”小卷毛呆了呆，“小烟是怀疑，这事跟天化虫寄存在九凝鼎有关？”

“嗯，今天我两次差点跟师父交代了这事，但我生怕师父一怒之下……司明就有危险，我怎么也说不出口。”

“那小烟准备怎么办？”

罗紫烟咬牙道，“今晚我非找那浑蛋问个清楚，如果真是他做的，我再考虑是不是该跟师父坦白了。”

小卷毛看着罗紫烟片刻，这才道，“傍晚的时候，那个浑蛋找过我了，他说，从今晚开始，千万不要再去那个山洞找他了。”

“为什么？”

“他说，他感觉廉红药派人在盯着他。他不敢再到那个山洞，小烟如果执意要他去，最终只会害惨司明。”

“这浑蛋，又拿司明……”罗紫烟恨得咬牙切齿，但对着外头漠漠夜空，却没勇气踏出一步。

罗紫烟可以视死如归，但关系到司明的安危，她又哪里敢轻举妄动？

事实证明了，血神子的担忧非常正确。

次日一早，罗紫烟到凝碧崖修炼的时候，廉红药匆匆过来，把一份花名单交给丁引，上面全是入门以来修为迟迟无进展的人的名单。

她把名单上的每个人的情况简单说了下后，又道，“这个司明，我觉得问题非常大。当时他跟罗长老一起进考场的时候，可是比罗长老早半个时辰拿到命器出来，按道理来说，天赋应该是极高，但是自从修炼六阳心法以来，他几乎是无尺寸进展。”

丁引冷冷盯着名单，“入宫半载，有诸多名师教导，修为仍是迟滞不前，只有两种可能，要么天资真的不适，要么就是有意拖延不修炼。如果是第二种，只有修阴者才会这样做，因为修阴与修阳本是势同水火，修阴者修阳等于自毁功体，所以他才要拖延。”

罗紫烟心头一震，隐隐感到不妙。

廉红药点点头，“我已经派人盯着他了。如果此人真有问题，那他就算不是血魔的化身，也是血魔潜伏在宫内的党徒，必须将他给揪出来。”

罗紫烟在一旁故作不解道，“可是，上回师父把他关在九阳窟，不是证明了他的清白吗？”

丁引迟疑了下，哼了一声道，“如果真是血魔化身，区区九阳窟，他要蒙混过关还是很容易的。”

说着，他对廉红药道，“好好盯着他，如果发现他有私自离开极阳宫、与外人暗中交接，或者行为异常的，都要赶快告诉我，我会派人去调查的。”

“是！”

不过，此后数日，廉红药严密监视，血神子却是毫无异常，每日一如寻常弟子那样勤奋修炼，只是进境依旧很慢，这让他没少被训斥。但他每次都是唯唯诺诺，晚课结束后，还会独自一人留下来修炼。

他看起来就是个想进步却又资质不佳的一般弟子，这让廉红药颇为困惑。

就在这监视中，新弟子的入门半年考核如期到来了。

在这严苛的监视中，是年底大考能否通过的重要参照，每个新入门弟子都为之准备了上百天。不过，仪式却简陋得出乎意料，就在半峰台的空地上举行。

因为干鹊和铁姝仍随着白谷逸等人在外头搜罗黑凤凰，所以未能参加这次考核。除他们之外，其他新入门弟子，全都到场了。

长老方面，除了平常执教新弟子的长老们，丁引也带着廉红药来了。

考核方法很简单，弟子们逐个向宫主和长老们展示自己内、外门功法的修为，再由丁引给予点评，指出缺憾之处，以备下半年补缺补漏，勤加修炼，好应对年底考核大典。

正如丁引所期盼的那样，罗紫烟一出手，台下就哗然了。罗紫烟的修为，已经把同期入门的人给甩出几条街了。

而血神子则是不出罗紫烟意料，拓脉上一无所成，成为全体弟子中修为垫底的那个人。他似乎非常不甘心，连试数次，想要催出一点可怜的阳气，但除了闹个脸红，什么也没有。

只用两个时辰，考核便结束了。

“今天，多数新入门弟子的表现，都让我很满意。不过，也有五个人的修为进境实在让人堪忧。等一会儿，请这五位留下来。”丁引做最后的陈词时说道。

留下的五个人中，自然有血神子一份。他们排成一排，垂头站在丁引面前。

罗紫烟在不远处看着，心不由得揪紧起来，不知道丁引要对这些人做什么。

只见丁引慢步走在五人面前，淡淡道，“你们能到这里，走上仙途，必定都是人中奇才。但从这半年考核成效来看，你们有些人的阳脉甚至跟常人没两样，照此下去，年底大典你们必将被淘汰出去。”

“小烟，宫主到底想说什么？”小卷毛附在罗紫烟耳边，一脸不解。

罗紫烟摇了摇头，手心都开始出汗了。

“每个火种子，都是极阳宫的希望，每个新弟子，都是待雕琢的璞玉。作为宫主，我不想放弃你们中的任何一位，所以，从今天开始，我会亲自为你们拓脉，让你们能够快速修炼下去。”

血神子等五人都是一愣，旋即露出喜色来。但罗紫烟却注意到，血神子眼里闪过一抹不安。

“宫主，这怎么行？”一个长老突然大步过来，急声道，“太凶险了。”

丁引冷冷看了他一眼，“你想就这样放弃他们吗？”

“不是放弃！但宫主这种做法前所未有，而且凶险过甚，弄不好……”

丁引冷冷道，“郭长老，事关生死荣辱，你不妨先问问他们愿意与否。”

郭长老迟疑了下，仍是回头望着血神子等五人，“宫主刚才说的拓脉，确实可能让你们更容易突破固化的阳脉，但是——宫主的修为高深莫测，他一出手你们的功体有可能承受不住，就会当场暴毙，甚至元神俱灭。你们真要冒这个险吗？”

血神子等人都是脸色一变，面面相觑。

罗紫烟只觉口舌干燥，看着血神子，又看着丁引，隐约明白了他的意图。

郭长老大声道，“数万年来，无数修仙前辈都证明了一个道理，修仙没有捷径，刻苦勤修才是王道。取巧或许能得一时之幸，但往往也会带来速灭。这也是为什么每个人修仙都必须从无到有，每一步都要小心踏出的原因。贪多求快，往往容易堕入魔道。而且事关生死，你们可得想清楚。”

郭长老语气锐急，罗紫烟听得心头发紧，一颗心悬得比面临命运抉择的五人还高，她只希望血神子别拿司明的身体来豪赌。

血神子却率先开口了，“宫主，我愿意！”

“这家伙，可真会慷他人之慨啊！”小卷毛忍不住低呼起来。

罗紫烟心头一片冰凉。

丁引目光缓缓转到血神子身上，“可考虑清楚了？”

“清楚了！”

血神子一表态，其他四人也都是一往无前，宁可以身殉道，也不愿意偷生苟活。

郭长老瞠目结舌，黯然退下。丁引却是大为满意，颔首道，“很好！既然你们愿意放手一搏，我就成全你们，坐下吧！”

血神子等五人依言盘膝坐下，目光错也不错看着丁引。

“宫主，三思啊！”郭长老忍不住又叫道。

丁引淡淡道，“听到没有，你们要三思。现在退出还来得及，是否有人要退出？”

血神子等五人都摇了摇头。

“小烟，你没事吧？”小卷毛见罗紫烟脸色煞白，嘴角哆嗦，急忙低声问道。

罗紫烟回过神来，摇了摇头，“我想去跟宫主说……算了，那家伙敢这样做，必定是有应对之策了。”

小卷毛点点头，“就是，他可是诡计多端的大浑蛋呢！真要出事了，也算是为民除害。”见罗紫烟脸色一变，忙又道，“当然了，司明是无辜的，千万不要有事。”

说话间，丁引足下一点，人已到空中了，右手向上一指，一道白光从指尖射出，直击在九凝鼎上。

九凝鼎微微一颤，光芒骤然暴涨数倍，熊熊烈焰几乎占据小半个天幕，绚烂夺目。

地上所有人都是仰头目瞪口呆看着这一切。

“双手上擎，注意力移聚关冲穴，手三焦少阳脉穴脉同启……”

血神子等五人同时高擎双手，依照丁引的诀窍而行。

少顷，空中那膨胀的火球猛地向内一收，九凝鼎迅速回到原本的模样。而十股臂粗的闪电，则是同时蛇似的从鼎内闪出，被丁引牵得直闪入血神子等五人的关冲穴里。

“啊——”

“啊啊！”

闪电之力何其迅猛，血神子等五人几乎同时被推得往后平移十丈，在平整的地面上构出五条深沟，大股烟尘冲天激起。

烟尘弥漫中，血神子等五人停了下来，动也不动的身影犹如剪纸般。

“好厉害啊！他们受得了吗？”小卷毛低声叫道。

罗紫烟的心早就快跳出嗓子眼。丁引为血神子等五人拓脉之法，与当初用到她身上的法子既相似又不同，她无法确定会有什么样的后果，只能暗暗祈祷，司明千万不要有事。

片刻，烟尘逐渐消散，血神子等五人的身影显现出来，但模样却截然不同。血神子和另外两人神色如常，而其他两人却是面目全非，已经化为两截焦炭。

“这下可好，贪多求快，两人元神俱灭！”郭长老再也忍不住了，大叫起来。其他人更是满脸惊惧之色。

丁引盯着血神子等三人片刻，淡淡道，“可能不止。”

“嗤！”

血神子右侧一人，头顶突然冒出一股青烟，随即直直往后倒下，落地时躯体已是乌黑一片。

四周突然静了下来，所有的目光都落在血神子和另一人身上，生怕他们也步其他人后尘。尤其是罗紫烟，一颗心更是狂跳不停，拳头捏得紧紧的。

司明千万不要有事！司明千万不要有事！

片刻之后，丁引突然笑了，“五能得二，已经很不错了。”

“这可是三条人命啊！”郭长老不满地嘀咕一句。

丁引淡淡道，“为道而殉身，有何不可？”

郭长老沉着脸，冷冷道，“那与魔道何异！”

罗紫烟也觉得丁引此举太险了，却又暗暗庆幸，至少司明没遭池鱼之殃。

丁引不理会长老们惊异的目光，大步走到血神子二人面前，看着两人道，“你们两个的少阳脉已经拓开了，下半年可不要再让我失望。”

“是！宫主！”

血神子二人急忙从地上爬起来，躬身说道。他们都是步履蹒跚，脸色惨白，看似大病初愈，但眉眼间分明闪着劫后余生的喜色。

“三个月后，我要看到你们六阳心法第一重淬脉有成，知道吗？”

“是！”

“都下去吧。”丁引挥了挥手，却又马上神色一变，“慢点！”

血神子二人都是一脸愕然，罗紫烟的心又是狂跳起来，难道丁引发现血神子哪里不对劲了？

丁引却是回头冲着罗紫烟招手道，“紫烟，过来！”

罗紫烟忙过去，见丁引一脸凝重，心中顿时隐隐生起不安来。再看廉红药等长老，也都是眉头紧皱，正游目四顾，眼中精光闪烁。

空气突然像要凝固一般，沉沉地压在罗紫烟心头。她不由得望向血神子，却见他低垂眉眼，似乎还没从刚才的拓脉之苦中缓过劲来。

“大家都怎么了？怎么气氛突然这么沉闷呢。”小卷毛忍不住问道。

丁引看了罗紫烟一眼，低声道，“又是那东西！”

廉红药警惕地看着四周，凝眉道，“气息繁多，干扰严重，难以锁定踪迹。”

丁引沉吟了下，“紫烟，你先护送他们两个回各自的房间里，没有我的命令，不得外出。”

罗紫烟愣了下，旋即点点头，冲着血神子二人招招手，“快走吧！”

血神子二人都是身虚体弱，步履踉跄。罗紫烟只能驾着见采带他们离开。

刚飞到空中不久，晴空朗日突然消失了，阴云翻滚着四合而至，沉沉罩在头顶，雷声从中不断传来。

入宫半年，罗紫烟还是头一回看到这种黑云压城的恐怖景象。迎面而来的风，冷冽刺骨，她的心头更是一片霜寒。

此时，半峰台一片空寂，所有弟子都回到屋里，紧闭门户躲在房内不出。

罗紫烟先送另一人回去后，这才送血神子回他独住的那座木屋。

到了门口，罗紫烟冲小卷毛使个眼色，小卷毛立即落到门口上方。而罗紫烟则是推门进去，把血神子往地上一放，直直盯着他。

“这身体可是司明的，你不该温柔点吗？”血神子无力地笑了笑。

罗紫烟冷着脸，死死盯着他，“外面那是怎么回事？”

血神子往坐榻一靠，“你夫君的身体刚刚受到重创，你不关心下吗？”

罗紫烟心头一颤，上下看着他，“他……你怎么了？”

“倒也没有什么，只是拓脉带来大股阳气入体，让我有些不舒服而已。”

“哼，我巴不得你死呢！”

“嘿嘿！我跟司明是一体的，我要是有个三长两短，你一定开心不起来。”

“你——”

罗紫烟怒视着血神子，片刻才咬牙道，“我知道你不会有什么事的。快回答我，外面那是怎么回事？这次和上次是不是都是你在搞鬼？”

血神子看着罗紫烟，会心一笑，“你都问了，说明心中已经有答案了，何必再让我回答？”

“所以就是你了，你到底想干什么？”

“嘿嘿，刚才你们可都是亲眼看到的，我受创这么重，根本不可能搅出这么大的动静来。”

罗紫烟脑中灵光一闪，脱口而出，“难道是天化虫？”除此之外，她想不出别的可能。

血神子也不否认，笑了笑，“它有可能在鼎内待得不舒服，所以活动了下，不会有什么事的，放心吧。”

“就这样而已？”

“不然一只虫子还能怎么样？”

“它可不是一般的虫子，而且它是在九凝鼎内！你不是说，九凝鼎有聚化阴阳二气的奇功吗？”罗紫烟冷冷地说道。

“哈哈，是又如何？它终究只是虫子，成不了什么气候的，放心吧！这只是个小事故而已。”

血神子说得漫不经心，罗紫烟却听得揪心，她猛地蹲下来，死死盯着血神子，“你就没有办法让它安分一点吗？”

“我说了，它是一只虫子！”

“那我警告你，这是最后一次！如果再发生这种事，我会把事情全部说出来的！”

“那司明怎么办？”血神子淡淡一笑。

罗紫烟霍地起身，“真要到了不可收拾的时候，我相信司明会支持我的决定的！”

血神子神色僵了僵，旋即笑了，“我明白了，我会设法安抚天化虫的！”

“你最好赶快让它离开九凝鼎！”罗紫烟冷冷道。

血神子点点头，“我知道了，再过一段时间，等它元气恢复一些，如何？”

罗紫烟咬了咬牙，狠狠道，“那你听好了，我要给你下通牒了……”

开门出去，罗紫烟不由得愣住了。

就这么一会儿工夫，阴云之下，居然飘起鹅毛大雪来，地上更是覆起了皑皑白雪。

偌大的极阳宫，银装素裹，冰天雪地。天地间一片寂寥，唯有雪落之声，细微入耳，清晰无比。

充盈四面八方的阴气，让罗紫烟不由得轻微发抖起来，但她的心更冷。

小卷毛也是拼命缩着身子，看到罗紫烟出来，立即飞到她肩头，“小烟，是那浑蛋还是那虫子搞的鬼？”

罗紫烟道，“应该是虫子。”

“我看这后果是越来越严重了，连极阳宫都下雪了，我们该怎么办？”

罗紫烟往身后看了一眼，半晌才道，“我给他下最后通牒了，要他一个月内把天化虫弄走，否则我就把实情告诉师父。”

“这倒是可以，不然我总觉得这事儿非常不对！”

“轰隆！”

乌云之上，突然一声闷响。紧接着，密布的层云被撕开一道口子，一道巨大的金光从上面贯冲而下，像是巨大的金柱，猛落在大地上。

空中的飘雪应声而化，地面上的积雪则是被击的冲天飞起，湮灭于空中。

原本铁板一块的乌云，突然间裂出无数道缝隙，璀璨的金光填满其中。

漫天金光与黑云纵横交错，像是一张巨大的乌金之网倒扣在头顶。

罗紫烟看不清云上的景象，但能感觉到，从云中倾泻而下的金光暖意浓浓，流水般浸润进体内后让人感觉说不出的舒服。

“还好还好，看来宫主还能操控九凝鼎呢。”小卷毛喃喃说道。

片刻，乌云消散，积雪消融，万里晴空重返极阳宫。

连续遭遇两次阴气袭击，极阳宫如临大敌，丁引亲自率众全面翻检宫中各处。

但是众人把极阳宫翻个底朝天，也没找到阴气滋生的源头。惶恐与不安却开始滋生开来了，许多人都说，这是“量劫将至”的前兆。

丁引与一众长老虽然着力安抚，但各种流言蜚语仍是层出不穷。

这种环境下，罗紫烟每天都是度日如年，只盼着一个月期限到来，能赶快把瘟神请走。

直到二十多天过去后，极阳宫才渐渐恢复了平静。

这段时间，罗紫烟的修为倒是没有落下，她一直在淬炼手太阳小肠经，无论是御剑术还是开阳斩，也都跟着再上一层楼，而且与小卷毛齐心修炼的凤凰力也有长足进展。

他们的修炼速度显著提升，这种感觉再美妙不过。不过，罗紫烟心中始终有个疙瘩，她时刻不忘血神子一个月的承诺。

如今，距离完成这个承诺还有三天，但血神子那边却是始终没有消息。

罗紫烟很想给血神子提个醒，但这段时间，廉红药安插的眼线始终没有撤掉，血神子一直刻意与她保持距离，她根本没有机会跟他私下碰面。

“不管如何，那个魔头要是不遵守诺言，我就跟宫主交代了！”罗紫烟一次又一次在心中暗道。

这天，罗紫烟正独自在凝碧崖练习开阳斩的时候，一道黑影突然从崖下飞冲上来，“小烟！小烟！不好了！”

“小卷毛，你怎么来了？”罗紫烟停下来，问道。虽然小卷毛拥有丁引给的通行符，但凝碧崖太高了，它还从未飞上来过。

新蜀门

看小卷毛这急急忙忙的样子，罗紫烟心头不由得生起强烈的不安，她知道必有大事发生了。

“那魔头，那魔头出事了！”

“出什么事了？”罗紫烟急道。

“反正是大事，宫主已经带人去追了！”

罗紫烟立即跳上见采直往下飞去。小卷毛站到她肩头，简单地把刚才发生的事说了。

原来，半个时辰前，丁引像往常一样又去指导司明等两个后进。他对司明的进度尤为不满意，因此又往他少阳脉里注入一股阳气。

但是没多久，司明全身上下突然发赤发红，就像着了火一般，痛苦地大叫着。

彼时，丁引已经离去，周边的几个弟子见状，赶快围拢过来，好心地想要去扶住司明，却被司明一掌震飞。

等丁引闻讯赶来，司明已经踉踉跄跄逃出极阳宫。丁引立即追了出去，当他快赶上司明的时候，一群黑凤凰突然赶来，接走了司明，逃之夭夭。

此刻，丁引正率众去追赶。

“那家伙，怎么会突然就暴露了呢？”罗紫烟听得心惊不已。

“应该是宫主注入的阳气太猛了，他的功体承受不住吧。”

半年考核时发生的那场阴气骤变，因为司明有在场的证明，丁引对他的怀疑也就少了许多。是以，对他的传授也是全力以赴。这回血神子突然现形，实在大出所有人的意料。

“会不会那家伙不想履行承诺，故意用这种方法逃走的呢？”罗紫烟琢磨道。

小卷毛想了想，“应该不会吧，他处心积虑进入极阳宫，可什么事都还没做，怎么会就这样暴露了走掉呢？”

罗紫烟想想也是，不由得点了点头。

“而且，他会出现这种事，我觉得也不意外。”

“嗯？怎么说？”

“我怕小烟你担心，一直没有跟你说，其实那魔头这段时间的情况并不怎么好。”

这段时间，血神子虽然在外人面前一直都是生龙活虎的，但小卷毛注意到，只要他独处的时候，他整个人似乎变了个样，不但步履变得蹒跚，举手投足间也透着一股衰朽气息。

“我想，应该是宫主为他拓脉后，又逼他修炼六阳心法，冲击了他的功体。他又要在这种极阳之地死撑着，当然会有支撑不住的时候。”

“这样倒好！”罗紫烟不由得心中窃喜，这不正是她让司明修炼六阳心法，所想达到的目的吗？

“不过那魔头也太可怕了吧？居然魔化出那么多黑凤凰！”小卷毛喃喃说道。

说话间，罗紫烟已经驾剑飞到天门道外头，只见那里空荡荡的，远方正有一片黑点快速移来。

黑点越来越大，没多久便到眼前来。赫然就是丁引及一干长老和弟子们，看众人那凝重的面色，罗紫烟就知道，血神子逃脱了。

“师父……”

丁引眉头一扬，冷冷道，“传令下去，全宫做好诛魔准备！所有外出长老及弟子，两天内务必回归师门！”

“是！”

等其他人进入天门道，丁引才回头看着罗紫烟，“紫烟，你怎么下来了？”

罗紫烟忙躬身道，“我听小卷毛说发生大事了，忍不住下来看看，师父……”

“没什么大事，只是为师看走眼了，居然被那魔头一瞒再瞒。”丁引冷笑一声，“不过这样至少证实了一件事。”

“师父，什么事？”

“量劫真的来了！”

两天后，当丁引再度说出“量劫真的来了”六个字时，云上殿立即陷入死一般的沉寂中。长老们你看我，我看你，鸦雀无声。

这两天，可能是极阳宫数百年来最难熬的两天，宫中仙阵全被激发出来，所有弟子都是枕戈待旦，时刻提防着血魔来袭——尽管丁引一再强调，血魔并没有想象的那么可怕，但关于血魔的种种传说，以及联想到他先前潜伏在宫中成功制造了两次阴气灾劫而不被发现，又有谁敢相信，这个旷世大魔头真如宫主说的那样弱？

罗紫烟这才发现，即便是仙界至强的极阳宫，本质上也是脆弱的。

或者说，血魔的强大，让一切相形见绌。

直到白谷逸等外出门人逐渐归来，宫中的不安气息才稍稍褪去一些。

此刻，连同新晋长老罗紫烟在内，所有的长老都位列云上殿两侧，一起看着丁引。

丁引扫视了众人一眼，沉声道，“这本是仙界最担心的事，但现在它还是发生了。

事情有多严重，想来也不需要我赘言了。今天，我们重点商讨的，是如何尽快拿下血魔，让他再次伏诛！”

一名长老迟疑道，“宫主，血魔不是已经被镇压过吗？为什么又会出现？”

“就是，会不会是其他魔头呢？”另一名长老道。

“血魔带来量劫，可不止一次两次。”丁引看了廉红药一眼，“廉长老，你先把血魔潜伏在极阳宫的事简单说一下！”

“是！”

廉红药立即从司明进入极阳宫那一刻开始讲起。当讲到考核那天血杀意外出现时，她有意无意瞥了罗紫烟一眼。

其他人也跟着望向罗紫烟。罗紫烟能感受到，这些目光夹杂着丝缕警惕与怀疑。她只能眼观鼻，鼻观心，假装什么也没看到。

好一会儿，廉红药才把情况交代清楚，又道，“普天之下，唯有血魔才能催动血杀破封，也只有血魔才能在极阳宫里，制造两场阴气灾劫。”

“另外，”丁引补充道，“我查阅了有记载以来的六次凤凰魔化事件，除了两次是凤凰修炼走火入魔外，其他四次都伴随着血魔降临发生的。这次黑凤凰数量比以往多多了，完全可以排除凤凰走火入魔这种可能。”

“可他回来了，为什么要潜伏到我们极阳宫？不该拿走他的血杀就赶快走吗？毕竟这里可是他功体的克星！”又一长老道。

丁引沉吟了下，“我只能肯定一件事，他真的回来了。”

“既然量劫已至，那我们火速传谕修仙界，号召全天下修仙者联起手来……”

丁引摆摆手，“不必了。如今血魔已非昔日血魔，我极阳宫也非当初的极阳宫。这次，诛灭血魔，单凭本宫就完全够了。”

长老们不由得面面相觑。

丁引又道，“大家别过分紧张，我亲试过血魔的功底，他现在功体非常弱，要除掉他并不难，难就难在他有黑凤凰护法而已。但以我们极阳宫之力，这不是问题……”

话未落，白谷逸突然躬身道，“宫主，以白谷逸这半年多来在外头追踪黑凤凰的情况来看，就算合全宫之力，要对付黑凤凰也不容易。”

丁引愣了下，沉下脸来，“是吗？”

“正是如此！合全宫之力围猎黑凤凰确实不难，但黑凤凰神出鬼没，要找到它们，我们必定要分散力量，也就无法做到聚全宫之力去围猎它们。”

丁引眉头一皱，“白长老有何高见？”

“白谷逸认为，历来量劫所带来的危害都极其巨大，现在虽然只有苗头，但我们也不能掉以轻心，而是要做十分的准备，联手更多的人来共同平息此劫。”

“天下修仙者形同散沙，要逐一召集，不过是徒费时间而已。”

“白谷逸目前也不建议召集一众散仙过来，否则容易变成乌合之众。”

丁引愣了下，“嗯？白长老到底什么意思呢？”

“白谷逸认为，血魔乃三界共敌，铲除他不应只是修仙界和凤凰的事，还要发动凡界联手才行。”

四下里静了静，片刻丁引才哑然失笑，“白长老认为，我们要应对血魔得去拉一些凡夫俗子来帮忙？”

白谷逸认真地点点头，“没错。”

“哈哈！我实在不知道，极阳宫该如何与凡人并肩战斗？”丁引笑了，嘲讽地看着白谷逸。

“宫主！据我所知，上一次在对抗血魔的大战中，凡界可谓居功甚伟。如果没有凡界牵制血魔的爪牙，修仙界只怕会败得更惨……”

上一次血魔引发的量劫，虽然过去的时日已久，但关于其中的不少记载，仍留在修仙界的各种典籍之中。

在那场量劫中，最初正面应战血魔的修仙界，伤亡无数，差点被血魔全歼。

不得已之下，修仙界只能同意跟蜀地之王合作，共同应对血魔。没想到在随后的战斗中却发现看似蝼蚁不堪一击的凡人，在合众之力后，亦拥有移山倒海之力，成仙家未能之事。

血魔最终会覆灭，其中有数十万凡人以血肉参与之功。

“我不否认上一次量劫，凡人之力所起的作用不小。但如今血魔之祸尚未完全爆发，如何发动凡界？”

“宫主误会我的意思了。我说的与凡界合作，并不是与一般凡人，而是与凡人之首合作？”

丁引沉吟了下，“你说跟蜀王？”

白谷逸点了点头，“正是！宫主莫忘了，蜀王辖下的上仙门，最初可是为了诛杀血魔而设。如今门内虽然多招摇撞骗之辈，但毕竟有仙界第二门之称。如果能得到他们的帮助，再让蜀王降旨，发动所有百姓充当眼线，何愁不能寻得血魔及黑凤凰的下落。”

“这倒是可以，毕竟蜀国一直以来与修仙界关系良好，相信只要宫主发一份手谕，蜀王定会让上仙门全力协助的。”另一长老点头道。

千年来，蜀地仙凡交往频繁，修仙之风因此炽盛。络绎不绝的人间求道者，上蜀道，登仙门，为修仙界注入鲜血。因此，仙界与凡界之间的关系，千丝万缕。尤其是很多修仙者，学有所成后，畏于大道艰难，没有再继续汲汲求于羽化登仙，转而以仙术入凡，或成为王侯贵族的门上之师，或以术法行世，使得仙凡两界交织日多。

至于蜀国王室，更是热衷于与修仙界交好，所以才会全力支持上仙门供养众多修仙者。

丁引默然片刻，突然笑了，“白长老所言倒是没错。不过据我所知，当今蜀王已经衰朽不堪，后继者蜀王子肥遗荒淫无道，根本不堪重任。只怕听到血魔之名就吓破胆了，怎敢插手此事。”

“肥遗当然不行，但我们这里却有个人，可以代表蜀王室，带领上仙门以助本宫除魔。”

丁引愣了下，“哦？何人？”

罗紫烟一直听得云里雾里的，此刻不由得心头一震，隐约猜到了什么。

只见白谷逸朝着殿外大声道，“进来吧！”

片刻之后，一人大步从外头走了进来，冲着丁引躬身行礼，“参见宫主！”

而他的目光，却转到罗紫烟身上。

“是他？”小卷毛不由得瞠目结舌。罗紫烟却是神色不变，听白谷逸之话，她就猜到进来的必是干鹊了。

跟白谷逸一道被丁引“外派”出去半年有余，干鹊看起来变化不小，体格更加健壮，泛着古铜色泽的脸庞上，眉目间比以往多了几分锐利，不过当他目光扫到罗紫烟身上时，马上被脉脉柔情所取代。

罗紫烟移开目光，头皮微微发麻。

“哈哈，白长老，你让一个新入门弟子进入这里，好像也是违反宫规了吧？”丁引怔了怔，突然笑了起来。

白谷逸沉声道，“宫主，以干鹊的身份，进入这里并没有违反宫规。”

“哦？”丁引目光如电盯着干鹊，“你有什么身份？”

“回宫主！我的阿娘楚氏，曾为蜀宫皇贵妃，后因她人陷害，被逐出宫廷。但离开时，已有身孕，是为干鹊……”

干鹊不疾不徐，把自己的身世交代一番。只是半年不见，干鹊身上突然多了一种前所未有的气度，让人不敢轻视。

这半年，他经历了什么，似乎连灵魂都脱胎换骨了。

“哦？这么说来，你是蜀王长子了？”

“是！”干鹊毫不犹豫地说道。

丁引望向白谷逸，“白长老，你如何确定他所说的是真的？”

“回宫主，我查了他所持的那块集火令的原本主人，确实是蜀王贵妃所有。这是之一。其二，上仙门的副门主火猴，亲口证实了他的身份。”

“第三是这把刀……”白谷逸指了指干鹊腰间的日曜刀。干鹊会意，信手一拔刀，龙鸣声中，大片耀眼的刀光充盈满殿，锋芒毕露。

“这是蜀王室独有的重宝——日曜刀？”

“回宫主，正是！”干鹊不慌不忙答道。

白谷逸道，“白谷逸也是因为这刀，多番追问，才确定干鹊有此身份。”

丁引点了点头，却又淡淡道，“不过，纵然他是蜀王血脉，也不过是个草莽龙血，白长老又想说什么？”

“蜀王命已不久矣，王储肥遗荒淫无道，注定无法承担起大蜀江山。未来，只有干鹊才是大蜀的希望，他又是本宫弟子，正是本宫联合大蜀凡界同抗血魔的关键。”

罗紫烟心头不由得暗喜，如果有极阳宫之助，那楚氏对干鹊的厚望，便不再是一场梦了。

“白长老莫非忘记了，本宫不参与凡界纠纷的宫规吗？”丁引突然笑了，“这个事，还是等干鹊自己能当上蜀王再说吧。”

“这……我当然记得宫规，但此事关乎除魔大业，或许我们可以给干鹊提供一些帮助，目前上仙门火猴等一拨人，明确表示要支持干鹊……”

丁引摆摆手，打断白谷逸的话头，“对付血魔极阳宫足矣，何必多此一举？”

“好吧……”白谷逸大感失望，勉强答道。而干鹊却是神情如常，只是目光不断往罗紫烟这边望来。

罗紫烟只能假装没看到，心中不由得替楚氏感到惋惜。

“好了，现在我们开始商量对付血魔之策。干鹊，你是一般弟子，先退下吧！”丁引冷冷道。

“是！”干鹊点了点头，又看了罗紫烟一样，这才转身走了出去。

除魔之策很快制定出来了，丁引将全宫弟子分为两拨。一拨驻守宫中，枕戈待旦，随时准备出动，一拨分为十组，以天干命名，每组三十人，联袂外出搜查。

一旦哪组查探到血魔和黑凤凰的下落，立即通知其他各组及宫中留守弟子，务必在一个时辰内赶赴现场会合，以围猎血魔。

血魔神出鬼没，要找到他只能以这种人海战术，去应对大海捞针的困境。

为了避免搜查范围重叠或者有遗漏，丁引以凝碧崖为中心，划分出十片搜索区域。每组搜查分队，务必要地毯式地搜索区域中的一山一水，一草一木，不给血魔逃逸机会。

至于丁引，则是坐镇极阳宫，一边静候消息，一边做好应战血魔的准备。

罗紫烟本来是被分配到留守宫中的，但极阳宫侦骑四出，她在宫中哪里坐得住。无论如何，她都要出去一趟，设法在别人之前找到血神子。

因此，她坚持要出去历练历练。

丁引想了想便也同意了，为了给罗紫烟有更多的历练机会，他让原本担任甲队领队的白谷逸留守极阳宫，改由罗紫烟来领队。

罗紫烟则是让小卷毛留在宫里，时刻盯着宫里的动静。如果有关于血神子的消息传来，它要及时设法把消息转告罗紫烟。

第十二章 | 禁忌修法

除魔大计，刻不容缓！

十支侦骑组建完毕，立即驾上剑光离宫，朝十个方向飞去。

罗紫烟所率领的甲队，搜查范围最小，只负责搜索极阳宫方圆一千里的区域。

对于常人来说，这是个不可能完成的任务，但对于能驾剑飞行、倏忽往来如电的修仙者来说，这并不是太难的事。

出宫之后，罗紫烟立即下令全队三十人，沿着极阳宫外围散开，每个人负责一个区域，逐一搜索过去。

“记住，不要放过一个山洞，一条沟壑，一丛林木！如发现异常，别急着涉险，也别急着出手，火速示警报信，等其他人赶到再说！”

“是！”

三十个人，立即分散开来。

看着手下们的身影消失不见了，罗紫烟这才御剑往初胜峰以东方向飞去。这是她给自己留下的搜索区域。

她沿着一个又一个山头搜索过去，没多久就看到那座熟悉的仙人掌状山峰。

那里，曾是她与血神子密会的地方，虽然知道血神子不大可能还躲在里头。但罗紫烟忍不住还想进去看看。

她心急如焚，恨不得立刻找到血神子问司明的情况，问他怎么把天化虫弄出九凝鼎。这是她目前最挂心的事。

眼看就要到仙人掌状山峰前了，身后突然传来一阵猎猎风声。罗紫烟下意识地回头，不由得愣住了，只见一道匹练正从远处赶来。

“嗯？”罗紫烟停了下来，盯着来人。片刻之后她便看清了，来者居然是干鹊，只见他脚下驾着日曜刀，一脸喜色，“紫烟！”

罗紫烟愣了下，“你不是跟白长老留守宫中吗？怎么出来了？”

“我不放心你，就跟宫主请缨出来协助你！”干鹊满脸兴奋，“紫烟，我们好久不见了，看到你变得更厉害，我真的好高兴。阿娘说得没错，你确实不是寻常女子……”

罗紫烟心头一暖，颔首道，“我还没谢谢你之前帮我，反倒害得你……”

“什么话，紫烟有事我不帮那我还有何颜面活着？再来一次我也会那样做的！只恨我当时还没有修炼，进不了九阳窟，听说铁姝还对你……”

罗紫烟摆摆手，笑道，“没事，我不跟她计较！”

“我可是跟她急了。但也不能拿她怎么办。哎，下回……”

罗紫烟不想再在这个话题上纠缠了，忙话锋一转，“这半年，我看你进步也很大。白长老似乎挺欣赏你的。”

“他是对我挺用心的，人也不错，就是比较古板，这半年也多亏他了。”

罗紫烟点点头，笑道，“能看到他们支持你，你阿娘地下有知也该含笑了。”

干鹊沉重地点了点头，突然直直看着罗紫烟，“不过，对我阿娘来说，可能最重要的是我能跟紫烟在一块儿……”

“我们可不能再一块儿！”罗紫烟忙打断干鹊的话头，“我们得分开搜寻血魔，你往那边去吧！”

指了个方向后，罗紫烟一驱见采，逃也似的离开了。

但干鹊迟疑了下，立马又驾着日曜刀从后头跟了过来，“紫烟！紫烟！”

罗紫烟大感无奈，“不是说要分头搜寻的吗？”

“血魔凶残异常，而且他跟我们都有仇，你一个人去找太危险了，让我陪着你吧！”

罗紫烟最怕的就是他那份好意了，不由得心头一阵焦躁，“不用了，真要碰上他，你自保都是问题，可能让我更难逃掉了！”

“紫烟，这半年多白长老对我悉心指导，我已经可以保护你了！不信你看！”

生怕罗紫烟不信，干鹊猛地一指脚下的日曜刀，喝道，“去！”

“嗖！”

日曜刀中分出一道匹练，劲射向不远处一座小山头。

片刻之后，那小山头突然像被刀切过的豆腐那样，朝着四个方向滑落。奔腾的山石与泥土，倾注而下，激起漫天尘土，气势骇人。

“厉害！”罗紫烟心中不由得暗赞一句，看来楚氏并非盲目自信，干鹊的天赋根骨确非一般。

不过，她的脸色却是一沉，冷冷道，“人家山头好端端的，你为什么要削它？”

“我只是想证明，证明……”

“万一惊动了血魔，让他提前跑了，你担得起这个责任吗？”

干鹊目瞪口呆，不知该如何回答。

“再说了，这样你就觉得能保护我？血魔要真那么容易对付，何至于让宫中风声鹤唳呢？”

罗紫烟说着，不耐烦地摆摆手，“好了，别给我添乱了，快快回宫中去吧！”

干鹊却是摇摇头，断然道，“那怎么行！我就算不济，跟在紫烟身后也好有个照应。”

“你既然要加入我这组搜寻血魔，就得听我的命令，否则你到别的组去！”罗紫烟再也忍不住了，厉声说道。她急着想要进那个山洞查探个明白，干鹊这样纠缠，简直让她七窍生烟。

干鹊愣住了，呆呆地看着罗紫烟。

这时，身后再次剑声啸动，一个声音欢呼着远远而来，“干鹊哥！”

干鹊回头，神情当即像是见了鬼一般，“你，你怎么来了？”

驾剑而来的正是铁姝，她狠狠瞪了罗紫烟一眼，目光再转向干鹊时，却是变得柔和起来，“你怎么走得那么快，要不是你削了山头，我都找不到你了！”

“我跟紫烟有事呢，你先回去吧。”干鹊不耐烦地说道。

但铁姝仍是飞了过来，一把挽住干鹊的手，娇嗔道，“那怎么行呢？你可是白长老他们心目中的人间真王，我应该保护你才对。”

干鹊尴尬地看了罗紫烟一眼，慌不迭地甩开铁姝的手，“我好得很，不需要你保护。你先回去吧！”

铁姝挑衅地瞥了罗紫烟一眼，锲而不舍地又拉着干鹊的手，“那怎么行，我不是早跟你说过了，你到哪儿我就跟着到哪儿吗？”

“我早说不要说这种话了！”干鹊焦躁地说道，脸都红了。但铁姝却像是甩不掉的狗皮膏，始终缠住他。

罗紫烟只看得暗暗好笑，有道是一物克一物，诚然不假。如今干鹊遭受的狼狈，何尝不是他带给罗紫烟的那种难堪?

“铁姝妹子说得没错，你就不该出来冒险的。铁姝妹子，你快带他回去吧！”罗紫烟适时火上浇油，又冲着铁姝使个眼色。

铁姝愣了下，更加用力拉着干鹊的手，“快回去吧！白长老好像找你有事呢！”

“我才不管呢！”干鹊焦躁地叫了一句，见罗紫烟已掉头疾驰而去，他不由得急了，“紫烟！紫烟！等等我！”

罗紫烟充耳不闻，只管驭剑而去。干鹊的叫声在身后逐渐变得杳渺。

直到半个时辰后，罗紫烟才再次回到仙人掌状山峰外头，她确定干鹊和铁姝已经离去，四周别无他人后，这才往那个隐秘的寒冰洞飞去。

此时，群山无声，四野寂然，沉沉暮霭正笼罩下来，西落的残阳，将最后一抹猩红光芒洒向大地，染得世间万物遍体通红。

血祸!

站在被夕阳染红的寒冰洞外头，罗紫烟脑海里突然跳出这两个字，眼前时而是司明的憨厚模样，时而又是血神子的阴狠神情。

如果不是亲眼所见，谁能想象，同样的一个人居然会有如此截然相反的两面，更无法想象，同样一个人，可以集善良与邪恶于一体。

如果真让邪恶最终占据了司明的身体，是不是意味着血祸，将如这浩浩荡荡的血色阳光，最终会浸泡整个大地?

罗紫烟深吸一口气，小心摸索着往洞里走去。

洞内依旧暗无天日，但温暖如春，与先前的阴寒霜冻截然不同。

罗紫烟意念一动，见采立即飞到她前头，剑身上精光暴涨，像一道长条灯笼照亮了周遭数丈方圆。

一无所有!

虽然结果在预料之中，罗紫烟仍是失落万分，血神子躲哪了，司明又怎么样?

“嗡嗡……嗡嗡……”

一只大黄蜂突然飞到罗紫烟身边，绕着她飞个不停。

罗紫烟摆摆手，想把它驱赶掉，大黄蜂却是一个绕飞，直到罗紫烟眼前来，双翅轻扇，悬空停下。

“什么？”

罗紫烟突然打了个寒战。只见那哪是什么大黄蜂，分明是一只长着人脸的黄蜂怪。看那脸，五官俱全，还在冲着罗紫烟挤眉弄眼，露出诡异的笑容。

不等罗紫烟回过神来，人脸大黄蜂便一个转身飞走了，边飞还边回头看她。

罗紫烟心头狂跳，下意识地大步跟了过去。

大黄蜂见状，双翅倏然加速，眨眼便飞出数丈。罗紫烟只能驾着见采紧跟过去。

眨眼间，双方一前一后飞出了山洞。

洞外，夜幕开始笼罩一切。人脸大黄蜂一没入其中，便消失不见。

不过，片刻之后它的腹部便像萤火虫那样亮起强光来。在黑暗中，就像一颗小流星，始终飞在罗紫烟面前。

“这鬼东西，门道倒是挺多的！”罗紫烟暗自戒备着，仍是紧跟不舍。

山风刚劲，呼啸在群山之间。但不管多大的风，人脸大黄蜂都飞得稳稳的。

半个时辰后，也不知飞到哪里了，大黄蜂猛地绕过一片乱石，消失不见了。

罗紫烟跟着绕过去，发现乱石之后的地上，赫然藏着一个地洞，黝黑如墨不知深达几许。那只人脸大黄蜂的微光就在里头闪动。

罗紫烟毫无迟疑，御剑落了下去。

洞口很小，但进入之后里头却是别有洞天，隐约可见一条狭长的斜坡，斜斜往地底延伸。空气潮闷压抑，满眼的黑暗浓得像墨水。

要不是有人脸大黄蜂的光在前头闪动，罗紫烟根本不知往哪儿走。

越往下空气越冷，这恰恰印证了罗紫烟心头的猜想，她猛地停了下来，厉喝道，“我知道这只人脸怪蜂是你派来的，快出来！”

喝声远远传出去，片刻之后才有回音传来。这个地洞远比想象的广阔。

罗紫烟双耳竖起，全身紧绷，她能感觉到，周围突然多了一股让人心悸的气息。

“呼哧……呼哧……”

喘息声似乎来自远方，又像近在耳边。罗紫烟脊背一紧，凝目四顾，“出来！装神弄鬼吓不倒我的！”

“我不是吓你，只是有些不方便而已！”一个沙哑的声音突然从侧里传来。随后，一团冰冷的火光在黑暗中亮了起来。

火光中，一人斜卧在一块大石头上，正用两只幽蓝的眼睛盯着罗紫烟。

“司明你没事吧？”罗紫烟大步走过去，却又半途顿住，死死盯着血神子，“司明这身体，怎么了？”

火光里，血神子脸色铁青，一看就是身子出了大问题。

“他啊，还好！”血神子阴阴一笑，“就是我有些不好而已。”

“你最好能一直不好下去！”

“嘿嘿，你最好不要诅咒我，否则一起吃亏的还有他。”

罗紫烟怒视着血神子，片刻才道，“以前你受伤，不是都能自愈吗？”

“丁引小儿加在我元神上的伤，岂是一般修仙者能比的。”血神子惨淡一笑，“世事难料啊！我原以为自己能撑得住，还可以继续在里头混下去，没想到丁引小儿那么想栽培我，动不动就给我拓脉、淬脉、引入阳气……”

“那你现在怎么样？”罗紫烟冷冷道。

“功体和元神受阳气侵蚀太厉害了，要恢复看来得一段时间了。”

罗紫烟一咬牙，“那司明呢？”

“只要他不捣乱，问题不大。”

罗紫烟的一颗心稍稍落下，却又冷冷道，“我们的一个月之约已经到了，你那天化虫准备怎么办？”

“这就是我把你找来的原因，其实我也急着把它弄出来。”

“是吗？”

“实话告诉你吧，我把天化虫放入九凝鼎，是想让它在里头借助九凝鼎吸聚阴气，以滋养它的功体。”

“是吗？”

“当然了，其实我比你更想离开司明的身体，让你们走你们的阳光大道，我走我的独木桥。”血神子缓缓道。

罗紫烟心头狂跳，口中却冷笑道，“你会这么好心？”

血神子不理会她的嘲讽，淡淡道，“当然，这得等我重塑个身体，元神有个安身之处，才能把他的身体还给你。”

罗紫烟心头一震，又喜又疑地盯着血神子，“你可以重塑身体？”

“当然，天化虫乃造化之虫，我弄到它就是要完成这个宏愿，只要它吸收了足够的阴气就行了。”

罗紫烟默了下，才道，“这是你的真正目的？”

“对于一个元神来说，还有什么比拥有一个身体更重要的？”

“好吧，那天化虫吸收足够的阴气了吗？”

“从它引发的那两场阴气风暴来看，应该差不多了。要不是我突然出事，早就把它从九凝鼎里取出来了。”

“我还以为你的目标是九凝鼎呢……”

“哈哈，多蠢的人才会想着从极阳宫里夺走九凝鼎？”

罗紫烟看着血神子默不作声，心中暗自评估着他的话到底几分真，几分假？

“我已经跟你交底了，你要想摆脱我这讨厌的家伙，得帮我找个元神的安身之处，我才会离开司明的身体。”

“你之前不是说过，你已经跟司明融为一体了？”

“我以为这样说你会知难而退，没想到你会让人如此头疼。”

“你说用天化虫重塑身体，就能离开司明的身体？”罗紫烟心头狂跳，好一会儿才又重复一遍。

血神子点了点头，缓缓道，“我想来想去，也就只有这个皆大欢喜的办法了。”

“但我怎么能确定，这不是你又一个阴谋呢？”罗紫烟咬了咬牙，死死盯着血神子。她从 21 世纪追到这个鬼地方，不知吃过血神子的多少算计了。

“嘿嘿，谁说这不是我的阴谋？我的阴谋就是要用天化虫重塑个身体。”

血神子说着，摇了摇头，一脸嫌弃地指着自己的身体，“这种凡夫俗子的躯体，只能用一时，可用不了长久。他根本不适合我修炼，我现在越来越觉得，他简直就是我元神的囚笼，约束我进一步变强。我比你更希望自己能离开他。”

这话说得太真切，罗紫烟看不出丝毫作伪之状。

“而且现在被丁引小儿灌注了那么多阳气进来，要在这具躯体中恢复我的功体根本不可能，我只能寄希望于天化虫了。”

“你用那鬼东西把我引过来，就是要对我说这些？”

“不，我希望你能帮我把天化虫弄出来，给我！”

罗紫烟心头一动，冷冷道，“我弄得出来？”

“当然了，还记得我们上回是怎么靠近九凝鼎的吗？”

罗紫烟点点头，“记得，用剑击中它的中心位置，你说那叫阵眼，然后就有金色天梯可以到它跟前。你直说吧，我要怎么才能把天化虫弄出来？”

血神子靠到石头上，喘息了一口气，“你记得怎么使用阵眼就好。弄出天化虫的办法，我还没有想好，但在冬至之前，我一定会想出来告诉你的。”

罗紫烟心中暗生警惕，“冬至？那离现在不是还有三个月吗？你可以等到那时候？”

血神子无力一笑，“我必须等。因为以你的功体，只有选择冬至之日动手，到时候阴强阳衰，才有把握将天化虫给引出来。”

“可这么几个月，你，不，司明不会有事吗？”

血神子摇摇头，“放心吧，我还能支撑得住。”

“但极阳宫正全面搜捕你。”

“嘿嘿，我会那么容易被搜捕到吗？”

罗紫烟心头一发狠，道，“那行，我最后再相信你一次。”

血神子点点头，诚挚地看着罗紫烟，“希望这一次我们能精诚合作，到时候好摆脱彼此。”

罗紫烟哼了一声，“那这段时间，你可要保重司明的身体，否则我不会放过你的！”

血神子缓缓闭上眼，“那就这样吧。冬至之前两天，记得让你的小鸟儿设法到宫外来，我会让它去跟你联系的。”

话落，那只人脸大黄蜂嗡嗡地飞到罗紫烟面前。罗紫烟皱眉看着它，“这是什么怪物？”

“它啊，不过是我初试的一个小杰作而已。”

“恶心的家伙！”罗紫烟瞪了血神子一眼，转身大步往外走去。

洞外，夜凉如水，清新空气灌入肺里，洗尽了罗紫烟体内的郁气。她深吸一口气，回头看了身后那个黑黝黝的地洞一眼，催动见采，腾空升起，直往极阳宫方向飞驰而去。

搜查进行到第五天的时候，丁引的手谕突然传来，上面只有简单的四个字，“即刻返宫！”

发生了什么事？罗紫烟心中嘀咕着，立即率众火速往回赶。

到了极阳宫外头时，众人不由得愣住了。只见一个巨大的金光罩，像笨钟似地扣在极阳宫之外。

天地寂静，金光如瀑布般从罩子顶部流下，消失在地面，源源不断。

金光映出罩外每张脸上的迷惑与不解，这是什么东西？

“咔嚓！”

金光罩中间，突然出现一道黑线。黑线急剧向两侧扩大，化为一条巨大的裂缝。

“进来吧！”

罗紫烟当先走了进去。只见裂缝之内像是个无底洞，两侧是流动的金光墙，行走其中犹如穿行于黄金通道之内，满眼发眩。

片刻，金光大道到了尽头，众人看到天门山就在眼前。

身后，裂缝逐渐消失。

从这里，看不到金光罩的全貌，只能看到一片金光笼罩在四周。

此时，一人立在天门道，正冷冷看着众人，赫然就是廉红药。她微微一颔首，“先回去休息吧！罗长老，三个时辰后云上殿议事。”

“是！”罗紫烟顿了下，抬头看着头顶，不解道，“上面那是……”

“那是九凝金刚罩，能阻止血魔来犯。”

原来，这九凝金刚罩是极阳宫第一护持大阵，它是由九凝鼎聚集太阳之光而构筑出的一个至刚至阳的结界，能像个巨大的罩子把极阳宫严丝合缝护住。

对于至阴之体的血魔而言，这个金刚罩就是天生的克星，也是无法逾越的天堑。

可以说，只要有九凝金刚罩在，血魔绝无可能再次闯入。

“我们不是到处搜捕血魔吗？怎么突然弄出这么个结界呢？”罗紫烟不解道。

廉红药冷冷道，“此乃宫主之意，问宫主去！”

三个时辰后，云上殿。

丁引一进门，看了长老们一眼，便笑了，“想必有不少人想问我，为什么突然启动九凝金刚罩吧？”

“正是！白谷逸不明白，以我极阳宫天威，面对血魔之祸，该主动出击才对，岂有闭门自守的道理？那岂不是叫天下修仙者，都来笑我极阳宫为缩头乌龟不成？”

“白长老说得没错，不过，我得先让各位看一样东西。”丁引说着，冲着外头招招手。

立刻有四个弟子，抬着一样物什进来，放在大殿上头。刹那间，一股腥臭气息弥漫开来。

“这……”

“这是什么？”

长老们看着那东西，无不惊骇莫名。

只见那是一头从未见过的怪物，狗头而豹身，身子双侧还各挂着一副蝉翼般的翅膀。

虽然那东西已经死了，但在一众长老眼里，却比魔鬼还可怕。

丁引扫了众人一眼，道，“这是丙组弟子无意中发现的，费了好大劲头才将它击毙。”

“这好像就是传说中的夜叉魔？”白谷逸喃喃说道。

“没错，就是一头夜叉魔。”丁引点了点头，“相信大家都知道了，血魔的危害远不在于他自己，还在于他善于打造出各种魔物，组建成魔军。这种夜叉魔，还有黑凤凰，应该都是出自他之手。只要血魔一日不除，就会不断有各种魔物产生，他的魔军最终将会像潮水一般淹没大地。”

罗紫烟先前听丁引提过，血魔的恐怖之处在于他的魔功，具有移花接木，改造人与兽，使之变成各种魔物的能力。

每次量劫，血魔背后都跟着他的魔军，它们横扫大地，涂炭生灵。

在魔军之中，最常见的就是类似狗头怪这种四不像的魔物，它们被称为“夜叉魔”。那晚罗紫烟所见的人脸黄蜂，无疑也是一种小型的夜叉魔。

“只要夜叉魔出现，就说明血魔开始组建他的魔军了。之后，更为厉害的修罗魔也会逐渐出现。”

丁引看着众长老，“现在大家能理解我为什么要开启九凝金刚罩了吧？”

血魔本就是生死大敌了，现在又出现夜叉魔。那就意味着，血魔随时可能带着夜叉魔大军来袭，为了安全起见，丁引只能起用很久没有开启过的九凝金刚罩。

“用九凝金刚罩固然好，但不战而先守，有失极阳宫的颜面。”白谷逸沉吟了下，说道。

丁引颔首道，“白长老所言甚是，躲在金刚罩并非长久之计，要消灭血魔，我们得加紧磨枪。我布下金刚罩，又召集所有人火速回宫，就是希望接下来我们能抓紧磨枪。”

“磨枪？什么意思？”有长老不解地问道。

丁引顿了下，才道，“本宫弟子虽众，但修为上良莠不齐。倘若血魔真的率着魔军卷土重来，本宫只怕难以与之一战。”

丁引走到那条狗头怪身边，看着众人，“所以，我们必须抓紧，让后进弟子迎头赶上，让优秀弟子更拔尖，以备将来能与血魔决一死战。”

白谷逸皱眉道，“话是如此，但修仙之道重在循序渐进，又如何能短期提升修为？”

丁引哈哈一笑，“循序渐进当然不行了，但大家莫忘记了，我们极阳宫位居至阳之地，拥有九凝鼎圣器，拥有各种灵丹仙草，完全可以用非常手段，收非常之功。”

“宫主的意思是……”白谷逸张了张嘴，好一会儿才沉声道，“难道要用禁忌修法？”

长老们的目光突然齐刷刷地落在丁引身上，神色各异，有的又急又怒，有的微笑颔首，有的则是若有所思。

偌大的殿堂内，气氛骤然变得古怪而凝重。

丁引顿了下，扫了众人一眼，才缓缓道，“这是临阵磨枪，还能磨好枪的最好办法了！”

“那怎么可以！禁忌修法凶险莫测，稍有不当便可能危及性命，甚至元神俱灭。”白谷逸声音骤然提高，“万万不可！”

“没错。以禁忌修法入道，等同于堕入魔道，这是自甘堕落，宫主，千万不可！”

“禁忌修法是否真有成效难说，但肯定危害巨大。我们身为正道修仙之辈，岂能急于求成，枉行邪道，那与邪魔外道有何区别？”

……

白谷逸一发声，好几个长老随之纷纷泼冷水。

丁引也不恼，等众人七嘴八舌说完，这才道，“各位长老担忧禁忌修法欲速则不达，容易造成不可预测的危害，这可以理解。不过，我看这是多虑——”

说着，他突然一指罗紫烟，“罗长老大家都知道了吧？入门半年多，我一直用禁忌修法在教导她，如今她的六阳心法修为已接近第三层！”

罗紫烟一愣，原来丁引教他的那些法门，居然就是所谓的禁忌之法！

“难道师父一直在拿我做实验？但从目前情况来看，师父收自己为徒，只怕不全是因为自己天赋根骨不错吧？”心头突然掠过这么一个念头，罗紫烟不由得有些不舒服。

沉吟之际，长老们的目光纷纷投来，有艳羡，有怀疑，有沉思……各种各样都有。

“所以，禁忌修法并非是洪水猛兽，如果加以妥善应用，完全可以成为正道助力。”丁引又道。

长老们对视一眼，都是默然了。片刻之后，白谷逸一咬牙，声音更大了，“我听说上回半年考核时，宫主为魔头司明等五人拓脉，用的就是禁忌修法，当时可是五个死了三个。”

丁引走到白谷逸面前，淡淡道，“伤亡是难免的，但为了极阳宫、修仙界乃至整个天下生灵，这种牺牲是值得的，不是吗？”

白谷逸摇了摇头，“宫主此言差矣！我们可以号召修仙界联起手来，可以去凤凰山找凤凰帮忙，也可以与蜀国的上仙门合作，蜀国王长子可还在本宫修习呢！完全没必要涉入禁忌修法之中！否则与血魔有何区别？”

“白长老说得没错，修仙之道就该堂堂正正，如果不坚持正道，有何颜面立足仙界，如何面对先师？”

又有几个长老支持白谷逸，个个言辞激烈，铿锵如铁。

“迂言腐论，食古不化！”廉红药突然开口了。冷冷的一句话，盖住了所有劝谏之言。

四下里静了静，白谷逸猛地怒了，“廉长老，你这话是什么意思？”

廉红药冷冷道，“我说白长老，还有郭长老、杨长老等几位，只会墨守成规，食古不化。”

“廉长老，请注意你的言辞！”郭长老愤愤道。

廉红药毫不在意，冷冷道，“血魔若不除，世间必定生灵涂炭，甚至沦为魔域。届时，一切众生皆成魔，修仙界也概莫能外。但现在几位长老却在担心快速提升修为会不会堕入魔道，岂不可笑？”

白谷逸怒目而视，待要反驳，廉红药又道，“有道是，成大事不拘小节！在除灭血魔这个大事之前，选择一些非常手段又何妨？难道要坐等血魔率着千万魔军来屠戮我们！”

四下里一片寂静，众人面面相觑，廉红药平素寡言少语，谁也没想到她一开口，竟是舌尖嘴利，令人难以抵挡。

“哈哈！”

丁引大笑一声，打破了这令人窒息的寂静。他看了罗紫烟一眼，“看来很多人对禁忌修法成见颇深，罗长老，说说你的感触。”

罗紫烟愣了下，旋即明白丁引的意思。她点了点头，看了众人一眼，朗声道，“我明白有些长老的疑虑，没错，遵循古训，按部就班，确实让人心安，但这也意味着一成不变，难以突破。

“承蒙师父厚爱，让我有幸尝试修炼禁忌修法，并尝到了禁忌修法的好处。不过，我也深知这可能会伴随着很大的危险。所以，我不会劝谁要跟着我一样冒险，我只想说，这是一场豪赌，成则一飞冲天，败则可能会堕入尘埃。修与不修，就看敢不敢冒这个险了，我觉得选择权应该也在每个人自己身上。”

说完，罗紫烟看了丁引一眼，又冲着众人点点头，抽身后退。

“哈哈！说得好！”丁引大笑起来，“既然在这个问题上大家意见相左，何不这样，让全宫弟子自愿选择，愿意修习禁忌修法的就修习，不愿意的就算了，彼此各行其道，互不干涉，如何？”

“这个……”白谷逸不由得迟疑了。

丁引摆摆手，“没意见就这样定了！各位长老把此事传达给各自弟子，然后把愿意尝试禁忌修法的名单报上来。”

只用半天时间，名单便报了上来。愿意冒险参加禁忌修法的，竟多达七成，长老和弟子都有。

这让坚决反对的白谷逸等人大感不忿。更让他们愤怒的是，丁引随后下了一道命令，让白谷逸他们带着其他三成不愿意参加禁忌修法的弟子，继续去追寻血魔的下落。

如此一来，宫中剩下的，就只有与丁引理念相契之人了。

次日，丁引把这些弟子召集到接天谷中的空地上，给每人分发了一剂“百珍仙草汤”。

服药乃修仙之中最常用的手段之一，它能借助药石之力，迅速改变修仙者的体质，扬抑阴阳二气。

不过，是药三分毒。人之身体，又是千差万别，就算资质相同，也会有些微差别，如果一个药性不对，很容易伤及功体，甚至会给将来的修为埋下隐患。因此极阳宫为了安全起见，一直禁止服药修仙，避免走火入魔。

当然，越是禁止之事，往往越有人会去做。毕竟，服药固然危险重重，但如果侥幸成功，修行便能突飞猛进，前途不可限量。所以，常常有人采集仙草，制作各种仙草汤私服。

极阳宫这方面查禁极严，如果不是必要的服药并经三位以上的长老同意，私服药草被发现是要逐出门墙的。

如今，看到宫主竟给自己开出五颜六色的药汤，众人都是惊奇交加，却又暗暗不安，没人敢先伸手去碰药碗。

“这仙草汤，可不是一锅炖出来的，而是综合考虑你们的年底考核成绩、入门修行年限、资质禀赋等具体情况，因人而配药的，一人一汤，绝无重复。”

看出众人的疑惑，丁引笑着安抚一番，话锋马上一转，“当然，我不保证每个人的药都是绝对对路。在你们之中，必定会有人因为服药而散功，甚至立毙当场。如果有人不想冒这个险，现在还可以离开，赶上白长老他们。”

众人不由得面面相觑。一片沉默中，廉红药霍地起身，拿起面前的药汤，“宫主精心研配之药如果不放心，世间还有什么药能放心的？”

话罢，她一仰脖子，药碗立即见底。

有长老带头，其他人再无迟疑，纷纷一咬牙，把面前的仙草汤喝了。

罗紫烟也把面前的仙草汤喝了。在此之前，丁引已经告诉她了，为她新配的仙草汤，药性比先前的“百草宴”更强数分，能进一步激发她的凤体，促进她修为更快提升。

饶是如此，罗紫烟心里还是不是滋味。当初丁引给她准备那一桌百草宴的时候，她还感激不尽，哪知道其实是在拿她当试验品。

不过，她的心态马上又平复了。为了司明，她命都可以不要，冒险一试又何妨?

小片刻工夫，所有的药汤都喝光了，众人纷纷望向丁引。

“从现在开始就地修炼，一个时辰内，谁也不许离开这里。如有不适，立刻说出来。”丁引大声说道。

众人依言盘膝坐下，开始就地修炼。

仙草汤落肚，罗紫烟并无任何不适之感。只觉一股暖流从已经练成的阳脉之中，缓缓生出，开始在其中运行着。

暖流越变越强，没多久便像激流一样来回穿行着，鼓荡着全身阳脉。这让罗紫烟倍感舒服，六阳心法随之而动。

“啊！”

一声惨叫，突然凄厉地传来。罗紫烟急忙回头，只见一个弟子正捂着胸口，满地翻滚着，原本白皙的脸上一片青紫。

几乎同时，人影一闪，丁引出现在那弟子身边，一掌拍在他背上。

一片金光蹿起，那弟子的叫声停了下来，脸色逐渐恢复如常。

丁引松了口气，撤掌道，“没事了，继续把阳气导入阳脉之中，切莫让它们再乱窜！”

那弟子点点头，依言坐下来。

丁引环顾了四周一眼，朗声道，“都别分心了，继续修炼……”

话未落，惨叫又起，一个原本起身看热闹的弟子，突然扼住自己的咽喉，直直往后倒下。

丁引急忙上前，却没有出手相救，而是探了探那人的鼻息，脸色沉了下来。

“宫主，他……”

“死了！其他人继续修炼！”丁引冷冷道。

四下里一静，没人再说话，空气似乎凝固了。虽然人人都知道，服药凶险莫测，但真看到后果就发生在身边，每个人还是惴惴不安。

药力就像死神，无形无质，谁也不知道它会不会降临到自己头上，抑或何时会到来。

其后一个时辰，对于众人而言都是一场生死考验。不断有人药毒发作，惨叫倒地，更有数人直接倒毙。

好在，丁引修为参天造化，但凡是症状初发被及时发现的人，基本都被他救了下来。饶是如此，仍有几个人功体崩毁，永远断送了仙途。

直到两个时辰后，安然无事的人才松了口气，说明自己从鬼门关走一遭回来了。

“别高兴得太早了，真正的危险还在后面。”丁引看了众人一眼，猛地双足一点，腾到了空中。九凝鼎的光芒飞落下来，将他的身影拉长，盖在了众人头上。

“接下来，我将驱动极阳宫里的极阳之力，激化大家体内的药草之效，为你们增阳驱阴，冲关扫穴。这是你们突破自我桎梏的良机，但要小心用好阳脉。”

顿了下，丁引声音骤然一提，“还要提防药草之力再次爆发，伤及你们的阳脉，知道了吗？”

“知道了！”

“那好，准备吧！”

话落，丁引的双手缓缓张开，两团金光应手而生，光华耀目，仿佛空中多了两颗小月亮。

众人齐齐抬头仰望，个个屏息凝气。人人皆知，即将而来的不但关系到修为，更关系到性命。

“喝！”

半空中丁引舌绽春雷，天地似乎颤了颤，两团金光随即化为两道金柱，直击在九凝鼎上。

“轰！”

耀眼金光充天斥地，淹没了丁引的身影。众人只能听到他的喝声，“开脉接阳——”

众人同时催开阳脉，双掌向上，与飞落而下的阳气交接一处。

四野里顿时陷入金光海洋里。

此情此景罗紫烟再熟悉不过。事实上，跟她先前独自承受的强大阳气相比，现在每个人能分享到的阳气，从数量来说只是毛毛雨了。

不过，泰山不让土壤，罗紫烟仍是张开阳脉，将它们一点一点往里引。灵台随即进入空明状态，世界一片寂然，一切似乎都不存在了。

半个时辰后，金光终于消尽，罗紫烟耳边突然传来阵阵惊呼。她吃力地睁开眼，只见多数同门都已出定了，但却有十几个不但没醒过来，还全身发焦发黑，似乎被雷火所噬。

“正常的牺牲，不必大惊小怪，带出去好生安葬吧！”丁引从空中缓缓落下，脸上挂着浓浓的倦意，口气却是淡淡的，似乎只是在吩咐人把几根枯木搬走。

没人多说什么，只是默默照做。活着的人，唯一的想法就是，庆幸倒霉事还没落到自己头上。

禁忌修法的效果远比预想的要好。此后三天，众人都惊喜地发现，自身的修为真的在以能够感觉得到的速度增长着。不少困扰已久的修为瓶颈，竟在不知不觉中被攻克了。

喜人的进境冲淡了度劫过关时内心的恐惧与哀伤。每个人都是笑逐颜开，谈笑风生，一来就各自落座修炼。

而驱动一次九凝鼎，为如此多的宫人开展禁忌修法，即便是对丁引来说也是难以承受之重。这三天他都是在闭门休养。

直到第四天，丁引才再次操控九凝鼎为众人助修。

这次，罗紫烟把小卷毛也带过来，让它顺便也吸收下阳气。

当金光再次淹没空中的丁引时，众人都是轻车熟路地催动六阳心法，全力接纳那从天而降的阳气。

很快，阳气便再次充满天地。但罗紫烟却敏锐地发现，这回情况似乎有所不同。周围阳气纷纷扰扰，不再像之前那样有序落下，而是被各种力量牵制，朝着各个方向纵横交错。

有了上回的经验，每个人都知道阳气总量是固定的，僧多粥少之下，能多争一点是一点。因此，从一开始众人便是全力以赴，争取吸收更多的阳气。

如此一来，修为越高优势越显著，逼得修为较弱的一般弟子只能在强者之间捡漏。

“小烟，我怎么吸收不到多少阳气啊？”小卷毛不由急得乱扑翅膀。

罗紫烟苦笑一声，“我也差不多。”

“可恶，这不是欺负人吗，我们联手跟他们抢吧！”

“也行，来吧。”

小卷毛立即双爪一压，紧紧地扣在罗紫烟肩头。一股沉沉巨力立即压了下来，罗紫烟深吸一口气，凤凰力瞬间提了上来，全身涌动着火热之力。

“哇！还是跟小烟联手感觉比较好，我觉得自己特别有力量。”小卷毛道。

罗紫烟心神一摄，阳脉齐张，“开始吧！”

“哈哈，太爽了！阳气都往我们这里跑了！”

凤凰联手，吸力何其大，一股股阳气立即如同汹涌大潮，从四面八方席卷而来，鱼贯涌入罗紫烟阳脉之中，再进入小卷毛体内。

阳气越聚越多，以罗紫烟为中心，竟形成一个巨大的阳气涡流。

“嗯？”罗紫烟心头一喜，立即把阳气聚拢成一股，往足少阳脉里转入。

这段时间，在丁引的帮助下，她的修为一直都是进步飞快，如今六阳心法已到第三重，此刻，巨量的阳气入体，简直是莫大的强助，罗紫烟立即试着往第四重冲。

六阳心法的修炼诀窍，丁引早给她讲得极为透彻，她如今需要的，其实就是更多的阳气而已。

滚滚阳气奔袭而来，先是涌入手少阳、手太阳、手阳明三大阳脉，随后又猛烈地冲击着足少阳脉，势如破竹地在其中各个关节攻城略地。

这让罗紫烟有种身体快被引爆的感觉，但却没有丝毫痛苦，反而倍感舒爽。

足少阳脉的穴关越破越快，越开越大，引得更多的阳气跟进。

罗紫烟似乎听到战鼓之声，跌宕起伏，震得她的心跟着要飞起来。

不知过了多久，罗紫烟才从空灵之境出来，耳鼻六识随之回归。她听到一阵窃窃私语萦绕在四周，犹如无数蚊子在嗡嗡作响。

“她怎么还在抢阳气？都一个时辰了！”

“对啊，简直就是贪得无厌！”

“怪不得人家半年多能从入门新丁修为直达六阳心法第三重，原来特别能抢。”

“这有什么好说的！宫主早先就说了，九凝鼎为公器，阳气为公有，谁多谁少，全凭个人本事！”

“话是没错。但我们这么多人同时修炼，不能好处全让她一个人独占啊！那我们岂不是变成陪练的？”

……

议论声越来越大，罗紫烟肩头突然一轻，小卷毛也出定了。它振翅飞离罗紫烟肩头，尖叫道，“你们聒噪什么？小烟就是有本事，你们不服就抢过她啊！”

“哼！我看是宫主偏心，故意给她放水的！”有个阴阳怪调的声音传来，罗紫烟听得出来，那是铁姝发出的。

这次，干鹊为了要跟罗紫烟会合，没有再随白谷逸等人出去搜捕黑凤凰，铁姝自然也就跟着留下来了。也幸亏有她寸步不离跟着干鹊，否则罗紫烟真不知该如何摆脱干鹊的殷勤。

“紫烟天赋本来就高，哪里还需要什么放水！我看这样很正常，没啥好说的！”

是干鹊的声音！罗紫烟不由得心头一暖，缓缓地睁开眼。

只见眼前是一张张惊诧莫名的脸，上到长老下到一般弟子，此时都围在罗紫烟身边，眼里满是惊异、疑惑、不安、嫉妒……

“你们干什么？”罗紫烟起身不解地道。

小卷毛落回罗紫烟肩头，“他们抢不到阳气，怪小烟咱独占了呗！”

“大家都要修炼，凭什么你把阳气全吸走，我们只能陪练呢？”铁姝恨恨地说道，盯着罗紫烟的眼里似乎要喷出火来。

“铁姝！那是紫烟的本事！”干鹊上前一步，怒视着铁姝道。铁姝瞪了他一眼，抿嘴不说了。

罗紫烟没有说话，心中却是大感无奈，她根本没想到，她和小卷毛同施凤凰力与六阳心法，争夺阳气时竟如此强悍。

此时，说什么似乎都无法平息众人心中的不平。她索性还是闭嘴了。

“宫主到！”

不知谁喊了一声，众人急忙抬头，只见丁引正从空中缓缓降落。

要保证九凝鼎能持续稳定供应阳气，丁引必须一直操控九凝鼎，直到阳气用尽才能下来。他虽然不知道底下发生了什么，但一看这架势便明白了，“怎么？有人觉得不公平，自己吸收得少是吗？”

众人都是低下头来，没人敢吭声。

“不满意下次奋起直追就是，可别让我看到自己不努力，却还要求别人不能努力的人，知道吗？”

“知道了！”

“都回去吧，体悟下今日得失，尽快让自己变强起来。”

众人散去。罗紫烟却走向丁引，躬身道，“师父……”

丁引摆摆手，“你不用感到愧疚，你就该给他们立一根标杆，让他们知道自己的尺寸。”

“是！弟子会当仁不让的！”罗紫烟本是心中不安，但听丁引这一番话，却又改变了想法。

要救司明，她就不能想太多，必须争分夺秒，不做小女人扭捏之态。

丁引满意地点点头，笑道，“这就对了！我可是希望有人能尽快成为我的左右臂膀的。”

转眼，离冬至已经不足一个月了。

这段时间，宫中的禁忌修法一直没停过，不过每次丁引催发阳气的时候，罗紫烟虽然当仁不让，却还是会注意把握尺度，给其他人分一杯羹。

这段时间众人的修为进境，都抵上以前的一年了。即便是小卷毛，也跟着罗紫烟，顺便把凤凰力的威力提升一大截。

对于禁忌修法的疑虑，随之烟消云散。

而白谷逸等人却仍奔走于天地间，全力追缉血魔，搜索区域长达数千里。只是血魔却像从三界蒸发一般，毫无踪迹。

不仅如此，也没再发现夜叉魔和黑凤凰的踪迹。

这个消息让罗紫烟又忧又喜。忧的是血魔比想象的难缠，喜的是司明暂时安然。

每次涉及血神子安危的时候，这个纠结症都会发作。

罗紫烟唯一的希望就是，冬至之日能顺利弄出天化虫。但愿天化虫真的能给血魔重塑真身，再把司明的身体还给她……

离冬至只剩五天了。

这天，在开始禁忌修法之前，丁引突然召唤罗紫烟过去。

“今天，你别参加修炼了，就在旁边为大家护法吧。”

“我……护法？”罗紫烟愣住了。

丁引点点头，说出了缘由。

原来，经过这段时间的禁忌修法，多数人的修为都到了快突破境层的关键时刻，只要给予一次至强阳气，就能助很多人的修为进入新境层。

但是，修仙之路上的每个关口，都是一道生死坎。正道修法尚且如此，禁忌修法的危险性更是倍增。

“那师父要我如何护法呢？”

“很简单，如果大家都能顺利过关，你什么都不用做。如果有很多人出现不适，或者走火入魔，你才出手。”

“怎么出手？”

“把阳气给抢过来就行了。”

丁引解释了下，罗紫烟才明白，如果在这种时候有人出现不适或走火入魔，原因只有一个，那就是阳气吸入过多，超过功体的负荷。

在这种情况下，只要罗紫烟及时把阳气给抢了，就能为他们解围。

“只要有人走火入魔我就出手吗？”

丁引摇摇头，淡淡道，“如果只有几个人就算了，这种生死关头，总会有人跨不过去的，不能因为他们而耽误其他人。”

罗紫烟心头一寒，片刻才道，“那要多少人走火入魔，我才出手？”

“二十个以上。”

“这么多？”

丁引点了点头，没有说什么，但眼里的坚定不容置疑。

罗紫烟迟疑了下，只能点头称是。

当禁忌修法的漫空金光火流似地从天而降时，罗紫烟和小卷毛立即退到一旁，目光紧紧盯着沐浴于金光之中的众人。

金光里的每个人都是聚精会神，全力以赴。这段时间的修炼，已经证明了禁忌修法是修仙路上的捷径，谁都希望能借此东风，尽快突破境层，让修为跃上一个台阶。

在丁引全力催动下，九凝鼎光芒越发炽盛，阳气浩浩荡荡洒下，无穷无尽。

刚开始一切如常，但没多久，右前方就有个弟子突然惨叫一声，往后倒下，剧烈抽搐着。

“小烟，那边有状况了。”

“看看再说。”罗紫烟的心揪得紧紧的，但想起丁引的话，却是动也不动。

片刻之后，又有两个弟子惨叫着倒地，一个当场没了声息，另一个则是抽搐个不停。

“才三个，不能出手。”

罗紫烟发现自己突然陷入一个巨大的矛盾之中。一方面她希望走火入魔者越少越好，一方面又盼着能赶快超过二十个，好出手解决这个惨局。

两难之际，倒下的人更多了，没多久便多达十三个。其中一半倒地时已暴毙，尸身焦黑如炭。剩下的则是遍地打滚，苦不堪言。

又过了好一会儿，走火入魔者才增加到十六个。但原本还在抽搐挣扎的人，又有四人没了声息。

“小烟，再等下去，只怕他们都要死了。”

罗紫烟全身发冷，额头更是大汗淋漓，却还是咬了咬牙，“还差四个！”

“宫主也真是的，为什么要说二十个，而不是十六个！”小卷毛喃喃道。

罗紫烟咬了咬牙，强忍住出手的冲动。丁引这个命令虽然残酷，但也确实是无奈之举。毕竟，对所有参与禁忌修法的人而言，危险都是一样的，事先也都预知了可能的后果，完全没必要为了少数人而破坏多数人的修炼成果。否则，修行之坎永远都在那里，这次被破坏掉，下回还是得重新再经历一次鬼门关。届时，出事的人可能更多。

思前想后，罗紫烟还是决定再等等看。二十个不到，她只能选择铁石心肠。

九凝鼎的阳气绵绵不断落下，沐浴其中的众人开始变得安静下来，直到好一会儿过去，才又有一人倒下。

而那些打滚惨嚎的人，除了又死掉两个，其他的也安静许多。

“看来，二十个是达不到了。”罗紫烟暗暗舒了口气，现在她只能盼着这场盛大的禁忌修法能赶快结束。

“咦，小烟，你有没有感觉突然有些冷了？”小卷毛突然叫了起来，警惕地看着四周，“不应该啊。”

“嗯？我没有感觉到。”罗紫烟看着四周，并没有感到异常。

小卷毛瞪大眼睛，声音里透着寒意，“好像是那种不好的感觉又来了，越来越冷了。”

被它这么一说，罗紫烟还真感到有点冷。她不由得抬头望去，只见九凝鼎依旧光芒耀眼，阳气如火流，凌空直下。底下的一众修仙者，仍是沉浸在修炼之中，毫无二致。

但是，真有那么一股寒意若有若无，不知来自何处，一下子包裹过来。

“真的好冷，不好！”罗紫烟确定不妙的时候，异变已发生了，只见台下那些修仙者们突然都如遭雷噬一般，纷纷跳了起来，惨叫不迭。

“啊！”

“啊！啊！”

“啊啊啊！”

只是眨眼间，所有修仙者都扑倒在地，痛苦地挣扎个不停。

“小烟，已经超过二十个了，赶快吸收阳气啊！”小卷毛惊呼道。

罗紫烟却是仰望着空中，“不急，我们得先弄清楚，为什么所有人同时走火入魔？”

话落，九凝鼎上突然蹿起一道刺眼白光，炫得罗紫烟当即两眼一黑，耳边传来小卷毛的尖叫，“啊？怎么回事！”

罗紫烟使劲眨了眨眼，双眼终于又能视物了，眼前的景象让她目瞪口呆。

九凝鼎依旧高悬于空，但所洒落下来的光，却是像霜雪一般的白光。这种光飘落下来时犹如雪片，触体后立即融入功体内，像针一般直往血脉里钻。

罗紫烟感到更寒了。

“呼！”

就在此时，一条人影突然从空中直落下来，正跌坐在罗紫烟面前。

“师父！”

丁引没有回答，而是盘膝坐下。只见他全身上下，竟覆着一层厚厚的冰晶，眉眼之间也是霜寒浓重。此时，阵阵白气正从他头顶袅袅升起。但是，他的脸色看起来比雪更白了。

罗紫烟扑到他面前，着急地道，“师父，这是怎么回事？”

丁引吃力地睁开眼，半晌才从牙缝里蹦出几个字，“阴气……灾劫又来了！”

“阴气灾劫？”罗紫烟抬头望向空中，只见无边无际的白光已经遮蔽了一切。

一定又是天化虫在捣乱！想不到沉寂这么久，它又开始不安分了。

“师父，你怎么样？”

“我没事，只是吸入大量阴气，堵住了阳脉，要化解掉得费些时间。”

操控九凝鼎本就是极其消耗功体的，乍然又遭遇阴气灾劫的突袭，丁引还是着了道儿。若非他修为高深，只怕当场就走火入魔了。

深吸一口气，丁引看着四周，眼里闪着惊怒之光，“到底是怎么回事？难道血魔还有同党潜伏在宫中吗？”

罗紫烟心头发颤，忙岔开话题，“师父，现在我该怎么办？”

“现在，其他人都跟我一样。如果继续再吸收阴气入体，只怕……”

“只怕怎么样？”

丁引没有说话，而是看着罗紫烟。

罗紫烟立即明白了，如果再不赶快解救，只怕全宫上下，都将走火入魔以至元神俱灭。

这可是关系到大半个极阳宫的生死存亡啊！

“但愿，我能及时恢复功体……”丁引深吸一口气，不再多说，而是全力驱散体内的阴气。

罗紫烟默然片刻，猛地大步飞奔出去。小卷毛愣了下，急忙跟过来，“小烟，你干什么？”

罗紫烟回头看了它一眼，咬牙道，“我们得做点什么！”

此时，阴阳二气混合而成的光气，在接天谷之上汇集成一片白黄相间的雾气，走火入魔的极阳宫众人，在其中若隐若现。

到了空地中间，罗紫烟猛地坐下，“小卷毛！”

“小烟，这太冒险了……好冷啊！”小卷毛大叫着，还是落到罗紫烟肩上。

“我们把阳气……还有阴气一起抢过来，不然极阳宫就完了！”罗紫烟说着，六阳心法一催，三条阳脉大张，形成三个阳气吸口。

“小烟，真要这样吗？阴阳二气同吸，我们会没命的！”

“难道你能眼睁睁看着这么多人等死吗？我们好歹要试试！”罗紫烟急声道。

小卷毛迟疑了下，“好吧，我也确实看不下去……小烟想怎么样就怎么样吧！”

话罢，它的双爪牢牢地抓住罗紫烟的右肩。

二者的凤凰力再次合为一处，所形成的巨大吸引力，开始源源不断地把外头的阴阳二气吸进来。

阴气一进阳脉，一部分附着于其中，一部分则向体内各处弥漫。所过之处，被侵蚀的肌理似乎冰封住了，罗紫烟立即有种快被冻僵的感觉。

换作常人，在这种情况下，只怕功体受损，自保都难。但来自小卷毛的凰力，却给罗紫烟带来源源不断的助力，一波又一波，不断与罗紫烟体内的凤凰力内外呼应，循环往复收复着失地。

一时间，罗紫烟的身体成为阴阳二气的汇集地，也成为二者的相争之地。

混乱之中，罗紫烟开始试着催动六阳心法和凤凰力，把阴阳二气区分开来。

其中，阳气被她转入四道阳脉里。而阴气，则是被阳气挤到各大阴脉之中。

这个策略效果非凡，混沌带来的痛苦在逐渐减少。不过，罗紫烟却觉得自己的身体，似乎就要被撕裂成两半。

……

痛苦之际，后背突然一震，一只手抵在那儿。不等罗紫烟反应过来，大股阳气潮水般涌入体内。

这股阳气与体内吸收进来的阳气截然不同。它进入罗紫烟体内后，立即以炎炎炽热横扫一切。随后，全部汇入足少阳脉里，猛烈地淬炼着它。

不知过了多久，原本在淬脉上还缺几分火候的足少阳脉，竟是瞬间淬脉成功。

而这股阳气，则又一个掉头，猛烈地轰击着进入阴脉之中的阴气，在它的冲击下，阴气开始消失。

原本阴阳二气泾渭分明的分裂感顿时消失。罗紫烟全身再次被阳气充满了，她感觉有什么呼之欲出。

“啊！”

就在此时，淬脉成功的足少阳脉，突然与手上三道阳脉打通，积聚其中的阳气，迅速与手上三道阳脉汇集一处，向外贯冲出去。

“凤凰力第三重！”

耳边传来小卷毛一声欢呼，罗紫烟只觉身子一轻，积郁已久的阳气轰然破体而出。

“凤翼刃！”

罗紫烟回过神来，看到两道金光像是巨大的翅膀，飞舞在她面前的空中，每一次舞动，都带起烈烈大风。

而在金色飞翼之外围着一圈人，正呆呆看着她，眼神都是复杂异常。

这些人，赫然就是先前在阴气突袭下集体走火入魔的极阳宫众。此时，个个神色如常，看样子已脱离了危险。

“还不快谢谢罗长老的舍命相救！”后背那只手突然放开，丁引的声音传来。

罗紫烟急忙回头，只见丁引正负手走出来，满脸疲倦之色。

“多谢罗长老！”四周极阳宫众突然醒悟过来一般，同时躬身道，满脸感激。

“这……”

罗紫烟呆了呆，刚要说话，丁引微笑地拍了拍她的肩头，“不必惶恐，你救了大家，救了极阳宫，这是应该的！”

第十三章 | 冬至魔至

白光散尽，积雪初融，乌云退散后，天空只剩一个太阳。原本九凝鼎所在位置只剩一个模糊的金圈，不过金光正在向内蔓延，很快它又会变成一轮金日高悬于空。

劫后重生的宫众已经各自回去了，空地上只剩丁引和一脸发懵的罗紫烟。

从丁引口中，罗紫烟才知道，她和小卷毛舍身吸收阴阳二气，可谓是千钧一发间的壮举。不但减缓众人走火入魔的速度，还让丁引能在短期内迅速恢复功体，从而能及时替罗紫烟摆平体内的阴阳二气。

“你现在六阳心法已经达到第四重，凤凰力也到第三重了，可谓是因祸得福。”丁引顿了下，又好奇地看着罗紫烟，“不过，有个事极其古怪。”

“什么事？”罗紫烟愣了下。

丁引顿了下，道，“你现在也拓了阴脉。”

“啊？怎么会这样？”

“我出手帮你的时候，你体内的阴气已经被你赶入阴脉里，与我的阳气相互僵持。为了炼化它们，我只能汇聚九凝鼎内的阳气进去扫荡它们，没想到……”

顿了下，丁引才道，“最后阴气是被炼化了，但你的六阴脉也被拓开了。”

罗紫烟看着自己，“就这样被拓脉了？”

小卷毛道，“也没什么好奇怪的，小烟的功体与众不同呗。”

丁引点了点头，“这可能真跟紫烟人身凤体的独特功体有关，也跟阴阳二气混战有关……你有没有感到功体异常了？”

罗紫烟摇摇头，“没有什么特别的感觉。”

丁引面露疑惑，小卷毛问道，“宫主，开拓阴脉，对小烟有什么坏处？”

“目前来看，好像没有。”

“那有什么好处吗？”

丁引沉吟了下，才道，“好像也没有，除非她能阴阳双修！”

小卷毛摇摇头，“小烟是人身凤体，天生近纯阳之体，怎么可能修阴呢？”

罗紫烟满不在乎道，“只要没有什么影响，管他呢。”

丁引笑了笑，却又望着空中，眉头紧皱，“这次的阴气又是怎么回事？原以为血魔逃走之后，这种事不会再发生。但这次怎么来势更猛，连我都差点着了道儿。”

罗紫烟心头一颤，小心道，“师父觉得这是怎么回事？”

“我觉得，问题很可能就出在九凝鼎上。”丁引沉吟道。

罗紫烟心头狂跳，故作不解道，“九凝鼎？”

“嗯。有可能血魔在九凝鼎上做了手脚，影响了宫内阴阳二气消长，才会屡屡出现这种阴气灾劫。”

宫主就是宫主！罗紫烟心头由衷佩服。

丁引却又摇摇头，眼里闪过一抹疑惑，“不过，我之前查过多次了，根本没发现有什么问题……”

罗紫烟高悬的心不由得松了松。

丁引突然冷笑一声，眼里寒光闪动，“不过，如果真是血魔在搞鬼，他一定会在冬至那天兴风作浪的。因为那天正是阴阳盛衰转变的节点，天时最有利于修阴魔徒了。”

罗紫烟心头跳得更厉害了，“那我们……”

“正是守株待兔的好机会！”

“紫烟！紫烟！”

暮色之下，半峰楼外伫立着一人，看到罗紫烟回来，立即满脸喜色迎了过来。

“干鹊怎么又来了！看到他我就头疼。”罗紫烟大感无奈。

“来就来了，小烟你不用开口，我把他打发走！”小卷毛自告奋勇说道。

干鹊满脸狂喜飞奔过来，但小卷毛却是一个闪身挡在他面前，“你来干什么？”

干鹊毫不在意，眉飞色舞，“我来找紫烟求教的。”

“求教？”

“是，根据宫规，弟子如有不明，可以随时向长老请教。所以我来找罗长老请教。”

“哟，这家伙长进了，开始会找借口了。”小卷毛乐了，笑着说道。

干鹊不以为意，欢快地跑到罗紫烟面前，激动地看着她。

罗紫烟大感无奈，“好吧，你想请教什么？”

“我想……”

“嗖——嗖——”一道匹练突然远远而来。

“干鹊，你在这里干什么？害我好找！”光芒消敛，一人落到干鹊身旁，目光却狠狠瞪向罗紫烟。

“每次都这样！”罗紫烟暗暗苦笑一声，类似的事情可是发生了多次。

干鹊却是脸色一沉，“我来向罗长老讨教修炼上的事。”

“来也不跟我说下，害我多心急！”铁姝似怨似嗔，过来挽住干鹊的手，“好了，我想收拾下房间，你帮我一下吧。”

“明天吧，我现在修炼要紧。”干鹊手一抖，抖开了铁姝的热情。

铁姝表情僵了僵，突然冷冷扫了罗紫烟一眼，“她能教你什么！”

“罗长老的修为进境你又不是没见过？这次我们没有走火入魔，还能突破功体桎梏，进入第三重境，可是多亏她的帮助。”干鹊不悦地道，“铁姝，你怎么能跟罗长老这样说话，太忘恩负义了！”

“哼！”铁姝看着罗紫烟，冷哼一声，“我又没有叫她帮我！”

“你——”干鹊又气又急，刚要发作，罗紫烟却是笑了，“刚好，我也没希望有谁会感激我！”

铁姝脸上青一阵白一阵，盯着罗紫烟，“是吗？我很好奇，你何德何能，敢教干鹊？”

“铁姝，你干什么！”

铁姝置若罔闻，继续挑衅道，“你要想教他，得先打赢我才行！”

小卷毛再也忍不住了，怒飞而起，“臭八婆，小烟不跟你一般见识，你倒是上梁揭瓦了！来啊，让我先跟你练练。”

“臭鸟儿，你滚开！”铁姝鄙夷地看了小卷毛一眼，目光再次落到罗紫烟身上，“你这臭丫头只有勾引男人的本事吗？”

“铁姝！”

“你不用管，这是我跟她的事！”

干鹊想阻拦，铁姝却疯了般推开他，大步逼向罗紫烟，一副不打不罢休的架势。

罗紫烟本不想与她一般见识，此时再也忍不住了，“请自重！”

“来啊！”铁姝右手一动，仙剑已经在手了。

她这口仙剑，是入门考核时得的命器，刃面上布满火纹，名唤“四相离火剑”，曾是名动仙界的神剑。在她的修炼下，此时剑一动，剑上便是火光闪动，蓄势待发。

“那好吧，我陪你玩玩吧。”罗紫烟心念一动，见采也在手，同时冲着干鹊道，“我来指点指点她，你退下吧。”

“小烟，要不要我帮忙？”小卷毛兴奋地大叫着。

“不用了！你也一边去！”

“好啊，小烟别跟她客气，我会为你助威的！喂，我们退一边！”

干鹊大感无奈，在小卷毛的催促下，还是退到一旁去。

几乎同时，铁姝飞身扑了过来，四相离火剑一声轻吟，包裹着一团灼灼离火直刺罗紫烟颜面。

“哼！”

罗紫烟纹丝不动，但见采上的光芒却是瞬间暴涨，剑身相应跟着变大数倍。

跟丁引修炼这么久以来，她还没正儿八经与人交过手，今日正好可以拿铁姝一试锋芒。

正在此时，铁姝的身影突然消失了，眼前只剩一片火海呈扇形包抄过来。这是四相离火剑幻化出的离火幻境，用以蛊惑他人眼目，只等敌人目光迷离，就给予致命一击。

但是，罗紫烟却是视而不见，只管一剑迎着火海斩了出去。

大拙破大巧，开阳斩！

“哗！”

火海之上，大蓬火舌冲天而起。弥漫横生的离火骤然消失，铁姝的闷哼声传来。只见她身如风中落叶，被凶猛的剑劲击得斜飞出去。

跌飞出数丈，铁姝立即又一个折身，再次向罗紫烟扑来，四相离火剑迎面直劈。

“哗！”四相离火剑到了空中，火光再次冒出，一只烈焰巨虎凭空出现，尖牙锐爪栩栩如生。

四相离火剑的妙处，在于阳气饱贯时，能迅速幻化出青龙、白虎、朱雀、玄武四相。每一式，都有四相之力加持，威力惊人。

罗紫烟冷笑一声，见采又是一剑斩出去。刚才初次交手，她已经掂量出对方的斤两。此刻，更加不管对方用的是什么招式，只管继续以至强的开阳斩，横扫一切牛鬼蛇神。

“轰！”

见采斩在火虎之中，金光暴射，火虎瞬间瓦解，迸出的火流横飞四方。

铁姝的身影，也在这纷飞的流火中再次跌飞出去。

而罗紫烟则是紧跟而上，开阳斩又一次斩出。她不想再给铁姝任何攻击的机会。

“小烟好样的！”小卷毛兴奋地尖叫着。干鹊却是大急，“紫烟，剑下留情！”

罗紫烟仍是一往无前！

铁姝勉强拿桩站住，见状立即银牙一咬，四相离火剑又是挥斩出去。

这回，剑下幻化出的是一条夭矫火龙，盘旋飞舞，席卷向罗紫烟。

罗紫烟只当没看到，又是一剑斩出去。

“咔嚓——咔嚓——”

火龙应声断为数段，而罗紫烟则是穿过破碎的幻象，一剑直击铁姝面门。剑风飒飒，势不可挡。

铁姝想再顽抗，却是来不及了，只能聚气于剑，硬挡罗紫烟的攻势。

“当！”

双剑结结实实交击一处，离火剑上蹿起一团团火，劲射四方。而从见采上传来的巨大冲劲，则是震得铁姝再次倒跌出去。

不容她有喘息之刻，罗紫烟如影随形而上，见采势如急电直逼而至。

铁姝一个鲤鱼打挺跃起，金色锋芒已到咽喉前，四相离火剑当即僵在半空，再也不敢动分毫。

“如何？”罗紫烟淡淡道。

铁姝眼里似乎要喷出火来，咬牙道，“不服！”

“这就对了，以后继续加把劲！”罗紫烟突然笑了，猛地一撤剑，回头对干鹊道，“干鹊，人家铁姝要你帮忙收拾房间，你还不快去？”

“这……”干鹊和铁姝都是愣住了，小卷毛也是目瞪口呆。

“这是长老的命令，还不去！”罗紫烟看了干鹊一眼。

干鹊回过神来，急忙上前扶起铁姝，“好了好了，我们走吧！”

“哼！”铁姝瞪了罗紫烟一眼，掉头就走。

干鹊无奈地看了罗紫烟一眼，跟着过去了。

两道剑光，很快便破空而去。

“小烟，干吗不好好教训她一顿呢？”小卷毛不解道。

罗紫烟笑了笑，“她又不是我的情敌，我干吗要跟她一般见识？”

话落，耳边突然传来一个细微的声音，“紫烟，速到云上殿！”

是丁引的遥寄传音术！

丁引正站在殿门口，负手看着空中，若有所思。

“师父！急召我前来有何事？”罗紫烟躬身问道。

丁引目光回到罗紫烟身上，淡淡道，“白谷逸那边刚传来消息，在伏牛岛发现血魔的踪迹了。目前，已经设下天罗地网把他困住了。”

罗紫烟心头一颤，“伏牛岛？”

“远在数千里之外的南海之上。”

罗紫烟心头不由得暗忖起来，“血魔难道真躲到那里去了？或者这又是他搞得调虎离山之计，想把师父吸引过去，好利于我冬至时取出天化虫？”

她心中想着，口中却道，“那师父叫我来……”

“你之前的表现都不错，特别是这次出手救了半个宫的人，不少人对你可谓感恩戴德。”丁引看着罗紫烟，微微一笑，“但这还不够，我希望你能再接再厉，再立一次大功！”

罗紫烟明白过来，“所以，师父是要我去立功？”

丁引点点头，“按理来说，这事儿我必须亲自出马，但你如果能抓住机会把它圆满解决了，那是再好不过。”

“弟子明白！”

“你不用担心血魔会难对付，我相信以他现在的功体，围捕之下他是插翅难飞。而且，我还会让廉红药陪你去。”丁引顿了下，又道，“但你必须记住，你这次去是我的特使，代表着我，务必掌控此事的行动权！”

“可白长老他们会服吗？”

丁引嘿嘿一笑，“当然会有人不服，但我会给你一道令符的。”

“是！”

丁引看着罗紫烟，眼里满是期盼，“我希望将来你能成为我在宫中值得信任之人。所以这次更要做得漂亮，明白吗？”

“弟子明白！弟子定不辱使命！”

半个时辰后，罗紫烟便带着廉红药离开了极阳宫。

此去任务艰巨，情况莫测。罗紫烟思虑再三，还是让小卷毛又留下来。要它时刻注意宫中动态，及时掌握情况。

一路风驰电掣，十多个时辰后，脚下绵延起伏的大地突然一头斜插入辽阔无边的沧海之中。烟波浩渺的南海，就这样来到眼前了。

出海后又飞出上百里，洁净无瑕的碧海之上，出现一些惹眼的小黑点，那就是南海诸岛了。

南海之上岛屿众多，不过多数都是狭小不堪。安乐岛、南明礁、桐椰岛、伏牛岛、飞鸿岛、紫云岛是其中最大的几座。

从空中俯瞰，伏牛岛形如其名，就像一头倒地的牯牛。在牛腹部之上，兀立着一座高峰。此时，一股黑烟正从那座高峰背后升起。

“过去看看！”罗紫烟大叫道。

没多久，两人便飞绕到高峰之后，只见黑烟从峰后一座狭长山谷里升起。

罗紫烟和廉红药飞到那山谷上空，不由得都倒吸一口气。只见山谷中间，竟立着一头硕大无朋的魔物，身高达数十丈，圆滚滚的身躯上覆满了巴掌大的鳞甲。在甲片之下，还伸出几十只泛着冷光的螯子，正舞动个不停。

而它背上还有两片浮动的鳞甲，像翅膀似的一张一收着。当它们向外张起时，就会有一个长长的口子从怪物背上露出，向外喷出一股股黑烟。

黑烟不断升空而起，消散在空中，罗紫烟刚一闻到就感到头晕目眩，急忙催动阳气，形成一道护体仙力。

“这夜叉魔，好厉害的毒气！”廉红药看着底下，冷冷道，“怪不得他们都不敢上前！”

听她一说，罗紫烟才注意到，这只多手毒甲的夜叉魔四周，环伺着上百名极阳宫弟子，不过却无一人敢上前。

“白长老他们在那边，我们过去！”罗紫烟突然眼前一亮，当先催动见采，往山谷右侧方向落。

白谷逸正和一帮极阳宫门人在商谈着什么，看到罗紫烟迎面落下来，不由得愣了愣，“哦？罗长老、廉长老怎么不在极阳宫里好好修炼禁忌之法呢？”

罗紫烟听出他话中的意思，也不在意，朗声道，“宫主得知这里发现血魔踪迹，立刻让我们赶来支援。”

白谷逸冷笑道，“宫主让一个黄毛丫头来干什么？滥竽充数吗？”

“放肆！宫主岂是你能非议的！”廉红药厉声道。

白谷逸冷冷道，“我没有非议宫主，只是觉得派她来有些莫名其妙！”

廉红药哼了一声，“罗长老是宫主钦派来负责抓捕血魔的特使！你们还不快行礼！”

白谷逸愣了下，他身后的极阳宫众更是用看疯子一般的眼神看着罗紫烟，随即肆无忌惮地议论开来：

“放着这么多德高望重的长老不派，派她来干什么？”

“还别说，人家入门半年就当上长老，说不定真有别的本事呢！”

“哈，宫主没跟过来撑腰，这里可不是一个黄毛丫头驾驭得了的。”

……

这些宫众基本都是跟白谷逸一个鼻孔出气的，对丁引本就满腹怨言，此刻更是对罗紫烟极尽冷嘲热讽之能事。

罗紫烟也不恼，等众人议论差不多了，猛地右手一抬，只见她掌心嵌着一道方形的印玺，“白长老，可认得这是什么？”

白谷逸呆了呆，片刻才道，“这是宫主亲授的令符，见令如见宫主！”

“明白就好，你们该怎么做？”廉红药厉声道。

白谷逸不情愿地行礼道，“见令如见宫主，我们应该谨听特使吩咐，遵从特使之命！”

他这一带头，其他人这才稀稀拉拉跟着行礼。

“都免礼吧！”罗紫烟摆摆手，环顾四周一眼，“现在是什么情况？所谓的发现血魔踪迹，就是这头夜叉魔吗？”

白谷逸摇摇头，“那头多手毒甲夜叉魔并不足患，现在最大的问题是它背后那个山洞！”

“山洞？”

顺着白谷逸所指方向，罗紫烟发现那头夜叉魔背后的山壁上，原来藏着个山洞。只是，洞口横着一张黝黑之色的蛛网，每一道网丝都有手臂粗。

“那山洞是怎么回事？”

白谷逸摇摇头，“目前只能肯定里头藏着不少夜叉魔，这里很可能是血魔的一个巢穴。”

原来，这个山洞是一群弟子无意中发现的。当时，一个弟子在远方看到洞口方向有寒光闪动，就好奇地赶过来，没想到刚到洞口，就被一股喷出的黑烟呛晕。随后跟过来的弟子们冲过去想搭救，也是接二连三被喷出的黑气冲晕。

还没等后面的人反应过来，洞内就蹿出数头夜叉魔，将那几个晕倒的弟子一口吞了，又龟缩进洞里。

等白谷逸率众赶来，试图要往洞内闯的时候，这多手毒甲夜叉魔便出现了，它威猛无比，而且毒气让人难以靠近，冲上去的人很快又都退下来了。

多手毒甲夜叉魔也不进攻，只是盘踞在洞口之外，与极阳宫众人对峙。而它身后的山洞，则是悄然间结出一张大网，封住了洞口。

这网乍看并无奇特之处，却是坚韧异常，白谷逸等几个长老都曾绕过多手毒甲夜叉魔向它飞射出剑气。但是剑气刚到它那儿，就被反射出去，难进分毫。

事关重大，为了安全起见，白谷逸不敢贸然行动，这才火速传信给丁引。

“特使来得正好，现在我们该怎么办呢？”白谷逸目光炯炯地看着罗紫烟，似乎在等她下命令。

罗紫烟沉吟了下，道，“也就是说，现在谁也无法确定血魔是不是在里头？”

白谷逸迟疑了下，点点头，“也无法确定，这会不会是血魔设的一个陷阱。”

罗紫烟点点头，“所以，你们选择按兵不动了？”

白谷逸点点头，“为了安全起见，当然是要行稳妥之策。”

“没有什么稳妥之策。”罗紫烟摇了摇头，“敌暗我明，情况不明，要么撤退，要么进去一探，就只有这两种结果。”

白谷逸冷哼一声，“道理都懂，就等特使定夺。”

罗紫烟沉思了下，缓缓道：“宫主说了，冬至之后阴盛阳衰，天时将利于血魔。我们必须在这之前诛杀血魔！不管那洞里有没有血魔，我们都要去一探究竟。如果有，全力捕杀，如果没有，立即到别处继续搜捕，绝不能被一个山洞牵制，在这里白白浪费时间！”

顿了下，罗紫烟扫了四下里一眼，扬声道，“拿起你们的兵器，跟我一起去看个究竟！”

“这……谁都知道血魔狡诈无端，万一这是个陷阱呢？”白谷逸迟疑道。

罗紫烟咬牙道，“那至少也要进去了，才知道是不是陷阱！”

“好吧。既然特使有令，那我们就进去看看！”白谷逸不再多说，仙剑也掣到手了。他一直不敢下令闯进洞，是担心责任重大。如今有特使来担责，那还有什么好迟疑的。

白谷逸都屈服了，其他宫众自然也就只能跟着照做了。

罗紫烟不再看其他人，见采一扬当先向那多手毒甲夜叉魔冲去。

临行前丁引的话句句在耳边，不管山洞里头等待众人的是什么，罗紫烟都没有后退的理由，只能勇往直前，走一步看一步。

多手毒甲夜叉魔见状，背上的口子开得更快了，更多的黑烟不断腾空而起，在它周遭汇集成一团黑色烟霾。几十只螯子则是飞快地舞动着，团团守护住周身上下。

它的黑烟剧毒无比，即便有仙剑护体，靠得越近，罗紫烟越感晕眩，身子更是阵阵发虚。

“呼！”这时候，两只巨大的尖螯突然迎面飞刺而来。它们长达数丈，足以轻松把人一夹为二。

罗紫烟早有防备，开阳斩疾劈而出。

“咔嚓！”

两根螯子先后应声断折。这多手毒甲夜叉魔看似可怕，但在见采面前却是不堪一击。

与此同时，更多的断折声绵密响起。尾随而来的极阳宫众人群起而攻之，多手毒甲夜叉魔当即变成无手毒甲兽，连背上的毒雾也变少了。

而罗紫烟则是屏住呼吸，穿过黑色烟霾来到那个山洞前。

“特使小心！”

廉红药一直跟在罗紫烟身后，此刻她一个闪身，抢先挡在罗紫烟身前。同时，身后衣袂震响，白谷逸等人也赶到。

只见洞口上的网无声张着，网后的山洞幽深无声，极其瘆人。

罗紫烟挥剑向前一指，沉声道，“破了它！”

白谷逸立即右手一扬，数道剑光同时从袖内射出，打在一道丝索上。那网丝只是颤了颤，便又恢复了平静。

以白谷逸的造诣，所发出的剑光何其犀利，但落到这网丝上，却像泥牛入海，众人不由都是面色一紧。

罗紫烟想也不想，见采脱手飞射出去，“一起动手，我就不信破不了它！”

话落，上百道剑光同时密集地落在黑色罗网上。

一阵猛烈摇曳后，黑色罗网又恢复如常。

“就不信邪，再来！”

密集的剑光连续数次洪流般倾泻在罗网上。罗网终于撑不住了，在巨大的崩毁声里轰然破开，大股黑气冲天而起，眨眼飘散无踪。

黑黝黝的洞口，顿时无遮无挡地出现在众人面前。阵阵阴风从里头吹刮出来，带来缕缕腥气。

"好重的魔气！"白谷逸望向罗紫烟，皱眉道。

罗紫烟想了想，却是示意众人停下来，"里头情况不明，先别急着进去。"

她心中又开始纠结起来，既担心血神子真躲在里头，又不相信血神子真会躲在里头。但如果血神子不在里头，这里面可能在唱空城计，或者是一场阴谋。

种种念头相互交织缠绕，罗紫烟思索了片刻，才道，"来二十个人跟我进去，其他人在外头戒备，如果没有异常，我会传出声讯，你们再进来，否则绝对不能轻举妄动，知道吗？"

"你是特使，岂能轻易涉险？"廉红药沉声道。

罗紫烟扫了白谷逸等人一眼，笑道，"正因为我是特使才要进去。"

说罢，她不再废话，让廉红药挑十九个宫众，与她一起进洞。

很快，廉红药等二十人便跟在罗紫烟身后，大步往洞内进去。而白谷逸则奉命率着其他人在洞外警戒。

外头暖和如春，但洞内却是阴冷似冬。

罗紫烟等人同时催动剑上光芒，在如墨的黑色中撕出一道小口子。

洞口不大，里头却是极大，脚步声显得分外空旷。

"大家小心点！这很可能是个陷阱！"罗紫烟环顾着四周说道，她感到鼻端的腥气越来越重。

说话间，前方黑暗中突然出现一道豆粒大的火光。

"嗯？过去看看！"罗紫烟当先飞奔过去。

其他人紧跟过去，个个都是神经绷得紧紧的，脚下虽快，却不忘眼观六路，耳听八方。

那点火光迅速变大，不久便变成一片冷冷的白光，竖在众人眼前。只见它发自一根两三人合抱粗的白色柱子。柱子高达数丈，通体雪白，在它冷光照亮的周遭数丈方圆里，则是卧着几十头形形色色的夜叉魔，正冷冷地看着罗紫烟等人，动也不动。

"它们在干什么？"罗紫烟不解地道。

廉红药目光转动，突然指着那根白光柱子，沉声道，"看那是什么？"

罗紫烟望去，差点惊呼出声来。只见柱子中间似乎是空的，一条人影贴着壁面，正从里头映现出来。只见他盘膝而坐，看不出是男是女，更不知是死是活。

"那是……"

“那应该就是传说中的魔胎阴宫了，原来血魔躲在这里蜕化，怪不得……”廉红药的声音透着颤意，既兴奋又不安。

罗紫烟问道，“蜕化？什么意思？”

“古籍记载，血魔修炼的法门叫作化血神通，是一门绝世邪术。每修炼到一定程度，他的身体就会蜕化一次。”

廉红药眼里闪过一抹厌恶，“听说他是用这种方法，不断把体内阳气被炼化后的残余物排出去，最后得到纯阴功体。”

嗯？那他会不会用这个方法来侵占司明的身体？罗紫烟心头不由得一寒。

“廉长老，那这些魔物又是在干什么？它们怎么这么安静？”一个弟子问道。

“它们都是纯阴魔物，一定是在吸收柱里溢出的阴气滋养自身。”廉红药顿了下，“当然，它们也在为血魔护法。”

罗紫烟愣了下，“护法？也就是说，我们要先过它们这关了？”

廉红药点了点头，“要不，我们把外面的人叫来，胜算比较大。”

罗紫烟想了想，摇摇头，“不，我们先看看柱子里那是什么货色再说。”她突然又来了信心，血神子是何等狡诈之人，岂会如此简单就被发现？

廉红药犹豫了下，道，“那我们就打破这魔胎阴宫，打断血魔的蜕化，在他蜕化成功之前杀了他。”

罗紫烟点点头，“动手吧！”

话落，见采已经呼啸而出。在它之后，剑光蜂拥而至，直射向那根寒柱。

“嗷呜！”

“哗啦！”

“哇呀！”

罗紫烟等人刚一动，那些静默的夜叉魔们，突然同时从地上一跃而起，团团围在那散发着白光的柱子四周，形成一堵厚厚的屏障。

“嚓嚓——嚓嚓——”

仙剑们无不如雷如电，一下子没入夜叉魔中间，所过之处鲜血冲天喷洒，夜叉魔当即倒下一大半。但是剩下的夜叉魔，却趁这个空隙当儿，飞扑而来。

转眼间，双方便混战成一团。

而罗紫烟则是当先冲到那根白色柱子前。

柱子通体雪白，彻骨奇寒从它发出的光里直达骨髓之中。罗紫烟却是恍若未觉，她凝神细看着柱子里那人，更加确定那不是血神子了。

司明的样子，就算是化作灰她也认得。

只是，这人又是谁？

罗紫烟没兴趣多想，猛地一催见采，直射向那根奇寒的光柱。

“当！”见采如击在钢铁上，一个掉头又飞到罗紫烟面前来。这魔胎阴宫竟是牢固非常。

罗紫烟往身后看了一眼，那里厮杀已近尾声。难挡众仙掩杀，夜叉魔们正纷纷倒下。

“一起来！”罗紫烟大喝一声，再次驱剑出击。

身后啸声密集，十几道命器紧跟在见采之后，密集射在那白色光柱上。

“咔嚓！”魔胎阴宫终于不堪重创，应声碎裂为无数碎片，大股白花花如冰雪一般的东西，从中倾泻而出。柱内那道黑色人影歪歪斜斜跟着往外掉落。

他的形貌与血神子没有丝毫相似之处，全身硬邦邦的，分明已被冻结成冰棍了。

而四周的气氛则是急剧一寒。

“不好，这是阴气！我们上当了！”廉红药突然打个寒战叫了起来，“快撤！快撤！”

几乎同时，眼前寒光一闪而灭，四周陷入无尽黑暗之中。唯一能感觉得到的，就是大股阴寒之气正来势汹汹。

“快退！不要被阴气沾染到！”

“陷阱！陷阱！快退到洞外去，快！”

黑暗中，惊呼声四起，但马上又戛然而止。

“发生了什么事？你们怎么了？”罗紫烟大叫道，但没人回答她，只有死一般沉默。与此同时，包抄而来的阴气重如山岳，令她步履不由得凝滞起来。

罗紫烟急忙一催见采，剑上光芒一闪，随后又弱了下来。罗紫烟的心已经凉了半截，只见廉红药等人都像木偶般立在四周，身上覆满白毛。

这股阴气太强大了，竟是一瞬间让众人的阳体被封住，难以再动弹。

“我怎么没有被冻住……”罗紫烟心头疑惑，随即想起丁引说过，她的阴脉也被拓展过……难道就是这个原因？

罗紫烟来不及细想，踉跄迈着步子，往最近的廉红药走去，一把托起她，同时又抓住附近一个宫众的后衣，带着他们往外就走。

虽然她还能行动自如，但在这浓厚的阴气包围之中，仍是吃力万分。

原本温暖的洞外，此刻竟也覆着一层厚冰。白谷逸等人都退到几十丈外，正着急地看着洞口。见罗紫烟出来，个个都是又惊又喜。

“她出来了！”

“特使，里头发生了什么事？”

“刚才好强的阴气，我们的功体都受到影响了！该怎么办？”

罗紫烟把廉红药往外一推，自己一个掉头又往洞内走去，“快把他们弄过去！然后在原地等我！”

阴气积郁满洞，过了好一会儿，罗紫烟才把最后两个宫众带出山洞。却见白谷逸等人，都是不安地看着空中。

在他们上头，盘旋着一道黑色旋风，竟是黑凤凰群！

此时，这些让极阳宫众人苦觅不得的黑凤凰，正虎视眈眈，蓄势待发。而白谷逸等人，无不受刚才阴气爆发的影响，功体都大打折扣，面对这些追缉目标，竟是不敢动弹。

“特使！特使出来了！”不知谁大喊一声，宫众们纷纷回头过来，仿佛找到主心骨一般。

“往外退——它们要下来，就狠狠打回去！”罗紫烟一咬牙，托着两个宫众大步过去。

她心中，再次把血神子的祖宗十八代问候个遍。这一切，显然又是他的阴谋，而且居心极其歹毒，分明是要用那魔胎阴宫让进入其中的极阳宫众失去反击之力，再让黑凤凰随后聚而歼之。

幸亏，没有全员进入，否则后果不堪设想。

面对数倍于己，而功体又受阴气影响不深的修仙者们，黑凤凰群只是盘旋环绕着，并不急于进攻。

极阳宫众人则是一边凝神戒备，一边小心地移动着。

罗紫烟紧跟在大队人马之中，全身绷得紧紧的，黑凤凰真要攻击，那必是一场生死大战。

好一会儿，极阳宫众人又往外移出数十丈，阵阵白色的云气从中散发出来，那是从众人体内逼出的阴气。

罗紫烟心头暗暗松了口气，只要阴气多逼出一分，众人的安全就多一分保证。

如此对峙好一阵子，黑凤凰群突然呼啸一声，同时掉头飞去。

“别让它们跑了！”白谷逸大喝一声，正要追，罗紫烟却是急叫道，“别追了！”

“哼！下次要找到它们可没有那么容易。”

“现在要抓它们也没有那么容易。”罗紫烟沉吟了下，“血魔诡计多端，我们还是先回宫向宫主汇报此事吧！”

回到极阳宫后，罗紫烟立即直飞凝碧崖，向丁引禀告此事。

“事情就是这样……”罗紫烟把前后经过说了下，又惭愧道，“紫烟无能，未能完成师父托付，请师父恕罪。”

丁引默默听着，突然微微一笑，“你不用愧疚，你做得很好！”

“什么？”罗紫烟愣了下。

丁引笑了笑，“要不是你，白谷逸他们贸然进那个山洞，可能招致的后果就是全军覆没。你不但避免了这场灾难的发生，救了廉红药等人，还揭破了血魔的阴谋，岂不是大功一件？”

“多谢师父宽恕。”

丁引笑了笑，眼里寒光一闪，“不过，血魔这个杀局，倒让我更肯定，冬至之日，他一定会有别的阴谋。”

罗紫烟愣了下，“师父，怎么说？”

丁引冷笑道，“他设这个杀局，我看目的很清楚，除了要多杀一些本宫弟子外，还有另一个大目标，那就是吸引本宫倾巢而出去追捕他，这样，到了冬至那天他好乘虚而入。”

罗紫烟愣了下，竟没想到血神子还有这一层的阴谋。

“所以，冬至那天，那魔头一定会有动作的，我们正好借这个机会，让他有来无回。”

“师父准备怎么办？”罗紫烟心头一颤，故作一脸期待地问道。

丁引望了空中一眼，冷笑道，“也不用特别准备，有九凝金刚罩在，就算血魔真的建立一支魔军，我们也可以轻松应对。”

顿了下，丁引又道，“就算血魔的功体真的恢复到传说中的境层也无妨，到时候我会借助九凝鼎，亲自再送他下地狱。”

罗紫烟心头不由得狂跳不已。

丁引目光转到罗紫烟身上，笑道，“怎么，你怕了？”

“不！有师父在，何怕之有？”

丁引笑了笑，神色突然严肃起来，“从明天开始，我会全力护持这九凝鼎，静候血魔的到来。但你要帮我做一件事。”

“师父尽管吩咐！”

“统领宫中弟子们，做好打硬仗的准备。”

罗紫烟愣了下，“弟子资历尚浅，只怕……”

“这次伏牛岛之行，你表现得很有将才，你完全可以的！”丁引注视着罗紫烟，缓缓道，“如果你不担起这个大任，白谷逸他们就会接掌起来，到时候他们不能跟为师一条心，可就会影响除魔大计！”

“是！”罗紫烟躬身应道，心头突然一片雪亮。

“这就对了！”丁引微微一颔首，“你手握有我的令符，就是代表我行事。如有谁不服，只管宫规处置。”

“是！”罗紫烟顿了下，又道，“师父认为，血魔真会率众大举来犯？”

“从伏牛岛的情况来看，他已经聚集了不少夜叉魔，加上那些神出鬼没的黑凤凰，真要拉起一支魔军也没有什么奇怪的。”顿了下，丁引道，“不过这不是我最担心的。”

“师父最担心的是什么？”

“宫中至今已经发生三次阴气灾变，但根由还没有找出来。如果不是九凝鼎的问题，那我怀疑——”丁引眼里寒芒一闪，“血魔仍有同伙窝藏在极阳宫里。”

罗紫烟心中一紧，缓缓道，“师父查出是谁了吗？”

丁引摇摇头，“如果是个人，肯定藏不住马脚的。我想，很可能根本就不是个人，而是某种阴寒之物。”

罗紫烟心头剧震，没想到丁引竟是如此接近真相了，她故作好奇道，“师父有头绪吗？”

丁引冷笑一声，“还没，但不管那是什么，只要九凝鼎在手，都不用在意。”

罗紫烟心头叹息一声，丁引虽然精明，但到底没想到，血神子竟把至阴之物寄在九凝鼎上。

“什么？宫主让小烟接下来统率宫中众人？这个权力未免给得太大了。”回到半峰楼，小卷毛一听这事，眼珠瞪得快掉下来。

罗紫烟无奈道，“我也很意外，但想想又不意外。师父这是要我进一步抢班夺权，挤占白谷逸他们的空间，让他们以后很难再对师父造成牵掣作用。”

“看来，宫主着力培养你，还真是把你当作对付白谷逸他们的武器。”

“谁叫我年轻，良善可欺，人畜无害呢。”罗紫烟喃喃道。

“也是！”小卷毛落到罗紫烟肩头上，瞪着绿豆大的眼珠子，“那小烟准备怎么做？”

罗紫烟笑了笑，“既然宫主赶鸭子上架，我也只能硬着头皮上了。姐又不是没见过世面的。”

顿了下，罗紫烟目光又悠然望着远方，“现在形势很乱……不过，我倒不大相信，那个魔头会真的要来攻打极阳宫，他应该只会想方设法把天化虫弄走而已。”

“反正宫主要严加防守，你照做就是。”小卷毛说着，突然又想到一个问题，“那个魔头有告诉小烟到时候怎么弄出天化虫吗？”

“还没有，他让我冬至之前两天把你放出去，说到时候会派那只人脸黄蜂来给我传信的。”罗紫烟沉吟道。

“那不是明天就该派我上场了？”

次日，罗紫烟在云上殿，召集了所有长老。

虽然看着她的目光都很复杂，但面对宫主令符，即便是白谷逸也没再质疑罗紫烟是否够格。

罗紫烟不理会各种异样的目光，只是让各个长老探讨宫内的防御想法。

很快，就商议出三重防线来。第一重防线设在天门道之外，一旦九凝金刚罩出现情况，这里就是拱卫极阳宫大门的第一道关口，由长老铁钟道人负责率众镇守。此君一口铁钟法器，威力绝伦而又变化多端，是极阳宫中除廉红药外，丁引坚定的支持者之一。也因此，罗紫烟任命他扼守最重要的入口关卡。

第二重防线集中在接天谷。一旦天门道被攻陷，这里就是与魔军决战的主战场了。由白谷逸和长老诸葛警我统辖。

其他长老，则是带领各自弟子随时待命。

随后，罗紫烟又到全宫各处去巡视。

整个极阳宫，已经进入前所未有的备战状态了。虽然外有九凝金刚罩防护，内有众仙镇守，防守可谓固若金汤，但罗紫烟一路过去，却看不到一丝笑容。

血魔的各种可怕传说，早让人闻风色变。加上宫内几次毫无征兆的阴气异变，更让众人惴惴不安。

就算结界再强，准备再充分，也无法消除内心的不安之情。

巡视到天门道外的时候，罗紫烟又带着几个弟子，穿过九凝金刚罩，到外头绕着极阳宫巡视一圈，检查布设在外头的万相迷仙阵等结界的情况。

这些结界能迷惑凡人及普通修仙者的眼睛，但对于血魔来说浑如无物。尽管如此，罗紫烟仍要确保一切都在正常运转着。

小卷毛一直站在罗紫烟肩头，此刻猛地振翅飞起，四处飞转起来。这是罗紫烟事先给它的指示，出了九凝金刚罩，它就要自己去活动，等待人脸黄蜂怪来接头。

等罗紫烟巡视一圈回来的时候，小卷毛已经等在原地了，正有些焦躁地空中打转着，“小烟，快好了没有？好了就回去吧！”

边说还边朝着罗紫烟眨眨眼。

这么快？罗紫烟愣了下，点点头道，“差不多了，进去吧！”

回到半峰楼，小卷毛迫不及待一张嘴，“哇”地吐出一口黑乎乎的东西来，“可恶的东西，有话好好说不就得了，干吗要往我肚子里钻，害我有苦说不得……”

罗紫烟看着那团黑乎乎的东西，眼睛突然直了。只见那竟是一只马蜂，细看下它居然长着一张人脸，只是脸以及身体都在融化，阵阵黑气从它身上散发出来。

原来，刚才小卷毛离开罗紫烟没有多久，就碰到这只人面黄蜂向它飞来。当它开口准备跟它打招呼的时候，人面黄蜂却直直飞入它的嘴巴。小卷毛被噎住了，却又不敢当众向罗紫烟说起此事，只急得痛苦万分。

此刻，它明白似的点点头，“我明白了，它原来是想躲到我肚子里以通过九凝金刚罩。真是狡猾的小东西。”

说话间，那只人脸马峰身上的黑气消散得更快。这种阴邪之物，在极阳宫这样的至阳环境下，根本无法支撑太久。

随着阴气的消散，一团微小的东西从中显露出来。

那是一个小纸团，罗紫烟摊开来，只见里头写着一行字：冬至之夜，子时三刻，剑击阵眼，天虫自出。

“这是什么意思？”小卷毛一脸发懵。

罗紫烟想了想，道，“我明白了，他要我按照上回的方法来做……”

那次，罗紫烟催动见采，一举击中九凝鼎中点的阵眼。随后，九凝鼎之下就凭空化出一条通天金梯，沿着它可以直达九凝鼎。

后来，离别的时候，血神子还要她记住这个方法。敢情，用这个方法，就能让天化虫自己从九凝鼎里出来？

“我总觉得哪里不对劲，这样做怎么就能让天化虫出来呢？就算可以，宫主如今就守着九凝鼎，小烟你这样做怎么跟他解释？”

罗紫烟语塞半天，才道，“那个魔头这样说，肯定有他的道理吧。”

冬至，终于到了。

对于凡人而言，这天除了夜长点外，并没有什么特别的。但是对于修仙者而言，这天却是阴阳消长的重要节点。从此之后，阴长阳消，直到来年春分，阴阳二气才能再次达到均势。

修仙之道，无非就是阴阳二气的化用。正道多修阳，邪道多炼阴。因此，阴阳转易，与道统气数息息相关。

如今，大敌当前，而天时又转向不利，这令极阳宫上下平添几分紧张气息。

随着日头西沉，九凝鼎比以往更快地熄灭了，浓黑笼罩一切。而极阳宫内众人，则是同时感到一股若有若无的阴寒之气，从脚底下悄然滋生。

即便是在这至阳之地里，剧烈的阳气衰减带来的影响仍是极其强烈。

“咚——咚——”

沉闷的鼓声遥遥传来，虽是声劲猛烈，却带着几分萧瑟。

罗紫烟带着小卷毛来到天门道之外，从这里望去，极阳宫之外的天空，正失去了往昔夜色中独有的空明，多了几分混沌之气。

鼓声过后，天地一片寂然。严加戒备的宫中，沉默掩盖了一切动静。

当年血魔肆虐，大杀四方，摧毁修仙道门无数的传说，此刻幽灵般飘动在每个修仙者的心中。面对这个既遥远又很近的魔头，即便是长老们的心也轻松不起来。

巡视了一圈，罗紫烟又回到接天谷内，督查宫内的弟子，是否回到各自的防守位置。这时候，她注意到一个现象，那本已经濒临彻底变黑的九凝鼎，再次出现一个金边来。

想必是丁引正以强大的功法激发九凝鼎，从而维系着九凝金刚罩的运转。

要知道，这金刚罩的强大，是建立在阳气充裕的基础上。如果九凝鼎未能提供充足的阳气，它的威力就会大打折扣。

怪不得师父认定血魔会今夜来犯。

“小烟，离子时三刻还有一个时辰左右，那魔头真会来吗？他如果不来，到时候你怎么从宫主眼皮底下……”小卷毛看着四周无人，突然低声说道。

罗紫烟摇摇头，默然片刻才道，“走一步看一步吧。”

“咚咚咚——”

天门道外，突然传来一阵急促的钟声，一声急过一声，仿佛敲在心口似的。

新蜀门

“嗯？快去看看！”罗紫烟愣了下，立即飞身向天门道外奔去。

几乎同时，铁钟道人那洪钟般的声音从外头传来，激荡在极阳宫的各个角落，“发现夜叉魔！夜叉魔来犯！”

等罗紫烟冲出去，只见铁钟道人率着数十名长老和弟子，正守在天门道入口处。

夜色下，九凝金刚罩散发着蒙蒙金光，看起来像是面金色的薄纱帐，能够清楚地看到外面的情景。

只见泛着白光的大地，正有大片黑影在移动。那竟是无数头奇形怪状的夜叉魔，洪流一般涌来，踩得地面震颤不已。

而空中则是哗声不绝，除了诸多带翅的夜叉魔，竟还有不少驾着法器的修仙者。

“这就是所谓的……魔军吗？”罗紫烟只看得心神摇曳，回头问道。

铁钟道人点了点头。

“那些驾着法器的人，是不是就是传说中的修罗魔呢？”小卷毛好奇道。

铁钟道人摇了摇头，“他们应该是魔道中人。”

罗紫烟愣了下，“魔道中人？也就是修阴者了？”

铁钟道人点点头，指着最前头一人道，“看到那紫衫妖女了吧？她叫许飞娘，纵横魔界已经数百年了，是最有名的女魔头之一。跟在她旁边的那个胖大头陀，就是滇边赫赫有名的毒龙尊者。他们后面那个儒士，就是巨魔绿袍老祖的首徒师文恭……”

铁钟道人见多识广，点评起来头头是道。罗紫烟却是一个也不识得，只知道这些人，多数为魔道中成名已久的高手。

在此之前，修阳乃正道，修阴者被斥为魔徒，但凡被正道之士逮到，轻则废去功体，重则兵解魂灭。因此，为了躲避正道，魔道中人都是神出鬼没，极少敢公然出现。

而且魔道中人，无不是私欲极重，彼此之间往往也是势同水火，难以聚在一块儿。

“想不到，血魔竟能把这么多大魔头聚拢起来。果然不愧是万年老魔，手段非凡。”铁钟道人眼里闪过一抹不安。

罗紫烟心头也是讶异不已，想不到那魔头，销声匿迹几个月，竟暗中说动这么多修阴者来为他卖命。看来，她对血神子的了解，还是太少了！

沉思之际，魔军已裹着浓烈的杀气，浩浩荡荡逼到九凝金刚罩之外。

“极阳宫的王八蛋们给我听好了，今夜血尊想到里头耍耍，快快开门欢迎，否则我们就要不请自进了！”毒龙尊者越众而出，直逼到九凝金刚罩之前，扯着嗓门说道。

罗紫烟皱了皱眉头，冷笑道，“这些魔头，觉得今晚他们胜券在握了。”

铁钟道人目光游动，似乎在搜寻着什么，“单凭他们不足为惧，我们最要担心的是那个人，不知他藏在何处！”

罗紫烟的目光也一直在搜寻，但是群魔之中，并没有那道熟悉的身影。

“罗长老，现在怎么办？”铁钟道人看着罗紫烟。

罗紫烟看着九凝金刚罩，“天时于我不利，魔头又隐匿不出，我们只管静观其变就是。”

“但如果一直闭门不出，只怕有损极阳宫威名。”

“让跳梁小丑叫嚣几句又如何？”罗紫烟冷冷道。血神子通过人脸黄蜂传来的信息太少了，她完全一头雾水。如今，只能先做她该做的事。其他的，等子时三刻再见机行事吧。

罩外，毒龙尊者默等片刻，见罩内没动静，再也忍不住了，猛地向前一指，“那我们——上！”

一头身长达十丈以上，头圆体宽，像是炮弹一般的夜叉魔，突然咆哮一声，直直朝着九凝金刚罩冲来。

“轰！”

夜叉魔结结实实撞在金刚罩上面。但金刚罩只是颤了颤，那偌大的魔兽却是倒跌了出去，重重地摔在地上。它挣扎着想起身，但身子刚起来，便又软瘫了下来。

“无知魔物，也敢冲撞至阳之罩，自取灭亡！”铁钟道人冷笑道。极阳宫这边众人，无不哈哈大笑。

几乎同时，那夜叉魔惨嚎一声，躯体竟像冰雪一般化开，蒸腾起阵阵黑气。

这九凝金刚罩的阳气之强，根本容不得一般阴属魔物靠近，否则容易被其所伤。像那夜叉魔如此猛烈的撞击，等于是飞蛾扑火，自己送死。

目睹同类如此惨状，夜叉魔们都是动也不动，毫无反应。倒是魔徒们都骚动起来，人人都不安地望向许飞娘，似乎她才是群魔之首。

“哼！”许飞娘越众而出，直飞到金刚罩之外，上下端详了片刻后，厉喝道，“这个乌龟壳，厚度可比平时薄多了！一起动手，撬了它。”

“是！”

身后应声雷动，魔徒们的法器纷纷升空而起，直指九凝金刚罩。

一时间，仿佛数百道焰火同时升空，高低长短不一，密集地扑向九凝金刚罩。

“砰砰——”

“哐哐——”

“咔嚓——咔嚓——”

“叮叮——当当——”

九凝金刚罩上蹿起无数道闪电、火流、电花、烟雾……交织成壮阔而绚丽的图景。罩体猛烈震颤个不停，道道阳气从上面飞散而起，化为耀眼的强光。

极阳宫上下，无不看得目眩心摇，神色紧绷。

“他们这是要用人海战术，把九凝金刚罩消耗掉！”小卷毛突然叫道。

铁钟道人咬牙道，“哼！没那么容易！”

“难道这就是血神子的计划？”罗紫烟心头一动，口中道，“没错。就算他们真的能攻破九凝金刚罩，那也得耗费极大功体，我们只管给他们迎头痛击就是！”

铁钟道人点点头，“现在唯一担心的，是那血魔到底在哪里？”

就这么说话当儿，九凝金刚罩已承受了上百次的攻击。虽然它牢固无比，但屡遭重创，上面的阳气仍在飞散着。

罩内的极阳宫众人，个个都是手按法器，凝神戒备。

正在此时，罗紫烟突然感到脚下微凉，她低下头望去，不由得吃了一惊。只见地面上突然出现一层霜白，很快，这层灰白便变成雪白。

几乎同时，铁钟道人也警觉到不对劲，口中惊呼道，“不好，有阴气入侵！”

众人的注意力这才从九凝金刚罩上面拉回来，看到地面的模样，无不骇然失色。

“准备战斗！”铁钟道人猛地右手一抬，手中多了口小小的铁钟。

话落，一股阴风陡然从地面盘旋而起，席卷着腾空。刚开始，它还只是一道寻常阴风，但到空中后，迅速化为白毛之风，裹挟着滚滚雪片，四处肆虐开来。

九凝金刚罩内，立刻充满了阴气。极阳宫上下不敢怠慢，立刻催动心法，紧护阳脉，防止阴气侵蚀。

不过片刻工夫，飞扬的鹅毛雪片就附满了九凝金刚罩，与上面的阳气相互交击，灰飞烟灭。

九凝金刚罩上的光芒，逐渐弱了下来。

“那魔头是怎么做到的？”铁钟道人面无人色，忍不住叫道。

罗紫烟也是心头奇寒，刚才她还不明白血魔到底有何诡计，此刻阴谋已经昭然若揭了，而且面目狰狞。

“是血尊！血尊出手了！”罩外的许飞娘注意到九凝金刚罩突生异变，不由得面露喜色，竟是驾剑迎着九凝金刚罩冲来。

在她身后，魔徒狂吼着，大叫着，也是驾着法器全力扑上来。

光芒逐渐黯淡的九凝金刚罩，在内外阴气的夹击下，不断摇晃着，开始摇摇欲坠了。

铁钟道人一众都是脸色惨然，一起望向罗紫烟。

罗紫烟心头纷乱如麻，她既要想着为血魔弄走天化虫，又要想着尽自己的责任，保护极阳宫……

片刻之后，罗紫烟心念一定，大声道，“大家别慌，如果九凝金刚罩被破，就立刻给他们迎头痛击。”

在子时三刻之前，她都不能忘记自己的职责。

“是！”

铁钟道人应了一声，猛地把手中那口钟一举，厉喝道，“明犯我极阳宫者，三界追讨到死，七魂诛灭至尽！”

“明犯我极阳宫者，三界追讨到死，七魂诛灭至尽！”其他宫众跟着拔出仙器，高声大吼着。

这句诛魔誓言，是当年极阳宫与邪魔大战时传下来的。几百年来，正道势大，邪魔敛迹，鲜少有邪魔敢明面挑战极阳宫。因此，这句诛魔豪言，几乎快被人忘记了。

此时，大敌当前，古老誓言就像是火种子一般，把众人内心的怒火全点燃了。

“咔嚓！”

一声刺耳的崩裂声里，饱受群魔摧残而又阳气不继的九凝金刚罩，终于破开了。许飞娘等魔徒立即带着奔腾的夜叉魔们，潮水般蜂拥而来。

“杀！”

令声刚下，包括见采在内的近百道命器，便直奔群魔而去。

魔徒们早有准备，也把漫空法器迎了上来。双方在空中乒乒乓乓缠斗不休。

就这么一会儿工夫，九凝金刚罩崩毁得更快了，夜叉魔们前冲的路子更宽了，趁着极阳宫众人只顾着催动法器与群魔激斗的时机，一窝蜂朝着天门道冲来。

“不好！它们来了！”

“我们人少，抵挡不住的！”

“罗长老，该怎么办？”

失去九凝金刚罩的屏蔽，极阳宫众人才发现，情况远比想象的糟糕。蜂拥而来的魔徒比预料的还多，而且修为居然都不弱，密集而来的法器让众人疲于应付。

随着数量更多的夜叉魔的涌至，众人根本腾不出手去对付。

“撤退！”罗紫烟只是略作沉吟，便毅然下令了。

铁钟道人一咬牙，跟着厉声道，“按计划撤退，不要上！”

极阳宫外头，除了九凝金刚罩，并无其他有效的结界屏障，因此，这种结果早就有所预料，只是没想到会来得这么快。

如今，只能按照预定的计划把群魔引入宫中，那里极阳宫占据地利之势，而且阳气也远比外头充沛，加上有诸多厉害的结界侍候，足以让入侵者有来无回。

撤退的步骤早就演练了上百遍，众人不慌不忙，一边操控着法器，一边汇聚到天门道内，两两一组，有序进入天门道内。

先退的人，进入天门道后，立即往宫内赶去，一刻也不停。后退的人，则是全力顶住群魔的攻势，为撤退者挡风遮雨。

只是片刻之后，极阳宫众便都进了天门道内。在此过程，只有数名弟子被魔徒的飞剑击中，当场倒地不起。

第十四章 | 真正目的

接天门内，一片杀气化作阵云。

防守这里的宫中弟子早就各就各位，对着接天门方向形成一个包围圈。

包围圈内的所有法器都直指接天门，只待群魔进入这个关隘之后，就给予迎头痛击。

而撤退进来的宫众们，也是迅速奔到预定的位置。

除此之外，接天谷内的所有护持仙阵也开启了，就算来敌再多，极阳宫也有把握将他们聚歼于此。

最后从天门道内撤进来的是铁钟道人，他立在接天门入口处，手中的铁钟化为一道巨钟之形，朝着天门道不断猛轰着，每一次轰击，都是带起阵阵哀号声。

但是，从外头射来的法器也是越来越多，只是片刻工夫，便有两口魔剑擦过铁钟，先后在铁钟道人身上带起一片鲜血来。

“铁钟道人，快撤回！”罗紫烟急得大叫起来。

“魔崽子，进来受死吧！”铁钟道人咬牙大骂一句，收了铁钟转身奔到自己的防御点。

身后天门道内，叫声、啸声、怒号声、法器破空声汹涌而来，眨眼间魔徒与夜叉魔们就疯狂地涌入接天谷内。

正在此时，四周突然一暗，谷内的阳气消散了，取而代之的是浓烈的阴气。

“嗯？”魔徒们都是愣了下，本来个个都护好阴脉，准备抵御宫内的阳气，没想到宫内的阴气竟比外头还重，这是怎么回事？

疑惑之际，许飞娘突然尖声叫了起来，“小心！”

话落，四周浓厚的阴气之中突然生出大股的阳气，悄无声息直往众人阴脉里钻。

修道之人，自身气息时刻在与外界交换着，功体很容易受外界气息的影响。因此，修阴之人遇到阳气，必定要护好阴脉谨防阳气入侵，修阳之人则是相反。

群魔乍然进入浓厚的阴气之中，本能地放松了警惕。殊不知却是进入极阳宫布设的阴阳转换阵法之中。就在这阳中生阴，阴中化阳，阴阳错乱的时刻，群魔的阴脉无不受到影响，而夜叉魔更是躁动不安。

几乎同时，四周金风啸动，极阳宫的法器漫空飞射而下。

“小心！”

“不好！”

“完蛋了！”

惊呼之际，群魔仓促应战，却是先机尽失，当即惨叫四起，血肉横飞。尤其是那些夜叉魔，反应慢了半拍，倒下了一大片。

不过，魔徒们毕竟都是修为不凡，经历了第一波的损兵折将后，很快便驱动法器反击。

漫空法器飞射，来回交击，交战瞬间白热化。

极阳宫准备充分，又是占尽地利和地气优势，合围夹击的威力很快就显现出来。

群魔虽然也是迅速展开阵形抵御，但颓势已成，随着极阳宫一方的法器不断倾泻下来，血花不断在群魔之中飞溅而起。

没多久，残存的夜叉魔就所剩无几。而魔徒们也是非死即伤，只能苦苦支撑。

罗紫烟一颗紧绷的心稍稍放了下来，却又暗生凛然。血神子手底肯定不会只有这些牌，他一定还有别的毒招！

“杀！杀光这些修阳的鼠辈！”就在这时候，群魔之中突然飞射出一道剑光，迎着漫空仙剑直冲而来，那是许飞娘，她竟在绝地之中率众反扑向极阳宫的阵地。

不过，极阳宫这边早牢牢掌控局面，扑来的魔徒眨眼便是死伤枕藉。

双方都是双目发赤，各自驱使法器豁命攻击。但极阳宫众人，都占据了有利的地势，又有结界护持，魔徒们除了苦苦支撑，根本无法扭转局面。

照此发展，魔徒们离大败已经不远了。

“小烟，子时已经到了！还差三刻就到你们约定的时间了。”就在这时候，小卷毛附在罗紫烟耳边说道。

罗紫烟愣了下，摇摇头道，“可现在战斗还没结束，我还不能离开。”

“那个魔头到底在搞什么！”

“不知道，我也奇怪呢！”

私语之际，一声厉啸突然从空中传来。罗紫烟下意识地抬头，只见漠漠夜空上，突然出现大片幽蓝的火云。

蓝火云来得飞快，眨眼就到接天谷战场头顶。群魔突然都打了鸡血似的纷纷大叫起来。

“血尊！”

“血尊！”

极阳宫一方，则是瞠目结舌。只见那哪是什么蓝火云，分明就是二三十只黑凤凰！它们阔长的翅膀迎风舒展，在夜色中泛着幽蓝磷光，极其怪异。

而在最前面一头黑凤凰背上，则是立着个人，不是血神子还有谁？

群魔见到血神子，犹如找到了主心骨一般，无不兴奋地大叫起来。

罗紫烟呆呆看着空中，心中一片混乱，血魔到底还是来了！

眼前之局，她越看越不明白，越来越觉得不对劲。

“去！”血神子猛地朝着底下的极阳宫阵地一指，立即有十几只黑凤凰尖唳一声，凌空直扑而下。

一只黑凤凰就极难缠，如此多的黑凤凰同时扑来，极阳宫一方当即乱了起来。而群魔则是打了鸡血一般，同时发起大反攻。

战况更加激烈了。

血神子冷哼一声，驮着他的那只黑凤凰蓦地腾空而起，冲天而去。剩下的十几只黑凤凰，随后紧跟飞去。

几乎同时，罗紫烟耳边传来一声细鸣，“子时三刻将至！速去！”

是血神子用遥寄传音术在跟她说话！

罗紫烟心头一震，马上有了主意，大声喝道，“白长老！铁钟长老！廉长老！”

“在！”三个长老的声音几乎同时从三个方向遥遥传来。

“血魔带着黑凤凰上去了，师父那边情况紧急，我得去看看，这里交给你们了！”

“是！”

罗紫烟再无犹豫，一驱见采飞升而起。

血神子和那十几只黑凤凰，就飞在前头百丈处，其速飞快。看那架势，就是直扑九凝鼎而去的。

此时，九凝鼎的光芒比先前淡弱许多，看起来就像空中一盏即将灭掉的风灯。

就在血神子和黑凤凰群飞到离它五百丈左右的时候，那点暗弱的光芒突然暴涨开来，丁引的冷笑声随即传来，“哼，血魔，等你多时了！”

话落，一道碗口粗的金光倏然从天而降，直击向血神子所乘坐的那只黑凤凰。

那黑凤凰急忙一个侧身躲避，只听“咔嚓”一声，金光正中它身后一只黑凤凰。那黑凤凰当即惨叫一声，倒跌着飞了出去，身子在空中化为缕缕黑气。

“九凝昊光！”血神子惊呼一声，冲着身后厉吼道，“快散开！”

话落，空中又是一道九凝昊光，犹如长剑一般朝着黑凤凰们劈来。

这次，黑凤凰们有所准备，纷纷散开，九凝昊光扫了个空。

“上！”血神子冷笑一声当先骑着黑凤凰，再次向九凝鼎冲去。

“哼！来吧！”丁引的哼声，犹如天雷震地，每一声都是引得空气颤抖不停。罗紫烟更是听得双耳剧痛，急忙飞到凝碧崖上。

从这里望去，只见黑凤凰们已经分头飞到九凝鼎之下百丈内，正不断向上包抄过去。

而九凝鼎上面的光芒则是更加炽盛了，犹如耀眼的火炬。当黑凤凰们逼近它五十丈以内的时候，丁引的喝声再次传来。

八道九凝昊光从鼎底呼啸而出，像是个八面刀刃的磨头，绞向底下的入侵者。

“咔嚓——咔嚓——”

黑凤凰们虽然敏捷异常，但奈何九凝昊光又密又急，当即又有四只黑凤凰被扫中，带着一缕缕黑烟，一头往下掉落。

“怪不得宫主要来守着这九凝鼎，有它在就算血魔再厉害，也要歇菜吧！”小卷毛只看得目瞪口呆，喃喃说道。

罗紫烟却是暗暗着急不已，子时三刻马上就要到了，照此情景，她根本插不了手。

沉吟之际，九凝昊光再次一闪，又有两只黑凤凰直坠深渊。不过，血神子却也带着其他黑凤凰，逼到九凝鼎二十丈以内。

“哼！自取灭亡！”

丁引冷笑声再起，紧接着九凝鼎上光芒暴涨，仿佛凭空多出一轮大太阳。

黑凤凰们突然都停下来，不敢再靠近那灼眼的日轮一步。

“受死吧，血魔！”

厉喝声里，九凝鼎内骤然射出十六道昊光，直扫向黑凤凰。

双方距离如此近，昊光又来得如此密集，黑凤凰以及血神子几乎没有回旋余地。

“司明！”罗紫烟看得大急，不由得惊呼出声。

叫声未已，剧变突生，那些扫射出的九凝昊光，到了半途突然消失。与此同时，空中光芒暴射的日轮瞬间熄灭，大蓬雪片则是像鲸喷水柱那样，从鼎口冲天喷开。

“啊！”

惊呼声里，丁引身如弹丸，从九凝鼎之旁飞跌了出去。

“哈哈，丁引小儿，你输了！”血神子狂笑一声，率着一众黑凤凰，同时扑向丁引，“子时三刻已到，受死吧！”

这一下变化太快了，罗紫烟只看得目瞪口呆，直到血神子最后一句话，才让她猛然惊醒过来。

“小烟，他在提醒你子时三刻到了！”小卷毛低声叫道。

罗紫烟一咬牙，再无迟疑，见采已经出手，“嗖”的一声飞射出去，直击向那仍不断往外喷着雪光的九凝鼎。

“当！”

见采正中九凝鼎中心阵眼，然后一个掉头飞到罗紫烟手里。

但是，九凝鼎除了继续喷着雪光，并无其他的异常。而血神子与黑凤凰则是团团围着丁引激战正酣，双方的战圈不断往外移动。

“小烟，他让你这样做？”小卷毛瞪圆双眼，不解地看着罗紫烟。

罗紫烟点了点头，“按照那魔头说的，就只要这样。”

“这样做有什么用？天化虫就会自己出来吗？”

“我也不知道。”罗紫烟迟疑了下，“我只知道，这样做可以打开封锁在九凝鼎四周的仙阵，靠近九凝鼎……”

话声刚落，“咔嚓”一声巨响，九凝鼎之下的虚空里，再次冒出无数道流光，纵横交错着交织出一级级阶梯，斜挂在夜空之中。

而九凝鼎，则是在天梯尽头逐渐轮廓清晰起来。

“小烟，怎么回事？”小卷毛吓了一跳。

“正常现象，阵法打开了，通过那个天梯，就能到九凝鼎那边……”

正在此时，金色天梯突然猛烈摇动起来，片刻之后便支离破碎开来。而天梯尽头的九凝鼎，则是猛地向上一拔，缓缓地往上升。

“那个鼎好像在动！”小卷毛叫道。

罗紫烟心头狂跳起来，一个不祥的预感在心头生起，“不好！上当了！”

“怎么回事？”

不等罗紫烟回答，那九凝鼎倏然往上一跳，紧接着在鼎身两侧，竟是各自长出两个翅膀来，猛烈地扇动起来，扇得鼎上的白毛雪光向下面飞去。

“那鼎怎么长翅膀了！不好！它飞来了！小烟，快躲啊！”小卷毛惊呼着。

罗紫烟却是呆若木鸡，喃喃道，“原来是这样！原来是这样！那魔头是要我打开阵法，好让天化虫操控着九凝鼎，挣破它逃走……”

“呼！”

九凝鼎猛地俯冲而下，只见它除了两侧长着白色的翅膀外，鼎身下还伸出一只巨大的爪子，迎着罗紫烟当头扣下。

“小烟，发什么呆？”

小卷毛的叫声把罗紫烟拉回现实，她想要躲避，却是来不及了。巨爪扣下，意识瞬间消失。

“小烟！小烟！”

“小烟，你快醒醒啊！浑蛋，小烟要是有个什么事，我跟你拼了！”

“哈哈！别急！我让他来唤醒她吧——小烟，小烟，你怎么了？你说话啊！”

耳边先是小卷毛的叫声，继而是血神子的谑笑，但片刻之后又变成司明急切的叫声。

这一切，杳渺如在天边，但又似近在耳边。

“司明？司明！你不要死啊！司明！”罗紫烟一个激灵，突然坐了起来，口中大叫着。

“小烟！小烟！我在这里！”一个温暖的怀抱突然把罗紫烟包围了。

罗紫烟吃力地睁开眼，看到司明关切的目光，而她则像小鸟一般被他抱着。

“司明！司明！你怎么样？你没事吧？”罗紫烟惊喜交加地抓着司明的手，大声叫道。

司明没有动，只是静静地看着罗紫烟，“小烟，我没事！我还活着，你怎么了？”

“还能怎么样？肯定是做噩梦担心你呗！”小卷毛突然出现在罗紫烟面前，着急地看着她，“小烟，你没事吧？可吓死我了！”

“我没事，小卷毛，司明他……”罗紫烟回过神来，看着小卷毛，又看着司明，有种似梦非梦，似醒非醒的古怪感。

一切都那么不真实。

“那魔头突然放他出来跟你说话的。这招还真管用，之前我怎么叫你都叫不醒，他一叫你就醒了！”小卷毛看着四周，“不过，我们的情况很不妙。”

顺着它的目光，罗紫烟才发现她和司明置身于一个狭小逼仄的山洞里，四下里空荡荡的，只有不远处一样东西分外惹眼。

那是九凝鼎，它通体晶白，看似冰雕玉琢的作品。

“我们怎么在这里？我梦到这九凝鼎长出翅膀和爪子，一把抓住我……”

“小烟，那不是梦，是真的！只是它现在的翅膀和爪子收回去了而已。”

罗紫烟霍地起身，呆呆地看着那妖异的九凝鼎，“这么说，九凝鼎真的被夺走了？我就知道，我上那魔头的当了，他的真正目的就是要夺走九凝鼎，而我成了他的帮凶……”

在九凝鼎突然从原处升空而起的刹那，罗紫烟心头仿佛被什么重击一般，她意识到自己上当了。

血神子通过她把天化虫植入九凝鼎，根本不是想把天化虫寄养在其中，而是为了让天化虫能够控制九凝鼎。

而九凝鼎之所以会长出翅膀和爪子，自然也是天化虫善化之力所形成的，这也表明了天化虫已经完全掌控了九凝鼎！

“嘿嘿，要让你上当可真不容易！我可是找了好多个借口。”司明突然咧嘴一笑，声音随之变了。

罗紫烟缓缓回头，直直看着司明，一颗心又坠入冰窖之中。她咬着牙道，“你这恶魔，一直在利用我！”

“没办法，你是司明的人，你不帮我帮谁呢？”血神子嘿嘿笑道。

“你这魔头，别乱来，否则我跟小烟联手可不怕你！”小卷毛愣了下，急忙站到罗紫烟肩头，厉声警告道。

血神子置若罔闻，微笑看着罗紫烟，“你不用害怕，我让天化虫带你来，是要感谢你信守诺言，及时在子时三刻打开九凝鼎四周的结界，让天化虫能够及时带着九凝鼎突围，否则结果真的难说了。”

果然是这样！罗紫烟恨得咬牙切齿，“所以，你的真实目的还是九凝鼎？”

血神子笑了笑，“当然了，否则我何必到极阳宫去受那阳气之苦！”

罗紫烟心头又怒又悔，却又不解，“天化虫乃至阴之物，为什么它能够反过来掌控九凝鼎呢？”

“我记得我告诉过你，九凝鼎乃天地第一圣器。它既能吸收阴气，也能吸收阳气。

而天化虫呢，又是善化万物的至阴蛊虫。”

血神子顿了下，略微得意地看着罗紫烟，“你说，把它放入九凝鼎内，会发生什么事？”

罗紫烟怒视着血神子，心中明白了，以天化虫之奇能，它进入九凝鼎内，让九凝鼎内出现阴阳转化，最后把九凝鼎变成至阴之物又有何难？

“那你之前被阳气折磨得奄奄一息，也是故意装出来的了？”罗紫烟上下打量着血神子，突然想到这个问题。他看起来生龙活虎，与先前截然不同。

“哈，聪明！不过这也是被你逼的，谁让你给我一个月的期限，让我要把天化虫取出来？那时候天化虫还没在九凝鼎内立住脚跟，但我从你眼里看到了决心，真要是不取出天化虫，你说不定真把这事儿告诉丁引小儿了，那我就前功尽弃了。”

“你知道，只要司明身体出现问题，我就会心慌，不会再拿这事儿来逼你。”

“嘿嘿，你的弱点如此明显，我要不用就可惜了。刚好，我也不想再在极阳宫待了，否则丁引小儿隔三岔五给我灌注阳气，我的功体迟早要被他毁了。所以，我突然决定自己暴露身份，光明正大地走了。”

“你这恶魔，只会利用小烟的善良，算什么本事？”小卷毛听得大怒。

血神子依旧不理会它，而是笑吟吟看着罗紫烟，“不过，这几个月我也没闲着，你看，我把许飞娘和毒龙尊者他们降服了，还培养出那么多夜叉魔。可笑极阳宫一天到头在找我，却连我在哪儿都摸不着。”

“那你为何要在伏牛岛设下伏局？”罗紫烟冷冷道。

血神子笑了笑，“这个你应猜到了才对。我如果在冬至之前先给极阳宫一记重创，不但到冬至之日阻止我的人会少很多，而且对很多人来说，也是心理上的重击。”

顿了下，血神子摇摇头，“可惜，你不懂得配合，让我这妙招落空。不然，我们昨晚的行动，可以省去许多工夫，我也不用损失那么多手下和夜叉魔了。”

“谁跟你‘我们’了？你这恶魔、骗子、恶棍！”罗紫烟咬牙切齿，忍不住破口大骂。

血神子只是笑了笑，片刻才道，“你想怎么骂就怎么骂，胜利者从来不会在乎骂名的。”

罗紫烟却是不骂了，而是看着四周，“这里是什么地方？”

“一个至阴之地，以前是我的藏身地，以后就是我的根基地了。”

“什么？”

“很快你就明白了。”血神子说着，大步走向九凝鼎。罗紫烟大步跟了过去，咬牙道，“你夺走这个九凝鼎想干什么？”

血神子没有回答，而是爱不释手地抚摸着九凝鼎，眼里闪闪发光，“嘿嘿，极阳宫那拨小辈全都是蠢材，就算窃据这万古神器，也不过是拿来糟蹋而已。”

“你目的既然达到了，那就用天化虫给自己重塑个身体，把司明给我！”罗紫烟扑到血神子面前，声音透着怒意，却又带着哀求。

“哈哈，天真的姑娘，天化虫真要能重塑身体，我至于非让它到九凝鼎去吸收阴气吗？”

罗紫烟眼前一黑，最担心的事还是像铁幕一般落了下来，她气得声音都在发颤，“连这个你都在骗我？”

“这是你的死穴，不拿住这个骗你，我怎么骗你？”血神子嘲讽地笑道。

“你！”罗紫烟大怒，双拳一捏，凤凰力瞬间遍布全身。

小卷毛见状，立即双爪一扣，大叫道，“小烟，对这种恶魔不要再留情了，我们联手杀了他。”

“哈哈！”血神子像听到天大笑话一般嘲讽地看着罗紫烟，“你觉得她舍得吗？”

“你这魔头，我为什么不敢？”罗紫烟咬牙切齿道。

血神子冷笑道，“道理很简单，就像我杀不了你一样，你也杀不了我。”

“你……”罗紫烟急怒攻心，全身禁不住颤抖起来，但双拳却是缓缓地松开了。

小卷毛叹了口气，“小烟，你真被他吃得死死的。”

“好了，我还有正事要做，可没空陪你聊天了。”血神子冷笑一声，不再看罗紫烟，而是自顾自地把双掌按在九凝鼎上。

“你想干什么？”

“嘿，你马上就会见证一个从未有过的奇迹诞生！”

血神子话声刚落，那白玉般的鼎身突然猛烈摇颤起来，一股白色云气缓缓从鼎口升起，到了空中后立即散开，分为数道，直往血神子体内钻。

刹那间，血神子全身上下一片银白，连须发都是一片苍白。

“起！”血神子双手骤然向上一提，大股的白气直往他双掌中钻。紧接着血神子周身上下突然金光闪动个不停，映得他遍体白雪随之变黄。

“啊！”

血神子突然一声闷吼，两道金光闪电般从他双肩上飞射出来，先是映亮洞内四壁，继而“哗啦”一声穿破头顶的岩壁，直飞而出。

罗紫烟只觉鼻端一凉，急忙抬头，看到一片片鹅毛大的雪花，正从洞顶破口纷纷扬扬而下。

“呼！”血神子放下手，脸上挂着如释重负的笑意，“这该死的阳气，总算清除干净了。从此，不用再受它的制约了。”

“好强的魔气，他，他复原了！”小卷毛突然打个哆嗦，连话也说不囫囵了。

罗紫烟呆呆地看着血神子，只觉他突然间变了个人似的，全身上下散发出一股让人难以直视的气息。

正在此时，血神子突然信手一挥，一股沛然阴力立即充盈满洞，洞内四壁突然像是纸糊的一般破裂为无数碎片，冲天而起，激射四方。

更多的雪花漫天落下，罗紫烟放眼望去，周遭雪峰连绵，银装素裹，就连天空也像个倒扣的白盆子。

此时，她与血神子，就位于这片玉峰中间的谷地里。他们原本藏身在谷地中的一个小山洞里，此时山洞被震毁，他们就毫无遮挡地出现在这冰天雪地之间。

“这里是昆仑雪域，世上阴气最盛之地！”血神子突然回头对罗紫烟说道。

罗紫烟皱了皱眉，“我才不管这里是哪里！我只要你快把司明还我！”

“哈哈，别傻了！”血神子嘴角带起一抹讥笑，“这具身体只会慢慢蜕化掉，就是给不了你！”

“你——”罗紫烟浑身发颤，怒视着血神子，“那把九凝鼎给我！”

“更加不可能了！”

“那我——只好和司明同赴黄泉了！”罗紫烟银牙一咬，一直盘绕心中的念头此刻突然坚定下来。她剑诀一捏，背上的见采随即夭矫飞起，滴溜溜悬在她面前，剑尖直指向血神子。

“小卷毛！”

“是！小烟！”小卷毛双爪应声紧扣在罗紫烟肩头。

刹那间，体内阳脉沸腾起来，凤凰力迅速蓄积一处，在罗紫烟身上激发出一片金光来。

“哦？决心蛮大的，但同归于尽也得看我是否愿意。”血神子淡然看着罗紫烟，毫不在意。

“我们的生死，我们自己做主！”罗紫烟大吼一声，见采“嚓”的一声锐响，化为一道金黄色的匹练直射向血神子，去势如电，迎风尖嘶。

她现在只有一个念头，那就是和司明——或者说血神子同归于尽，不让血神子用因她而被夺的九凝鼎再去做任何坏事。

“有长进嘛！不过我的身体更该由我说了算才对。”血神子淡然一笑，随手向外一拂，见采到他面前突然凝滞不动了，只是空转着，但光华却在飞快消退着。

“我不信！”罗紫烟大喝一声，双手再次向外猛地一推，“凤羽矢！”

百道金光气箭，呈倒锥状喷薄而出，直贯向血神子。

血神子神情如常，只当视而不见。

“咔嚓！”

凤羽矢与见采合流一处，金光四射。

血神子这才不慌不忙一掌扫出。刹那间，阴气雄浑如山，迎面直撞而来。

“当啷！”见采凌空直直掉落下来，而凤羽矢则是在半空中湮灭无踪。

至于罗紫烟和小卷毛，则是身子一轻，倒摔了出去。

血神子拂了拂袖，回身在九凝鼎上面轻轻拍了拍，“你知道我为什么要把天化虫寄在九凝鼎吗？”

“你不是用它来控制九凝鼎吗？”

“哈，那只是一个过程而已，并不是我想要结果。”

罗紫烟一愣，“你还想要什么结果？”

“嘿嘿，告诉你也无妨，我想要一个伟大的命器。”

“伟大的命器？你的命器不是血杀吗？当时你为什么不拿走它？”罗紫烟不解地道。

血神子冷笑一声，“跟这个伟大的命器相比，血杀不过是充数之物而已，我现在岂会再多看它一眼。”

“伟大的命器，到底是什么鬼？”

血神子嘿嘿一笑，“从来没人见过它，也没人见识过它的厉害。我轮回这么多次，苦苦追寻，也只有这次才让它梦想成真！”

“你神神道道的到底在说什么？”小卷毛忍不住叫道。

血神子没有回答，只是身子“嗖”地腾空而起，竟在空中盘膝坐着，双手高高举起。

一丝丝寒气从他指尖散发出来，萦绕在他身子四周。很快，又变成了一团寒云。

罗紫烟和小卷毛对视一眼，都不知他在搞什么鬼。

就在此时，血神子的双手，各自出现一股阴风，如有灵性一般盘旋起来。

片刻之后，他双手猛地向下一打，这两股阴风呼啸着直贯入九凝鼎之中。

“哗！”

新蜀门

九凝鼎震了震，一股白烟袅袅地升起来。刚开始极为细小，却是坚韧异常，细细一道，直往空中升起。

“喝！”

血神子突然身子一沉，落到九凝鼎面前，双手扶住鼎身两侧，口中低吼着。

大股风雪就在这吼声里，从他身子四周生起，弥漫向四周。

而那道冲天白烟，已经升到了罗紫烟看不到的高空尽头。

“咔嚓！”

一声闷雷在白烟消失的尽头毫无征兆地响起。那缕白烟随即飞旋起来，每转一次它的体量就增粗一倍，烟中风雪飞舞，外扫的风头冷厉如刀。

眨眼间，血神子及九凝鼎便被这股迅速扩大的白毛风给吞没。

罗紫烟和小卷毛只能飞快后退。白毛风不断增大的风圈，逼得她根本停不下来。

几乎同时，无数雪云从远处飞来，像被搅动的浓粥，不断往中间的风柱汇流而来。因为它们的到来，风柱膨胀得更快了。

只是片刻工夫，罗紫烟和小卷毛就被风柱赶出数里之外。

此时，漫空雪云都被卷入风柱之中，湛蓝晴空显现出来，冷冷的没有一点温度。

风柱逐渐停止了扩张，但仍在飞旋不停，雷电闪蹿在其中，一刻不停，声势煞是骇人。

“小烟，那是什么鬼？”

“不知道，我感觉里头好像有什么在长出来。”罗紫烟喃喃道。

好一会儿，风柱逐渐停了下来，开始往内收缩。一道宏伟的屋檐缓缓出现，继而是巨大的斜坡屋顶，继而是粗硕的柱子……

罗紫烟和小卷毛都是看得目瞪口呆。

当旋风消退，一座宏伟巨殿便在稀薄的雪雾里完全显现出来。

这是座罗紫烟无法形容的宏伟巨殿，乍看有几分像古希腊遗留的神殿，因为大殿外树立着一排巨柱，根根都有十人合抱以上粗。但整个殿体却又形状多变，似乎是各种风格的杂糅。

它最显著的特征就是宏伟巨大，即便是在群峰包围之中也不显其小，而罗紫烟则被它衬得渺小如蚁。

阳光之下，巨殿表面折射出道道绚丽的虹光，耀眼夺目。

“好大的家伙，它是由风雪堆砌成的吗？”

罗紫烟摇摇头，“我不知道……”她不是没见过世面的人，但这座巨殿刷新了她的眼界。

“嚓！嚓！”

就在这时候，罗紫烟面对着的那堵殿墙上，突然往内一陷，露出个幽深的洞口。血神子大步从中走出来，来到罗紫烟面前，微笑道，“你看，我这座太寒殿如何？”

“太寒殿？”

血神子笑了，回头指着身后的洞口，“我刚决定，给我的命器取这个名字！”说罢，一缕寒光从他指尖飞出，落在洞口上端。

“嚓——嚓——”

洞口上方冰层一阵剥落，大片碎冰纷纷掉落下来，在洞口砸出无数冰屑来。

洞口上方，随之出现“太寒殿”三个大字。

“好了，以后有个固定的窝了，不用东躲西藏了！”血神子满意地拍了拍手，笑道。

罗紫烟看着太寒殿，又看着他，片刻才缓缓道，“你说，它是你的命器？”

血神子笑着点了点头。

“你盗取九凝鼎，就是为了创建这个笨重的命器？”

“你这样说可不准确。”血神子笑了笑，“没有天化虫，单凭九凝鼎，也筑造不出如此伟大的命器。”

罗紫烟呆呆地看着血神子，她终于明白，血神子为什么会先后到天化村和极阳宫，去做那么多不可理喻的事——原来，他弄到天化虫和九凝鼎的真正目的，是建这座太寒殿！

“你弄这个命器，想干什么？”小卷毛呆了呆，又大声问道。

血神子嘿嘿一笑，“既然是命器，当然是作为命器来用了。”

说着，他突然拍了拍手，“啪——啪——”

随着掌声响起，太寒殿开始一俯一抬，一俯一抬……有节奏地动了起来。

“它，它是活的？”罗紫烟舌头有些打结了。

血神子嘿嘿一笑，“你们知道原因的？”

罗紫烟和小卷毛对视一眼，突然想到了什么，“因为它就是天化虫化成的？”

“哈哈，聪明！”血神子大笑一声，赞赏地点点头。

罗紫烟彻底明白了，血神子需要九凝鼎，是因为它能吸聚庞大的阴气。而天化虫有这些巨量的阴气，就可以幻化出血神子想要的这座大殿。

“当年，我要是能及时拿到天化虫和九凝鼎创建出太寒殿，那些修阳之徒又怎么封印得了我。这次，我绝不会再给他们机会了。”血神子回想起当年情景，冷笑连连。

罗紫烟不由得也冷笑起来，“就算你这次成功又如何？一座破房子还能吃人不成？”

“哈哈！”血神子狂笑起来，“你说对了，太寒殿确实能吃人，而且你还将是第一个！”

“休想！”罗紫烟本能地往后退，血神子却是抢先动手了，只见他右手一拂，一股阴风平地而生，自后卷住她的腰，顺手一甩。

罗紫烟不由自主地往那大殿洞口飞去。

无边黑暗迎面扑来，洞内充裕着凝固似的寒意。罗紫烟想停下来，但是血神子这记甩劲何其之大。加上黑暗之中阴气浓郁，影响到她的阳脉，她竟是无法停下来。

“浑蛋！”罗紫烟刚要破口大骂，却一头撞到了什么东西。

“哎哟，这是什么鬼东西啊，好恶心！”小卷毛叫了起来。

罗紫烟也感到自己撞上了一团软绵绵、冷冰冰而又黏糊糊的东西，她顺着那东西滑落到地上，发现地上也是如此。等她好不容易站稳脚跟，眼前突然蒙蒙发亮起来。

“这是什么鬼？”罗紫烟不由倒吸一口气。只见眼前是条窄窄的甬道，一端连着洞口，一端连着深不可测的未知之处。

在甬道两侧，是一层半透明的膜状物，可以看到里头同样被类似的膜状物分隔出一个个大小不一的空间。而微弱的光，正是从这些薄膜之物上发出的。

“知道它们是干什么用的吗？”血神子不知何时来到身后，冷冷道。

罗紫烟急忙回头，警惕地后退几步，“我怎么知道呢？”

小卷毛则是奋力扇着翅膀，尖叫道，“你想干什么？”

“嘿嘿，让你们做个明白鬼也好。我这命器有两大用处。第一，它是我的修炼强助；第二，它能让你们这样的人为我所用。”

“我们这样的人，为你所用？你想得美！”罗紫烟怒道。

血神子嘿嘿一笑，“有心人当然不会，但没心的人呢？”

“什么？”

“很快你就会明白的！”

血神子不容罗紫烟多问，右手一送，罗紫烟不由自主往前冲了出去，正撞在一面膜状之物上。不等她反应过来，人已是一沉，直陷入那膜状物中。

从外头看，膜状物内似乎有一个个空间，但真正陷入其中，罗紫烟才发现那些空间并非是真的空的，而是充满了似水非水似油非油的黏液，一进入其中便被包裹住，翻身都难。

“你……浑蛋！”

“我的羽毛都被黏住了，翅膀动不了！小烟！”

罗紫烟和小卷毛奋力挣扎着，但无所不在的黏液让他们有力无处使。

“你不用挣扎了，没用的！”血神子隔着薄膜冷笑地看着罗紫烟，“就算你再怎么挣扎，也挣不脱这胞室的。”

“胞室？”罗紫烟愣了下。

“在这大殿里——或者说天化虫体内，有千千万万这样的胞室，它里头充满的至阴之水，将洗尽你们体内的阳气，把你变成纯阴之物……”

血神子突然不说了。罗紫烟却是心头狂跳，“我们会怎么样？”

“你说呢？”血神子冷笑一声，转身大步走了，“好好珍惜你们最后这点清醒时间吧！”

眨眼，他的身影便消失在黑暗之中。

而四周膜状物上的弱光则是逐渐暗淡下来，只有罗紫烟所在的这个“胞室”，仍散发着淡蓝之光。

“浑蛋，我不会任你摆布的！”罗紫烟大叫着，六阳心法一提，打出一股纯阳之劲。

但是，四周的至阴之水，瞬间把这股力量消解得一无所有，涟漪都不起一个。

“不好，小烟！”小卷毛突然叫了起来，“这些至阴之水正在侵蚀我们，我们会被它腌掉的。”

“腌掉？”

“是的，就像腌菜一样，把我们变成至阴之物。我知道他的想法了！”

小卷毛突然大叫起来，浑身不可抑制地颤抖着。罗紫烟急忙把它捧在手中，“小卷毛，你知道什么？”

“他要把我们在这里腌成至阴之物，变成夜叉魔那样的东西。对，肯定是这样的！”

“什么？你很冷吗？可我没有多大感觉啊！”

“可能因为宫主……上次给你拓了阴脉，所以你不怕吧……”小卷毛的声音开始颤抖了。

罗紫烟想想也是，想不到那次意外收获，居然还有这种好处。

“小烟你没事就好……冷死我了。小烟，我可能不能继续陪你走下去了……”小卷毛的声音逐渐弱了下去，罗紫烟只觉它的身子在快速变冷。

无处不在的阴气，正飞快地侵蚀着它。

“小卷毛！小卷毛！”罗紫烟大急，拼命摇着小卷毛。但是，小卷毛的身子仍在不断变冷。

“小烟，我感觉好困啊……我要好好睡一觉……”

小卷毛眼皮耷拉下来，似乎就要睡过去了。罗紫烟慌了，捏住它的脑袋，用力摇着，“快醒醒，听到没有！”

“我好困啊……”

小卷毛的眼皮还是缓缓地阖上了，罗紫烟急得后心似乎都要冒汗了。她脑海里突然灵光一闪，急忙摇着小卷毛的脑袋，“别睡！别睡！我们还有凤凰力啊！快，快跟我一起练凤凰力。”

“可我现在全身阳气都被抑制了……”

“我知道你阳气受限，但我好像还可以！别忘了，凤与凰是一体的，我可以帮你重新驱动它们，来跟这阴气对抗！”

小卷毛双眼突然睁开，吃力地道，“好像……是个办法！”

“本来就是个办法，振作起来，没有我允许，你不能死！”

罗紫烟说着，把小卷毛放到肩头上，它颤巍巍地站着，双爪有气无力地扣着。

尽管如此，罗紫烟仍是感觉到肩头一沉，一种身心相通的充实感，当即弥漫全身。

“来吧！”罗紫烟深吸一口气，催动凤凰力，把阳气传入小卷毛体内。

好一会儿，小卷毛体内终于有点反应，生起一股微弱的阳气，与罗紫烟遥相呼应。

慢慢地，两股阳气交汇一处，刹那间便把凤与凰的身体连成一体，来回循环着。

逐渐侵占小卷毛体内的阴气，在这逐渐炽盛的凤凰力面前，开始逐渐后退。

小卷毛开始来了点精神，弱弱地道，“小烟，好像有效耶！”

“那就继续！”罗紫烟心头的大石终于放下一半。

不知过了多久，小卷毛体内的阴气终于被清除得一干二净。它又活蹦乱跳起来，只是还是不敢离开罗紫烟肩头一步。

两人必须保持凤与凰力量相互交接的状态，小卷毛才能安然无恙。

“小烟，这样下去也不是办法，我变成你的拖累了。”小卷毛忧心忡忡地说。

罗紫烟瞪了它一眼，“什么叫作拖累？有这心思胡思乱想，倒不如帮我想想怎么逃出这个鬼地方。”

“这个鬼东西，我记忆中一点儿印象也没有，还真不知道该拿它怎么办。”

“难道只能跟他死耗不成？”

说话间，一阵隆隆声突然传来，震得胞室跟着颤抖起来。

罗紫烟和小卷毛急忙循声望去，只见长长的甬道两侧的膜状物，正开始散发出荧荧蓝光来。

而那股震响正由远及近而来。随之而来的，是一股汹涌的洪流，正从甬道一侧涌入。

罗紫烟呆了呆，“那是……”

小卷毛惊呼道，“好多野兽！”

那股“洪流”，竟是由各种各样的野兽组成的，从虎豹到牛羊猪，乃至猫狗鼠之流都有，此外空中还有鹰雕、燕雀等各类虫鸟。

此时，这些飞禽走兽正像疯了一般狂奔疾飞，在甬道之中乱成一团。

混乱之中，不断有鸟兽被挤到膜状物之上，立即沉入它们后头的胞室内，直到填满胞室为止。

而侥幸没有陷入胞室的鸟兽们，仍是惊恐地往前跑着，直朝着甬道深处跑去。

“怎么，怎么突然来了这么多……”

罗紫烟念头一转，不由得银牙一咬，“肯定是那个魔头驱赶进来的。”

“他也想把它们变成纯阴之物？”

“只怕是这样。”罗紫烟看着两厢胞室中拼命挣扎的鸟兽，心如刀割，片刻才喃喃道，“小卷毛，我是不是太自私了，为了司明去为虎作伥，却害这么多生灵……”

小卷毛看着罗紫烟，摇摇头，“小烟，你又不知道会这样，而且你也没想着让那魔头盗走九凝鼎的，你只是被他骗了而已！”

话虽如此，罗紫烟心头仍无法好过一点，她懊悔地道，“是我一直以来太软弱，太想委曲求全以救司明，我根本没想到我的退让只会让他得寸进尺，继续把我玩弄于股掌间……”

“要是小烟像司明那样，我也会不顾一切、不顾代价救小烟的。小烟你只是做自己该做的事，害人的是血魔，跟你无关。”

罗紫烟默然片刻，感激地看着小卷毛，“谢谢你小卷毛，但我心里还是很不安。”

“小烟，没事的，等我们设法出去了，总要叫血魔付出代价的。”

罗紫烟点了点头，眼里骤然闪出冷冷寒光来，她深吸一口气，咬着牙道，“我现在算是看透了，那魔头没有丝毫人性，妥协只会让他变本加厉，更加把我当作傀儡。他绝不会真把司明还给我的。我不能再对他抱有幻想了。”

“这就对嘛，对于魔头，只能用解决魔头的办法，而不是对付人的办法！”

说话间，四周逐渐安静下来。鸟兽洪流正进入太寒殿甬道深处，而落入甬道两旁胞室内的鸟兽，一番短暂的挣扎后，正在安静下来。

每一个安静下来的胞室，膜状物上的弱光都会随之熄灭。

没多久，黑暗重新笼罩一切。只剩罗紫烟和小卷毛所在的这个胞室仍透着一点蓝光。

“看来，它们都是睡着了。”小卷毛看了罗紫烟一眼，缓缓说道。

罗紫烟咬着牙，她知道“睡着了”三个字背后是何等可怖的含义。

“小烟，我们再一起用凤凰力，看能否冲出去？”

“嗯，试试！”

虽然先前已经失败过多次，但只要有一线机会，罗紫烟都要尝试一下。

见采已经在外头被血神子打飞，不知所踪了。如今，罗紫烟能依仗的，也只有凤凰力了。

但凤与凰再次合力，除了往前挪出半寸外，几乎没多大改观。两人反而累得气喘吁吁。

“那恶魔杀不了小烟，就用这方法来把小烟变成同类，如意算盘倒是打得响亮！”小卷毛忍不住大骂起来。

就在此时，四周的弱光再次亮了起来。罗紫烟和小卷毛不由得对视一眼，两人都从对方眼里看到了一丝不安。

“嗵！”

一声闷响后，是更密集的“嗵嗵嗵”声，从甬道两端同时传来。

只见胞室内被包裹着的鸟兽们，突然间像皮球般被从里头弹了出来，落到甬道上。

片刻工夫，甬道上就挤满了鸟兽。跟进来时横冲直撞活蹦乱跳不同，如今它们都变得极其安静，站稳后都不动，就像一座座雕塑。

“啪啪——”甬道深处，突然传来一个击掌声。那些石化一般的鸟兽们，突然像被某根弦提了提，同时往甬道深处走去。

它们步伐缓慢，就像一股缓慢移动的血肉洪流。

从外表看，每一只鸟兽形体并没有什么变化，但罗紫烟却注意到，所有鸟兽的身上都散发出蒙蒙的蓝色弱光，但它们的双眼却都黯淡无光，仿佛生命之光已经被抽走，如今只剩下一副皮囊而已。

“丧尸！”

罗紫烟不由得打个寒战，脑海里下意识想起这两个字来。

怪不得血神子要创建太寒殿，这让他能一次性用至阴之水对不计其数的鸟兽洗髓伐筋，将它们变成受他掌控的纯阴之物。

怪不得他会说，没有心的人会受他所用！这些鸟兽的身体虽然还活着，但心却已经死了，只是一具具行尸走肉而已。

如果罗紫烟不是因为机缘凑巧拓了阴脉，又与小卷毛用凤凰力相扶相持，迟早也要被至阴之水变成无心之人——那些被魔化的黑凤凰，大概也经历了相似的劫难！

沉思之际，鸟兽洪流们逐渐消失在甬道尽头，四下里的微弱蓝光又黯淡下来。

但片刻之后，又有个脚步声从甬道出口方向传来。四周的弱光再次跟着亮了起来。

借着那昏蒙的蓝光，罗紫烟又看到了血神子。在这样的环境里，他看起来像是从地狱里走来的煞神，浑身上下充满着诡异气息。

“小卷毛！”

罗紫烟看了小卷毛一眼，小卷毛点了点头，钻入罗紫烟的衣领内，“明白！”

脚步声在罗紫烟面前停了下来。血神子面现讶色，“嗯？胞室居然对你无效？”

“哼！我不会死心的，快把司明还我！”罗紫烟大叫道。

“哈，没关系，我们换个地方再做试验！”

“试验？刚才是试验？”

血神子不理会罗紫烟的质问，一掌按在那面膜状物上，猛地用力往后一扯。罗紫烟只觉一股大力突然从四周包围过来，紧接着她身子一轻，不由得往外冲了出去。

“嗵！”

罗紫烟被吸出了胞室，落地之后，她想也不想，就是一掌向血神子打去。

“嘿嘿，没用的！”

血神子一探手，竟是扣住罗紫烟的手掌。一道阴寒之力包围过来，罗紫烟全身发寒，凤凰力竟是一丝一毫也发不出，只能怒视着血神子。

“跟我走吧！”血神子隔空一提，罗紫烟不由自主地跟着往甬道深处走。她恼羞不已，破口大骂道，“你这浑蛋！有朝一日，我要把你赶出司明的身体，把你打得魂飞魄散，元神俱灭……”

血神子恍若未闻，只管大步前行。

甬道长而幽深，而且两侧岔口众多。没走多久，罗紫烟便被无形之力牵着拐入一个岔口中，走上一个螺旋上升的斜坡。

“你要带我去哪儿？”

没有回答！

斜坡到了尽头，脚下趋于平坦，一团蒙蒙的蓝光出现在前方。血神子停下来，回头看着罗紫烟。黑暗中，他的双眼似乎在放蓝光，像是夜幕中两颗幽蓝之星，透着森寒气息。

“这里是‘蓝火室’，应该足以让你解脱心灵的束缚了。”

话落，那团蓝光突然暴涨开来，流焰四射中，一座幽蓝之门从黑暗中浮现，在罗紫烟面前缓缓打开。

“这里……”罗紫烟不由得后退了几步。

血神子看着她，“进去吧。无心之后，世间恩怨情仇，三千烦恼都与你无关，你不用再被各种苦恼包围，可以彻底解脱……”

话落，他猛地右手一扬，巨大牵力一拉，罗紫烟和小卷毛不由自主跌向那幽蓝的地狱之门。

“浑蛋——”

骂声未已，罗紫烟已跌入一片蓝焰之中，阵阵酷寒立即从四面包抄过来。几乎同时，蓝焰之门猛地一收，在眼前消失了。

四周蓝火焰高高地蹿起来，随之而来的是浓得化不开的阴寒气息。

“这又是什么鬼地方？”小卷毛不安地叫道。

“不知道，可能比刚才那个胞室更危险！”罗紫烟试着往前走了几步，这里并没有那种黏糊糊的恶心胞液，但是罗紫烟每一步踩下，再提起脚的时候，地上都会冒起一团蓝色的火焰，与四周蹿动的蓝火焰相互辉映着。

“小烟，我们好像不能走动，否则这鬼火冒得更多。”

罗紫烟点点头，停了下来，不敢再往前走了。

“我有点困了。这些蓝火，照着感觉好舒服啊！”小卷毛突然缩了缩翅膀说道。

与此同时，罗紫烟也感觉到一股阴寒之气正在不断往体内钻着。

“这里的阴气比胞室那边强多了。小卷毛，别睡，快施展凤凰力！”罗紫烟说着，盘膝坐了下来。

"哗啦！"

四周的蓝火焰突然同时高高蹿起，蓝色光芒映得罗紫烟和小卷毛身上一片幽蓝。

寒意随即增强几分。

罗紫烟咬了咬牙，"可恶，看来我们连动一下都不能了。"

这蓝火焰一旦蹿起，就会不断蹿高，所释放的阴寒之气在持续增加。

虽然开了阴脉，但这回罗紫烟也感觉到寒意逼人，阴气也开始在她的阳脉入侵了。

"不行，这蓝火一直冒，阴气会越来越多，最终会像温水煮青蛙那样把我们解决的！"罗紫烟喃喃道。

小卷毛愣了下，"什么温水煮青蛙？"

"这不是重点，重点是我们得赶快离开这里。"

"可我们一动，蓝火不是起得更多，我们不就死得更快吗？"小卷毛哆嗦着说道。

此情此景，让两人进退两难。走动会引发更多阴火，不走动会被不断增长的阴火所伤。无论如何，最后的结果似乎都逃不了阴火加身的厄运。

"也是，门都不知在哪里，还能干吗？"罗紫烟想了想，回头看着小卷毛，"不管这些阴火会有多大，我们都得合力扛过去！"

"凤凰合力，无坚不摧！"小卷毛一昂头，也来了信心。

当下，两人再次齐心催动凤凰力，全力抵御阴气入侵。

在她们四周，蹿腾的蓝火越来越高，逐渐有合拢之势，所释放的阴气，水银泻地一般无孔不入。

罗紫烟和小卷毛的身子都是越来越寒，只能在凤凰力的相互交融下彼此支持，护住功体。

时间分秒流逝，当蓝火长到一人半高的时候，焰头渐渐下去了，加在两人身上的寒意一分分减少了。

"小烟，我们……好像熬过最难的时候了。"

"嗯，只要我们合力，没有什么不可以的，你怎么样？"

"好像没之前那么冷了，小烟，我们没有变成纯阴魔物吧？"

"看样子没有！我们继续集中精神，把体内的寒气驱散干净再说。"

又不知过了多久，体内的阴气总算被清理干净。而蓝火的焰头也低落到只有半尺高，只是在地面慢吞吞蹿动着。

罗紫烟和小卷毛都是暗暗松了口气，现在只要保持住，就可以暂时无事。

新蜀门

“哗啦！”

就在这时候，两人前方突然凭空蹿起一团蓝火，紧接着那座蓝色地狱门再次出现。

“是……那魔头来了？”

罗紫烟心头一横，“稳住，等他进来，就打他个措手不及！”

小卷毛点了点头，爪上力道一沉，蓄势待发。

罗紫烟则是把雄浑的凤凰力贯注于双臂之间，只要血魔进来，立刻予以迎头痛击。

虽然，她知道以现在的处境以及自己的修为，在血神子面前根本没有胜算，但是，她此刻满心怒火，只想背水一战。

“呼！”

一道人影，突然从蓝火之门外冲了进来。

罗紫烟深吸一口气，凤凰力一提，就要应声打出去。

“啊！”

那人突然发出一声惨叫，双手在空中乱抓着。

“嗯？”罗紫烟急忙把凤凰力一收。只见来人在地上打了个滚，又迅速爬起来。

大股蓝火随着他这一翻滚腾蹿而起。那人大惊失色，转身掉头就跑，一簇簇蓝火立即跟在他脚后跟延伸出去。

“喂！你疯了！快停下来！不然它们会越来越多的！”罗紫烟愣了下，急忙大叫起来。

来人急忙脚下一个猛刹，硬生生站住了。蓝色焰火映在他身上，只见那是个五旬左右男子，穿着一身明黄长袍，身材矮小，高不及四尺，头戴着一顶百鸟之羽编织而成的羽冠，略显枯瘦的脸上布满了惧色。

“这是什么地方？”他大叫道。

“还用问吗，当然是个非常危险的地方了，你是谁？”小卷毛大声道。

羽冠男子定了定神，看了看小卷毛，又看着罗紫烟，猛地破口大骂，“邪魔，有本事杀了我！我绝不会低头的！”

“瞎了你的狗眼，我们像是邪魔吗？”小卷毛大怒。

罗紫烟急忙摆摆手，示意它住嘴。她看着那羽冠男子，“前辈误会了，我们跟你一样，也是被困在这里的！”

“嗯？”羽冠男子迟疑了下，刚要说什么，他身后几簇蓝火骤然蹿起。

羽冠男子脸色一变，急忙快步往前一步，试图避开蓝火的侵蚀。但是这么一动，他身后立即又冒出一簇新的蓝火来！

“别动！”罗紫烟急忙喝道。

羽冠男子不敢再动，脸色更加难看了，“这……这到底是什么鬼地方！”

“这些蓝焰是阴气凝结而成的，你走一步它就冒一个，走得越多冒得越多，每个都会释放大量阴气，对我们的阳脉影响非常大。”

罗紫烟尽量放缓口气，“你别跑，先坐下来，催动功法护住阳脉。”说话间，她和小卷毛都是不由得打了个寒战，被羽冠男子这么一搅和，四周的阴气暴增，开始又来侵蚀他们的功体了。

羽冠男子迟疑了下，还是坐了下来，运起功法来。

“前辈是什么人？怎么会到这里的？”好一会儿，罗紫烟感觉舒坦了些，才开口问道。

羽冠男子四周已经被熊熊蓝火包围住，他神色痛苦，片刻才道，“你们也是被那些魔徒掳来的？”

“魔徒？”罗紫烟愣了下，旋即明白，他说的必定是许飞娘之流。

“不然谁会待在这个鬼地方呢？”小卷毛答道。

羽冠男子狐疑地看了罗紫烟一眼，“那你们是……”

罗紫烟道，“晚辈是极阳宫弟子！”

“极阳宫？”羽冠男子双眼一亮，旋即又黯淡下来，“极阳宫冬至之夜的劫数……修仙界都知道了，哎，修仙界的量劫真是要来了……”

“前辈可知道，现在极阳宫怎么样？”从被天化虫掳走之后，罗紫烟和小卷毛就对极阳宫的事一无所知了。

“听说吃了大亏，虽然杀了不少魔徒和夜叉魔，但伤亡也不少，而且镇宫的九凝鼎都被血魔夺走了。”

罗紫烟和小卷毛对视一眼，都是默然不语。

“老夫文鹄，乃古黄氏族的长老……”羽冠男子叹了口气，终于道出他的来历。

古黄氏族，乃是上古部族，隐居在一个叫作翠螺洲的地方。他们虽然拥有不凡的独门仙法，但始终执有避世而居之念，与世无争。

但一天前，突然有大股魔徒带着一群夜叉魔闯进部族内。

事发突然，虽然阖族力战，仍是有大半族民被掳掠到太寒殿来。

“我们以前只在史籍里看过血魔之名，以为那只不过是上古一个已伏诛的魔头，没想到他会再次出现，而且还聚拢了那么多邪魔为他所用，还有这个大殿……”

文鹄长老说到这已是满脸惊恐之色。

被掳掠到太寒殿之后，他才发现还有不少部族，以及一些散仙、地仙，都遭遇跟他们部族一样的厄运。

“这么说来，血魔还掳掠不少人到太寒殿里了？”罗紫烟心头发沉，缓缓问道。

文鹄点了点头，缩了缩身子，“这里阴气好重……血魔到底想干什么？”

“还能干什么？洗掉我们体内的阳气，把我们变成跟那些魔物一样的东西！”小卷毛说道。

“小卷毛！”罗紫烟想阻止，小卷毛一下子把什么都说了。

文鹄脸色当即惨白，“难道就是史书说的……那种叫作修罗魔的魔物？”

罗紫烟默然，心中却是更加明白血神子的意图了。

血神子的修为，本身就具有把世间的修仙者、凡人及鸟兽都变成任他驱使的纯阴魔物。

如今有了太寒殿，他不但可以批量制造夜叉魔，还能够制造出还没有出现过的修罗魔——那是一种以有修仙根底的人炼化而成的魔物。

按照这样的趋势发展下去，只怕用不了多久，血魔真能造出一支横扫天下的魔军来。

这将让血神子如虎添翼，更加可怕！

“世间大不幸，又出现此魔头，定是又要掀起腥风血雨了……啊——”文鹄喃喃说着，突然凄厉大叫一声，头猛地重重垂下，再无声息了。

罗紫烟回过神来，“前辈，你怎么了？”

文鹄没有回答，头依旧垂下。

“喂，你怎么了？”小卷毛也叫了起来。

“嘘！别说话！”罗紫烟急忙示意小卷毛，紧紧盯着文鹄，“他不对劲了！”

“哗！”

文鹄身边的几股蓝火，猛地高高蹿起，火舌包围着他，似乎要将他吞没，但他依旧动也不动，仿佛睡过去了。

与此同时，四周的阴气再次变强。文鹄先前踩出的众多火苗，此时都变成旺盛的火舌，所释放出的阴气，让罗紫烟和小卷毛一下子又有些吃不消了。

两人只能再次全力催动凤凰力相互支持。

就在此时，文鹄低垂的头，突然又缓缓地抬了起来。

“小烟，他好奇怪……”

罗紫烟紧紧盯着文鹄，只见他正缓缓站起来，动作极其僵硬，双足像是弹簧般突然直直一弹，人就立起来了。

而他的脸上，则是失去了一切表情，看起来就像是张空白的纸。尤其是两只眼睛，没有丝毫光泽，犹如两口深井。

对于罗紫烟和小卷毛，他视而不见，只管迈着步子木木地向前走去！

“前辈，别乱动！”罗紫烟急忙叫道。

文鹄置若罔闻，依旧继续往外走。奇怪的是，跟先前相反，他所过之处，蓝火焰都是应声而灭，给他让出一条路来。

“咦，这又是怎么回事？”小卷毛有点蒙圈了。

“我也看不懂……”

说话间，文鹄前方突然一声闷响，那蓝色大门再次凭空出现。文鹄直直地走入其中，消失在后头。

蓝色大门随即消失，只留下罗紫烟和小卷毛仍被成片的蓝火焰包围着。

四下一片死寂。片刻，小卷毛才叫道，“那家伙就这样走了？”

“我明白了，他被魔化了。可能只有被魔化后，才能离开这蓝火室吧。”罗紫烟想了想，又道，“因为他已经被魔化，所以这些至阴的蓝火，也不会再炼化他了。”

“这么说来，我们不被魔化，就要把这牢底坐穿吗？”小卷毛哀号起来。

第十五章 | 炼狱之殿

死寂，再次笼罩住蓝火室。只有时低时高的蓝火仍在罗紫烟四周蹿腾着。只要她稍微一动，它们就会立马升起，不给罗紫烟逃走的机会。

“我们先撑住，总会想到办法的。”片刻之后，罗紫烟再次开口了。

“我们不可能一直支撑住的。”

“你怎么总说这种丧气的话！”

“我不是丧气。我是说，我们得换个办法了。”

罗紫烟愣了下，旋即大喜，“那你还不快说！”

“本来不想说的，因为太过凶险了……”

“甭管凶险不凶险，先说出来听听！”

小卷毛顿了片刻才道，“我记忆里有个办法，叫作魂元转寄法，是我们凤与凰之间，独有的秘法……”

所谓魂元转寄法，是凤凰一族自古以来就流传的秘术，也只有凤与凰之间才能完成。

凤主凰仆本是同源，虽然在成长过程会产生一定分化，但元神本质是相同的。

所以，上古的时候，就不断有好事的凤与凰尝试进行元神交换，凤变凰，凰变凤。

这个奇思妙想并没有成功，反而断送了不少先行者的性命。不过，却在大冒险中有了意外的发现，那就是凤与凰的元神，可以相互寄生。

也就是凤的元神，可以寄在凰的体内，反之亦然，并可以在适当的时候，重新归回本体，于本体并无大碍。

这种法门，就叫作“魂元转寄法”。

通常情况下，元神离窍，要么是羽化升仙，要么是归于轮回，要保持元神不坏而又能适时回归本体，几乎是不可能的。世上，也只有凤与凰这种同胞双生的奇特族类有此奇能。

不过，事有违天道，必定凶险莫测。魂元转寄法也是如此。

“有什么样的凶险？”罗紫烟问道。

小卷毛迟疑了下，“有可能元神寄养不了，而本体又回不去，最后只能随风飘散了。”

罗紫烟不由得沉默了，随风飘散那就是元神俱灭的意思，这个风险太大了。

“你有几成把握？”

小卷毛摇了摇头，“我从没有试过，就是记忆里有这么个方法……小烟，要不别冒险了。”

罗紫烟没有说话，心中念头急转着。

目前，血神子的注意力都在她身上，目标也是把她炼化成修罗魔之类的魔物。如果能把自己的元神寄到小卷毛身上，然后任身体被阴气魔化——依照文鹍的情况来看，只要人被彻底魔化，就能离这个蓝火室，到时候小卷毛就跟着她离开……

计划可行，但有诸多不可预测的事，最大的问题是，万一罗紫烟的元神转寄不成，那就满盘皆输。

罗紫烟并不怕死，但她知道自己绝不能有个闪失，否则司明就毫无翻盘的机会了。

“小烟，快做决定吧！我感觉越来越难受了。”小卷毛浑身发颤不停，体毛上开始结起一层薄薄冰霜。

“小卷毛，你有信心吗？”罗紫烟一咬牙，突然问道。

小卷毛看着她，点了点头，“就等小烟的决心！”

“说吧，该怎么做？”

罗紫烟深吸一口气，既然退无可退，那就放手一搏吧！

“方法不难，我们同时施展凤凰力，你集中意念把凤凰力都转到我身上，我不再传输给你，而是接纳你……”

罗紫烟毫无迟疑，立即按照小卷毛的口诀，全力把凤凰力往它身上传送。

凤凰力是凤与凰的主要纽带，也是元神转寄的最大助力。随着它的快速外流，罗紫烟开始感到身子发虚，似乎就要腾空飞起。

但她的身子分明仍是牢牢坐在地上，坐在众多蓝火的包围之中。

“这就是所谓的灵魂出窍吗？”

念头刚起，罗紫烟便感觉自己要飞起来了，阵阵热流环绕周身，像是无形的手，将她猛地一提。

“这……”

上升的速度越来越快，罗紫烟面前的虚空一刹那变了样，变成五颜六色的旋涡，吸得她飞快往里冲。

旋涡之中，是一个小旋涡，进入其中后，迎面而来的又是另一个更小的旋涡。

旋涡一个接一个，层出不穷，这似乎是一条没有尽头的征程。

而罗紫烟的身子则是越来越热，像是要燃烧起来。她极目四望，眼前一片绚烂，除了流转的旋涡外，根本看不到其他事物。

小卷毛呢?

蓝火呢?

这是哪里?

一连串的问题，让她身上的热意骤然化冷，一个不祥的念头冒出来，难道，转寄失败，我已经魂飞魄散了?

“小烟！小烟！小烟！”

耳边突然传来小卷毛的尖叫声。罗紫烟愣了下，刚要回答，一股巨大的力量突然攫住她，将她往四面八方撕扯。

“啊！”罗紫烟想大叫，却发现自己叫不出声音来。

撕裂之力仍在飞速剧增着，罗紫烟整个人被拉入旋涡中心点，那里是无尽的虚空，看不见的巨力来自四面八方，像是无数大手，要把她撕成粉碎。

罗紫烟全无反抗之力，只能看着自己的身体，一分分被拉长、拉宽，随时都会被四分五裂。

“难道真要魂飞魄散了吗？”

罗紫烟内心叹息一声，不知怎么，司明的样子突然出现在眼前，正关切地看着她。

“司明！”

司明没有回答，只是目光一如既往，柔情似水，所有的爱意都浸润其中。

“司明，是我没用！这么久了还没能把你救回来，我真不知该怎么办才好。”罗紫烟呢喃着，悲怆欲哭，却是一滴泪水也流不出来，“如果我死了，还有谁来救你呢？”

司明依旧安静地看着罗紫烟，就像罗紫烟生病的时候，他默默陪在她身边那样。

有一个声音在罗紫烟耳边响起，“如果你死了，还有谁来救他呢？”

“嗯？”罗紫烟打个激灵。那个声音越发响亮了，“小烟，快振作起来，熬过这关就没事了！小烟！小烟！”

是小卷毛！

罗紫烟精神一振，下意识地手脚一收，竟是应声收回！

几乎同时，巨力消失了，无尽的虚空像是被撕掉的壁纸，一片片支离破碎开来，灿烂的金光从破口射出，打在罗紫烟身上。

原本轻盈的身体，突然一沉，继而缓缓往下沉。

金光四处弥漫，充盈整个天地，罗紫烟在其中慢慢沉落，就像片羽毛。

片刻，她的脚终于踩到实地，落在一片坚实的大地上。

漫空金光逐渐变淡，一片蓝光在远方逐渐显现出来。

“那是……”

罗紫烟定睛细看，终于看清了，那是一片布满蓝火的大地，一人正行走在火光里。

那人的模样，罗紫烟再熟悉不过！她就是——另一个罗紫烟！

只见那个“罗紫烟”的双脚机械异常，每一步都是僵硬呆滞。而她的双眼则是空洞无神，了无生气。

这是罗紫烟，又不是罗紫烟。

罗紫烟从没见过自己变成这种活死人的模样，此刻亲眼看见，内心当真五味杂陈。

“好了好了！总算成功了！小烟！小烟！”

就在这时候，小卷毛的声音突然传来，罗紫烟游目四顾，却是什么也没有，“我没事，小卷毛，你在哪里？”

“你看不到我的，因为你就在我体内。我们现在是用元神在交流。”小卷毛答道。

罗紫烟明白过来，她所看到的另一个自己，是通过小卷毛的眼睛看到的。

现在的“她”，是她的元神；外头的“她”，则是她的身体！

“也就是说，我们的魂元转寄法真的成功了？”

“成功了！刚才吓死我了，我以为小烟撑不住了，没想到我叫了几声，小烟又挺过来，好险好险！”

罗紫烟回想刚才的情景，不由得也是阵阵后怕。

“现在怎么办？”罗紫烟问道。

“我们跟上她，不，跟你先离开这里再说。得快点，阴气太重了，我快动不了了。”

说话间，外头那“罗紫烟”的后背，突然迎面冲来，最后停在她的面前不动了。只能看到她的腰带在轻微动着。

片刻，罗紫烟总算反应过来，那是小卷毛飞向“罗紫烟”，并挂在“罗紫烟”腰间，随着“罗紫烟”在往外走呢。

没走多久，眼前突然蓝光一闪，随即陷入黑暗中，只能隐约看到“罗紫烟”的背影在动。

“小卷毛，现在是什么情况？”

“我们离开了蓝火室了！暖和多了！就是太黑了。”

它这么一说，罗紫烟果然感觉身子暖和多了。那是小卷毛的身子暖和许多。

外头一片漆黑，只能依稀看到“罗紫烟”正行走在一条窄窄的甬道之中。

她走得很慢，但黑暗似乎对她并没有丝毫影响。

“小烟，要不要把你元神送回去？”

罗紫烟沉吟了下，“那要多久才行？”

“这我也没试过，可能半个时辰，几个时辰，也可能几天……”

“这样太冒险了，先跟着我，看我走到哪里再说。”罗紫烟说到“我”的时候，总觉得怪怪的，好像在说另一个人。

没有元神的罗紫烟，还是那个罗紫烟吗？

“奇怪，你——不，她不是没有元神了，为什么还懂自己走路？”

“这里是那魔头的主场，他一定有操控他们的办法。”

说话间，前面隐隐现出亮光来，随之而来的还有一些窸窣声。

“那边好像有很多人！小烟，怎么办？”

罗紫烟沉吟了下，“你钻到我的衣服里躲起来，跟过去看看再说。”

“好咧！”

眼前一阵晃动，小卷毛已经往罗紫烟衣领里钻。罗紫烟又是一阵怪异感，总有种自己被占便宜的感觉。

但是，想想占自己便宜的，好像就是自己，也就释然了。

“快看！真的有好多人——不对，他们不像是人。”小卷毛探出头来低声道。

经历最初的不适，罗紫烟已经能适应以小卷毛的视角来看世界了。她看到前方出现一条长长的甬道。

甬道两侧，也是一座座膜状物分隔出的胞室。而甬道中，则是慢吞吞走着一群人，个个都是步履僵硬，如行尸走肉。

“罗紫烟”很快就汇入人群之中，随之慢慢前进。

罗紫烟细看这群行尸走肉，发现多数是农夫、商贾、摊贩、士子，只有少数一看就是修仙者，穿着各色的玄衣玄袍。

不管前身为何，此刻这些人的表情都是一样的，目光空洞，举止生硬，极其诡异。

“那魔头，当真得上刀山下地狱！”罗紫烟越看越觉得恶心，忍不住骂起来。

“天啊！小烟你看！”小卷毛的视线突然转到甬道两侧的胞室上，罗紫烟只看得快气炸了。

只见那些胞室，此时正不断往外“吐”人，汇入甬道上的行尸走肉大军。

有些胞室暂时还没动静，但透过膜状物，仍可以清楚地看到里头嵌着一个个人，每个都是面目狰狞，目露惊恐，动也不动。

“怪不得那魔头要造这座太寒殿……一次能害死这么多人。”

“简直就是潘多拉魔盒！”罗紫烟想骂，却发现再恶毒的骂人词汇也无法表达此时的愤怒。

“潘多拉魔盒？那是什么？”

“那是个量劫的隐喻。”罗紫烟有气无力地说道。面对这前所未见的滔天罪恶，她竟有种绝望欲死的感觉。

“这边，这边过来！”

“你们，你们往这边来！”

就在这时候，一阵吆喝声突然从前头传来。

“小烟，好像有人在说话。”

“肯定是血魔的那些魔徒爪牙，我们看看，等下如果情况不对，立即躲起来。”

说话间，前方突然出现一片浅蓝亮光，更多的人声传来。

罗紫烟感觉小卷毛的身体突然绷紧了。

“小卷毛，你害怕了？”

“当然了，现在小烟的元神寄在我身上，搞不好就是一尸两命。”

“乌鸦嘴，我们见机行事，没事的。”

“我们可以见机行事，但你的身体可不会……”

罗紫烟沉默了下，问：“万一她有个闪失，那会怎么样？”

“那可就糟糕了。虽然你的元神一直在我体内，但我的功体毕竟有限，只怕无法长期承载你的元神……”

小卷毛没有再说下去，但罗紫烟却听出来，如果她的本体有个三长两短，那后果很严重。

这时候，那片蓝光和嘈杂人声近了，一个宏伟的大厅出现在罗紫烟眼前。

大厅四壁散发着荧荧蓝光，厅内人头攒动，大大小小的鸟兽及人的身影错杂一处，混乱不堪。

片刻之后，罗紫烟才看清，这大厅内起码挤了上千人兽。他们从大厅两侧的几个甬道口进来，汇集于大厅里。

而在大厅上首，一排开着六七个大洞口，每个洞口边都站着些魔徒，正把靠近的人与兽，分头带进不同的洞口内。

被送进不同洞口的人或兽，很快就一个个消失在洞内。

“小烟，看得出那是在干什么吗？”

“不知道，好像在给他们分门别类……”

说话间，“罗紫烟”夹在人与兽之中，正不断往大厅内侧靠近。

“小烟，我们不能再过去了，不然可能要被发现。”

“那就退到后面去！”

“那你的身体……”

“我们先盯着再说。”

小卷毛再无迟疑，悄悄从“罗紫烟”领口里钻了出来，低飞在人兽之间。

罗紫烟眼前顿时出现一片“腿林”，长长短短胖胖瘦瘦都有，各色各样。

直到大厅一侧，小卷毛四顾无人，这才慢慢往上飞，躲进一片阴影里。

从这里望去，只见涌入大厅的人与兽正被分成六股，消失在大厅上首的洞口内。

“我们要进一个洞里去看看吗？”

“嗯，就到最近的这个去看看，小心点！”

小卷毛早就跃跃欲试，闻言立即振翅一掠，擦着冰寒的地面斜斜飞入最近的洞口。

洞内，先是一暗，随即又亮了起来，一片各色各样的腿林映入眼帘来，正缓缓向前走着。

这是个略显狭窄逼仄的甬道，两侧甬壁上布满了暗红的纹路，看似一条条粗硕的血管。

除了杂沓的脚步声，四下里别无声息。

小卷毛左顾右看，确定安全后，这才落到一头牛的角上，跟着它缓慢前进。

好一会儿，甬道才到了尽头，只见前方是一座圆形大厅，约数丈见方。

在甬道与大厅之间，是条不长的斜坡。斜坡尽头是个高台，台上环绕着一圈儿惨白的光。

而圆形大厅四周的洞壁上，则是开着一个个洞口。

这一切乍看平淡无奇，但是当一头猛虎沿着斜坡进入那个高台的时候，可怖的一幕就发生了。

只见那团惨白之光瞬间包住了老虎，绕着它飞快盘旋起来。

只是眨眼工夫，老虎就化为几十上百个碎块，呼啸着向四周飞射出去。准确地没入四面洞壁上的洞口中。

这几乎是瞬息之间的事，等罗紫烟回过神来，一头老虎已经没了。而另一头大牯牛，正步着老虎的后尘，走上那个白光环绕的高台。在它后面，则是一个壮汉。

没多久，一牛一人，便也先后化为碎片。他们后头的人、兽视而不见，依旧直直前进，任那白光宰割，毫无反抗之意。

“怎么可以这样！”小卷毛低声惊呼道，

“小卷毛，别激动，我们先弄清楚这个魔头到底在干什么！”罗紫烟努力平复着心情，“到墙上那些大洞口看看它们通向哪里！”

“这会不会太危险了？”

“知己知彼百战百胜，我们小心点就是。”

“好，只要小烟不怕，我就不怕！”

趁着一头黑熊蹒跚走向高台的空隙，小卷毛腾空而起，远远绕过那高台，直向对面最近的一个洞口飞去。

挨到洞口边，小卷毛探头往里望去，一股腥恶气息扑鼻而来。

“那是……”

眼前的情景，让小卷毛和罗紫烟都是倒吸一口气。只见洞内是一团被膜状物包裹着的东西，正在缓缓蠕动着。透过那薄亮的膜，可见那是一头难以形容的怪物。

而先前一块飞来的碎尸块，正缓缓地没入膜状物之中。

“那些碎肉都，都……”小卷毛震惊得说不出个囫囵话。

“我知道了！它们把人兽分解掉，再聚合成夜叉魔……”

这里就是个制造魔物的大作坊，它先用阴气把被赶入的人与兽魔化，再把魔化的人兽肢解成无数碎块，通过吸收这些碎片，融合生成一头头崭新的夜叉魔！

“糟糕，那小烟你的身体，岂不是……”小卷毛突然惊呼一声，掉头往回飞。

罗紫烟也是大惊，刚才只顾着追根究底，竟忘记她那被魔化的躯体还在外头随着大流走动，要是也被送入洞内分解掉，那就一切都完了。

“我们快去看看她被送入哪个洞内，要设法拦住她去送死……”

片刻工夫，小卷毛就沿路返回，又回到最初的那个大洞厅。

“小卷毛，别着急。他们都走得很慢，应该没有那么快轮到我的。你千万别暴露了自己。”罗紫烟到底还是比较冷静，不忘安慰小卷毛道。

“小烟，要是把你的身体弄没了，我要恨死自己的。”小卷毛的声音听起来像要哭了，但到了洞口边上，它还是放慢了速度。

外头依旧声浪混乱，人与兽在魔徒的驱赶下，仍源源不断向各个洞口分流。

“小烟，你好像不见了！不会进去了吧？”

“再找找，应该不会那么快。”

“找到了！在那里，右边那头野马旁边！”

罗紫烟顺着小卷毛的目光望去，果然又看到自己的肉身，正木木地往一个洞口走去。

“好险！小烟，他们要真的也把你的肉身赶进去切碎了，那可怎么办？”

“我们跟过去，找个机会我先元神回窍吧！”

“可我不知元神回窍得多久……”

小卷毛边说着，边在那些人兽魔物中飞蹿着，小心地向罗紫烟肉身靠近。

“小卷毛，停！”罗紫烟突然叫道，眼角瞥到一道熟悉的身影，正从大厅另一头走来。

那人所过之处，人与兽都像被无形的手牵动一样，自动往两侧退开，让出一条道来。

是血神子！

小卷毛吓了一跳，急忙躲到一头骆驼背后。

“参见血尊！”

魔徒们见血神子过来，纷纷行礼。

血神子没有理会，径自走到“罗紫烟”面前，冷冷看着她片刻，嘴角突然露出一抹微笑来，“嘿嘿，你看到没有？这烦人的娘们现在也要乖乖听我的话，没人救得了你的，你就死了这条心吧！”

这句话，分明是说给司明听的。

“司明！我还在，我没事！”罗紫烟暗叫着，有种心如刀割的痛感。她知道，司明元神此刻一定悲伤欲绝。

“血尊，这女人……”一个魔徒上前小心问道。

血神子淡淡道，“你们原来准备怎么处置她？”

“看她应该是个修仙之体，而且有不凡的造诣，可以送入修罗道，炼化为修罗……”

“我不想再看到她了，把她送到夜叉道去。”

“是，但那太浪费了……”

血神子脸色一寒，“嗯？”

那魔徒忙躬身，“是！走！”边说边拉着“罗紫烟”走向一个洞口。

“嘿嘿！”血神子冷笑一声，声音突然变得分外阴狠，“你知道送入夜叉道，她会怎样吗？”

这话又是对司明说的，罗紫烟感觉又像被刀割一般。

“嘿嘿，我告诉你吧。这里有六个洞室，五个是夜叉道，一个是修罗道。根骨好、修为高深的人，会被送入修罗道，躯体将被完整保留下来，炼化成修罗，其他的将被送入夜叉道，身体弄碎，重新炼化成型，出来就是夜叉了。”

“现在她是彻底完了，你也不用蹦跶了，你们都蹦跶不出我掌心的。”

罗紫烟只听得怒气勃发，“那浑蛋，他想让司明放弃抵抗，好让他轻松夺得那身体！”

“那我们跟他拼了！”

“不要，他现在一根指头就能杀了你！”罗紫烟心乱如麻，却还是冷静下来。

“那怎么办？你的身体马上就要被弄没了，那浑蛋……”

“我知道，但我相信司明！他一定不会这样就屈服的！”罗紫烟缓缓地说道。

小卷毛直直地看着血神子，“他？你没看他一直没有动静，肯定是无能为力……”

“不，你不了解司明，我知道他的！他一定在积攒力气。”

“等他积攒够了，你的身体都没了。”

说话间，“罗紫烟”已经被那魔徒带到一个夜叉道的洞口外。

“完了完了！”小卷毛绝望地说道。

罗紫烟也是濒临绝望，但她的目光仍落在血神子身上，“司明！司明！你一定可以的！”

话落，“罗紫烟”已经消失在那个夜叉道的洞口内。

“小烟，我们没机会了……”

罗紫烟死死盯着血神子，满心呼唤着司明的名字。

“嘿嘿！”血神子突然冷笑一声，自言自语似的说道，“你别想反抗，这世上已经没有人能救得了她，她必将……”

话未说完，血神子神色倏变，猛地扼住咽喉，面目变得分外狰狞。

“血尊！血尊！”其他魔徒们愣了下，纷纷上前。

血神子却是猛地双手往外一扫，“滚开！”

阴寒狂劲横扫而出，靠过来的魔徒还没反应过来，便是全身覆白，随后像冰柱一般直直往后倒，落地时化为无数碎片。

“啊！”引着“罗紫烟”走到夜叉道的那个魔徒回头见状，当即双目圆瞪，动弹不得。

小卷毛又惊又喜，“小烟，他……”

“是司明！我就说了，他一定不会看着不管的，我知道他的。”罗紫烟想喜极而泣，可惜没有眼泪可流。

而那边，血神子怒毙手下后，双手再次往回一扣，扣住了自己的咽喉。

“你——你不要命了！”血神子双目圆睁，艰难厉喝道。

“我说了……紫烟要是死了，我就跟你同归于尽！”是司明的声音，斩钉截铁，不容转圜。

“嘿嘿，凭你，也想跟我同归于尽？”血神子面目狰狞，声音仍是透着不屑。

“这是我的身体，我要不想活，你能拦得住我吗？”

“你可以试试！”

血神子的右手猛地举起，食中二指双龙抢珠一般直插双眼。

“你——”血神子怒喝一声，左手一探，千钧一发间扣住了右手手腕。

双手一进一挡，顿成僵持之局。

“快让紫烟回来！”

“那得看你的本事了！”

两只手互不相让，两个元神彼此发狠，只把罗紫烟看得魂儿都要飞起来。

小卷毛也是万分紧张，“小烟，我们要不要去帮忙？”

“不，我们帮不了什么忙，暴露了还会拖累司明。相信他，他不会输的！”

“你怎么那么相信他？”小卷毛嘀咕道。

“因为他没让我失望过。”

说话间，血神子突然“噗”的一声摔在地上，往外滚了出去。

这一滚力道何其大，周边的人与兽当即被震飞一大片，有的人还在半空中，身子便支离破碎了。

而血神子身上则是出现了骇人的异变：左边身子冰霜密布，而右边身子则蒸腾起阵阵白气来。

“你快停下来！”血神子的声音终于变了，“你这样杀不死自己，但会弄残自己的！”

“快让紫烟回来，否则我绝对让你得到一个残废的身体！”

“你——”血神子的声音里透着几分急怒。

“快让紫烟回来！”

白气一刻不停地蒸腾着，蒙蒙一团几乎把血神子给包裹住了。残剩的魔徒们吸取先前的教训，都是惊恐地躲在外围，没人敢再上前。

罗紫烟看不到里头的情景，只能听到两人的声音越来越急，越来越快。

“小烟，看样子司明占上风了！他要是每次都这样，我们还用得着怕那个魔头吗？”

“你想得倒是简单，我看他这次是豁命出去的……也不知先前攒了多久，才能有这么一次反击。司明，你千万挺住啊！”

司明有多少斤两，罗紫烟比谁都清楚。先前，他基本处于被死死压制的状态，这回能神勇反击，必定是保护罗紫烟心切。

只怕他的元神已经把所有最坏的后果都赌上了吧，如果还失败，那就意味着两人全都完了。

“快停下来！她已经被魔化了，已经不是你的女人了……”

“小烟不会这么容易被魔化的，她一定还活着，快让小烟回来，快！”

司明的咆哮，彻底压过了血神子的声音。

小卷毛又惊又奇，“他怎么知道小烟还活着？”

“这是我们之间的直觉，你不懂的。”

这种直觉，只存在于罗紫烟和司明之间，说不清道不明，仿佛有条无形的纽带，连接着两人，即便是贴身如小卷毛，也无法理解这种感觉。

说话间，那团萦绕的白气猛地向外一冲，随之而来的是血神子的怒吼声，

"停下！"

"让紫烟出来！"

"快把那贱人从夜叉道带出来！"血神子气急败坏地吼道。

先前引"罗紫烟"进夜叉道的那个魔徒如梦惊醒一般，急忙往洞内冲去。

片刻之后，"罗紫烟"便被带出来，僵立在洞口边。

"这下你满意了吧！"血神子怒道。

白气逐渐散去，只见血神子坐在地上气喘吁吁，双手无力地摊着，身上湿漉漉的。

"让她离开这里，我要能时刻看着她，否则就算你再找机会害了她，我也会找机会跟你玉石俱焚的！"司明的声音充满疲惫，但是话中的决绝却是不容反驳。

血神子默然片刻，突然嗤嗤笑起来，"也行，就让你天天看着她不人不鬼的样子。"

"我知道她还活着。只要我在一天，绝不会让你动她一根汗毛的。"

"好吧。既然你如此执迷不悟，那我就成全你！"

血神子说完，霍地站起来，冲着"罗紫烟"招了招手，"过来。"

"罗紫烟"应声过来，血神子上下看着她，冷笑道，"能够厮守的时日不多了，你可要好好珍惜。走吧！"

"罗紫烟"缓缓转身，跟着血神子后面，快步走了。

"小烟，我们要不要跟过去？"

罗紫烟想了想，"有司明在，我的身体暂时应该不会有事。我们先四处看看，看能否找到这太寒殿的弱点。"

身体落在太寒殿里，罗紫烟既逃不掉也不想逃，只想趁着小卷毛体小不惹眼，把这太寒殿侦查一番。

太寒殿内部错综复杂，一条条甬道与一座座洞室彼此连接，似乎永无尽头。要弄清楚它的结构何其难。连续查探几天，罗紫烟和小卷毛才对它有个简单认识。

太寒殿内部并不稳定，甬道和洞室，经常会移形变位，那是因为天化虫体内也经常在产生变化。

虽然看着结构繁杂，但内部其实就分两大部分。一部分是甬道，主要用来通行的，一部分是洞室，则是用来炼化魔物的。

其中，"胞室"和"蓝火室"等洗髓伐筋炼化出的纯阴人与兽，被称为魔物。

而罗紫烟差点葬身的那个大厅，叫作轮回厅。在那里，会根据魔物的特点，将他们分别投入夜叉道和修罗道里，重新炼化，最终生成夜叉魔或者修罗魔。

因此，那六座洞口也被称为“六道口”。

通过胞室、蓝火室、六道口等，太寒殿能源源不断将阴阳相衡的生灵变为魔物，再改造成夜叉魔和修罗魔，这两种魔物都没有丝毫意识，完全听命于血神子。

“我看修仙界真要完蛋了。你看血魔有这个法器，用不了多久就能打造出一支横扫天下的魔军。”小卷毛越看越心惊。

“所以，必须在那魔头还没成气候前就消灭他。”

无论是夜叉魔还是修罗魔，一经炼化出来，就会被赶入太寒殿底部的洞室内，像冰雕一般陈列不动。

而血神子通常都独自待在一间不起眼的洞室里修炼。

因此，在太寒殿里，除了要避开为数不多的魔徒，罗紫烟和小卷毛并不需要特别小心。

但是，偷窥血神子修炼却是危险万分。毕竟，小卷毛虽小，身上仍是蕴藏着不少阳气，容易被察觉到。

为了减少被发现的可能，罗紫烟和小卷毛每次都是躲在血神子修炼室外的甬道一端，从那里悄悄窥探。

血神子不会想到铜墙铁壁内居然暗藏有异类，因此每次修炼的时候都是不设防，罗紫烟能清楚地看到他修炼的每个细节。

只见血神子每次一修炼，洞室四壁就会突然伸出一条条触手似的东西搭在他身上。

随后，这些“触手”就会发出一股股目力可见的白气，丝丝缕缕往血神子体内钻。

在它们的侵染下，血神子的身子逐渐变白，继而变得透明，很快整个人就失去形态，只剩一道道纵横交错的白光，在其中变得分外清楚。

那些白光就在血神子体内来回飞蹿起来，越来越快。

每到这个时候，罗紫烟就最为紧张。因为只要一到这个节骨眼，司明的元神就会出现，发出一声声厉吼，逼得血神子停止修炼。

观察多次后，罗紫烟便看明白了，血神子这是在借太寒殿吸聚来的阴气修炼，进而加速炼化司明元神。

不过，司明看起来也不肯善罢甘休，元神屡屡从中作梗，使得血神子的修炼每次都是半途停下，进程一而再再而三被拖慢。

新蜀门

在被封印之前，血神子的功体曾经无限接近不败之身。如今仅靠一缕元神，要想把司明的肉体凡胎修到原有境界，本就千难万难，加上司明元神在体内反抗和阻挠，血神子修炼起来，并不如想象的那么轻松。

但他毕竟有太寒殿相助，司明又能支撑到几时？

太寒殿里终日阴气笼罩，感受不到日月交替，罗紫烟和小卷毛都不知已经陷入其中多久了，只觉每时每刻都漫长而缓慢。

而被魔化的“罗紫烟”，一直被血神子带在身边，她根本没有机会施展归元法。

而殿内阴气寒重，虽有小卷毛和罗紫烟元神合力，增强了小卷毛体内的凤凰力，但长期下去，小卷毛也难以吃得消。

所以，罗紫烟和小卷毛一合计，决定先逃离这座魔窟，把殿内的情况告诉丁引再说。

但小卷毛一路低飞潜行，到了太寒殿入口处却再也无法往外飞动分毫。那入口明明就在眼前，无遮无挡，小卷毛就是飞不过门槛，还险些被守门的魔徒发现。

小卷毛只能再次折身往内飞，内心是说不出的沮丧，“可恶，想不到门口设了结界，我们只怕要永远被困在这里了。”

“瞎说什么，再等等，总会有机会的。”

“什么机会？”

“你想，太寒殿闹出这么大的动静，极阳宫那边能不知道吗？”

“话是没错。但要来早来了，这都多久了？”

“师父是什么人，当然是要谋定而后动了，哪里会莽撞动手？”

嘴上安慰着小卷毛，罗紫烟心中却一点底都没有。如果太寒殿设置了结界隐藏起来，极阳宫可能没有发现它——或者发现却被结界挡住，那该怎么办？

时间继续缓慢流淌着，不知过了多久，凝固的时间才出现一丝不同。

最初，罗紫烟只是感到一阵轻微的颤意。渐渐地，这股颤意像涟漪一般传开，变成了狂颤，最后整座太寒殿猛烈摇动起来，似乎要拔地而起。

“怎么回事？地震了吗？”小卷毛惊觉过来，此时它正贴着血神子修炼室外头的甬道壁上，剧烈的震颤让它差点从上面掉落下来。

“小心！有人来了！”

说话间，一个人影飞奔而至，在血神子修炼室门口跪了下来，“血尊，不好了！”

来人一身妖异的五色玄袍，裹着一具略显干瘪的躯体，正是大魔头许飞娘。她声音发颤，透着惧意。

“慌什么？”血神子冷冷的声音传来，“慢慢说。”

“是！”许飞娘顿了下，才缓缓道，“丁引，丁引带着极阳宫大队人马，就在外头，正在攻击圣殿。”

“知道了，你先出去吧！”血神子的反应甚为平淡。

许飞娘迟疑了下，还是起身道，“是！”

很快，修炼室内又恢复了寂静，但没多久，突然传来血神子的一声呻吟，“啊！”

紧接着，浊重的呼吸一声又一声闷雷般传了出来，寂静中听起来分外瘆人。

“哈，那魔头还强撑着……原来他修炼的时候被打扰，也会出岔子啊。这叫自作孽不可活！”小卷毛幸灾乐祸地暗忖道。

罗紫烟却是心头一紧，“司明应该不会有事吧？”

这段时间以来，血神子修炼一回，就要受到司明元神抵抗一次，他会发出号叫罗紫烟倒是不奇怪，但今日情况看来与往日却又有所不同，她不由得又担心起司明来。

“放心吧，那魔头还轮不到我们担心呢。”

片刻之后，呻吟声才逐渐小了，随之而来的是血神子咬牙切齿的声音，“哼，刚才差点让你得逞了，可惜你还是嫩了点。”

“你……你别得意得太早，我总能找到新机会的。”

是司明的声音！罗紫烟乐得元神都快从小卷毛身体里飞起来，只听他断断续续说道，“你总要修炼的，我就不信你能一直不被人打扰。”

“哈，就算被人打扰又如何？今天你奈何不了我，日后更加没机会！”

司明不再说话，但足音却从修炼室内传出。

片刻之后，血神子大步走出来，黯淡光线之下，只见他满脸疲倦，但嘴角却挂着森然冷意，“丁引小儿，你倒是会挑我人性三转神髓的紧要关头来生事！也罢，今天让你们这些所谓的正道，看看邪魔外道的厉害。”

笑声里，血神子一个闪身，消失在甬道尽头。

“小烟！你猜得没错，宫主真的来救我们了！”小卷毛兴奋地说道，“要不我们趁这个机会，把你的身体抢过来，看，她出来了。”

“罗紫烟”一直被血神子带在身边，只要血神子动，她就会跟着动。

此时，她正缓缓地离开修炼室往外走去。

罗紫烟沉吟了下，“也不知道那魔头会去多久。不急一时，我们先出去看看情况。”

“好嘞！”

这些天的潜伏到底还是有收获的，至少小卷毛已成为太寒殿内的半个活地图，它很快就找到大殿入口。

殿口的无形结界依旧存在，小卷毛飞不出去，但躲在殿门边上往外望去，还是能清楚地看到外头的情景。

此时，殿外天清日明，许飞娘等魔徒正簇拥着血神子，聚集在大殿入口处。

在他们面前，漫空仙器映着日光闪动不息，随时会飞射过来。

仙器之下，数百名极阳宫弟子正有序地逼近。在他们前头，丁引袍袖当风而动，每一步落下，都震得地面轻轻颤抖不已。

“奇怪，干鹊那家伙好像没来？”小卷毛的目光在极阳宫弟子身上扫过，暗暗说道。

“大概是修为还不够吧。”罗紫烟漫不经心道。

“还有那个白谷逸也没来，那老头不是最喜欢出风头吗？”

“也许师父让他镇守宫中呢，真不知道没有九凝鼎的极阳宫，现在都成什么样了。”

说话间，丁引已来到血神子面前数十丈处，他上下打量着太寒殿，又看着血神子，冷笑道，“你这魔头，潜入极阳宫盗走九凝鼎，就是为了造这个命器吗？”

跟极阳宫的阵容相比，太寒殿一方寒碜多了，只有上百名魔徒。但血神子却是神色淡然，微微一笑道，“丁引小儿，你倒是有点眼光。”

这一声“丁引小儿”叫得极阳宫众人都是勃然变色，唯有丁引不以为意，他上下看着太寒殿，眼里透出几分钦佩之色，“但我还不明白，你这个命器有何用？难道你想给自己准备个新囚笼吗？”

“嘿嘿！”血神子笑了笑，“为什么不说是你们这些修阳者的坟墓呢？”

“无耻妖孽，好大口气！”

“这个魔头好生猖狂，让我下去诛灭他！”

“还等什么，一起上，管他是什么万年老魔，今日切莫让他再逃了！”

极阳宫上下再也忍不住了，纷纷叫嚷着，恨不得立刻上前诛魔卫道。

群魔也是摩拳擦掌，许飞娘更是躬身道，“血尊，让我们为你而战……”

“嘿嘿，有太寒殿在，你们看着就好！”血神子一甩袖，一股磅礴阴气横扫而出，许飞娘等人都是气息一窒，不由自主往后退去。

“那就让我试试这座魔殿有何厉害之处！”丁引冷笑一声，骤然一挥手。

“杀！”极阳宫众人早快按捺不住了，得令之后同时一驱空中的法器。

“嗖嗖嗖——嗖嗖嗖——”

漫空法器立即迫不及待向血神子招呼过来。匹练闪蹿如电，来势沉猛如山。

血神子却是视若无睹，只是双手向上一扬，大蓬带着雪花的阴气平地而生，盘绕在他身子四周。

“去！”

喝声里，这股阴气化为激荡的阴劲直向外打出。

几乎同时，太寒殿内传来一声震吼，偌大的殿体竟是猛地往后一缩，继而又向前一冲。

“呼！”

一股汹涌无比的阴气巨流骤然从甬道深处冲出，势不可挡地冲破入口处的无形结界，直往外冲去。

“啊！”

小卷毛身子一轻，已被那股阴气冲出太寒殿，被抛到空中，继而往下跌落。

“稳住，稳住！”

通过小卷毛的视线，罗紫烟只觉眼前天晕地旋，不断被抛上又丢下。但她的意识却是极其清楚，不管怎么样首先得镇定。

翻了不知道多少个跟斗，小卷毛才稳住身子。但眼前情景，却让她和罗紫烟都是目瞪口呆。

只见在小卷毛四周，天上地上，到处是失控的仙剑，以及各种各样的夜叉魔，它们有的还在空中翻着跟斗，有的正稳稳地落地，咆哮个不停。

那股来自太寒殿深处的阴气巨流，不但冲散了射向血神子的仙剑，还把殿底藏着的夜叉魔们冲了出来。

四周似乎瞬间安静下来，无论是罗紫烟和小卷毛，还是极阳宫一方的人，都被突然出现的夜叉魔惊住了。

这些夜叉魔，形体远比先前所见的狗头豹身怪物还怪异。它们有的人身蛇尾，肋下长着一对翅膀；有的看着就像一团肉泥捏的，但肉泥之中却是密集长着一根根利剑般的螯子；还有的几乎没有身体，就两面像蝶翅一样的东西，每扇动一次，都会有大蓬钉子状的阴气射出……

在它们后面，太寒殿仍在一缩一冲中，源源不断地“吐”出魔物来，除了夜叉魔，还有少数修罗魔。

极阳宫众人始料不及，在丁引率领下，同时收了仙剑后撤。

“原来，你是用它来造你的魔军！”丁引一愣之后，厉声道。

“嘿嘿，现在知道还不迟！”血神子冷笑一声，大手一挥，那些原本杂乱无章落地的夜叉魔和修罗魔，突然同时向极阳宫一方扑去。

飞奔过程中，修罗魔个个一马当先，而夜叉魔则是有序地落在它们后面。

一个修罗魔身后，至少跟着十头夜叉魔，形成一支犀利无比的攻击队伍。

罗紫烟吃惊不小。她原以为这些魔物虽然厉害，但也是乌合之众。哪想到，它们居然可以以修罗魔为将，以夜叉魔为兵，组成如此凌厉的攻击队伍。

“来吧，让你们见识见识你们口中的魔军的厉害吧！”血神子扬声冷笑道。

丁引脸色一变，长剑向前一指，“极阳宫弟子听令，给我诛尽这些魔物！”

极阳宫上下随指令而动，同时一阵风迎着魔军疾冲而至。

“小烟，我们该怎么办？”

“别招人注意，快找一只夜叉魔躲起来！”

混乱中，小卷毛一个低俯，落到一头夜叉魔身上，躲在它蓬松的尾部上。

就这么刹那间，仙魔双方已经激战一处，掀起一片腥风血雨来。

“太乱了！我们先躲着，这头夜叉魔死了我们再跑。”罗紫烟冷静地看着四周，说道。

小卷毛却是不解道，“小烟，我们为什么不直接去找宫主？他不就在前面吗？”

“现在兵荒马乱的，这样去说不定还没到，就被人当作魔物直接诛杀。”罗紫烟沉吟了下，“而且，要是被血神子发现我们的情况，我的身体就危险了。”

罗紫烟的担心并非是多虑，如今极阳宫上下眼里的一切兽类，都等同于夜叉魔，见到即痛下杀手，以小卷毛之弱，根本无法安然到达丁引面前。

就算侥幸能飞到丁引面前，难免要一番解释才能让丁引明白怎么回事，万一被血神子发现罗紫烟的秘密，那要回她的肉身可就千难万难了。

因此，如今最重要的事，反而是先在这一波混战中存活下来。

隐忍至今才大举来犯，极阳宫可是有备而来的。一展开攻击，便是漫空法器凌厉，气势如虹。

但是，真正一交手，极阳宫众人才发现，这些太寒殿制造出来的魔物，可远比冬至夜进犯极阳宫的那些魔物厉害得多。尤其是修罗魔，本就有修仙根底，此刻又魔性大发，更为难缠。

最可怕的是，这些魔物都不用法器，而是以身体为法器，全力扑撞撕咬。不管是谁，只要身上被它们撞到、咬到、抓到，都会有大股阴气从它们体内直往自己体内钻。

纵是修为高深的长老，被这阴气一染，也要功体大打折扣，至于一般修为的弟子，更是很容易就直接丧失反击能力，只能任它们宰割。

罗紫烟亲眼看到两个弟子先后被一个修罗魔扑上咬中，当即全身发黑，倒地不起，再也不动了。

即便是小卷毛藏身的那头夜叉魔也不是善茬，几口仙器围着它一番猛击，也只是把它打个皮开肉绽，但它一个凌空飞扑，就把一个极阳宫弟子的半个身子扑掉。

而太寒殿周遭阴寒凝重，又让极阳宫一方地利尽失，因此双方激战好一会儿，极阳宫一方竟是有些乱了。

“哼！”丁引右手突然一扬，一道刺眼光芒应声从他掌心生出，周遭的魔物都是吓了一跳，本能往外退开。

“司明！小心！”罗紫烟暗暗叫着。她知道丁引如今施展的，正是极阳宫至强功法之一的“炎罗圣光”，每一记都是阳劲宏大威猛，触之即亡。

“魔头，伏诛吧！”

喝声里，丁引飞身而起，掌中圣光化为一股熊熊火焰，轰然贯向血神子。

“轰轰——轰轰——”

圣光过处，地面剧烈震颤个不停，像是有什么要跳起来。而群魔则是惊恐躲退不迭。

血神子右掌一提，似乎要抵挡，却又身子一退，厉喝道，“挡住它！”

“保护血尊！”

许飞娘闻令，立即一催手中法器，其他魔徒也紧跟而上。

刹那间，密密麻麻的法器直迎向那道炎罗圣光。

“咔嚓！咔嚓！”

魔徒的法器虽众，但遇到炎罗圣光，却是纷纷被震飞了。而炎罗圣光仍一刻不停地扫向血神子。

血神子眉头一皱，猛地大踏步上前，右拳抡圆，迎着那团圣光打来，“喝！”

大蓬飞雪随拳而起，瞬间聚拢在血神子周遭，盘旋着迎向炎罗圣光。

“轰隆——”

金白之光就像无数破碎的水晶，激射向四方，几个靠得近的魔徒躲避不及，身上当即蹿腾起大股火光来，惨叫都不及，便直直往后倒下。

而血神子则是被震得踉跄后退数步，脸上一会儿黄蜡，一会儿惨白，变幻不定。

“看来，宫主更厉害，那魔头根本不是他的对手。”小卷毛兴奋地说道。

罗紫烟盯着血神子，不由得又替司明忧心不已。

丁引一击得胜，立即又是一闪身，向血神子飞扑而至。

而血神子却是视若无睹，猛地一屁股坐了下来，闭目垂眉，念念有词起来。

就这么一会儿工夫，丁引已经冲到离血神子不足数丈之处，炎罗圣光引而欲发。

血神子依旧盘膝而坐，似老僧入定，不管世间风起云涌。

“嗯？”丁引见状，不由得迟疑了下。几乎同时，一股阴风从左侧袭来，来势急快。

丁引急忙回头，只见一头夜叉魔正悄然向他凌空扑来。

“砰——”

炎罗圣光结结实实打在那头夜叉魔身上，当场让它化为乌有，但马上又有一个修罗魔带着数头夜叉魔紧扑而来。

“砰砰——砰砰——”

每一记炎罗圣光都是凶猛无比，普通修阴者根本不敢抵挡，更别说硬受了。

但是这些魔物却是迎着它横冲直撞，前仆后继，毫无畏惧。纵然丁引神通广大，面对这么多不怕死的魔物，也是手忙脚乱。

血神子分明是要赌上魔物的性命，来解决丁引这个强敌。

只是，极阳宫上下岂容这种事发生。眼见丁引成为众矢之的，大家立即呼哨一声蜂拥而来，自后夹攻魔物们。

魔物们只围攻丁引，对身后的攻击全无反应，当即倒下一大批。

“上！”许飞娘见势不妙，立即率着一干魔徒加入混战之中。

丁引的压力骤减不少，他再次冷哼一声，带着炎罗圣光扫开一条路，直扑血神子。

“司明很危险！”

“我们也很危险！哎哟，我先找个地方躲躲再说！”

混乱之中，小卷毛所附的那只夜叉魔终于死了，逼得它不得不在纷飞的匹练之中寻找新的藏身之处。

而罗紫烟的注意力，却始终在血神子身上。眼见血神子再次暴露在丁引攻势面前，她不由得又为司明揪心起来。

就在此时，丁引已到血神子面前十丈处，他右掌一送，大股圣光凝聚一处，便要打出去。

而血神子仍是盘膝坐在地上，似乎还没有从丁引先前一击中缓过劲来。

“受死吧！”丁引右掌一送，致命杀招即将发出。

正在此时，一道身影突然如风一般从太寒殿内冲出，横挡在丁引面前。

“嗯？”丁引推出的右掌硬生生顿住，吃惊地看着来人。

罗紫烟也是呆住了，突如其来之人，分明就是她那已被魔化的肉身。

“紫烟，你没死？”丁引面露喜色，但马上又意识到什么，狐疑地看着罗紫烟。

就这么一迟疑，“罗紫烟”突然动了，向丁引直冲而来，一头扑入他怀里。

丁引再次迟疑了下，但“罗紫烟”的双手却是毫不犹豫地直往他胸腹处抓去。

丁引大惊，护体仙气应声而生，大蓬金光暴涨，但仍是迟了一步，裂帛声里“罗紫烟”的指尖破开衣物，结结实实抓到他的胸口上，一股雄浑的阴寒之气随后贯入。

“你！”丁引不由得踉跄后退数步，又惊又怒地看着“罗紫烟”，“紫烟，你也入魔了！”

“罗紫烟”没有回答，双足一点，再次飞身扑来，十指如钩，迎风利嘶。

“血魔！你——”丁引捂着胸口，阵阵黑气从指尖里漏了出来。他看着“罗紫烟”，却又怒视了血神子一眼，右掌一抬，一道炎罗圣光把“罗紫烟”震飞了出去。

几乎同时，金风啸动，一道身影自身后扑来。

丁引反应也甚快，头也不回就是一掌后送，炎罗圣光结结实实打在偷袭者身上。但是偷袭者只是一震，竟还是一个虎扑死死抱住丁引。

那是个面目狰狞的修罗魔极其抗打，丁引仓促一击没能震退他，他就不再松手了。

“哼！”

丁引始料不及，又急又怒，一掌狠狠拍在那修罗魔的脑门上。他贵为修仙界第一人，平素就是仙界名宿也不敢轻易靠近他。此刻竟被如此污浊魔物近身缠抱，简直是奇耻大辱。

这含怒一掌何其磅礴，当即打得那修罗魔粉身碎骨，一滩稀泥似的从丁引身上滑落。但是他的十指，却像十口匕首，深深扎在丁引身上，下滑之际仍在上面划出长长的口子。

大股黑气随即从那血肉翻卷的伤口里钻入，丁引的脸上蒙上一层更深的黑褐色了。

而不远处的“罗紫烟”一个腾跃，又再次向他飞扑而至。

“小烟，这笔账看来要算到你头上了。”小卷毛已经躲到另一头巨大夜叉魔身子底下了，回头看到这一幕，惊得目瞪口呆。

“以后有机会再解释吧。”罗紫烟喃喃道，“师父一定能理解的。”

说话间，丁引一掌扫出，扑到的“罗紫烟”再次被震飞。但她落地后又是一个鱼跃，迎面冲来，状若疯狂。

“看来，你入魔了对宫主打击很大。不过他对你还是手下留情了。”

“那是，到底我是他首徒。”罗紫烟顿了下，自嘲道，“不过给他蒙羞了。”

就在这时候，一朵大红花突然从空中落向扑到的“罗紫烟”身前，花上红光暴涨，挫得“罗紫烟”来势一顿，再也前进不了分毫。她张牙舞爪想去撕红花，却被不断变大的红花压得身子一分分矮下去，似乎随时会被压扁。

“廉长老！”丁引突然喝道。

廉红药从空中落下，一把扶住丁引，“宫主，你没事吧？她已经被魔化了，让我灭了她！”

“算了，放了她！”丁引失落地道。

廉红药愣了下，还是一收红花，“是！”

红花一飞离,“罗紫烟”一个趔趄后，立即又向丁引扑来，却是步履凌乱，全无章法。

“哼！”廉红药念诀一催，那朵红花再次呼啸着横扫而来，将“罗紫烟”震飞了出去。

“宫主，你伤势不轻，我们先走吧！”廉红药一把扶住丁引，跳上那朵飞回来的大红花，腾空而起。

“撤！”丁引咬牙厉喝道。

极阳宫众人立即跟着纷纷腾空而起。

“哼！这样就想走吗？”血神子突然长身立起，双掌猛地击在太寒殿上。

太寒殿剧烈晃动一下，再次一缩一冲起来，大股阴风随即从入口处往外刮出。

这回它吐出的只有冷厉如刀的阴风，瞬间就吹遍殿外的战圈。

被这阴气一滋养，魔物们无不精神大振，连已经倒地不起的伤残魔物也是一蹦而起，再次向极阳宫一众扑到。

而极阳宫众人却是周身奇寒，只觉阴气水银泻地一般直往阳脉里钻，逼得众人不得不催阳御阴，人人都是手忙脚乱的。

局面一下子变了，魔徒及魔物们气势如虹，极阳宫一众则是兵败如山倒，只能仓皇后退。

“哈哈！丁引小儿，今日就是你们的量劫之日！”血神子冷笑一声，当先率着魔军追过去，看架势不把极阳宫一众彻底打败打垮誓不罢休。

虽然夜叉魔和修罗魔多数不能飞，但多数撒起脚丫跑起来速度竟是不比一般修仙者御剑飞行慢。

加上血神子带着魔徒们紧咬在后面追杀不停，极阳宫众人竟是一时难以摆脱。

局面瞬间逆转，快得让小卷毛脑筋转不过弯来，它急道，“小烟，我们该怎么办？”

“我的身体都过去了，咱当然也只能跟过去了。”

小卷毛极目望去，果见“罗紫烟”就跟在血神子身后。看来要趁乱归元是不可能了。

双方追追打打，眨眼就追出一二十里了。就在此时，疾奔中的几头夜叉魔突然直直往前扑倒，绊得它们身后的同类跟着摔倒一大片。

“这是怎么回事？”小卷毛愣了下。

“不知道。怎么还冒起烟来了。”

只见那几头倒下的魔物，身上突然散发出一缕缕黑烟，似乎就要自燃起来。

血神子闻声回头，落到一头夜叉魔身边，蹲下来凝神察看，眉头一下子皱了起来。

“血尊，这是怎么回事？”许飞娘驾剑赶来，满脸惶恐不安。

血神子起身环顾四周一眼，“总有些次品离开太寒殿的阴气滋养就会出问题。”

“那它们该怎么办？”

“带回殿内回炉再造就是。”

“是，那其他的呢？”

“继续追，我要测测它们的极限！”

“是！”许飞娘一躬身，转身飞去。

血神子则是一个轻掠，继续往前飞奔出去。

魔徒和魔物们仍是全力狂奔，虽然经过刚才一耽搁，极阳宫众人已经逐渐摆脱了追兵，越飞越远了，但血神子仍没有下令停下来的意思。

随着追赶的距离越远，突然倒毙的魔物越来越多。刚开始还只是夜叉魔像跌碎的陶瓶那样倒下，后来连一些修罗魔也直直扑倒了。

此情此景，只看得罗紫烟和小卷毛触目惊心。

“小烟，那些魔物好像不能离开太寒殿太远，不然会玩完呢。”

“嗯，血魔这是在测试他们的忍耐极限。”

“如果他的魔军无法离太寒殿太远，那好像也没那么可怕。”

新蜀门

下

吴东芬
自在天
著

SPM
南方出版传媒
广东人民出版社
·广州·

图书在版编目（CIP）数据

新蜀门 / 吴尔芬，自在天著．— 广州：广东人民出版社，2019.1
ISBN 978-7-218-13082-8

Ⅰ．①新… Ⅱ．①吴… ②自… Ⅲ．①长篇小说—中国—当代 Ⅳ．①I247.5

中国版本图书馆 CIP 数据核字（2018）第 164451 号

Xin Shu Men
新蜀门
吴尔芬 自在天 著

出 版 人：肖风华

责任编辑：马妮璐 刘 宇
责任技编：周 杰 易志华
封面设计：九 五

出版发行：广东人民出版社
地 址：广州市大沙头四马路 10 号（邮政编码：510102）
电 话：（020）83798714（总编室）
传 真：（020）83780199
网 址：http://www.gdpph.com
印 刷：天津旭丰源印刷有限公司
开 本：787mm×1092mm 1/16
印 张：44 **字 数**：786 千
版 次：2019 年 1 月第 1 版 2019 年 1 月第 1 次印刷
定 价：78.00 元（全二册）

如发现印装质量问题，影响阅读，请与出版社（020－83795749）联系调换。
售书热线：（020）83795240

新蜀门

目录

新蜀门

目录

第十六章 | 千里奔袭

追出百里开外，血神子才下令收兵。此时，已有半数左右的夜叉魔及少量的修罗魔倒在来时路上，七零八落的尸体上黑烟袅袅。

回到太寒殿后，奔出百里而无事的魔物，被重新赶回太寒殿地库之中。

而半途伏倒的则是被送到轮回厅，进入六道口再造。

血神子还下了一道命令，今后凡是新炼化出的魔物，都要赶到太寒殿外头奔跑百里。目的是淘汰残次之品，遴选出上品。

罗紫烟和小卷毛现在对这些魔物们算是有了更深的了解。

夜叉魔虽然强横可怖，不过是由一堆堆洗掉阳气的碎尸血肉拼凑出的怪物而已。而太寒殿里雄厚的阴气，就是将碎尸凝聚为一个整体的胶水。也是这些阴气，让夜叉魔们拥有强悍的攻击力。

修罗魔则是由有修仙根底的人炼化而成。这样的魔物比夜叉魔更能吸收阴气，实力也更加可怖，而且就算离开太寒殿，它们也比夜叉魔耐受性更好。

不过，这只是罗紫烟重回太寒殿的两大收获之一。

另一个收获是，她终于找到对付血魔的办法了。

通过这些天的暗中观察，罗紫烟对血神子的修炼情况了如指掌。

虽有太寒殿之助，但血神子的修炼也并非一帆风顺，因为每到关键时刻，司明的元神就会出来干扰。

先前极阳宫来攻打时，许飞娘匆忙来汇报，正赶上血神子修炼到了紧要关头，血神子当时强忍着装作没事，但罗紫烟却是知道，那次干扰对他造成的影响不小。

“所以，我们只要等那魔头修炼到关键时刻，就进去攻击他，让他的修炼出岔子，加上司明的里应外合，说不定可以让那魔头栽个大跟头。”罗紫烟说道。

“可小烟怎么知道他什么时候会到修炼关头？”

“应该就是他修炼到身体由实转虚，变得透明的时候。每当这个时候，司明都会发声，说明他这时候对司明的控制力最弱。我们只要这时候动手，从外头攻击他，干扰他，司明一定会从内部策应，到时候就是考验那魔头的时候了！”

罗紫烟越想越兴奋，小卷毛却是歪着脑袋，“这都是小烟的猜测，万一不对怎么办？”

“不对？”罗紫烟默然片刻，“司明只怕没多少时间了，我宁愿跟他玉石俱焚，也不愿意那魔头顶着司明的身体再害人了。只是……那样要连累小卷毛你了。”

“没啥，我本就跟小烟一体同命的，小烟不怕的事，我从来没怕过。”

“小卷毛，谢谢你！”罗紫烟感激地道。

“谢啥，我也不想再在这个阴暗的虫肚子里憋屈了，倒不如试试，不行再说！”

两人主意既定，突然间都是身心舒畅，似乎世间之事不过如此，没有什么大不了的。

当下，小卷毛先找了个阴暗无人的角落，躲起来美美睡了一觉。

等它精神抖擞，再飞到血神子修炼室外头的时候，血神子已经在里头了。这段时间，他似乎也急着突破，一有时间就到修炼室来。

从甬道口望去，只见血神子的身子正在变白。没多久，便开始白得透明起来，只能看到一股股白气在其中纵横交错。

按照血神子的说法，这是到了人性三转神髓的时候，也是最为紧要的关头了。

“小卷毛，你怕吗？”罗紫烟死死盯着血神子，突然问道。

小卷毛迟疑了下，“是有点，小烟你呢？”

“也有点，但想到终于可以报仇了，就觉得没什么。”

“哈，我是觉得只要跟小烟一起战斗，就没什么好怕的。”

罗紫烟想笑，却又觉得异常难受。小卷毛一直对她不离不弃，但她现在却拉着它去做可能有灭顶之灾的事……

“那我们准备吧！”

“好……咦，有人来了！”

话落，一阵足音从外头传来，随之而来的还有一个小心翼翼的声音，“飞娘求见血尊！”

小卷毛不由得缩了缩身子，她怎么突然来了？

因为血神子有言在先，这次许飞娘不敢贸然上前，而是在很远的地方就停了下来，等待血神子的回应。

血神子体内的白气逐渐敛去，形体随之化虚为实。

片刻之后，他不悦地开口道，“我不是说了在我修炼期间不得打扰我吗？”

“飞娘不敢，但外头来了个人，一定要见血尊。”

“嗯？什么人？”

“他不说，但看样子不是寻常之辈，他说有要事必须见到血尊才能说。”

“嗯？居然有人敢送上门来？也罢，让我去会会他。”血神子冷笑一声，长身立起，大步往外走去。

片刻，他与许飞娘便消失在甬道另一头。

“小烟，这个好巧不巧的……怎么办？”

罗紫烟却是来了兴趣，“哪个家伙敢来送死？我们也去看看。”

会客的地方，选在太寒殿入口处的一座弧形洞室内。

洞室内没有任何装饰，只有许飞娘临时摆下的一张座椅，血神子大马金刀踞坐在上面。

而小卷毛则是倒挂在通向洞室的甬道上端阴影里。这里刚好能大致看清洞室内的情况，而又能避免被血神子觉察到。

片刻之后，许飞娘领着一人进来。

那是个五旬男子，头戴金丝玄冠，身穿一袭由上好料子织造的黑色玄袍，袍上用红丝线纹出一个个火形烈焰。而他背后则负着个绿玉圆环，环身上流转着妖异的光芒。

虽是修仙之士，但这人由内到外透出一股骄人的贵气。方正的脸上，眉目间更是闪烁着藏不住的骄色。

进入洞中，他环顾四周一眼，眉头微紧，这才把目光落到血神子身上，“血尊，你这里也该好好装饰一下了，未免太简陋了。”

血神子没有回答，只是死死盯着对方，眼里光芒闪动不停，那是一种见猎心喜的光芒。

“见了血尊，还不快行礼！”许飞娘厉声喝道。

来人打量血神子须臾，才慢条斯理一揖，“在下杨烧，见过血尊。”

新蜀门

“这家伙简直是不知死活。”小卷毛暗道。

“他很快就会认识到自己的错误。”

血神子依旧没有吭声，只是冷冷地盯着杨烧。杨烧脸上本有的几分笑意，被盯得不由得慢慢敛去，他回头望向许飞娘，“血尊为什么不说话？”

“血尊在等你说下去呢！”许飞娘冷冷道。

杨烧愣了下，似乎想发怒，却又深吸一口气，朗声道，“在下乃大蜀上仙门副门主杨烧，奉蜀王之命前来拜见血尊。”

“一个凡间的破皇帝，也敢来打扰血尊，信不信我今晚让他退位？”许飞娘冷笑道。

杨烧脸色一变，忍不住怒声道，“仙姑就算有此本领，我上仙门也不会答应！”

罗紫烟和小卷毛都是吃惊不已，这么说来，这杨烧还是火猴的同门同僚了。

许飞娘脸上的不屑意味更浓了，“嘿嘿，有机会我倒要试试，上仙门有几斤几两。”

杨烧说起上仙门，本是满脸骄傲，此刻脸色更加难看了。就在他快要发作的时候，血神子突然开口了，“行了，直说来意，蜀王派你来有何贵干？”

杨烧脸色稍霁，朗声道，“回禀血尊！我大蜀先君刚驾崩不久，目前由王子肥遗继任新君。新君礼贤下士，特别崇仰修仙之士，登基以来，即四处求仙，以壮上仙门，本门常年供奉修仙之士近千……”

罗紫烟心头一动，肥遗登基了，岂不是意味着干鹊已经失去机会了？那楚氏的一生期盼……

“血尊很忙，说重点！”眼看杨烧越说越长，许飞娘不耐了。

“是！”杨烧面现不悦，还是忍气道，“蜀王近来久闻血尊威名，好生景仰，命我前来相邀，请血尊前往蜀王宫一会……”

“放肆！他是什么东西，敢让我们血尊去见他？信不信我先把你的首级送去见他？”许飞娘再也忍不住，手已按到腰间的法器就要发作了。

杨烧警惕地后退一步，手搭在背上那面绿玉环上，环上立即冒起一圈儿绿焰，映得许飞娘脸上一片幽绿，显得越发狰狞。

“这本是蜀王一片敬意，仙姑何必咄咄逼人呢？”

“呸，凭他也敢跟血尊谈什么敬意！”

“你——”

“好了好了！”血神子终于开口了，淡淡道，“继续说下去！”

杨烧忙点了点头，“是！并非蜀王有意怠慢，而是先君刚驾崩不久，守孝期间不宜远行，因此才派在下充当特使，前来相邀。”

“尽孝之事，倒在情理之中。不过，我这里也是诸事繁多，无暇分身。”血神子话锋一转，“蜀王相邀，必有要事，特使直说吧。”

杨烧迟疑了下，大声道，“血尊快人快语，那我就直说了。蜀王是想送一份大礼给血尊的。”

“哦？什么大礼？”

“大概有三百多名修仙者，多数修为还不弱。想必，血尊一定很喜欢。”

这句话来得莫名，小卷毛和罗紫烟都是愣了下。

血神子却是来了兴趣，眼中光芒闪动，“哦？我要三百多名修仙者做什么？”

杨烧突然笑了笑，“血尊何等聪明，一定明白这份大礼是什么意思。”

血神子没有回答，直直看着杨烧。杨烧不卑不亢，迎着他的目光。

片刻之后，血神子突然也笑了，“你怎么知道我非常需要修仙者的？”

杨烧面现得意之色，“实不相瞒，贵殿创建没多久，上仙门就接到多地飞报，说有不少乡民及大量飞禽走兽被血尊手下掳走。我们特地派人暗中调查了贵殿，有些门人还因此被血尊的手下也抓了进来。”

“哦？误伤之处，还请见谅。”血神子歉然道。

杨烧笑了，“不知者无罪，岂敢怪罪血尊？”

“这两人真是虚伪，我真想吐。”小卷毛暗道。

罗紫烟道，“我看他们各怀鬼胎，都把小算盘拨得山响呢。估计要发生点什么事了。”

只听杨烧继续道，“先前，我们一直不明白，贵殿抓走如此多的修仙者、常人及禽兽要做什么？但看了血尊与极阳宫一战后，我们才明白，原来血尊竟有此良苦用心。”

说到这里，杨烧意味深长一笑，血神子则是报以会心一笑，“所以，你觉得我可能很需要那些修仙者了？这倒是没错，但我突然很想知道，哪来的三百多个修仙者？为什么要送我？”

“那三百多个修仙者其实只是一群乌合之众，大多是我上仙门的叛徒，还有少量是极阳宫的叛徒，另外一些是各地散仙。相信，都是血尊喜欢的菜。”

血神子嘿嘿一笑，“是我的菜没错，但你为什么要当成大礼送我？”

杨烧迟疑了下，许飞娘立即瞪眼道，“血尊慧眼如炬，你要想在他面前耍心思，那就是班门弄斧了。”

“这个……当然也有点原因。”

血神子笑了笑，“如果我猜得没错，蜀王想对付的其实不是那三百多个修仙者，而是能号令这三百多个修仙者的人吧？”

杨烧愣了愣，不由自主点了点头，“血尊当真英明神武！我直说了吧，蜀王想对付的，其实是那三百多个修仙者中的一个，但因为其他人都听他的，为他卖命，所以蜀王认为，可以把他们全部引荐给血尊。”

“引荐？哈哈，能把借刀杀人说得如此委婉，你是第一个了！”

杨烧笑了笑，又道，“那些修仙者只要加以炼化，应该都能成为血尊手底下最厉害的战士。”

“我已经被你说得心动了，那人是谁？”血神子的声音陡然多了几分热情。

杨烧大喜，朗声道，“他叫干鹊！”

“什么？”

“什么？”

罗紫烟和小卷毛几乎同时暗呼起来。

“哦？那是什么人？”血神子皱眉道。

“他……他只是个野种而已。”

“野种？难道是老蜀王的……”

“血尊英明，确实如此！”

几次被血神子猜中根由，杨烧再也不敢隐瞒了，把事情来龙去脉详细地说了。

原来，肥遗这人荒淫无道而又昏庸无能，当王子期间，就不知做了多少劳民伤财的事，惹得蜀国子民对他怨声载道，连老蜀王都斥他为“将来之昏君”。但因为他是先王膝下独子，所以老蜀王驾崩之后，他还是顺理成章登临大位。

当政不过一个月，肥遗已经成功地让举国上下对他恨之入骨。对此，他原本是不在意的，但最近有个名字却让他辗转反侧，彻夜难眠。

这个名字，就是干鹊。

干鹊在被极阳宫外派追寻黑凤凰的时候，其蜀王民间遗子的身份就被白谷逸发掘出来，没多久便开始广为传播，先在上仙门，后又到了肥遗的耳朵里。

肥遗当时冒出一身冷汗。他本以为自己的皇位稳如泰山，没想到居然冒出个同父异母，论出身还是嫡长的兄弟！

最让他发慌的是，朝野之中，很多人开始期盼他这个流落在外的皇兄能回来，把他这个“当今圣上”给取而代之。

据说在修仙界中，也有许多人认为要改变当今蜀国乱局，唯一能止汤去沸的办法，就是换干鹊来大治天下。

“所以你的主子，非常想弑兄夺位，却又不想公开出面招来骂名，就让我当他的枪使了？”血神子淡淡道。

罗紫烟和小卷毛都是听得惊怒不已，没想到新蜀王居然会勾结血神子来谋害干鹊。

“蜀王认为，这是个利在我们双方的好办法，各取所需，不正好吗？”杨烧微笑说道，那神情分明认定血神子会同意。

血神子点点头，笑道，“你的主子不把这种聪明用在治理江山上，简直是可惜了。”

“那么血尊是同意了？”杨烧大喜。

血神子淡淡道，“说吧，那个干鹊和他的人在哪里？”

“他本是极阳宫弟子，但最近带着一帮人反出极阳宫，目前就驻扎在千峰岭的天化村。”

罗紫烟和小卷毛都是愣住了，干鹊反出极阳宫？发生了什么事？

血神子对这个问题似乎颇感兴趣，“哦？他为什么反出极阳宫呢？”

“这个，根据我们的线报来看，应该是血尊一手促成的。”

“哦？怎么说？”

原来，冬至之夜，极阳宫失去九凝鼎后，立即乱成一团。丁引暴怒异常，指责白谷逸等人防守不力，要对他们严加问责。

“其实，丁引对白谷逸等人的不满由来已久，这次也是借题发挥，想要打压和清除白谷逸等异己。而白谷逸等人，也对丁引先前的作为一肚子不满，见丁引借机给他们小鞋穿，于是就公然抗命……”

很快，极阳宫便乱成一团，最后以白谷逸等人离宫出走而告终。

干鹊的一身修为，其实都是白谷逸所教的，白谷逸对他有知遇之恩，因此这次他站到白谷逸这边来。

一行人无处可去，便暂时到天化村安顿下来。

顿了下，杨烧又道，“说来，血尊现在不对付干鹊那小儿，以后他迟早也会把矛头对准血尊的。”

“哦？”

“血尊你可别不信！干鹊身边那个白谷逸一直主张修仙界要联手，把干鹊送上蜀王宝座。他这样做想干什么？让干鹊掌握大蜀国力，再配合修仙界来对付血尊！”

“嘿嘿！”血神子发出一串冷笑。

杨烧又道，“他们到了天化村，就开始围绕着这个目的运作，到处招揽修仙者。我们上仙门就出了个叛徒火猴，带着不少门人去投靠他。”

罗紫烟暗暗松了口气，有火猴这个死忠，加上白谷逸等人，干鹊暂时倒没什么危险。

血神子沉吟了下，道，“千峰岭离这里可有数千里之遥。”

杨烧笑道，“以血尊之能，千里之行，易如反掌。”

“我当然容易，不过你应该也知道，我手下的夜叉和修罗，可不适合长途奔袭。”

杨烧愣了下，“那血尊的意思是……”

血神子道，“这个事，还得上仙门协助才行。”

杨烧愕然，“我们协助？皇上是希望这事儿全部由太寒殿出面……”

“太寒殿出面可以，但太寒殿目前能跟我远征的人手很少，需要上仙门出人出力协助才行。”血神子往椅背一靠，声音提了起来，“否则这事儿，爱莫能助。”

“这……”

杨烧刚想说什么，许飞娘已做了个“请”的手势，“没什么事就走吧。”

杨烧看了她一眼，又望向血神子，“血尊请说，需要我们如何协助？”

“这就对了！”血神子淡然一笑，“黑锅我可以背，但力气要你们出。到时候，上仙门要派一百个人来协助我围剿天化村，并帮我把俘虏带到这里。”

“一百个？那么多？”

“一百个人去抓三百多人，多吗？这其中，我自己可得花费多少精力？”

“是不多，但是……”

“没有但是，只有‘是’，还是‘不’！”

杨烧犹豫了片刻，道，“我是没问题，但最终同意与否，还得请示蜀王。”

“那请便。十天内没答复，我可就不会有兴趣了。”血神子说完，挥了挥手，杨烧识趣地一躬身，走了。

许飞娘把人送走，很快又折身回来，满脸不解道，“血尊，凡间这些破事我们为什么要插手？”

“嘿嘿！你以为我创建太寒殿，是用来养老的吗？”

血神子霍地起身，大步走向许飞娘，笑声随即充满洞内。许飞娘感到一股无形压力威逼过来，不由自主后退一步，低下头来。

“世间一切事，最终都跟我们有关。只是，目前的首要目标，是收拾极阳宫而已。之后，太寒殿放眼的将是整个天下。”

血神子说着，眼里寒光一闪，声音越发森冷了，“届时，天上地下，都将在我掌握之中。”

“血尊深谋远虑，志向高远，跟血尊一比，飞娘目光短浅得可笑。”许飞娘小心地说道。这话三分溜须马屁，七分肺腑之言。

“明白就好！”

许飞娘迟疑了下，又道，“不过，飞娘仍是不明白，血尊真要替那狗屁蜀王火中取栗吗？”

血神子冷笑一声，“你认为呢？”

“如果真能抓到三百多个修仙者，确实可以炼化出不少修罗魔，对我们来说是莫大好事。只是——”许飞娘顿了下，“只是，我担心要把他们拿下，未必那么容易。”

“难？哈哈！”血神子不置可否地笑了。

“如果加上上仙门的援手，或许不太难。但我担心那蜀王想当婊子又想立牌坊……”

“放心，他一定会派人来的。”血神子目光远眺，似乎要看穿洞外的一切，“那些卑微的蝼蚁，把他们那个破位子看得比天还大，没有什么能阻止他们犯蠢的。”

话罢，血神子一拂袖，转身大步离去了。

小卷毛急忙一缩身，躲到甬道最上端的阴暗角落里，紧紧盯着血神子从脚下消失。

许飞娘也转身走了。

过了好一会儿，四周再次被死寂笼罩着。罗紫烟能听到小卷毛急促的心跳声，而小卷毛似乎也能听到罗紫烟的元神传来丝丝颤音。

“小烟，真没想到，极阳宫那边发生了这么大的事，怪不得上回宫主他们来攻打太寒殿时，我们没看到干鹊和白谷逸他们。”

“嗯。”

“干鹊肯定还不知道，那个肥什么的家伙准备对他下手吧。”

“嗯。”

“小烟一直在‘嗯’，是不是想着赶快去天化村通知干鹊？”

罗紫烟沉吟了下，“刚才我是有这个冲动，但现在看来，还是不要吧。”

“啊？难道我们见死不救？”

“刚才那杨烧不是说了，干鹊身边有几百个修仙者吗？如果血魔没有出手，他并没有什么危险，如果血魔真要出手，到时候我们再跟过去就是。现在凭你这小身板，飞那么远也是够呛！”

“这倒是个办法！”

“当务之急，我们还是盯着那魔头，等他修炼到了最脆弱的时候，给他致命一击。”

但此后很长一段时间，罗紫烟和小卷毛都没能找到下手的机会。

血神子依旧有空就修炼，但他心思变得繁杂，不再像先前那样整日沉浸在修炼之中，而是修炼一段时间，就起身到太寒殿里四处走动，一会儿察看六道口的运转情况，一会儿统计合格的修罗魔和夜叉魔的数量。

太寒殿的凶名早就传遍宇内，方圆数百里内的人兽，不是被掳掠过来，就是逃之夭夭。因此，这段时间被魔徒们送来的人与兽与日俱减，曾经热闹的轮回厅也变得分外冷清。

不过，这段时间内，太寒殿仍是硕果累累，炼化合格的修罗多达两百，夜叉魔更有上千。

这些魔物，平时都石化一般屹立在太寒殿底层的幽深洞室内，那模样让罗紫烟想起秦始皇兵马俑。不同的是，只要血神子催动，它们就会行动起来，变成世间最可怕的力量之一，摧毁一切能摧毁的。

罗紫烟始终弄不明白血神子如何操控这些魔物。她猜可能是通过天化虫或者某种罗紫烟不知道的联系，反正只要血神子需要，这些冰棍一般的魔物就会生龙活虎起来。

这点，或许才是血魔最可怕的地方。

而血神子对于最近一段时间的进度却是明显不满意，不止一次对许飞娘等人说，再不多抓些人兽过来，就把他们也投入六道口去，吓得许飞娘等人面无人色。

又不知过了多少天，杨烧终于再次出现在太寒殿外头。

跟他一道前来的，还有上百名修仙者，一行人站在太寒殿外，看着那高耸入云的殿宇，无不面带惨色。

“哈哈，我还以为蜀王突然改变主意了，那样倒是省点事呢！”血神子闻讯出来，扫了杨烧背后的众人一眼，“没想到，还是要我花点时间呢。”

“蜀王对此事极其重视，所以在遴选人选上下了不少工夫，倒是让血尊久等了。”杨烧的态度明显比上回好多了。

“没事，我并没有等。”血神子眼里闪着异样的光彩，他打量着来客们，“这些都是上仙门的？”

杨烧眉飞色舞，“是的，都是上仙门中的佼佼者，均出身于名山洞府的宗门，有几个原来还是极阳宫的弟子。保证都对蜀王忠心耿耿……”

“这个倒不重要，只要以后能对我忠心耿耿就行！”

杨烧愣了下，冲着血神子干笑一声，“上仙门乃大蜀的上仙门，对蜀王忠心当然很重要。”

“嘿嘿！没有谁会真的对他人忠心耿耿的，除非是个没心的人。”血神子冷冷道。

杨烧怔了怔，挤出一丝笑容，“血尊真是见地独特！今日我算是长见识了。”

“错了，你现在不懂，等你变成没心的人，就更加不懂了。”血神子脸上的笑意敛去，取而代之的是残酷的冷峻。

杨烧从他这话里感到一丝丝不善，本能地后退一步，“血尊，此话何意？”

“与虎谋皮，这些人要完蛋了！”此时，小卷毛就躲在大殿入口上端，悄然看着这一切，罗紫烟是越看越惊心，突然意识到了什么。

小卷毛却是莫名所以，“什么意思？”

话落，血神子骤然右手一抬，一股雄浑的阴劲裹着大蓬霜雪冲天而起。

身后，太寒殿若有感应，巨大的殿身猛地往后一缩，“哗！”

“啊？”上仙门众人都感到一股阴寒气息扑面而来，纷纷下意识后退。

“你们的归宿在里头呢！”血神子冷笑一声，右掌猛地送了出去，狂暴的阴劲横扫而出。几乎同时，太寒殿向前一冲，一股宏大的力量从大殿深处冲了出来。

小卷毛这回学了乖，见状立刻藏到殿门口上方的一个狭小的窟窿里。虽然躲开了来自大殿深处狂力的正面冲击，仍感到周身奇寒，酥软无力。

“不好，快逃！”

外头的惨叫连绵不断，但声音却在越来越小。

“血尊，你这是干什么？”是杨烧杀猪般的大叫。

血神子笑声传来，“我现在最缺的是忠心耿耿的手下，你们来得正好。”

“什么？你把我们也当作……快！快冲出去！”

“嘿嘿，这可是你们自己送上门来的！”

罗紫烟虽然看不到什么，但就算是聋子也听出来了，血神子分明是把这些自己送上门的修仙者，也当作炼化修罗魔的原料。

杨烧等人始料不及，想逃时已被来自太寒殿深处的力量攫住了，修为弱的人，当即一个个被吸入甬道中，坠入无底深渊。

没多久，修为较高的人也开始遭殃了。在这巨大吸力面前，无人能幸免。

只是一小会儿，还在殿外苦苦支撑的，也就只剩杨烧了。他单膝跪地，以绿玉环死死抵在地上，环上散发出的熊熊绿火，化为一面碧绿火墙，与吸力相抗衡。

在吸力拉扯下，绿色火墙正逐渐变成火炬，火舌不断向太寒殿大门方向伸去。

“倒是挺能撑的。”血神子冷笑一声，右手猛地一收。

太寒殿颤了颤，重新立直了。而吸力则是随之消失，杨烧猝不及防，当即一个趔趄摔倒。他马上又一跃而起，绿玉环向血神子当面打来，“你这魔头，我跟你拼了！”

环上绿火腾腾而起，像个巨大的火圈兜头罩向血神子。

血神子不以为意地笑了一声，右掌翻动，一股阴气立即席卷向那绿玉环。

“砰！”

双方一交接，绿玉环上迸射出无数道焰流，一道道如绿蛇，缠绕向血神子。

双方距离很近，血神子竟是躲避不及，身上瞬间便爬满了绿焰。

“哈哈，魔头，这可是绿焰毒火，你死定了！”杨烧不由得大笑起来。他修炼这毒火之术已有数百年，乍看毒火很平常，其实厉害非常，只要被它烟气一熏，就会皮肉脱落，若被绿焰加身，那就是灰飞烟灭的事。

不过，笑声刚过半，却是戛然而止，取而代之的是惊怒之声，“你——你——”

只见血神子遍体的绿焰突然凝结成冰，纷纷滑落而下，跌成翠绿的齑粉。

而血神子则是毫发无损，迈步向杨烧走来。

杨烧突然怪叫一声，一个转身腾空飞跃而起。

此时，眼前人影一闪，挡住了去路。随之而来的还有一股阴寒巨力，震得杨烧身子一轻，直直往太寒殿门口倒跌过去。

“你……你到底想怎么样？”杨烧凄厉惨叫着，问了个连自己都觉得多余的问题。

“嘿嘿，你会是个不错的修罗。”

“扑通！”

到了大殿门口处，杨烧突然挣脱了那股推力，双足站实了。但他的手却突然一松，丢了绿玉环，朝着血神子跪下来，磕头如捣蒜，“血尊！血尊！饶了我吧，我愿意为你效忠，像飞娘他们一样为你效忠，我一定会忠心耿耿的！”

"看来你记性不好！忘记我说过了，没有心的人才会真正忠心耿耿的。"

"不！"杨烧大惊失色，更加用力地磕着头，泪水涟涟而下，"血尊，我一定会忠心的，你不要炼化我，我不想变成那样的人。"

血神子阴阴一笑，"既然你想为我效忠，那我更不能不炼化你了。否则我是不会相信你的。"

"啊？不——"

杨烧尖叫一声，猛地双足一弹，向血神子飞身冲来，竟是要豁命一搏，以求生路。

"这就对了！"

血神子满意地点头，右掌不经意一推，杨烧身子在半空中顿了下，随即惨叫一声，闪电般倒跌进太寒殿大门内。

"啊——"

凄厉惨叫很快消失在甬道深处。血神子拍了拍衣袖，回头望着空荡荡的四周，神情闲适。而许飞娘则是幽灵般从太寒殿内飞快转了出来，"恭喜血尊，再增百名战力。"

"这还远远不够！只有把极阳宫还有天下名山大川的宗门，都纳入我麾下，大业才算有成。"

血神子目露睥睨之光，罗紫烟却是听得暗自心寒。这个魔头欲望之大，令人胆寒。

"血尊修为盖世，太寒殿冠绝天下，相信这一天用不了多久。"

"哈！"笑声过后，血神子神色骤然严肃起来，"准备一下，我马上要启程去天化村。"

"啊？血尊不等这批肥羊炼化完毕再出发吗？"

"到时候只怕夜长梦多，我可不想看着鸭子飞了！"

"是！血尊需要带多少人马？"

"这几天我已经把要带的修罗和夜叉都挑好了。现在，最大的问题是，我离去之后太寒殿的守卫问题。"

许飞娘急忙躬身道，"血尊尽管放心，飞娘定当严守太寒殿，不让敌人有一丝可乘之机。"

"一般来敌不足为虑，想伤天化虫没那么容易。我就担心丁引小儿乘虚而来……"想到这个问题，血神子眉头不由得皱起来。

许飞娘想了下，“也许血尊可以把凤凰们招来？”

血神子沉吟了下，点点头，“倒是可以。”

半个时辰后，血神子亲自挑选的三十名修罗魔和三百头夜叉魔，便整整齐齐罗列在太寒殿外头。它们个个雄赳赳气昂昂，如非仔细观察，很难发现它们的眼睛似乎都是凝固住的，眨也不眨一下。

而小卷毛，则是趁乱躲到一头多毛夜叉魔身下，混在这支魔军里。

干鹊有事，罗紫烟绝不能坐视不管，虽然有时候觉得他挺烦人，但罗紫烟知道，他那都是为了她才会这样。在别人眼里，干鹊王子可不是个婆妈之人。

太寒殿与天化村之间山重水隔，以小卷毛的体能很难到达，因此罗紫烟决定先潜伏在魔军之中，等快到天化村了，再想办法提前给干鹊报信。

这次，血神子不仅想再抓一批肥羊壮大自己的力量，还想顺便再检验一次魔军的远行及作战能力。

因此，除了这三百三十个魔物，血神子还带十个魔徒随行。其他魔徒则留下来，协助许飞娘拱卫太寒殿。

当魔军逐渐把太寒殿甩到身后的时候，空中突然一暗，烈烈风声传来。小卷毛探头往外一看，只见大群的黑凤凰正从远处振翅而至，掠过魔军上头后直飞向太寒殿。

“这些家伙平时都躲到哪儿去了？每次都是神出鬼没的。”罗紫烟喃喃说道。

在这之前，她和小卷毛把太寒殿内外都查了一番，也没有发现这些黑凤凰的蛛丝马迹。

现在看来，血神子是把它们当成秘密武器，只在需要的时候才召唤出来。

真是高深莫测的手段。

魔军行进速度奇快无比，只用一个多时辰，就奔出百里开外。

但这时候，魔物之间开始出现了明显的分化。修罗魔都还是速度不减，紧随血神子之后，而夜叉魔则是出现了分化，大部分还能跟上，但有些已经逐渐在掉队了。

两百里之后，分化更加明显了，原本齐整的队伍，已经被拉长到前后相隔数十里。

这些魔物虽然都是血神子精挑细选的，但第一个倒毙的夜叉魔还是出现了。

到了五百里左右，倒毙的数量已经超过二十个，其中一个是修罗魔。

“看来，这支魔军还真出不了远门。血魔想靠它们来征服千里之外、万里之外的世界，未免太天真了。”小卷毛是越看越开心。

罗紫烟沉吟了下，道，“别高兴得太早了，我觉得他一定有解决之道，否则他直接招募魔徒来为他而战更简单！”

“他不是跟那个杨烧说了，他不相信有心的人。”

说话间，两人同时感到一阵摇晃，还没反应过来，小卷毛所寄附的那头夜叉魔突然一个趔趄往前翻了出去。

眼前顿时天翻地覆起来，小卷毛不由得尖叫起来，“啊！”

“快离开！”罗紫烟急喊道。

小卷毛不及细想，立即向上一冲，几乎同时，四周呼声大作，大大小小的魔物碎块迎面飞来，块块都是锐急无比，力道万钧。

“小心！”

惊呼声里，小卷毛已展开双翅，在碎块之中躲避飞行，时而盘旋飞绕，时而左闪右避，狼狈万分。

而这大片凭空冒出的碎片，分明就是之前小卷毛还附着的那头夜叉魔在摔翻过程中解体形成的。

等小卷毛从众多夜叉魔碎块中飞出时，大股夜叉魔已经奔得老远了。

“可恶，这头夜叉魔也太不牢靠了！”小卷毛气得大叫。

罗紫烟却是急了，“不好！快追上它们！不然我们跟不上了！”

“对哦！不好！”

小卷毛回过神来，急忙振翅向远去的夜叉魔群追去。它形体小，飞速有限，如果不依附在某一头夜叉魔身上，根本无法跟上它们。

足足赶了半个时辰，在快飞不动的时候，小卷毛才成功地停到一头落在最后的夜叉魔身上。而此刻，倒数第二头夜叉魔，都已经飞奔在前头数里之外了。

罗紫烟大急，“这下糟了，我们还想抢先给干鹊传信呢！”

“都怪我，应该找一头牢靠点的！也不知道现在这头什么时候会散架子。”小卷毛忧心忡忡地说道。

“只能尽人事而听天命了！”

脚下这头夜叉魔看似羸弱，但韧性却是超出罗紫烟的意料。它一路奔走，一路上又碰到几头垮掉的夜叉魔，却始终安好。

只是，它的速度越来越慢，虽然竭尽全力仍被大部队甩掉，甩到后来罗紫烟和小卷毛都急不起来，只能跟着它一颠一簸，还要乞求它不要半途出事。

翻山越岭不知多久，前方终于又传来夜叉魔久违的吼声了。

罗紫烟和小卷毛都打起精神来。

“小烟，这是哪里？好像有点眼熟？”小卷毛看着四周说道。

罗紫烟看了看，“应该是进入千峰岭了。”

“啊？那不是离天化村很近了？”

“嗯，血魔一定在做攻打天化村的准备，我们得小心点，别让他发现。”

说话间，前方的兽吼声近了。驮着小卷毛的那只夜叉魔似乎也来劲了，飞奔进一个狭长的山谷里。

山谷内一片喧嚣鼎沸，挺着过来的魔军都聚集于此。除此之外，地上还躺着二十来人。看服饰分明都是修仙之人，但每个人身上都被一团蓝色的黏液状东西裹住，除了少数几个人脑袋还露在外头，其余的都只能看到人形轮廓。

“小烟。那是什么？”

“我也不知道，小心藏好，血魔应该就在附近！”

“他在哪里我还没看到，但我看到你的肉身了。”

顺着小卷毛的目光，罗紫烟果然看到自己的肉身。只见“罗紫烟”就站在那群修罗之中，腰杆笔直，但双目黯淡如深井。

血神子一直让罗紫烟随身跟行，这回也不例外。

“都到了吧？”血神子的声音突然传来，只见他负手从山谷另一侧走来。

“血尊，能来的基本都到齐了。”一个魔徒上前小心地说道。罗紫烟认得他，正是先前攻打极阳宫时的急先锋毒龙尊者，此次他跟血神子出来，主要负责管控魔物。

“那就好，我们得在天化村的人发现这边出事之前动手。”血神子看了地上那些被黏液包裹着的人，“毕竟那边人多势众，要像这些这么快就拿下，可没有那么容易了。”

“是！那这些肥羊该怎么处置？”毒龙尊者小心问道。

“先放在这里。有寒阴胶凝着，他们跑不掉的，等把天化村那边一网打尽，再一起带回去。”

“是！”

说话间，一道匹练从远处飞来，落到血神子面前。一个魔徒跳了下来，单膝跪到血神子面前，朗声道，“血尊，查清楚了，除了这二十多个，其他的修仙者都在天化村里。”

“嘿嘿，越集中越好。那边除了修仙者还有别的村民吗？”

“听说之前村里发生一场大灾变，好多村民跑出去都还没有回来，这回修仙者一来，已经回去的村民又都出去躲起来了。不过，小的查到了，那个干鹊就住在村中一座老宅里，听说是他原来的家。”

“我不在乎他在哪里，在我眼里他跟其他人没两样，我就关心一点，他们在那里头干什么？”

“目前主要是在修炼，但也在等人。”

血神子“哦”了一声，“等什么人？”

“听说白谷逸正派人广发英雄令，召集支持干鹊的人来勤王。现在，那里每天都有一些人从各地赶来投靠干鹊，多数都是对蜀王肥遗施政不满之人。”

“这些人中，修仙之辈多吗？”

“部分是修仙者，部分是凡人中的勇士。”

“嘿嘿！”血神子冷笑一声，“那我们把他们抓起来后，岂不是还可以继续守株待兔？”

毒龙尊者忙躬身道，“血尊英明！”

血神子猛地大手一挥，指着远处一座白云缭绕的大山，“就地休整三刻钟，然后随我踏平天化村，活捉所有肥羊。”

“是！”

在血神子说话的时候，小卷毛正低飞潜行于一堆夜叉魔之间。

血神子何许人物，四周又是魔物聚集，阴气弥漫，小卷毛虽小，每一步也得小心翼翼。

好在周围魔物未得号令都是呆头鸡，小卷毛可以在其中悄然往来而不用担心被发现。

好一会儿，小卷毛才悄然逃出那座山谷。

“小烟，我们现在……”

“去天化村，越快越好！”罗紫烟沉声说道。

“可我现在晕头转向的，天化村该往哪里走？”小卷毛茫然看着四周，群山苍莽，完全失去方向。

罗紫烟道，“刚才血魔不是为我们指明方向了？”

小卷毛望向远处那座白云封顶的大山，明白过来，“对哦，那我们快走！”

看山跑死马，这句老话对小卷毛而言同样适用。尤其是在心急如焚的时候，它那稚嫩薄弱的双翅，显得分外无力，似乎过了很久，那座白云山才大几分。

“这样太慢了，血神子他们等下只要启程，随随便便就超过我们了。”罗紫烟道。

“那怎么办？我就这个速度……要是来头夜叉魔多好。”

“先继续赶路吧。”罗紫烟无奈地道。

又过了好一会儿，白云之山终于近在眼前了。山高而陡，朵朵白云飘动其中，穿行其中虽然风光绝美，却是吃力万分。

就在此时，一阵疾劲的衣袂声突然从身后传来。小卷毛急忙回头，只见两道匹练正从远处疾驰而来。

“那是……”

“我认得，他们是太寒殿的魔徒！”

说话间，那两道匹练逐渐近了，只见剑光之上立着的人，就是血神子带来的十个魔徒之二。

“他们应该是去天化村打前站。”罗紫烟沉吟了下，“小卷毛，我们得再冒一次险。”

“什么险呢？”

“到他们身上，跟着他们去天化村。”

小卷毛吓了一跳，“啥？小烟，他们一看就不是呆头魔……”

“我知道，但只有跟着他们走，我们才能快点。”

说话间，那两道剑光已经飞到一里开外，可见御剑之人一胖一瘦，都是长袖飘衫，背上各负着鼓鼓的包裹，一看就是放着法器。

他们御剑而行，目视前方，浑然没有注意到在团团白云之间探头探脑的小卷毛。

在多数修仙人眼里，世间万物不过是虚幻之境，虫鸟鱼兽更是大道微末，根本不足让他们多看一眼。

“可，可我怎么到他们身上呢？万一被发现……”

小卷毛为难万分，它并不是个怕事的主，但自从一体带二魂后，它开始变得胆小了。

“要不，我绕到他们身后，躲到他们背上法器包裹里？”

罗紫烟断然道，“不行，这样行迹太重了，他们马上就会发现。”

“那，那怎么办？难道我就直接落到他们肩头上去？”

罗紫烟沉吟了下，“这倒是可以。”

“我只是开玩笑而已！”小卷毛吃惊地道。

罗紫烟却是严肃地道，“我说真的，试试。”

“可是，万一他们……”

“怕什么，看他们驾驭的法器，也不是什么硬手，真要动手你用凤凰力揍他们一顿。”

“好吧，小烟有信心，我还怕什么！”

小卷毛再无犹豫，立即振翅穿过一团云，从横侧里迎向那两个魔徒。

两个魔徒突见一团黑影蹿到眼前来，不由得都吓了一跳，那个瘦魔徒已是手捏剑诀，便要放出剑劲了。

“哈哈，看你小子吓的，不就是一只鸟吗。”胖魔徒定睛细看，突然哈哈大笑起来。

瘦魔徒松了口气，哼道，“有什么好笑的，我这叫作警觉性高！哪像你像死猪一样没反应。”

“那是因为我觉得一只扁毛畜生没什么好大惊小怪的。”

“你才是扁毛畜生！”小卷毛暗暗骂了一句，绕到那个胖魔徒身后，继而一个纵跃，跳到他肩头上。

“他在干什么？”瘦魔徒不由得尖叫起来，紧张地看着胖魔徒。

胖魔徒毫不以为意，“别一咋一唬的，人家可能觉得我比较和蔼，想跟我亲近下！”

“我看不像，这鸟儿眼神怪怪的……总觉得哪里不对。”

罗紫烟感觉到小卷毛身子一阵揪紧，急忙说道，“别管他们说什么，你当作没听到好了，越自然越好，没事的！”

“嗯！”小卷毛心中应了一句，脑袋转动，两只小眼睛四处张望着，对两人的交谈浑不在意。

“哈哈，看你疑神疑鬼的，不过就是一只不怕人的鸟罢了，估计飞累了想找个地方歇息而已。”胖魔徒补充一句，“这跟海鸥见到船桅就去歇脚没两样。”

“把它赶跑，我总觉得它看着怪不舒服的。”

“算了，跟你这样干飞也怪寡淡的，带只鸟又何妨。”胖魔徒摆摆手，掐断了瘦魔徒的话头。

说话间，两人风驰电掣，又飞出数十里。小卷毛一颗绷紧的心，终于慢慢放下来。

“小烟，你真厉害！料敌如神啊！”

“嘿嘿，要是有只鸟落到我肩头，我也不会赶它走的，人之常情。”罗紫烟顿了下，又补充一句，“但你别松懈，他们是魔徒，反复无常，做好随时逃跑的准备。”

“嗯！”

两魔徒修为一般，但御剑飞行的速度仍高于小卷毛数倍。

只用一刻工夫，四周的景色便更加熟悉了。罗紫烟知道，天化村就快到了！

两个魔徒同时放慢剑光。胖魔徒似乎第一次前来，他看着四周，“他们在哪儿？”

“那边去！”瘦魔徒指着远处一座峥嵘陡峭的山崖说道。

两人飞到那山崖上，那里有个小山洞，洞口外躲着三个魔徒，正目光凛动盯着山崖下的天化村。

罗紫烟认得这里，在天化虫出现苏醒迹象的时候，楚氏遣散村里的人，自己则是带着罗紫烟和干鹊躲到这里，守望天化村。

没想到，这里现在成为魔徒的一个据点。

山下，群山之间的天化村依旧绿水环绕，村舍静卧，一切都是记忆中模样。

不同的是，村落上空多了一道道剑光，看样子是有人驾剑飞行在其中。

“血尊派我们来支援你们。那边怎么样了？”两个魔徒落下来，胖魔徒先亮出身份，继而问话。

“还是老样子，不过守卫明显增强了。”三个魔徒中，一个长着一对八字眉的人答道。

“怎么增强了？难道是发现了我们？”瘦魔徒叫了起来，声音里透着不安。

“那倒不是，他们应该是怕干鹊那小子遭到极阳宫或上仙门的暗算吧。”八字眉的魔徒指着村落上空那片剑光密集处，“看！他们的防卫主要集中在那一带，干鹊住的地方。而且地面的岗哨，也主要布置在那一带。”

“这么说来，我们暂时还没有被发现。”瘦魔徒松了口气。

八字眉魔徒面色凝重，“我们如此抵近窥探，用不了多久就会被发现的。血尊那边如何？”

“应该已经启程赶来了，再坚持一阵子就行。”胖魔徒安慰道。

八字眉魔徒点了点头，目光突然疑惑地望向小卷毛，“这只小鸟是你养的？”

小卷毛头皮不由得一紧。

“不是，路上碰到的。”胖魔徒不以为然道。八字眉魔徒的两条眉毛几乎竖了起来，声音也变了，“路上碰到的？你怎么能带到这里来？”

“不就是一只鸟吗，有什么好大惊小怪的。”胖魔徒不以为然道。

“我听说有些修仙者会豢养灵兽……”

“你看它皮毛无光，丑陋不堪，有点灵兽的样子吗？”胖魔徒冷笑着弹了弹小卷毛的脑袋。

小卷毛转头避开，心中却是把对方祖宗十八代都问候了，“你这死肥猪才丑陋不堪，祖祖辈辈都丑陋不堪！”

“小卷毛，他们已经生疑了，我们得找机会离开了！”罗紫烟凝重地道。

“既然这样，把它烤了，兄弟们嘴里都淡出鸟来了。”八字眉魔徒又笑了，一脸不怀好意地看着小卷毛。

“这倒是可以。”胖魔徒眼前一亮，大手一张，向小卷毛抓来。

“不好，快走！”罗紫烟暗呼一声。几乎同时，小卷毛翅膀一振，腾空飞起。

“嗯？”胖魔徒愣了下，旋即笑了，“这畜生倒是机灵得很。”

“我看它未免机灵过头了吧。”八字眉魔徒霍地起身，冷冷盯着小卷毛。而瘦魔徒也是跳了起来，“没错，我就觉得它有点怪怪的。”

“有什么好怪的，打下来烤了吃就行了！”胖魔徒哼了一声，右手一捏决，就要发出飞剑，却被八字眉魔徒一把按住，“不可动剑！会被发现的！”

就这么一耽搁，小卷毛已经在空中绕了好大一圈，疾飞向天化村。

第十七章 | 奋起反击

天化村景象依旧，只是行走其中的不再是乡民，而是一张张陌生的面孔。既有修仙者，也有常人武士。他们相互不隶属，彼此各行其是，正在村寨之中修炼、练剑、赌博、喝酒……偌大的村寨混乱如菜市场。

小卷毛目光四处逡巡着，“干鹊挺厉害嘛，形形色色的人都能号召过来。”

“时间紧迫，我们快去找他！”

干鹊回来仍住在家中。虽然屋里永远没了楚氏，但屋前屋后却是多了许多人。除了军士岗哨，还有不少修仙者守护在四周，目露警惕。

只是，没人对飞来的小卷毛多看一眼，都把它当成普通的鸟了。

“小烟，我真的那么平凡无奇吗？”小卷毛不由得感到一阵挫败。

“你在太寒殿做卧底潜伏那么久，翎毛没有以前光鲜了呗。这有什么的！你再想想，有谁能像你这样从太寒殿里活着出来，还骗了那么多修仙者呢？”

“对哦！”

“平凡是你的保护色，不平凡才是真正的你。”

“哈，小烟你真会聊天。”

元神交谈之际，小卷毛已经飞到干鹊家后头，落在后窗上。一个罗紫烟略感熟悉的声音正从屋里传出来，“主上，请三思啊！”

“我再考虑考虑吧。”是干鹊意兴阑珊的声音。

小卷毛悄悄从窗户缝隙里钻进去，只见干鹊盘膝坐在客厅上首一张卧榻上，而他下首坐着一个红衣汉子，正厉声说话，“主上，此事关乎江山与社稷，当断则断！否则机会稍纵即逝，悔之晚矣。”

这人身躯不大，全身裹在红色衣袍里，看起来就像一团燃烧的火，不是火猴还有谁？

“你说的我明白，但是事关重大，容我再多思虑几天吧！”干鹊似乎有些招架不住，摆摆手道，“你先退下吧！”

“好吧！”火猴大感无奈，一个躬身，大步出去了。

“小卷毛，上！”罗紫烟低声道。

小卷毛立即翅膀一振，钻进屋里，飞绕到干鹊面前。

“什么人？”干鹊甚为警觉，听声音不对急忙抬头。

几乎同时，一道寒光从角落里“嗖”地射出，直迎向小卷毛。

“小心！”罗紫烟急道。

“可恶！”小卷毛骂了一句，在空中一个急停，双翅同时迎着寒光扇去，百忙中凤凰力已然出击。

“轰！”

寒光在空中顿了顿，光芒骤失，化为一根红色长箭，“啪”地掉落地上。

“喂，干鹊！是我啊！不要乱来！”小卷毛吓出一身冷汗，急得大叫起来。

“是你！小卷毛！”干鹊呆了呆，突然欣喜若狂，连声叫道，“铁姝，住手！”

罗紫烟和小卷毛这才注意到，刚才寒光出没的那个角落里，正有一人弯弓上弦，箭锋直指小卷毛，第二道箭似乎随时会破弦而出。

这人，赫然就是铁姝。听到干鹊的喝声，她迟疑了下，箭头仍是指着小卷毛，眼里闪着异样的寒光。

“铁姝，这是一直跟着紫烟的小卷毛！没事的，它不会害我的。”干鹊看着小卷毛，一脸兴奋。

但是铁姝仍是紧紧地扣住弓弦，恶狠狠地盯着小卷毛，“我不管它是谁！现在任何人你都要小心，都可能是肥遗派来刺杀你的。”

“不可能！小卷毛绝不会害我的！”干鹊不以为意地摆摆手，着急地看着小卷毛，“小卷毛，紫烟呢？冬至那夜她突然失踪了，去哪儿了？”

“小烟就在我身体里，我们有急事要告诉你。”小卷毛松了口气，飞到干鹊面前。

干鹊忙伸出手，让它站到自己掌心，愕然道，“紫烟在你身体里，什么意思？”

“哎，这个说来话长，反正小烟的元神现在暂寄在我体内……”

小卷毛刚一开口，耳边突然“嗖”的一声锐响传来，它急忙回头，不由得魂飞魄散，只见又一道箭芒正迎面劲射而来。

“铁姝，你干什么？”干鹊也回过神来，本能地把手一沉，将小卷毛捞在怀里。几乎同时，那道箭射入他的臂膀上。

“啊！”

干鹊惨叫着一声，不由得往后一翻！那道箭芒力量何其大，如非干鹊已练出不俗的功体，只怕整条手臂都要给炸飞了。

即便如此，正面遭此重创，仍叫他痛苦难当。

“干鹊！”铁姝大惊失色，丢了弓箭疯了一般扑过来，抓着干鹊的伤臂手足无措，泪水一下子涌了出来，“干鹊，你怎么样？你怎么这么傻啊，没事吧？”

“你……你这是干什么？”干鹊痛得龇牙咧嘴，瞪着铁姝几乎要吼起来。

铁姝嚅嗫了下，咬牙瞪着小卷毛，“我看它靠你太近了，可能会害你，当然要出手阻止了。”

“小卷毛怎么会害我？你这是故意的吧……哎哟！”铁姝试着去拔箭，却牵动伤口，疼得干鹊眉头皱了起来。

“她在撒谎！她是听到小烟元神在我体内，就想置小烟于死地！歹毒的臭八婆！”小卷毛猛地从干鹊手里飞出来，冲着铁姝扑过去，在她手上狠狠一啄。

“啊！”铁姝吃痛，立即一掌拍出，却被小卷毛敏捷地避开。

“看到没有，她恨不得杀了我！”小卷毛飞到干鹊身后，大叫起来。

铁姝又气又急，从地上捡起那副弓箭，恶狠狠地指着小卷毛，“你从哪里来就滚哪里去，别靠近我的干鹊，不然我放箭了！”

“铁姝，你疯了！把箭放下！”干鹊大急，起身挡在小卷毛面前，脸上怒气蹿腾。

铁姝手一松，仍是紧握着弓箭，“我没疯，我觉得它鬼话连篇，故意在骗你，准备图谋不轨！”

“你这臭女人，想杀我就直说，编织莫须有罪名干吗！”小卷毛从干鹊身后探出头来，不甘示弱地破口大骂。

干鹊也是怒视着铁姝，“我让你先把箭放下！”

“不行！”铁姝更急了，“世上哪有人把元神寄在一只鸟身上，不是谎言还有什么？”

“你觉得不可能的，未必人家做不到！你就是一听到小烟在我体内，就想痛下杀手！”

小卷毛越说越气，当然，这些话也有一些是罗紫烟授意说的。她知道，铁姝现在要杀小卷毛太容易，她必须让小卷毛得到干鹊的保护。

铁姝眉目俏寒，脸上煞气隐现，箭头一抬再次指向小卷毛。

“把弓箭放下！”干鹊沉声喝道，声音里透着不容置疑。

铁姝呆呆地看着他，片刻才把弓箭放了下来。

干鹊回头望向小卷毛，“小卷毛，你刚才说什么，小烟元神在你体内？”

“对啊，可惜用我的身体她没办法说出话来。不然让她直接说话我就省事了。”

“哼，一派胡言！你到底意欲何为？”铁姝咬牙道。

干鹊摆摆手，“让小卷毛说下去！”

“小烟刚才跟我说了，现在的重点不是争议她的元神有没有在我体内，而是你们现在很危险，要赶快做好应战的准备！”

非常之时，罗紫烟的思路比小卷毛清晰多了，通过她的叙述，小卷毛简明扼要地转述了肥遗使臣杨烧上门，血神子炼化上仙门一众，又率众直扑天化村一事。

“什么？肥遗居然勾结血魔来对付我？”干鹊呆了呆，似乎连臂上的箭伤都忘记了，猛地一拳砸在地上，牙关紧咬，“他怎么能这样做！简直是认贼作父，引狼入室！”

“干鹊，事关重大，岂能听一只鸟的一面之词，我们要调查清楚！”铁姝叫道。

小卷毛冷冷瞪了她一眼，“我明白了，你是血魔的内应！”

“你说什么？”铁姝差点跳了起来，似乎要把小卷毛生吞活剥了。

小卷毛却是浑然不惧，“这是小烟的推断。她说你要不是血魔内应的话，这个时候你应该让干鹊马上召集所有人做好应战准备，而不是用调查清楚来浪费时间。”

“哼，谁知道你说的是真是假，万一你是血魔派来的奸细呢？”

小卷毛炸了，“我要是奸细，让你们做好准备干吗？”

“谁知道呢？说不定你有什么不可告人的目的！”

“你——”小卷毛浑身发抖，“简直不可理喻！”

眼看两人又要吵起来，干鹊急忙一挥手，“别争了，我相信紫烟的话，来人——”

门外立刻进来一个大汉。

“快请白长老和火猴将军过来。”

“是！”

“干鹊，现在还没确定罗紫烟的元神是不是真的在它体内，就算是，它的话也未必可信。”等大汉一走，铁姝又瞪了小卷毛一眼，声音里分明透着愤怒与失落。

“不管怎么样，有备无患！”干鹊说罢，抓住伤臂上的箭尾，猛地一咬牙，箭头伴着一股血溅，终于从模糊的血肉里被拔出了。

“干鹊！”铁姝花容失色，顾不得再生气，急忙上前手忙脚乱为他包扎伤口，“都怪我不小心，你怎么样？”

“我没事！”干鹊深吸一口气，看着小卷毛，“紫烟没事吧？”

“她啊，说有事也没事，说没事也有事，反正复杂得很，回头再说吧。”小卷毛摆摆翅膀，实在不知该如何解释罗紫烟现在的处境。

干鹊的臂伤刚包扎完毕，白谷逸便从外头匆匆进来，看到他臂上的白布仍向外头溢血，不由得愣了下，急道，“这是怎么回事？”

“没事，一点儿误会而已。”干鹊摆摆手，“白长老，你马上召集跟你来的所有修仙之士，做好战斗准备。”

“嗯？怎么回事？”

“我得到一个极其重要的线报，血魔正带领魔军直扑我们天化村，随时会到，我们必须立刻做好应战准备。”

“嗯？难道那些窥探者就是那魔头的爪牙吗？”白谷逸眉头一皱，喃喃自语道。

干鹊听得清楚，“什么窥探者？”

“是这样的，刚才有守卫发现，天化村后山的山崖上好像有剑光一闪，就赶过去看个究竟，发现有五个不明身份的窥探者正准备逃逸，他们追了过去，抓住了那些窥探者，本想抓来审讯，没想到那些窥探者却纷纷自杀，到目前还不知道他们是什么人……”

“那个我知道，他们就是血魔的爪牙，在后山暗中盯着天化村！”小卷毛叫道。

白谷逸闻声回头，认出小卷毛，不由得神色一变，“是你？罗紫烟呢？”

干鹊急道，“这个问题不是关键，关键是现在时间不多了，赶快召集所有人……”

小卷毛突然开口道，“小烟说，现在还不能召集所有人。”

“嗯？什么？”干鹊不解地看着小卷毛。白谷逸也是凝眉看着它，眼里满是疑惑。

小卷毛道，“天化村四周可能还有血魔的耳目。如果大举调集人马，他们很可能就会知道天化村已经做好了应敌准备了。”

“嗯？”干鹊不由得沉思起来。

“血魔带来的魔军，无论是修罗魔还是夜叉魔都极其厉害，强悍不怕死，如果跟他们正面硬拼，我们这边势必会损失严重，而且胜算不大。”

“你是说……”干鹊眼前突然一亮。

小卷毛点点头，“没错，要把消息传播出去，但不要张扬，要让血魔以为天化村仍蒙在鼓里，等他们发起攻击，再打他们个措手不及。”

这些话当然是罗紫烟的意思了。

“没错！”干鹊回头看着白谷逸，“白长老，这样没问题吧？”

“问题是没有，但你信得过它吗？”白谷逸狐疑地看了小卷毛一眼。

“哼！白老头，我长得一副奸臣样吗？为什么不相信我？”小卷毛一听，立刻又要炸毛了。

白谷逸眉头不由得拧了起来，似乎要发作了。

“小卷毛，现在不要节外生枝！”罗紫烟急道。

小卷毛哼哼一声，对干鹊道，“赶快做好准备吧，不然来不及了！”

“没错！白长老，马上去吧！”

白谷逸迟疑了片刻，颔首道，“好吧！”

白谷逸后脚刚踏出，火猴前脚就进来，他满脸期盼之色，“主上，你想通了吗？”

“还没，但肥遗确实如你所说的，找人来对付我了。”干鹊顿了下，“我要你立刻传令下去，让你带来的上仙门人，还有其他武士，做好原地战斗准备。”

“做好原地战斗准备？”火猴一脸发愣。

“没错，就是不要表现出我们有准备，但要就地做好应战的准备。”

“这么说，肥遗准备派人来进攻主上了？我就说了，主上不主动出来收拾山河，肥遗就会主动来对付你的……”

“这个以后再说，先应付眼前局面再说！”干鹊简单地把血神子率众而来的消息说了下。

火猴大惊失色，“什么？我马上去安排！”说着，转身大步出去了。

“铁姝，你先外面去一下。”干鹊回头看了铁姝一眼，说道。

铁姝愣了下，旋即急了，“我可是负责保护你的。”

“我有些事要问紫烟，你先出去一下。”

“有什么事我不能在场？”

“你就不要问了！”干鹊脸色一寒，声音冷了下来。

铁姝呆呆地看着他片刻，眉头突然耷拉下来，目光随即垂下，“我就在外头，有什么事就叫我！”说着，恶狠狠看了小卷毛一眼，转身大步走了出去。

干鹊如释重负地松了口气，回头看着小卷毛，眼里突然多了几分温柔，“紫烟，你怎么会这样？”

“小烟她可回答不了你。”小卷毛歪了歪脑袋，“你可别跟我说情话，我怕肉麻。”

干鹊不由得笑了，笑容里既有尴尬，又有欣喜，“没关系，快说说紫烟现在怎么样？”

“这个真说不清楚呀，我们还是先看看外头的情况吧！”小卷毛转身往楼上飞去，干鹊立刻跟了过去。

到了二楼，小卷毛站在面朝村子的一扇窗户上，从那里可以看到大半个天化村。

此时，村里的情景与先前并无二致，但罗紫烟和小卷毛都知道，防备正在暗中进行着。

“趁着血魔还没来，你把紫烟的事跟我说说，不然我一颗心悬得厉害。”干鹊有些急了，看着小卷毛的眼睛几乎闪着乞求的光芒。

“好吧！”

在罗紫烟的授意下，小卷毛把太寒殿生成，罗紫烟在其中被炼化，不得不采取寄魂共生术渡过难关一事简单说了，但略去了罗紫烟上血神子的当，令血神子成功盗取九凝鼎这个事。

“这么说，只要元神送回去，紫烟还可以回来？”干鹊听得眉头紧皱，片刻才喃喃道。

小卷毛点点头，“当然了，但得等时机成熟。”

“紫烟，没想到这段时间，你受了这么多的苦，怪不得我到处打听都没有你的消息，我还以为你出事了。”干鹊默然看着小卷毛片刻，心疼地说道。

这话语里，浓情四溢，让罗紫烟不知该如何回答，而小卷毛更是叫苦不堪，“小烟，这话太甜了，我感觉磕牙，怎么办？”

“让他多注意外头，我看血魔也该到了！”

小卷毛往外头望去，声音陡然变了，“不好，血魔来了！”

干鹊急忙也往窗外望去，神色不由得一紧。只见在天化村上空，正有大股山似的乌云从四面八方向天化村汇集过来。

天化村的人仍在各行其是，似乎没人注意到空中已是杀机密布。

“那是……”干鹊倒吸一口气，回头望向小卷毛。

小卷毛眼里似乎被黑云给填满了，片刻才道，“那浑蛋，肯定又是在故伎重施，想先用阴气控制这里，趁大家功体受限的时候好轻松得手。”

“干鹊，阴气在聚集，该当如何？”这时候，白长老的声音突然远远地飘入干鹊耳朵里。

干鹊看了小卷毛一眼，旋即以遥寄传音术把话传了出去，“守好阳脉按兵不动，装作什么都不知道。”

“明白了！”

“那魔头没有天化虫之助，也能聚集如此多的阴气来改变气候……这修为是越来越可怕了！”罗紫烟喃喃道。

小卷毛暗道，“可不是，感觉他自从有了太寒殿，修为简直是突飞猛进。说不定很快连宫主都不是他的对手了。”

乌云来势极快，眨眼就堆满天化村上空，不等村里的人反应过来。密云之中突然传来一声惊雷，云层随即裂开一道缝，白花花的雪片从中呼啸而出，铺天盖地直落而下。

与雪片同时下来的，还有无形的阴气，像是倒扣的盆子，一把将天化村笼罩在其中。村里众人顿时陷入阴寒的冰雪之中，每个人都是不堪霜寒，缩头缩手。

“你们都没事吧，白长老？”干鹊急忙催动阳脉，以抵御阴气侵蚀，同时传声到白谷逸耳朵里去。

“没事，我们事先都护住了阳脉，如今只是在做戏而已。”

“那就好，继续迷惑敌人。”

话落，天地间骤然一静，浓烈的肃杀之气随即横扫四方。

毫无征兆地，大群魔物就在此时突然出现在天化村外头，疯狂地扑了过来。

无论夜叉魔还是修罗魔，都在这阴气浓郁的环境里如鱼得水。而天化村里，则到处是瑟瑟发抖的人。

这情景，简直就像是群狼突袭绵羊，绵羊惊恐万分，毫无反击之力。

只是，随后的局面却是倏然一变，当魔物们扑到猎物面前的时候，所有猎物同时甩掉了怯弱与畏惧，露出了隐藏已久的獠牙。

“唰唰——唰唰——”

早就蓄势待发的各种法器，迅速变成漫天匹练与寒光，直取当面之敌。

魔物们瞬间倒下一大片，很多一下子被数口法器同时招呼，还在半空就被摧得四分五裂。

但是，魔物的凶悍仍是超出天化村上下的预料，它们奔跑开来，就像是一块块高速飞射的石头，不给自己留下丝毫的防守余地，更不会给敌人逃跑的机会。

这些可怖的行尸走肉，堪称是人间最可怕的法器，见人便是猛撞硬冲，抓咬啃噬，无所不用其极。而它们周身上下，又布满护体阴气，普通法器很难奈何得了他们。

只是眨眼工夫，天化村这边便也有不少修仙子弟被它们扑倒，当即倒地不起。

好在天化村虽被阴气笼罩，但毕竟这里的阴气没有太寒殿的充裕，这些魔物无论是抗击还是攻击都不在最强状态之中，天化村上下又是抢先放倒了一批，因此尚能守住局面。

“要不是紫烟及时通报，今天我们真要全军覆没。”干鹊看得惊心动魄，喃喃说道。

小卷毛凝视着战局，声音变了，“小烟说这样就算最终能击退血魔，但我们这边也会损失惨重。”

“嗯？紫烟有什么高见？”

小卷毛道，“小烟认为这个时候，你应该身先士卒，振奋士气！”

“没问题，我这就去！”干鹊一把拔出日曜刀，大声道。

“小烟说你有伤在身，可以吗？”

“没事！紫烟说得没错，这个时候我该出去，就算伤再大也要出去。”干鹊目露精光，沉声一喝，飞身跃了出去。

“好样的，等等我！”小卷毛叫了一声，跟着飞了出去。

几乎同时，身后风声掠动，铁姝发现干鹊出来，立刻挥动四相离火剑跟了过来，“干鹊，你怎么出来了？太危险了，回去！”

“此时不出战，更待何时！”干鹊头也不回，飞身直扑一个修罗魔，日曜刀劈斩出去。

铁姝不再多言，剑光随后闪动，从侧里招呼向那修罗魔。而远处的白谷逸见状，立即振臂一呼，“干鹊王来了，大家奋力杀敌！”

“干鹊王来了！大家奋力杀敌！”

干鹊的修为，在一干修仙者中并不抢眼，但是他的出现，却是让所有人都振奋起来，刹那间天化村一方气势如虹。

“小烟，你怎么知道干鹊出去后其他人就会更加来劲呢？”小卷毛飞到一棵树上，看着激战的双方，由衷钦佩道。

罗紫烟道，“我当然知道了，干鹊是他们的头，头儿肯身先士卒冒死一战，他们哪有不奋勇的道理？有时候，身先士卒的榜样力量，比什么法器都有效。”

“原来是这样……小烟，我看到你的肉身了！”小卷毛突然叫了起来。

顺着它的目光，罗紫烟果然看到“罗紫烟”，只见她的那具躯体正与数头夜叉魔一起冲到村中一角。在她身后，干鹊正带着几个修仙者紧跟过去，口中大叫个不停，“紫烟！紫烟！”

“我就知道，只要看到你，干鹊的注意力就会集中到你身上的。”

“那就借这个机会把我的身体拿回来吧，别让她再当血魔的爪牙了。”

“也行，我让干鹊配合我们！”

此时，干鹊已带着几个修仙者，把“罗紫烟”团团围住。小卷毛落在他肩膀上，耳语几句。干鹊眉头一扬，大喜道，“没问题，我会困住她的，你们也快点！”

“没问题！但你们不要伤了小烟一根汗毛，不然我拿你是问。”

小卷毛话罢，立即振翅而起，疾飞向那“罗紫烟”，正落在她肩头上。

“现在你按照我说的去做，跟我念离魂诀，从我身上离开……”

为了在必要时能尽快夺回身体，之前罗紫烟和小卷毛已经演练过几次归元的方法。此时，虽在混乱之中，两人却都是不慌不忙。

依照离魂诀的法门，罗紫烟的元神一轻，逐渐从小卷毛身上剥离。她能看到小卷毛正迅速远去，而头顶上方，则是突然出现一个巨大的黑洞，像只眼眸那样盯着她。

而她，则是不可控制地往这个黑洞里飘去。

“时刻不要忘记你是谁，时刻想着你的征程是要回到自己的身体里，那是你此行的目的地，也是唯一的归宿……”

小卷毛的声音似近非近，似远非远，像是临行前殷勤的叮嘱，虽然隔得老远仍是清晰入耳。让罗紫烟一度有些模糊的视线，逐渐又清晰起来。

黑洞就在眼前，而她正在进入黑洞之中。

眼前一阵猛烈的摇晃，黑暗的世界仿佛就要崩塌了。但没多久，黑洞就逐渐消失了，罗紫烟看到了“自己”就在下方，形体正在逐渐分明起来。

只见她正在干鹊等几个修仙者之间来回扑击，但干鹊等人都是围而不攻，只管与她周旋。

“嗖！”

在黑洞完全消失的时候，罗紫烟则是直直地“跌入”自己的身体里。

眼前先是一黑，继而又亮了起来，与此同时，无边无际的酷寒突然从四面八方包围过来，罗紫烟不由得打个寒战。她想缩一缩身体，却发现自己根本动不得。

“你刚回到身体，里头仍积郁着阴气，要马上催动阳脉，激发出阳气，驱阴还阳，才能使用凤凰力。”小卷毛的声音再次传来，紧接着是阴体还阳口诀。

这个过程凶险而漫长，但是凤与凰一体协作的好处再次体现出来。有小卷毛在外头传送凤凰力，罗紫烟从内部再催动阳脉，就事半功倍。

没过多久，便有一缕缕热流，从阳脉之中出现。

这种热流迅速涌现，一缕缕、一道道，出现在冰封的身体各处，纵横交错，继而汇集一处。

罗紫烟似乎听到冰块在阳光下融化、破碎的声音。

随着热流的增多，这种融化的速度逐渐加快。不知过了多久，罗紫烟突然感到身子一轻，她试着动了动大拇指。

大拇指能控制了。

五指都能控制了。

手臂也能控制了……

与此同时，她能听到干鹊在呼唤自己的名字，夜叉魔在咆哮，修仙者在叱呵，各种声浪蜂拥而至，真实而又清楚。

掌控自身的那种熟悉感在逐渐回归，而体内的阳气仍在气势高涨着，以摧枯拉朽之势横扫着残余的阴气。

“小烟安静下来了！小烟快回来了！哈哈！”干鹊的笑声突然传来，同时罗紫烟那疯狂扑击的身体逐渐安静下来。

离彻底掌控身体只是时间的问题了。

“哼！”

就在这时候，一声雷霆巨吼突然传来。罗紫烟睁开眼，只见漫空雪片突然如有灵性般，同时在乌云之中聚集，形成一团巨大的雪云。

云中，出现血神子那孤冷的身影，只听他冷笑一声，右手一扬，那雪云骤然呼的一声疾冲而下，撞向大地。

“一群蝼蚁，也敢抗拒天威！”

先前，血神子一直在空中，催动阴气影响天化村一方的环境。此时，他终于亲自出手了。

激战这么久，干鹊一方已经逐渐占据了赢面，但雪云轰击地面后，局面立刻出现改观，魔物都是气势高涨，而修仙者们则是个个周身奇寒，阳脉似乎要冻结住，功体更是大打折扣，面对魔物的疯狂攻击，颓势立现。

“挣扎无用，乖乖投降吧！”

一声冷笑，血神子从天而降，正落在罗紫烟身边，淡淡看着围在四周的干鹊等人。

“血魔，去死！”一声暴喝，白谷逸蓦地从身后飞扑而至，掌中一道剑光直取血神子的后心。

血神子冷笑一声，猛地回身一掌，拍向那道剑光。

“嗤！”

剑光应声消失，而白谷逸则是身子一僵，突然双目圆睁，全身瞬间布满了白雪。

“白长老！”干鹊不由得惊呼一声。

叫声未落，“咔嚓”一声，白谷逸的身子突然四分五裂开来，直摔落地。

“白长老……”干鹊心神剧震，看着血神子竟是说不出话来。堂堂极阳宫的长老，竟被血神子一掌击毙，这份修为煞为惊人。

血神子冷笑一声，猛地一拂袖，大步向干鹊走来，“你要想死得更快点，也可以动手试试！”

干鹊握着日曜刀，手不由得颤抖起来，铁姝紧跟在他身侧，也是脸色惨然。

血神子刚才那一击，实在太骇人了。

“你就是干鹊吧？为了跟着你的人好，你最好让他们停下来！”血神子看了四周一眼，又看着干鹊，“只要你们束手就擒，我保证你们可以死得很有尊严，否则魂魄俱灭！”

说着，他已经走到罗紫烟面前，背对着她，直直看着干鹊，声音冷如严霜，“给你们半刻钟考虑。”

“嗯？”看着血神子近在眼前的后背，罗紫烟心头一动，突然意识到，血神子还没发现她正在脱阴入阳！

此刻，罗紫烟虽然归元成功，但体内阴气还没完全驱离，看起来跟修罗魔一样，血神子根本没想到在她体内正发生着看不到的变化。因此，他大咧咧地走到罗紫烟面前，把后背对着她。

“不用考虑了，要命一条，就看你有没有本事拿！”干鹊看了罗紫烟一眼，猛地一挥日曜刀，冷冷道。

“嘿嘿！”血神子冷笑连连向他走去，“冥顽不灵，咎由自取！”

“小烟，小烟，你怎么样？”这时候小卷毛从罗紫烟身后爬了出来，跳到她的肩头。刚才看到血神子从天而降，它立即躲到罗紫烟身上，血神子并没有注意到它。

罗紫烟双眼死死盯着血神子的后背，低声道，“凤凰力，快！”

小卷毛愣了下，马上意识到罗紫烟想干什么，它没再说什么，双爪扣在她肩头上。

“凤凰力！”

“凤凰力！”

两人久经配合，早就默契于心，随着罗紫烟双掌立起，凤凰力第三重——凤翼刃轰然出击。

血神子的注意力全在干鹊身上，浑然没发现祸起于身后。

而干鹊也看出罗紫烟的意图，故意挥舞着日曜刀，大叫道，“你干什么，快停下来！”

而铁姝则是紧握四相离火剑，却是没有勇气扑向血神子。

“嘿嘿，拿下你，其他人应该会乖一点吧！”血神子说着，大步向前，已经离干鹊不足数丈。

“保护干鹊王！”附近的几个修仙者虽是胆战心惊，还是大叫着迅速聚集到干鹊身边。各种法器直指血神子。

“嘿嘿！”血神子冷笑一声，右手一抬，便要动手了。

就在此时，一股雄浑至极的阳气突然从身后横扫而来。血神子一凛，本能地飞身闪避，却还是迟了一步。

“刷——刷——”

两道似虚似实的凤凰力之刃，一左一右向血神子劈到。血神子躲过了右翼利刃，却躲不过左边的，巨大的利刃几乎是拦腰斩到，与他功体一接触立即化为无数烈焰气流，将他全身包裹住。

“啊！”

凄厉惨叫冲天而起，血神子猝不及防，一个跟斗摔倒，竟在地上打起滚来。

“司明！”罗紫烟心头不由得叫了一句，双眼顿时被泪水迷蒙了。

但她的双手却是再次一扬，又是两道凤翼刃凌空祭起，向血神子落下。

“啊！”

“啊！”

血神子惨叫连连，全身陷入烈焰气流的炙烤之中，阵阵白色阴气犹如蒸汽般升腾而起，在他身上形成一团小白云。

罗紫烟第三记凤翼刃待要再出，见他如此痛苦，不由得又担心起司明来，双手顿了下。

“小烟，趁热打铁啊！”小卷毛见状大喊。

“吼！是你！你怎么……”

血神子一声怒吼，飞身跃起，怒瞪着罗紫烟，眼里满是惊怒与难以置信，万万没想到，本该是无心之人，却会从背后突袭，而且攻势如此猛烈！

罗紫烟这两记凤翼刃，几乎是给他致命一击。

“没错！今天我要亲手送你下地狱！”罗紫烟冷哼一声，第三记凤翼刃再次发出。

“杀了这个魔头！”几乎同时，干鹊也是大喜，日曜刀当先脱手飞出。

血神子当即腹背受敌，却猛地仰天狂笑起来，“哈哈，你这个贱人，我会让你后悔的！”

话落，血神子右掌横扫而出，大股阴气环绕在他周身，夹击而来的凤翼刃及日曜刀等仙器瞬间被打飞。而他则是趁隙身子一腾，如飞而去。

“血魔跑了，杀！”干鹊接住倒飞回来的日曜刀，猛地挥刀一吼，率众朝着一个修罗魔冲去。

血神子一逃走，魔物们当即大乱，纷纷跟着逃走，干鹊一方趁机大肆诛杀，如砍瓜切菜一般。

没多久，来不及逃走的夜叉魔便都成为刀下鬼。

而笼罩住天化村的阴气，则是迅速消散。

血神子此行，目标是掳走所有活人作为炼化魔物的原料，因此除了杀白谷逸立威，其他人只求活捉，基本没有杀人，所以天化村一方只是增加不少伤者而已。

经过几个时辰的以阳驱阴治疗，伤者也逐渐恢复过来。

而血神子带来的魔军，却损失了一半以上。

安葬好白谷逸等人的遗体后，罗紫烟这才示意干鹊回屋里说话。

“紫烟，你有什么话要跟我说？”进门后，干鹊沉声问道。虽然打了个胜仗，但白谷逸的死对他来说仍是一记重击。他双眼发红，满脸沮丧。

“我要问你几个事。”罗紫烟沉吟了下，才道，“现在支持你的人多吗？”

“我不是很清楚，听白长老他们说有很多，主要是肥遗倒行逆施，很多人觉得我来当蜀王，怎么都比他好吧。”说到白谷逸，干鹊不由得鼻端一酸。

罗紫烟沉吟了下，“白长老他们，还有那么多修仙者会一起拥护你，说明你真的是得人心之人。”

“他们都觉得我是稳定世间的基石，也是能发动大蜀国民共同对付血魔的关键。但其实我不是很在乎这个，我只在乎能不能得到紫烟的心。”干鹊看着罗紫烟，突然长长地叹了口气。

“哇！这话也未免太肉麻了。”小卷毛突然从门外探头进来，大叫道。罗紫烟和干鹊进门后，它便识趣地留在门口，没想到耳朵却是竖得很尖。

“去去！别瞎凑热闹！”

罗紫烟嗔了一句，又正色看着干鹊，“那你准备怎么办？”

“你是说，我们……怎么办？”

罗紫烟无语了，狠狠瞪了干鹊一眼，“我说的是你跟你那同父异母的兄弟怎么办？”

“肥遗啊，我也在为难呢。”干鹊眉头紧皱，“阿娘是非常期望我能做一番事业的，肥遗也确实把江山搞坏了。按照伦常之序，我去争那个位置也是应该的，但不知为什么，我总下不定决心。”

“你怕？”

“我死都不怕，有什么好怕？”

罗紫烟皱眉道，“那你为什么下不了决心？”

干鹊迟疑了片刻，这才道，“可能因为没准备好，也不是特别在意吧……”

“不管你准备与否，不管你是否在意，这都是你的宿命。”罗紫烟顿了下，“除非肥遗不知道这世界有你这么个人，他既然知道了，要想高枕无忧，就会对你斩尽杀绝。你们两个，注定是不共戴天的仇人。”

干鹊看着罗紫烟，片刻才道，“白长老也是这样跟我说的。”

“这次他说动血魔前来，下次说不定还会有更毒辣的手段。你作为一个男人，要东躲西藏吗？要处处被算计吗？”

干鹊断然摇摇头。

罗紫烟点点头，“这就对了，大丈夫有所为有所不为，天天被人蹬鼻子上脸，活着有什么意思？”

干鹊默然了。

罗紫烟又道，“今天你虽然打了胜仗，但血魔这个梁子也是结下了。他不会善罢甘休的。你要与他抗衡，就必须变强大——成为蜀王，就是让你迅速强大的捷径。”

“可现在白长老……”

“白长老是不在了，但还有我呢！”

干鹊不由得双眼一亮，“小烟是要支持我去争回蜀王之位？”

罗紫烟颔首道，“那本就是你该得到的，也是你阿娘的期盼。而且话又说回来，你阿娘当年十有八九是被肥遗之母设计，才会含冤被赶出宫的，如果不是这样，也轮不到肥遗来继位。”

“我也是这样怀疑的！我阿娘一生孤苦，可能都是拜那老妖婆所赐！”想到阿娘为了抚养自己的艰辛，干鹊眼里几乎要喷出火来。

“白长老他们这样的修仙界名宿都站出来掺和你这件俗事，肯定不是贪图红尘的荣华富贵，而是希望你能重振大蜀，拯救黎民于倒悬之中，以共同对抗血魔，对吧？”

干鹊不由得点点头。

“而黎民百姓也是盼着能有个明君，来减少横征暴敛，解救他们于危难，让他们能安居乐业，对吧？”

干鹊再次点头。

“我在太寒殿待过，我非常清楚，跟肥遗之祸相比，血魔的威胁更大，他就是个疯子，会把所有活物都变成无心的魔物。不管你现在怎么犹豫，将来都难免要与他决一死战！”

干鹊咬了咬牙，“那魔头！”

“既然那一天迟早要来，你还有什么理由不成为王者？唯有拥有权力，拥有调动天下兵马的权力，你才有足够资格与血魔对抗！”

罗紫烟说到这里，心中不由得一阵愧疚。她这么积极地动员干鹊，固然是在为他合计，但也是私心满满的，她希望干鹊夺得王位后，能借她蜀国移山倒海之力来对付血神子，拯救司明。

“小烟，只要你支持我，我——”干鹊猛地拳头一捏，满眼发光，“就会夺回属于我的东西！”

“这就对了！”罗紫烟点了点头，正色看着干鹊，“你真相信我吗？”

“当然了，阿娘的话肯定不会错的，而且现在白长老死了，我能信任的人越来越少了。”

“放心，我既然这样说，就会全力帮你的。”罗紫烟沉吟了下，才道，“你先召集火猴，还有你信得过的人来，把天化村的这次胜利传播出去，宣扬你的威名。然后再商定要号召哪些人来勤王，找些文人给他们修书，书中要力陈肥遗之过，血魔之祸……”

罗紫烟以前从史书上读到不少争夺天下的套路，此刻她把想到的方法统统说了出来，干鹊只听得目瞪口呆，继而又狂喜不已，“小烟，你怎么懂得这么多？这些事好多我都没想到。要不你来安排这些事？”

新蜀门

“不行！”罗紫烟断然拒绝，“你的血统是号召大蜀子民的关键，也是大蜀子民信任你的根本，这事儿该由你出面才行。如果我出面，别说你的子民不相信你，只怕火猴他们都要反上天了。”

“好吧，那我马上照做就是。”

“嗯，我有点累，先去休息了。”罗紫烟打个哈欠，她确实感到累了。身体刚夺回来，便连发三记凤翼刃，又说了这么多话，此刻消停下来竟有种灵魂又要出窍的感觉。

“那紫烟快到楼上休息！你原来睡的房间我一直让人打扫干净，可以直接休息。”干鹊连忙说道，声音里是掩不住的心疼。

“不了，我随便找个地方，但绝不能在这里休息。”

“啊？为啥？”

“这里算是你的议事堂，我一个外人待在这里，要让人知道了，会做何感想？”

干鹊急了，“紫烟怎么会是外人呢？”

“你觉得不是，但别人可不会这样觉得。”罗紫烟认真地看着干鹊，“你要成大事，必须时刻保持警惕，每件事都要做得让人无可指摘，知道吗？”

“知道了……”干鹊若有所思地点点头。

“你把自己当成一个王，从王的角度去思考问题，就会得出很多对你有利的结论。”罗紫烟又打了个哈欠，“好了，我先去休息，等你们商议完毕，我再来看情况。”

干鹊送罗紫烟出门，满脸都是不舍之色。

“行了，男儿志在四方，别像个婆娘一样多情，去忙你的大事吧。”

干鹊用力地点头。

罗紫烟毅然转身，带着小卷毛找了间看起来还比较齐整的屋子，住了进去。

因为干鹊对故土极其爱惜，所以这里驻扎的人虽多，却没人敢私自破坏其中的一草一木。

屋里家具齐全，罗紫烟找了张卧榻，躺下便不想起来，全身像是要散架一般。

“小卷毛，我怎么突然感觉好累？”罗紫烟喃喃道。

小卷毛正落在罗紫烟身边剔着毛，闻言道，“你刚归元过来，正常呢，睡一觉起来就好了。”

“好吧，那我睡了。”

“对了，小烟，你怎么懂那么多啊？我刚才听你跟干鹊讲话，干鹊在你面前，就像个不懂事的小孩。”

“我是从 21 世纪过来的啊，我看的历史书是上下五千年，他的人生就一二十年，能比吗……”

罗紫烟的声音越来越低，整个人像是由傍晚走入黑夜，意识似乎也消失了。

不知过了多久，意识终于又回来了。罗紫烟只觉鼻端发痒，急忙睁眼，只见小卷毛正用尖嘴啄着自己的鼻尖。

“哎哟！”

“小烟，你终于醒了！”小卷毛兴奋地腾空飞起，在罗紫烟面前绕着圈，“你睡了一天一夜，吓死我了！感觉怎么样？”

罗紫烟一个鱼跃起身，只觉全身清爽，就像根随时会飘起的羽毛。

“感觉这都不像是我的身体了，非常舒服。”

小卷毛嘿嘿一笑，“这只是刚起床的幻觉，很快就会恢复正常的。快起来吧，干鹊都让人换了几次饭菜了。”

此时，正是午后。客厅里的小案几上，整齐地摆着几样精致的饭菜。

罗紫烟早饿坏了，立即狼吞虎咽席卷而尽。

等她抹完嘴巴，干鹊也闻声过来。他臂膀上的箭伤处包扎着白布，不过精神头却是极好。

“箭伤怎么样？”罗紫烟问道。

“用不了几天就能好了。小烟你没事吧？”见到罗紫烟安然无事，干鹊更是喜上眉梢。

“好得很。事情办得如何？”罗紫烟问道。

“多亏紫烟指点，不然我都一头雾水，不知该怎么下手。现在基本安排妥当了，火猴他们都特别钦服我，说我天生有王者雄略。其实，我知道的，都是紫烟的功劳。”

在罗紫烟昏睡期间，干鹊召集了火猴等人，共同商议起事。在干鹊的引导下，众人献计献策，很快就在各项事务如何开展上有了思路。

首先，干鹊让火猴派人把天化村大捷的消息迅速散布出去，让全天下的人知道，干鹊领导着仙凡两界，成功地挫败了血魔及其魔军的进攻，借此树立干鹊的威名；

其次，干鹊让人写一份檄文，并将檄文广为传布出去。檄文里历数肥遗宠幸亲信、纵容贪腐、放任权臣祸国、一味苛捐杂税、徭役不断等恶行，揭穿肥遗伪王本质，宣布干鹊才是嫡长正统的身份，同时号召大蜀百姓，摒弃窃据王位的肥遗，转而拥护干鹊；

第三，由火猴出面，派人秘密联络各地驻军和地方豪强，鼓动他们转而支持干鹊；

第四，派出从极阳宫跟着白谷逸出来的部分弟子，拿着干鹊手书的“请仙柬”，拜访名山大川各大洞府的修仙者，请他们出面支持干鹊。柬书里说，先有人间安，才有仙界安。在这个板荡之世，修仙者无法独善其身，主动匡扶王室，也是一种修行；

……

干鹊眉飞色舞，一口气说出十多条新举措，但罗紫烟只是点了点头，脸上却不见丝毫喜色，“你觉得这些法子，成效如何？”

“大家估摸，十天之后就会有勤王军出现，三个月后应该能打造出一支十万人马的大军。”

“哦。”

干鹊愣了下，“紫烟，你好像不怎么看好？”

“不是不看好，而是觉得，这个不是很重要。”

“嗯？不重要……什么意思？”

罗紫烟沉吟了下，“意思是说，这些只能造势，给你带来名声。但你最终跟肥遗的对决，输赢一定不是因为谁的人多，谁的人少。”

“嗯？那是什么？”干鹊一脸迷茫。

罗紫烟没有回答，而是话锋一转，“那么，你们预计会有多少修仙者来支持你？”

“这个……就说不准了。”干鹊迟疑了下，“有人估计可能会比上仙门来得多。”

极阳宫之外，世上的名山大川、荒山野地之中，遍布着修仙者。但多数修仙者只专注于自身的修为，对于人世纷扰并无多少兴趣。因此，能说动多少修仙者参与这场王室正统之争，谁也没有多少信心。

虽然上仙门被血神子掳走了上百之众，但是上仙门目前所奉养的修仙者，数量仍是极多。因此，火猴只盼肯出山相助干鹊的修仙者能比上仙门多一些。

“如果极阳宫肯出面，这个问题就迎刃而解了。”罗紫烟沉吟了下说道。

上仙门虽是大蜀第一修仙门，但鱼龙混杂，论真正实力，完全无法跟极阳宫相提并论。

“极阳宫就算了。”干鹊摇摇头，“我们就是从那里反出的。丁引既然不能容我们，就不会再出援手的。”

罗紫烟沉吟道，“但是极阳宫不支持的话，其他修仙门派怎么会跟你走得太近呢？”

“可丁引现在恨死我们了，不会帮我们的。”

“但他还没恨我。”罗紫烟想了想，“我明天就去极阳宫走一趟。”

干鹊断然摇头，“那怎么行，现在血魔已经把你视为眼中钉，你独自出去太危险了。我看你修书一封给丁引吧。”

罗紫烟摇摇头，“事关重大，一封信说不清，我必须亲自面见师父才行。”

干鹊还要说什么，罗紫烟笑着拍了拍他的肩头，“放心吧，血魔早就把我视为眼中钉了，我不是还活得好好的？”

“好吧，那我陪你一起去！”

“不行，现在这里离开你，就是群龙无首，而且丁引见到你，可能还会更不高兴。”

“那我派人保护你……”

“我连血魔都能打，还需要谁保护？”

干鹊哑口无言，只是满眼的担心更浓了。

“好了，你忙你的吧，我出去遛遛小卷毛！”

罗紫烟冲着小卷毛招了招手，小卷毛却是抗议了，“小烟，我是凰雏，不是鸟儿！”

“是什么不重要，重要的是陪我走走！”

一天一夜过去，激战的痕迹已经从天化村抹去，一切又恢复原样。如果不是往来的人之中不少身上还挂着彩，罗紫烟几乎要怀疑，先前所发生的一切，不过是一场梦。

不过，天化村也发生了明显的变化，那就是每个人见了罗紫烟都是笑容满面，远远就躬身行礼。不管是寻常武士，还是修仙之人，甚至连之前倨傲的火猴见了罗紫烟也是微笑颔首，全无先前眼高于顶的模样。

“小烟，现在你可是这里的英雄了，他们都说你是打败血魔的第一人，说你做了连宫主都做不到的事，还有的说你是什么血魔克星，反正各种说法都有。”

“那我就是‘被英雄’了。”罗紫烟苦笑道。在外人看来，她出手一击，就让不可一世的血魔仓皇逃走，当然是厉害到没边了，只有罗紫烟知道，那完全是靠运气和机巧博得的一次胜利。

檄文刚发出去不久，目前还没见多大成效，偌大的村里，一切还是以休整为主。罗紫烟转了一圈后，便回到屋里，在里屋卧榻上盘膝坐下，“小卷毛，我们的凤凰力也落下一段时间了。”

“好嘞，开始吧！”小卷毛会意，跳到罗紫烟肩头上。

屋里很快就安静下来。

等罗紫烟出定，已是次日清晨。日头跃升于东山，柔和的阳光下，窗外可见的半个天化村，人声鼎沸，生机勃勃。

“好舒服，小卷毛，我们该准备准备，去极阳宫。”罗紫烟伸展了下筋骨，虽然昨天睡一觉醒来时那种身轻如燕的清爽感没了，但修炼之后产生的充实感，还是让她倍感舒服。

“好嘞！”小卷毛也是神采奕奕，扑腾着翅膀从罗紫烟肩头起来。

两人走出里屋，发现客厅的案几上，摆放着热腾腾的粥和煎鱼，干鹊正默默坐在一旁。听到动静，他急忙起身迎了过来，“紫烟，你终于出定了！来，吃点粥！”

“好啊，我正饿坏了！”小卷毛当先飞到案几上。

干鹊为罗紫烟和小卷毛盛好粥，看着罗紫烟哧溜吃起来，脸上的笑容渐渐敛去，取而代之的是凝重，“小烟，我想了想，或许我们可以不用向丁引求救。”

“嗯？”罗紫烟愣了下，看着干鹊，“你有别的办法？”

“昨晚出去传信的几个人回来了，他们拜访的几位修仙界的前辈，都答应要考虑助我一臂之力。”干鹊眼里放着光，“只要支持我们的修仙者足够多，没有极阳宫我们也能赢！”

罗紫烟沉吟了下，才道，“你确定他们一定会来支持你吗？”

“这个……应该会吧。”

“应该会的意思，就是可能不会。在我看来，他们这样回复，只是一种敷衍而已。”

干鹊愣了愣，“敷衍？”

罗紫烟点点头，“没错。要么是嘴上答应考虑，其实无心前来，最后不了了之；要么就是在权衡利弊，看情势发展以决定最后支持哪一方。毕竟，上仙门好歹也算是一个大宗门。谁要得罪它，都得考虑后果。”

干鹊呆呆地看着罗紫烟，仿佛刚吃了一记闷棍。

“趋利避害与扶强弃弱，都是人之常情，即便是修仙者也不例外。”罗紫烟顿了下，看着干鹊，“只有你真正强大了，或者后台硬了，才有可能产生真心不二的强强联合，否则强者凭什么与你去冒险？”

“可是……”

“我知道这样说你很难接受，但世间的规律就是如此，唯有强者才能益强，弱者基本很难翻身。”罗紫烟缓缓说道，这个在21世纪被证明是正确的马太效应，要让干鹊这样的人一下子接受，确实有些难。

好在，干鹊脑瓜并不笨，只是沉默片刻，便是眉头一扬，“紫烟，你说得没错！现在要让别人真心实意来支持我确实有点强人所难，但是——”

看着罗紫烟，干鹊缓缓道，“但我还是不想让你去向丁引求助。”

“为什么？”

“我肯定他不会助我，而且你去了可能就不会再回来了。”

“你担心丁引留着我，不让我再回来？放心吧，我既然答应你要帮你，不管怎么样我都会回来的！”罗紫烟看着干鹊，“只有得到极阳宫相助，你有了强大的联盟，修仙者才会真正站到你这边的。”

干鹊默然良久，才叹了口气，“紫烟，那就拜托你了！”

“这才像个王者嘛！”罗紫烟笑了，旋即又正色道，“不过，你要做好心理准备，丁引就算同意助你，也必定会提出极其苛刻的条件。”

“只要紫烟认为可以的条件，我都可以同意。”

第十八章 | 以彼之道

吃过早饭后，罗紫烟立即带着小卷毛启程。

“紫烟，不管结果如何，都要回来！”干鹊送出十里远，这才停下来，远远招手说道。

“放心吧！快回去吧！”

干鹊却是默立好久，这才离去。

“小烟，见了宫主你要怎么跟他解释这段时间发生的事？”看着干鹊的身影消失在身后，小卷毛问道。

罗紫烟沉吟了下，“我已经打好腹稿了。”

“宫主那么器重小烟，应该小烟怎么说他都会相信的。”

“瞎说！你的凤主哪有那么大的魅力！”罗紫烟轻轻拍了下小卷毛的头，心中暗自发愁。

目前来看，丁引并不知道九凝鼎被夺与罗紫烟脱不了干系，但罗紫烟自己心头毕竟有些过不去，她不知道自己面对丁引双眼，能否真的把谎言说得滴水不漏。

她曾对谎言深恶痛绝，但如今为了救司明，却只能去做自己所痛恨的事……

一路无话，次日辰时左右，罗紫烟便到了极阳宫。

“咦，失去九凝鼎，极阳宫好像也没怎么变样呀？”小卷毛看着前方，突然奇道。

只见极阳宫外头，仍有个巨大金光罩，光芒万丈地倒扣在外头。金光之墙璀璨夺目，冲天斥地，远看就像大地上的一团光球。

“我听干鹊说过，那已经不是九凝金刚罩了，叫作坤元金刚罩。”罗紫烟道。

“坤元金刚罩，那是什么东西？”

“听说是由极阳宫的地火阳气凝聚而成的，跟九凝金刚罩不一样，我们过去看看再说。”罗紫烟一按剑光，迎着那团金光俯掠而去。

见采已经在太寒殿丢失了，如今罗紫烟所用的，是干鹊替她找的一口仙剑，虽然同样极具灵气，但是罗紫烟总觉得少点心意相通的感觉。不过，也只能将就了。

坤元金刚罩与九凝金刚罩虽然略有不同，但是威力依旧惊人。罗紫烟即便有纯阳功体，但一靠近它，仍是感到一股霸强的力道迎面撞来，逼得她只能抽身后退。

“小烟，这玩意也挺厉害的嘛。”小卷毛叫了起来。

“不厉害怎么挡得住血魔的进攻？”罗紫烟沉吟了下，“我们绕一圈看看有没有入口。”

坤元金刚罩连绵分布于四座护山之外，这一圈足足有上百里。金光堵住了所有的地方，没有一丝破绽可以进入。

“我是长老罗紫烟，让我进去！”

罗紫烟把声音传向坤元金刚罩里，但却如泥牛入海，一个涟漪也没有。

似乎，金刚罩隔绝了外界的所有敌意，以及所有声音。

“小烟，怎么回事？难道声音都透不进去吗？”

“应该不至于吧。”

罗紫烟沉吟片刻，又飞到天门山之前，按剑落地，沉声厉喝道，“极阳宫弟子听好了，我是长老罗紫烟，速速开启金刚罩，让我进去！”

片刻之后，一个声音才从里头传来，“你想干什么？”

那是一个陌生的声音，听起来又疾又厉，但声音里却又带着几分颤意。

“你是谁，知道我是谁吗？”罗紫烟厉声喝问道。

短暂的沉默之后，那个陌生的声音又响起，“你是罗长老？”

“哼，既然知道是我，为什么还不打开金刚罩，让我进去？”

片刻之后，那个陌生的声音才答道，“宫主在闭关疗伤，还没有出关。”

罗紫烟愣了下，“除了宫主，你们就没办法开启金刚罩吗？”

陌生声音道，“只有十位以上长老联手才可以开启。”

“那你找十个长老来开启，我要进去！”罗紫烟大声道。

“这个……”

“有什么难处吗？”

那个陌生的声音顿了良久，才突然问道，“你真是罗长老吗？”

“我当然是了！”罗紫烟感到莫名其妙，“你们看不到我吗？”

“看得到，就是因为看到，才感到奇怪。”那个陌生的声音吞吞吐吐道。

小卷毛再也忍不住了，尖声叫了起来，“你这浑蛋是谁啊，说话颠七倒八的！”

罗紫烟示意小卷毛安静，问道，“你在奇怪什么？”

“奇怪罗长老看起来跟上回在太寒殿的时候不一样了。”

“原来是这样！”罗紫烟和小卷毛对视一眼，突然都明白为什么会吃闭门羹了。

丁引率众攻打太寒殿一役中，“罗紫烟”曾暗算丁引，直接导致丁引受创，极阳宫铩羽败退。所以，在极阳宫中，罗紫烟已经是魔物了，怎么敢让她入内？

“当时的我受血魔控制，袭击师父并非我所愿。”罗紫烟大声道，“让我进去，我会向师父面陈此事的。”

“宫主现在在闭关疗伤！”

“师父没事吧？你们先让我进去！”罗紫烟急了。

“这个得等宫主出关才能确定。”那个陌生的声音缓缓说道。

“你们瞎了眼聋了耳朵吗？小烟要是仍被血魔控制，她还会跟你们这样说话吗？”小卷毛忍不住叫了起来。

“血魔诡计多端，行事常常出人意表。谁又说得清呢！”

“你们——”

小卷毛大怒，刚要再骂，罗紫烟却摆摆手，“小卷毛，他们做的也没错。这样吧——”

顿了下，罗紫烟长声道，“等师父出关后，你们把我今日到来一事汇报给他，并告诉他我暂时在天化村落脚，请他派人来通知我，我即刻回宫。”

“我知道了。”那个陌生的声音如释重负，又补充了一句，“多谢罗长老理解。”

“没事，宫里如今怎么样？”

“一切正常，上次受伤的弟子们的伤势也在恢复中。”

“嗯，那就行了，小卷毛我们先走了！”罗紫烟说罢，一捏剑诀，带着小卷毛驾起剑光，转身头也不回地离开。

“小烟，我们就这样走了？”小卷毛心有不甘，“你好歹也是长老呢，居然被挡在门口！”

看到罗紫烟乍去即回，干鹊不由得愕然，旋即狂喜不已。

“这就是生活，你计划好好的，却发现事情并不是朝着你预想的方向发展。”罗紫烟自嘲一句，把在极阳宫外的事情说了。

干鹊默然片刻，突然一把抓住罗紫烟的手，深深看着她，“紫烟，我知道你是为我好，但我不希望你再为我低声下气去求人。以后这种闭门羹，还是不要再吃了！”

罗紫烟正在喝水，被他这个突如其来的一抓，吓得一口水差点喷了出来。

“我这也不全是为了你……哎哟，你抓痛我了。”罗紫烟想抽开手，干鹊却抓得更紧了。

“啊？”被罗紫烟一提醒，干鹊这才微微一松手，却不舍得放开，而是含情脉脉地看着罗紫烟，“你不用多说，我能懂你的心意……”

“对了！”罗紫烟急忙把话头一转，“那些檄文有效果吗？”

边说，她边用力一挣，总算挣开干鹊的手了。

干鹊神色黯然了下，马上又眉飞色舞起来，“有啊，才两三天，就有不少人来投靠了。有的是坚信我才是正统的，有的是厌烦肥遗所作所为的……”

“有修仙者来吗？”

“暂时还没有，但应该会有的。”

檄文的作用远比预想的来得大，此后大半个月，天化村热闹非凡，每日都能迎来各种各样的投奔者。

这些人，有官兵将士、地方豪强、绿林强盗，以及平民百姓，他们要么视干鹊为真王，要么对肥遗的暴政深恶痛绝，只盼干鹊能够打倒昏君，革旧鼎新，好让他们安居乐业。

在这之前，干鹊已经着手让人拓展营盘、囤积军粮、锻造兵器，同时整编新军，日夜训练。

以天化村为中心，干鹊的营盘日益扩大，人马由先前的近千，急剧扩大到三万。

但来投奔的修仙者却是寥寥无几，而且多数是那种修为一般，自觉在仙道上难以有进展，便想以有限的修为来人间混个大好前程的人。

这样的修仙者，只能说聊胜于无，根本不合干鹊的预期。

“紫烟，你说得没错，再这样下去，没人会真拿我当回事的，更别说招揽到人才了。”这天，干鹊突然找到罗紫烟，面带凝重地说道。

罗紫烟和小卷毛刚从凤凰力修炼中出定，闻言愣了下，“你有什么打算？”

“火猴认为，我们不能窝在山里了，要先打下一座城作为根据地，才能真的震动天下。”

罗紫烟点点头，“你是王，你如果觉得可以，那锻炼下新军也不错。”

“那好！我就带人先把重峰城拿下！”

重峰城是离千峰岭最近的城，它建在群山之间，人口多达十几万，周边物产丰饶，而且城池坚牢。

不过，在肥遗的恶政之下，重峰城几无斗志，干鹊率众刚到，城里就有一半军士丢盔弃甲了，剩下的一半也失去了斗志。

攻城战不过花了半个时辰，守将便自己开门，跪在城门口“恭请干鹊王入城”。

这一仗，几乎兵不血刃，还得到城内一万多名军士，以及大量的辎重、粮草及器械。“干鹊王”的军威，随之驰名远扬，传遍大蜀上下。

此后，每日前来投靠的人更多了，除了能征善战的武将、足智多谋的谋士、妙笔生花的文人，修仙子弟也逐渐多了。其中有一两个居然还是修仙界中颇有声望的名修。

此外，城中无论是大户还是平民百姓，也都纷纷出钱出力，以拥护干鹊王的“第一城”为荣。

干鹊王的旗号开始一天响过一天。但罗紫烟的眉头却没舒展过，她日夜盼着丁引能派人传信，让她回极阳宫，但始终是杳无音讯。

而血神子自从铩羽而归后，太寒殿那边也很久没有动静了。

更让她感到不安的是，不管是干鹊在天化村声势日壮，还是干鹊强势夺取重峰城，从线报来看，蜀国之都——成都都是波澜不起。似乎沉醉于声色犬马的肥遗，根本不在意群山一隅里发生的巨变。

这种平静，反而令人不安。

这天一大早，罗紫烟出定后，便带着小卷毛直奔干鹊的王宫。

所谓的王宫，其实就是重峰城原本的太守府，为了与干鹊的身份相配，就换了个匾额而已。里头的陈设一如从前，几无变化。

如今这里已是重峰城军机要地，不但府外两侧屯扎着重兵，而且府内也是戒备森严。

干鹊本来想让罗紫烟也搬入王宫里头，但罗紫烟再次一口谢绝了，只选择在离王宫不远处的一座民宅暂时落脚。

守卫都认得罗紫烟，因此她一路畅通无阻，直达府内的大堂。

干鹊与火猴等人正在闭门议事，铁姝就冷冷地站在门外守卫，看到罗紫烟过来，立即狠狠瞪过来。

罗紫烟却是冲她笑了笑，转身在宫内四处走动，顺带把周围的地形地势默记于心。

约莫半个时辰后，大堂的门终于开了，等火猴一行都离去，罗紫烟这才走过去。

“干什么？”铁姝警惕地上前挡住去路，冷冷问道。

罗紫烟刚要回答，大堂内传来干鹊的笑声，“紫烟来了？铁姝，快让她进来。”

铁姝冷冷哼了一声，退到一旁去了。

罗紫烟进去，只见干鹊正拿着一份文书在看，口中笑道，“紫烟，快坐快坐！”

“我来跟你说个事。”罗紫烟在干鹊对面坐下，也不客套，直奔主题道，“我想了想，决定先搬到王宫里来住。”

干鹊怔住了，片刻后突然大喜，“当然可以了，欢迎欢迎！”

“另外，我还想住在你隔壁。”

“嗯？紫烟你……”

干鹊似乎不相信自己的耳朵，呆呆地看着罗紫烟，似乎在等她再确认一遍。

“我说，我想住在你隔壁房间，不知方便吗？”罗紫烟重复一遍，却又正色道，“但是你别想多了，我这样做是有原因的！”

“当然没问题了。是什么原因呢？”

罗紫烟迟疑了下，道，“让你知晓也好，我刚才看了下这王宫内外的地形地势还有各地的守卫，我觉得如果有人想刺杀你，那真是易如反掌。”

干鹊怔了怔，若有所思地点点头，“所以，紫烟你这是想要保护我？”

“嗯，你的贴身护卫就铁姝一个，太单薄了。”罗紫烟道，“至于其他人，都是后来才跟着你的，你无法确保他们是不是真心跟你，更无法确定他们会不会受利诱驱使，出手暗算你。所以倒不如让我和铁姝多注意点。”

“也是，我真正信任的也就你们，还有火猴了。”干鹊点点头，却又道，“但紫烟怎么觉得我会被刺杀？”

“以你现在的势头，肥遗就算再昏庸，也该想办法来对付，至少要发一道檄文来数落你的罪过，但他除了上回跟血魔合作后失败，好像什么也没有做。”

顿了下，罗紫烟继续道，“所以，我怀疑他是故意在麻痹你，等着找到给你致命一击的机会。暗杀你，无疑是最简单最有效的方法。只要你死了，质疑他正统的声音也就没了。”

“紫烟，你考虑得真周到！”干鹊满脸钦佩，把手中那份文书递给罗紫烟，“你看看！”

罗紫烟接过那份文书，发现文书上密布褶皱，不知曾被折叠了多少层，里头却是一行看不懂的密文。

“这是火猴安排在成都的耳目给我发的预警。他探到一个机密消息，说肥遗正派人准备刺杀我，已经筹备半个多月，近期就会出手。”

干鹊看着罗紫烟，“没想到，紫烟你却早一步料到肥遗会有此毒招。”

罗紫烟倒吸一口气，“半个多月前就开始了？那我还是想得太晚了，幸亏他们一直没有动手。”

“根据另一份密报，肥遗可能是故意推迟动手。”干鹊冷笑一声，“他希望利用我把反对他的人都吸引出来，这样杀掉我之后，他就可以顺便把异己之人清除干净。”

“这家伙倒是挺有头脑的，只怕不像坊间说的那样昏庸。”罗紫烟喃喃说道。从肥遗派杨烧与血神子合作开始，她就有这个想法，如今所见所闻，更是坚定这种想法。

“不过没什么好担心的，我刚才已经和火猴等人商量了，准备加强守卫，不给杀手一丝可乘之机。”

“这样不好，我们应该给杀手机会，主动把他们钓出来，否则他们一直潜伏着，威胁无时无刻不存在。”罗紫烟打断干鹊的话头，沉声说道。

干鹊愣了下，旋即笑了，“紫烟，你想得比我深！”

“只要我们成功打掉一次，那他们下次再来，就得掂量掂量了。”

很快，罗紫烟就搬进王宫里。在诸事纷杂的重峰城里，这只是一个微不足道的小插曲，几乎没有人在意这个事。

而罗紫烟则是时刻跟着干鹊。干鹊回屋休息的时候，她在隔壁房间里；干鹊在大堂议事的时候，她在一侧偏厅里；干鹊巡视城中各地的时候，她则乔装打扮成军士，远远跟着。

若即又若离，时刻紧盯着干鹊不说，罗紫烟还让干鹊把近期来投的修仙者的名字罗列出来，同时详细备注出身、门派、修为、法器、来投时日等信息。

一有空，她就从名录之中勾选几个名字，让小卷毛去“找”他们，看看他们在干什么，听听他们都在说什么。

之前罗紫烟就让小卷毛没事的时候多在城里各处转转，利用身躯娇小不惹眼的优势，倾听城里各处的街谈巷语。

这种闲聊，往往更能显示城里民心所向，进而判断未来局面走向。

而让小卷毛暗地里去盯着修仙者，优势同样突出，而且效果奇佳。

仅仅三天，罗紫烟便圈出五个名字，找到了干鹊。

“南华散仙江濛、百出道长、壳仙子、赤臂道人、洪长豹。”干鹊看着罗紫烟给的五个名字，一脸疑惑，“这些都是来投的修仙高手……但怎么确定他们就是肥遗派来的刺客？”

“主要依据有几点。”

“第一，我查了下，这些修仙者原本修行的洞府都比较偏远，基本没有给他们送过檄文请他们出山的可能。”

“第二，这些修仙者的洞府天南地北，彼此之间本应很陌生，但从小卷毛的观察来看，这五个人彼此很熟，但他们明面上又经常装作不熟的样子，实在让人生疑。”

“第三，我细看其他修仙者来投的时间，多数都是相隔数日，就这五个人，江濛他们三个是同天，赤臂道长和洪长豹则是次日。这就足以存疑了。”

干鹊愣了愣，“紫烟你心真细！”

罗紫烟笑了笑，这种基本的数据分析，在21世纪她只算懂个皮毛而已。

“第四，小卷毛发现百出道长经常跟其他四个人联系，看样子他是领头的。他与壳仙子密谈过，小卷毛还听他们说过一段话，小卷毛你来说。”

小卷毛立即接腔，“百出道长说：朔月初升为吉时。壳仙子回答说：月明见佳人。”

干鹊沉思了下，“意思是，初一朔月出来的时候——动手？”

罗紫烟点头，“我认为也是这样。”

“嗯？今天是什么时候了？”

“今天就是初一了。”罗紫烟顿了下，“也就是说，他们很可能今晚就动手！”

“那我立刻下令，将他们抓起来！”

罗紫烟摇摇头，“不行，万一我猜错了，反而会惊动真正的刺客。最好今晚抓他们个现形！”

“好啊，那我就调集人马，今晚等着瓮中捉鳖。”干鹊摩拳擦掌道。

罗紫烟摇摇头，“能对付修仙者的，只有修仙者了。”她拿出一张纸条，递给干鹊，“这是我甄选的一些比较可靠的修仙者名单，你派人把他们请过来——记住，要悄悄请来，我们再合计如何对付那些刺客。”

这一天似乎过得很快。

新蜀门

入夜之后，朔月升起，异状真的出现了。

最先发现状况的，是在干鹊屋子高处警戒的小卷毛，它那锐利的双眼一下子就看到五个若有若无的身影正从各个方向悄然靠过来。

鸟鸣警讯，细若游丝地传入干鹊屋里时，罗紫烟正与干鹊在屋里大眼瞪小眼。

为了安全起见，罗紫烟决定躲到干鹊房间里，但是进去之后她就有些后悔了，灯光之下，干鹊看她的眼神，突然变得有些迷离和飘忽。

那种眼神，让罗紫烟想起司明动情时的样子。她急忙挑起各种话题，想转移干鹊的注意力，但干鹊却是鬼迷心窍，无论罗紫烟说什么，都只是嘴上敷衍着，目光越发迷离了。

更让罗紫烟抓狂的是，干鹊眼到人到，一直在向她靠近。罗紫烟往东，他就跟到东，罗紫烟往西，他就跟到西。罗紫烟走他就走，罗紫烟停他就靠过来。

“你一直跟着我干什么？”罗紫烟终于忍不住了，没好气地问道。

干鹊笑了笑，“这一年发生的事太多了，我们很少能像现在这样共处一室，好好聊天……”

“以后有的是机会，现在不是时候，也没有心情。”

干鹊摇摇头，目光突然多了几分哀伤，“不知为什么，我总觉得这样的时日不多了。”

“你怎么会这样想呢？”

干鹊想了想，摇摇头，“我也说不上来，就是有这种感觉。我觉得你就像天上的云和月，看得着却碰不着，还不知什么时候会消失，什么时候会出现。”

“哎！”

重重叹息一声，干鹊突然深情地看着罗紫烟，“为什么让我遇到你，你却又在远离我，明明我们在一起，我却又觉得我们已经在离别了？”

罗紫烟大感无语，这个时候发什么情呢？她耐心地道，“干鹊，我对你的心意原来已经说得很清楚了，是你自己想多了！而且，现在也不是考虑这些的时候。”

罗紫烟严肃地看着干鹊，又道，“你想想你阿娘的毕生希望是什么？你现在已经踏上她所期盼的那条路，你的精力应该用在如何走好每一步，而不是这些儿女之情上。”

“我知道你的意思，可是……”干鹊神情黯然，片刻才道，“可我也想了，如果你都离我远去，那就算真夺下江山，又有什么乐趣？”

“你现在这样想，只是因为你还没有度过心头的情关，度过了你就会觉得还是当蜀王感觉更好。”

“怎么可能，我又不是一定想要当蜀王，但我对紫烟的心却是实实在在的，要不要剖给紫烟看看！”

“别别别，我不想鉴定！”罗紫烟叹了口气，悠悠道，“干鹊，你老实告诉我，你喜欢我什么？我能改吗？”

“我也说不清，反正见到你之后，就开始喜欢了。以前没有这种感觉的。”

罗紫烟往外看了一眼，道，“这话你可别被铁姝听到，否则她会更恨我的。”

“她，哎！”想到铁姝，干鹊不由得神色黯然，一种无力感攫住了他。

就在此时，鸟鸣警讯遥遥传了进来。

罗紫烟和干鹊都是从满腹心事中回过神来，对视了一眼。

“等下无论发生什么事，都要记住你是未来蜀王！而蜀王的职责，就是首先要确保自己的安全，知道吗？”罗紫烟低声道。

外头，以火猴为主的修仙者伏兵，都已经暗中就位，形成一张无形的铁网，只待猎物入网。

但干鹊的安危关系重大，罗紫烟仍不敢轻忽。

干鹊点点头，“紫烟，你更要小心！”

罗紫烟没有说话，眼前黑影一闪，小卷毛已经从门上一个小洞口钻进屋里，“小烟，真让你算中了，确实是那五个家伙。”

“那就对了，等着收网吧！”

这是间带着个小厅的卧室。此时夜色浓黑，屋里就客厅里点着一盏灯，里头的卧室则是光线昏暗。床上早就拉起棉被，用枕头在里头做出一个人形来。乍看还以为干鹊就睡在里头。

而罗紫烟和干鹊，则是躲在卧榻两侧的箱笼和矮柜后面。小卷毛就站在罗紫烟肩头上。

惨淡的灯光下，罗紫烟看到干鹊一脸凝重。

“吱呀！”

卧室的门缓缓地开了。罗紫烟的心随之一紧，她看到一道模糊的人影，迅速潜入，顿了下后即轻风似的直扑床上的干鹊。

另外四人，却没有跟进来。想必就守在这座房子的四周，如果干鹊逃出就给予迎面一击。

计划很好，可惜被罗紫烟料敌之先了。

“嗖！”

快到干鹊卧榻时，那人骤然一扬手，一道凌厉的匹练，呼啸着射在床上。

“咔嚓！”

床上的棉被连同那个枕头堆成的“人”，当即被匹练绞得粉碎，漫天棉絮在黑暗中像是无数蝴蝶，飞舞在惨淡光线之下。

“狗贼！”干鹊看得又惊又怒，忘记了罗紫烟的叮嘱，一下子蹿跃而出，日曜刀急射而出。

与此同时，罗紫烟与小卷毛也动了，饱蓄已久的凤凰力呼的一声迎着刺客就打。

刺客一门心思都落在卧榻上，原以为已经成功完成任务了，哪想到祸起两端，急忙抵挡，却是躲得过干鹊的怒斩，躲不过罗紫烟的凤凰力。

“砰！”

凤凰力几乎是不偏不倚，悉数击在那刺客身上。刺客哼都没有哼一声，便倒跌了出去，撞破虚掩的门，直摔到外头石板地上。

四下里静了静，随后是密集的兵刃声响起，夹杂着怒骂与吼叫。

发现中了埋伏的刺客掉头想跑，但是四周伏兵尽出，截住了他们的去路，双方短兵交接，噼里啪啦打起来。

“你先别出去！”罗紫烟一把拦住了想要冲出去的干鹊，“等确定安全后再出去！”

“好吧，我一生气都忘记这事了！”干鹊回过神来，一拍脑门，突然意识到以自己如今的身份，确实不宜过于冒进。

外头的激战来得快，去得也快，直到火猴的声音传来，罗紫烟才和干鹊走出去。

熊熊火光下，地上躺着三人，都已是兵解消亡，另有两人浑身是血跪着，脖子上架着刀，正惊恐地看着四周。

在他们四周，环绕着十几名修仙者，个个脸色生冷如铁，肃杀之气直冲云霄。

经过连夜讯问，侥幸不死的壳仙子和洪长豹都招了，他们之前便受上仙门供奉，来刺杀干鹊也是蜀王肥遗的密旨。而洪长豹还供出了藏在城中的几十个同伙，他们本是准备等干鹊死后，再在城内制造混乱的，没想到却被一窝端了。

这场刺杀，震惊整个重峰城。罗紫烟让干鹊连夜发布一道檄文，称自己是得上天指示，才及时发现肥遗刺杀阴谋的。

这道檄文的重点，是制造干鹊是真正的大蜀之王，拥有百灵相助的噱头。

读过不少历史书，罗紫烟深知争取民心的重要性，所以只要有机会，就充分发挥檄文力量，把干鹊包装成真命天子，这可比多占几座城来得重要。

在这个时代，没有几个人懂得营销，因此罗紫烟有限的营销策略还是取得了不错的效果。随着檄文传播日广，每日前来投奔的人更多了，重峰城也因为有干鹊在，俨然成为大蜀子民的希望之地。

一场凶险的刺杀，反而变成推广干鹊的机会。

此后半个月，重峰城开始人满为患，投奔干鹊的人马很快就多达十万，经过整编训练，一支十万精兵队伍的形成指日可待。

不过，最让罗紫烟高兴的是，前来辅佐干鹊的修仙者，比前一个月又多了不少，而且修为明显都更高了。

来自成都的密报则显示，肥遗对付干鹊连番失利，终于坐不住了，正在调动全国人马，准备直扑重峰城。

目前肥遗已经调集二十万大军，即日启程。这次他不再玩阴的，而是要正面击溃对手。

干鹊下令整顿城防，做好应战准备，同时召集众多将领，商讨迎战之计。

这次，他好说歹说把罗紫烟请入议事大堂，理由是罗紫烟足智多谋，有她在场，大家的主意会更多些。

罗紫烟平时从不在这种场合露面，但关于她在暗中辅助干鹊的事迹早就传遍军中，因此看到她进来，所有将领不由自主同时起身。

“大家不用管我，我只是来听听而已。”罗紫烟笑着在角落里坐下。

话虽如此，还是有不少人小心翼翼向罗紫烟投去目光，好奇地打量着这个传说中无所不知无所不晓，暗中辅佐干鹊王的奇女子。

罗紫烟只当没看到。但看着干鹊和众将在沙盘上推演，讨论各种攻守问题时，她却感到索然无趣，几次甚至哑然失笑。

一个时辰后，议事终于结束了，等众将离去，干鹊不解地看着罗紫烟，“紫烟，你是不是觉得我们的计划不妥？”

罗紫烟摇摇头，“那倒没有。”

“那你为什么一直不说话，是觉得我们这边十万人马，不是肥遗的对手？”

“那也不是！”罗紫烟摇摇头，“我只是觉得，你们现在还是没搞清重点。”

“搞清重点？怎么说？”干鹊眼前一亮，知道罗紫烟必定看到了他和众将没看到的问题。

如今，他越发佩服罗紫烟，因为她总能看到他所看不到的问题。

新蜀门

罗紫烟沉吟了下，道，“你跟肥遗之间的对决，最终能定乾坤的，绝不是看谁的人马多一点，谁的运气好一点，谁更懂得用人用兵。我现在甚至觉得，谁更能得到修仙界的支持，都没有先前想的那么重要。”

“那什么最重要？”

“最终谁能活下来，才是最重要的。”罗紫烟顿了下来，“你们都是王室正统，而且是仅有的两个王室血脉，只要倒下一个，另一个就是理所当然的蜀王。”

干鹊想了想，恍然大悟，“我明白了，所以这场大战很简单，其实就是我跟肥遗之间的对决了。”

“没错，你只要把他拿下，全蜀自然望风而降，不降者再讨伐就是，成不了什么气候。”

干鹊点点头，“那我在这里击败他，杀了他也没错啊。”

“你现在虽然有十万人马，但没有久经训练的人马，战斗力其实很有限。而且几十万人在此交锋，不管结局如何，都要伤亡无数。”

罗紫烟顿了下，道，“或许你应该换种思路。”

“这……”干鹊愣了下，“紫烟是要我也派人去刺杀肥遗？”

罗紫烟摇了摇头，“我始终认为，你与肥遗之事，既然修仙界已经介入了，这事就要依靠修仙界的力量来解决。凡人这边，你只能制造声势和聚拢民心。”

“怪不得紫烟那么关心修仙者来投几个了。”干鹊喃喃说了一句，又道，“紫烟你说吧，我该怎么做？”

罗紫烟看着干鹊，“肥遗的大军很快就会出发，太寒殿随时会卷土重来……我就问你敢不敢冒险？”

“当然敢了！”

“那我们不等极阳宫那边的消息了，明天就带上所有修仙者去成都，拿下肥遗，结束这场战事。”

干鹊呆了呆，片刻才道，“是可以，但那边有上仙门，我们……”

“所以这是一场豪赌。你要敢，我就陪你赌！”罗紫烟顿了下，“否则接下来只能被动应战了。”

“哈哈，有紫烟陪我赌，那我肯定不会输！”干鹊咬了咬牙，突然笑了。

身为上仙门的副门主，火猴对上仙门的情况了如指掌。

上仙门供养的修仙者极多，但有真才实学的不超过三十个。其他的都是混吃等死之辈。

而干鹊带着上成都的修仙者，除了火猴等十几名修仙高手，还有二十多名修仙界的名宿，以及四十多个修仙好手。从数量上来说，远不及上仙门的多，但是从实力来说，当可一战。

拂晓时分，这八十多名修仙者便随着干鹊驾着法器飞离重峰城，往成都兼程而行。

五个时辰后，众人飞到成都郊外数十里处。

这里离传说中繁华埠盛的成都尚有一段距离，但是沿途所见，却是满目疮痍，十室九空。路上时有横死之人，有的还满是肥蛆，有的却只剩累累白骨了。

还有几个村落，干脆化为砾土，从上头掠过，可见焦黑灰烬之中，裸露着一具具焦炭般的尸首。

天府之国，本是风光秀丽，富饶安定，但自从肥遗登基之后，纵情声色而放任佞臣，横征暴敛、赋税不断，百姓不堪承受，如今已是十室五空，民不聊生。

为了活命，很多人铤而走险，剪径杀人，占山为王。大蜀各地烽烟密布，盗贼蜂起，杀戮已是常事。

罗紫烟和干鹊这段时间以来，不是避世修炼，就是身居大邑，要不是亲眼所见，都不知道短短时间内黎民凋零至此，大蜀已成为人间活炼狱。

正当罗紫烟和干鹊看得惊心动魄的时候，前方又出现数道黑烟，像恶龙一般翻滚着。

“那是什么？”干鹊大声问道。

“应该是哪里又出事了。”火猴道。

干鹊当先催动日曜刀，朝着那些黑烟飞去，“去看看。”

很快，那片黑烟便近在眼前。只见黑烟之下，是大半个已被熊熊火舌吞噬的村落。火光之间是遍地尸体，男女老少都有，全都是没了脑袋的。

这一路过来，众人没少见被劫掠和屠戮过的村庄，但像现在这样惨的还是第一次见。

“这是谁干的？”

“肯定又是盗贼了！”

“快看，那边还有人！”

众人极目远望，只见村庄之后的远处，正有一股烟尘滚滚远去，看样子是屠村之人正在逃走。

“我们过去，让那这些杀人者付出代价！”干鹊看得大怒，一挥手，率众朝着那股烟尘追去。

烟尘很快就在眼前了，阵阵哭声从里头传来。

只见尘土之中包裹着一些男女村民，个个被五花大绑，在皮鞭飞舞中惨叫连连，蹒跚而行。而驱赶他们的竟是一群官兵，个个凶神恶煞，谁要走得慢点，皮鞭立即兜头打下。

混乱中，一个乡民摔倒了，几个官兵立刻过去拳打脚踢。没几下，那乡民就不动了。

“头儿，看样子快死了！”

“那就带首级回去！”

一个官兵立即拔出刀，把那倒地者的脑袋割了，丢入旁边一辆大马车上。

而马车之上，竟是堆满了人头，血污里一群苍蝇飞舞不停。

“他们……他们在干什么？”干鹊只看得目瞪口呆。

火猴哼了一声道，“看样子，他们是要把这些乡民带回去当作盗贼从犯斩首！那些首级呢，当然算他们斩杀的强盗人数了。杀得越多，越能邀功受赏！”

“居然做这种事？”干鹊怒声道，声音丝丝颤抖。

罗紫烟也是心头剧震，这种事原本只在史书上看过，没想到竟会亲眼见到！

“这种事每天都在发生，上行下效，恶行遍地都是。”一个修仙者叹了口气，“如果不是如此，我们何苦放弃修行，参与到凡界之争来呢？”

“没错，我们辅助干鹊王，就是希望干鹊王能改变这种局面。毕竟先有人间安，才有仙界安。”

“没错，修仙重要，济世也是本分。我们不能坐视尘世恶贯满盈，愿意与干鹊王共扶大厦之将倾！”

众多修仙者都是义愤填膺，激情澎湃。

罗紫烟点点头，看着干鹊，“大家说得没错，仙凡同在三界五行之中，一损俱损，无人能独善其身。要让大蜀国泰民安，干鹊王这一役，必须打赢，否则苦的必将是百姓。”

“嗯！”干鹊深吸一口气，用力点点头，“我干鹊今日在此发誓，只要我夺回大蜀基业，必定重整江山，让民有所居，民有所业，不遭无妄之灾，不受兵火之害！”

“我等自当全力辅佐干鹊王，达成此命！”

在罗紫烟的带头下，所有修仙者同时向干鹊躬身行礼。

干鹊伸手向下一指，“那我们还等什么，一起下去，解救那些无辜百姓！”

看到一众修仙者从天而降，那些飞扬跋扈的官兵哪有胆量反抗，纷纷跪地求饶。而百姓们则是有了希望，大呼小叫着求救不停。

干鹊心头盛怒，本想把所有官兵就地处决。但在罗紫烟的劝阻下，却又改变了主意，把为头的几个将官揪出来，先斩首示众。然后在其他官兵脸上，用仙法刻下八个字，“放下屠刀，其罪可赦”。

这些官兵随后被放走了，干鹊要他们把自己的话带到各地，让所有正在谋财害命的盗匪和官兵立刻停止行恶，否则一旦干鹊当上蜀王，诛杀不饶。

等乡民们原路返回后，干鹊一行立即又腾空飞起。

暮色正在降临，即将坠落的夕阳烧出半天的晚霞，似乎天空也跟杀戮横生的大地一样，正在汩汩流血。

“干鹊王，马上就到成都了，我们准备怎么办？”火猴问道。

干鹊迟疑了下，回头望向罗紫烟。

罗紫烟道，“兵贵神速！我们就杀肥遗一个措手不及！”

夜色下的成都并没有传说的那样满城灯火，勾栏酒肆彻夜狂欢。而是一片寥落的灯火，稀稀疏疏分布在成片的黑暗中。

只有城北一处，才有集中成片的灯火，极其抢眼。

“那里就是蜀王宫。”火猴上前对干鹊说道，“上仙门也在附近，天上地上的戒备都极其森严，就算是修仙者也很难接近。”

干鹊点点头，“肥遗住在里头什么地方？”

“这个可不知道。”火猴摇了摇头，“那个暴君狡诈得很，每天晚上都会换地方住，有时候一个晚上还会换几个地方，据说连亲信都不知道他藏在哪儿。”

“嗯？那他至少有几个地方比较常去的吧？”罗紫烟说道，再次发现肥遗远比想象的还狡诈。

火猴道，“我们先下去，我给大家看一张图。”

众人落到成都外头一片无人的树林里，火猴拿出一张简易的蜀王宫图，给众人讲起蜀王宫的地形地势。

蜀王宫位于成都北部，其状近似台型，占地多达六百余亩，由数十座大小宫殿和上百座亭台楼阁共同构成，一道两丈高的围墙把这一切围合起来。围墙之外，是一条宽阔的御河，同时也是宫城的护城河。

南侧宫墙上，共开了三座大门洞，从居中门洞进去，是一条长长的御道，御道两侧是成片广场。那里被称为金吾校场，是蜀王点将阅兵及祭祀天地之所。

宫城内布局规整，道路都像棋盘一般横平竖直。南北、东西向各有一条干道，通往四座主要的宫门。

其中，南门这条御道，便是南北中轴线，穿过金吾校场后，它串联起其后的锦城宫、文武台、开济苑、花重殿、鱼凫殿等重要的建筑。

肥遗晚上一般在锦城宫、开济苑、蚕丛殿、鱼凫殿、花重殿及杜鹃殿、子规殿等处过夜。

“小卷毛，你都记清楚了吗？”罗紫烟回头看着小卷毛。

小卷毛点点头，“没问题。”

“你形体比较小，不会有人注意你的。你先到这几个地方去看看肥遗到底在哪里，得到消息后马上回来。”

火猴立即拿出一张画像来，“你看清楚了，他就是肥遗。”

“好嘞，你们等我消息！”小卷毛叫着，飞身冲出，消失在夜空里。

干鹊忧心忡忡道，“里头戒备那么森严，它进去不会有危险吧？”

“不会的，小卷毛机灵得很。”

一个多时辰过后，小卷毛这才回来。正等得不耐烦的众人立即迎了过去。

“怎么样？”罗紫烟急急问道。

小卷毛点点头，“我找了半天，总算找到了……”

成都城内的戒备远比想象的森严，除了城头岗哨和街坊间巡逻甲士，空中还不时有匹练划过，那是上仙门的人在巡防。

而蜀王宫外围方圆三里内的守卫，更是密不透风，交错巡逻的甲士和漫空往来不息的匹练，几乎封死了所有的去路。

看来肥遗也怕干鹊以其人之道还施彼身来暗杀他。

不过，没人会注意一只小鸟的，加上小卷毛一路低飞潜行，尽量不惹人注意，还是成功进入蜀王宫。

宫内到处灯火辉煌，人来人往。

小卷毛先直扑锦城宫，那是蜀王平日早朝之地，据说有时候肥遗晚上会在那儿召集大量宫女假扮百官，演那早朝之戏，恣意玩乐。

此事在朝野之间广为流传，不知多少人拍案大骂。早朝之仪，关乎国事，岂能作为儿戏。只是，肥遗已不听丝毫劝谏，这种在殿堂之上荒唐嬉戏的事，仍不时发生。

今夜锦城宫灯火通明，但肥遗并不在那儿。

小卷毛立即飞去锦城宫之后的开济苑，那是蜀王书房，同时也是秘密议事之所。肥遗晚上也经常会在那儿。

依旧不见肥遗踪迹。

小卷毛又赶去蚕丛殿，那是蜀王的居所。

虽然肥遗以荒淫好色著称，不过据说他喜欢霸床，晚上经常一个人睡，所以有时候也会独住在蚕丛殿。

但小卷毛还是扑了个空，它马上又去鱼凫殿，那是肥遗住了二十多年的太子东宫。因为目前尚未有太子入住，所以认床的肥遗，偶尔也会去故地重睡一番。

随后小卷毛又去花重殿和子规殿、杜鹃殿等王后、贵妃住所，依旧没有发现肥遗。

“这么说，你都没有发现肥遗了？”罗紫烟听得愣住了。

“小烟你别急，听我说，这个时候，我发现了一个老相识。”

“老相识？是谁？”罗紫烟愣了下。

就在小卷毛遍觅不得之际，突然发现两道剑光从不远处一座偏殿里飞起。隐约可见剑光上是一男一女，都是身着玄袍之辈。两人在空中交谈几句，那男修仙者停了下来，而女修仙者则是行了个礼，迅速飞驰而去。

“那个女的就是许飞娘！”

罗紫烟倒吸了一口气，“血魔又勾搭上肥遗了？他不是才把上仙门的一百来人都炼化了吗？肥遗怎么还会与虎谋皮？”

“当时杨烧他们一个也没活着回来。肥遗哪里知道血魔对他们做了什么。”小卷毛道。

罗紫烟点点头，“说的也是。何况以肥遗的狂性，就算知道了，说不定还会跟血魔合作，因为对他来说，保住王位才是最重要的。”

“这么说来，血魔和肥遗可能已经达成新的合作了？”干鹊总算是听明白了。

罗紫烟沉重地点点头。

小卷毛又道，“当时我想，许飞娘到那里，应该就是作为血魔的特使来见肥遗的，也许从她那里能找到肥遗的下落。所以我就飞到她先前离开的那座偏殿，发现肥遗还真的在那里面，正和几个妃子喝花酒呢！”

罗紫烟大喜，“他可还在那里？”

“我来的时候还在。我记下那座偏殿的名字，叫作思远殿。”

罗紫烟望向火猴，火猴冷笑一声，“我知道那个地方，那个暴君倒挺会藏的，居然躲到那么偏僻的地方了，看来他也是做贼心虚了。”

干鹊看了一眼成都城方向，眸子里闪闪发光，“那我们立刻出发，跟他会会面！”

火猴点点头，顿了下又道，“另外，等下除了上仙门，还得注意百灵卫。”

罗紫烟愣了下，“百灵卫是什么？”

“其实就是蜀王的贴身铁卫，他们会拼死保卫蜀王的。虽然他们都只是凡人武士，但遇到了还是要小心些。”

百灵卫是蜀王宫中最精锐的护卫，他们只有一个职责，那就是时刻贴身保卫蜀王。因为他们经常脸戴各类兽形面具，以隐喻“天子自有百灵相助”之意，所以又被称为百灵卫。

“不管是谁，都别想阻拦我们，出发！”干鹊咬牙喝道。

八十多名修仙者按照计划化整为零，分成几十组，分头朝着蜀王宫出发。

数刻之后，众人便避开了空中巡逻的修仙者，先后来到蜀王宫外头半里处，重新聚集一处。

“火猴，带路！”干鹊沉声道。

火猴点点头，当先往前飞冲了出去，“跟我来！”

兵贵神速，要深入虎穴铲除虎子，就得眼快手快，否则敌人反应过来，慢一分就少一分机会。

风驰电掣间，四周惊呼不断，空中巡逻的修仙者看形势不对，纷纷大叫着赶来。

没人想到，会有人胆敢浩浩荡荡偷袭戒备森严的蜀王宫。等意识到不对的时候，攻击已经疾风骤雨般开启了。

在宫女的尖叫声、甲士的厉喝声、法器破空声里，干鹊一行人从天而降，落在那座思远殿外，除了留少量的人在外头警戒，其余的随着干鹊鱼贯拥入殿内。

殿外只有几个守卫，瞬间就被击倒。而殿内则有几个宫女在收拾着案几上狼藉的杯盘，听到动静回过头来，个个当即瘫倒在地。

除此之外，却不见一个男人。

“肥遗在哪里？”火猴揪起一个宫女，厉声问道。

那宫女两排牙齿“不停打战，”好一会儿才道，“刚刚……刚走！”

"去哪儿了？"

"听……听说到蚕丛殿去！"

干鹊立刻转身大步冲出去，"走，到蚕丛殿去！"

就这么一耽搁，已经有二三十个上仙门人闻讯赶来。只是，这些人的修为良莠不齐。干鹊等人只是一阵猛冲，他们便七零八落散去。

干鹊等人随后在火猴的带领下，火速前往蚕丛殿。

在敌人巢穴之中，只有速战速决才有希望。

整座蜀王宫已经彻底被惊动了，所有的守卫，无论是甲士还是修仙者，正从四面八方赶来。

就这么片刻工夫，罗紫烟和干鹊等人便由多数变成少数，上仙门的人从四面八方而来，似乎无穷无尽，各种法器纷迭而至，道道夺命追魂。

"冲！"

"过去！"

"当当当——当当当——"

漫空嘈杂的声浪，双方当即厮杀成一团。宫中官兵虽多，但此时基本只能在底下干瞪眼。

上仙门人虽多，但防守上却全无章法，他们先后而来，各自为战，乱成一团。而干鹊一行则是目标明确，阵式清晰，彼此之间攻守兼备，所有的力量都拧在一起，恰似离弦之箭，轻松就穿破守卫的拦截与追堵，直冲蚕丛殿内。

但是，一番人仰马翻后，殿内除了一些分不清谁是谁的女人，没有肥遗的丝毫踪迹。

"那暴君没回来，一定是得到消息躲起来了！"火猴急道。

干鹊看了罗紫烟一眼，咬牙道，"撤！"

按照事先的计划，如果搜捕不出肥遗，那就只能走为上策！否则陷了进去就出不来了。

即便整个袭击过程中时间没有一分耽搁，但下达了撤退令后，罗紫烟和干鹊还是发现众人已经陷入重围之中。

放眼望去，漫空之上，剑光如练，光华耀目，分不清有多少上仙门修仙者正围合而来。

"杀出去！"

"杀！"

一声令下，干鹊当先腾空而起，直往蜀王宫北侧疾驰而去。这是来时已经预定好的路线，出了宫城之后便是一座大湖，湖后就是大片闾巷街坊，再往外便能出城。整个地形地势便于快速撤退。

众人原本以为这将是一场险恶的突围战，但结果却是出乎意料，那些上仙门人看似来势汹汹，却都是避实就虚，见罗紫烟等人迎面冲来，立即远远避开，只在身后及两侧呐喊着，用飞剑追击与袭扰。

干鹊一行人几乎没有遇到多少真正的阻拦，便冲到了成都北侧。而身后震天喊杀声也是快速稀落下去。

又过了片刻，身后便是一片安静。

“这是怎么回事？”小卷毛瞪大眼睛看着身后，“我们就这样逃出来了？”

罗紫烟往身后看了一眼，冷笑道，“果然都是一群吃闲饭的。”

“所以我就说，上仙门众虽然多也没什么用。”火猴说道。

众人撤到成都以北一片树林里，决定暂且在这里落脚。

罗紫烟清点了下人手，除了几个修仙者受了点轻伤，并没有折损一人。

“想不到，蜀王宫比菜市场还容易进出，肥遗可真能干。”对于这样的结果，干鹊哑然片刻，突然冷笑道。

虽然没有达到目标，但这一仗到底打出了精神气势。很多人对于上仙门的担忧随之烟消云散了。

不过，罗紫烟的眉头依旧紧皱。她非常清楚，这场大蜀江山之争，最终的胜负，仍取决于干鹊与肥遗谁先倒下。

如今干鹊是以少胜多，气势如虹，但肥遗躲起来，却让她有种挥拳打空的感觉。

必须尽快找到肥遗，解决掉他才能结束这场王位之争。

但要怎么才能揪出他呢？

第十九章 | 化血神通

晨光初透，一道剑光突然出现在林子上空，盘旋了一周后缓缓地落下。

来者是个五旬左右的修仙者，一袭白色玄袍，相貌堂正，背负着一口仙剑。他大步向罗紫烟等人走来。

“是你！你来干什么？”火猴警惕地挡在干鹊身前，罗紫烟等人见状，立即汇集过来。

那人微笑着看了火猴一眼，“火猴副门主，好久不见，可甚安好？烦请通报干鹊……公子，楚何求见！”

他似乎不知该如何称呼干鹊，迟疑了片刻才说出“公子”两个字。

火猴回头看了干鹊一眼，沉声道，“他就是我说过的，上仙门门主楚何。”

干鹊点了点头，大步上前，看着楚何，“肥遗派你来的？”

“正是奉蜀王之命！”

“我那王弟可真能躲，看来是铁了心不敢见我了。”干鹊看着楚何，“他派你前来，是想讨论投降事宜吗？”

楚何神色不变，只是微微一笑，“干鹊公子误会了，蜀王是让我来商讨圆满解决纷争办法的。”

“哦？意思是他要求和了？”罗紫烟冷冷道。

楚何若有所思地看着罗紫烟，“这位应该就是传说中辅佐干鹊公子的那位女军师吧？”

“我跟干鹊王乃极阳宫同门，不是什么军师。”罗紫烟淡淡道。

“我听过你的大名，听说你还是极阳宫的长老，对吧？”

罗紫烟心中微惊，神色却是不变，淡然道，“你打听得倒不少。”

“哈，不是我知道的多，而是罗长老的声名已经远播修仙界了。”

“承蒙谬赞，我们直接打开天窗说亮话，肥遗想怎么解决目前这个局面？”

楚何看着罗紫烟，眼里多了几分敬畏之光。虽然才交谈几句，但是罗紫烟所表现出的气度，让他收了对女流的一切轻视。

“目前局面你我都清楚，只要蜀王在位一日，干鹊公子想要夺得这大蜀江山，都是名不正言不顺。”

“所以，肥遗想拖下去吗？”

“这倒不是。蜀王也不想长久地僵持下去，那将成为天下笑柄，对谁都没有好处。所以，蜀王想与干鹊公子来一场决斗。”

“哦？他想与我决斗吗？那敢情甚好！”干鹊冷笑道。

楚何摇摇头，“蜀王只有文治之能，像莽夫那样单打独斗当然不行了。”

“那他想怎么决斗？比谁的肚皮厚吗？”罗紫烟冷冷道。

楚何笑了笑，“罗长老真风趣。蜀王的意思很简单，就由蜀王率上仙门，与干鹊公子率的这些上仙，来一场决斗。胜者为王，败者为寇，如何？”

罗紫烟和干鹊对视一眼，两人都从对方的眼里读到了疑惑。按理说，从昨晚至今，虽然没有明言，但从战绩来看，上仙门堪称完败，肥遗又是哪来的底气再战？

“这不但是蜀王的意思，也是我们上仙门的意思。”

楚何看出干鹊和罗紫烟的疑虑，神色一肃，“上仙门昨夜遭各位羞辱，这个面子如果不找回来，只怕没有人能再待在这成都城了。”

火猴冷笑道，“楚何，你在说什么胡话，上仙门在你的治理下不是一直都是这样？”

“嘿嘿，一码归一码。”楚何说着，目光炯炯看着干鹊，“就不知干鹊公子敢不敢来？”

“哼！”干鹊目光转向罗紫烟，与她对视一眼后，旋即道，“什么时候？”

“明日午后，如何？”

“地点呢？”

“这个可由干鹊公子决定。”

干鹊冷笑道，“这是你们的地盘，定哪儿有什么区别？就在蜀王宫前吧！”

“没问题！你们应该是八十人左右吧？我们到时候也是人数相当。届时，上仙门还请赐教！”

“既然你们都这样说了，我也送你们一句话。”罗紫烟看着楚何，“良禽择木而栖，识时务者为俊杰。”

楚何默然了下，微微一笑，“多谢罗长老赐教，这就告辞了。”

话罢，他施施然一行礼，转身大步出去。

“紫烟，这事儿你怎么看？”干鹊看着楚何的背影，低声道。

“八成有诈！我就不信肥遗有胆量跟我们当众决斗。”

“那他又打什么如意算盘呢？”

罗紫烟摇摇头，“我不知道，但他如果与我们一直躲猫猫，我们还真拿他没办法，倒不如借这个机会与他正面一战！”

“说得也是！既然来了，也就不怕他有什么诡计。”干鹊咬了咬牙道。

“小烟，你说昨晚我看到许飞娘，会不会……”小卷毛突然说道。

罗紫烟愣了下，旋即点点头，“必然有关系！当务之急，我们要弄清楚肥遗和血魔之间，又有什么交易！”

当下，干鹊又派出十几名修仙者潜伏到蜀王宫附近，暗中侦察宫中内外情况。而罗紫烟则是让小卷毛再度出动，潜入宫中去打探消息，寻出肥遗下落。

但是，直到次日接近午时，小卷毛和其他修仙者回来，也都没带回来什么有价值的信息。

“奇怪，蜀王宫那边怎么会没有什么动作呢？”罗紫烟不由得沉思了。

小卷毛点点头，“除了宫城内一些人马调动，没有发现什么异常，肥遗也没有露面。”

“有没有发现血神子？”

“我特别注意了，没有！”

“嗯？许飞娘既然来了，血神子怎么会不掺和进来？”

“按道理说，上回杨烧他们全军覆没，血魔又在天化村吃败仗，肥遗应该不会再跟他合作的。”罗紫烟眉头紧皱，心中隐生不安，“而且如果血魔带魔物过来，肯定会有蛛丝马迹才对。”

“时间已经差不多了！”干鹊匆匆过来，看了看天色道，“不管前面是刀山火海，我们都去闯闯。”

片刻之后，八十多名修仙者再次腾空而起，风驰电掣直奔蜀王宫。

新蜀门

蜀王宫就在前方。

只见宫城城墙上头，旌旗飘扬，甲士林立。

城墙之下，八九十名上仙门门人，驾着法器，凭空而立。而他们身后的城楼上，则是高坐着一人，五短身材，脑满肠肥，穿着滚龙金袍，半斜身子靠在一张金丝软榻上，似乎在晒太阳，眼睛都眯了起来。

上仙门门主楚何，就按剑立在他身边，满脸肃然。而他身后及四周，则是立着数百名金戈甲士。这些甲士与一般士兵不同，他们执金戈，戴金盔，身穿金丝锁子甲，脸上还戴着各种兽形金面具，看着分外狰狞可怖。

“没错，那就是肥遗！他身后那些甲士，就是百灵卫。”火猴回头对干鹊道。

在这之前，肥遗的画像早已熟记于每个人之心，但真正见到他，罗紫烟还是不由得笑了，回头看着干鹊，“这肥遗还真跟你没有一点儿像呢。”

“蛇蝎之妇所生的种，能跟我一样吗？”干鹊冷笑一声，当先向城楼方向飞去。

“哈哈，你就是干鹊吗？”软榻上的肥遗身子微微一倾，好奇地打量着干鹊。

干鹊冷冷看着他，“肥遗王弟，你总算出来了。”

“哈，草莽贼种，也配与我称兄道弟？”肥遗猛地坐起来，正襟危坐看着干鹊，“就算你真是父王血脉，那也是被逐出王室的代罪之身，见我还不行礼？”

干鹊冷笑一声，缓缓拔出日曜刀，冷冷指着肥遗，“这是父王赐我的日曜刀，专为护持大蜀，诛杀祸国殃民之徒！”

肥遗脸色骤然一变，看着那日曜刀目不转睛。

“先王们筚路蓝缕，苦心经营的大好江山，到你手里都败坏成什么模样？”干鹊环顾四周，清朗之音直击云霄，“我本无意争夺江山王位，但你之行径，天怒人怨，大蜀之存亡只在旦夕之间！今日唯有除你这暴君，才能还大蜀一个朗朗乾坤。”

肥遗神色变了变，旋即冷笑连连，“好啊，我的命在这里，过了上仙门这关就来拿啊！”

“上！”干鹊日曜刀一指，身后的修仙者便呼啸而出，直扑肥遗。

“杀！杀了他们！”肥遗满脸兴奋，“杀一个赏金百两，杀一双封官晋爵！”

“上仙门与我同雪昨夜之耻！”楚何神色一厉，率先飞闪而出，仙剑已出鞘，直取干鹊。

“杀！”

上仙门人随之动了，同时朝着干鹊一方迎面而来。

“嗖嗖嗖——”

漫空匹练交错，人影纷飞，凛凛杀气化为阵云，冲天斥地。

上仙门遴选出的这八十多名门人，修为都不弱，加上黄金与封爵的赏格，倒也让不少人打起精神来，竟与干鹊一方乒乒乓乓打得热闹。

混战之中，楚何手中之剑，分出一道剑光直射干鹊。

“当当——当当——”

罗紫烟与铁姝的两口仙器同出，与楚何之剑绞在一处，激烈交锋。

而干鹊则是在火猴等十多个修仙者的拱卫下，突破层层防御，直扑向肥遗。这是事先约好的，要千方百计创造条件让干鹊有机会生擒肥遗。

有道是，擒贼先擒王，只要把肥遗拿下，这场大战也就成败已定了。

眼看干鹊一路过关斩将而来，肥遗脸上的笑容终于凝滞住了，猛地大叫道，“快！快拦住他！用你们的枪或者箭都可以，拦住他！”

这话是对他的百灵卫说的，但百灵卫却是纹丝不动。

“你们干什么？还不快出手！”眼见干鹊越逼越近了，肥遗更急了，急忙回头冲着身后的百灵卫咆哮起来，“这可是我们的约定！”

“嘿嘿！”一个戴着狐形面具的百灵卫突然怪笑一声，探手一把抓住肥遗的衣领。

“大胆！你，你干什么？”肥遗愣了下，拼命挣扎起来。

“走！”那个狐面百灵卫抓着肥遗，猛地从城楼跳了下来，稳稳地落到城外。而其他百灵卫随后纷纷落下，一起簇拥着肥遗往外头跑。

“啊？你们这是干什么？快放我下来！”肥遗凄厉惨叫个不停。

“你们干什么？快放了蜀王！”楚何回过头，不由得大惊失色，急忙一收仙剑，舍了罗紫烟和铁姝，向那狐面百灵卫赶去。

在他面前，所有百灵卫正汇集成一股潮水，涌动在那狐面百灵卫周遭，每个人脚下都是飞快。

“快救我啊！快救我！”

夹在一众百灵卫中间，肥遗就像雏鸡陷入群鹰之中，惊恐尖叫与奋力扭动都无济于事。

“楚门主！楚门主！他们叛变了！他们叛变了！”城楼之后，突然飞出大股上仙门人，朝着百灵卫追来。

而激战中干鹊与楚何等人都是愕然住手，百灵卫突然来这么一出，谁也看不懂。

事情演变之急，快得人人都是始料不及。

“许飞娘，你在干什么？”楚何再也忍不住了，剑指着那狐面百灵卫厉喝道。

“刷！”那狐面百灵卫骤然把脸上的面具一扯，露出一张罗紫烟和小卷毛再熟悉不过的脸。

许飞娘！

“嘿嘿！”许飞娘冷笑一声，在百灵卫的簇拥下，带着肥遗继续狂奔而去。

“先救蜀王！走！”楚何一跺脚，飞剑紧追过去，身后的上仙门人只能都舍了干鹊一方跟过去。

与此同时，宫城大门打开，大股骑兵从中蜂拥而出，追向许飞娘一行。

突然之间，好像没有干鹊等人什么事，甚至没人再多看他们一眼。

“这……”干鹊一头雾水。

罗紫烟突然想起了什么，神色一变，“不好，快追上去！让楚何他们停下来！”

楚何一众却已经追得老远了。在他们前方，百灵卫正带着肥遗，穿过洞开的成都北城门，朝着外头狂奔而去。

“许飞娘！快放了蜀王！”楚何追得急了，猛地剑诀一捏，一道寒光疾驰而出，正中百灵卫中的一人。

“哗啦！”被寒光一绞，那百灵卫身上的面具与盔甲当即化为无数碎片，但是里头的人却是安然无恙，反而回头冲着楚何怒吼一声，“吼！”

“你——”楚何不由得倒吸一口气。

罗紫烟和干鹊也不由得对视一眼，两人都从对方眼里读到震惊。

只见被楚何击碎盔甲之人，双目空洞，脸色惨白如雪，身上正往外散发出一缕缕黑气，分外诡异。

“那是修罗魔！小心！”罗紫烟又惊又怒，猛地大叫起来。

现在，搁置于心，如石头一般的不安终于落实了。肥遗确实与血神子同流合污了。

看这情景，肥遗引入修罗魔伪装成百灵卫，是想给干鹊一众突然一击，但血神子拿合作者开刀的德行却是丝毫没变。竟趁上仙门与干鹊一众火拼之际，骤然出手将肥遗拿下。

肥遗千算万算，也没算到会突然来这么一遭。

“血魔必定是想用肥遗来做更大的文章，楚何他们追得太急了，只怕要被血魔算计。”罗紫烟警惕地看着四周，“我们不要跟得太近了。”

说话间，那一干修罗魔都已甩掉身上的百灵卫衣甲，露出本来的狰狞面目，在荒野之中肆意狂飞疾奔，楚何等人又是投鼠忌器，一时竟只能紧紧跟着。

干鹊一方虽是穷追不舍，却是始终保持一定的距离。

三方前赶后追，只用半个时辰，就飞出了数百里，进入一片连绵山头之中。

“小心有埋伏！”干鹊顿了下，看了看四周，又冲着身后吼道。

就这么一迟疑，前面的楚何一行已经消失在远处一座黑色大山后面了。

“过去看看！”

转过那座黑色大山，只见山后是一条长长的斜坡。此时，许飞娘率领着魔物正屹立在斜坡上头，而楚何等人则是逼到她面前十多丈之外，双方正冷冷对峙着。

“小心他们在唱双簧！”罗紫烟沉声道。

干鹊点点头，罗紫烟的这种担心并非没有道理，毕竟这一切太突然了，说不定真是肥遗和血神子达成的一个诡计。

此时楚何已经带着大队人马，逼到许飞娘面前数丈处，他脸色铁青，厉喝道，“放了蜀王！”

许飞娘冷笑一声，在肥遗粗短的脖子上一捏，肥遗立刻尖叫起来，“楚门主，不要乱来，救我啊！救我啊！”

“你想要怎么样？”楚何怒视着许飞娘。

许飞娘嘿嘿一笑，“统统放下法器，快点！”

楚何咬了咬牙，“许飞娘，这是血尊的意思，还是你自作主张？”

“嘿嘿，老娘行事，岂是你能揣度的，照做就是！”

“楚门主，听她的啊！不然我没命，你也当不了门主！”肥遗再次杀猪般尖叫起来。

此时，罗紫烟和干鹊等人已飞到楚何等人身后数十丈外，看此情景，众人不由得面面相觑，肥遗的模样似乎不像是在逢场作戏，但发生的事情却又让众人看不懂。

“好吧——你不要伤害蜀王！”楚何迟疑了片刻，猛地冲着身后挥了挥手，“放下法器！”

上仙门人面面相觑，却没有人动弹。修仙者倘若失去法器，等于失去左膀右臂，谁都知道这意味着什么。

楚何把手中仙剑猛地往地上一丢，厉声喝道，“马上执行，违令者斩！”

“哐当！”

“哐当哐当！”

法器落地的声音绵绵不绝。

许飞娘满意地点点头，“这就对了，十个人一排，走过来！”

楚何警惕地道，“干什么？”

“照我说的做！”许飞娘眉眼一横，厉喝道。

楚何迟疑了好一会儿，才道，“按她说的，十人一排，过去吧！”

上仙门人都是惊恐不安，哪里动得了脚？

而许飞娘身旁的修罗魔却是骚动起来，个个鼻孔抽动，空洞的双眼里似乎也在冒光。

“原来是这样！”罗紫烟明白过来，猛地御剑飞了出去，远远冲着楚何喝道，“不要过去！不要过去，他们要把你们也变成魔物！”

“嗯？”楚何等人都是愕然回头看着罗紫烟，一脸不解。

“别听那贱婢的，照办！”许飞娘厉喝道，手底一用劲，肥遗再次惨叫起来，“啊！楚何，快让他们过来！”

“十人一组，过去！”楚何咬了咬牙，大喝道。在他的连催带赶之下，上仙门的人，终于迈开步子，向着许飞娘走去。

“算了，紫烟，他们不会相信你的。”干鹊赶过来，低声对罗紫烟道。

罗紫烟断然地摇了摇头，“不，现在血魔才是我们的共同敌人，不能让他们也变成血魔的爪牙。”

就在这说话的时候，许飞娘身后的修罗魔们突然同时吼了一声，朝着迎面走来的上仙门众人猛扑过来。

它们不动则已，一动快如急电。

上仙门众人都已丢了法器，又是紧密排成一排，此时无力反抗，连逃跑都挤成一团，当即被修罗魔团团围住，尖锐的爪牙直往体内透。

“快救人！”罗紫烟冲着干鹊大叫一声，当先分出一道剑光，射向一个扑到楚何面前的修罗魔，震得那修罗魔一个趔趄，倒跌出去。

楚何回过神来，讶异地望着罗紫烟。

“快拿起剑，不然你们很快就跟它们一样！”罗紫烟大喝一声，剑光再次飞射出去。

而随后而来的干鹊等人，也同时把法器招呼向修罗魔。

“喝！”楚何猛地探手一抓，地上的仙剑立即“嗖”地飞到他手里。他拿着剑，劈砍向附近的一个修罗魔，同时大吼道，“杀了这些魔物！”

此时，上仙门人已经被修罗魔扑倒了三四成，倒地者无不是遍体都是大大小小的血洞。这些被修罗魔戳出的洞口，很快就往外冒出黑气，而它们的身体则是变得惨白，动弹不得。

看到此情此景，其他上仙门门人哪里还会束手待毙？纷纷抢回各自的法器，全力抵挡着修罗魔的进攻。

混战之中，楚何大步走向许飞娘，长剑怒指着她，“放了蜀王！”

“哈哈！”许飞娘猛地把肥遗往地上一丢，“我可没真的想抓他，这不过是你的蜀王跟血尊约定的条件而已。”

楚何愕然地看着肥遗，又看着许飞娘，“什么意思？”

“意思是——你的蜀王愿意把所有上仙门的人献给血尊。血尊呢，再助他消灭干鹊。蜀王陛下，我说的没错吧。”

肥遗浑身战栗如筛糠，他看了楚何一眼，着急地道，“许仙姑，我什么都可以答应你，都可以给你，但求你一定要杀了干鹊！”

“我会杀了干鹊的，不过——你的上仙门都不配合我魔化，我可有心无力啊。”许飞娘淡淡道。

肥遗猛地指着楚何道，“楚门主，快让你的手下不要抵抗！”

“蜀王，你没看到吗？这样他们会被魔化的！”楚何愣了下。

肥遗咬牙道，“魔化就魔化，反正你们这些废物几百上千人都挡不住人家八十多人，我白养你们了，倒不如魔化了还有点用处。”

楚何目瞪口呆，“你……”

许飞娘冷笑道，“听到没有，这是你们蜀王的命令！”

肥遗也叫了起来，“没错，这是我的命令，快让他们住手，一起消灭那些逆贼！”

楚何脸上一阵白一阵青的，片刻之后却又窜起腾腾的红来。他猛地一剑挥出，将从身后悄然靠近的一个修罗魔劈飞出去。

“蜀王，这个我做不到！”

肥遗目瞪口呆，指着楚何气急败坏地叫道，“你，你……”

“看来你这废物，连最后一点用处都没有了！”许飞娘突然冷笑一声，挥了挥手，一个修罗魔突然跳到肥遗身后，双手按在他肩头上。

肥遗大惊失色，“啊？许仙姑，你这是要干什么？不要杀我啊！”

“放心吧，你这种废物，丢进六道口还是有点用处的。”许飞娘冷冷一笑，挥了挥手。

那修罗魔立即十指一扣，指头直插入肥遗肥厚的双肩，肥遗惨叫声刚发出一半，全身便迅速蒙上一层霜白。

新蜀门

楚何神色一变，猛地挥剑朝着许飞娘急冲过去，口中厉喝道，“上仙门听令，杀了这些弑君魔头！”

不远处的罗紫烟见状，急忙自后飞奔过来，“楚门主，情况不对，快撤！”

在修罗魔狂虐之下，上仙门已经折损大半，即便有干鹊一行相助，局势仍是岌岌可危。

“可是，蜀王还在他们手里……”

“肥遗已死，那只是他的臭皮囊而已！快走！”

楚何迟疑了下，咬牙道，“上仙门听令，我们走！”

“哼！走得了吗？”许飞娘冷笑一声上前，两道剑光同时分头直取罗紫烟和楚何。

“当——当——”

罗紫烟和楚何百忙中挡开剑光，同时腾空而起。

几乎同时，干鹊也是率众，与上仙门残众一起腾空飞退。

一路且战且走，直到逃出数十里，干鹊一方及上仙门残众才算把魔物们彻底甩到身后去。清点之下，上仙门折损多达六成，而干鹊一方也是损失十多个人。

众人在一个山头停了下来，眼睁睁看着魔物们抓走被它们抓咬伤的人迅速远去，每个人都是心头阵阵发凉。

“现在看清楚肥遗的真面目了吧？”罗紫烟走到楚何身边，淡淡道。

楚何没有回答，回头看着罗紫烟，目光复杂。

“其实，这已经不是血魔第一次对你们上仙门下手了。”罗紫烟把上回杨烧率众到太寒殿外，被太寒殿一口吞的事说了。

“只要血魔存在一天，他就不会容许我们像人一样活着的。”顿了下，罗紫烟道，“所以，我们的共同敌人只有一个，那就是血魔。”

“那魔头……”楚何咬牙切齿，想说什么，却又说不出来。

“我不是想招安你，但现在情势确实如此。肥遗已亡，大蜀王室正统只有一个。”罗紫烟指着远处，那里干鹊正坐在石头上，接过铁姝递来的水壶。

“现在，你为了大蜀着想，必须效忠干鹊王。”

“干鹊王……”楚何眉头动了动，片刻才道，“他会宽恕一个犯上之人吗？”

“之前各为其主，如今同心戮力，并没有冲突。我们着眼未来，就看你以后的表现了。”罗紫烟淡淡道。

“我明白了，多谢罗长老指点！”

楚何感激地冲着罗紫烟点了点头，深吸一口气，大步向干鹊走去。

看着他走到干鹊面前，单膝跪了下来，罗紫烟一颗心才慢慢地放下来。说实在的，她对楚何殊无好感，上仙门人多势众却不堪一击，可见楚何治下的能力了。

但罗紫烟还是坚持要干鹊把他收编了，毕竟，有上仙门辅佐，加上干鹊如今独一无二的血统，他要名正言顺登基大蜀就容易多了。

回到成都，众人再次见识了血神子的阴险狡诈。只见城内烽烟四起，遍地是惨绝哭声，街坊间巷之间倒塌的房屋不知有多少，断壁残垣之后到处是伤残之人，半个城都沦陷在这末日景象中。

原来，肥遗被抓，干鹊一行人及上仙门众人追去后不久，大股夜叉魔突然从成都西边出现，它们迅速从洞开的门户闯入城里，见人就抓，横冲直撞，不知抓走多少人去。

借着这次与肥遗合作之机，血神子再次斩获良多。

既然肥遗已死，干鹊也就顺理成章变成蜀王的不二人选，加上楚何等人揭露肥遗与血魔合作反而被血魔所害一事，朝廷百官更加拥护干鹊登基了。

国难之际，没有择日，没有隆重仪式，干鹊就这样匆匆登上蜀王大位。屁股还没有坐热，就开始忙碌着带领臣民救火救人，同时下诏让重峰城的人马赶来会合。

其后数日，一道道政令不断从蜀王宫发出，涉及整顿吏治、选良用才、废除恶法、特赦贼盗、招抚流民、实行休养生息之政等方面。

在这段时间，罗紫烟也是绞尽脑汁，把她所知道的历史上治国良策，尽可能地提供给干鹊。

只用数日，成都便恢复了安宁。而罗紫烟也因为逐日陪着干鹊在外奔走救助，也在臣民之中博得不小的美誉。

这晚，罗紫烟和小卷毛总算有点闲暇了，就在屋里修炼凤凰力。

修炼一整天后，外面突然传来脚步声，紧接着铁姝的声音飘了进来，“蜀王传罗紫烟到开济苑议事。”

最近，眼见罗紫烟越来越受到干鹊的倚赖，铁姝对她的脸色是越来越难看了，声音更是越来越冷了。

罗紫烟也不以为意，反问道，“什么事，不能明天去吗？”

“要你去你就去，问什么？”铁姝不耐烦地道。

小卷毛再也忍不住了，大叫道，“臭八婆，凶什么凶，小烟欠着你吗？”

“哼！我把话传到了，你爱去不去！”铁姝冷哼一声，转身大步走了。

罗紫烟叹了口气，“算了，干鹊这么晚找我，肯定有要事，去看看吧。”

开济苑是历代蜀王的书房，也是秘密议事之所。但是等罗紫烟赶到那里，却发现偌大的院落内黑灯瞎火，静悄悄的。

“那个臭八婆没有说错吧，这里没有人啊！”小卷毛飞起来，看着四周。

罗紫烟也是感到奇怪，“那她叫我们来这里干什么？”

“嗖！”

就在这时候，身后一声利啸传来，罗紫烟急忙回头，不由惊呼，“小卷毛，小心！”

只见一道锐利的箭光正闪电般射向小卷毛。箭芒近而又快，小卷毛又毫无防备，闻声想躲已来不及，箭头瞬间入体而过，带得它直直往远处飞落。

“小卷毛！”

罗紫烟只觉心肝似乎要被撕裂一般，急忙赶过去。正在这时候，一股凌厉的阴劲从侧里劲刮而来，一人横挡在罗紫烟面前。

“是你！”

罗紫烟又惊又怒，刚想出手，凌厉的阴劲已经当面撞到，她眼前顿时一黑。

无尽的黑暗，就像长夜一般，无边无际。

罗紫烟置身其中，感觉自己就像个被抛弃的孤儿，不知从何处来，要到何处去。

有风刮起，带来刺骨的寒意，她感觉自己快被冻成冰棒了。

“嘿嘿，也该醒了！”黑暗中突然传来一个阴恻恻的声音。

罗紫烟打个寒战，浓浓的黑暗突然被捅破，光明从中乍然涌入，眼前亮堂起来。

一个熟悉的身影随着耀眼的光芒来到眼前。

“司明……”

罗紫烟突然间眼眶阵阵发热，但眨了眨眼后，那种灼热感便消失了，取而代之的是透骨之寒。

血神子面带微笑站在面前，好整以暇地看着他。

“是你——这浑蛋！”罗紫烟猛地坐起来，吃惊地看着四周。她分明又到了太寒殿！

记忆，一时如潮水般涌入。

罗紫烟想起来了，在小卷毛遭到暗箭伤害之后，血神子鬼魅般出现。当时，她怒发冲冠，但在血神子面前，她的反抗与蝼蚁无异。

在晕倒之前，罗紫烟看到血神子满脸狞笑，她以为自己死定了。

没想到，她还活着。但一睁眼又是这张让她又爱又恨的脸。

“嘿嘿，不得不说，你是我见过的命最大的。”血神子饶有兴趣地看着罗紫烟，眼里却是闪着寒光，“胞室和蓝火室都没法真正炼化你，还让我吃了不小的亏。”

“知道就好，你又想干什么？”罗紫烟缓缓地站起来，厉声喝道。四周阴仄的空间，霜寒气息，像是个濡湿而又厚实的手掌，死死握住她，让她有些喘不过气来。

血神子死死看着罗紫烟，“嘿嘿，你还活着，我终究是放不下心。但我又杀不了你，每次我动手，他都会跟我拼命。”

“有司明在，你永远别想杀我！”罗紫烟冷冷说道，语气里有种说不清的骄傲。她知道自己没有夸张，只要司明的元神一丝尚存，就不会容许任何人伤害她。

“我相信你这话，但你也要相信我，他不能保你一辈子的。”血神子嘲讽地看着罗紫烟，“最多再一年，他就要从这个世上消失得彻彻底底。”

“你——”罗紫烟大怒，猛地向血神子扑去，但是手脚酸软，才冲到一半，她便是一个趔趄摔倒在地上。

血神子岿然不动，冷冷地看着罗紫烟，“你这样子，我怎么能不捏死你呢？”

“彼此彼此！”罗紫烟咬着牙再次爬起来，浓重的阴气让她全身使不上劲来。但她仍是指着血神子的鼻子，一步步向他走去，“来啊，来杀我啊！”

“我知道你想逼我动手，激发他出来对付我。”血神子眼里闪着看穿一切的嘲讽，“但是放心，我现在没这个兴趣了！”

说罢，血神子突然拍了拍手。

“沙沙——沙沙——”

身后突然传来细碎的脚步声，罗紫烟急忙回头，两个修罗魔不知何时已来到她身后。它们脸白如霜，死灰色的眼珠里，同样透着雪一样的空洞与苍白。

“你想干什么？”罗紫烟倒吸一口气，想要躲开，但是两个修罗魔只是轻轻一伸手，就扣住她的双肩，让她无能为力。

“这是我跟他的约定，我不会再杀你或者伤害你，但你也要给我老实点。”血神子突然换了一副口气，和颜悦色看着罗紫烟，“这样，对你，对我，对他都有好处。”

“什么意思？”罗紫烟怒视着血神子，“你们约定什么了？”

“走吧！”血神子摆摆手，转身大步离开。

两个修罗魔同时一提臂，架着罗紫烟大步跟在血神子身后。

“放开我，你这浑蛋到底跟司明约定了什么？”罗紫烟心头突然被浓浓的恐惧与不安攫住，愤怒地大叫着。

阴仄的甬道吞没了她的声音。血神子和修罗魔都像聋子般，毫无反应。

罗紫烟心底更加不安了，猛地叫道，“司明！司明！”

血神子的背影似乎颤了下，他缓缓地回过头来。有那么一瞬间，罗紫烟似乎看到司明的眼神在他眸子里一闪而过，但马上又变成那令罗紫烟陌生的阴冷。

“别闹！”血神子冷冷道。

罗紫烟咬牙道，“我想知道，你跟司明约定什么了？”

“约定要好好照顾你。”血神子淡淡一笑，笑容却让罗紫烟感到心寒。

“你会这样好心？”

“人心善变嘛，我也不例外。”

“你也是人吗？”罗紫烟厌恶地看着血神子，片刻才道，“司明拿什么跟你约定？”

这个问题，才是罗紫烟最关心的。

血神子笑了笑，转身继续前行，“我还是先安顿好你吧！现在他可是个小祖宗，我可要让他高兴才行。”

“嗯？”罗紫烟心头一动，内心的不安更浓了。司明的元神，必定是跟血神子做了什么交易，否则以现在她的处境，血神子不用动手也有几百种方法能置她于死地。

但要血神子主动说出来比登天还难。

罗紫烟死死盯着那让她爱恨交加的背影，片刻才道，“那有个事，你总可以告诉我吧？”

“哦？什么事？”血神子头也不回地道。

罗紫烟的心跳再次急促起来，“小卷毛怎么样？”

“小卷毛？”血神子愣了下，“就是那只不成器的凰雏？”

“它不是‘不成器’什么的！”罗紫烟怒了，“你把它怎么了？”

血神子似乎没想到罗紫烟的反应如此大，微微一愣后，回头若有所思地看着罗紫烟，“我能对一只鸟怎么样？”

“你没杀它？”罗紫烟愣了下，有了一丝希望。但血神子随后的话，却让她如坠冰窖。

“我没在意那个小东西，可能是被那个满身怨毒的女人杀了吧。”

罗紫烟当然知道“那个满身怨毒的女人”是谁了。

“那贱人……她怎么会投靠你了？”罗紫烟恶狠狠说道。

血神子回头看了她一眼，突然笑道，“她投靠我？哈，你得感谢我。要不是我及时赶到，她可能把你也杀了！”

“不是你让她杀我的？”罗紫烟愣了下。

血神子嘿嘿一笑，“我要杀你，还得假手于人吗？不过是刚好看到她要暗杀你，救你一下而已。谁让我答应司明要照顾你，保证你的安全呢？”

原来，铁姝并不是跟血魔勾结一处！罗紫烟不由得暗暗松了口气，那样至少干鹊是安全的。

“你杀了她？”

“杀她干吗？留她一命，她迟早会成为我的修罗的。”

罗紫烟冷冷道，“司明到底跟你做了什么约定，你会救我？”

“嘿嘿！”血神子冷笑一声，突然道，“好了，我们到了！”

说话间，一缕阳光突然迎面打在罗紫烟眼前。

罗紫烟眨了眨眼，终于看清了，眼前是个亮堂堂的房间，四壁都覆满白花花的冰雪，进入其中有种进入冰天雪地的感觉。

这里与太寒殿内部阴寒逼仄的环境截然不同，让人感到心旷神怡。

“进去吧！”血神子淡淡道。

罗紫烟回过神来，“这是什么地方？”

“寒顶阁，因为这里就在太寒殿最顶上，是整座大殿最亮堂最温暖的地方。”顿了顿，血神子又笑了，“可能整座太寒殿，你最喜欢住的也就这里了。”

“谁说我喜欢住这个鬼地方了！你到底在耍什么诡计？”

“你看看，她就是不相信我的话，你来说吧。”血神子无奈一笑，神色慢慢变了，声音跟着不一样了，“小烟，是我！”

“嗯？”罗紫烟愣了下，猛地挣开那两个修罗魔的手，惊喜地扑过去，“司明，是你吗？”

“是我！”

司明的手紧紧握住罗紫烟的双肩，罗紫烟能感觉到，那是熟悉的、温柔的、温暖的司明的力量。一瞬间，两道泪水不由自主盈眶而出。

“司明，你怎么样？”

“我没事，为了你，意志力坚定得很！”司明嘿嘿一笑，但罗紫烟却从笑声里听到丝丝颤意。

“你不用安慰我，我听得出来，你比以前更虚弱了。”罗紫烟紧紧抓着司明的手，感觉到他的手也在阵阵发抖。

司明直直盯着罗紫烟，那脉脉的目光里，仿佛有千言万语要诉说，“我没事的，你不用担心。以后，你就住在这里吧，这是我跟那魔头的约定。”

“约定？你们约定什么？”

“约定他不要伤害你，要善待你。”司明顿了下，“我知道自己支撑不了多久了，这是我目前想到的唯一能保全你的办法了。”

“你知道他是魔鬼，怎么能跟他约定！你又不是不知道他的卑鄙！”

“我没办法，他现在能绕过我杀你的办法越来越多了，就像昨晚，他要杀你易如反掌，我根本阻拦不了。”

司明叹了口气，直直看着罗紫烟，“我能威胁到他的地方越来越少了，这是我能想到的最好办法了！”

“那你付出了什么代价？”罗紫烟紧张地看着司明，直觉告诉她，这次司明为了救她，付出的代价极其巨大。

司明刚要回答，脸上的神色又慢慢变了，那一抹熟悉而又充满险恶莫测的笑意，再次浮现出来。

“司明！你这浑蛋回来干什么，快把司明还给我！”罗紫烟气急败坏大叫着，狠狠捶打着血神子的心口。

血神子顺手一拨，就把罗紫烟推开了。他淡淡一笑，“有些话由我来说比较合适。”

罗紫烟死死盯着他，厉声道，“那你说，司明给你了什么？”

血神子嘿嘿一笑，“也没什么，就是我留你一条命，他给我一条命。”

“什么意思？”

“你应该猜出来了，没错，从今往后，他将放弃抵抗，任由我炼化。”

“浑蛋，怎么可以这样！”

“世人的痴情，愚不可及，但我喜欢这样的决定。”血神子大笑一声，转身往外走，“放心，我不会再杀你了，只要以后你乖乖住在这里就行。而且，我还打算收你为徒呢！”

“收我为徒？”罗紫烟一时竟是反应不过来。

“当然了，要在太寒殿内像我这样清醒地活着，唯一的办法就是修炼跟我一样的功法。这也是他提出的条件。虽然我非常不乐意，但你要真的能继承我的衣钵，我倒是不介意有个跟我一样道统的人存在。”

血神子说着，从袍袖里拿出一张写满蝇头小楷的羊皮卷，递给罗紫烟，“这是我的全部衣钵，能练到什么程度，就看你的造化了。”

罗紫烟接过那羊皮卷，发怔了片刻才道，“你就不怕我知道你功法的秘密？”

“哈，你要有那个本事，那我也认了。”血神子眼里透着睥睨之光，“依我看，你要能学点皮毛，并在这里安然活下去，那就得感谢司明了。”

“哼，你明知道我是修阳功体，故意卖个好给司明看的吧。”罗紫烟说着，猛地把那羊皮卷往地上一丢，“我才不跟你同流合污呢！”

“嘿嘿！”血神子冷笑着，笑容却突然消失，取而代之的是罗紫烟熟悉的神情。

罗紫烟愣了下，喜道，“司明！司明！是你又回来了吗？”

“小烟，是我！”司明用力地点点头，“还记得你原来让我练习六阳心法吗？”

“当然记得了，怎么了？”

“虽然表面看起来我没修到什么，其实还是有不小用处的，至少增强了我的元神，让我能跟他对抗更久。”

罗紫烟不由得眼前一亮，“真的？太好了！”

司明点点头，“而且，我还知道一个秘密！这魔头原来也是修阳的，只是后来被修阳的人排挤，才一怒转修阴的。这就说明只要肯修行，多少都能有点用处，而且修阳和修阴并非天然隔阂难通。”

罗紫烟恍然大悟，“所以你要我修炼他的功法？”

“他答应放过你，但一定要把你关起来才放心。我也非常清楚太寒殿的威力，你如果只坚守阳体，是无法长久支撑下去的。但如果改学他的功体——啊！”司明突然惨叫一声，但他还是咬着牙，继续把话往下说，“他快回来了……总之，你能经历蓝火室的魔化而又恢复自我，就说明你并不是那么怕阴气……不管怎么样，知己知彼……”

深深喘息一声，司明咬了咬牙，看着罗紫烟，“学习他的功法，这是个机会……啊！”

“不，不，司明你别走！”罗紫烟发疯一般拉着司明的手，但是那手却在逐渐变冷，而眼前之人，脸上再次露出阴冷的笑意。

“你……”

罗紫烟猛地甩开司明的手，一步步往后退，死死盯着血神子。

“这次就算了，下次再敢挤占我的元神，受苦的就是她了。”血神子冷冷指着罗紫烟，这话分明是对司明说的。

司明的元神默默无声。

“在我彻底蜕变这具身体之前，你就在这里好生待着吧！”血神子又看了地上的羊皮卷一眼，“秘籍我是给你了，学与不学，就看你了。”

说着，血神子一拂袖，大步走了出去。两个修罗魔紧跟而去。

“浑蛋！还我司明！”

罗紫烟突然怒吼一声，飞身扑了出去。正在这时候，寒顶阁入口处蓦地出现一团蒙蒙白光，隔绝了内外，罗紫烟的身子一触到它，一股刺骨恶寒便迅速弥漫全身，周身上下顿时犹如插了万根刺。

“啊——”

罗紫烟不由得惨叫一声，一个跟斗倒跌了出去。

“司明！司明！”再次怒吼一声，罗紫烟又一个跃起，阳脉催动，凤凰力打了出去。

太寒殿乃是重寒阴地，即便是顶尖阳脉修仙者至此，也要功体大打折扣。罗紫烟更不用说了，阳脉一动，便有种难言的无力感。呼啸而出的凤凰力，也不足平时三成。

“砰！”

门口上的那道白光只是颤了颤，腾起一股白烟，毫发无损。

罗紫烟更加暴怒了，凤凰力一记又一记，绵密地打向四面雪壁。

但是，除了激起一团团白雾外，四壁毫不受影响。倒是每团白雾被激生而起，四周的阴寒气息就重了一分。

等罗紫烟意识到不对劲的时候，原本还算温暖的寒顶阁，已经是白气迷蒙，阴气逼人。

罗紫烟打个寒战，不敢再动了，目光不由得望向地上那个羊皮卷，一把将它捡起来，只见上面写着三个大字，“血神经”。

“司明说得没错，现在没有小卷毛，我在这里是无法长久支撑下去的！”

先前罗紫烟被困在蓝火室，就是因为有小卷毛协助，用魂元转寄法才成功逃过魔化的。如今，她孤苦一人，没有小卷毛来与她共同催动凤凰力抵御阴气，就算这里的阴气没有蓝火室的厉害，只怕也支撑不了太久。

“没错，要在这里活下来，学习血魔的功体是根本之道，虽然很难，但司明说了，最初血魔也是修阳之辈……只是，我会不会学了也变成血魔那样的人？”

罗紫烟突然哑然失笑，且不说她能否改弦更张成功修阴，就算可以，要达到血魔的级别，只怕还有十万八千里的路要走吧。

现在，还是先考虑生存问题吧。

“血神经”羊皮卷里记载的功法，其实就是正道人口中常说的“化血神通”。

对于血神子的修炼方法罗紫烟并不陌生，上回被困太寒殿的时候，她和小卷毛最常做的事就是躲在甬道深处，偷窥血神子修炼。

血神子是如何修炼的，一举一动她都了如指掌。

此刻，细看羊皮卷的内容，原本知其然而不知其所以然的部分，突然间豁然开朗。

罗紫烟发现，真要修炼这门全新的功法，似乎也不是特别难。

这门名震天下的修阴魔功，最大的难点跟修阳都是一样的，那就是需要有极其强盛的阴气作为修炼之助。而且，阴气不但要足，还必须持续不断。

“我就在太寒殿里，这个问题根本不是问题了。”罗紫烟心中不由得一喜。

“看来司明对这门功法也颇有了解，所以他要我也学血神经。只有学习血神经，我才能真正在这里存活下来！”

罗紫烟突然更加理解司明的用心良苦了。在这阴气极盛之地，不管阳脉修为有多高，都无法承受阴气的不断侵蚀，最后都要被魔化。

只有主动学习血神经，方能适应太寒殿的环境。

“只是我真的可以吗？”

凤凰后裔，近纯阳之体，所修的六阳心法和凤凰力又都是至阳功法，如果改修至阴的血神经……一个不好，走火入魔是小事……

“司明说那魔头以前是修阳的，后来才转修这门魔功的，我为什么不可以？”

“与其被阴气彻底魔化，变成血魔所想的行尸走肉，倒不如豁出去一搏！”

想到这儿，罗紫烟深吸一口气，终于下定决心了。

血神经秘籍所载的文字并不多，但内容博大精深。

万物能够生发，常人天生血性温热，根本原因在于体内蓄积了强盛的纯阳罡气。

阳气是人与万物能够存活的根基，它让人身强体壮，抵御风雨寒暑。当它逐渐减弱的时候，另一种元气就会相应增强，那便是阴煞冥气。它强一分，人就弱一分。当人体全部被阴气充满之际，身体就会僵硬如冰，死亡也就随之而来了。

因此，正道修仙的终极目标，都是强化纯阳罡气，先强化体魄，进而御剑飞行，羽化升仙。

但“化血神通”却是反其道而行之，修炼目的是强化人体内的阴煞冥气！

在化血神通的法门里，纯阳罡气只是天地中的异数，以它来维持躯体，只能繁盛一时，用不了多久就会凋谢。而自然万物最终的归宿却是“寒寂”，也就是说，阴气才是万物归宿。

因此，在修阴之人眼里，修阳之道实为逆天修行，他们认为，真正的大道，应是以体内的阴煞冥气为基，让躯体最终变成阴寒之质，如此一来，就能与日月同寿，乃至不朽——这也是世界能永恒的真谛。

阴煞冥气本性至阴，天生存在于万物之中，但在生灵初生之际，它数量微不足道，只是不着痕迹地潜藏于生灵的血气、筋脉、骨髓乃至元神之中。

人之一身，唯有血液像江河之水，遍布全身，浸润着五脏六腑、七经八脉、周天穴道。因此，作为修阴宗法，化血神通的修炼法门自然也就是从血脉着手。它先培养血脉之中的阴气，令其滋生到一定的规模后，再以此为引子，挑动起潜藏于筋脉、骨髓、元神中的阴气，一分分强化它们，其后是结丹化魂，重塑本体，形成寂寒孤冷，万古不化的“阴煞冥体”。

一旦到此境界，阴煞冥气就会浸润在躯体之中，结出无所能摧的阴冥冰晶，人的筋脉血气就会变得奇寒如冰，再无一丝热气，成为至寒至冷之人。无生无死，不破不灭，万古不朽，与天地同寿。

在阳脉修仙者眼里，把生人修成非人非鬼之物，纯属邪魔外道。但在阴脉修仙者眼里，这才是真正的修行大道。

万年以降，阴阳同炉的世间，一直因为这种阴阳修法的分歧而纷争不息。

不过，阳脉之法毕竟总体上是遵循天道循环而走，只是在天道之外做一些挣扎，而阴脉修法则是追求自我异化，最终炼化出来的只是非人非鬼的怪物，两厢比较，更多的人喜欢修阳。

也因此，阴脉之修日渐式微，并被视为邪魔行径，在数千年围剿下，不断消亡。

只是，百足之虫死而不僵，修阴之道从没真正灭绝过，即便是血神子被镇压于地下，这类修道之人仍是层出不穷。

而血神子再次归来，不但要振兴阴脉修炼一门，更有把天地万物都化为阴煞魔物之势。

罗紫烟研读着血神经的一切，心中只是越来越震惊。

之前对于血神子从何而来，所为为何，她始终只是道听途说得来的。但如今来看，他所带来的凶险，只怕远比想象的还大！

当然，最让罗紫烟不寒而栗的是，血神子正用阴气逐步改变着司明的身体，只要让他修炼成功，司明的身体就会在不断的蜕化中，变成阴煞冥体，也就是纯阴魔物。

届时，从元神到身体，司明都将像蝉蜕一样，被魔化的身体无情抛弃。

而且，随着司明的元神放弃抵抗，血神子修炼遇阻的情况将不复存在，血神子彻底夺取他的身体的时间必定会大大缩短。

罗紫烟越想越是害怕，只觉心都快冰冷了，她一定要赶快修炼，赶在这之前阻止血魔，阻止事情的发生。

化血神通共有三大境界，分为坤元境、结丹境、造化境，每境又有三重，共分九重。

坤元境第一重为一气化血，其旨在于激发血脉里的阴煞冥气。此为化血神通之发端，同时也决定着化血神通的未来修炼程度。

罗紫烟原以为，自己这个凤凰后裔之体，修炼化血神通必定会遭遇强劲反弹，但结果却是出乎意料，随着功法的施展，她原来被丁引误开的那几个阴脉随之敞开，原本在里头残剩的阴气立即被释放出。

这些阴气刚开始只有一丝一缕，但在外界雄浑的阴气影响下，很快就像星星之火，相互连成一线、一片，继而群起于血脉之中。

“想不到，上回师父不小心给我开的阴脉，居然还有今日之用。冥冥之中，难道真有定数吗？”罗紫烟惊喜不已，突然有些相信命运之说了。

更让罗紫烟意想不到的是，随着阴气在血脉里密集生成，原本拓展淬炼好的阳脉，开始飞快收缩起来，积蓄于里头的阳气，则是不断萎缩，渐渐趋于无。

但罗紫烟知道，它们并不是真的消亡了，而是自我封闭其中，只待被唤醒而已。

随着修炼的深入，阳脉逐渐封闭，阴脉大开，罗紫烟发现自身的阴气，竟开始在引导外界流入的阴气，在其中洗伐筋骨。

这个过程与六阳心法中的拓脉类似，过程痛苦万分，每一次阴气对筋骨的冲击，都像要把罗紫烟从内炸碎，将她的身体撕开。

但磅礴巨量的阴气，却也让修炼变得容易起来。

几乎没费多久的时间，罗紫烟全身筋骨之中便也充满了阴气。

不知不觉，竟是完成了化血神通第一重、第二重的修炼。

随后，汹涌如潮的阴气开始大股渗过筋骨，直抵神髓，进入化血神通第三重。

随着外部阴气持续不断地洗伐淬炼，罗紫烟能清楚地感觉到，自己的一身神髓正在悄然发生着说不清的变化。

而这种变化带给她的最大变化是，她再也感觉不到丝毫阴气。来自四面八方的阴气，此刻变成若有若无的存在。而罗紫烟就像一滴水进入大海那样，全身心似乎与太寒殿融为一体，再也感觉不到任何来自外界的阴气压迫。

她发现，顶寒阁内的四壁及地面、天花板，突然像是伸出无数触手似的东西，与她的身体连接一处，密集的阴气就通过这些触手状的东西源源不断进入她的体内。

这跟血神子修炼时的情景如出一辙。

奇妙的是，身体在被阴气魔化，而罗紫烟的元神依旧如常，对于这具身体的掌控仍是驾轻就熟，毫无障碍。

这就是有没有修炼化血神通的区别。

丁引当初误打误撞给罗紫烟开的阴脉，以及太寒殿雄浑无尽的阴气，成为罗紫烟的两大强助，坤元境的进步当真是快得惊人。第三重的三转神髓，只是比第二重的洗筋伐骨多用一倍的时间而已。

至此，她已成功通过坤元境，而身子也完全适应太寒殿的阴寒，从里到外，皮冷筋寒骨霜，三转神髓后，就连性情，也多了几分冰冷之感，似乎世上万事在眼里都是冰霜一场。

坤元境之后，便是结丹境。本境的三重境界，分别是四海归田、五方凝丹、六花聚顶。

从化血神通秘籍来看，本境之后，四肢百骸的阴煞冥气，将从全身穴脉筋骨神髓归于丹田，而体魄也将趋于阴冷，筋骨如铁，一般兵器触之即折。而丹田之中的阴气，也将逐渐凝结出阴气，以攻击外敌。到六花聚顶之时，便是内丹大成之际。至此，信手挥掌，内丹化为阴气，中者立即周身结满冰霜，血脉冻僵难以动弹。

结丹境之后，便是造化境，其三重境分别是七魄再造、八表化形、九重归一。

进入此境，结成的内丹便开始对本体的七魄进行重塑，魂魄将一步步被异化。被此境之人击中，身体不会再结冰，但是轻则七魄被冻住，成为傻子任人宰割，重则三魂七魄皆被冻住，人就会变成行尸走肉，听命于施法者。

从以往血神子的出手来看，他的修为，已经逐渐达到八表化形之境，不过因为身体是借用之故，结丹不足，而且为了炼化司明元神，一度还在修炼三转神髓，显得修为与功体之间层次混乱。

不过，只要炼化了司明元神这个阻碍之后，血神子的功体就会惊人地蜕化，在内丹境完成对三魂七魄的异化后，将实现脱胎换骨，以内丹为核，三魂七魄为器，蜕化原来的躯体，新生出阴煞冥体，从而拥有不败不坏不死之身。

弄清楚这些道理后，罗紫烟却没有再往结丹境继续突进，而是起身大步往外走。

在经过门口那团白光的时候，罗紫烟几乎感受不到它的存在，就像穿过一团白雾那样，自然而然就从中走过，进入外界。

“果然如此！”

现在，她的功体已经完全适应了太寒殿的阴气，而且功法跟血神子源出一脉，所以穿过血神子所设的结界毫不费力。

但她心里没有丝毫快感，而是匆匆往外走。一切都是机缘巧合，她要赶快找到司明，阻止他主动接受血魔的炼化！

第二十章 | 釜底抽薪

结界之外，是一条狭窄幽暗的甬道，甬壁上黏糊糊的，阴冷的风迎面吹来，带来阵阵腥臭气息。

罗紫烟屏住呼吸，尽量不让自己呕出来。

甬道走到尽头，是多个岔口，一个个像是幽深的井口，朝着各个方向开去。

上次和小卷毛潜伏在太寒殿里，罗紫烟对这些甬道已经摸得很透，知道它们其实就是太寒殿这头怪物体内纵横交错的血管——虽然没有血液在其中流动，却是阴气流动的重要通道。

同时，它还是孕育和输送魔物的重要通道。

这些甬道四通八达，岔口不计其数，乍然进入其中，简直就像走在迷宫中，不用转几个路口就会彻底迷路。

好在，罗紫烟对它们有不少了解。这些甬道，就像人的血管系统一样，有着明显分级。其中，最大的主甬道，就像主动脉那样，从太寒殿入口纵贯到太寒殿地下及顶部，而在它上面则连着二、三级甬道。

二级甬道通向的是诸如胞室、蓝火室、修炼室、轮回厅这样的地方，可以穿行魔物，而三级通道则是狭窄难行，通常只是纯粹的阴气通道。

罗紫烟清楚地记得，血神子的修炼室位于太寒殿大门进门半里处，一条从主甬道上延伸出的二级甬道的深处。

因此，要找到那里，首先是要找到主通道，再明确哪里是出口方向。

找到主甬道并没有花费罗紫烟太多时间。

离开太寒殿的时间并不长，但跟上次相比，这里显得更加拥挤了，经常能看到大量魔物熙攘往来，偶尔还会有魔徒在其中匆匆穿梭。

刚开始，罗紫烟与它们擦身而过，还是小心翼翼。但很快就证明这不过是多心，此时她身上的阴煞冥气，甚至比那些魔物还浓厚，魔物根本辨不出她是异类。

而魔徒更是毫无所觉，在他们眼里，罗紫烟与修罗魔别无两样。

这个发现让罗紫烟大喜过望，她悄悄剥了一个修罗魔的衣服，套在自己身上，又把头发弄乱披散下来，脸上则是涂满血污。

不用照镜子，她也知道现在的自己，肯定是一副人不人鬼不鬼的样子。就算小卷毛在眼前，也未必认得出她来。

“哼！这里也是我的主场了！”罗紫烟不由得冷笑一声。

血神子之所以敢给罗紫烟血神经，是因为他知道，修阴修阳开脉都是艰难无比。如果他知道罗紫烟原本就开了阴脉，只怕打死也不会同意司明的条件。

只怕他现在还认为，罗紫烟依旧在那禁室里，为如何开拓阴脉而痛苦不堪吧。

半个时辰后，罗紫烟终于找到了主甬道。

“是往这边，还是那边呢？”

甬道两端一模一样，加上四周昏暗狭窄，模糊了方向感。罗紫烟无法分清朝哪个方向走，才能走到太寒殿大门出口。

“算了，先往这边看看吧！”好片刻，罗紫烟终于选定一个方向。

主甬道是太寒殿内最大的阴气输送渠道，行走在其中，犹如在阴气之河里游泳。常人到此，只怕用不了多久，就会被阳气蚀尽，暴毙当场。但对罗紫烟而言，在其中反而甘之如饴。

一路上，不时有魔物和魔徒熙攘往来，有一次罗紫烟甚至与许飞娘擦身而过。

许飞娘看都没看她一眼。

这让罗紫烟更加放心了，现在她唯一要小心的，似乎也就是血神子了。但那又是她无法躲开的一座山，因为司明就被绑在那座山上。

“先找到血魔，等他修炼到紧要关头的时候，设法给他一击，打乱他的修为，再看怎么救司明……”想到司明，罗紫烟的心就发堵，只希望他能多支撑一段时间。

现在，她已经知道化血神通应用之妙，但仍不知如何把血神子从司明身上剥离出来。而且，她越来越觉得这是个渺茫的希望。

化血神通的本质，是对身体炼化再造，最后蜕化成至阴之体。随着血神子修为的不断加深，司明的元神会被不断炼化掉，而肉体凡躯则是慢慢蜕化掉，最后血神子完全得到一个新的身体。

届时，就算有神佛出手，只怕也救不了司明。

忧思之际，甬道中的魔物逐渐少了，而阴寒之气却更浓了，罗紫烟竟能感到它漾动的力量。

“嗯？这是……”

罗紫烟突然意识到自己走错方向了。因为如果是往主甬道出口方向走去，阴气应该是越来越薄才对。现在情况相反，只能说明她在往主甬道另一端——太寒殿深处走去。

“嗯？借这个机会去看看，殿底深处有什么鬼东西！”罗紫烟本想掉头，但念头一转，又迈步继续前进。

主甬道开始出现明显的坡道，但因为阴气充盈厚实，罗紫烟反而有种爬坡的感觉。

而且，这个坡还越来越难爬，因为不断往上涌的阴气，一直在把罗紫烟向上推。

许久，罗紫烟终于到达甬道的尽头，那是个数丈见方的圆形洞室。

这里应该深入地下，但是却有着晃眼的白光在洞室中间闪蹿着，映出一个三足之物。

“九凝鼎！”

罗紫烟不由得惊呼一声，却又急忙噤声，凝神看着四周。

除了主甬道这个入口，圆形洞室四壁密封，再无其他出入口。而里头除了涌动的阴气，也别无他物。

罗紫烟深吸一口气，努力平抑着心头的激动，小心翼翼地向九凝鼎走去。

洞室不大，但里头的寒气浓密至极，罗紫烟行走在其中，竟有种走在透明的冰块里的感觉。这里的寒气，竟让人举步维艰。

如果是寻常生灵误入其中，只怕瞬间就被阴气洗尽阳气而亡吧。

就算罗紫烟行走其中，也感到寒气逼人，好在她现在的功体，已经足以承受这种阴气侵蚀了。

短短数丈距离，罗紫烟竟是走了大半个时辰，才来到九凝鼎身边。

九凝鼎与罗紫烟最后一次看到时的样子并无二致，依旧是遍体裹着冰霜。而那团闪蹿的白光，则是从鼎内喷发出的阴气在空中形成的。

这些阴气，离开九凝鼎，离开这座洞室后，很快就会传遍整座太寒殿，成为支撑太寒殿不倒的根基。

罗紫烟探头往九凝鼎内望去，触眼所及，竟是一片清朗的景象，能一眼看到鼎底。

在这鼎浓郁的至阴之水之中，有一条肥胖的蓝色虫子，蚕一般趴在鼎底。

天化虫！

太寒殿不就是天化虫所化的吗？为什么天化虫还会在鼎内？

罗紫烟心中疑惑，看了看四周，还是决定进一步探究。她深吸一口气，催动化血神通，将全身阴气聚集在右臂上。然后，缓缓探入九凝鼎内。

不出意料，至阴之水的阴寒程度远非外头任何地方所能相比的。罗紫烟即便有所准备，手指头在探入的瞬间，全身仍是忍不住颤抖起来。

难以言喻的刺疼瞬间弥漫全身。

“咯咯……咯咯……”

罗紫烟听到自己的牙齿在上下交战着，她想把手缩回来，但是一发狠，却又继续往下探手。

太寒殿是血魔的最大凭恃，是他修炼和扫荡世间的神器。而九凝鼎无疑是它的中枢，如果能弄清它的情况，再加以操控，就等于能操控太寒殿，乃至斩断血神子的命脉。

个中利害关系，罗紫烟一想就透，因此再难再险，她也要以身犯险，试试这九凝鼎和天化虫的斤两。

随着手越探越深，罗紫烟能清楚地感觉到，至阴之水像是泻地的水银一般，不着痕迹地往手臂内浸润进去，进而游走全身。

罗紫烟全身都在发颤，被冻僵的感觉再次袭来。

不过，化血神通也显现出它的厉害来。随着阴脉运转，阴气游走，全身肺腑、经脉、穴位同时敞开，像是蓄水池一般，吸收和容纳着进来的阴气。

修阴与修阳只在于根本方向不同，修炼法门上并无太大的区别。二者的共同点都是要吸收阴、阳之气，拓脉修体，铸魂炼魄，从而形成至阴、至阳之躯。

因此，此刻快速涌入的阴气，对身具化血神通的罗紫烟而言，虽然冲击很大，但本质上并没有太大影响，只是过程痛苦了点。

直到手指头快探到天化虫的时候，罗紫烟才停止了颤抖。此时，蓄满体内经脉穴池的阴气，正化为涓涓细流，流遍周身各处。

当全身充满阴气，这时候外部带来的那种阴寒感觉反而没那么强了。

而罗紫烟的手，终于也碰到那天化虫了。

“你这害人的小东西，看我捏死你！”罗紫烟心里骂了一句，双指一捏，想把天化虫捏住。

但是，双指却是碰到一块儿。天化虫，不知何时竟从中溜走了。

“嗯？”

罗紫烟愣了下，再次拈指向天化虫抓去。

这次，她全神贯注，目光始终盯着天化虫。但在双指抓到天化虫的瞬间，天化虫并没有动，罗紫烟的指头却也感觉不到任何实物。

而就在双指再次碰到一块儿的时候，罗紫烟清楚地看到，双指竟是从天化虫体内透过。随后，天化虫又出现在她双指之外。

这天化虫似乎是个虚幻之影！

罗紫烟沉吟了下，再次拈向天化虫。这次更清楚了，指头碰到天化虫后依旧直穿而过。

天化虫确实是个虚幻之影，根本拿捏不住。

罗紫烟把手从鼎内伸出来，心中惊异非常。

她现在更知道“天化”二字的含义了。它不但是可大可小，而且还是可实可虚，变化多端，让人摸不着头脑。

“也许，鼎内那只天化虫，只是天化虫的一个投影而已，真的天化虫就是这太寒殿本身……”

罗紫烟试图给出一个解释，但马上觉得这种解释分外苍白无力。对于天化虫，她的了解还是太少了。

“咦，不过这至阴之水……”罗紫烟突然注意到，九凝鼎内的至阴之水相比先前，水面已下降了一指深。

从鼎面上蒸腾而起的白光状阴气，相应也少了许多，四周的亮度更是因此变弱几分。

“想不到，化血神通吸收阴气速度这么快。”罗紫烟喃喃说着，心中突然掠过一个念头，“那血魔为什么不直接到这里修炼呢？”

“是了！”罗紫烟沉吟了下，隐约知道个中的缘由了。

修仙一道，阴阳二气的吸收并不是越多越好，而是要跟功体相匹配。司明之躯，毕竟是凡俗皮囊，如果短时间内吸入大量阴气，只怕难以承受，反而会破坏血神子元神的寄舍。

因此，血神子不敢冒险，反而要躲到阴气不那么浓厚的地方去修炼，哪怕因此进度相对会慢许多。

此外，九凝鼎的阴气，是维持整座太寒殿的基础，如果阴气消耗得太快，只怕会对太寒殿有所影响……

罗紫烟越想越觉得对，心中又泛起一个念头，“如果我把九凝鼎内的至阴之水吸收殆尽，那会怎么样？”

可以肯定，会对太寒殿有影响，但会有多大的影响，罗紫烟全无所知。同时也不知道，那样会对自己产生何种影响。

“算了，先去找血神子……司明吧！”

从至寒的九凝鼎边上离开，外头的阴气浓度对罗紫烟来说根本算不了什么。

沿着来时相反的方向，经过无数个岔口，与众多的魔物擦肩而过后，罗紫烟终于找到了血神子修炼的密室。

之前，她寄魂于小卷毛身上，尚要潜伏在远处暗中偷窥，此刻形体目标太大了，更是只能远远盯着血神子的修炼室。

没多久，罗紫烟就看到血神子从外头过来，大步走入修炼室内。

修炼室门口随后生起一片白光，四周迅速安静下来。

罗紫烟无法窥及里头丝毫，不过她注意到，修炼室平静得过分，全然不像之前那样——修炼到一定程度时司明的低沉闷吼就会传来。

“看来，司明的元神真的放弃了抵抗！”罗紫烟不禁心如刀割。

在这之前，司明元神的干扰，让血神子遇阻不小，但现在司明放弃抵抗，只怕血神子的修炼会一帆风顺吧。

罗紫烟越想越不安，越想越心慌。再也忍不住了，从暗处起身，悄悄向修炼室摸去。

她走得很慢，似乎脚下每一寸都是雷区，逼得她必须小心翼翼。

许久，终于到了修炼室门口，站在那团蒙蒙白光前，罗紫烟依旧看不清里头的情况，但她一颗心都要跳了出来。如果被血神子发现，她会陷入什么样的境地，司明又会如何？

罗紫烟一点把握都没有，但如果什么都不做，对司明又有什么好处？

罗紫烟心头一横，轻轻抬脚，迎着那团白光走了进去。

白光之内，是道看不见的结界，罗紫烟一脚踏进去，立即感到一股沉重如山的气息迎面而来，笼罩着每一寸空间。

显然，血神子想用这个结界来给自己护法。

不过，罗紫烟只是一催化血神通，来自四面八方的压力就全然消失了。这个由化血神通催化出的结界对于别人来说可能是道不可逾越的城墙，但对于同修血神经的罗紫烟而言，只是一层纸而已，竟是一捅就破。

虽然结果在预料之中，罗紫烟仍是暗暗窃喜不已。她定了定神，凝神看着四周。

不知触动了结界，是否会引起血神子的注意？

眼前是一片迷蒙云雾，虽然已进入修炼室，但因为结界遮蔽，罗紫烟看不清四周的情景。她的心揪得紧紧的，生怕眼前迷雾突然散去，露出血神子那张脸来。

时间分秒流逝，许久，迷雾还是迷雾，寂静还是寂静。

罗紫烟暗暗松了口气，再次前行。片刻之后，眼前豁然开朗，罗紫烟的心却在刹那间仿佛要从嗓子眼里蹦蹿出来！

她终于再次看到血神子，只见他就迎面坐在修炼室之中，从太寒殿上伸出的触手状东西，正连接着他全身上下。乍看之下，他仿佛被无数道铁链锁着。

此时，这个大魔头遍体霜白，头顶还有一缕缕淡淡的白气在盘旋着。

四下寂然无声，罗紫烟死死盯着血神子，只见他双眼紧闭，脸上也满是薄霜。看样子，已入定多时了。

罗紫烟再回头看身后，刚才在结界内好像走了很长一段路，但其实只是跨过门内一大步而已。

就是这么一步距离，却因为结界的存在，形如天堑。

修仙者在入定之后，通常会进入天人两忘之境，对外界无知无觉，这也是最脆弱的时候，即便一个常人，也能给他造成巨大的伤害。因此，多数修仙者入定之后，要么是请人护法，要么自我封印。

从眼前情景来看，血神子已到天人尽忘阶段。罗紫烟只要一抬掌，就可以了结他。

但是看着那熟悉的脸孔，罗紫烟哪里下得了手？

她轻步上前，绕着血神子四周游走，仔细观察着他。

血神子周身冒着白气，就像刚从热汤里捞出来似的。

“他的修炼正在紧要之处……但我该怎么做？”罗紫烟看着自己蓄满阴劲的双手，却又不知该怎么办。杀血魔容易，但要保住司明就难了。

她看着寂静无声的血神子，内心莫名的阵阵绝望。以前，司明还能反抗的时候，虽然看着他很痛苦，罗紫烟也跟着难受万分，但至少心底还有一丝安慰，那说明司明还活着，还在抗争。

但如今司明静悄悄的，罗紫烟看着他，仿佛看到他躺在受刑台任人宰割。而为了她，即便是千刀万剐，他还不能吭声，不能反抗。

而她在这么好的机会面前，却不知怎么为司明分忧，更不知如何将他救出。

罗紫烟突然无比恨自己。

“呵——”就在这时候，血神子突然轻轻地吐了一口白烟。

罗紫烟打个激灵，全身骤然紧绷，死死盯着血神子。她本以为自己做事果决，但此刻脑海却是一片空白。如果血神子出定，她该怎么办？是出手，还是不出手？

无论是出手，还是不出手，都是个难题。

好在，白烟之后，血神子仍是静坐不动。但罗紫烟知道，他快出定了。

迟疑再三，罗紫烟终于下定决心，她蹲到血神子面前，仔细端详着他。

司明的面目依旧那样熟悉，但是眉眼间透出的气息，却是那样陌生。

“司明……”罗紫烟想低呼，但声音到嘴边却又咽回去，只是深情凝视着司明，心中有千般不舍、万般无奈，却不得不控制声音，控制眼泪，控制拥抱的冲动。

可是，声音咽回去了，却在心底千百遍呼唤着司明的名字；眼泪忍住了，却在眶里不断盈动着。而那拥抱的冲动，却是怎么也控制不住。罗紫烟终究是一个环臂，抱住了血神子，抱住这个被太寒殿内伸出的触手状东西缠系的大魔头。

没有熟悉的温柔，抱着的似乎还是一团坚冰，罗紫烟的泪水再也忍不住了，哗啦直下。而她的嘴唇，却还是凑过去，轻轻地吻在他那冰冷的面颊上。

面颊也是坚冰般冰冷，但罗紫烟的心却像是被点燃一般。她霍地起来，看着血神子。

“司明，你坚持住，我一定会设法来救你！”

心中默念一句，罗紫烟掉头大步走去，又一次进入门内那道结界。

她无法下得了手，无论如何都无法对司明痛下杀手。她只能换着理由说服自己。

“还没到那一步，还有希望。我现在觉得绝望，是因为还没找到方法。”

“世界万事，总归都能找到解决之道的。”

“司明虽然沉寂了，但他一定还在暗地里反抗。”

……

这些念头像是投入火苗里的木柴，让罗紫烟心底的火越燃越旺。

没多久，结界便被甩到身后，罗紫烟大步往来时方向走去。

虽然还没找到马上解救司明的办法，但她刚才突然想到一个延缓司明被炼化的办法。

那就是——

“是谁？”就在这时候，身后突然传来一声厉喝，夹杂着几分惊怒。罗紫烟急忙回头，只见洞室之外那团白光结界闪了闪，正在消失。血神子似乎马上要从中冲出来了。

罗紫烟心知不妙，立即飞身往前奔去。少顷，她听到血神子的脚步声从修炼室外冲出来，口中怒吼道，“刚才是谁？”

“糟糕，不该一时忍不住的！”

罗紫烟全力狂奔，心中暗自叫苦不已。血神子何许人，她不该一时动情，对司明又抱又亲的。

只是，后悔已经来不及了。罗紫烟只能全力疾奔，飞快地闪入不远处一个岔路口。

身后风声啸动，血神子已闻声追来。

好在甬道内的岔口众多，且又狭窄昏暗，血神子并没有看到罗紫烟，只是凭着丝缕气息紧追而来。

罗紫烟只能穿过一个又一个的甬道口，试图甩掉身后的血神子。

只是，身后的风声始终没有远去。

“可恶！”罗紫烟不由得暗骂一句，照这样下去，迟早要被血神子追到的。

正在此时，眼前豁然开朗，她已经从一个甬道口冲入一座大洞室之中，迎面而来的是一张张脸，正用呆滞的目光直直看着罗紫烟。

罗紫烟愣了下，马上意识到自己进入一个存放修罗魔的地库了。看看四周，已没有其他的甬道出口了。而来时的甬道内正传来风声，血神子已循声追来。

此时已是无路可逃了，罗紫烟只是略微迟疑下，便飞身掠入那些修罗魔之中。

修罗魔们动也不动，对于罗紫烟的到来全无反应。

罗紫烟刚在它们中间站定，甬道口便是人影一闪，血神子大步走进来。他冷冷扫视了四周一眼，鼻孔里重重地哼了一声，闷雷般震得洞室内嗡嗡作响。

修罗魔们依旧毫无反应，罗紫烟心头暗暗打鼓，但也是岿然不动。

“我知道你在这里，快出来吧！”血神子扫了一众魔物们一眼，冷冷说道。

罗紫烟急忙低垂下眼帘，即便如此，她仍能感觉到，血神子扫来的目光灼热如炬。

幸亏她及时垂下眼帘，否则只怕视线一交接，血神子就发现她了。

“哼，你以为混在这里，我就找不到你吗？自己出来，我保证你可以死得体面一点！”血神子冷笑一声，声音更森冷了。

没有回答，沉寂笼罩着一切。

罗紫烟屏息凝气，努力平和心绪，同时催动化血神通。一旦被血神子发现，说不定只能硬拼了。

血神子突然也不说话了，只是冷冷看着一众魔物。

罗紫烟更不敢动了，心中暗暗嘀咕起来，这魔头在干什么呢？

“沙沙——沙沙——”

甬道外又传来一阵脚步声，少顷，许飞娘匆匆进来。

“血尊，发生了何事？”

“刚才我修炼室的结界好像被人动过，好像有人逃到这里了。”

“啊？难道有奸细混进来？”许飞娘吓了一跳，警惕地看着四周，“会不会混在他们中间，我一个个查过去？”

“不用了，我刚才已经用功法扫了一遍，这里没有修阳之人。”

罗紫烟不由得暗呼侥幸。

“会不会真有奸细，躲在别处呢？”

血神子不置可否，回头看着许飞娘，“你来这里做什么？”

“我来向血尊汇报的，刚才得到消息，丁引真的来了。”许飞娘声音里透着不安，“看来他的伤势是痊愈了。”

血神子若有所思点点头，“那小子没白当上蜀王，还真说动丁引来跟他联手？”

“那小子？是干鹊吗？”罗紫烟心头一动，又惊又奇，难道干鹊和丁引联手来对付血神子？

“丁引心性高傲，不是一个蜀王请得动的。据说也是为了那贱婢而来的！”许飞娘说道。

血神子冷笑道，“哦？想不到她竟然有这么大的魅力，倒是让人始料不及。”

“血尊放出那女人被囚禁在太寒殿的消息，本来只是想引诱干鹊带人过来的，但现在多了极阳宫……”

“来就来了！太寒殿永远都缺原料。”血神子冷笑道。

“那血尊的伤势……”

“我没什么事了！接下来该轮到他们有事了！”血神子双眼放着寒光，“走吧，让我们去看看来的羊有多肥。”

“是！”

许飞娘躬身说道，她在前头带路，血神子跟了出去，两人的足音很快就消失在甬道另一头。

罗紫烟呆立当场，心中又惊又怒。如果不是亲耳所听，她实在没想到，血神子竟想借囚禁她这个饵，引诱干鹊带人来救，再把干鹊一行抓起来炼化成魔！

为了炼化出更多的魔军，血神子可谓无所不用其极。

“这个浑蛋，我会让你的如意算盘彻底拨空！”罗紫烟暗暗骂了一句，侧耳倾听，确定血神子和许飞娘已经走远了，这才悄然从魔物中离开，飞奔向那个甬道。

半个时辰后，罗紫烟再次进入那座地底洞室，来到九凝鼎面前。

此刻，九凝鼎内再次蓄满至阴之水，从中散发出的阴气，在鼎炉上面化为白色的光气，而那只蓝色的天化虫，仍是静静地趴在鼎底。

“呼！”罗紫烟深吸一口气，举起双手，缓缓地探入至阴之水里。

在离开修炼室结界之前，罗紫烟就打定主意了，既然她下不了杀手，那就先想办法拖慢血神子修炼的节奏，先保住司明再想别的办法。

而要达到这个目的，釜底抽薪的办法就是破坏太寒殿。

太寒殿的命门无疑就是九凝鼎或天化虫。

天化虫变化多端且神秘莫测，罗紫烟对它无计可施。但事实证明了她可以吸收九凝鼎里的阴气，而这阴气又是维系太寒殿的重要支撑。

因此，罗紫烟决定不管如何，都要把九凝鼎钻研个透，找到对付它的办法。第一步，当然是先把鼎内的阴气吸出来看看。

双手浸入至阴之水里，罗紫烟再次感到双牙磕碰得厉害，“咯咯——咯咯——”

但她的双手仍是继续往下沉，同时催动化血神通，周身经络血脉悉数打开，任由浸入的阴气之水化为汩汩细流，在其中流淌着。

只是片刻工夫，罗紫烟便像一个巨大阴气蓄水池，成为鼎内至阴之水的泄洪方向。

如此巨量的阴气入体，换做一般修仙者，只怕瞬间就要爆体。但罗紫烟身具化血神通，又是有备而来，全身经脉穴池敞然而开，有条不紊地引导着阴气流向周身各处。

由化血神通打造出的功体，随之显露出妙处来。不管来的阴气多少，功体都能像海绵一样，润物细无声地将它吸收殆尽，并迅速转化成功体的一部分。

化血神通，果然是化用无方。

而且这巨量的阴气，竟是在短期内让罗紫烟的化血神通修为再上个层次。

先前在顶寒阁里，罗紫烟的化血神通经过洗髓伐筋，已臻三转神髓、坤元大满之境。此刻，在无穷无尽的阴气炼化下，原本散布在全身的阴煞冥气，突然间逆向而动，同时朝着丹田方向流动。这就是结丹境里的四海归田了。

随着阴气流速加快，化血神通开始快速塑造着功体，四肢百骸的阴煞冥气，更快地从周身穴脉筋骨神髓中转入丹田里，体魄也是不断变冷。

当鼎内的至阴之水只剩一半的时候，聚集于丹田的海量阴气，突然开始收缩了，竟是由气状变成液态，继而逐渐浓缩成一颗珠状物。

进入结丹境里的五方凝丹了！

罗紫烟又惊又喜，这未免太开挂了！

不知过了多久，鼎内的至阴之水终于见底了，不过四周却是静悄悄的，并没有任何异常出现。

“难道吸收掉九凝鼎里的阴气，对太寒殿根本没什么影响？”

罗紫烟收了手，呆呆地看着鼎底，那里几乎没有至阴之水了，但是那只天化虫依旧静静地卧在鼎底。

“可恶，那我该怎么做？”深吸一口气，罗紫烟猛地大怒，右掌一抬狠狠朝着天化虫拍去！

“呼！”掌力一动，罗紫烟便有惊人发现。

只见一股雄浑的阴寒之气，竟从丹田内的内丹喷薄而出，直传递到掌心，继而牢牢盖在天化虫身上。

“轰隆！”九凝鼎猛烈震颤着，偌大的鼎身瞬间再次结满阴气之霜。

随后，四周又恢复了寂静。

“真的没用！”罗紫烟心头掠过一个绝望的念头。几乎同时，一个更绝望的情景出现了。那只天化虫，竟出现在她手掌边上，依旧静卧不动。

天化虫依旧杀不死，九凝鼎又破坏不了。

默然片刻，罗紫烟只能转身往外走，看来得另想方法了。

重新进入主甬道后，罗紫烟突然发现四周似乎变窄许多，有些地方甚至出现下陷的凹坑，令罗紫烟无法像先前那样顺畅通行。

原本甬道壁都是浑圆状，道壁富有弹性而又坚韧，并且表面还黏糊糊的。但现在甬道壁突然失去本来形状，而且松垮垮的，表面干涩，一副衰颓枯败的景象。

“怎么回事？”

罗紫烟心头一动，继续往前走。很快，她便发现，发生巨变的不但有主甬道，而且次一级的甬道也满是衰颓气象，很多地方甚至难以容人走过。其中就有一个甬道内，卡着几头魔物，进退不得，动也不动。

越往外走，异常现象越严重。而且，不仅太寒殿出了异常，原本在殿内走动的魔物也有不少走着走着突然就倒下了，甚至有头夜叉魔还当场化为碎片。

这种现象罗紫烟再熟悉不过，唯有阴气不足时才会出现。

“难道，这是因为我吸收了九凝鼎内的阴气？”罗紫烟突然狂喜不已，越想越觉得可能，“这就是太寒殿的命门！只要破坏九凝鼎，斩断阴气供应，它就失去立基之根了！”

罗紫烟激动得浑身发抖，却又有暗自发愁。

有天化虫把控，九凝鼎必定会继续凝聚出至阴之水来，到时候太寒殿肯定要恢复原状。而血神子如果查出原因，她要再出手破坏就没有机会了。

“啊啊啊——”

“嗷呜！”

“哗啦！”

沉吟之际，前方主甬道突然猛烈震动起来，伴随着各种大呼小叫声。

“停下！停下！”一个尖锐的叫声盖过了混乱噪音，紧接着是另一人的叫声，“控制不了的，把它们赶回大厅去！”

“赶回大厅去，血尊已经等在那儿了。”

喧嚣声浪里，大群魔物从甬道里疯狂地冲来，直朝罗紫烟这边过来。

它们数量巨大，横冲直撞，简直就是一股无坚不摧的洪流。在它们背后，隐约可见还跟着几个魔徒。

罗紫烟一惊之下，往不远处一个岔口钻去。没想到，那里也有大群魔物正钻过来。

罗紫烟只能掉头，转身汇入身后涌来的魔物，随着他们移动前行。

局面彻底失控，甬道内又变得狭窄拥挤，罗紫烟只能顺势而行。

好一会儿，这股魔物洪流汇入一个巨大的地库之中。在那里，一片魔影踊动，不知聚集了多少魔物，多数在焦躁蹿动着，少数则是倒地哀号不断，更有少量正在解体。

魔物之前立着一人，不是血神子还有谁？此刻，他就在罗紫烟前方数丈外，直直地看着罗紫烟。

罗紫烟强忍心中的不安，随着蜂拥而至的魔物，直直地从他身边经过。

血神子看着魔物们，眼皮都没眨一下。

直到走出老远后，罗紫烟才悄悄回头。只见血神子仍立在原地，但目光已经转向别处，显然并没有注意到罗紫烟的与众不同。

罗紫烟暗暗松了口气，刚才幸亏她反应及时，装作什么事都没有，否则哪怕是稍微停顿一秒，只怕血魔马上就注意到她了。

从甬道口汇集来的魔物仍是源源不断，偌大的洞室内更加混乱了。

“血尊，还能动的基本都赶到这里了！”又有两拨魔物被赶进洞室后，一个魔徒才上前冲着血神子躬身道。

血神子面色峻冷，点了点头，右手骤然向上一抬，“安静！”

话落，他全身上下突然发光发白，紧接着洞室四壁突然同时向内一压，大股冰雪状的阴气从中散发出来，直罩向一众魔物。

阴气过处，骚动的魔物们纷纷安静下来，呆立原地动也不动。

只是片刻工夫，洞室大厅便成为冰雪世界。

罗紫烟急忙跟着其他魔物一样，呆立不动，只是偷偷用眼睛打量着血神子。

片刻，血神子这才放下手来，脸色依旧峻冷。

“血尊！”这时候，许飞娘突然匆匆进来，满脸凝重地附在血神子耳边说了几句什么。

血神子眉头一扬，“哦？带进来！”

许飞娘点点头，一个躬身大步离去。

很快，她又进来了，身后还跟了两个魔徒，一左一右拖着一个全身血淋淋的人。

“扑通！”那人被丢在血神子脚前，他吃力地想爬起来，却是双手一软，倒摔在地上。

“我记得你和飞娘跟着我都有一段时间了。”血神子冷冷地看着地上的那个魔徒，脸上毫无表情，“我以为你的忠诚经得起考验，没想到，你竟还是背叛我！”

“我……”那魔徒嘶哑着嗓门，想说什么，却又说不出来，只是怒视着血神子。

“说吧，是谁安插你进来的？”

“没……没人……”

血神子眉头一皱，“没人，那就是你自己想背叛我了？”

“咳咳……没错！”那魔徒断断续续地回答，目光里却满是坚忍与果决。

“嗯？理由？”

“你这恶魔太可怕了，我跟错人了……我不能一错再错。”

血神子看着那魔徒片刻，突然大笑起来，“在那些自诩正道的修阳者眼里，你就是恶魔，就是邪道。现在，你倒说我是恶魔了，呵呵。”

“我们跟修阳者只是修炼道统上的分歧……你不一样，你才是真正的恶魔！”

“所以，你就跟极阳宫的人狼狈为奸？”血神子声音冷厉起来。

“我们是志同道合……”

“最后一个问题，你是怎么动得了九凝鼎的？”血神子默然片刻，这才冷冷问道。

“九凝鼎？”那人似乎愣了下，惨然一笑，“你在说什么？”

“大胆！还想狡辩！”

许飞娘大怒，刚要出手，血神子却是挥挥手，“算了，送去轮回厅吧！”

“是！”

许飞娘一招手，那人立即被拖走。

“哈哈！太寒殿完了……修仙界必定会记住我的名字，哈哈！”那人毫无惧色，反而仰天大笑，“你这恶魔，必将天地不容！天地不容！”

叫声逐渐远去，罗紫烟听得心颤不已。她不知道那人的名字，也不知道那人在暗中做了什么，但这视死如归的气魄，却是让人动容。

“血尊，他肯定是被丁引策反的！但我们一定会对血尊忠心耿耿的！”许飞娘脸色惨白，看了血神子一眼，小心说道。

“是吗？”

“是！”

血神子冷笑一声，看了四周几个魔徒一眼，“是不是忠心耿耿，我会看你们表现的！你们不用急于表忠心。”

“是！”许飞娘等人忙躬身道。

“我相信，这殿内还埋伏着奸细。”血神子双眼闪着寒光，看着四周，“否则就凭他那点修为，是破坏不了太寒殿的，一定还有更厉害的敌人，没有被揪出来。”

罗紫烟不由得心头一跳，急忙低垂下眼帘。

“血尊，我把所有人叫过来，一个个查过去！”许飞娘急忙道。

血神子刚要说话，毒龙尊者突然匆匆从甬道内跑了进来，“血尊！不好了！”

“嗯？何事惊慌？”

“极阳宫打来了，正在攻击外头的结界。”

血神子眉头不由得皱了起来，许飞娘又惊又怒，“那些修阳狗把太寒殿弄成这样，现在又想来趁火打劫了。血尊，让我率众出去杀他们一阵！”

“也罢，现在殿内阴气不足，让它们在这里也是拖累太寒殿。带上所有修罗魔，让极阳宫为他们的胆大妄为付出代价吧！”

血神子冷笑一声，大步往外走去。

四下里的修罗魔开始跟着往外走，而许飞娘和其他魔徒则是负责驱赶它们，避免他们走错地方，或者撞到墙上去。

混在修罗魔洪流之末，不知道走了多久，罗紫烟终于再次看到亮光。那是从太寒殿主入口传来的光芒。

此时，修罗魔们正络绎不绝地往外走。

“轰隆！”

一声巨响突然从外头传来，脚下的甬道不由得猛晃起来。紧接着，阵阵惨烈的杀声突然从大殿门口涌入，其中夹杂着各种凄厉的大叫声、撞击声、刀兵声。

修罗魔们仍是大步前进，似乎无论多大的动静，都无法引起它们的反应。

但是驱赶它们的魔徒们却是大惊失色，惊呼声四起。

“外面发生什么事了？”

“好像是极阳宫那边打进来了！”

“殿外不是有血尊设的结界吗？”

“现在太寒殿都出问题了，结界还能不被打破？啊！小心！”

话落，一团金光突然呼啸着直贯入太寒殿大门来。“轰隆”声里，凄厉号叫声此起彼伏，当头的修罗魔当即倒下一大片。

紧接着，一道道雷电般的剑光飞射进来，所过之处，更多的修罗魔们如麦茬般倒下。

“不好，极阳宫打进来了！”

“太寒殿不行了，快，快躲起来。”那几个魔徒更慌了，大呼小叫着，同时往太寒殿深处跑去。

“轰隆！”

“轰隆！”

更多的仙剑飞射进来。甬道内的修罗魔此刻都像无头苍蝇一样，在甬道内团团打转，不断中剑倒下。

混乱之中，罗紫烟被众多修罗魔夹在其中，前进不得，后退不能，不由得暗暗叫苦。

她本来是想冲出去看看外头的情况，但看着漫空飞射而来的仙剑，便又打消了主意。

此刻，她一身阴气，又是披头散发的，出去被极阳宫不由分说诛杀了，那也死得太冤了。就算侥幸不死，要是被血神子发现了她的存在，情况同样不妙。

纠结之际，外头的杀声越发惨烈了。

太寒殿的阴气严重不足，所以极阳宫的攻势显得更加猛烈。

“杀，拿下这座魔殿！”就在这时候，几个极阳宫弟子突然从外头冲了进来，他们手中的仙剑发出一道道匹练，射得已经乱套的修罗魔们不断倒下。

“哼！”

一声冷哼，血神子突然出现在大殿门口，双掌一扫，烈烈阴风席卷向闯入者。

“是血魔！”

“杀了血魔！”

那几个极阳宫弟子听风声不对，同时掉头朝着血神子扑来，但是才到半途，便都是脚下一个趔趄，直直扑倒在地上，身体四分五裂开来。

“人都哪里去了？”血神子收了双手，厉声喝道。

先前逃窜的那几个魔徒仓皇地从甬道内跑出来，“血尊，我们在这里。”

血神子冷哼一声，“外头战事快结束了，不需要这么多修罗魔出去了，把它们赶回去。”

几个魔徒愣了下，旋即大喜，纷纷点头，“是是是！”

血神子冷哼一声，大步转身出去，身影迅速消失在漫空飞剑与金光之中。

“我们真的要赢了？”

“我还以为血尊要输了呢？”

“管他呢，血尊说要赢就是要赢，我们照做就是。”

那几个魔徒悄声议论着，开始把甬道上的修罗魔们往回赶。

罗紫烟没有动，而是贴着干瘪的甬道边上，内心暗暗盘算着，要不要趁这个机会离开太寒殿？

“哗啦！”就在这时候，一阵振翅声突然从身后传来。

罗紫烟回头，只见一团小小的黑影正从地上一具极阳宫弟子尸体底下钻出来，摇摇晃晃朝着甬道内飞来，口中含糊不清地叫着，“小烟！小烟！”

“什么鬼东西？”此时，大门口附近还留着一个魔徒没走，看到小卷毛不由得愣了下。

“是小卷毛？”罗紫烟心头狂喜，急忙逆着修罗魔的行走方向，悄然靠过去。

“喂，你看到我的小烟了吗？她在哪里？”小卷毛歪歪斜斜飞到那个魔徒面前，尖叫着问道。

魔徒愣了下，猛地一探手，将它抓住，“你是什么东西？”

“你才是东西，不对，你不是东西！我是来找小烟的，快告诉我她在哪里，算你立一大功！否则等极阳宫攻进来，你就死定了！”小卷毛愤怒挣扎着，口中叫个不停。

“嘿嘿，臭小鸟，我捏断你的脖子，看你还能不能说大话。”那魔徒冷笑一声，一手捏住小卷毛的脖子。

“哎哟，放开我！不然我要放凤凰力了！”小卷毛尖叫着，痛苦地扭动着头，却哪里挣得过那魔徒。

“砰！”

就在这时候，一声闷响从身后传来。那个魔徒浑身一震，呆呆回头看着身后。

罗紫烟就站在他身后，一掌正中他后心，雄浑的阴劲顷刻间让他肺腑碎裂，直直往前扑倒。

“你……你是小烟！”小卷毛从那魔徒手里挣脱出来，只看了罗紫烟一眼，就大叫着飞扑来，“小烟！小烟！真的是你吗？”

“是我！小卷毛，你没事！你没事！”罗紫烟喜极而泣，难以置信地把小卷毛抓在掌心里，“我以为你被射杀了！你没事吧？”

“我没事！那个可恶的暗箭只是震晕了我，要杀我还真没那么容易。”小卷毛愤愤地说道，“倒是我醒来时发现小烟不见了，就知道大事不好了。”

顿了下，小卷毛又道，“但我知道，小烟一定会没事的，我猜得果然没错！”

原来，小卷毛还不知道暗箭伤它的是铁姝。罗紫烟心中了然，却没有把这话头说出去，而是道，“所以，你就去找干鹊了？”

“当然了，干鹊一听就吓傻了，在城里到处找都没有，后来有个上仙门的人报告，说看见血魔掳走你，才确定你是被那魔头抓去了……”

干鹊本是想立刻率众来救罗紫烟，但是却遭到火猴等人的全力劝谏。而他冷静下来后也意识到，如果贸然前来，只会自投罗网，所以决定向极阳宫求援。

在坤元金刚罩外，干鹊等人盘桓了两天两夜都不得而入。

“那后来怎么说动宫主的？”罗紫烟好奇地问道。

“我闯进去呗，毕竟我身上还有宫主给的通行符箓。不过要不是宫主及时出手，我还真玩完了。”

虽然有通行符箓，但要穿过坤元金刚罩，仍是九死一生。小卷毛刚闯进片刻，就在雄浑无尽的阳气之中迷路了，遭到四面八方的阳气冲击。

就在它的功体快承受不住之际，丁引出现了。

“宫主虽然对你当初入魔时伤他一事还耿耿于怀，不过还是很牵挂你的。特别是听到你又被血魔抓走，他就答应和干鹊联手来攻打太寒殿了。”

顿了下，小卷毛又道，“我们其实已经来了很多天了，但一直无法进攻。因为那血魔也像极阳宫那样，搞了个结界在外头，就算宫主也破不了。直到半天前，那个鬼结界突然变弱，整座太寒殿看起来也像要垮了，宫主和干鹊才下令进攻。”

罗紫烟点点头，“怪不得……对了，我这个样子，你刚才怎么一下子认出我啊？”

“小烟，你忘记了，我们是凤凰，我可以感应到你存在的气息的！其实在外头，我就感应到你的存在，所以我才跟着他们往里面冲，没想到他们还是……”小卷毛看了门口内不远处的那几个极阳宫弟子，一脸无奈。

罗紫烟看着大殿外头，“外面杀声好像小了，难道宫主他们赢了？”

“不可能吧？我刚才进来的时候，宫主和干鹊都在考虑撤退呢。那些修罗魔太多了，怎么杀都杀不完。”

话落，阵阵欢呼突然从外头传来，“血尊威武！血尊威武！”

罗紫烟和小卷毛对视一眼，两人都从对方眼里读到了不安。

小卷毛说，“看样子，他们好像真的撤退了。”

罗紫烟猛地转身往甬道深处奔去，“不好，我们先躲起来。”

“小烟，这里是哪里，怎么这么亮堂？”

“这里是寒顶阁，太寒殿最顶端的地方了。”

此时，小卷毛正好奇地看着四周，这里跟太寒殿的其他地方一样，顶壁都松垮下来，显得逼仄压抑许多。不过，依旧是光线充足，让人身心舒坦。

“我们为什么要躲到这里来？”

“太寒殿出那么大的事，虽然发现了奸细的存在，但血魔难免会怀疑到我头上，他应该会来察看我的情况的。”罗紫烟脱去外头那件从修罗魔身上扒下的衣服，用屋里的雪水洗抹脸上的污迹，收拾好自己的头发。同时，把先前吸干九凝鼎里至阴之水的事说了。

小卷毛只听得目瞪口呆，看着罗紫烟拿出的那个羊皮卷，“小烟真的学了血魔的功法？”

罗紫烟点了点头，把那套修罗魔的行头拿到外头犄角旮旯里藏好，回来后才道，“是不是觉得很不可思议？”

小卷毛想了想，却又摇摇头，“仔细想想，也在情理之中。”

罗紫烟愣了下，“怎么说？”

“因为你是人啊！”

罗紫烟怔住了，“这算什么答案？”

“如果是纯粹的凤凰，那就是纯阳之体，根本无法开拓阴脉，更别说修炼化血神通了。”小卷毛顿了下，“但你是凤凰后裔，只是有凤凰血脉，本体还是人，人就是阴阳杂合之体。”

也因此，人能够阴阳双修。

“不过，说来都是命数。要是那次宫中阴气灾劫爆发，小烟没有舍身去吸入那么多阴阳二气，宫主后来也就不会阴差阳错帮你开了阴脉，你也就不可能这么快就把化血神通修到这个份上了，简直是奇迹！”小卷毛得意道，“说明我的小烟吉人天相，是个大大的福将！”

罗紫烟不由得笑了，“这个马屁拍得好。”

“不过，我突然想起来了，小烟能阴阳双修，而且速度这么快，应该跟小烟的六阳心法和凤凰力都修炼得好有关。”

罗紫烟愣了下，“不是吧？这两样修阳心法越厉害，不应越难修阴吗？”

“乍看好像是这个道理，其实并不是的。”

“嗯？”

“小烟你想，是不是纯阳心法修炼得越强，阳脉越坚固，越能抵御阴气侵蚀？而阳脉修炼不坚的人，一改修纯阴功法，就容易阳脉崩毁，阴阳相冲而亡？”

“这个倒是。”罗紫烟不由得点了点头，有种茅塞顿开之感。

倘若不是因为她的六阳心法和凤凰力修为都已经达到中阶以上，阳脉已经坚牢，又怎么能在阴气重围之下，收缩一处，紧守不毁？

原来，想要实现阴阳双修，最重要的是有一方必须修炼到极高层次，才能抵挡得住另一方的冲击。

“所以，小烟，你能修炼这化血神通，真是各种机缘凑巧！因为只要有一个环节不对，后果都是不堪设想。”小卷毛心有余悸地拍了拍胸口，“幸亏都对！”

罗紫烟刚要说话，突然注意到，寒顶阁内正在悄然变化着。原本松垮垮、干瘪瘪的大厅四壁，此刻竟在缓慢地膨胀着，又恢复了原有的光泽。

“小烟，它好像又恢复过来了？”

“应该是九凝鼎又凝聚出阴气来了。”

“怪不得，我又开始感到阴寒逼人了。”小卷毛不由得缩了缩脖子。

就在此时，罗紫烟耳边突然传来一个细微的足音，由远及近而来。

“嗯？小卷毛，快躲到我袖子里来！”罗紫烟急忙把手伸向小卷毛，低声道。

小卷毛愣了下，立即钻入罗紫烟的袍袖之内。

罗紫烟则是拿起那份羊皮卷，翻阅起来，耳朵则是侧耳倾听。

足音在外头停顿了片刻，马上又离开，越来越远。

好一会儿，足音终于消失不见了。

“好了，走了！小卷毛，你出来吧！”罗紫烟放下羊皮卷，低声说道。

小卷毛从袍袖里探出头来，“刚才有人来吗？”

“嗯？如果我猜得没错，应该是血魔来看我了。”

“他来干什么？”

罗紫烟冷笑道，“他那么狡猾，看到九凝鼎的阴气被人吸干，肯定会想到会不会是我干的，就算他抓到一个奸细，也要先排除掉我这个可能。”

“怪不得小烟你要赶快带我回到这里来。”小卷毛点点头，却又问道，“但他怎么不进来？”

“他虽然怀疑我，但内心肯定不相信我能在这么短的时间内把化血神通修炼到那个程度的，而且还能穿过他设置在门口的结界。”

“所以，他只要看到你在里头，排除你这个嫌疑就行了！”小卷毛恍然大悟。

罗紫烟点点头道，“是的，而且他现在肯定不想见我的。因为一见我，就会引起司明元神波动，他何苦自找麻烦呢。”

“哈哈，那魔头虽然狡诈，到底是受成见所困，哪里知道小烟会这么厉害。”

小卷毛的笑声戛然而止，身子随即缩成一团，“这该死的阴气，越来越难熬了！”

“你怎么样？”罗紫烟吓了一跳，急忙捧起小卷毛，这才发现它身上竟是覆盖了一层霜花，小小的身子也在颤抖个不停。

罗紫烟虽然已经能在这阴气海洋里如鱼得水，但小卷毛对阴气的抵抗力并没有增长。

“我都忘记了你扛不住阴气入侵的，糟糕，我现在又无法使用凤凰力帮你。”罗紫烟急得起身，“你不能待在这里，我得送你出去。”

小卷毛急忙摆摆翅膀，“小烟！这样不行，你会被发现的，那我们就都完了。”

“难道看着你被阴气魔化？”

“不会的！我只要支撑六个时辰就行了。”小卷毛使劲甩着脑袋，似乎要把身上的霜寒阴气给甩掉。

罗紫烟却是愣了下，“六个时辰？”

“对，这是我跟宫主他们约好的。”

原来，小卷毛此次潜入太寒殿，并不是一时兴起，而是跟丁引和干鹊事先商量的。它跟在那几个极阳宫弟子身上，暗度陈仓潜入太寒殿，除了要找到罗紫烟，还考虑到了到时候如何脱身的问题。

经过商议，丁引同小卷毛约定，它成功潜入宫中后，要在六个时辰内全力搜寻罗紫烟的下落。六个时辰后，不管有没有找到罗紫烟，它都要赶到太寒殿的大门口，届时丁引和干鹊会率众再次来攻打太寒殿，小卷毛就可以趁乱逃出去。

如果找到罗紫烟，带她一起逃走是最好的，否则至少要了解殿内的情况，为下一步做参考。

“我估算了下，太寒殿的阴气虽盛，但以我的凤凰力，支持六个时辰应该没问题。”小卷毛顿了下，“早知道这么快就找到小烟你，我就该约定一个时辰好了。”

罗紫烟沉思了下，“这么说，我们得开始考虑六个时辰后的事了。”

“考虑什么！到时候他们打来，趁着血魔应战的工夫，小烟你直接冲出去，血魔没有防备，那些魔物又都是傻子，根本拦不住你的。”

罗紫烟摇摇头，“不，如果那样我早逃了。”

小卷毛怔了怔，“小烟想干什么？”

罗紫烟默然片刻，“我觉得，应该再给太寒殿一次重创。”

小卷毛双眼瞪得快要掉下来，片刻才道，“小烟，你不会是又想再破坏一次九凝鼎吧？”

罗紫烟用力点点头。

“可，可是……”小卷毛差点叫了起来，“吃一堑长一智，血魔怎么会再让你有第二次得手的机会。”

“他已经确定我还在这里头，而且他也抓到了一个奸细了。”罗紫烟把血神子在魔徒之中揪出一个奸细的事简单说了下，“所以血魔现在最多怀疑他的追随者里仍有奸细，不会想到是我。”

“所以，对小烟你来说还是个机会！”

“没错，就算血魔对九凝鼎做了防护，但我懂化血神通，也总有办法破它！”

小卷毛点点头，却又忧心忡忡，“可这样太危险了，小烟，我看咱还是先逃出去，再想别的办法来对付这鬼殿。”

“攻打堡垒的最好办法，就是从内部攻破它。这是个千载难逢的机会，我不想错过！”

小卷毛呆呆地看着罗紫烟，片刻才道，“那好吧！小烟要留下，我也留下！”

罗紫烟决然地摇摇头，“不，到时候你必须离开。因为我需要你传信给宫主和蜀王。”

“传什么信？”小卷毛呆了呆。

“让他们十二个时辰后再来，如果发现太寒殿又出现异样，就立刻攻打！”

“如果没有异样呢？”

罗紫烟凄然一笑，“那就不要轻举妄动，过十二个时辰再来。”

“可是小烟，这样太冒险了，万一你……”小卷毛不忍再说下去，眼里满是忧思。

“瞧你说的，这么多风风雨雨过来，我不都是安然无恙，有什么好担心的。”罗紫烟轻轻地摸了摸小卷毛的头，“你要相信我才对啊！”

“可至少得让我跟着你，我才放心啊！”

“我知道你的意思，但是这次你要听我的，因为这是我必须做的事！”

小卷毛看着罗紫烟，眼里的光芒黯淡下来。

罗紫烟目视着前方，默然片刻才道，“太寒殿因为九凝鼎而成，而九凝鼎会被弄到这里，我是脱不了干系的。”

罗紫烟目光落到小卷毛身上，定定看着它，“我闯的祸就该由我亲手结束它。小卷毛，你明白吗？”

小卷毛呆了片刻，才道，“我……我知道了，小烟……”

“小卷毛，你的声音怎么了？”罗紫烟愣了下，急忙捧起小卷毛，只见它双眼突然变得迷离无神。

“我没事……小烟，不用担心我……”

“你都被阴气侵蚀得这样了，还说没事！”罗紫烟急了。

太寒殿恢复很快，阴气越发浓厚了。在这不知不觉中，阴气已经深入小卷毛的肌理，再下去只怕就是神髓与膏肓了。

“我感觉现在太寒殿的阴气……比咱上回待的时候明显强多了，它还在变得更强。”小卷毛吃力地睁开双眼，看着罗紫烟。

罗紫烟愣了下，她自从身具化血神通，对太寒殿内的阴气已无特别感觉了，但看小卷毛如今这副模样，只怕这太寒殿的阴寒程度，确实远比之前来得强。

“我还以为能撑过六个时辰……看来是等不到了。”小卷毛低声说道。

罗紫烟一咬牙，猛地起身，“我马上送你离开！”

“不行……这不是小烟你盼着的机会吗？”小卷毛急切地看着罗紫烟，无力地摇着头，“不能因为我而……”

它的声音似乎都被阴气给凝住了，眼睛也微微闭上了，似乎马上要睡着了。

“不行，我必须马上带你出去！”罗紫烟起身大步往外走。

“小烟……”

小卷毛吃力地撑起脑袋，蹭了蹭罗紫烟的手背。

“你不用说话，我带你出去！”

“不，你不用这样！”

“说什么蠢话，机会以后还有的是，但你就一个。”

小卷毛拼命地摇动着脑袋，“小烟，你别急——你听我说！”

“什么？”罗紫烟在门口边上停了下来，不解地看着小卷毛。

小卷毛吃力地看着罗紫烟，“你没必要放弃这个机会……你可以救我！”

“我能救你？怎么救？”

小卷毛用力点着头，“对……我想起来了，你完全可以救我的……你的化血神通，能救自己，也肯定能救我的！”

罗紫烟又惊又喜，“真的？快说，我怎么救你？”

“我不知道，但从道理上讲，肯定可以的。”小卷毛虚乏地闭上眼，“小烟，你不用担心我，仔细想想，试试吧！”

罗紫烟凝视着小卷毛，心头思绪飞转着。用化血神通救小卷毛？该怎么做？

“治病救人，首先要知道症候。小卷毛现在的问题，是体内郁积着太多的阴气，影响了它的纯阳功体，如果持续下去，阴气就会把它体内的阳气侵蚀殆尽……”

事情越想越清楚，罗紫烟心头不由得暗喜，“没错，我只要把小卷毛体内的阴气吸收掉，就可以救它了！”

“我可以把九凝鼎里的至阴之水吸收得干干净净，吸收小卷毛身上这点阴气算什么？”

“可是，万一吸收不了，反而害了小卷毛呢？”

“道理是一样的，没有什么可是。”

“这毕竟关系到小卷毛的性命安危，绝不能轻举妄动。”

两种声音，在罗紫烟的心中来回交锋着，令她迟迟动不了手。

“小烟，别犹豫了！”小卷毛梦呓一般，将头靠在罗紫烟手心上，似乎马上就要睡了，“我觉得快没有时间了。”

“那就试试吧！”罗紫烟深吸一口气，手掌一握，将小卷毛包裹在里头，化血神通同时催动了。

为了安全起见，她不敢用力太猛，只是轻轻一吸。

一缕细微的阴气，如预期的那样，从小卷毛体内被抽出，钻入罗紫烟体内。

“好舒服啊！”小卷毛呻吟一声，竟是吃力地睁开眼。

“真的可以！”罗紫烟不由得大喜。

第二十一章 | 绝地反击

片刻之后，小卷毛就由昏昏欲睡变得精神抖擞。它嗖地跳到罗紫烟的掌心，尖叫道，“小烟，真没想到，有一天我居然会被至阴法门给救了。”

“我也想不到有一天会阴阳双修。”罗紫烟苦笑道。

“不过，接下来你还得再多救我几次才行。”小卷毛打个寒战说道。

就这么一会儿工夫，阴气再次入侵，小卷毛又感到寒意遍体。

不过，有罗紫烟在身边，这似乎不是个问题了。

等六个时辰约定快到的时候，罗紫烟已经替小卷毛吸了十次的阴气。

为了迎接这一刻的到来，罗紫烟早早地乔装打扮，再次以修罗魔的模样，潜伏到那个装着修罗魔的地下洞库里，隐匿在群魔中间。

“对了小卷毛，有个事你要注意下。”罗紫烟突然想到一个问题，低声对小卷毛说道。

“什么？”

“回去后，绝对不能让人知道我会化血神通，知道吗？”

“打死也不说，不然人家把小烟当成魔头抓了怎么办？”

罗紫烟点点头，“聪明！那你想好怎么跟他们说我的情况吗？”

“想好了！就说你的凤凰力和六阳心法修为高深，牢牢护住了阳脉，维持了元神不化，所以你没有被魔化。”

“这样一说倒是可以，不过骗得了宫主吗？”

“他肯定不大会信，但他一定会选择相信。”小卷毛胸有成竹地说。

“哦？你怎么这么肯定？”

“很简单，他不是凤凰后裔，不会凤凰力，没在太寒殿内被炼化过，根本不知道凤凰力能帮你到什么程度，不是只能选择相信吗？”

顿了下，小卷毛又道，“而且我觉得，宫主还是很倚重你的，虽然现在极阳宫已经被他完全掌握了，但他还是需要你能重新回去为他主持局面。”

罗紫烟点了点头，刚要说什么，“轰隆”一声巨响突然从外头传来，紧接着整座太寒殿狂颤起来。

“他们来了，倒是挺守时的！小烟，我们快走！”小卷毛兴奋地道。

罗紫烟摇摇头道，“现在就出去太招眼了，先等会儿再说。”

话落，一阵急促的脚步声突然从洞室口的甬道传来。罗紫烟触电一般立起，把小卷毛藏入怀里。

片刻，几个魔徒大步冲了进来，开始把修罗魔往外赶。

“我们得快点！他们只怕快攻进来了。”一个魔徒着急道。

另一个魔徒嗤之以鼻，“瞎担心什么，咱太寒殿已经恢复正常了，内有血尊坐镇，外有结界护持，他们就算打进来又如何？”

“大殿才恢复，血尊的伤势好像还没痊愈，真打进来，只怕情况不妙。”

“你不要命了，这话要被血尊听到，你也得到六道口去报道了。”

说话间，修罗魔已经被魔徒们赶着，浩浩荡荡进入主甬道里。而太寒殿的大门就出现在前方。

除此之外，还有多群夜叉魔也正从各个岔口里不断汇集而来。

众多魔物聚集在主甬道内，一动也不动，似乎在等什么？

而阵阵惨烈厮杀声，正从太寒殿外传来。

“看样子情况不妙啊！”一个魔徒说道。

另一个魔徒满不在乎道，“慌什么，只要血尊把它们放出去，它们立刻就作鸟兽散了。”

罗紫烟的心不由得高悬起来，只觉被握在手心的小卷毛也是全身绷得紧紧的。

“咔嚓！”

就在此时，一声崩裂巨响传来，紧接着是山呼海啸般的杀声。

“不好，结界被攻破了！”一个魔徒大叫起来。

“是该它们派上用场了！”

混乱之中，血神子的冷哼声清晰地传来。随之而来的，还有整座太寒殿的剧烈震荡，罗紫烟能清楚地感觉到脚下地面突然往后一移，而两侧的甬道壁则是急剧一收。

与此同时，一股巨大的阴气从身后的甬道深处猛烈往外一冲。

“哗！”

甬道内的所有魔物，不由自主身子一轻，呼啸着往外飞射出去。

原来，之前太寒殿几次往外“吐”出魔物，就是这样操作的。

罗紫烟心中了然，眼前则是一片光芒耀眼。只见在她面前的空中，正有各类法器迎面飞蹿而来，与魔徒们的法器，以及飞冲而出的魔物们交击一处。

此时，放眼望去都是修仙者，正从空中与地上全力攻向太寒殿。

众多魔物呼啸涌出，使得局面更乱了。

“小卷毛，快去吧！”罗紫烟把手一张。

“小烟，保重！”小卷毛立即振翅而起，直朝外头狂飞而去。

这只是眨眼间的事情，四周已不知有多少魔物被倏忽而来的法器放倒。

罗紫烟不想被误伤，却也不想让血神子及魔徒们看出异常来，只能混在魔物丛中左闪右避，同时目光紧紧跟着小卷毛。

只见小卷毛飞到几个极阳宫门人之后便消失不见了。

片刻，一道烟火似的火光冲天飞起。

“撤退！”

极阳宫一方见状，纷纷掉头而去，很快就走得无影无踪。只把血神子及一干茫然无措的魔徒留在原地。

“血尊，他们怎么突然就走了？”许飞娘不安地看着血神子。

血神子沉吟片刻，冷笑道，“不必管他，进去吧！”

半个时辰后，罗紫烟又随着修罗魔们，回到那充满恶臭的地下魔穴内。

等到魔徒们都离去后，罗紫烟才悄悄越众而出，往外潜行出去。

在丁引他们再次来攻打之前，罗紫烟必须去做她想做的事，到时候好里应外合。

在甬道深处盯了数个时辰，确定血神子再次在修炼室内入定后，罗紫烟这才往甬道深处的九凝鼎洞穴赶去。

血神子非常清楚上一次太寒殿巨变的原因，但他拒绝许飞娘提出的派魔徒守在甬道入口处的提议，而是在通往太寒殿深处的甬道口，设置了数道靠近必死的结界。

他无法相信任何人，哪怕是忠于他的魔徒。

但这些结界本就由化血神通催化而成的，对于身具同源修为的罗紫烟而言，除了稍微多点波折，根本无法阻止她的脚步。

血神子哪里想到，罗紫烟身上发生了这么多他意想不到的奇迹。

“这是上天要灭那血魔，假手于我的节奏！”罗紫烟默念着，人已来到那九凝鼎面前。只见它与之前看到的一样，鼎内又蓄满了至阴之水，清澈动人。

那只蓝胖天化虫，仍是静卧在鼎底，动也不动。

“差不多了，现在开始吧！”罗紫烟深吸一口气，轻车熟路地把双手缓缓探入九凝鼎之内，化血神通同时催动。

鼎内的至阴之水再次化为涓涓细流，流入罗紫烟体内。

上次吸收了一鼎炉的至阴之水后，罗紫烟的修为飞快提升，已在丹田内凝聚出一颗小小的内丹，修为更是达到结丹境的五方凝丹了。

这次，至阴之水不再是全身漫流，而是同时往丹田里涌。而丹田里的那颗内丹，则是飞转着，像是吸水之龙，把进入其中的至阴之气给吸进去，点滴不剩。

鼎内的至阴之水，竟是快速地往下退。

“好快！”罗紫烟看在眼里，不由得暗自叫了一句。

按照血神经里的记载，下一个层境就是六花聚顶。只要达到此层境，到时候就能善用内丹之力，威力也将倍增。

就在罗紫烟满怀期待之际，鼎内突然蓝光一闪，那只天化虫竟闪电般向着罗紫烟面门射来。

“什么？”

罗紫烟想要躲避已是来不及，只觉面门一凉，天化虫已贴在上面了。她连忙抽手一抹，却是什么也没有抹到。

罗紫烟急忙凑到鼎口，映着水光只见那天化虫竟像一滴水那样，在她额头上融化。

“可恶！”

罗紫烟吓了一跳，再次抹着脸，但是天化虫却是消失不见。

与此同时，一股剧痛从额头上生起，活像脑袋就要被人锯开的感觉。

剧痛来得凶猛了，眨眼间就弥漫全身，身体跟着像要被撕开一般。

“啊！”罗紫烟双足一软，不由自主扑到九凝鼎上，上半身几乎都浸入冰冷的至阴之水里。

“怎么回事！怎么回事？”

一个声音在心底呐喊着，这种情况与先前那一次迥然不同，罗紫烟实在是始料不及。

不过，冰冷的阴寒之水虽然不断往口鼻里灌，但罗紫烟却没有快窒息的感觉，倒是灵台却是一片空明。

她竟是一瞬间内观到那只天化虫进入体内后，迅速融化开来，化为无数道纤细的蓝色气流，直往体内钻。

这些蓝色气流无不犀利如刀，所过之处，像是要把身体给切割开来。

“是了是了！”

罗紫烟骤然明白过来，以血神子的狡诈多端，经历了上一次太寒殿异变后，怎么会只设置几道结界来保护九凝鼎呢？他肯定会在视如命脉的九凝鼎上下功夫的！

而这鼎内的天化虫，才是他的真正杀招，也才是九凝鼎的真正守护者！

这个浑蛋，实在阴毒！罗紫烟心中大骂着，后悔却是来不及了。

奇怪的是，天化虫所化的白色气流，在体内奔腾一阵之后，突然又逐渐消失了，像是水滴入海一般，隐没在罗紫烟身体之中，剧痛随之消失。

罗紫烟体内终于又来力气了，她吃力地从冰寒的至阴之水里抬起头，大股阴气随即像是雾气一般，迷蒙在她周身。

“我没事？”罗紫烟动了动身子，发现身子一如寻常，毫无异样。

再看鼎内的至阴之水，竟是又少了一半。

“哈哈，我知道了！”罗紫烟呆了片刻，突然忍不住笑了。

天化虫确实是一记绝妙的伏兵。但不巧的是，罗紫烟体内寄养过天化虫，已经在某种程度上适应了天化虫在体内的存在，加上她又开了阴脉。因此，天化虫的入体，只是让罗紫烟痛苦一阵子，便将它全盘吸收和融入体内了。

血神子的一个必杀阴招，就这样稀里糊涂被罗紫烟化解于无形。

“这个魔头，碰到我他活该倒霉！”罗紫烟深深地出了一口恶气，再次把双手放入鼎内。

天化虫幻影消融于体内，似乎还增强了罗紫烟的功体。随着她开动马力吸收，至阴之水流入的速度开始变快，而且丹田里的那颗内丹也在急促增长，同时在不断变形着，内观之下，只见它竟是逐渐变成一朵雪花。

“六花聚顶？”罗紫烟不由得吓了一跳，那可是内丹境最后一重，就这样达成了？

与此同时，九凝鼎悄然出现了变化。

自从天化虫幻影融入罗紫烟体内，而至阴之水又干涸之后，鼎内便没再往外冒阴气。

而在这之前，至阴之水消失没多久，它便又染上一层霜白了。

“嗯？难道是因为天化虫不在了？”罗紫烟心头一动，双手搭在九凝鼎上，信手一托。

“哗！”九凝鼎竟是随手而起。

罗紫烟不由得呆住了，在这之前，九凝鼎重如泰山，根本动它不得，现在这是……

九凝鼎似乎不再吸收阴气了！

“咔咔——咔咔——”

随着九凝鼎被托起，四周突然发出阵阵脆响。罗紫烟急忙回头，只见四周洞壁正像松弛的面皮一样，一层一层耷拉下来。偌大的空间，随之急促缩小。

“不好！太寒殿要塌了！”罗紫烟吓了一跳，想也不想就托着九凝鼎飞身往外冲去。

外头，相似的剧变正在发生着，直挺的甬道壁正在迅速塌软下来，速度飞快。

整个太寒殿似乎是泄气的气球，又像是被往下扯的软泥，快速收缩着。

“太好了！”罗紫烟欢呼着，一路狂奔而出。

刚才一番际遇不知耗时多久，但肯定还没达到十二个时辰约定的时间。

只是，九凝鼎既然到手了，不管外头情况如何，罗紫烟也必须往外冲，否则只能让它再次被血神子夺走，而她更有可能给太寒殿陪葬。

巨变之下，太寒殿内再次乱成一团，没往外跑出多久，甬道内乱蹿的魔徒和魔物们便多了起来，很多跑着跑着，突然扑倒了，身体四分五裂开来。

末日景象再现，只是这回远比上回严重多了。

失去阴气供应，这些曾经让人魂飞魄散的魔物竟是如此脆弱。

罗紫烟顾不得多看它们一眼，现在她的首要任务，是尽快带着九凝鼎离开太寒殿。如果被血神子发现，后果不堪设想。

趁乱狂奔没多久，太寒殿的大门就出现在前方，只要冲出去，就是海阔天空……

罗紫烟不由得加快步伐。

太寒殿的大门口也是一片混乱，不少魔徒正聚集在那里，满脸惊恐。

“都别慌！都别慌！”一个尖厉的声音传来，是许飞娘，她冲着一众魔徒喝道，“血尊的修炼好像受到影响，出了点岔子，但他很快就会出来的……那个修罗魔怎么回事？”

抬眼看到一个修罗魔托着个东西迎面冲来，许飞娘不由得愣了下，急声厉喝道，“快站住！”

罗紫烟牙关一咬，依旧去势不减。她可没时间来陪对方墨迹。

“有奸细！”许飞娘突然厉喝一声，剑已在手，直向罗紫烟冲来。

四周混乱的魔徒们回过神来，也是呼啸一声，向罗紫烟包抄过来。

后退无路，唯有前冲！

罗紫烟左手托鼎，右手捏拳，奔行之速更快了。

“站住！”

一个魔徒厉吼着，当先向罗紫烟冲来，手中大刀迎面疾砍，刀上寒气纵横，锐不可当。

“哼！”罗紫烟冷哼一声，右拳迎着那刀打了出去。

拳动，丹田之中那朵六瓣状的内丹之花便急转而起，一股宏大的阴气立即从中喷薄而出，到了拳头末端，立即化为磅礴阴劲疾扫而出。

“咣当！”

那刀被这股阴寒狂力扫中，当即布满冰霜，紧接着同样的情况又出现在持刀魔徒身上。他保持着挥刀的姿态，结满冰晶的身上，只剩两只眼珠还能转动。

“这真是……六花聚顶？”

罗紫烟吃惊不小，刚才在那放着九凝鼎的秘洞里，她还在怀疑自己的修为是否真的突破了五方凝丹，进入六花聚顶之境。

现在看来，确凿无疑。

按照血神经的记载，化血神通修炼到“六花聚顶”之境，即可在举手投足间催化内丹，化阴气为阴劲，冰封对手血脉，随意宰杀。

但真正施展开来的威力，仍是超乎罗紫烟的想象。

此刻，只需再一催阴力，那个魔徒只怕立即就要化为齑粉，罗紫烟先前曾经见过血神子如此杀人。

但她对杀人没有兴趣，只是一闪身，绕过那大刀之锋，继续向前冲去。

其他魔徒尚未弄清楚情况，眼见罗紫烟冲来，各种法器立即迎面招呼过来。此时，双方靠得近，法器无法催动，只能短兵交接。

罗紫烟一击得手，信心大增，又是一掌扫出。澎湃阴劲奔涌而出，瞬间弥漫开来。

那些魔徒刀未落，枪未刺出，便立定当场，大眼瞪小眼看着罗紫烟。

罗紫烟则是一溜烟从他们之间穿过，行云流水不着痕迹，如入无人之境。

“你……你是什么人？”

许飞娘对眼前一幕始料不及，愣了下，又从侧里直扑罗紫烟。

“哼！让开！”罗紫烟不想跟她啰唆，迎面又是一掌扫出，大股阴劲呼啸而出，直击许飞娘。

许飞娘大吃一惊，双足一点，已一缕烟似的消失了。而阴劲扫中的地方，则是迅速凝结出一层白霜。

“你……你怎么会血尊……”许飞娘落到罗紫烟身后，大惊失色地看着她。

罗紫烟不理会她，迈步往外飞奔而去。

此时，她已经看清楚太寒殿之外空荡荡的，全无一人。

“糟糕，来早了！”罗紫烟暗暗叫苦，却也只能硬着头皮继续冲。

在她身后，太寒殿不断颤动着，似乎就要垮塌了。而在她前头，则是竖立着一个巨大的结界，此时也是摇摇欲坠。

这样的结界对罗紫烟没有什么阻碍作用，她轻松就穿过它。

正在此时，许飞娘再次飞扑过来，双手一扬，两道仙剑闪电般直取罗紫烟后背，“站住！”

剑光瞬间直指后心，罗紫烟想也不想，就是一掌反手拍了出去。

宏大的阴劲扫得两口仙剑当即光华敛去，化为两道霜片“咣当”落地。

“你——”许飞娘大惊失色，呆呆看着罗紫烟，不敢再往前一步。

罗紫烟看也不看她一眼，托着九凝鼎飞身就走。

“哼！给我站住！”

一声厉喝骤然从身后传来，罗紫烟急忙回头，不由得倒吸一口气。只见血神子不知何时，已经追到身后十丈开外。

他双目圆睁，怒发直竖，全身上下散发着阵阵白气，看起来就像魔神天降。而在他身后，太寒殿正斜斜往一旁歪倒。此时正有一股洪流，从那萎缩的大门内冲出。

那是由修罗魔和夜叉魔构成的魔物洪流，它们紧追在血神子之后，疯狂冲来，其速飞快。

罗紫烟从没见过血神子这副模样，更没见过这种架势，知道必是因为太寒殿受创，影响到他的修炼，让他功体出了问题，加上看到九凝鼎被夺走，使他气急败坏了。

罗紫烟哪里能让他如意，当下全力狂奔而出，同时无比盼着极阳宫的人能赶快出现。

只是，血神子来得更快。数息之后，他的呼吸声就近在身后，“小子，给我站住！”

直到此刻，血神子还没认出这个能从重重结界之中盗走九凝鼎的，就是罗紫烟！

此刻，他只想把这个盗鼎者置于死地，把九凝鼎重夺回去。因此，眼看就要追到之际，他暴喝一声，右掌一催，雄浑阴劲已是罩住罗紫烟。

“好强！”罗紫烟心头一寒，右掌一翻，往后迎了过去。

“砰！”

两股宏大的阴力交击一处，罗紫烟身子一轻，纸风筝一般飞了出去。但她却半空中阴劲一催，顺势加速狂奔，“多谢！”

“你——”

血神子愣了下，全然没想到对方所发出的居然是跟他一模一样的阴劲！而且还借力而去！

就这么一会儿工夫，罗紫烟已经借势飞奔出老远。

“是你这个贱人！给我站住！”血神子突然如梦惊醒一般，厉喝着再次急电般追到。

罗紫烟深吸一口气，又一次凝聚阴力于掌，只待血神子再送她一程。

但血神子却不再自后猛击，而是一个飞身，从罗紫烟右侧绕过，再一个转身，横挡住她的去路。

这一下变化太快了，罗紫烟回过神时，血神子已经在前头等她了。

“让开！”

罗紫烟一咬牙，左手将九凝鼎转托身后，右掌猛地向前一推。磅礴阴劲狂暴出击，正面直取血神子。

“我倒是低估了你，你竟可以把化血神通……”血神子话没有说完，便信手一掌推出。

“轰隆！”

两股阴劲交击一处后，立即合为一股，掉头反击向罗紫烟。罗紫烟始料不及，身体已如流星般倒泻而出。她急忙挥掌抵御迎面而来的阴劲，但是来自血神子的阴劲太强了，罗紫烟仍是被震得倒退出数十丈，五脏翻腾都快跳出嗓子眼。

身后啸声大作，蜂拥而来的魔物犹如大潮拍至。

罗紫烟右掌一转，便要应战。但是，那些魔物却是呼啸一声，从她身边漫了过去，对她视若无睹。

魔物都没有意识，因此它们得令展开攻击时，只会攻击身体带有阳气之人。此刻，罗紫烟一身纯阴功体，魔物自然把她当成同类了。

“嗯？”

血神子眉头一皱，飞身直落而来，探掌扣向九凝鼎，“交出来！”

阴风啸动，来势如电。

“休想！”罗紫烟一边挥掌相迎，一边顺势往另一侧飞冲了出去。

血神子身子一闪，再次紧随而至，又是一掌扣下，“你逃不掉的！”

“砰！”

罗紫烟咬了咬牙，再次挥掌迎接。

闷响声里，阴风狂暴流窜，罗紫烟身如纸鸢，连人带鼎摔了出去。但她一个打挺，立刻飞身跃起，再次把九凝鼎托在掌中。

就这么一耽搁，血神子如风而至，居高临下一掌拍下。

“交出来！”

这一掌阴劲狂啸，直取罗紫烟后脑勺要害，分明是要逼罗紫烟放弃九凝鼎以自保。

但罗紫烟却是牙关一咬，死死托着九凝鼎，同时挥掌迎击。

“砰！”

磅礴宏大的阴劲势不可挡。罗紫烟再次连人带鼎摔飞出去，一口血随之喷洒于空中。

“扑通！”

九凝鼎终于脱手翻飞了出去。罗紫烟吃力地抬头，看到血神子正飞掠而至。

在他身后，那些失去目标的魔物们，正静静立着，一个个像呆头鹅。

“你别想再拿回去！”罗紫烟狠狠地啐出一口血，飞身挡在九凝鼎之前，死死盯着扑到的血神子。

人在鼎在，她绝不能让血神子再把九凝鼎夺走。

“勇气可嘉，让我看看你的化血神通修到几重！”

冷笑声里，血神子身子一闪，右掌再次向罗紫烟拍来。掌势不急不缓，但是每往前推进一分，罗紫烟便感到压力重一分，脖子更像被一只无形的手扼住。这手在逐渐用力，她的气息也就跟着变得急促起来。

“吼！”罗紫烟低喝一声，双拳打出，丹田中那雪花状内丹转得更快了，更多的阴劲源源不断发出。

但在血神子的攻势面前，她的气息越来越急。

“嘿嘿，看到没有，我现在杀你，司明也阻止不了我了，他已经抵挡不住我了，你也是！”血神子冷冷道。

罗紫烟没有回答，但双眼里却突然闪出亮光，兴奋地看着前方。

“嗯？”血神子下意识地回头，不由得神色剧变。

只见身后突然出现无数道匹练，正破空飞驰而来，尖锐的啸声也在由小及大。

“嗯？看来你的援兵又来了！”血神子冷哼一声，右掌来势骤然加快。罗紫烟再也抗不住，又是一口血喷出，直直倒跌了出去。

血神子飞身直取九凝鼎。

“魔头，那不是你的！”

一声厉喝犹如惊雷划过天际，紧接着是利啸的金风从后面奔袭而至。

血神子一凛，只能侧身飞避。只听“轰隆”一声，他先前立足之处，被一道匹练击中，尘土飞扬。

“丁引小儿！”血神子勃然大怒，御剑迎面而来的，不是丁引还有谁？

“授首吧！”丁引满脸冷峻，手中仙剑再分一道匹练，迎着血神子射去。血神子右掌一扫，阴劲呼啸而出，打在那道匹练上。

“咔嚓！”匹练湮灭于空。

血神子双手一扬，厉喝道，“杀了他们！”

话落，那些呆立不动的魔物同时动了，或飞或冲，直迎向当头飞来的那道道匹练。

随丁引而来的，不但有极阳宫弟子，还有上仙门门人，浩浩荡荡，气势如虹。此时他们的攻势绵绵如潮，双方瞬间便战成一团。

虽然太寒殿已是半垮塌，不过能从中冲出来的魔物依旧凶猛残暴。

而在这时候，血神子一个纵身，再次扑向九凝鼎。

“哼！放下！”丁引如飞而至，挽动仙剑，又是数道匹练从剑上分出，直取血神子。

血神子不敢不接，只能一咬牙，再次打出两股雄浑的阴劲。

“咔嚓！咔嚓！咔嚓！”

阴阳二气交织一处，漫空黄白之光闪蹿。

“快带九凝鼎走！”丁引冲着罗紫烟大喝一声，仙剑一挥，开阳斩如雷霆霹雳般直落向血神子。

血神子只能自保要紧。

而罗紫烟则是一咬牙，飞身过去，一举托起九凝鼎，转身狂奔而去。

身后，血神子陷入丁引狂暴攻势之中，只能眼睁睁看着罗紫烟一缕烟而去。

“小烟！小烟！你怎么提前出来了！”小卷毛不知从哪里冒出来，从侧里飞到罗紫烟肩头上，心有余悸叫道，“要不是我们的人一直盯着太寒殿，都来不及救你了！”

“我不是没事了吗？干鹊在哪里？”

“我带你去！”

一路魔物虽多，但罗紫烟奔行其中却无一魔物来袭扰，竟让她轻松就穿透厮杀重围，直到战场后方，只见那里正有五六人悬停于空中观战。

看到罗紫烟飞奔过来，立刻有两个修仙者御剑飞冲而来。

“有魔物！”

“快保护陛下！”

“瞎了眼啊，没看到这是小烟吗？”小卷毛冲着那两个修仙者大骂道。两个修仙者不由得停了下来，发怔看着罗紫烟。

“真是紫烟吗？”一声欢欣传来。

罗紫烟一抬眼，就看到干鹊穿着一袭衮龙金袍，脚下踏着日曜刀，正在两个修仙者的护卫下迎面飞来。他只是多打量罗紫烟一眼，便大叫道，“快退下！真的是紫烟！紫烟，你真的没事！太好了！”

“我没事！”罗紫烟心头涌起一股暖意，又急道，“此地不宜久留，我们快走！”

“走？去哪儿？”干鹊愣了下。

“到极阳宫去！”罗紫烟托着九凝鼎，跳到日曜刀之上，“我们必须尽快把它送回去！”

“那走吧！”干鹊再无迟疑，一催日曜刀就要飞走。

“慢点！”罗紫烟突然又想起一事来，“赶快传令下去，不要恋战，全部撤退！”

“可我只能号令上仙门……”干鹊迟疑道，“极阳宫可是想趁机踏平太寒殿的。”

“踏平不了，现在也不是最好的机会，赶快下令，让所有人撤退！”

虽然如今形势对太寒殿不利，但罗紫烟非常清楚，那些还能一战的魔物短期内依旧凶猛万分，与它们在此纠缠，不过是徒增伤亡而已。倒不如先行撤退，魔物们没有九凝鼎供应阴气，久而久之自然就消亡了。

干鹊迟疑了下，“可万一极阳宫不愿意呢？”

“不愿意的话上仙门先走，极阳宫独木难支，自然也只能跟着走。”

此时，丁引与血魔交战之处，方圆数十丈内，阴阳二气化为道道匹练，往来纵横，锐不可当，激荡起沙尘冲天弥漫，浑如末日将至。要跟丁引说起这个事是不可能的，罗紫烟只能出此下策。

干鹊迟疑了下，回头对着身后两个修仙者道，“传我命令，马上撤退，不管是上仙门还是极阳宫，都撤退！”

“是！”

“我们走！”罗紫烟道。

飞出数里后，罗紫烟这才回头，不由得心神摇曳。只见众多修仙者得到干鹊命令之后，正纷纷腾空飞离。但仍有一些恋战不休，还有一些魔物正紧追而来。

从天上到地上，战线绵延长达数里。

极阳宫之外，金灿灿的坤元金刚罩依旧在无声地流动着，仿佛波澜不惊的岁月。

干鹊冲着里头喊了十数声，总算有个声音懒洋洋答道，“抱歉蜀王陛下，宫主临走之前说了，没有他回来，坤元金刚罩绝不许开启。”

“我是宫中长老罗紫烟！宫主还在后头，我们先带着九凝鼎回来，快开门！”罗紫烟边说边把九凝鼎托起，“让我们进去，把九凝鼎放回原处！”

“对不起，宫主没来，金刚罩绝不能开！”那个声音依旧不急不缓，却是不容商量。

干鹊再也忍不住，“浑蛋，你没听到吗？她是罗长老，快开门！难道你们不知道九凝鼎有多重要吗？”

回应他的，依旧是一模一样的话，“宫主没来，金刚罩绝不能开！”

“你——”

“算了，现在宫里的人，可是非常听宫主的话，要说动他们还真难。”小卷毛道。

干鹊差点要破口大骂，罗紫烟则是忧心忡忡地回头，“准备战斗吧。”

身后，征尘飞扬，杀云弥漫。一道道匹练在其中穿梭，紧随其后的则是不计其数的魔物，大大小小，各种各样都有。

蜀王宫和极阳宫的撤退，并没有换来魔物的罢休，此时，它们穷追不舍，竟是直追到这里来。

尽管在路上魔物的折损率是极其惊人的，但能坚持追到这里的魔物仍有不少，而且都是最为坚韧难缠的魔物。一般修仙者的法器对它们并没有太多的用处，只能不断地攻击，把它们打烂才算解决了它们。

“那就再打一场吧！”干鹊咬了咬牙，日曜刀已经在手了。

“咔嚓！”

一声惊雷突然遥遥传来，随之而来的是一道绚烂的匹练如龙一般闪蹿着，所过之处电花闪烁，雷霆万钧，无论是天上还是地上的魔物，都被震得倒翻出去。

“是师父！”罗紫烟大喜，但笑容马上僵住了。

在这电花雷霆之后，紧跟着一道白毛狂风，呼啸而来，所过之处，修仙者无不应声倒跌了出去，再也没有起来。

“血魔也来了！”

“里面的浑蛋！还不快把金刚罩打开，不然来不及了！”干鹊急得喉咙快冒烟了。

话落，丁引已飞驰而至，厉喝道，“打开金刚罩！”

说着，他猛地飞身落地，双手握剑缓缓地斩了出去。

“开阳斩！”

一道耀眼夺目的华光倏然疾射向排空而至的白毛狂风。

“咔嚓！”

剑光绞入白毛风之中，白毛风当即化为无数雪光碎片，激扬于空中。

几乎同时，坤元金刚罩也缓缓开出一个口子来，阵阵炙热阳气从里头刮来，罗紫烟竟不由得打个哆嗦。她突然意识到，以现在自己这一副纯阴功体，进入极阳宫简直是自讨苦吃。

“记住你的身份，下次别再给极阳宫下令！”丁引冷冷瞥了干鹊一眼，目光落到罗紫烟身上，神色却是温和起来，“紫烟，你没事吧？”

“我没事！师父……”

“别说了，我先把九凝鼎放归原处。”丁引从罗紫烟手里接过九凝鼎，又道，“血魔已经遭到我的重创，但他一定会全力反扑来抢夺九凝鼎，这里交给你了！”

罗紫烟愣了下，急忙点点头，“是！师父！”

“金刚罩会一直开着，直到所有人安然进来！”话罢，丁引飞身进入金刚罩之内。

“干鹊，你是蜀王了，得拿出蜀王的魄力来！”罗紫烟看了干鹊一眼，咬了咬牙道，“我们一起把魔物打退再说！”

“没问题！”干鹊豪气冲天地扬着日曜刀，“今天就诛尽这些魔头！”

激战持续了足足半个时辰，血神子及魔物们终于扛不住了，开始往后退。

干鹊趁机率众追赶过去。

罗紫烟想追，身体却是阵阵发虚，只觉无处不在的炙热阳气越来越炽盛，像是层层大火包裹而来，让她有种快融化的感觉。

“小烟，小烟，你怎么了？”

“我没事……”罗紫烟无力地摆摆手，却看到自己身上正在腾腾往外蒸发着白气。

“宫主可能把九凝鼎重新点燃了！你看这里的阳气越来越强了，对小烟来说太毒了，我们不能再在这里待着了。”小卷毛看着远去的魔物们，“你看它们都受不了要后退了，我们也先离开这里再说。”

“那走吧！”罗紫烟虚弱地点点头，勉强飞身往前奔去。

直奔出数十里，到了一个无人的山坳里，罗紫烟再也撑不住了，一屁股坐了下来，“不行了，我感觉自己快废了！”

“现在离开太寒殿，要想回到极阳宫，小烟你可不能一直这副纯阴功体，不然他们会把你当成第二个血魔的。”小卷毛忧心忡忡道。

罗紫烟点点头，“我知道……可我的功体总不能转回去吧？”

小卷毛迟疑了下，说道，“其实，如果你要转，应该可以的。”

“嗯？”

“小烟你想，既然以前就有人阴阳双修过，那就说明阴阳两种功体至少可以相互转化才对。”

“也是，那我怎么把功体转回去？”

“我也没试过，但你若像在太寒殿做的那样——但要反着来就是！”小卷毛想了想，说道。

罗紫烟迟疑了下，“你确定？”

“我不确定……除非小烟你不到极阳宫去了，不然只能这样试试。”

“算了，不试试怎么知道，你为我护法！”

“放心，你尽管试，我时刻跟你在一起！”小卷毛落到罗紫烟肩头上，双爪紧紧扣在上面。

这种感觉熟悉而又暖心，罗紫烟的一颗心安定下来，当即闭上眼，化血神通一催，引导全身阴气直往丹田里倒流。

修炼化血神通的时候，她把阳气紧缩在阳脉里。现在，她要反其道而行之，把阴气封存于体内，释放出阳脉里的阳气。

这个逆向修炼的过程，竟是出奇的顺利。因为化血神通到了结丹境时，几乎所有阴气都收归于丹田里的阴气凝丹之中，只要把丹田进一步封存起来就行了。

随后，便是释放阳脉的事。

罗紫烟本以为这个过程会苦不堪言，毕竟修阴与修阳功体相差极大。但是当雄浑的阳气从阳脉里喷薄而出的时候，想象中的痛苦并没有如期而来。

因为小卷毛的凤凰力几乎同时也催动了，奔腾的阳气没有猛烈地冲击着罗紫烟的功体，而是大部分先流入小卷毛体内，再转入罗紫烟身上。

这个流动过程并不会减少进入罗紫烟体内阳气的数量，却让她的功体不至于在阴阳转换之中因为变化过快而受创，起到中转与柔化的作用。

凤凰相协，果然事半功倍。

没多久，阳气便充盈罗紫烟全身，虽然还是微微有点不适应，但疲乏之感已经一扫而光，全身上下热血沸腾，精力充沛，她竟是一跃数丈，兴奋异常。

"小烟，你又是纯阳功体了！"

小卷毛依旧牢牢地勾着罗紫烟的肩头，从双爪就能清楚地感应到罗紫烟体内阳气运转的情况。

"想不到，真转回来了！"罗紫烟惊喜地看着自身，只觉一切如梦。

修阳与修阴，本是修仙者自古以来不可调和的分歧。根源在于这二者之间泾渭分明，堡垒森严，难以互通。无论是谁，想要修仙都得择其之一而不可兼得。

而罗紫烟竟成功实现了阴阳双修，还能二元转换，简直是难以想象。

罗紫烟很快冷静下来，"对了，我现在等于有两副功体，要怎么用它们呢？"

"到哪儿就用哪种功体，然后炼哪种功体。炼得越强，转换起来就越容易。"

"简直就是一个机器，两个系统嘛！"罗紫烟喃喃自语一句，又道，"我们回极阳宫去吧。"

极阳宫外，万丈华光正像金色的液体一般往下流动，到了半空之后便迅速稀释化为薄薄的金光，沿着四面八方散开，覆盖了原本的坤元金刚罩。

"那是九凝金刚罩！它又回来了！"小卷毛惊呼起来。

罗紫烟点了点头，心中五味杂陈，"这下，血魔是完了！"

九凝鼎再次被阳气点燃，加上有九凝金刚罩护持，以血神子如今的功体以及现有魔军的规模，要想再次将它夺走几乎是不可能的。

如此一来，血神子倚仗九凝鼎来炼化司明元神的图谋，也就要落空了。这能为司明争取到更多生存时间。

但失去九凝鼎，太寒殿只怕支撑不了多久——假以时日，它必定被正道攻破，到时候血神子被诛戮是死有余辜，但司明呢？他本就是受害者，为什么要为此来陪葬？

“我又能替司明做点什么呢？”罗紫烟扪心自问，心乱如麻。

“紫烟，你没事吧？”

就在这时候，一声朗喝从空中传来，罗紫烟回过神时，只见丁引出现在九凝金刚罩之外，正微笑看着她。

“师父，我没事，九凝金刚罩好了？”

“已经布置就绪。”丁引关切地打量着罗紫烟，片刻才点点头，“既然你没事，我们到里头说吧。”

九凝金刚罩内人头攒动，先前苦战血魔的极阳宫和上仙门众人，此刻都已经回来了。虽然不少人身上挂彩，但绝大部分都是安然归来。

“宫主，血魔已经溃逃了！”干鹊大步迎面过来，眼睛落到罗紫烟身上，关切地道，“紫烟，你怎么样？”

“我没事，你们辛苦了！”罗紫烟笑道。

“哼！”丁引目光凌厉盯着干鹊，“要不是你私自下令撤退，我们完全可以全歼血魔的！”

干鹊一愣，不服气地道，“宫主，当时血魔的势头……”

“你在质疑我？”丁引声音一冷，打断干鹊的话头。

干鹊迟疑了下，忍气低头道，“不敢，我只是表达下自己的看法而已。”

“师父，你误会了，是我让蜀王下令撤退的，因为当时我觉得，最重要的事是把九凝鼎带回极阳宫……”

罗紫烟刚要解释，丁引摆摆手，“罢了，反正九凝鼎重归极阳宫也算是因祸得福了，这事儿就不提了。既然血魔已经退兵了，上仙门的人也可以走了。”

干鹊愣了下，“宫主，你这是要赶人？”

“极阳宫乃清修之地，不是外人能随意进入的。”丁引面无表情，伸手做了个“请”的动作，“蜀王陛下可不再是极阳宫弟子了，还请带上你的人，快回你的蜀王宫吧！”

罗紫烟愣了下，急忙道，“师父，现在外头情况不明朗，真要上仙门离开，也过段时间观察观察再说……”

“血魔已经退去了，现在出去可保无事，请吧！”丁引冷冷道，语气不容置疑。

“行，我们走！”干鹊一咬牙，回头看着罗紫烟，“紫烟，我们走吧！”

丁引脸色一沉，“紫烟是宫中长老，岂能离开？”

“紫烟是大蜀肱骨，当然要跟我走了！”干鹊回头看着罗紫烟，眼里闪着期盼的光芒。

“这……”两人突然针锋相对，罗紫烟倒是始料不及，她看着丁引，又看着干鹊，一时无语。

“小烟，你有麻烦了！”小卷毛附耳对罗紫烟说道。

罗紫烟看着丁引，又看着干鹊，犹犹豫豫道，“师父，干鹊，我……”

“蜀王，请你立刻离开！”丁引声音陡然一冷，要以快刀斩乱麻之势解决眼前的僵局。

“紫烟，我们走吧！”干鹊眼巴巴望着罗紫烟。

丁引声音更冷了，“极阳宫弟子听令，请客人离开！”

话落，四周的极阳宫弟子纷纷掣出兵刃，冷冷看着干鹊一行人。上仙门众人愣了下，也纷纷拿出法器来。

空气骤然像要凝固一般。

“干鹊，你先离开吧！”罗紫烟情知不妙，急忙道。看丁引这架势，如果干鹊再僵持，只怕马上就是一场恶战，那干鹊绝对要吃不了兜着走的！

“紫烟……”

“走吧，听我的！”

干鹊呆呆地看着罗紫烟，猛地瞪了丁引一眼，咬牙道，“好，我们走！但是紫烟，你答应过我阿娘会辅佐我的。现在大蜀百废待兴，我需要你的帮助！”

罗紫烟看着他，缓缓道：“你先回去再说吧！”

九凝金刚罩再次打开一个口子，等干鹊等人走出后，便又缓缓地关上。

丁引神色稍缓，看了罗紫烟一眼，“紫烟，你跟我来。”

“那我呢？”小卷毛叫道。

“我有些要事要跟紫烟说，你就不要上来了！”

直到上了凝碧崖，丁引神色仍是紧绷着。罗紫烟跟在他身后，见此也不敢多说什么。

“这段日子，你身陷魔窟，辛苦了！”眺望着底下翻腾的云海片刻，丁引才开口道。

罗紫烟急忙躬身，“多谢师父关心，我没事，都已经过去了！”

“没错，都已经过去了，九凝鼎也回归极阳宫，情势正在好转。”丁引点点头，赞赏地看着罗紫烟，“不过，你不愧是个难得奇才，居然能在太寒殿待那么久，还安然回归。”

罗紫烟心头一颤，看着丁引，只见他目光炯炯，也正望着自己。

“难道师父看出我什么了？或者他知道了什么？”罗紫烟不由得心头一动，垂下眼帘来。这份担忧并非毫无根据，以丁引之修为和见识，罗紫烟能在太寒殿里久待而不化，他不产生怀疑那才怪。

罗紫烟心头绷得紧紧的，思索着如何应对丁引接下来的盘问。

但丁引却是话锋一转，“现在血魔阴谋已经败露，没有九凝鼎，他那魔宫将无法支撑多久，覆灭只是时间问题。”

罗紫烟心头浪潮翻滚，不由得又为司明担心起来。

而丁引的目光仍是聚焦在她身上，给她带来莫大的压力。

“现在极阳宫里的关系也没有以前那么复杂了，宫中弟子眼里只有宫主一个人。我希望，接下来你能安心在极阳宫里继续协助我壮大极阳宫。等我们诛灭血魔，极阳宫将成为修仙界实至名归的领袖，到时候对你的修仙之途，将是莫大的荣光……”

“师父所言甚是，不知需要我做什么？”罗紫烟缓缓道。

“你也不用特意做什么，只要安心在极阳宫里协助我就是！”

罗紫烟心头一动，“师父的意思是……我不能再离开极阳宫了？”

丁引颔首道，“正是如此！”

罗紫烟一颗心直直往下沉，“一步都不能离开？”

“对，你是宫中长老，就该永远在宫中。”丁引走了过来，看着罗紫烟，“我培养你，是希望你能协助我，我不希望你又一次离开极阳宫，下落不明。将来时机成熟，我还会提拔你当宫中大监，为我分担更多事情。”

“师父……”

“这是你在极阳宫的使命，也是当我首徒的责任，知道吗？”

罗紫烟心头纷乱，抬头看着丁引，“师父，我是极阳宫弟子，我当然会留在宫里，但是——”

罗紫烟停顿了下，丁引的声音骤然一提，“但是什么？”

“但是——”罗紫烟鼓起勇气来，迎接着丁引的目光，“我没必要在宫里寸步不能外出吧？”

“你当然没有必要一直在宫里不外出，但现在血魔肆虐，外头非常危险，我这是为你好。”

“师父，我不怕的！”

“你不怕，但我怕。我怕我辛苦培养的弟子，在我用人之际，突然不知所踪。”

罗紫烟愣了下，“师父，你在怪我这段时间……”

“我不想问你，为什么当初在太寒殿里被魔化，如今又好端端逃了出来；我也不想问你，九凝鼎这一丢失和寻回之间，你在其中都做了什么。”

丁引目光炯炯地看着罗紫烟，“我只要你从现在开始，认清谁是你师父，知道你该为谁做事情就行了。”

罗紫烟心头一沉，看来九凝鼎被盗一事，就算丁引当时没有亲眼看到她以剑击九凝鼎一幕，也隐约猜到此事跟她有关了。只是，他不想追究，依旧希望罗紫烟能为他所用。

而在这之前，罗紫烟一直以为，当时丁引被血神子和黑凤凰缠住，对罗紫烟当时的行为一无所知。

“师父！这段时间发生了许多意想不到的事，是我不好，未能给师父分忧解愁。”罗紫烟看着丁引，心志一分分坚定了，“但请师父收回成命，这个要求恕我不能做到。”

丁引眉头一皱，“什么？”

“我不能一直待在极阳宫大门不出二门不迈，我有时候需要出去。”

“为什么？”

“因为我有些自己的事情要做，无法一直待在宫里！”

“嘿嘿！嘿嘿！”丁引突然发出一串冷笑，“你要做的事，就是去协助干鹊那个叛徒吧？”

“师父，也不是，我……”罗紫烟不知该如何辩解，总不能把司明与血神子的秘密告诉丁引吧，那样情况只怕会更糟。

但是不说，丁引误会更深，情况只怕也好不到哪里。

“你别忘了，是为师培养了你。从进入极阳宫那一刻开始，你就是极阳宫的人了，就该为极阳宫奉献一切！”

“师父，我明白！但我真的有些事情……”

“你不用解释，我只要你做选择。”丁引的声音越发冷了，“要么在宫里协助我，要么像干鹊和白谷逸他们那样被逐出极阳宫！”

“师父，这两条路都不是我想要的，我只希望师父能给我一些自由……”

“哼，也就是你还想把极阳宫当成你想来就想来想去就想去的地方了？”

“师父，不是那样……”

“你要的自由，无非就是像之前那样，公然到天化村为叛徒干鹊出谋划策，而不是到极阳宫来助我一臂之力。”

“师父，当时不是我不来，是坤元金刚罩不让我进来的！”罗紫烟愣了下，急忙说道。她终于明白了，丁引耿耿于怀的，原来是她帮助叛徒干鹊一事。

“你不用说了，为师只有一句话，你不能离开极阳宫，更不能再为极阳宫叛徒出力！”丁引看着罗紫烟，语重心长地道，“这回我会答应干鹊那个叛徒联手去攻打太寒殿，是因为我觉得救了你之后你会痛改前非，好生在宫里协助我的！”

“师父，可我……”

“就这样吧！下去吧！”丁引摆摆手，转身进入九离殿。

罗紫烟不知道自己是如何回到半峰楼的，心中被无尽的惶恐折磨着。

如果不能离开极阳宫，那跟坐牢有什么区别？那样司明可怎么办？

“小烟！小烟！你回来了！”一个叫声远远传来，罗紫烟抬头，看到小卷毛正从半峰楼飞来。她心里不由得生起一股暖意，在这个世界，唯一的依靠，也就这只休戚与共的凰雏了。

“小烟，宫主跟你说什么了？你脸色看起来好差。”小卷毛落在罗紫烟身上，不安地道。

罗紫烟叹了口气，走进半峰楼，把事情简单说了下。

“不能离开极阳宫，那怎么行？换作我也不答应，何况小烟还有要事要做。”小卷毛顿了下道，“宫主这人就是占有欲太强了。”

罗紫烟点点头，“我看宫主现在对我很不满，大概因为我跟干鹊走得太近，这等于挑战他的颜面。他以后只怕真不会让我出去了。”

“那小烟准备怎么办？”小卷毛道。

罗紫烟沉吟了下，咬牙道，“司明在这个世界上只有我一个救星，我绝不能在这里白白等他被血魔炼化。”

“既然这样，小烟准备下，我们找机会偷溜出去算了。”

罗紫烟摇了摇头，“不，不能再等了，现在走是最好的机会，因为师父肯定不会想到我会马上就走！”

“好啊，那我们走吧！”小卷毛兴奋地道。

新蜀门

当下，罗紫烟立即大步离开半峰楼，直往天门道外走去。

天门道外头空无一人，上仙门人被赶走后，宫中子弟也都回去休息了。

罗紫烟停了下来，看着那接天连地的九凝金刚罩，“小卷毛，你知道怎么打开它吗？”

“不是很清楚，但我们可以用蛮力直接打开，反正它就是宏大阳气聚合而成的，只要有足够的阳气牵动，还是可以弄出个口子的！”

“那我们就野蛮一回吧！凤凰力！”

罗紫烟深吸一口气，双手向前推出。与此同时，小卷毛也是双爪紧扣在她肩头。

磅礴的凤翼刃呼啸而出，集中击在九凝金刚罩上的一个点。一阵金光涌动后，层层电花激射而起，像是有什么要从中钻出来似的。

“还不行，得再来！”小卷毛叫道。

罗紫烟银牙一咬，又一记凤翼刃劈了出去！

“咔嚓！”

金光翻涌着向两旁退去，一个小口子逐渐显现出来。

第三记凤翼刃立即紧随而来。

三记重击，记记都是极其耗费功体。好在功夫不负有心人，金刚罩上终于逐渐裂开一个口子，宽度刚好可容一人侧身穿过。

“好了，小烟！”

罗紫烟立即足下一点，飞身闪入那裂缝之中。

眼前出现一条长长的甬道，似乎无边无际，但是倏忽之间，却又豁然开朗。罗紫烟看了看四周，发现已出了九凝金刚罩。放眼望去，天青云白，辽阔无边。

“我们出来了！”罗紫烟喃喃道。

小卷毛笑道，“只要没人阻拦，咱两个联手还不简单。”

“紫烟！紫烟！”就在这时候，一道匹练从远处飞来，竟是干鹊驾着日曜刀疾飞而来。

罗紫烟不由得愣了下，“你怎么还在这里？”

“我想再等等，等紫烟出来了再跟紫烟说说。没想到，紫烟这么快出来了，我还以为要几天呢。”干鹊兴奋地说道。

罗紫烟心头不由得一暖，她听出干鹊的意思，如果她不出来，他还会在极阳宫外守几天的。

“干鹊，我们……”

“我们得快走了。”干鹊突然紧紧盯着罗紫烟身后，满脸不安。罗紫烟回头望去，不由得心头狂跳。只见先前被她打开的那道裂缝，正在飞速扩大，而丁引则是沉着脸，正从中大步走出来。

“罗紫烟，你好大胆子！”

声音不大，却是字字重逾千钧，落地时似乎震得地面都晃了晃。

“你想怎么样？”干鹊愣了下，突然上前一步，挡在罗紫烟面前。

丁引却是看也不看他一眼，目光冷冷地落在罗紫烟身上，那里藏着愤怒、不解与失望。

“师父……”罗紫烟心头一颤，还是绕到干鹊身前，迎着丁引的目光躬身道，“弟子无法一直待在宫中不出来，还请师父见谅。他日如有需要，弟子自会上门来请罪！”

丁引目光凛凛看着罗紫烟，片刻之后才又转到干鹊身上，“你宁可弃极阳宫长老之位不要，也要跟他去贪图人间虚幻的荣华富贵？”

“师父，弟子不图荣华富贵，那对弟子来说如同浮云！”

丁引声音更冷了，“那你为什么选择跟他离开？而不是继续协助我？”

“因为……”罗紫烟不知如何回答，索性道，“这是弟子深思熟虑的决定，还请师父见谅！”

“也就是说，无论如何你都不回宫了？”

丁引双目直直地盯着罗紫烟，目光如剑，似乎要把她看穿。罗紫烟迎着他的目光顿了下，用力点了点头，“弟子辜负师父厚望，有愧长老一职，请师父革去弟子长老之职，逐出极阳宫门墙吧！”

“紫烟……”干鹊吃惊地看着罗紫烟，似乎没有想到她会说出这种决绝的话。

罗紫烟只是诚挚地看着丁引，她深知有些事剪不断理还乱，快刀斩乱麻虽然残忍，但或许更慈悲。

丁引也没料到会得到这样的答复，不由得呆住了，好一会儿才森然道，“你就不怕我废除你的功体吗？”

话落，他右掌一提，炎罗圣光一闪而起，雄浑的压力向罗紫烟弥漫过来。

干鹊大惊，再次站到罗紫烟身边。

“请师父暂缓一段时间！”罗紫烟看着炎罗圣光，咬了咬牙躬身道，“等弟子完成弟子想做的事，自会来极阳宫请罪，到时候要不要废除弟子功体，悉听师父尊便！弟子绝无二句怨言！”

“你——”丁引怒哼一声，却是猛地一撤掌，收了圣光，“我知道了！”

说着，他脸上突然多了一层晦暗之色，摆了摆手，猛地转身大步往金刚罩内走去，“你走吧！就当我没有收过徒弟！”

“师父！”看着他那凄凉的背影，罗紫烟心头越发不安了，猛地“扑通”一声，跪了下来，冲着丁引背影连磕三个响头，“师父，是我对不起你，请受我一拜！”

“咚！”

“咚！”

“咚！”

每一记响头落在地上，都是又沉又脆，犹如罗紫烟痛苦的心。

扪心自问，丁引一直待她不薄，罗紫烟能有今日的修为，全靠他的栽培——虽然这其中他也是私心满满，甚至还拿罗紫烟做过禁忌修法的试验。但栽培之恩，罗紫烟是无法忘记的。

只是，跟这个比起来，司明的安危更重要，罗紫烟不能不狠下心来。

丁引头也不回地进入金刚罩中。片刻之后，金光弥漫，他的身影便消失在金刚罩之后。

“紫烟，好了，起来吧！”干鹊上前，伸手扶起罗紫烟的手，“跟我回蜀王宫吧！”

“你干什么呢，小烟出来可不是一定要投靠你的，她还没决定去哪里呢！”小卷毛叱道。

干鹊愣了下，不由得涨红了脸，紧紧盯着罗紫烟，“紫烟，你要去哪儿？”

看着他这紧张的样子，罗紫烟心中叹息一声道，“我还没想好去哪里，先到你那里落脚吧！”

第二十二章 | 故人相见

成都较之于罗紫烟被掳走之前，已是安定许多，市井有序，一切都在向好而行。

而干鹊车驾所过之处，路上百姓都是闻风叩首，敬仰之情溢于言表。

“看不出来，你还挺有治国之才的嘛！”罗紫烟忍不住对干鹊道。

此时，她正骑着马，跟在蜀王的车驾旁边，沿着笔直的朱雀大街向蜀王宫走去。两旁跪拜的百姓，都在暗地里打量着她，悄悄议论着。

干鹊刚入主成都的时候，罗紫烟就全力辅助他整治城内，不少百姓都见过她，此刻对这个蜀王身边的女人，好奇有之，敬仰有之。

干鹊苦笑一声，“哪有，多亏紫烟教我的方法，还有蜀人认可我，否则我连立足都难！”

原来，干鹊代弟而立后，又遭逢罗紫烟被掳之失，一度慌了手脚。幸运的是，蜀国上下对肥遗被推倒拍手称快，干鹊也成为被拥护的不二对象，因此没多久，便有各路贤能之臣络绎不绝来投靠。

而干鹊虽然没有治国经验，却有容人雅量。他按照罗紫烟之前所建议的，选贤任能，根据臣下的才干放权于他们，令他们全权负责国事各方面。

没想到这么一来，蜀国很快就恢复了安定，百姓也随之安居乐业。

“你这样就不怕大权被架空吗？”罗紫烟笑道。

“我本来就不是很有治国的心思，当时也没有往这方面去担心。但铁姝看出这个问题了，不过她说的一句话，让我感到很有道理。”

“铁姝？”罗紫烟心头一冷，却是不动声色，“她说了什么？”

这回干鹊和极阳宫联手攻打太寒殿来救罗紫烟，铁姝并没有到来，这虽然是意料之外，不过也在情理之中。要说整个蜀国，可能就她最不希望罗紫烟被救出来了。

“她说我只要把上仙门牢牢抓在手里，凡俗这些事，交给凡人去处理，也没人敢造次的。”干鹊笑了笑，“我一想没错，只要上仙门忠于我，百官就没人敢乱来，只要百官各司其职，那大蜀自然就会蒸蒸日上。”

“她这个办法倒是没错，但你有没有想到另一个问题。”罗紫烟笑道。

干鹊愣了下，“什么问题？”

“谁来监督百官的行为，避免他们大权独揽，贪腐横行呢？”

“这个……好像有监察司官……”

罗紫烟摇摇头，“监察司官毕竟是凡夫，很容易受上司压迫，不敢担当本职，从而纵容奸恶。”

干鹊若有所思，“也对，本身就要看人家的眼色，又怎么能管好别人呢？紫烟，你真是一眼就看出问题来，那我要怎么做？”

罗紫烟笑道，“其实也不难，你在上仙门中找些有修为又刚正的人来替你监察百官，直接听命于你，不受任何官员所辖就行了。”

顿了下，罗紫烟又道，“只要蜀王给他们优渥待遇，他们一定会铁面无私，监察到位的。”

“回头我就让铁姝如此照办。”干鹊大喜。

“那你可不要说是我的主意，不然她可能办不好！”

干鹊看着罗紫烟，哑然片刻才笑了，“我明白了……还真有可能……”

“对了，这回铁姝怎么没见她跟你出来？”罗紫烟又问道。

“我不在，蜀王宫这边总得有人坐镇，我能信任的人也就她了。”干鹊说着，突然不说了。

罗紫烟却是点点头，“而且她对来救我一事肯定最不乐意了，也就没必要叫她同行了。”

干鹊钦佩地看了罗紫烟一眼，尴尬地笑了笑。

蜀王宫门墙一如之前，只是墙上的旗号已全部更换了，迎风猎猎的旗帜倒映在御河之上，散发着蓬勃的生气。

看到蜀王车驾浩浩荡荡过来，中间大宫门缓缓打开，迎接蜀王一行人进入长长的御道里。只见两侧的金吾校场上，兵戈林立，甲衣鲜亮，正盛大欢迎蜀王的回归。

“现在宫里腾出好多宫殿，都是空着，紫烟你想住什么样的？”干鹊边冲两侧跪拜的将士致意，边回头冲着罗紫烟道。

罗紫烟想也不想，“最简单的就行，原来住的那个偏殿就好了。”

“那个地方也太小了，而且陈设简陋。”干鹊想了想，“要不……花重殿？”

“那可是王后居所！我岂敢僭越。”罗紫烟淡淡道。

干鹊想了想，“那就蚕丛殿？”

“我要是住到蜀王行宫，文武百官还不把我撕了！”

“子规殿和杜鹃殿都是挺好的！”

“那是王贵妃住的地方，我进去算什么？”

干鹊哑然了片刻，刚要再说，罗紫烟却是抢先开口了，“陛下，你是蜀王，应该考虑国家大事，岂能为我住哪里这种小事分神呢？不用说了，就原来那座偏殿好了，我挺喜欢的。”

干鹊神色突然变得说不出的萧索，他无奈地看了罗紫烟一眼，“我是蜀王，所以我才想给紫烟你最好的呀。算了，既然紫烟你决定了，就按你说的吧。”

说话间，御道已到了尽头，巍峨的锦城宫已经近在眼前。只见宫门之外，甲戈森严，跪倒着乌泱泱一片人，正是文武百官。

“蜀王驾到——”

干鹊走下了车驾，罗紫烟也跳下马，跟在他身后。

“陛下，你终于回来了！百官听到你要回来，早早就来了，等着你临朝训话。”一道靓丽的身影迎面而来，到了干鹊面前只是躬了躬身，便又起来了，满脸春风看着干鹊。但她的目光扫到罗紫烟的时候，脸上的笑容却是迅速凝固。

这人，赫然就是铁姝！

罗紫烟却是笑了，冲着铁姝点了点头。铁姝眼里闪过一丝疑惑，不安地望向干鹊。

干鹊嘉许地看着她，“铁姝，这些日子辛苦你了。”

“不会！为陛下守国，岂敢喊苦！”铁姝不安的神色稍稍缓和许多。

干鹊回头看着罗紫烟，“紫烟鞍马劳顿，铁姝你先带她去安顿下来，有什么事回头再说。”

“是，陛下赶快去上朝吧。”

铁姝满脸笑容地应答着，等干鹊大步走向锦城宫，她看着罗紫烟却板起脸来，“走吧！”

罗紫烟点点头，冲着小卷毛道，“小卷毛，你也累了，去休息下。”

“我不累，小烟去哪儿我也去哪儿！”小卷毛却是不走。

罗紫烟轻轻弹了弹它的小脑袋，“你先回我们原来住的那个偏殿吧，我有点事要单独跟铁姝说说。”

“小烟你居然跟她有话说，为什么我不能听？”小卷毛愣了下，差点叫了起来。

罗紫烟笑了笑，“女人之间的一些悄悄话，有时候不喜欢第三个人听到，你听我一回吧。”

“好吧，真不知道小烟你跟她有什么好说的！”小卷毛满腔不情愿，还是一个振翅远去。

罗紫烟回头望向铁姝，脸色也沉了下来，“我们找个没人的地方吧！”

铁姝眼里寒光一闪，冷笑道，“怕你不成？说吧，去哪儿？”

“御花园吧！”

御花园位于花重殿之后，占地广阔，平常却是人迹罕至。两个女人一路过来，都是不言不语，仿佛身边的人就是空气。

“你一直跟着干鹊，就是想住到那里面吧？”经过花重殿的时候，罗紫烟突然回头对铁姝说道。

铁姝愣了下，旋即冷笑道，“我只要跟着他，住哪儿都无所谓。”

罗紫烟淡淡一笑，“是吗？”

“哼！是不是不关你的事！”铁姝恶狠狠瞪了罗紫烟一眼，大步向前走去。

罗紫烟笑了笑，不紧不慢跟在后面，“至少跟我有一点关系，那就是我不会成为你的拦路石。”

“哼！”

四周林木阴郁，花香弥漫。偶有山岚拂过，带来沙沙之声，若远若近。

两人一前一后走着，再次默不作声，不过心中的波澜却是翻涌不断。

“就在这里吧，有话快说，有屁快放，要杀就来，要打奉陪！”

到了一片林子中间，四顾无人后，铁姝猛地回头，恶狠狠看着罗紫烟。那模样，就像一头随时准备咬人的野兽。

罗紫烟倒是奇怪道，“我原以为你会跟我道歉，没想到现在看来，倒像是我欠你的。”

“我没什么好道歉的，要不是那魔头突然出现，我当时一定会杀你的！”铁姝咬牙切齿，“现在再给我一次机会，我一样不会心软！”

罗紫烟却也不恼，“哈，你倒是诚实！”

铁姝取下背上的弓，一手搭在箭囊上，冷冷看着罗紫烟，“事情我已经做了，但我不会认错。你要报仇尽管来就是，我要皱下眉就是怕了你！”

“有点意思！那你可要小心点了！”罗紫烟冷笑一声，大步上前。

“呼！”

铁姝面色凝重，猛地一个飞身倒退而出，人在空中，箭已上弦，弓拉如满月，“嗖”的一声直贯罗紫烟面门。

经过禁忌修法锤炼之后，铁姝的进境也是非凡，这一箭之力已非普通修仙者能接得了。

只是，她的对手不巧是进境更快更高的罗紫烟。

罗紫烟几乎没有动，只是右掌信手打出。由阳气凝聚而成的至阳之力，迎着箭头就打。

“当当——当当——”

一串金铁交织声中，烈风消散，铁箭磕飞。

现在，即便没有小卷毛相助，罗紫烟的凤凰力也是极其惊人。

“贱婢，去死！”铁姝愣了下，猛地丢了弓箭，双手一扬，四相离火剑已经在手，同时飞身向罗紫烟扑去。

人未到，剑上便幻生出龙虎之相来，远比上一次铁姝在干鹊面前挑衅罗紫烟时更狂霸。

“再陪你玩一次，又何妨！”罗紫烟冷笑一声，右掌再次扫出。

“刷——”

一片如翼金光裹挟着磅礴的阳气，重重地拍出去，击的剑上幻象烟消云散，继而结结实实拍在铁姝身上，摧枯拉朽一般毫无阻滞。

“砰！”

还没反应过来，铁姝就飞了出去，摔在数丈之外的一棵树上，再沿着树干滑落，激起大蓬的尘土来。

“贱婢，你——”铁姝气急败坏，起身想要再冲过来，却是喉头一甜，一口血喷了出来。

“不用挣扎了，你不是我的对手！”罗紫烟冷冷过来，居高临下俯视着铁姝，“我只要稍微再加把劲，取你性命易如反掌。”

“贱婢，那为什么不杀我！来呀！”铁姝吃力地撑着树干站了起来，眼神一如既往的桀骜。

罗紫烟看着她片刻，突然笑了，“我要杀了你，你岂不是见不到干鹊了？”

“你——”铁姝怒视着罗紫烟，恨不得把她生扒活剥了。

罗紫烟缓缓向她走去，脸上却带着笑意，“我从没跟你争什么，都是你自己想当然地把我当敌人。跟你对我的伤害相比，我只是让你吐点血，已经算是给你面子了。”

铁姝依旧咬牙切齿，目光里的仇恨却是稍少了几分，“我暗算你，你为什么不告诉干鹊？”

“哈，我告诉他干什么？让他恨你吗？”罗紫烟停了下来，看着铁姝，眼里多了几分怜惜，“我才不会那么傻！”

“那不正如你所愿吗？”

“算了，我可不希望他恨你，相反，我希望他能喜欢你。”

铁姝目瞪口呆，难以置信地看着罗紫烟，“贱婢，你花言巧语要骗谁？”

“我能杀你，就没有必要骗你，信与不信全在于你，但我想把话在这里说清楚。”罗紫烟直直看着铁姝，“干鹊可能对我一往情深，但我对他殊无爱意，我与他是没有未来的，但我希望你能成为他未来身边的那个人。”

“哼，这个不要你管！”铁姝依旧气呼呼，不过声音却明显低了下来。

“这是你必须做到的事！否则，我刚才就不会只替小卷毛报仇，还会多给你长点记性！”

铁姝愣了愣，“你刚才只是在为那只鸟报仇？”

“它是小卷毛，一只凰雏。”

罗紫烟强调一句，又看了铁姝一眼，“好了，言尽于此，我该走了！”

说罢，她掉头就走，留铁姝一人靠在树干上，看着斜日西照，茫然如梦。

在锦绣蜀王宫里，“晓月殿”就像它的名字一样平淡无奇。这座不大且布置简单的偏殿，本是给宫中六品才人、七品采女之流住的。

但对罗紫烟而言，再没有比这里更合适的。她焉能不明白，干鹊要她入住花重殿、子规殿等处的含义？正因为如此，她更要让干鹊明白她的心志，以免误会，她才宁可住在这种偏陋之处。

“小烟，你跟那凶八婆聊什么？”小卷毛正在殿内等罗紫烟，见到她回来，急急忙忙迎了过来。

“没什么，我让她要好好抓住干鹊的心！”罗紫烟轻描淡写地答道。

“要我说，对那个臭八婆不用客气，直接把她打残好了，让她得不到干鹊青睐，活活气死她！”

罗紫烟迟疑了下，“小卷毛，有个事……我一直瞒着你！”

“嗯？什么事？”小卷毛愣了下，瞪大眼睛看着罗紫烟，“小烟还有什么事我不知道的？”

“这个，严格上说是你的事！”罗紫烟顿了下，还是把铁姝暗箭伤它的事说了。

“什么？那一箭就是那个臭八婆射的？我还以为是血魔……我去杀了她！”

罗紫烟轻轻地抚着小卷毛的背毛，等它怒火发完，这才道，“小卷毛，你别生气，我也不是故意瞒着你的，我就是怕你生气……”

“我不生气，我不生气！但小烟你为什么要对她那么好？”

“因为我觉得，她对干鹊真的好……但我以后，肯定会伤干鹊的心，我希望她以后能成为干鹊的安慰吧，我这样是不是太自私了？”

小卷毛偏着脑袋想了想，“这个我不懂，但小烟你决定的肯定没有错。算了，反正我也没什么事，下回遇到她还是装作不知道就是。”

“小卷毛，谢谢你！”罗紫烟点了点头，轻轻地抚着它的背毛，“你对我太好了，我让你牺牲太多了！”

“哈，小烟你这是什么话，我们是凤主凰雏，天生一对的！”

“哈，天生一对可不是这个意思。”

小卷毛顿了下，又道，“对了，接下来小烟准备怎么办？”

“我当初鼓动干鹊争蜀王，是希望能借助蜀国的力量来救司明……”罗紫烟沉思了片刻，“不过，现在想了想，最重要的还是我们自己要变得更强，这事儿才能有所指望。”

这晚，干鹊在开济苑设宴，庆祝罗紫烟归来。

罗紫烟和小卷毛到的时候，发现筵席上只有干鹊一人。

“我本来叫了铁姝一起来的，但她可能不舒服，突然走了。不管她，我们自己开宴就是！”干鹊指着一桌色香味俱全的酒菜，对罗紫烟说道。

罗紫烟点点头，在干鹊对面坐了下来，“其实我已经吃过了，来这是有些事要与陛下好好谈谈。”

“有话要和我说？好啊！”干鹊边说边热情地拿起勺子，为罗紫烟舀汤，“不过至少喝点汤！”

罗紫烟急忙拦住他，“你是蜀王，不可为我做这种事，否则被人看到了，威仪何在？”

“我就是怕威仪束缚了我们，才让人都退下，没事，这里没有乱七八糟的眼睛。”干鹊毫不以为意，继续为罗紫烟舀汤。

罗紫烟大感无奈，却也只能由着他，口中道，“陛下——”

“紫烟，私下里你就别陛下长陛下短的，听得我很别扭。”干鹊笑道。

罗紫烟也不客气，“那我就不客气了，反正我叫着也别扭。”

“对对，我们又不是认识一天两天的，再说了，以极阳宫之辈分，你还高我……”

干鹊似乎意识到自己提及了不该提的事，忙把舀好的汤往罗紫烟面前一放，同时话锋一转，“对了紫烟，你要跟我谈什么事？”

“谈谈你接下来要怎么做。”

“我正要问紫烟的意见呢，现在朝政一事，我觉得百官各司其职，还是没什么问题的。而且，铁姝也开始着手从上仙门遴选合适之人，以监察百官。”

“那就可以了，不过，作为一国之君，不管何时都要居安思危，防患于未然。”

干鹊愣了下，“小烟的意思是要警惕血魔？”

罗紫烟点点头，“那魔头不但是修仙界的大敌，也是天下苍生的灾星。只要有机会，他一定会再兴风作浪的。”

“小烟说得没错，我已经让楚门主派上仙门的人时刻盯着太寒殿动静，有情况立刻疾驰回报。”

“嗯，眼线要多布置一些。”

“要不，我出面召集更多的修仙者，联手去攻打太寒殿，现在正好可以痛打落水狗。”

罗紫烟摇摇头，“现在还不是时候，没有九凝鼎维系阴气，太寒殿只能靠它底下雪域里的阴气支撑，是无法长久的。等它彻底衰朽之际，我们再出手不迟。”

“那我们就要干等？”

“不，从现在开始，就要继续招募更多修仙者，壮大上仙门，做好备战！”

罗紫烟舀了口汤，细细品味片刻，才又道，“我相信，血魔肯定不会坐以待毙，接下来会垂死反扑的！”

晚宴很丰盛，但罗紫烟吃得很少，话谈得差不多就起身离开，干鹊挽留不得，只能叹了口气，目送她离开。

“小烟，我看干鹊挺可怜的，明明很想跟你多待一会儿，但你却拒他于千里之外，他都不知该怎么办了。”

罗紫烟叹了口气，“希望铁姝以后能对他好点吧。”

夜色无边，温润如水，但罗紫烟的心却是沉甸甸的。

“人就是这样奇怪的东西，动了情就整个人都变了，在自己爱的人面前经常变得不知所措，跟平时完全不一样。”小卷毛看着远方，点点头，“其实也挺好玩的！”

“好玩你个大鬼头！只有真正陷入情网的人才知道其中的纠缠滋味。”罗紫烟说完，想起前尘种种，又叹了口气。

“对了，小烟，接下来你要怎么做？”

罗紫烟远眺星空，好一会儿才咬牙道，“打铁还得自身硬，我要继续修炼六阳心法和凤凰力。”

此后数日，罗紫烟谢绝一切外事，只管专心修炼六阳心法。

先前在极阳宫，得丁引开小灶，罗紫烟的六阳心法已经臻于第四重。此刻，正是继续向第五重发起冲锋的好时机。

修炼六阳心法，第一宝地当然是极阳宫，毕竟那里有九凝鼎，可以事半功倍。但形势发展至此，罗紫烟只能自力更生了。

好在，经历了化血神通洗伐的功体，手少阳、手太阳、手阳明等阳脉仍是坚如磐石，流淌其中的阳气，依旧汹涌奔腾，气足量大。

有这个根基在，即便没有九凝鼎沛然阳气来拓脉、淬脉，罗紫烟仍可以借助它们来淬炼足太阳。

只是，这个进境就慢了许多，而且每一重脉的修炼，都是个枯寂无聊的过程，在不断重复的淬脉、拓脉、用脉之中，时间过得缓慢无比。

罗紫烟每日都是安坐如山，全身罩在腾腾热气之中，半天没有动弹一下，昼夜何时也不知。

小卷毛却是倍感无聊，罗紫烟无暇修炼凤凰力，便没有它什么事，它只能独自出去玩。

这晚，罗紫烟正在修炼的时候，小卷毛突然匆匆进来，附耳低声道，“小烟，外面的情况好像不对劲。”

“怎么了？”罗紫烟停下修炼，回头看着小卷毛。

“外面多了些人，也不知道是干什么的，但看样子好奇怪。”

罗紫烟来了精神，“怎么奇怪了？”

“你出来看看就知道了。”

罗紫烟好奇心被勾起，立即悄然出去。小卷毛一个振翅飞到屋顶上，罗紫烟也悄然跟上去。

“那边！”

顺着小卷毛的指向，罗紫烟看到几个人正沿着一条小路匆匆前行，他们提着灯笼，看身上衣甲，分明就是一队巡逻士兵。

“那有什么好奇怪的，不就是一队巡逻的吗？”

“可我第一次看到有巡逻兵从墙上翻进来把别的巡逻兵放倒，再换上他们衣服的。”

罗紫烟心头一凛，“什么？快跟过去看看！”

说罢，她双足一点，几个起落，迅速向那几个人飞掠过去。

按小卷毛所说的来看，那些人分明就是混入宫中的刺客，他们想干什么？

罗紫烟满心好奇，不着声色地跟在那些人身后。而那些人全然没想到，身后竟长出尾巴来。

“他们这是要去开济苑？”看着那些刺客的去向，罗紫烟心中嘀咕着，依旧不动声色地跟着，只想看看那些人意欲何为。

开济苑乃是蜀王经常安寝之处，守卫森严，罗紫烟并不担心干鹊的安危。

没多久，开济苑便出现在前方，那几个刺客聚在一起嘀咕几句，便迅速分开，从各个方向潜了过去。

“小烟，我们要不要示警？”小卷毛低声问道。

罗紫烟摇摇头，“再看看，这里可是铁姝的地盘，他们要想动干鹊，呵呵！”

话落，铁姝的厉喝突然撕破夜空，“什么人！”

“当当——”

密集的兵刃声过后，刹那间是一片死寂，紧接着尖利的叫声彻底撕裂了夜空，“有刺客！有刺客！”

几乎同时，整个开济苑像是炸了一般，脚步声、呼喝声、兵刃声交织一处，喧声鼎沸。

混乱之中，只见一道黑影匆匆从开济苑一角溜出，迅速没入黑暗之中。

“我们跟上！”罗紫烟眼尖，身子一掠，悄然跟上那道黑影。

偌大的宫城已经被惊动了，不过各路守卫都是直奔开济苑。而那道黑影则是专挑无人之处潜行低走，竟没有被往来守卫发现。

罗紫烟并不着急追上对方，她看得出来，对方虽然身手了得，但并非修仙者。

那他们是什么人？肥遗残党反扑？城中心怀叵测大臣图谋不轨？

罗紫烟迫不及待想揭开这个谜团。

那道身影去势很快，没多久就把混乱的开济苑甩得老远，来到一面高耸的宫墙边上，一个起掠，轻松翻墙过去。

等罗紫烟飞到宫墙上，只见那人已经跑进宫城外头不远处的一片民房之中。

“那些家伙，逃跑路线倒是规划得挺好的。”罗紫烟冷笑一声，等那人潜入民房中间后，便也纵身一掠，悄然飞掠过去。

那个刺客在民房之中迂回而行，轻车熟路。

“小烟，这些家伙肯定大有来头，看他们准备如此充分……”小卷毛忍不住道，“要不要去通知干鹊？”

“不用，我们去探个究竟再说！”

有小卷毛跟在身边，凤凰力足够应付各种阵仗了。

说话间，那个刺客已经穿过民房，到了成都北城墙根下，那里有个人从城墙根阴影里迎了出来，和刺客说了几句什么。

“是个修仙者！”

罗紫烟人吃一惊，急忙躲到一个屋檐阴影里。只见从城墙根出来的那个人，突然从身上掣出一口剑，往地上一放，就化为一道匹练，悬停不动。

随后，那修仙者带着刺客一起跳上那口仙剑，仙剑带着两人腾空而起，迅速越墙而出。

“原来那些刺客也有修仙者同伙啊！那为什么不带些修仙者来行刺，不是更有胜算吗？”小卷毛不解道。

罗紫烟想了想，摇摇头道，“你错了，要想在蜀王宫行刺，还真不能用修仙者。”

为了防止血魔反扑，上仙门大半驻扎在蜀王宫内外，果真是修仙者来行刺，必定是高来高往，很容易被上仙门发觉。

倒是这些凡夫高手悄然潜入，反而更不易被觉察到。

“回去得让干鹊记得把这个防卫漏洞也补上。”罗紫烟心中暗想，不过当务之急，是要先弄清这些刺客受何人指使。她身子一动，凌空飞起，不远不近地跟在那道匹练后面。

一路疾飞了好一会儿，那道匹练开始往下降落，在它面前的地上，是个灯火阑珊的村落。

剑光落在一座院落内，刺客与修仙者先后推门进入屋内，门随即“砰”的一声关上。

“小烟，我们怎么办？”

“过去看看，怕什么！”罗紫烟身子一沉，跟着落到院子里，举步刚要往门口走去，里头却传来一声冷笑，“浑蛋，你倒挺大胆的！”

“嗯？这个声音……”罗紫烟心头一动，刚要说话，四周风声疾响，数道身影突然从院墙四周冒出，一道道匹练来势如电，迎面刺到。

“小烟！有埋伏！”小卷毛不由得叫起来。

显然，那刺客和修仙者早就发觉身后跟着尾巴，但他们还是把罗紫烟给吸引过来，好加以围歼。

“凤羽矢！”罗紫烟想也不想，双手抡圆，道道金光闪射，横扫四周。

“当当——”

“轰隆！”

密集的金铁交鸣声里，三面院墙纷纷倒塌，四周惨叫不断，那些扑出来的修仙者先后被凤羽矢扫中，个个捂着被击伤的臂膀倒退不迭，在尘土飞扬中惊恐地看着罗紫烟。

罗紫烟却对他们视若无睹，只是冷冷盯着那两扇依旧紧闭的大门，“里面的人，快滚出来！”

话落，屋门骤然大开，一人挥舞着大刀向罗紫烟迎面飞冲过来，“浑蛋！找死！”

“俞利，你认不出我的声音了吗？”罗紫烟岿然不动，冷冷盯着迎面而来的刀锋。

“啊？”

“当啷！”

那大汉呆了呆，突然一丢手中大刀，直跪在罗紫烟面前，大叫道，“上仙姐姐，上仙姐姐！是你！你怎么来了？”

眼前之人，赫然就是千峰岭白鲨帮的帮主俞利。

四周的修仙者正纷纷爬起来，见此情景都是面面相觑。

当初在天化村的时候，俞利曾把罗紫烟当成干鹊的女人，要杀她复仇。后来却对罗紫烟心悦诚服，还与她义结金兰，称罗紫烟为上仙姐姐。

他对罗紫烟的信服，那是从骨子里来的。此刻再见到罗紫烟，他当真是狂喜不已，竟是眼里泛着泪花，“上仙姐姐，这段时间你去哪里了，我好想你啊！”

“赶快起来，你这样子算什么男人！”罗紫烟一把将俞利扯起来。

俞利仍是激动得语无伦次，“我以为……没想到是你……幸亏上仙姐姐厉害，不然真是万死莫赎！”

“放心，要不是听出你的声音，先倒下的一定是你。”罗紫烟笑道。

俞利激动地道，“那就好，那就好，我有事也不要让上仙姐姐有事！”他挥了挥手，对四周的修仙者道，“误会一场，误会一场，请各位仙长先回去吧！”

那些修仙者们都是点点头，转身大步离去。

“上仙姐姐，我们到里面说话！这里比较简陋，你可不要介意啊。”俞利往屋里一指，热情地对罗紫烟说道。

罗紫烟点点头，大步往里头走，“这段时间你都去哪儿了？”

“我啊，先是躲那个把我们都冻住的大魔头，后来看肥遗那浑蛋把江山弄得不成样，我就琢磨着机会来了，开始找人一起来复国了。”

罗紫烟愣了下，“复国？”

“对啊！哈哈，上仙姐姐，我跟你说过，我不是一般的山贼，我乃后唐上柱国将军俞成的孙子呢！”

屋里很简陋，进门是个小会客厅，就简单摆着坐榻和案几。

俞利与罗紫烟对面而坐，又示意守卫在厅旁的一个修仙者离去，这才笑着对罗紫烟道，“原以为肥遗暴政是我的机会，没想到干鹊那浑蛋冒出来，他居然是蜀王的崽子？又把我大好机会给弄没了……”

原来，这俞利的祖上是后唐上柱国将军。百年前，后唐被大蜀所替，俞利也就流落人间，但俞家自此流传下来的祖训，就变成“推翻大蜀，重兴后唐”八个大字。

俞利原以为这个目标遥遥无期，但看到肥遗搞得天怒人怨后，又觉得机会来了。

只是没想到干鹊突然崛起，让他好不容易盼到的机会再次变得渺茫了。

“所以，你想刺杀干鹊，好制造新的机会？”罗紫烟恍然大悟。

俞利咬了咬牙，“那浑蛋先抢我的阿灵，现在又抢我的江山，我当然容他不得了！”

说到这里，俞利突然想起什么，两眼滴溜溜地看着罗紫烟，“上仙姐姐，我听说干鹊身边有个女仙长，修为高深，才识无双，不会是你吧？”

罗紫烟不动声色看着他，“如果是我，你是不是要跟我兵戎相向呢？”

“我怎么敢对上仙姐姐不敬呢？不过那可是麻烦得很！”俞利搓着手，看着罗紫烟，“如果传言是真的，那上仙姐姐不就变成我的对头了？”

新蜀门

“我是从蜀王宫一路跟踪你到这里的！”罗紫烟淡淡道。

俞利呆了呆，神情似乎要哭出来，“怎么……真的这样，上仙姐姐，我不想跟你为敌。”

“我也不想和你为敌，否则怎么会坐在这里和你叙旧？”

“可是，你已经彻底跟干鹊一伙了，我怎么能……”

“相信”两字说不出口，俞利一脸悲苦地看着罗紫烟，那模样简直像是美梦破碎后万念俱灰了。

“就算我跟干鹊一伙，我跟你也是金兰兄弟！”罗紫烟重重地拍了下俞利的肩头，沉声道，“你愿意听我一言吗？”

“上仙姐姐尽管说吧！”

罗紫烟点点头，顿了片刻才道，“我不知道你印象中的后唐是什么样子，但我能理解你的家训。不过，作为一个局外人，我认为你该放弃复兴后唐的幻想了。”

“幻想？”俞利猛地瞪着罗紫烟，脸上带着一抹怒色，“上仙姐姐，这是我俞家的梦想，怎么能说是幻想！”

“对不起，我的话说重了，但这真的是幻想！”罗紫烟扫视了四周一眼，“我不管现在有多少人追随你，放眼整个天下，这部分人肯定微不足道。”

“而现在，大蜀在干鹊的治理下，欣欣向荣，百姓安居乐业，正当是休养生息的时候，你就算想起事，也是应者寥寥，就算真的起事成功了，也是要百战才能成功——那要拿多少人命做赌注呢？”

“这……”俞利目瞪口呆，好一会儿才道，“一将功成万骨枯，不都这样吗？”

“你真愿意这样吗？”

“这……不这样……那我，我该怎样？”俞利的脸突然垮了似的，原本锐利的目光只剩迷茫，一向坚挺的眉角则是耷拉下来，仿佛一下子老了十岁。

罗紫烟知道他内心此刻是何种滋味，也知道自己这话对俞利的打击有多大，因为俞利一直相信她的话，而从她嘴里说出去的否定，不啻大棒砸头。

“只能接受现实！”罗紫烟心头一狠说道，顿了下又道，“但也没有你想的那么糟！”

“非常糟！如果完不成这事，我俞利七尺男儿有什么资格立在这个世上，又有何颜面到地下见列祖列宗！”俞利使劲摇着头，一脸沮丧。

“你知道我最看不起的是什么人吗？”罗紫烟狠狠拍了下俞利的脑袋，“是那种心志不坚，被人随便一句话就击垮的人！”

“可上仙姐姐不是随便的人，我知道你的话也不是随便说的。其实，这些道理我也懂，但我一直装作不知道，也就上仙姐姐肯对我说实话。”

罗紫烟点点头，“你有这个想法，说明你还不是个浑人，那我给你指一条新的路！”

“新的路？可以推翻蜀狗的吗？”俞利两眼一亮，勃勃生气再次回到他身上。

“不是，我说了以你现在的实力推不翻蜀国，而且也没必要这样做。”

罗紫烟摇了摇头，这个动作似乎也摇掉俞利身上的生气。他黯然看着罗紫烟，“那我还有什么路？”

“有一条很重要的路，超脱了你原来的目标，对你来说可能更有意义！你听过血魔吧？”

“听过，好像最近经常听说，怎么了？”

“他现在是我们，包括你和干鹊在内的所有人的共同敌人。”罗紫烟把血神子与太寒殿的事简单说了下，“你与其做着与干鹊争天下的不切实际梦，倒不如联手起来，共同对抗血魔，这是个流芳百世的好机会。”

“什么？上仙姐姐要我跟那个蜀狗合作？”俞利霍地站起来，双目圆睁看着罗紫烟，似乎要发作。

“你干什么！”小卷毛本对这些话题毫无兴趣，此时却是全身毛发倒竖，怒视着俞利。

“没事！”罗紫烟轻轻地安抚了下小卷毛，抬头看着俞利，“怎么，生气了？”

“不敢，但是……但是我无法接受上仙姐姐的建议！”

“没事，你可以好好考虑考虑！”罗紫烟起身道，“等你考虑清楚，可以派人来蜀王宫找我！”

“上仙姐姐……”

俞利跟了出来想要说什么，罗紫烟却是摆摆手，“你不用急着表态，我只是给你个建议，你好好考虑！”

“好吧！”

“我走了！”

“小烟，你为什么不多劝几句，我看他挺服你的！”回去的路上，迎着冷风小卷毛问道。

罗紫烟摇摇头，“这种事要他自己想清楚才有用，我再多说都是越俎代庖。”

“那万一他还是要继续跟干鹊对着干呢？”

罗紫烟一耸肩，“那就让他们干，都是成年人，反正要为自己的决定负责。”

回到蜀王宫，刺客风波已经平定，除了逃走的俞利，其他刺客都当场战死。对于刺客是什么来头，莫衷一是。

而罗紫烟进了“晓月殿”却是失眠了，如果俞利真的与干鹊兵戎相向，她真的坐视不管吗？

此后数日，风平浪静，蜀王宫倒没再迎来刺客。

罗紫烟乐得安宁，好继续修炼她的六阳心法。如今，在前四道阳脉的共同淬炼下，她的足太阳脉得到极大拓展，正在走向坚牢。

只是跟借助九凝鼎修炼时的突飞猛进相比，这份进境未免太慢了。

这天，罗紫烟正在修炼之时，门被敲响了，干鹊匆匆进来，脸上带着凝重之色。

“发生什么事了？”罗紫烟心知不对，急忙起身。

“刚才上仙门传报，发现一股魔物攻击了成都北一个叫作古柏村的村落，好像那里驻扎了一些修仙者，双方正在激战。”

“古柏村？好像就是俞利他们在的那个村庄……”罗紫烟心头一惊，急道，“发生在国都附近的事，陛下当然不能坐视不管，我们得赶快走看看！”

干鹊迟疑了下，“我本来想去，但又觉得那里有那么多修仙者未免太古怪了，会不会是血魔的魔徒和魔物在演双簧，等着我进他们的圈套？”

罗紫烟愣了下道，“不管怎么样，先去看看。”

金吾校场上，早就聚集了上百名上仙门门人，随着干鹊一声令下，所有人同时腾空飞起，直往成都北奔去。

想到俞利一行人可能遭到魔物围攻，罗紫烟不由得心焦莫名，问道，“成都附近怎么会有魔物？以前不是从没有出现过吗？”

“最近几天，那些魔物可是越来越肆无忌惮了！”干鹊面色凝重地道。

原来，最近几天里，太寒殿里不断有魔物涌出，分散着奔赴各地。而关于魔物袭扰的消息，随即源源不断飞到干鹊手里。每一起飞报里，都有几个乃至几户、几十户人被魔物掳走。

魔物们正进入大蜀各地，到处游荡着，掳掠所遇到的一切。

但它们太过分散，而且行动神速，倏忽而来，倏忽而去，干鹊虽然下令上仙门全力追剿，仍是无济于事。

“这次，魔物们是因为遭遇抵抗，才会聚集在一处。对我们来说，倒是个聚歼它们的好时机！”干鹊道，“就怕是个陷阱。”

罗紫烟沉吟了下道，“太寒殿没了九凝鼎，阴气不足了，血魔还派魔物抓人干什么？”

干鹊摇摇头，“可能他打造一支魔军的贼心还不死吧！”

说话间，前方空中突然出现几股浓烟，正冲天而起。

“那是……”

“古柏村快到了！”

风驰电掣间，古柏村已近在眼前。

此刻村落中的情景远比罗紫烟预想的还糟糕。放眼望去，只见烟火弥漫处，大群魔物正在其中往来冲突，扑击个不停。

而在它们疯狂的身影之中，地上遍是死尸，只剩少数修仙者还在拼命抵抗。

但是面对数倍于己的魔物，抵抗力正在不断变弱。

“给我上！全歼这些恶魔！”干鹊只看得怒发冲冠，一声令下，当先往下冲。

横空而来的这上百名修仙者，当即让魔物们倒下不少，其他的见状，纷纷惊恐乱窜。

但是上仙门众人岂容它们再逃逸？

混乱之中，罗紫烟当先往村子深处冲去。她看到俞利正被几个修仙者簇拥着退到一堵断墙下，抵挡几头修罗魔和夜叉魔的围攻。

魔物气势汹汹，但俞利等人却是强弩之末，只有苦苦支撑的份。

“小卷毛！”

“是！”

两道凤翼刃冲天舞动，所到之处，夜叉魔们纷纷跌飞出去。

“上仙姐姐！”俞利闻声回头，不由得喜出望外，但马上脚底一软，坐在地上。

罗紫烟飞奔而来，一把扶起他，“你没事吧？”

“没事，就是力气快耗光了……上仙姐姐，你带人来救我了？”

罗紫烟摇摇头，“不是，是干鹊！”

“啊？那浑蛋！”俞利吃力地支起身子，靠在墙上，满脸怒色，“他想来抓我吗？”

“你被打傻了？他这是来救你的！”

“哼！谁稀罕他来救我？我还要跟他拼……”

“啪！”罗紫烟猛地一扬手，俞利脸上多了五道指纹，他痴痴地看着罗紫烟，“上仙姐姐……”

“闭嘴，你这个浑人！我问你几个问题！你回答我！”顿了下，罗紫烟直直盯着俞利，“你还认我这个姐姐吗？”

“认啊！”

“你之前惹过这些魔物吗？”

“没有！”

“那它们为什么要攻击你——你看看，把你的赌本都吞了！”罗紫烟指着烟火之下遍地的死尸，“跟着你的兄弟不是被抓就是战死，这是为什么？”

“我，我不知道。”俞利一脸发懵，“它们突然就包围过来，怎么打都打不退……”

“这就对了，它们才不管你是俞利还是干鹊，或者是谁。反正只要是活人，它们就要抓走，把我们都变成跟它们一样的魔物！如果抓不走，宁可杀死也不给我们活路！”

顿了下，罗紫烟厉声道，“你愿意变成魔物吗？”

俞利没有回答，呆呆地看着罗紫烟。

罗紫烟哼了一声，“就算你打败干鹊，赢下江山又如何？在血魔眼里，你依旧是猎物，他想的永远就是把你我变成跟魔物一样的鬼东西。”

“你如果真听我的话，就立刻放下对干鹊的敌意，和我们联手，一起对付血魔！”

俞利垂下头，默然不语。

“你自己想清楚，现在天下大势，不是你跟干鹊之争，而是仙界人界与血魔的对决。”罗紫烟拍着俞利的肩头，“这是一场战争，没有谁能置身事外的。”

“好了，你再想想，我还得再去杀几个魔物！”罗紫烟转身刚要走，俞利却一把抓住她，眼巴巴道，“上仙姐姐，我真的要那样吗？”

“你可以不愿意，但是等别人都战死了，就没有人来帮你了！”罗紫烟甩开俞利的手，大步往外走。

“紫烟！紫烟！你没事吧！”一声大叫，干鹊从另一侧匆匆过来。看到罗紫烟，他松了口气，但目光落到俞利身上，手中日曜刀骤然一扬，满脸怒色，“是你！”

烈焰仍在燃烧，浓烟依旧在滚滚而起，杀声却是逐渐稀落下去。上仙门一众如狼似虎，出手不留情。魔物又是群龙无首，被逐一消灭只是时间问题。

不过，罗紫烟却又有种疾风暴雨再临的感觉。干鹊与俞利早就有旧恨记录在账，在这种情景下再相遇，可谓是仇人相见分外眼红。

两人都是怒目圆瞪，二话不说就向对方走去，手中的刀都已举起，一场血战只在顷刻间。

“你们干什么！”罗紫烟大急，挡在两人之间，“可别给我乱来！”

干鹊狠狠地盯着俞利，“紫烟，这狗山贼，当初在天化村可是害过你的……”

“你这狗王说什么？当初在天化村，害惨上仙姐姐的可是你！”俞利怒吼一声，扬着刀恨不得立马厮杀一场。

“上仙姐姐？”干鹊不解地看着罗紫烟，“紫烟，这个狗山贼他……”

罗紫烟不耐烦地挥挥手，“好了好了！你们两个都闭嘴，好好听我说一句！”

干鹊和俞利仍是愤愤瞪着对方，不过还真都闭了嘴！

“你们一个是我的同门，一个是我的金兰兄弟，你们真要打起来我肯定都不帮，你们是死是活我都睁一只眼闭一只眼！”

罗紫烟扫了两人一眼，“但我就问你们一句，这样做有什么意义吗？”

干鹊瞪了俞利一眼，却又把目光移开，望着远处。而俞利眼里的怒火，则是慢慢熄了。

“我可以肯定地说，只是莽夫比拼，没有丝毫意义！不管你们谁赢了，过段时间也要被血魔给抓去变成行尸走肉，最后大家都输！”

罗紫烟伸出手，分别拉起干鹊和俞利的手，看着他们，“你们一个是一国之君，一个是一方豪杰。如果还长点脑子的话，就听我一句，别把以前那点芝麻大的事拿出来闹，不然吃亏的最后还是我们所有人！”

说着，罗紫烟把两个男人的手搭到一块儿，“干脆，今天就在这里，你们握个手，忘记以前的是非，联手起来对付血魔吧！”

俞利看着干鹊，板着脸，而干鹊则是嘴角紧抿，目光直瞪前方，看也不看他一眼。

“你们这样子，算了！”罗紫烟猛地把两人的手甩开，双手叉腰看着他们，“我原以为，你们都是能拿得起放得下的英雄，现在看来，不过是会负气使性的小女人。这样的人，爱打爱杀你们随便，谁倒下我帮谁收尸，两个同归于尽我把你们同葬一穴，你们到地下再为那点破事纠缠不清吧！”

气呼呼说完，罗紫烟还后退数步，冷冷地看着干鹊和俞利，等着两人拼个你死我活。

但是，干鹊和俞利，你看我我看你，却是不作声，彼此尴尬得手都不知怎么放。

“干什么？要打要杀快点，我收完尸就走了！”罗紫烟冷冷道。

小卷毛突然跳跃起来，飞到干鹊和俞利中间，“你们快点，要不要我来喊开始，你们就动手？”

俞利抬头看着干鹊，嘴巴张了张，却又闭上。干鹊也是看了看他，又抿紧嘴了。

“你们干什么？瞅对方瞅上瘾了？”罗紫烟冷冷道。

小卷毛点点头，“别这样！万一乌龟看王八，对上眼了怎么办？”说到这儿，它突然觉得不妥，回头看着罗紫烟，“小烟，我这话说得没错吧？”

“没错！我原来以为他们都是了不起的人物，现在看起来，都不是什么东西，一个乌龟，一个王八，还真半斤八两！”

纵然干鹊和俞利是当世英雄，但被罗紫烟这一番毒舌责骂，也只是面红耳赤，不敢多吭一声。

罗紫烟骂完，也不再说话，只是冷冷看着两人。这一拉二推三骂的根本目的，还是想让干鹊和俞利化干戈为玉帛。

此刻，她能用的手段都用上了，就看干鹊和俞利能否回心转意，幡然醒悟了。

又僵持片刻后，干鹊终于开口了。他长长地吐了口气，“紫烟说得没错，我干鹊放眼天下，岂能为过去一点小事而自缚手脚呢？”

俞利冷笑道，“我也想通了，就你这小子真不配当我对手，我要屠龙，更要屠魔，我的对头应该是那个来犯我两次的血魔狗头！”

“既然我们相互看不上——”干鹊伸出手，认真看着俞利，“那我们也就没有什么好争的。”

“没错，打赢你正常，也没什么好骄傲的，倒不如做点有难度的事！”

俞利说着，大手一伸，握住干鹊的手。两人的手紧紧地握在一起，彼此都是发了下力，想要把对方给握倒。

但是，从对方手上传来的力气却是势均力敌，两人看了对方一眼，便又松开手，突然都是哈哈大笑起来。

“你们这也太快了，我还想看你们斗气的样子呢。”小卷毛大失所望地摇摇头，回到罗紫烟肩头，低声道，“小烟，你还真有一套。”

罗紫烟笑了笑，脸色马上又一板，大步走向俞利和干鹊，“怎么，不同归于尽了？”

“我没必要跟他一般见识。”干鹊看了俞利一眼，淡淡说道。

俞利哼了一声，“彼此彼此！”

罗紫烟冷冷道，“既然这样，那以后你们可要友好相处，谁要再动手，我可不会跟他客气，知道吗？”

干鹊和俞利对视一眼，都没有说话。

“还有，我们的共同敌人是血魔，你们实在手痒，就携起手来，一起对付他！”罗紫烟冷冷道。

“我反正就听上仙姐姐的命令，其他人休想命令我！”俞利说着，挑衅地扫了干鹊一眼。

干鹊没有搭腔，只是重重地哼了一声。

四周烟火仍在弥漫，但杀声已彻底消歇下来，魔物们都已就地伏诛。上仙门几乎没有伤亡，而俞利残剩的手下，则是从各个方向汇集过来。

尽管惨遭重创，但幸存下来的仍有三四十名，多数还都是修仙者。

“跟我们回成都吧！”罗紫烟回头对俞利说道。

俞利迟疑了下，看着罗紫烟道，“要我到他的地盘……”

罗紫烟望向干鹊，“陛下，你该表态了！”

干鹊沉默了下，大步上前，认真看着俞利，“我以大蜀王的身份，请你前往成都做客！”

“蜀王都如此盛情邀请，你还有什么犹豫的？”罗紫烟推了俞利一把，俞利挠挠头道，“好吧，但我有一个条件，我不住蜀王宫，我的人也不混编到上仙门去。”

“随便，无所谓！”干鹊道。

当下，一行人收拾妥当，同时往成都出发。

为了照顾俞利的感受，罗紫烟把他和手下安排在蜀王宫外的民房里，诸事完毕后，又让俞利跟他到蜀王宫。

“去那边干吗？我到那里面总觉得别扭。”俞利不解道。

罗紫烟拍了拍他的肩膀，“怎么？偷偷摸摸去愿意，光明正大去就不习惯了？”

“也不是，有什么事可以到外头说……”

“正事，当然要到正式场合说了，你别把自己当作去朝见干鹊，只当作去见盟友就是！”

“好吧，我就听上仙姐姐的！”

“毛病真多！”罗紫烟无奈地叹了口气，大步往外走去。

第二十三章 | 圣山惨变

拉着俞利议事，是回成都的路上罗紫烟就与干鹊商量好的，地点就选在锦城宫。等她和俞利到达的时候，干鹊已经等在宫里，下面坐着楚何、火猴等上仙门要人。

铁姝就站在干鹊阶下守卫，看到罗紫烟过来，脸立刻拉了下来。

自从上回在御花园被罗紫烟教训一顿后，她倒是不敢再对罗紫烟造次了，但是那臭脸仍可以把人臭晕了。

罗紫烟毫不在意，每次与她迎面而过，还会微微一笑。

这让铁姝的脸更臭了。

锦城宫堪称是大蜀的中枢，重大政令都由此而出。每当早朝的时候，这座巍峨金殿，就是峨冠博带相映，天潢贵胄遍地走。

此时早朝已过，金碧辉煌的大殿内，唯余寂静与凝重。

“参见蜀王陛下！”罗紫烟走到台阶前，躬身冲着上首的干鹊行礼。

私下里，罗紫烟对干鹊可没有丝毫客气，但在大庭广众以及重要场合，她却是礼数周到，毕恭毕敬。

蜀王的威仪，毕竟需要所有人来烘托。罗紫烟深谙个中道理，因此她做事分寸拿捏也是极其到位。

俞利则只是微微一躬身，没有说话。在来时的路上，他一直在强调，不向干鹊低头，更不可能跪拜行礼。罗紫烟也不勉强，找出了这么个给干鹊颜面而又不伤俞利自尊的折中方法。

干鹊出身王室却长于草莽之中，对礼数并不在意。他只是抬了抬手，“两位不必多礼，请坐！”

罗紫烟坐到火猴等人对面，俞利跟着坐到一旁。

“今天召集各位过来，是有要事相商。”干鹊扫了底下一眼，朗声道，“最近魔物骚扰成都，流窜各地的事，请楚门主先为我们细说。”

“是！”

楚何从座位上站起，躬了躬身，“魔物之祸，从发现至今，已经快一年了，相信很多人都了解。但魔物之前基本都是在太寒殿及偏远之处活动，很少袭扰成都及其周边。”

“这固然是慑于有上仙门在此坐镇，也是畏惧于天威，不敢前来。但最近半个月来，魔物的活动开始变本加厉，频频靠近成都，而且数量也在逐日增多。”

“为了围剿魔物，上仙门现在天天全员出动，但仍是力有不逮，陛下必须尽快设法遏制这个势头才行。”

“嗯，我亲眼见识过魔物的猖狂了。”干鹊点点头，“目前我不明白的是，太寒殿现在朝不保夕的，为什么魔物的活动反而更加频繁呢？”

这个问题，也正是罗紫烟想知道的。照道理说，血神子应该全面收缩才对，为什么放纵魔物出来呢？

“这个，从本门一个密探冒死得来的消息看，血神子纵容魔物出来抓人，倒不是要再炼化新的魔物，而是给旧有的魔物供应阴气。”

“给旧有的魔物供应阴气？”罗紫烟心头一寒，想起往事种种，隐约猜到这话的含义了。

“嗯，现在大家都知道，太寒殿其实就是天化虫所化。而天化虫要维持太寒殿之形，必须有宏大阴气加持。如今没了九凝鼎，阴气严重不足，所以……”

似乎不忍心再说下去，楚何顿了下，才继续道，“无论人与兽，都是阴阳混合之物，所以血魔就想到炼化人与兽，来为太寒殿及一干魔兽供应阴气这个办法了！”

“什么？拿人兽来炼化阴气？”俞利忍不住大骂，“那个血魔狗头，简直不是人！”

“他什么时候是人了？”罗紫烟冷冷道。

大殿内骤然安静下来，沉甸甸的愤怒压住每个人的心。

片刻，罗紫烟才道，“所以，现在如果不阻止血魔的倒行逆施，还会有更多的人与兽被投入太寒殿炼化阴气。”

干鹊回过神来，点了点头，“没错，我们必须阻止他！”

“陛下，血魔乃魔道巨擘，修为深不可测，不是凡间之国能匹敌的。”楚何缓缓道。

“哦？楚门主的意思呢？”

“臣以为，血魔临世，乃天道循环之中产生的异数，是应运而生的量劫。解决血魔之灾，应是修仙界的事。”

楚何迟疑了下，继续道，“陛下作为人间王者，于此事，只能寻求自保……”

他吞吞吐吐，尽量不把话说完，但言外之意不外乎是对付血神子这种魔头只能是修仙界的事，干鹊即便贵为人间之王，拥有举国之力，也奈何不了血神子分毫。

“楚门主之意，朕只能坐视国境内黎民百姓时刻会惨遭魔物袭扰而束手无策吗？”

“陛下，楚何不是这个意思！国境之内，一旦有魔物来袭，上仙门定当全力为陛下分忧。楚何的意思，是陛下能做的也仅仅于此而已。”

火猴冷笑一声，“楚门主，你可错了。这么多修仙界的人来辅佐蜀王，可不是要看着蜀王在血魔之灾面前束手无策的。”

“可事实是，人间之君，对抗不了魔道之王……”

罗紫烟缓缓道，“楚门主此言差矣，就算凡人之力有限，但只要人君善加用度和指挥，仍是对抗血魔的一股强助，岂能轻言退缩呢？在这万民倒悬之际，陛下更应该做出表率，以争取天下民心，共同对抗血魔。”

“紫烟说得没错，一味固守只会处处被动，也不是朕该做的事。今天，朕希望能有个一劳永逸的办法。”干鹊开口说。

楚何有些急了，“陛下如果想征伐血魔，千军万马是无用的，但如果仅凭上仙门及目前来援的修仙者来说，人又少了些。”

“楚门主的意思是，要整个修仙界都出动，才有机会诛灭血魔？”一名修仙名宿哼了一声，“我倒觉得未必。”

楚何叹了口气道，“我知道各位无所畏惧，但据上仙门目前所探得的情况来看，要彻底诛灭血魔，最好是极阳宫和上仙门联手，再联合各方修仙者，甚至要联合一些魔徒，共同出策出力，才有灭魔的把握。”

“楚门主的话我同意，但我有个问题。”罗紫烟起身走到楚何面前，“你觉得极阳宫会再跟上仙门合作吗？”

楚何迟疑了下，摇摇头，“极阳宫虽然与我们联手过，但现在又再次闭宫自守，只怕……”

罗紫烟道，“我知道宫主的意思，他是怕九凝鼎再被盗走一次，所以只想闭门自保。如果极阳宫能守好九凝鼎，也算是给正道莫大的助力。”

“但极阳宫不出面，其他修仙门派，包括上仙门都没有足够的号召力，更不会有人出来执牛耳了。”

火猴哼了一声，“问题就在于此，整个修仙界都知道血魔凶猛如虎，是修仙界的公敌，但偏偏没几个人愿意出来，共抗这个魔头。好像等着等着就能等到血魔自己爆体而亡似的！”

罗紫烟扫了众人一眼，“问题就卡在这里了，没有极阳宫好像什么都不能做似的。但大家莫忘记了，上仙门是什么？是大蜀一力打造的修仙之门，在蜀地除魔虽然跟极阳宫没法相提并论，但上仙门却有个优点！”

“什么优点？”楚何怔怔地问道。

罗紫烟看着干鹊，神情随即严肃起来，“上仙门代表着蜀王，而蜀王又是人间世人的代表！血魔不但是仙界之敌，也是人间祸源。上仙门完全可以不用看极阳宫的眼色，直接以蜀王的名义号召修仙界一起联手，共抗血魔！”

这话一出，众人不由得都点了点点头，楚何眼前一亮，却又迟疑道，“这样，修仙界会响应吗？”

毕竟，修仙界向来高来高去，独立于世俗之外。人间之王在他们眼里，不过是普罗大众中的一个比较有身份的凡夫俗子而已。

这样一个凡夫俗子，要想号召修仙界，只怕很多修仙者要嗤之以鼻。

“楚门主，你这大可不用担心，陛下是人间之王，也是修仙之人，跟肥遗那种酒囊饭袋不一样。我相信这个身份，会让不少修仙者信服他的。”

罗紫烟顿了下，又道，“如果有需要，也可以把我算进上仙门一员，应该也能增加一点信服度。”

楚何大喜道，“这样，倒是有分量多了！”

这次朝会，打消了楚何的疑虑，也理清了众人心中混乱的思绪。

魔物泛滥，黎民深受其害，干鹊是蜀国守境者，责无旁贷要肩挑起清剿魔物、还百姓和平世界的重担，所以对付魔物这事如箭在弦，不发不行。

要彻底解决魔物之患，根本办法就是剿灭血魔。由上仙门代表蜀王，号召修仙界联手灭魔，是目前极阳宫紧缩、仙界噤声的情况下，最好的办法了。

为了增加修仙者的凝聚力，罗紫烟着实费了一番脑筋，她在告修仙界的檄文里，让文人的生花妙笔，只是强调她和干鹊的身份，避开两人与极阳宫目前关系不和这个敏感点。同时，渲染了极阳宫闭关自锁，是为了保护九凝鼎这一点，以进一步凸显上仙门出面的正当性。

檄文改了数十遍，才由上仙门门人分头送往名山大川的修仙洞府之中。

罗紫烟要求，不管再远再险的地方，也必须把檄文送到。她要让所有修仙者都明白当前的险境，如果再不联手起来，血魔之祸将波及世间每个人。

在此期间，魔物对大蜀的袭扰依旧没停息过，上仙门每日疲于奔命。

好在，罗紫烟定下的周详计划很快就有了见效。几天后，蜀王宫上空就有了第一批访客。

那是三个来自昆仑山的修仙者，他们在此之前已经诛杀了不少落单的魔物，但是毕竟势单力薄。为此，他们也曾邀人联手，但因为仙界魁首极阳宫尚且闭门不出，其他宗门和仙界名宿们又如何肯当出头鸟呢？

所以，收到上仙门广发的抗魔檄文，三人如获至宝，立即赶来了。

这并不是孤例。其后数日，四面八方的修仙者不断涌来，都是有心抗魔而又独木难支，急于寻找同盟之人。

每次有修仙者来，罗紫烟都陪着干鹊去迎接，给予最好的招待，致以最诚挚的敬意。

半个月后，闻讯而来的修仙者已有数百之多。虽然普遍修为一般，都只是各派中低阶弟子，但个个满腔热血，除魔卫道之心强烈，无不盼着能在仙魔大战之中大展身手。

此后，但凡有魔物靠近成都，立刻有大股修仙者闻讯赶去，轻松就将它们歼灭。

没多久，成都方圆百里内的魔物便彻底绝迹了。

而后，消灭太寒殿的呼声一日高过一日。

修仙者们聚集于此，目的只有一个，那就是踏平太寒殿，灭了祸世血魔。眼见上仙门逐日来只是单纯消灭一些魔物，众人都不乐意了。有人甚至扬言，再这样拖而不决，便要打道回府了。

干鹊把这事和罗紫烟等人商量了下，最终决定不管怎么样，都要再向太寒殿动一次手。

一来，可以满足修仙界汹涌的战欲；二来，也对太寒殿的最新情况做个摸底。

当然，如果能一举攻陷太寒殿，那是再好不过了。

一天后出征太寒殿的消息一传出去，举城欢呼，尤其是修仙者们，更是摩拳擦掌。

全城上下闷闷不乐的，唯有罗紫烟一人。她那恨不得血神子死而又怕司明受波及的矛盾心理，再次折磨着她。

但是不管内心如何纠结挣扎，次日，罗紫烟还是准时踏上征程。

虽然太寒殿已是日落西山，但为了增加胜算，这次出征的修仙者还是多达五百之众。而且，在出发前蜀王宫还举行了盛大的祭天典礼，以预祝旗开得胜。

礼毕，干鹊拔出日曜刀，在铁姝的拱卫下，率先出发。

城中子民早就守在门口、街上、树下，仰望着漫空匹练，默祷着各种祈盼。

一路上众人的心都是绷得紧紧的，憋着一口气要在接下来的大战中全力以赴，诛尽一切魔物。

但是等到太寒殿真的到了眼前，许多人却是暗暗松了口气。

只见层层暗云之下，群山之间的太寒殿，全没有先前的宏伟霸气。它的殿体萎缩到不足原来一半，殿身还明显往一侧歪倾，似乎随时会倒下。而且整个殿体还在向四周蒸起一缕缕黑气，消失在皑皑群山之中。

“这些天它一直在往外蒸发阴气，每天都会矮掉好大一截。”一个上仙门人对干鹊说道。他一直奉命在附近监视太寒殿的动静。

干鹊冷笑道，“看样子，不用我们打，这个魔窟自己也会消亡殆尽！”

其他修仙者纷纷笑了起来。一人道，“那我们今天就给它一个痛快！那魔头说不定还感谢我们呢。”

另一人笑道，“我们得快点了，解决了它，说不定回去天还没黑呢。”

“我看这样，我们没必要全都上，一些人去踏平它就够了，另一些人留下来打扫残局就是！”

……

众人嬉笑之声渐渐多了起来，罗紫烟只听得皱眉不已，忍不住道，“你们觉得血魔很容易对付吗？”

四周一静，众人都是不解地看着她。片刻之后，楚何才道，“它看起来确实快不行了。”

“我当然看得到！但我跟血魔打过的交道比在场的各位都多得多。我只知道一件事，那就是血魔远比我们想象的还可怕。不到确定他元神俱灭的时候，谁也别放松。否则在你得意忘形的时候，他可能给你掏心一刀！”

修仙者面面相觑，脸上的笑容都僵住了。

“现在血魔还有这半吊子的太寒殿，还有一些凶残的魔物，以及雪藏已久的魔凤凰，加上他本身就极其可怕的修为……老实说，我们并不占优势！”罗紫烟说完，继续往前飞去。

楚何沉思了下，抬头道，“罗长老说得没错，我们还不到轻敌的时候。请大家打起精神来，等下我们面对的可能是一场恶战。”

一干修仙者不再说话了，每双眼睛再次充满警惕。

群山肃然，天地死寂，太寒殿外头空荡荡的，积雪覆盖的地面上，连个爪印都没有。

五百修仙者缓缓地落到大殿外数十丈处。从这里望去，即便是衰颓得不成样，仍能感受到太寒殿先前的宏大与巍峨。此刻，那巨大的殿门洞开着，像是一张地狱之口，黑黝黝的不见底。

不过，门楣及门柱都扭曲得不成样，似乎随时会垮塌下来。

众人目光一起落在干鹊身上，而干鹊则望向罗紫烟，“紫烟……”

紧张的气息在每个人心头弥漫着。众人的目光都是死死盯着那黑色殿门，似乎里头随时会有什么冒出来。

小卷毛甩了甩脑袋，“怎么一个魔徒都没有呢？那魔头又在耍什么花招？”

罗紫烟环顾四周一眼，沉吟片刻才道，“大家在这里先等着，我过去看看！”

“紫烟，多带几个人吧。”干鹊不放心地道。

罗紫烟抚了抚背上的小卷毛，笑道，“放心，我可不是一个人过去的，你们在外边也得悠着点，血魔的手段很多，一刻都不要掉以轻心。”

干鹊点点头，却仍是不放心，“但你这样……”

“我只是去探个路，弄清楚情况后就出来，再决定下一步怎么做。”罗紫烟笑了笑，又道，“别一脸苦瓜相，我对里面比谁都熟悉。”

干鹊迟疑了下，点了点头。

罗紫烟已经带着小卷毛，大步向太寒殿走去。

她本以为，大门内外怎么也得有结界等着她，没想到一抬脚就轻松踏过门槛进去了。

那长而深的主甬道，就这样毫无遮挡地出现在眼前。

“小烟，那魔头难道在玩空城计？”小卷毛不安地看着四周。

罗紫烟摇摇头，“不清楚，咱把凤凰力准备好，他有什么招来就给他侍候过去就是！”

主甬道内一片死寂，两人的话远远传出去，随后又陷入让人头皮发麻的寂静之中。

“不管你搞什么鬼，都放马过来吧！”罗紫烟喃喃一句，慢步向前走去，同时眼观六路、耳听八方。

太寒殿的大门在身后越来越远，但主甬道内的寂静却是丝毫不变。

“那魔头不会带着魔物、魔徒们逃走了吧？”小卷毛嘀咕道。

罗紫烟断然摇头道，“他费了那么多心血才创建起这太寒殿，怎么会轻易放弃呢？”

小卷毛道，“不会想诱敌深入吧？那也太低估我们了！”

话落，甬道深处突然传来一声冷笑，“不必多费心思了，其实我就想跟她单独见个面而已。”

“那还不快出来！”小卷毛吓了一跳，大叫起来。

话落，“轰隆”一声巨响突然从殿门外传来，随之而来的是此起彼伏的惊呼声、脚步声及法器啸动声。

只是眨眼间，外头就像要颠倒过来，喧嚣声浪如潮似水，一波波不停歇。

“不好！”罗紫烟心头凉了一截，原以为血神子会以太寒殿作为武器对付来敌。没想到，他竟在外头设有伏局。

几乎同时，眼前人影一闪，血神子面带冷笑从甬道深处走出来，双眼犹如暗夜亮星，分外清楚，“你来得正好，让我看看你把我的衣钵继承得怎么样了！”

话落，血神子已到罗紫烟面前，一掌迎面扣到，罗紫烟顿时被一股雄浑的阴气团团笼罩住，全身不由得僵了僵。

但她只是顿了下，凤翼刃便呼啸而出。有小卷毛相助，可谓如虎添翼。

只是血神子的阴劲何其之强，一声闷响，罗紫烟不由得身子一轻，倒跌了出去。

血神子不退反进，紧追过来，又是一掌向罗紫烟盖来，“使出我的功法！让我看看你的本事。”

他还不知道，罗紫烟此时已经转回到纯阳功体了。

“砰！”

罗紫烟结结实实摔在地上，眼见血神子的阴劲又扑面而来，只能牙关一咬，第二道凤翼刃再次扫出。

“嗯？”就在阴劲快盖到罗紫烟的时候，血神子突然神色一变，来势竟是缓了缓。

“司明？”罗紫烟愣了下，下意识地一收凤凰力。但仍是迟了，凤翼刃直击在血神子身上，震得他闷哼一声，倒跌了出去。

“司明！是你吗？”罗紫烟跳起来，飞快奔向血神子。她原以为司明已经被血神子炼得毫无反应了，但刚才血神子的异常，令她欣喜若狂。

“你这蝼蚁，又要反了是吧？”血神子一跃而起，怒视着自己的右手，咆哮起来。

罗紫烟刚才那一击并没给他带来多少伤害，倒是身体内产生的阻碍，令他狂怒不已。

罗紫烟却是欣喜若狂，激动地大喊道，“司明，你能看到的，我没事！你不要再老实被他炼化了，千万挺住，我一定会设法救你的！”

“闭嘴，他没多久时日了！”血神子大吼一声，猛地一掌又向罗紫烟扫来，“今天我先叫你死！”

宏大的阴劲，随着怒吼声兜头罩住罗紫烟。罗紫烟一提凤凰力刚要反击，却觉得身子突然一僵，连灵魂都不受控制似的再也动弹不得。

“这……”罗紫烟心头大惊。她知道自己已被化血神通的阴气给入侵了，只要血神子阴劲再催压下来，她的身子就会像冰雪一般破碎。

看血神子来势凶恶，分明是下决心要将她一举击杀。

不过，异变再次发生！就在第二波阴劲即将到来之际，血神子突然触电一般停了下来，继而身子一弓，倒撞了出去，摔在甬道深处。

“司明！”罗紫烟心头一颤，忍不住大叫起来。

“小烟，凤凰力啊！”

耳边传来小卷毛的叫声，随后一股炙热的阳气从肩头贯入体内，罗紫烟僵硬的身子终于活络过来。她下意识地凤凰力一引，与小卷毛的凤凰力融为一体，被阴气侵蚀的元神这才恢复如常。

“我就不信，我真杀不了她！”甬道深处，突然又传来血神子的咆哮声，“上！全部上！杀了他们！”

话落，阵阵怒吼声从甬道深处传来，随后是一团团黑影从中呼啸着扑出。那是一头头修罗魔和夜叉魔，它们状若疯狂，势不可挡。

罗紫烟和小卷毛首当其冲，只能掉头往外退。

甬道外的景象，更让罗紫烟和小卷毛目瞪口呆。

只见天空中，一道道巨大的黑影正在不断飞扑而下。在它们的利爪面前，修仙者们惊慌失措，或是飞行于空，或是奔窜在地。但在死亡黑影笼罩下，抵抗并没有多少作用，修仙者们像纸人一般零落倒伏。

罗紫烟所担心的事还是发生了，在太寒殿危亡关头，血神子又把黑凤凰召唤出来了。

此次跟随蜀王来的五百修仙者，多数都是造诣一般，面对黑凤凰哪有反击之力？此时已是溃不成军，个个恰似鹰嘴之下的麻雀，全无逃生机会。

而众多魔物从太寒殿内蜂拥而出，则让修仙者们雪上加霜。

“小烟，情况不妙啊！”小卷毛大叫道。

“快找找干鹊在哪里！”罗紫烟说着，猛地一个回头，凤羽矢暴射而出，打得追来的魔物纷纷倒跌出去，撞在一处。

就这么会儿工夫，小卷毛已经看到干鹊，只见他在铁姝和楚何等人的掩护下，正退到太寒殿右侧的一座山头上，而几只黑凤凰如影随形紧紧追在后面。

黑凤凰身坚爪利，一爪一啄间，往往就能消灭一个修仙者，只是眨眼工夫，干鹊身边的护卫就少了大半。

“撤退！撤退！”罗紫烟急飞而来，口中厉喝道，“分散撤退！分散撤退！”

一众修仙者们已经被打得摸不着北了，此刻得令，立刻掉头四散飞逃而去。

黑凤凰哪里肯舍，大翅一振，紧追而上。只是修仙者毕竟人多，化整为零地逃逸，它们就无法再像先前那样聚而歼之了。

“紫烟！紫烟没死！”远处山头上，干鹊正挥刀奋战着，听到罗紫烟的声音，不由得喜出望外。

“陛下，别过去！”铁姝紧守在干鹊身边，正以四相离火剑抵挡一只黑凤凰的扑击，眼见干鹊竟要赶去和罗紫烟会合，急忙一把拉住他。

“不要过来！”罗紫烟见状，急忙一声断喝，两道凤翼刃随即飞扫出去，分头击在两只黑凤凰身上，大片凤羽随之冲天而起，犹如漫天黑蝴蝶。

两只黑凤凰吃痛，尖叫着飞掠而去。

但立刻又有三只黑凤凰以品字形朝着罗紫烟直冲而来。

被罗紫烟这么一吸引，盘旋在干鹊身边的黑凤凰就只剩一只了。

“楚门主，我们护送陛下快走！”铁姝大叫一声，一把挽住干鹊的臂膀御剑就走。几乎同时，盯着干鹊的那只黑凤凰呼啸一声当头落下，尖嘴与利爪离两人头顶只有半丈左右。

“呲！”楚何从侧里一闪而至，一剑正刺在那黑凤凰身上，击得它惨叫一声掉头就走。

就在此时，罗紫烟发出的两道凤翼刃像是交叉的长刃，迎着扑来的三只黑凤凰当面劈到。

双方距离太近了，三只黑凤凰体型又大，振翅想躲已经来不及，当即又是漫天黑羽飞起。而罗紫烟则是从它们凌乱的身影中间一飞而过。

在她身后，那些黑凤凰们却没有再追来，而是掉头飞回太寒殿上空，在殿尖四周飞旋不停。

此时，修仙者们都已经退走了，魔物们正像退潮一般，逐渐消失在大殿门内。

殿外，一些魔徒则在把修仙者们的尸体往殿内拖，不用想也知道是送到六道口了。

“小烟，你看殿顶！”小卷毛突然叫道。

罗紫烟目光落在太寒殿最顶端，只见血神子就站在上面，犹如一根旗杆，迎风屹立，动也不动。而在他头顶盘旋的黑凤凰们，则像一个正在生成的黑色旋涡。

虽然隔得老远，罗紫烟仍能感觉到，他一双凌厉的目光正直盯着自己。

这次征讨虽落个铩羽而归，却也不是全无收获。至少修仙界们对太寒殿的底细，有个更清楚的认识。

没有九凝鼎聚集阴气，太寒殿形势并不妙，但至少目前来看，它自保尚有余，而且实力还很强大。

因此，当干鹊召开仙凡两界大会，商议后续动作时，不少修仙者都认为，完全没必要再大规模征伐太寒殿，只要等它慢慢消亡就行。只要没有太寒殿，血魔也就没有那么可怕了。

因此，干鹊决定这段时间的重点，是倚靠上仙门消灭蜀国境内一切来犯的魔物，等太寒殿彻底消亡才对血魔采取行动。

“从大局来说，干鹊的策略是没错，但拖是不会拖死血魔的，反而会拖死司明。”

开完仙凡大会后，回到晓月殿，罗紫烟就陷入忧思之中，不断在屋里踱着步子。

就算太寒殿彻底消亡了，但在司明这具身体里，血神子的元神仍是占据优势。只要给他时间，他一定会炼化掉司明元神的。到时候，血魔拥有完整之身，将凭着一身强横无敌的修为再次卷土重来，到时候又有谁能阻止他？

“小烟，那你为什么不把这个想法跟大家说呢？”小卷毛问道。

罗紫烟道，“现在说也没用，因为我们也确实动不了太寒殿，总不能让干鹊再带人去吃一次亏吧？”

“那我们怎么办呢？也跟着干等？”

罗紫烟想了想，摇摇头道，“当然不能这样了，我在想，是否能趁现在这个僵局机会，我再到各处洞府拜访名师，寻找能把血魔从司明体内赶走的办法。”

“这个……”小卷毛沉吟了下，没说话了。

罗紫烟则是无力地坐在坐榻上，“可是，除了极阳宫外，这世上还有什么厉害的修仙者？就算真找到这样的修仙者，人家也不知道会不会帮我。”

罗紫烟叹了口气，不再说了。屋里一下子安静下来，小卷毛偏着脑袋，两只黑珠似的眼睛滴溜溜转了会儿，片刻才道，“小烟这么一说，我突然想起来，我们原本是要到凤凰谷找凤凰们帮忙的，后来遇到宫主，才阴差阳错进入极阳宫的。”

罗紫烟愣了下，突然喜道，“你不说我都忘记了！我们是不是可以再去找凤凰帮忙？”

“当然了！小烟你又不是不知道，上一次血神子被封印，我们凤凰一族可是居功甚伟的！”

罗紫烟迟疑道，“说的没错，可这次血魔不是一来就把很多凤凰魔化了吗？”

“那些被魔化的应该只是凤凰谷的凤凰，可咱凤凰的真正祖地，是在凤凰山啊！”

罗紫烟不由得眼前一亮，却又道，“可凤凰真会管这个事吗？你看血魔之祸都闹腾这么久了，也不见它们有再出现。”

“凤凰本来就不喜欢管人间之事的，上次也是血魔逼人太甚了，它们才出来的。”

小卷毛顿了下又道，“不管它们肯不肯帮忙，小烟你既然是凤凰后裔，就该去凤凰山一趟，见见我们的族人，顺便请教它们这事该怎么办。”

“那就去凤凰山一趟，不过，在走之前，我得去见见俞利。”

自从与干鹊罢兵以来，俞利就终日无所事事，每天不是喝酒就是赌博，早把他闲得心烦意乱。看到罗紫烟来看他，顿时叫嚷起来，“上仙姐姐，你太不仗义了。”

“我怎么不仗义了？”罗紫烟笑道。

“你去打太寒殿也不带上我，害得我在这里整天都不知道干什么，快要发霉了。”

罗紫烟笑了，“攻打太寒殿，不过去探探血魔的虚实而已，哪里用得着你呢？”

俞利愣了下，旋即大喜，“上仙姐姐，难道还要给我派大事不成？”

“当然了，大材自然是要大用了。”罗紫烟顿了下，“接下来，我要离开这里一段时间……”

“好啊，那我跟上仙姐姐去！”俞利兴奋地接茬道。

罗紫烟摇摇头，“不，我知道你以前当白鲨帮帮主，带兵很有一套，而且很容易得到部属拥戴，所以我希望你能接下来替我帮干鹊守国。”

“什么？”俞利双目圆瞪，“上仙姐姐，你在消遣我是吧！”

从降生以来，除了黑凤凰，小卷毛没有见过其他凤凰，更没有去过凤凰山。

但此刻，它却是指着西边天际那一片群山，信心满满地说道，“我记得那里就是凤凰山，我们再飞一个时辰应该就可以到了。”

凤凰一族极其神奇。每只凤凰涅槃之后，都会留下数片凤羽，这些凤羽其实就是凤凰精元，每一根在条件成熟之后，都能孵化成一只新的凤或凰。而它们身上，同时承载着前世的大部分记忆，即便跨越千年，这些记忆仍不会消退。

在这些记忆中，凤凰谷与凤凰山是最重要的两个地方，更不会被记错。

罗紫烟已经飞了快一天。在离开蜀王宫之前，她努力说服俞利辅佐干鹊镇守蜀国。虽然这是个超级难题，但罗紫烟把道理讲遍、情义用尽，还是奏效了。

如今，数千里之行终于接近尾声，罗紫烟却莫名感到一丝丝紧张。她是凤凰后裔没错，但毕竟已演化为人身，而且还是跨越数千年之后穿越回来的后裔……

这让她竟有种近乡情怯之感。

在小卷毛的记忆里，凤凰山乃是人间仙境，世外仙山。全年的旭日和光，让这里四季春和景明。而身披五彩，体型颀长而健美的凤凰，则是整日盘旋飞舞在这座凤族仙山上。它们绚烂的翎羽映着日光，闪闪发光，锦缎一般的身姿，把天空长年累月装点得五颜六色。

据说，第一次看到凤凰飞舞的修仙者，都会情不自禁泪流满面，而第一次看到凤凰绕山飞舞的凡人，更会是匍匐跪倒，为这世间绝美生灵而顶礼膜拜。

“在凤凰山中间，有一棵参天古木，叫作凤栖树，也就是世间常说的梧桐树。不过，这棵梧桐树却又不是凡品梧桐能比的……”

小卷毛开始眉飞色舞地描绘起凤凰山的绝美之胜来。罗紫烟顺着它的话头，仿佛看到那座巍峨绝美的凤凰山就在眼前。在高耸的山脊之上，兀立着一棵接山连天的梧桐树，树高不知几千丈，怒张的枝丫伸向四面八方。

每当旭日东升，栖息于冲天枝丫之间的凤凰，就会振翅而起，漫空飞舞，用歌舞迎来升平的一天。这时候的凤栖树，是世上朝气最蓬勃的地方。

到夕阳西下的时候，群凤会在万道金光之中，翩然落回树枝之间，它们绚丽如缎子的身体点缀在绿叶之间，让凤凰山变成世上最壮丽的地方。

而到了皓月东升之际，凤凰的翎羽会被月光再次点亮，像是无数星光那样在群山深处熠熠生辉。因此，入夜的凤凰山，也被修仙者称为“星窝”。

即便是无月无星之夜，凤凰山也比别处拥有更多的星光。

“听你这么一说，我觉得凤凰山简直就是个5A级旅游胜地。”罗紫烟笑着对小卷毛说道。

小卷毛点点头，却又迟疑地看着四周，“我感觉应该快到了……奇怪，不对啊！”

罗紫烟跟着游目四顾，只见眼前是大大小小的山头，形状各异，有的雪冠高耸，有的黑土密布，还有的绿意盎然。

群山相间，峰峦丛生，犹如一幅多彩山水画卷。但是极目望去，并没有传说中的参天古木凤栖树。

“奇怪，从我的记忆来看，应该就是这里啊！”

罗紫烟指着前方最高的一座雪山，“会不会在那上面呢？”

“应该不是，凤凰山并不以高而出名，而是因有凤与树而著称。”

“那会不会是在雪山后面？那里好像有什么在发光。”

“应该也不是，我记忆中的凤凰山并没有那么远。”小卷毛看着四周，“应该就在我们这里附近。”

此时，罗紫烟正驾着剑光，悬停于一片连绵的山岭上空。

见采已经永远找不回了。这回远行，为了御剑方便，干鹊又为罗紫烟找了口新剑。这口仙剑名叫“争发”，据说是因为剑之灵气过于刚烈，刚入手的时候常常如烈马般难以控制，所以才会获得这么个名字。

不过，在罗紫烟的驾驭下，它却是温驯得很，进退间全随罗紫烟心意而动。

此时，争发之下，是个荒土高地，周遭是数座高低不一的山头，从空中望去，一切平常无奇，全然不像是凤凰栖息翱翔之地。

“我们可能真的迷路了。”罗紫烟喃喃道。

小卷毛却是摇摇头，“肯定不会，一定是在这里！”

“难道这里有像万相迷仙阵那样的结界？”罗紫烟心头一动。

小卷毛摇了摇头，“应该不会吧，凤凰吉祥于世，从不用结界把自己藏起来的。”

罗紫烟沉思了下道，“既然你这么肯定，那我们下去看看。”

说罢，她一按剑头，飞身落了下来，立在底下那座荒土高坡上。从这里看去，四周群山连绵，但是拂面而来的是过岚悲风，放眼所及的则是莽荒景象，无一丝灵气。

常言都说，凤凰不落无宝之地，罗紫烟觉得这里绝对不可能是凤凰山，但是小卷毛的口气却更加坚定了，“凤凰山肯定就是这里，奇怪，怎么变成这样了？”

“对啊，如果是凤凰山，至少得看到凤栖树才对啊。”罗紫烟看着苍茫四周道。

“难道凤凰山已经没了？”小卷毛喃喃说着，突然两眼一亮指着前方山坡上，“那边好像有什么，过去看看！”

罗紫烟依言奔过去，到了坡顶处，她不由得倒吸一口气，只见眼前地面上，土泥剥落，现出一道道粗硕的东西，错综复杂，乍看像是无数大蟒，细看之下却是一条条虬根。

“怎么回事？”罗紫烟小心地走到坡顶，落脚时只觉地面极其硬扎，便蹲下来扫了下地面，尘土飞扬中，只见地上是坚实的平地，还有一圈圈的纹理。

“这是……”小卷毛定了定睛，突然尖叫起来，“这不是地面，是树桩！谁砍的？”

罗紫烟心头一沉，拿着争发绕着坡顶走了一圈，剑尖拨开荒土，只见底下全是树桩的断面。

这个树桩的断面面积，竟跟整个荒土坡顶差不多。

“这棵树好大……上百人都合抱不了吧。”罗紫烟看了小卷毛一眼，尽量把语气放慢。

小卷毛看着四周，眼里闪着惊惧，“世间这么大的树只有一棵，就长在凤凰山上！”

罗紫烟倒吸一口气，“难道这真的是凤栖树？”

“这里肯定是凤凰山，这么大的树桩只能是凤栖树……”小卷毛如遭重击一般，满眼都是惊怒与沮丧，“这到底是怎么回事？凤凰山为什么变成这样了？”

罗紫烟蹲下来，抓起一把荒土仔细看了看，“如果我没猜错的话，凤凰山已经被夷平了，你看这些土都是新土，从山里头翻出来的。”

“怎么可能？没有人能夷平凤凰山的！”

“那这个要怎么解释？”

小卷毛低头不语，罗紫烟看着四周，片刻才道，“当时我们去凤凰谷，也没有想到那里会是如此一种情景吧？”

“你的意思……又是血神子干的？”

罗紫烟沉吟了下，“除了他，我想不到还有谁了！”

“可血魔再厉害，到现在也还只是半魔之躯，凤凰山的凤凰众多，他是没有那个能耐的！”小卷毛拼命摇头道。

罗紫烟也是摇头，“你别忘了，血魔当初让凤凰谷化为焦土的时候，也不如现在厉害。”

“难道……凤凰山真的也像凤凰谷那样了？不可能，凤凰山里有很多凤凰，而且还有凤王，那可厉害了，血神子再厉害也无法把这里的凤凰都消灭的！”

“那它们呢？”

小卷毛回答不上来，神情似乎快哭出来了。

罗紫烟轻轻地拍了拍它的脑袋，“你别担心，我想你说得对，一定还有凤凰幸存的。除了凤凰山，凤凰还可能去什么地方？”

小卷毛想了想道，“凤栖树以北、以东有片树林，叫作百吉林，里头盛产各种上品仙果，是凤凰的主要食物……但凤栖树都没了，不知道那边怎么样。”

罗紫烟立即跳上争发剑光之上，“去看看。”

匹练掠空，沿着凤栖树东北方向飞去，百里之行很快就到了，但是在空中绕行了一大圈后，罗紫烟并没有找到传说中的百吉林，倒是在一座覆满焦炭的山头，发现大片的木桩。

“百吉林也毁了！”小卷毛怒发勃张，“怪不得血魔闹了这么久，凤凰都没有动静！”

罗紫烟心头空落落的，还是道，“你再想想，除了百吉林，凤凰还可能去哪里？”

“最有可能的就是这里了，毕竟这里有吃的，别处的东西凤凰都吃不惯。”小卷毛眼里充满了绝望。

罗紫烟认真地看着小卷毛，“小卷毛，你听我说，现在还不能证明凤凰一族真的完全灭绝了，我们别先气馁。你再想想，凤凰还有可能去哪儿？”

小卷毛低头想了想，“我记忆里还有个地方，在凤凰树以南百里处，那里有口百灵泉，上游是凤凰饮水之地，下游是凤凰洗浴之所。凤凰平时喜欢聚集在那里嬉戏，因为百灵泉水有独特的功效，可以让凤凰一洗后变得更加漂亮。”

“那我们就去看看！”罗紫烟看准方向，再次驾剑而起。

百灵泉很快就被找到，但跟小卷毛所描绘的却不大一样，泉水虽然还在汩汩流淌，但泉眼已经变得极为细小，而且流出来的水里夹杂着丝缕的乌丝，一缕缕一道道，看起来触目惊心。

而泉水之下的溪流两侧，则是草木奄奄，污泥遍地，散发着阵阵恶臭。

“凤凰树毁了，百吉林毁了，百灵泉枯了，凤凰山真的完了。”小卷毛的眼泪再也忍不住了，“我还以为可以来这里认祖归宗呢，怎么……”

“嘘！”罗紫烟突然捂住小卷毛的嘴巴，飞身闪入泉水边上不远处的一堆茅草丛里。

“看，那是什么？”罗紫烟轻轻拨开茅草，小卷毛瞪大眼睛，只见西边天空出现几道闪烁的光芒。

那几道光芒飞飞停停，好一会儿小卷毛才看清它们的模样，不由得大喜，“那是……凤，还是凰？”

凤与凰幼小的时候，形体并不一样。因为世间是先有凤雏，凤雏再孵化出凰雏，凰雏迎风而长，长势会迅速反超凤主，从而保护凤主的成长，并最后一同成长。

但眼前这几只凤凰的模样却是大同小异，身长都在一丈左右。它们在空中飞一会儿停一会儿，不时警惕地看着四周。

“它们已经从凤或凰长成凤凰了！不过还比较弱小。”小卷毛兴奋地说道。

“它们好像很不安，我们先不要出声，免得吓跑它们。”罗紫烟低声道。

小卷毛点了点头，两人都是屏住呼吸，紧紧盯着空中那些小凤凰，只见它们又是飞飞停停好一会儿，才落到百灵泉附近。

原来它们是来这喝水的。

到了泉眼边上，几只小凤凰却不急于低头就饮，而是警惕地看着四周片刻，这才聚集到泉眼边，看着那汩汩泉水，一动也不动。

凤凰乃天地灵物，对于一啄一饮要求极高，非佳果不食，非灵泉不喝。如今这口百灵泉流淌出的白中带黑之水，让它们实在难以下嘴。

好一会儿，泉源之中终于流出一道没有掺杂着黑丝的清水，那几只小凤凰才低头俯饮。

罗紫烟和小卷毛不由得对视一眼，都是心头发酸。难以想象，百灵之长的凤凰到底经历了什么，竟要守着这口污浊之泉，等着丝缕清泉？

小凤凰们才喝几口，泉源里流出的水再次带着的黑丝，它们只能停下，眼巴巴看着那口泉源。

罗紫烟和小卷毛对视一眼，猛地起身，大步往外走。

刹那间，小凤凰们都触电一般同时振翅而起，闪电般往来时方向飞去。

罗紫烟回过神来，它们已经飞出老远。

“喂，别跑啊！”罗紫烟急得大叫，一拍争发，紧随而去。

那些小凤凰越发惊慌失措，飞得更快了。

“喂，等等，我们不是……”罗紫烟刚要大叫，却又觉得没意义了，只能驾剑紧追。

这群凤凰虽小，飞速却是奇快，罗紫烟需要全力追赶才不至于被它们给甩了。

而它们看到罗紫烟穷追不舍，突然间呼啸一声，四散分开了。

“这些家伙！在搞什么！”小卷毛急得大叫一下，“别跑！别跑！我们是凤凰！”

“不用喊了，它们已经成惊弓之鸟了，不会理会我们的！”罗紫烟说着，瞅准最近的一只小凤凰紧追不舍。

这些小凤凰是了解凤凰山的关键，绝不能跟丢了。

那小凤凰见被罗紫烟盯上，更是着急了，掉头往另一个方向飞去。

“停下！我们不会害你的！”罗紫烟沉声喝道，但那只小凤凰充耳不闻，只是振翅狂飞，同时不断地掉头转向，期盼能甩掉罗紫烟。

“它……它好像在绕圈子！”小卷毛叫道。虽然那小凤凰一直在飞，但细看之下，它并未飞远，而是在以百灵泉为中心的方圆数十里飞逃。

而其他逃逸的小凤凰，已经消失得无影无踪。

“它不敢回老巢，怕把我们带过去，但又不敢离老巢太远，所以只能在这里绕圈。”罗紫烟想了下，就明白小凤凰的意图了。

“也就是说，这附近可能有凤凰巢？”小卷毛兴奋道。

罗紫烟点点头，“我们盯紧点，别让它逃了就是！”

那只小凤凰似乎飞累了，突然往前方一座雪冠高耸的山头飞去，速度慢了下来。

“难道老巢在那边？”小卷毛叫道。

罗紫烟摇摇头，“肯定不是，我们跟过去看看就是！”

这时候，那只小凤凰已经落到雪山之上。在那一片雪白之中，它那五彩绚烂之姿熠熠生辉，耀眼夺目。而它也没有再飞起的意思，一个转身，两只绝美的眼睛死死盯着罗紫烟。

“你别害怕，我们不会伤害你，我们是来找凤凰的。”罗紫烟放慢剑光，小心地靠过去，语气尽量温柔。

小凤凰动也不动，眼里突然闪起凶狠的光芒，全身翎羽更是直直竖起，每片翎羽映着日光，仿佛一团团簇动的火焰。

“喂，你别激动，我们都是凤凰，我们是来找同类的！”小卷毛飞了起来，用力扑腾了几下翅膀，大叫起来，“别看我们不像，但我们是一家人！一家人！懂不懂？”

那只小凤凰眼里闪过一抹诧色，不解地看着罗紫烟，全身翎羽上的红光似乎弱了些。

小卷毛大喜，指着罗紫烟道，“你听得懂吧？她是凤，我是凰，我们来找家人的！”

罗紫烟刚要开口，突然感到一股难以言喻的压力，火烧火燎逼压过来。与此同时，她发现那只小凤凰脚下的积雪，突然化为道道清泉细流，从山顶向四周流去。

“不好！小心！”罗紫烟猛地后退数丈。几乎同时，“呼”的一声，一团炽热耀眼的火轮从雪山之后飞蹿而起，从小凤凰头顶掠过，直向罗紫烟迎面扑来。

“魔头，受死！”火轮之中传来一声厉吼，随之而来的是狂风暴雨般的炙热阳力，把罗紫烟和小卷毛给笼罩住。

“那是……”罗紫烟吃了一惊，只见那团火轮其实是一只硕大无朋的凤凰，它全身翎羽冲天怒张，烈焰从毛发之间蓬勃散发，使得修长身姿看起来像是个巨大的火轮。

一眨眼间，火轮就近在眼前，罗紫烟和小卷毛则像是扑到火舌前的飞蛾。而火轮之中，两只修长健壮的利爪倏然兜头向罗紫烟抓来，如匕首般的爪尖上，盈动着一团团炙热阳气，明火般吞吐不定。

跟先前的小凤凰相比，这头凤凰不知要大多少倍，罗紫烟在它面前，都不及它一只前臂。

“小烟！小心！”小卷毛看得触目惊心，双爪已扣到罗紫烟肩头上了。

几乎同时，罗紫烟的反击也顺势而出，两道凤翼刃迎着抓到的凤爪打去。

“当！”

金铁交鸣声里，火光四射，阳劲横扫，罗紫烟被震得倒飞出去。而那只大凤凰则是倒跌了出去，在空中旋转一圈后才稳住了身子。之后它愣了愣，又向罗紫烟方向扑来，“魔头，去死！”

“住手，我们也是凤凰！”罗紫烟厉声喝道。

“魔头，今天不管你耍什么阴谋，我烛天也不会再上当，死！”那凤凰尖叫一声，到了罗紫烟头顶后，突然振翅腾飞向高处。

“它要干什么？”罗紫烟不解道。

小卷毛看着片刻，突然失声惊呼，“它要用凤凰扑！”

“那很厉害吗？”罗紫烟仰头望着空中，那里，烛天正一个优美的盘旋，凌空直扑下来。

“当然厉害了，小心！”

叫声未已，烛天已经化为一道红色匹练，直击罗紫烟头顶。

“轰隆——轰隆——”

新蜀门

红色匹练竟是带起电闪雷鸣，连绵巨响仿佛要把长空给撕开。

罗紫烟不敢怠慢，立即深吸一口气，双掌向上。

“凤翼刃！”

“小烟！顶住！”

一上一下两股至阳凤凰力瞬间交击一处，刺眼红光立即横扫四方，雷火隐生于其中，绵密震响不断。

罗紫烟气息一窒，只觉头顶上仿佛多了座泰山，压得她双腿一软，差点跪倒了。

而烛天则是全身发红发赤，似乎随时都要燃烧起来，两只眼睛更是通红如火，其状骇人，“魔头，给我死！”

罗紫烟咬牙硬是顶着，“你误会了，我们是凤凰，不是魔头，快住手！”

“魔头，世上哪有人样凤凰！”

“至少认出我是凰雏了吧……”小卷毛大叫道。

“你只是一只小鸟，也敢冒充凤凰！”

“什么？你狗眼看人低！”

“你敢拿那种卑微东西侮辱我！”烛天暴怒不已，身上的红光再次一炽，像是颗被点燃的烈日。

“小烟，我们把它顶回去！”小卷毛也是怒了，双爪上再次传来一股大力，激得罗紫烟阳脉再次一热，雄浑的阳力汹涌而出。

“轰隆！”

双方的凤凰力再次交击一处，震得彼此同时往后倒飞出去。

火光与巨响，同时飞散在空中。

“这家伙好厉害！”罗紫烟不由得暗赞一句。

小卷毛也是吃惊不已，“比我想象的还厉害！”

而烛天在空中翻了个跟斗后，似乎迟疑了下，再次向罗紫烟方向飞冲而来。

“住手！”

一声厉喝突然远远传来。

第二十四章 | 蛊心可诛

喝声乍然而来，烛天不由得愣了下，急忙回头。

罗紫烟跟着望去，只见远方，正有一道灰色匹练闪电般飞射而来。

“那是……”

“应该是来大人物了！”小卷毛又是兴奋，又是紧张。

那道灰色匹练眨眼就到罗紫烟面前，只见那也是一只凤凰，只是全身翎羽全无光泽，只是单纯无杂质的灰色。

不但羽毛灰扑扑的，而且这只凤凰的眉眼，也全无烛天的锐利。罗紫烟注意到它眼睛之上，竟垂着两缕长毛，就像两道长眉。

“凤王，你怎么来了？这个魔头……”

烛天从身后飞来，刚一开口就被灰凤凰挥翅阻止了，“她们不像魔头！”

“凤王？”罗紫烟愣了下，不由地看着小卷毛。小卷毛摇摇头，“我不知道……为什么凤王的羽毛是灰色的？”

“她就是魔头，刚才还追赶我们的几个小族民呢！”烛天怒视着罗紫烟，恶声恶气地说道。

凤王摇摇头，对烛天的话不置可否，而是把明亮如珠的眼睛落到小卷毛身上，“你从出生至今，一直都是这样的个头？”

小卷毛愣了下，忙点点头，“是啊，怎么也长不高，气死我了。”

凤王若有所思地望向罗紫烟，“那么，她是你的凤主了？”

“对啊，凤王就是凤王！一下子就看出来了，可比别的凤凰眼睛亮多了！”小卷毛兴奋地道。

烛天不由得怒目圆瞪，却又不敢造次。

凤王若有所思地点了点头，又抬眼看着罗紫烟。罗紫烟的心提到嗓子眼，凝神戒备着，嘴上则是缓缓道，“凤王，我对你们没有恶意……”

“一个人身的凤凰……想不到，我有生之年竟然真的看到了。”凤王缓缓说着，“你从哪里来？”

“我……我从蜀王宫来的！”

凤王摇摇头，“不对，这不是我要的答案。当今凤凰一族，绝无人身凤血的族裔。”

罗紫烟和小卷毛不由得对视一眼，两人都不明白凤王此话何意。

“只有创世之初或末法之世，才有可能出现凤与人融合的族种。像现在这种寻常年份，是不可能有人身凤血的凤凰存在的。”

凤王看着罗紫烟，眼里满是好奇，“天道循环如此，绝无例外。”

“这个……”罗紫烟不由得沉吟起来。凤王的话，她是听明白了，却不知怎么回答。

“你只可能从两个方向来的，要么过去，要么未来！”凤王继续说道。

罗紫烟不由得望向小卷毛，小卷毛惊呼起来，“哇，凤王果然厉害！一下子就猜出来了！”

“哦？我只能猜个方向，还需要你们告诉我答案。”

凤王看着罗紫烟，眼里充满期待，而那烛天则是莫名其妙。

“凤王当真是英明，那我也不隐瞒了，我来自未来！”

罗紫烟简单地把来历交代了下。

“怪不得！怪不得！”凤王听得连连点头，目光望向小卷毛，“我还从来没有见过凰雏体型始终如此之小。”

“凤王，有没有办法治我这个侏儒症？人家总把我当成一只鸟，实在太丢脸了。”

凤王微微一颔首，“你这个问题，在于未足月而孵化，体内的经脉尚未完全打通，以至于形体受限，难以正常生长。”

“而你的凤主……”凤王回头看着罗紫烟，“又是人身凤血，不知如何替你疏通经脉，导致你的经脉一直郁结，难有突破。”

罗紫烟不由得歉然看了小卷毛一眼，先前她只顾着想司明的事，对于小卷毛形体终年不变从没上心过，此刻才知道小卷毛其实很在意这个事的。

“那凤王，我这样还有救吗？”小卷毛看了烛天一眼，“我也想变成一只漂亮威武的凤凰，这样人家就不会把我当成鸟儿了。”

凤王微笑颔首，“这个不难，只要懂得治疗诀窍就行了，你过来。”

小卷毛征询地看着罗紫烟。罗紫烟笑道，“赶快去啊，看我干吗？”

“好嘞！”

小卷毛兴奋地飞到凤王面前，满脸期待地看着它，“我就知道，见了家人后一定会有办法的！”

“只是举手之劳而已，你放轻松就是！”凤王说完，猛地尖喙一张，不等小卷毛回过神来，就把它一口吞了。

一切，只在瞬息之间。

“小卷毛！”罗紫烟一愣，急忙飞冲过来。烛天却是身子一横，迅速挡在罗紫烟面前，恶狠狠地看着她，“你想干什么？”

“你们……你们害了我的小卷毛！”罗紫烟惊怒交加，心念一动，争发已经在手，飞冲向凤王，“快把它还给我！”

“你干什么？凤王仁慈，怎么会加害生灵呢？”烛天腾身而起，巨爪扬起，就要向罗紫烟抓来。

“少安毋躁，很快就好！”凤王微微一颔首，缓缓闭上眼。

罗紫烟一剑就要刺出，闻言愣住了，不知如何是好，只是紧紧盯着凤王。

而凤王则是像要入定一般，双目紧闭，动也不动。

“哼！安静点，不要打扰到凤王！”烛天见罗紫烟没有再动手，翅膀一振，又退到凤王身后。

罗紫烟手一扬，发出“铮”的一声，收归鞘内。她紧紧盯着凤王，只见它长眉低垂，眼帘合上，全身正散发出道道红光。

如此情景，让罗紫烟一颗心不由得七上八下。

片刻之后，凤王突然“嘿”的一声，缓缓张开嘴巴，一团火焰“呼”地喷了出来。

“哈哈！好舒服啊！”

火焰之中传出一个既熟悉又陌生的声音，紧接着便“砰”的一声迎风炸开。

火流飞蹿之中，小卷毛从中飞了出来，“小烟！”

“小卷毛，你没事吧！”罗紫烟又惊又喜，急忙迎了过去。

“我没事……”小卷毛大叫着，叫声未已，那瘦小的身体突然“嗖”的一声，迎风迅速增长。

只是眨眼间，小卷毛就长了一大圈。

罗紫烟眨了眨眼，以为自己眼花了，但小卷毛的身子仍在长，还伴随着阵阵“咔嚓”声，分明是筋骨在跟着生长。

没多久，小不点的小卷毛，就变成一只丈余长的华羽凤凰，遍体吉彩犹如琉璃般发光。

“小卷毛，这真的是你吗？”罗紫烟又惊又喜道。

虽然这凤凰额头上三根卷曲的彩羽有力地证明了它就是小卷毛，但罗紫烟仍有种如梦如幻的感觉。

小卷毛盘旋在罗紫烟头上，兴奋道，“我还要问小烟呢，真的是我吗？小烟你看是我吗？”

“当然是你了，你长大了，漂亮了！”罗紫烟高兴地道。

小卷毛飞到凤王面前，低头拜谢，“凤王，谢谢你解救了我！”

凤王伸出爪子，轻轻地拍了拍小卷毛的身子，“这是应该的。”

“凤王，那我以后还能长吗？”

“当然了，你的筋脉已经疏通，现在只是长出你过去未长的身段而已，以后你还会继续长的，说不定能长得像烛天一样壮。”

小卷毛大喜，兴奋地扇动翅膀，“好啊！”

烛天不以为然地哼了一声，“近百年来，还没有谁能比我壮呢！”

“那是过去的事，以后可就说不定了！”小卷毛不服气地道。

罗紫烟突然快步上前，冲着凤王躬身道，“凤王，请你帮帮我！”

“对对对，凤王，小烟和我这回来，是想向你请教怎么对付那个血魔救出司明的。这才是最重要的事！”小卷毛突然想起什么来，连忙对凤王说道。

罗紫烟迫不及待地把司明的情况详细说了。

凤王长长的眉头皱了起来，“这个，说来……爱莫能助！”

“啊？连凤王都没有办法解决这个事？”罗紫烟大感失望，看着凤王。

凤王无奈地点点头，“有个事你们应该多少知道，血魔之祸，从古至今已经不知发生多少次了……”

按凤王的话说，天道轮转有其序，也就是所谓的周期性变化。每个轮序里，都会有治有乱，有顺有逆，周而复始，循环往复。

而血魔，则是天道轮序里，一个不出世的祸星。自古以来，他就经常出现在天道的乱序之中，而且每次出现都会给人间带来浩劫。

但因为修仙界更替太快，几百年就会有人羽化升仙或兵解轮回，所以对血魔的真正本质都是一知半解。只有凤凰一族，因为寿命绵长，从古至今都在与血魔打交道，对血魔的本质才知道得更多。

“以前就算我们凤凰也不明白，为什么这个灾星能每隔一段时间就冒出来一次，而且出现的次数和顺序看起来很混乱。现在听你这么一说，我算是明白了，原来他是被封印一段时间后，就会破封而出，然后再穿越时光回到某个时段兴风作浪……”

这种穿越，会到哪段时间具有很大的随机性，所以血魔在历史上出现的频率显得分外混乱。

小卷毛使劲甩着脑袋，“凤王，小烟，你们越说我越不明白。如果从古到今的多数量劫的发生，都是因为血魔一次次被封印又一次次破封后穿越回来，那这个魔头，为什么就一直不死呢？”

“原因很简单，他的元神与众不同，可以在漫长时间变化里，不寂不灭。这要从他的功法说起了。”

血神子的元神，是经过化血神通千锤百炼的，为至阴之元，坚不可摧。因此，即便被摧毁肉体，历经数千年的封印，也能存活下来。而任何一种封印，经历长期的演变，都会衰朽老化，从而让血神子的元神得以逃逸，能够穿越到任何时期，带来量劫，改变天道伦序。

“所以，消灭血魔的根本办法只有一个，那就是彻底消灭他的元神？”罗紫烟喃喃说道。

凤王点点头，“聪明！但这恰恰被证明是很难的事——除非他的元神恰好暴露在外头，我们凤族群起而攻之，或许还有机会。”

“那司明……”罗紫烟的心一下子沉到了谷底，冰冷如霜。

凤王看着罗紫烟，眼里满满的悲悯与无奈，“要想消灭司明体内的血魔元神而又不伤害司明的元神，那更是不可能。”

“不，我不相信，世间万事就算再难再苦，总有解决之道的。”罗紫烟大声道。

凤王没有回答，但看着罗紫烟的眼里，悲悯更重了。

“凤王，小烟为了司明，穿越千年，不知吃了多少苦头，她一定不会放弃的，你是世上最仁慈最睿智的，你就设法帮帮她吧！”小卷毛见罗紫烟这副模样，眼里不由满盈泪水，哀声求道。

“哎……”

新蜀门

“凤王！刚才您也说过了，修仙界更替频繁，对于天道轮序与血魔本源所知其实是有限的，如今能够为小烟指点迷津的，也就是凤王您了——您至少已经活了八九千年了吧，您不帮她，还有谁能帮？”

“扑通！”罗紫烟猛地双膝一软，跪在凤王面前，重重地磕头，“凤王，您大慈大悲，请无论如何也要帮我！”

“起来，快起来吧！”凤王急忙翅膀一扶，罗紫烟不由得身子一轻，站了起来。她抬起头来，眼里已经噙满了泪水，“凤王！求您无论如何也要帮帮我，帮帮司明！”

“好吧！像你这样追着血魔，跨越千年到这里的事情还从没发生过。也许，这真是上天的安排呢。”凤王点点头，“这样，你们先跟我回去吧！我再设法替你们找到解决之道。”

“好啊！”

“多谢凤王！”

罗紫烟和小卷毛对视一眼，都是喜上眉梢。烛天却是眉头一皱，“凤王，不可！”

凤王似乎知道他的意思，淡淡道，“没事的！”

“可那是我们唯一的藏身之地，万一他们是那魔头的奸细，我们岂不是……”

小卷毛大怒，“你说什么？我们是凤凰，怎么会当那魔头的奸细？”

烛天冷笑连连，“哼哼！凤凰一族给那魔头当爪牙的还少吗？”

“烛天，不可胡说！它们都是受血魔暗算，身不由己被魔化的！”凤王回头看着罗紫烟和小卷毛，“她们怎么能跟它们相提并论呢？”

“就算如此，为了安全起见也不能让她们到那里去！”烛天冷冷道。

凤王振翅而起，“都别说了，跟我来吧！”

烛天虽然强壮，但凤王振翅而起，掠到长空之上后，却是比它还大几分。只是它那一身灰色翎羽，远不如烛天全身流彩来得耀眼夺目。

看着它的背影，罗紫烟心中不由得生起一股敬意。这种敬意来自心底，原来只有面对父母的时候才有过。

但是烛天跟在身边，却一直拿眼打量着罗紫烟和小卷毛。

“喂，你老是用这种防贼的眼神看着我们，是什么意思？”小卷毛被看得毛了，不耐烦地道。

“哼，你们别想利用凤王的仁慈来行奸诈之事！有我在，不会让你们有可乘之机的。”烛天冷哼一声，自顾自地往前飞去。

“莫名其妙！小烟，我们别理它！”小卷毛撇撇嘴道。

说话间，一行已经飞过数重山，凤王低身一掠，落向一个平淡无奇的山谷口，烛天跟了过去。小卷毛却是慢了下来，满脸吃惊，“这……这里……”

“这里怎么了？”罗紫烟好奇地打量着眼前这个谷口，只见它两侧是嶙峋的黑石，地上则是灰褐色尘土，石头焦黑如炭，而尘土则细碎如灰烬。

除了这灰与黑，四周没有任何颜色，更没有一花一草一木。

“凤王，这里不会是那个地方吧？”小卷毛疑惑地看着凤王。

凤王点了点头，“现在，我们只有这个藏身之地了。”

“可这里怎么能久待呢？我听说在这里待久了，我们就会早衰……”

“早衰至少比魔化来得好。目前世间，也就这里是安全之地了。”烛天冷冷道。

凤王点点头，看着小卷毛，“这只是权宜之计，等这场量劫过后，我们凤凰一族还是会回凤凰山的，到时候凤栖树的幼苗又会逐渐茁壮于天地之间的。”

“凤王，我明白了！”小卷毛点点头，声音里充满无奈。

凤王与烛天当先一前一后进入山谷里。罗紫烟和小卷毛跟在后头，她不解地看着四周，“小卷毛，这里是什么地方？怎么听你们说的好像很危险？”

谷内，除了明显比谷外热了点，风光与外头并无两样，罗紫烟实在看不出有何危险的地方。

“这里是涅槃谷啊！”小卷毛沉重地道。

原来，涅槃谷在凤凰山以西百里处，它是大限将至的凤凰必去的重生之地，也是寻常凤凰严禁踏足之地。因为这里常年积郁的涅槃之火，比任何阳火都厉害，它能让衰老的凤凰之体逐渐蚀化殆尽，而对功体正壮的凤凰，同样有莫大的蚀化之力。

因此，通常情况下凤凰是严禁进入涅槃谷的，就算偶尔进去也不能久待，否则元体被蚀化厉害，会影响到以后的涅槃重生。

现在，凤凰一族竟藏身在涅槃谷，这等于是避难于火坑中，虽然求得一时之安，从长远来看却是后患无穷。

“看来，凤凰一族也是被血魔逼得没办法了！”罗紫烟暗忖道。

涅槃谷内，只有灰与黑两种色调，因为这里长期笼罩在涅槃之火里，久而久之都被焦炭化。

“别看我们现在只是感觉稍微热一点而已，其实涅槃之火很毒，久而久之就会让人身体不断被蚀化。就算对于修阳之人来说，也是无法抵御这种阳火的。”

“那修阴者到了这里，伤害不是更大？”罗紫烟若有所思地点点头，这大概就是凤凰一族躲入此地的原因了。

“烛天，你负责招待紫烟和小卷毛，我先到里头去静思。”凤王突然回头对烛天说道。

烛天满脸担忧道，“凤王，你现在的身体……真要静思，也换个地方吧。”

凤王一脸淡然，“只有到里头才能进入超脱之境，才有机会想到解决办法。放心吧，我没有那么快的！”

“那凤王——保重！”

“我去为你们想办法，你们先跟着烛天在这里住下，等我想到办法了再走。”凤王回头冲着罗紫烟和小卷毛说了一句，便是翅膀一振，擦地疾飞而去，眨眼就消失在山谷远处的一个隘口里。

“你们两个，跟我来吧！”烛天回头冷冷地冲着罗紫烟和小卷毛道。

“走就走，那么大声干吗！”小卷毛嘀咕一句，罗紫烟已经大步跟了过去。

涅槃谷内比想象得大，而且岔口丛生，犹如迷宫。

烛天带着罗紫烟进入其中一个岔口，沿着曲曲折折的谷道往里走。

“这是要带我们到哪里？”小卷毛问道。

烛天头也不回继续往前飞，“当然是给你们找个安身之处。”

“为什么是这里？”

“因为这里位于涅槃谷最外头，涅槃之火没有那么旺，难道你们不满意吗？”烛天冷冷反问道。

罗紫烟忙道，“满意满意！客随主便。”

烛天冷哼一声，看着四周，“你们就在这里待着，没有我允许，谁也不许擅自离开。”

“不能擅自离开？其他凤凰是不是也住在这里？”小卷毛好奇道。

烛天神色一寒，恶狠狠看着它，“你想干什么？”

“什么？”小卷毛莫名其妙。

烛天恶狠狠道，“你打听其他凤凰在哪里想干什么？”

“你这么凶干什么？来亲戚家串门，想多认识几个亲戚，大惊小怪的干吗？”小卷毛不忿地道。

烛天眼里寒光一闪，似乎就要发作了，罗紫烟忙摆摆手，“小卷毛，别说了，有些机密是不该问的。”

烛天神色稍稍缓和。

罗紫烟道，“不过，能告诉我们，凤凰山发生了什么事吗？”

烛天默然片刻，才咬牙道，“如你们所见，血魔带着那些……凤凰爪牙，突袭了凤凰山，毁了我们的树家、果林和灵泉。要不是凤王拼着命守护，我们凤凰一族真要倾覆一时……”

一提这事儿，烛天就怒气冲天，越说越多，尽管它表达起来枝蔓丛生，罗紫烟还是听明白了。

凤凰山遭到血魔的偷袭，是在近八九个月之前。

当时，凤栖树上有几只凤凰毫无征兆地突然走火入魔，通体发黑，疯狂地攻击其他凤凰。

就在凤凰山乱成一团的时候，更多的黑凤凰掩杀而来。

这些黑凤凰都是凶猛绝伦，出手不留情。而凤凰山的族民无不是天生善良温驯，哪里舍得伤害被魔化的同类？

一番混战，凤凰死于同类之手的不计其数。就在灭族在即之际，向来仁慈的凤王痛下杀手，击伤几只黑凤凰，才为其他凤凰争取到逃生的机会。

但凤王也因此受伤匪浅，它之所以一身灰色翎羽，就是在伤重之后形成的。

而血神子拿下凤凰山后，就大行毒手，先后斩凤栖树、毁百吉林，甚至改变地脉地气，让百灵泉流出的水不再清澈无瑕，想以此来断凤凰一族的居所、饮食，从而最终彻底屠灭凤凰。

所幸涅槃谷对于血神子和黑凤凰而言都是大凶之地，凤凰一族残众才有个临时栖息之地。

只是，如果长久躲在这个地方，只怕不用血魔动手，凤凰一族最终也会被涅槃之火逐渐蚀化，归于消亡。

“你们为什么要一直待在涅槃谷？现在血神子又没来，完全可以出去啊！”罗紫烟不解道。

烛天冷笑一声，“这个道理谁不知？还不是因为外头无法久留。”

罗紫烟愣了下，“为什么？”

烛天眼里闪着怒光，“还不是因为凤凰族里出了血魔的爪牙！”

罗紫烟点了点头，“你说的是那些被魔化的黑凤凰？”

“除了它们还有谁？”

罗紫烟更觉奇怪，“它们还会经常来犯？”

“随时来犯，你永远不知道它们什么时候会来，会从哪里冒出来！”烛天看着罗紫烟，“为了安全起见，我劝你们不要随便出去。至少它们对这里还有忌惮，到了外面要是碰到它们，那你们可就不妙了。”

“吓唬谁呢？我们刚跟它们打过一场，又不是没见识过！”小卷毛不以为然道。

烛天冷笑道，“不管怎么样，你们还是注意点，要死在它们爪下就不要怪我。”

一天后，罗紫烟便见识了凤凰一族对黑凤凰的恐惧。

当时，罗紫烟和小卷毛正在谷内合修凤凰力，晴空之上突然飘来一团乌云，到了涅槃谷上空后，乌云四分五裂开来，化为一只只黑凤凰，展开双翼，开始沿着涅槃谷盘旋起来。

罗紫烟从没有见过这么多黑凤凰，起码有五六十只，都快把涅槃谷上空给填满了。

不过，黑凤凰来势汹汹，却没有一只敢落下来的，只是环伺在上头。

这两天罗紫烟亲身领教过谷里涅槃之火的厉害。虽然还是没有太多的感觉，但她仍能感受到自己的纯阳功体，在暗中被一点点侵蚀着，尽管很慢。

而对黑凤凰来说，涅槃之火简直是致命毒药，哪里敢靠近？

至于涅槃谷里，则是静悄悄的，浑如空谷。

无形的对峙，就在这一动一静之间。

“我明白了！”罗紫烟突然说道。

“小烟，你明白什么？”

“以前我一直以为，血魔是故意把这些黑凤凰雪藏起来，只在需要的时候才召唤出来，但现在看来不是这样的。”

小卷毛想了想，明白过来，“小烟的意思是——血魔一直派它们来对付凤凰山？”

罗紫烟点点头，“看凤凰山这副模样，肯定是经常遭遇黑凤凰袭击，所以应对有方。这说明这里一直以来，都是血魔的第二战场。”

“那魔头倒是鸡贼，上回被凤凰打败，这回一来就先对凤凰山穷追猛打，不想再重蹈覆辙了。”小卷毛道。

罗紫烟道，“他更鸡贼的是，一来就把一部分凤凰魔化掉，用黑凤凰来反制凤凰，这招才是够毒！”

“看样子，凤凰真被压得翻不了身了。”小卷毛愤愤道。

“啾啾——啾啾——”

这时，空中突然厉啸连连，所有的黑凤凰几乎同时急冲而下。

“小心！它们要进攻了！”小卷毛双翅一振，就要冲上去迎战，却被罗紫烟一把按住。

“别急！”

说话间，那些黑凤凰已经冲到涅槃谷上头不足三丈处，突然纷纷又一个掉头，往上折转而去。

随着它们向上逆冲，一缕缕黑烟从它们尾部飘散而出，弥漫开来。

等所有的黑凤凰都冲到高处了，这一缕缕黑烟仍飘动在涅槃谷上空，仿佛是一层薄薄的黑雾。

“这涅槃之火真够毒的，怪不得它们只能在外头耀武扬威。”小卷毛道。

想不到，这个凤凰向死而生的涅槃禁地，如今竟成为凤凰遗族们的最后避难之地。

那群黑凤凰不甘失败，又向下冲锋数轮后，都是无功而返，这才呼啸一声纷纷振翅而去。

笼罩在心头上的乌云随之散去，但罗紫烟心头却突然冒出一个念头。

“你们倒是挺识相的，没有冲出去。”这时候一声冷笑传来，烛天从身后飞来。

“这不是你要我们做的吗？”小卷毛冷冷道。

烛天冷笑道，“你们真要出去我也不反对，省得操心。”

小卷毛大怒，刚要反唇相讥，罗紫烟却开口了，“那些黑凤凰每次来，你们都只能躲起来吗？”

烛天愣了下，“难道我们还能杀它们不成？它们本性被血魔迷住，我们可没有。”

“血魔就是利用你们这种投鼠忌器的心理，让它们在你们面前肆意妄为。”罗紫烟淡淡道。

烛天哼了一声，“那个魔头，迟早会玩火自焚的。”

罗紫烟望着烛天，缓缓道，“你们之前有没有想办法治那些黑凤凰？”

“当然了，可都没用！”烛天神色黯然下来，“该想的办法都想了，现在都无计可施了。”

“哦？有没有想到把它们引入涅槃谷，用这里的涅槃之火来净化它们体内的阴气？”罗紫烟问道。

烛天冷笑道，“凤王早就想到了，如果那些黑凤凰能在谷里待个一时半刻，就可以消除它们身上一半的阴气，但那些黑凤凰根本不会上当。”

“它们有自己的判断意识？”罗紫烟问道。在这之前，她所碰到的魔物，无不是全无头脑的货色，但她能感觉到，黑凤凰与一般魔物有所不同。

“它们虽然本性泯灭，但确实还存有一定的意识，懂得趋利避害。”烛天说着，抬头望着空中那些正在逐渐消散的黑气，心头的阴霾却似乎在增加。

“奇怪，血魔是怎么让这些魔化的凤凰变得与一般魔物不同的？”罗紫烟喃喃自语道。

烛天道，“这个问题，凤王已经找到答案了。”

罗紫烟问，“什么？”

“很简单，凤凰不同于一般修仙者，血魔无法像魔化一般修仙者那样魔化它们，所以他就增加了蛊。”

“蛊？”罗紫烟恍然大悟，原来血神子出没在天化村，不仅仅是为了天化虫，还是为了炼制控制黑凤凰的蛊虫。

“知道是什么蛊虫吗？”

“那只有血魔才知道，不过凤王说了，要想解救那些凤凰，蛊虫其实不是关键，关键在于消除凤凰体内的阴气。但因为有蛊虫操控，那些被魔化的凤凰都不傻，要让它们乖乖接受净化完全不可能。”

“它们就算不傻，也聪明不到哪里去。你们设法一只一只抓住，然后……”

“天真！”烛天冷笑道，“你知道那些黑凤凰可怕在何处吗？”

罗紫烟摇摇头。

“可怕在于，我们只要被它们抓出血来，它们体内的蛊卵和阴气就会顺着伤口进入我们体内，让我们渐渐变得跟它们一样。”

烛天眼里放着冷光，“如非有此阴毒之招，那个魔头又怎么能让如此多的凤凰成为他的爪牙！”

罗紫烟不由得点点头，先前她就一直在想，血神子怎么做到这点的？现在才明白，原来血神子在这里头的毒招可是环环相扣，居心之险恶难以想象。

修罗魔和夜叉魔在抓伤对手的时候，也可以把阴气植入对方身上。但因为没有蛊虫，所以只能放倒对方，并无法一下子控制对方。这就是一般魔物跟黑凤凰的区别。

“现在明白了吧，下回那些黑凤凰再来，你们更不要乱动！否则变成魔物了，没人救得了你们。”烛天说完，振翅飞走了。

“哼！趾高气扬的家伙！”小卷毛不忿地道。

罗紫烟笑了，“好了，不用跟它一般见识。”

“小烟，接下来怎么办？我们总不能在这里一直当缩头乌龟吧？”

罗紫烟笑了，“放心吧，我刚才突然想到一个解救黑凤凰的办法了。”

“小烟有办法？”小卷毛双目圆瞪，“可烛天不是说了，这个连凤王都没办法吗？”

罗紫烟笑了笑，胸有成竹地说道，“那是因为它们没有的办法，而恰好我有。”

“小烟有什么办法？”

罗紫烟沉吟了下，“其实我也不确定这办法有没有用，但可以一试。”

“到底什么办法？小烟你快说啊！”

“方法很简单，你还记得上回在太寒殿，我是怎么救你的吗？”

小卷毛呆呆地看着罗紫烟，片刻之后突然恍然大悟，“我明白了！但这样行吗？”

“不试试怎么知道呢。”

“可万一……”

“就算有万一，我也有办法自保，你放心吧！”罗紫烟看着小卷毛，“这个事，必须我自己去，你就在这里等我，知道吗？”

小卷毛迟疑了好一会儿，才点点头道，“小烟，那你一定要小心啊！”

和小卷毛商议既定，次日罗紫烟一大早就离开了涅槃谷。

刚出涅槃谷没多远，烛天就像一道彩色的大风从身后席卷而至，它气急败坏地大叫道，“不是跟你说了，待在里面不要出来吗？”

罗紫烟回头看了它一眼，淡淡道，“里面太无聊了，我出来找点事做。”

“你疯了！那些被魔化的凤凰随时会冒出来的，快回去！”烛天边说边警惕地看着四周。

“我事情忙完了自然会回来的！你先回去吧！”罗紫烟说完，驱动争发，腾空而去。

“你……这可是你说的，我会如实禀告凤王的！”烛天暴跳如雷，冲着罗紫烟背影大叫一阵，还是转身进了涅槃谷。

罗紫烟充耳不闻，没多久便飞出数重山了，看看前方便是凤凰山故地了，她落在一座矮小的山头，寻了个偏僻的山洞盘膝坐下，施展起功法来。

片刻之后，功体中的阳气便开始飞速汇聚向几大阳脉。而丹田里的内丹，则是急促旋动起来，源源不断的阴气如同大水漫过干涸的田地。

只用半个时辰，罗紫烟的功体便再次由至阳转变成至阴。

“呵！”看着张口呼出的冰晶白气，罗紫烟缓缓地起身，迈步往外走。刚刚转变的功体，毕竟还有些僵硬，她必须多走动走动，让身体尽快适应过来。

新蜀门

洞外，长空如洗，群山寂寂。罗紫烟坦然行走在其中，不躲不藏，同时游目四顾。

她不怕被黑凤凰发现，甚至盼着它们能尽快发现自己。

“希望这个方法有用，不然就要肉包子打狗了——”罗紫烟突然啐了一口，“呸，怎么能说自己是肉包子呢？一定可以的！”

“也不知道，现在还能不能用争发。”罗紫烟说着，猛地抽出争发，试着催动阴气去驱动它。

争发毫无反应。

“果然没用。”罗紫烟无奈地把争发收回鞘中，继续迈步前行。阴阳二气所属不同，即便是在法器之中，彼此也是泾渭分明。

罗紫烟现在唯一能倚仗的，就只有化血神通了。

越过另一个山头后，功体算是完全恢复过来了。罗紫烟便停了下来，盘膝坐在一块石头上。

她坦然地把自己暴露在天地之间，仿佛这周遭，没有随时会掠过天空的黑色死神一般。

两个时辰后，黑色死神出现了，像是一颗黑色的彗星那样，划过远方的天空。片刻之后，它就飞到罗紫烟面前不远处，好奇地看着她。

罗紫烟从石头上站了起来，淡然地看着那黑凤凰，动也不动，但心头却是绷得紧紧的，化血神通暗中催动，阴劲饱提，随时准备迎接一切不测。

那黑凤凰却没有要动手的迹象，而是走到罗紫烟面前，更加好奇地看着她。

“它不怕我？还是……”

罗紫烟心念一转，小心地伸出手，冲着那黑凤凰挥了挥。黑凤凰眼珠跟着手左右转动，依旧风平浪静。

罗紫烟暗暗松了口气，慢慢走上前，轻轻地抚了抚黑凤凰修长的脖颈。只觉触手柔和，即便是被魔化了，凤凰的羽毛仍有种神奇的舒适感。

黑凤凰依旧好奇地看着罗紫烟。罗紫烟却是更大胆了，猛地一个翻身，跨到黑凤凰背上。她心头狂跳如擂鼓，以做好应对黑凤凰狂暴反抗的准备。

但是黑凤凰只是回头看了她一眼，眼光里依旧只有温驯。

“果然是这样！果然是这样！”罗紫烟心头大喜。她之所以突然转换功体，就是赌黑凤凰不会攻击同样纯阴属性的修仙者。

不过，这种事毫无经验可以借鉴，在得到验证之前，罗紫烟还是捏了一把汗。

现在，她可以放心实施自己的计划了。当下，罗紫烟俯下身来，附耳对那黑凤凰低语道，“看看你有多听我的话，带我起飞吧！”

黑凤凰回头看着她，眼里闪着不解。

“快飞吧！”罗紫烟又重申了几句，见它依旧没有动静，不由得一巴掌拍在它背上，“飞！”

“呼啦！”

黑凤凰猛地双翅一振，直直腾空而起。罗紫烟猝不及防，当即往后摔，好在她及时抓住了黑凤凰的背毛，跟着它冲天而起。

“哈哈，这就对了，听姐姐的话有糖吃！”罗紫烟大喜，轻轻拍着黑凤凰的后背，不敢用力太猛，怕再次招来它激烈的反应。

“啾——”

黑凤凰突然仰颈长鸣一声。

“看来你也挺开心的吗？”罗紫烟笑着说道。她心里同样开心万分，凤乃百灵之长，这世上能体验到骑凤而行乐趣的，又能有几人？

转眼间，黑凤凰就驮着罗紫烟，绕空盘旋了好大一圈，随后一个直冲，往东方飞去了。

“你这是要去哪儿？回老巢吗？”

黑凤凰没有回答，只管振动双翅。罗紫烟目视前方，笑道，“那走吧，我正想见见你的小伙伴们。”

好一会儿，前方单调的蓝天下，终于又出现两道黑影，迎面飞来。

罗紫烟的心不由得一提，化血神通再次蓄势待发。

但是三只黑凤凰擦身而过，彼此视若无睹。罗紫烟紧紧盯着那两只黑凤凰的眼睛，只见它们直视前方，浑然没把罗紫烟看在眼里。

“看来，在它们眼里我也是个小透明！”罗紫烟心中暗喜，这正是她所希望的。

又过了片刻，一声凤鸣突然从远方群山中传来，座下的黑凤凰随即飞入那片山中。

山中竟是出奇的热闹，放眼望去，长空被一道道舞动的黑影占据了，看数量分明有几十上百只之多。

罗紫烟心头狂跳，她知道自己到黑凤凰的巢穴了。

而这些黑凤凰，无一对罗紫烟的到来有所反应的。

片刻，座下的黑凤凰才身子一低，落到一座小山头上。而在山头四周，黑压压的全是黑凤凰，它们或卧或飞，各行其道。

“这趟看来没有白来！”罗紫烟心头狂喜，静静地观察片刻，确定黑凤凰们彼此没有交流后，这才一掌按在那只黑凤凰背上，暗暗催动化血神通。

先前在寒顶阁里，小卷毛一度差点被魔化，是罗紫烟不断地用化血神通吸走它体内的阴气，让小卷毛转危为安的。

因为此事，罗紫烟有底气孤身来这黑凤凰的老巢里。她希望能以相同的方法拯救黑凤凰。

只是片刻工夫，绵绵阴气便开始从黑凤凰身上生起，转入罗紫烟体内。

与此同时，罗紫烟惊奇地发现，这些阴气都是从黑凤凰心脏处流出的。而在心室之中，则是凝结出一颗与罗紫烟丹田里的内丹相似的东西。

黑凤凰体内的阴气，原来也是以内丹形式存在的。

在化血神通强大的吸力之下，黑凤凰体内的内丹正在急剧收缩着。

罗紫烟惊喜地看到，它身上的翎羽正随着阴气内丹的缩小而飞快变化着——黑色在消退，五彩色泽正在从中显露出来。

就好像是泼在翎羽上的墨汁被洗掉，露出本来的面目。

“有效！真的有效！”罗紫烟喜出望外，加快催动化血神通。

又过了一会儿，黑凤凰体内的内丹变得只有米粒大小，“啵”的一声缓缓地舒展开了。

“那是……”罗紫烟不由得暗呼一声，她能感觉到，内丹之中竟是裹着一只小虫子。

蛊虫！

黑凤凰体内果然被种了蛊虫，并通过这些蛊虫吸聚阴气，从而控制黑凤凰！

蛊虫刚一现形，立即就消解开来。因为此时黑凤凰体内积聚的阴气已经所剩无几，而先前被压制的阳气则是重新充满体内。蛊虫一遇到阳气，便冰消云散。

这种阴毒的蛊虫，竟是极其的喜阴惧阳！

当那蛊虫彻底消失，凤凰的身体再次产生剧变，一道华光从它体内焕发而出，像是亮晶晶的油一般，使得它遍体翎羽都被抹亮了。

那凤凰则是使劲甩着头，用两只大眼睛死死盯着罗紫烟。

“你……你没事吧？”罗紫烟放开手，惊喜地问道。

“你——魔物！”那凤凰回过神来，猛地腾空而起，一爪直扣罗紫烟面门！

“嘘！安静！”罗紫烟侧身闪避，同时大叫道，“我是来救你的！”

那凤凰愣了下，突然停下来看着自身，又惊又喜，“我真的……好了！好了！”

“你还记得被魔化时的事吗？你知道自己是谁吗？”罗紫烟吃惊地问道。

那黑凤凰点点头，“当然了，我是煊赫，我好像被一个同伴从背后抓了下，它当时入魔了……然后我就控制不住自己的身体……感觉身体被别人控制着……”

说着，煊赫突然警惕地盯着罗紫烟，“这是怎么回事？你是什么人？”

“我是……”罗紫烟刚要回答，突然急道，“回头再说，快走！”

就在两人说话的时候，四周突然光线一暗，原本散布各处的黑凤凰们竟是同时从四面八方汇集过来，直扑煊赫而来。

此刻，纯阳之体的煊赫，成为它们共同的目标。

“快走！”罗紫烟跳到煊赫的背上，用力拍着它的后背。煊赫不及细想，立即振翅而起。

一众黑凤凰，从各个方向包抄过来。

“它们太多了，我跑不掉的！只要它们再给我一爪子，我又会变得跟它们一样了。”煊赫绝望地大叫着，此时它前方，上下左右，全都是黑凤凰，而身后跟着的黑凤凰更多。

“拼一把，冲过去！”罗紫烟目视前方，举掌厉喝道。

“可是……”

“没有什么可是的！大不了我再救你一次！”

煊赫双眼骤然一亮，真的迎面直朝扑来的一头黑凤凰冲去。

几乎同时，罗紫烟双掌打出，两股阴劲呼啸着迂绕在煊赫周遭。

“啊？”煊赫感应到阴气蚀灼，吃惊地回头看了罗紫烟一眼。

“快走！”

煊赫呼啸一声，从那迎面而来的黑凤凰身边擦身而过，此后又连过数头黑凤凰。

那些来势汹汹的黑凤凰们突然都像瞎子一般，对煊赫的靠近一无所觉。

“它们怎么……”煊赫回头看着罗紫烟，眼里满是惊奇。

罗紫烟却是目视前方，“不用管它们，快走！”

飞出数十里后，把黑凤凰群都甩到身后了，罗紫烟才让煊赫停下来，“你马上回涅槃谷，凤王和烛天，还有其他凤凰都躲在那里。记住，路上别耽搁，不然被别的黑凤凰发现，它们会让你重新堕入黑暗中的。”

“那你……”

“你还有很多同伴需要解救，快去吧！”

罗紫烟不再理会煊赫讶异的目光，转身往来时方向飞去。

有了煊赫这个成功经验，罗紫烟再救其他黑凤凰就是轻车熟路了，而且也懂得如何趋利避害。

她不再像之前那样直接在黑凤凰巢穴里救人，而是先把要解救的黑凤凰带离黑凤凰老巢，吸收掉它体内的阴气，瓦解它心里的蛊虫后，再让它立即离开。

这样远比在黑凤凰老巢行事来得安全。而且，罗紫烟的效率也在飞快提升着，救下一只被魔化的凤凰，也就是一时半刻的事。

只可怜那些凤凰刚回阳过来，还没明白是怎么回事，就被罗紫烟连驱带赶给弄走了。

罗紫烟实在没有时间和它们多说一句废话。

她生怕这里发生的事被血神子知道了赶来阻止，那就大事不妙了。

好在，直到吸掉最后一只黑凤凰体内的阴气，也没有意外出现。

罗紫烟暗暗松了口气，她把那只黑凤凰打发走之后，又找了个隐秘的山洞，再次进行功体切换。

这次转换比前几次时间都用得长，因为一天内吸收了巨量的阴气，罗紫烟首先得让它们真正地融入凝丹之中，才能把它们封存在丹田之中。

等罗紫烟以纯阳之体走出山洞的时候，外头已是夜色深深。群星稀疏的夜幕上，一轮皓月洒下如纱的清辉，千里大地上，群山静默，犹如众多兀立的巨人。

“不知道涅槃谷那边怎么样？怎么一点动静都没有？”

罗紫烟心中嘀咕着，原以为救下这么多黑凤凰后，涅槃谷那边会有凤凰赶来查看情况。

没想到却是风平浪静。

月色之下，涅槃谷静谧无声。但是，当罗紫烟落到谷口的时候，偌大的山谷却突然震动起来，一道道绚烂匹练冲天而起，映着月光姹紫嫣红一片。

“嗯？”罗紫烟愣了下，急忙停住剑光。

只见那些升空的凤凰在涅槃谷外的空中，逐渐摆出一个绚烂异常的凤凰阵。

罗紫烟刚开始以为迎接她的是个盛大的欢迎仪式，但马上就意识到自己错了。只见所有的凤凰正目光灼灼地盯着她，眼里满是警惕与不善。

“怎么？你们这是要感谢我吗？小卷毛呢？”罗紫烟故作一脸轻松地道，目光却在凤凰阵里游动，没看到小卷毛！

“哼！它在谷里体验阶下囚的滋味。”烛天从凤凰阵里飞出来，恶狠狠地盯着罗紫烟。

罗紫烟心头一震，缓缓道，“我不明白，这是什么意思？”

“什么意思，你会不明白吗？”烛天冷笑道，眼里闪着厌恶的光芒。

罗紫烟略一思索，才道，“因为我救了你们几十个同伴？”

烛天冷哼一声，“错了，因为你居然懂得血魔的手段——你跟那魔头是什么关系？”

“这不是很明显吗？敌人的敌人，就是你们的朋友！”

“凤凰乃至阳一族，可没有阴魔朋友。”烛天哼道，“我看你来历不明，混入凤凰山居心叵测……”

“我居心叵测到救下这么多凤凰，请问，图的是什么？”罗紫烟扫了烛天身后的那些凤凰一眼。四下里倏然静了下来，凤凰们先是面面相觑，继而一起望着烛天。

烛天沉默了下，冷冷道，“你救了我们不少族类是事实！但我相信你绝对没安好心，这样吧——”

罗紫烟直直盯着烛天，心头阵阵发寒，但马上又释然，烛天有这样的怀疑也在情理之中。

“我们不为难你，你也不要再进涅槃谷了，带着你的凰仆马上走吧！”

烛天说完，回头一个示意，凤凰阵居中裂开，两只凤凰挟着小卷毛飞了出来。

小卷毛本是满脸怒色，看到罗紫烟才转怒为喜，大叫道，“小烟！小烟！你没事吧？”

“我没事，你呢？”

“我没事，这些浑蛋突然翻脸不认人，快放开我！”

两只凤凰退开，小卷毛“嗖”地飞到罗紫烟身边。

而凤凰阵再次合拢，形成巨大的阵势压力，横亘在罗紫烟面前。

“请走吧！”烛天冷冷地说道。

“小烟，这些浑蛋简直就是白眼狼，你白救它们了！”小卷毛气呼呼道。

罗紫烟想了想，突然笑了，“没事，我们等凤王出来再说。”

烛天一愣，旋即大怒，“不行！我要你们马上离开！”

“凭什么！”小卷毛愤愤道。

新蜀门

“凤凰山绝不欢迎至阴魔物，你们再不走，我们可要赶人了！”

话落，它身后的凤凰阵像是一座斑斓云山，缓缓向罗紫烟和小卷毛逼来。随之而来的，还有比山更沉的阳罡压力。

“小烟，我们跟它们拼了！”小卷毛浑身毛发怒张，准备豁出去。

但罗紫烟却是摇了摇头，“我们来这里不是跟凤凰为敌的，算了，改天再来拜访凤王吧！”

话罢，她一驱争发，掉头就走。

“哼，一群忘恩负义的东西！”小卷毛愤愤不平瞪了烛天一眼。

“留步！”一声朗喝突然传来。

罗紫烟和小卷毛回过头去，不由得又惊又喜。只见身后的凤凰阵正在向两旁退开，灰色的凤王正从中飞了出来。它看了烛天一眼，径自飞向罗紫烟，“紫烟，留步！”

罗紫烟大喜，忙躬身行礼，“凤王，您出关啦！我还想改天再来拜访您呢！”

“烛天这样做也是为了凤凰族着想，得罪之处还请紫烟不要见怪。”凤王诚恳地说道。

罗紫烟有些惶恐了，“不敢，紫烟虽然愚钝，也能理解它的良苦用心，岂敢怪罪？”

凤王点点头，带着罗紫烟往前飞了一段，才道，“我想知道，你是用什么方法，把我们的族人从魔化中救回来的？”

罗紫烟不敢隐瞒，把自己机缘巧合阴阳双修的事说了。

“原来是这样，我明白了！”凤王听了，两道寿眉扬起，面露喜色，“这是上苍给我们凤凰一族带来了救星。”

“不敢！能为凤凰一族做点力所能及的事，是紫烟的莫大荣幸。”

“不过，听你这么一说，我倒是想到了一个对付血魔的办法。”凤王若有所思地道。

罗紫烟一愣，旋即狂喜，“什么办法？”

“如果我所知不差，血魔本质与黑凤凰一样，体内必定也有凝丹，以此来维系它的元神不灭。”

“嗯？”罗紫烟突然想起黑凤凰体内的情况——黑凤凰元神虽然还在，却被蛊虫所凝聚的阴气凝丹给压制住，从而失去身体的掌控权。

而司明的身体何尝不是这样，他的元神虽然还在，但身体却被血神子所掌握着，不得不跟着变成一个魔头。

“也就是说，要消灭血魔——得像救黑凤凰那样了？”罗紫烟眼前一亮，突然发现，自己好像找到了一直想要的那把钥匙。

“很可能就是这样。”凤王点点头道。

“那……那我该怎么办？”

凤王认真地看着罗紫烟，“血魔不是一般黑凤凰能比拟的，要消灭它，你必须把你所学的阴阳两门绝学，也就是六阳心法和化血神通都修炼到能与他对抗的地步才行。”

“可那样，只怕等我修炼到能与他对抗的时候，司明已经……”罗紫烟不敢想象，更不敢说下去。

“不，你到了这里，我自会全力帮助你的！你先在这里等下！”凤王说完，回头飞向烛天，跟他说了几句。

“是！”烛天恭敬地应了一句，回头对身后凤凰群大声道，“凤王有令，危险暂时解除，让谷里的凤凰都出来，撤到百灵泉附近先行休息！”

而凤王则是掉头又飞向罗紫烟，“跟我来吧！”

罗紫烟有些丈二和尚摸不着头脑，但还是带着小卷毛飞跟了过去。

一路闷头飞行，凤王又把罗紫烟带到凤凰山，停在凤栖树残存的树桩上。

凤王看着四周惨淡的光景，片刻才道，“血魔以为斩了凤栖树，毁了百吉林和百灵泉，就能断我们凤凰一族的根基。却不知我们凤凰一族的真正根基，不是地面所见的这一切。”

“嗯？凤王的意思是……”

凤王没有回答，猛地一振翅，直掠到空中，悬停在罗紫烟头顶。

罗紫烟不由得回头望向小卷毛，小卷毛则是一脸茫然。

“凤王之力，九幽为开！”

喝声里，凤王双翅猛地向下一错，一道殷红之光呼啸而出，直击凤栖树树桩底部。

“轰！”

罗紫烟和小卷毛只觉脚下的树桩震了震，大蓬尘土飞扬而起，紧接着数十条树根同时从土里拔出，射箭一般飞蹿到空中。

而树桩之下，则是露出一个偌大的洞穴，幽深昏暗不知通往哪里。

“凤王，这树下……怎么有个洞？”小卷毛惊奇地问道。

凤王落到罗紫烟面前，看着她，“知道凤栖树为什么能长得那么高吗？”

罗紫烟茫然摇摇头。

“因为在它之下，便是九幽地火在人间的最大出口。”

罗紫烟明白了，九幽地火乃是源自地底的一种至阳之火，拥有强盛的阳气。因此，历来都被修阳者视为修仙之强助。极阳宫的“九阳窟”，就是这么一个九幽通地之口，在有九凝鼎之前，它曾是极阳宫最重要的修炼宝地。

而凤栖树下的这个九幽火宫，常年所喷发出的阳火，则是九阳窟的数十倍。也因此，它所滋养的凤栖树，参天入云，冠幅广远。

“这九幽火宫，不但是凤栖树的活力之源，也是我们凤凰一族最重要的秘密修炼之地。”

“这么隐秘，怪不得血魔没发现。”罗紫烟若有所思道。

“至阴之魔，又岂能知悉这种纯阳之秘呢？他以为毁了我们的大树，就可以断了我们的未来。哪知道，只要九幽火宫在，我们的血脉就永远也斩不断。”

凤王说着，目光突然转向罗紫烟，“知道我为什么要打开九幽火宫吗？”

“凤王难道……要我进去修炼？”

凤王颔首道，“正是！你的六阳心法和化血神通，我帮不了你的忙，但如何修炼凤凰力，我却比任何人都清楚。”

顿了下，凤王又道，“只要你的凤凰力臻于大道圆满之境，有小卷毛助你，回头再修炼六阳心法，就可以事半功倍了。”

小卷毛点点头，“我明白了！只要小烟的凤凰力和六阳心法都能有大成，就算化血神通逊于血魔，也能跟他有一战之力！”

凤王赞赏地点了点头。

“原来是这样！”罗紫烟明白过来，却又迟疑道，“可就算能与血魔一战，我又要怎么做，才能把他的元神从司明体内赶出呢？”

“这个我自有安排，你接下来只管全力修炼就是。”凤王说着，当先走入那个洞口，“跟我来吧！”

第二十五章 | 可怖预言

顶着滚滚热浪，穿过一条幽深地道，罗紫烟和小卷毛跟着凤王来到一个数丈见方的洞室。

洞室中空无一物，而地面上则开着九个洞口，一股股熊熊焰流正不断闪蹿于其中。

罗紫烟感觉自己就站在一个被点燃的蜂窝煤上面。

“这里汇集着世间最强的九幽地火，但只有凤凰功体达到一定造诣，才能到此修炼，否则容易反受其害。”

“凤王觉得小烟的功体够吗？”小卷毛关切道。

凤王点点头，“当然！不但她要在此修炼，你也要留下来协助她，助她提升进境。”

“我也可以吗？哈哈，太好了！”小卷毛兴奋地说道。

“你现在的功体与你的凤主相去甚远，这会影响你们凤凰力的威力，所以你要比凤主更努力才行。”

“我知道了，凤王！”

“接下来一个月内，你们就在这里闭关修炼。一个月后，我会来为你们打开结界——如果你们修为够了，就可以出关，否则还得继续。”

“是！”

“这里的四面墙上，刻有凤凰力的修炼法诀。”凤王指着地宫墙壁，“你们接下来，马上就要进入第四重了，我把修炼要诀再给你们讲解一遍。”

新蜀门

凤王的凤凰力修为已臻化境。它对这门功法的见解，全然不是小卷毛所能比拟的，听它一番细致讲解，别说是罗紫烟，连小卷毛都有茅塞顿开之感。

“小烟，幸亏有凤王亲自教导，我都怀疑以前教你的，有没有误导到你了。”小卷毛心有余悸地说道。

罗紫烟笑道，“我不也是好好的！不过凤王这么一讲，我比以前更明白了。我突然有信心，一个月足够我们突破第四重了。”

“有九幽火宫的地火相助，加上你们的天赋和同心，我很看好你们。”凤王颔首道。

说着，凤王又交代了数句后，便径自离开。片刻之后，头顶传来“嚓嚓”闷响，那些自行拔地而起让出一条道的树根，再次回归原处了。

“小卷毛，我们开始吧。”罗紫烟盘膝坐了下来。

九幽火宫对修阳者的强助，仅次于九凝鼎。因为来自地底深处的九幽地火进入功体之后，立即化为道道阳气暖流，深入神髓之中，直达元神。

在它们的冲击下，罗紫烟丹田之中的阴气凝丹数度告急。好在有小卷毛协助，罗紫烟一次次成功地将它们引离丹田。

凤王的一番点拨，扫平了罗紫烟和小卷毛修行路上的认知障碍，此时她们面前的修行大道一马平川，只需全力策马狂奔就对了。

九幽火宫内自成一体，岁月在此流逝无声。

而罗紫烟和小卷毛的凤凰力，就在这静谧的岁月里，终于双双达到第四重圆满。

第四重凤凰力，功法上有个名目叫作“凤凰击”。修炼至此，罗紫烟在小卷毛的辅助下，所发出的凤凰力能远击百丈之外的目标，而且所发出的凤凰力，至阳至炙，足以让万物化为焦炭，远非凤翼刃所能比拟。

只可惜，九幽火宫狭小不堪，罗紫烟和小卷毛只能感受着体内澎湃的凤凰力，却无法一试过瘾。

凤凰击之后，还有凤凰力至强之招“凤求凰”。到此重境，凤凰合力，威力将倍增。

不过，这最强一招能否发出，完全靠凤与凰的配合度，绝不是靠功体修炼就可以达到的。因此，罗紫烟和小卷毛的凤凰力，从修为层次上来说，此时已经到大道圆满之境了。

接下来，能提升的只有凤与凰的实战经验和默契程度了，这得靠更多的实战才行。

此时，火宫之门还没有开，意味着一个月的闭关期还没到。

罗紫烟决定争分夺秒抓紧修炼六阳心法。

正如凤王所说的，凤凰力大成之后，罗紫烟再回头去修炼六阳心法，发现突然变得轻松起来，原本足太阳脉卡顿之处，被强大的凤凰力一冲，应声而开。

照这个速度下去，六阳心法突破第五重，也是指日可待。

这天，修炼正酣之际，九幽火宫突然一阵摇晃。随后，罗紫烟和小卷毛又听到那熟悉的树根拔地而起的声音。

“凤王来接我们出关了！”小卷毛兴奋地当先冲出去。这段时间，罗紫烟转练六阳心法，它一个人修炼凤凰力，已经有些无聊了。

罗紫烟起身跟了出去，却见小卷毛到了洞口外，突然僵住不动了，尖叫道，“怎么回事？”

罗紫烟心知不妙，急忙飞冲了过去，眼前的景象让她目瞪口呆，只见树洞之外，横七竖八遍地都是死尸。细看之下，修罗魔、夜叉魔和魔徒都有，许多身体都在发焦发黑，向外散发着缕缕黑气。

在这黑气丛中，有道身影让罗紫烟的心一下子揪到嗓子眼上。

那是凤王，它斜卧在地上，一身灰羽已经被血污沾染，庞大的身子委顿不堪。

“凤王！凤王，你怎么样？”罗紫烟和小卷毛急忙冲了过去，一起扶住凤王的头。

凤王无力地看着罗紫烟，眼里光芒分外微弱，“紫烟……还好我及时开了宫门……不然你们……出不来了！”

“凤王，先别说这个，告诉我怎么才能治好你？”罗紫烟哽咽道。

凤王无力地摇摇头，“来不及了……我功体本就受创，现在这样……不行了！”

“凤王，你不能有事啊！没有你，凤凰一族怎么办？”小卷毛再也忍不住了，眼里已是泪水盈盈。

“凤凰一族……有其定数，你们……你们……”凤王用翅膀轻轻地拍着罗紫烟的肩头，无力地看着她。

“凤王放心，我是凤凰后裔，凤凰一族的事就是我的事！”罗紫烟明白它的意思，大声说道。

“嗯……”

罗紫烟忍住热泪，咬牙道，“血魔已经知道这里的情况了？”

“他知道了……我也知道了……”凤王突然眼神涣散，呆呆地看着前方。

罗紫烟愣了下，“凤王，您知道什么？”

“好多！好多啊！”凤王突然激动起来，声音里竟带着恐惧的颤意，“好多，无穷无尽，吞噬着大地，吞噬着一切，天下全是他的了……”

罗紫烟只听得心头发寒，不由得望向小卷毛，只见它神色悲痛，面颊泪水涟涟。

“小卷毛，凤王在说什么？”

小卷毛凄切地看着罗紫烟，好一会儿才道，“传说，凤凰临死之前，可以预见未来……凤王这一定是看到未来了……”

“什么？”罗紫烟心头一沉，像是被什么突然抽空了一般，呆呆地看着凤王。虽然相处时间很短，但凤王在她心目中，犹如父亲一般。

此刻，罗紫烟只想放声大哭，却又哭不出来，一颗心像是被冰封冷冻一般。

“无穷无尽，吞噬着大地……如果让它们遍布天下，世间将彻底沦陷……”

凤王喃喃自语着，突然双翅一合，似乎要抱住罗紫烟，“紫烟！我看到你了，你必须阻止它们，别让它们蔓延开来！”

“它们……它们是什么？魔军吗？”罗紫烟含泪问道。

凤王用力摇摇头，“不是，是魔殿！魔殿！”

“太寒殿？”罗紫烟愣了下，旋即安慰道，“凤王您别担心，现在太寒殿没有九凝鼎，说不定都已经消亡了。”

“不，事情不是你想象的那样，它们越来越多，没有什么能挡得住……”凤王喃喃说着，声音突然低沉下来，随后最后一点残光从它眸子里消散了。

“凤王！凤王！”罗紫烟再也忍不住了，放声大哭起来。而小卷毛眼里，则是流出了殷红的血泪来。

泪水流干，便是流血。凤凰悲伤至极，便是泣血。

长空昏晦，层云密布，有大风正在云中生成，呼啸着穿过山岚，劲刮在凤凰山四周，带走了魔物身上的血腥气息，也带走了罗紫烟和小卷毛悲伤入骨的哭声。

“小烟，我们把凤王送到涅槃谷去吧。”许久，小卷毛才说道。

凤凰一生的终点在涅槃谷，虽然凤王不是涅槃转生，但罗紫烟和小卷毛仍是把它送入涅槃谷深处，这里的涅槃之火远甚于外头，凤王的遗体在其中不但安全，而且经过一段岁月，就会被涅槃之火化尽。

这是它最好的归宿。

在凤王遗体前，虔诚地磕拜三次后，罗紫烟这才一擦眼泪，拍拍小卷毛的肩头，“我们走！”

涅槃谷，空无一凤。罗紫烟和小卷毛把百灵泉、百吉林以及凤栖树方圆数百里都找遍了，也没再发现一只凤凰的踪迹。

除了凤王，烛天等凤凰都不知所踪。

两人越找越慌，看着死寂的群山，心中都是莫名恐惧，小卷毛忍不住道，“小烟，其他凤凰呢？”

罗紫烟摇摇头，“我也不知道，这一切太奇怪了。”

小卷毛茫然道，“那我们怎么办？”凤王这一死，似乎把它的魂也带走了，它恍恍惚惚，跌跌撞撞，全无主意。

罗紫烟摇摇头，“我不知道……凤王走得太快了，我都来不及问它，要用什么办法把血魔的元神从司明的体内赶走。”

“我记得它说，它自会安排，可安排的是什么呢？”

两人对视一眼，都从对方的眼里看到了迷惘。好一会儿，罗紫烟才深吸一口气，努力理清思绪，“算了，先不想了，我们回成都再说吧。”

弹指间，离开蜀国已经一个多月了。也不知道这段时间，太寒殿、蜀王宫、极阳宫如何了？司明、千鹊、丁引又在做什么？

罗紫烟一阵恍惚，突然发现自己在这个本不属于她的世界里，竟然多了如此多挂心的人、挂心的事。

当初孤零零从旋风谷落到天化村，怎想到会有今日？

到了成都，罗紫烟发现自己一直以来担心的事竟真的发生了。只见偌大的成都，已经被焰火与浓烟吞噬了。曾经繁华的街坊，墙倒路陷，烟火滚滚。在这其中，尸横遍野，黑色、半黑色的血污在其中凝固。

这些尸体，多数是官兵和百姓，只有少量是魔物。但到了蜀王宫前，景象却是变了，只见宫城内景象依旧，并没有兵火痕迹。

此刻，两扇宫门紧闭，宫墙上兵戈森严，官兵阵列齐整。而宫墙外头，也是尸体堆积如山，但细看之下几乎都是魔物的尸体，鲜少有官兵的尸体。

这些尸体都是遍体插着箭镞，许多在袅袅飘散的阴气之中，正趋于四分五裂。

“不可能吧，居然杀了这么多魔物？上仙门这次厉害了。”小卷毛叫道。

罗紫烟却是摇摇头，“不对，它们身上的伤不像是法器弄出来的。”

新蜀门

“准备——”

看到罗紫烟和小卷毛靠近，宫墙上的官兵都紧张起来。随着一声厉喝，披甲之士后退，弓箭手上前，拉动长弓，黑色箭尖直指罗紫烟和小卷毛。

“俞利，你瞎了眼吗？没看到小烟来了吗？”小卷毛眼尖，一眼就看出下令放箭的那个将军正是俞利，立即大骂起来。

俞利愣了下，欢喜若狂，急忙挥手道，“收！”

弓箭手退后，甲士再次上前，城头又是兵戈林立，杀气透云。

罗紫烟和小卷毛这才落到城墙上，俞利欢天喜地跑来，“上仙姐姐，你终于回来了，我担心死了！”

“这是怎么回事？”罗紫烟看着四周。

“没事，那些魔物想垂死挣扎一番，不过我们还不是扛过来了！”俞利得意地道。

罗紫烟愣了下，“这么说来，你们还打败它们了？”

“可以这样说吧！你不知道那些魔物刚来的气势，简直是要把成都给踏平了，谁能想到，后来却被我们打得屁滚尿流呢。”俞利得意地说道。

罗紫烟离开后半个月，随着太寒殿日益倾颓，从中跑出的魔物再次多了起来，它们又一次四处掳掠，不断袭扰蜀国境内，逼近成都。

干鹊急召上仙门及百官廷议，决定集结仙凡两界之力，主动出击，严打魔物。

毕竟，魔物虽然狂暴凶残，但缺少头脑，如果凭智取还是有一定机会的。

“而且，我还发现，其实常人要杀死魔物也不难。”俞利得意地从一个弓箭手的箭囊里抽出一根箭递给罗紫烟，“上仙姐姐，你看看这个。”

罗紫烟细看那箭，发现箭头上涂抹了一层红色的东西，除此之外并无特殊之处。

“这箭，难不成被施了仙法？”罗紫烟奇道。

俞利得意一笑，“那倒没有，不过是涂了一层红焰石粉而已。”

“红焰石粉？”

俞利招了招手，立即有个军士递来一块红色的磨刀石，只见它样式普通，只是红得发亮，像一团凝固的火焰。

这种红石采自于地下，除了颜色鲜艳一点，与寻常砂岩并无二致，因此常常被用来作为磨刀石。俞利尤其喜欢用它来磨砺兵器，因为锋刃从上面经过后，会留有一层薄薄的红粉，看起来像是粘上鲜血。

但就是沾了这种红焰石粉的箭，在围猎魔物的时候，却出现了让俞利意想不到的效果。

寻常弓箭是很难杀死魔物的，它们即便是被箭射得像刺猬那样，也能冲锋陷阵继续掳掠烧杀。

但是，俞利却发现，凡被沾了红焰石粉的箭镞射中的魔物，身上很快就会往外散发黑气，继而倒下和肢解。

这个发现，让常人第一次有了杀死魔物的能力。

也因为这个发现，让成都官民成功地扛住了这次魔物的总攻。

“虽然我们损失也不小，但魔物死的更多。要不是有红焰石帮忙，上仙门还有这满城的百姓，还真不够魔物们分。”俞利大笑道。

“这种石头，居然有如此妙用？”罗紫烟惊奇地看着那红焰石，只觉有些眼熟。片刻之后，她突然想起来了，先前在阿尔泰山遇到的那个上古巨石堆里，用的基本都是这种红石头。

当时罗紫烟对此并不是很在意，此刻听俞利这么一说，突然意识到这种红焰石可能含有克制魔物的成分，所以才会被放置在那个巨石堆里。

“你们真的靠这种红焰石打败了魔物？太不可思议了！”小卷毛惊奇地道。

“哈哈，上仙姐姐要我帮忙守国，我当然要尽点力气了！”俞利大笑道。

罗紫烟也笑了，随即想到一个问题，“干鹊呢？怎么不见人？”

俞利道，“那家伙带着上仙门直扑太寒殿去了！他想做一票大的。”

罗紫烟心头一震，“什么？他疯了？”

“上仙姐姐别担心，他是准备妥当才去的。现在的太寒殿比以前更惨了，快蹦跶不下去了！”

原来，在这一个多月里，太寒殿持续萎缩，还多次发生剧烈的震荡，隐隐有崩塌迹象。

“这次，太寒殿肯定是扛不住了，才会派出所有魔物同时进攻我们和极阳宫的。那个魔头要殊死反扑，正好说明他的太寒殿快不行了。”

罗紫烟心头一震，“什么？血魔也派人去攻打极阳宫？”

“对啊！那魔头估计急疯了，想夺回九凝鼎。可惜啊，听说那什么九凝金刚罩固若金汤，他们过去注定是要吃瘪的！”

俞利冷笑道，“干鹊那小子倒是精明，看那魔头气数将尽，抢先出手，到时候他有这赫赫屠魔功绩，谁还敢非议他这个蜀王来路不正呢？”

“我可不这样认为，干鹊太冲动了！”罗紫烟摇摇头，眉头紧锁。

俞利不以为然道，“上仙姐姐，你没见过那些魔物的惨样，它们都是没精打采的，长久缺少阴气滋润，看样子都是油尽灯枯……”

“不管怎么样，这样太危险了，你守好蜀王宫，我去太寒殿看看！”罗紫烟说完，冲小卷毛一个颔首，转身往外飞去。

“哎！上仙姐姐，你才回来怎么也得休息下，他们已经去了大半天了……”

俞利的叫声在身后越来越远，罗紫烟头也不回，内心焦急如焚。血魔何许人也，怎么会做盲目攻击极阳宫这种蠢事？

直觉告诉罗紫烟，事情没有那么简单。就算真的是血神子狗急跳墙了，但在他元神被彻底诛灭之前，一丝一毫的胜利都不值得高兴，否则接踵而来的，可能是他的算计。

“小烟你别瞎担心，我看干鹊他们就算打不了胜仗，也不会吃亏的。你想，血魔连黑凤凰这个帮手都没了，还能可怕到哪里呢？”小卷毛看出罗紫烟的心思，在旁安慰道。

罗紫烟目视着前方，片刻才道，“但愿如此！”

太寒殿终于出现在前方。

时隔月余，这座昔日就身倾体斜的魔殿，此时更像是个半卧的老人，斜靠在群山之间。在它前面，正有无数身影涌动着，缓缓向它逼近。

“哇，干鹊带了好多人来呀！”小卷毛兴奋地叫道，“看来我们真不用担心了。”

“不对！那些都是魔物！”罗紫烟催着争发赶过去。

距离靠近了几分，小卷毛终于看清楚了，只见太寒殿外头，数百名修仙者正肩并肩背靠背，以各种法器抵御从四面围合而来的魔物们。

从服饰来看，这些人既有上仙门人，也有各大洞府的修仙者。

而魔物们的数量多达上千，它们咆哮着，前仆后继，不断压制着修仙者们的防御阵法，逼得他们只能朝着太寒殿大门方向撤退。

“它们，它们要把干鹊他们赶进太寒殿！”罗紫烟心头大急，争发已经在手了。

小卷毛紧跟而上，却是大惑不解，“干鹊他们又没有瞎，怎么没看清形势就被赶入包围圈里了？”

“他们应该是没想到会有魔物突然从身后来抄他们的退路。”罗紫烟咬牙道，“我就说血魔怎么会蠢到再派魔物去进攻极阳宫，原来它在玩引蛇出洞的把戏。”

小卷毛愣了下，恍悟过来，“你是说，血魔并没有真的想去进攻极阳宫，而是做做样子，等干鹊他们乘虚而来，它们再掉过头来，把干鹊他们给包饺子了？”

罗紫烟点了点头，以她对血神子的了解，只怕情况就是如此。

太寒殿日渐倾颓，极阳宫无懈可击，血神子只能把就近的蜀国作为掳掠目标。唯有源源不断的人与兽被填入太寒殿，才能提取到足够的阴气以支撑太寒殿不倒。

但是，蜀国有上仙门及众多修仙者坐镇，魔物要从中再掳掠活人殊为不易。因此，引诱修仙者上来，再一举围捕，自然成为血神子的不二选择。

沉思之际，罗紫烟已经飞到包围圈外围。只是魔物实在太多了，罗紫烟全然不知该如何下手。

“小烟，让我试试新练成的凤凰力吧！”小卷毛说完，当先一振翅，直冲入魔物之中，凤凰力迸发，爪击喙啄，每一记落在魔物身上，都带起袅袅的阴气来。

眨眼间，就在魔物中间杀出一条道来。

“小烟，原来爪撕魔物这么痛快啊！”初试身手，小卷毛倍感兴奋。

罗紫烟紧随而来，厉喝道，“小心点！”

一人一凤突然闯入，顿时让魔物们一阵骚动。被围困的修仙者们则是喜出望外，一人远远地冲着罗紫烟大叫道，“紫烟！紫烟来了！”

这人正是干鹊，此刻他正被修仙者们护在垓心。

罗紫烟和小卷毛全力以赴，想过去跟他会合。但两人的力量何其有限，不过是在魔物汪洋中撕开一个口子而已，还随时有落入重围之虞。

“小卷毛，这样不行！”罗紫烟大急，冲着小卷毛喝道。

小卷毛会意，掉头飞到罗紫烟身前，大叫道，“那来吧！”

“稳住！”罗紫烟身子一提，飞跃到小卷毛背上。双掌一落，雄浑的纯阳之力汇入小卷毛体内，小卷毛全身翎羽瞬间华光暴涨，像是一团即将爆发的火球。

如今的小卷毛，一只爪子都比原来个头大得多，无法再像从前那样双爪搭在罗紫烟肩头，辅助罗紫烟发力了。

而正常情况下，凤与凰合力攻击时，也都是凰仆作为攻击主力，而凤主则负责提供助力。

因为凰生长飞快，天生肩负着保护凤主的责任。而罗紫烟和小卷毛这一对太不寻常了，因此最初的时候只能从权，由罗紫烟作为主攻手。

经过九幽火宫修炼之后，两人的凤凰力都有长足进境，加上小卷毛形体暴涨，因此，两人合击的方式，自然而然随之改变。

随着罗紫烟凤凰力的注入，小卷毛的体型似乎瞬间变大。它拖着长长的焰火尾迹，从魔物之间穿过，魔物们纷纷像是被火烫了一般，惊恐地散开来。

“凤凰——击！”

尖锐啸鸣声里，小卷毛猛地双翅一合，一团宏大华光从中生成。

“放！”

罗紫烟的凤凰力再次猛地一催，小卷毛双翅一送，耀眼华光横扫而出。

“好痛快啊！”小卷毛兴奋地大叫着。

话声未已，沉闷的轰响从身下传来。华光一冲入魔物之中，立即爆炸开来，化为一波波光芒，横扫四方。所过之处，魔物们纷纷腾空而起，有的刚到半空便化为一块块碎片。

“轰隆！”

“轰隆！”

“哈哈，小烟，这个凤凰击真不得了！再来！”小卷毛兴奋地大叫道。

单是这一击，至少就有数十头魔物死于非命。

“再来！”罗紫烟深吸一口，再次把凤凰力注入小卷毛体内。

凤凰击虽然威猛无俦，不过也是极其耗费功体，但看小卷毛这个架势，分明是要拿它来玩。不过，为了给干鹊解围，罗紫烟也顾不得了。

“轰隆！”

第二波凤凰击再次在魔物之中开花，只是这回力道明显不如前，被击飞的魔物明显少许多。

“哼！”

就在此时，太寒殿里突然传来一声冷哼，闷雷般击在罗紫烟耳膜上。

罗紫烟心头一紧，急忙往太寒殿大门望去。血神子并没有从中出现，但是原本松垮垮的太寒殿大门却在急剧扩大，从中发出“嗤嗤”巨响。

“不好，小心！”罗紫烟急喝道。

话落，一股巨大的吸力骤然从大门内席卷而出，像是一只无形的巨手，直抓向干鹊一行人。刹那间，靠近太寒殿的修仙者们脚下一轻，直往殿门里飞去。紧跟他们之后的修仙者，也跟着往太寒殿里冲。

只是眨眼工夫，便有半数修仙者被卷进太寒殿里，余下的惊慌失措，更加独木难支，不断被吸了进去。

照此势头，不用多久，所有的修仙者便都会被吸进去。

“小烟，怎么办？”

罗紫烟心念一转，咬牙大叫，“我们去打大门！”

“明白！”

小卷毛立即一个振翅，直直迎着太寒殿大门飞去。

从太寒殿内发出的吸力，同样一下子就攫住两人。不过，罗紫烟和小卷毛合体的凤凰力实在太强了，到了大殿门口三丈处，小卷毛还是稳稳地停了下来。

在她们之下，修仙者们仍是三五成群往洞内跌去。

形势危急，罗紫烟再无迟疑，双掌一送。

小卷毛又是振翅击出，宏大的华光又一次点亮四周，继而化为一颗大光球，直击在太寒殿大门上。

“轰隆！”

大片炽目白光从太寒殿大门蹿起，整座魔殿竟是摇了摇。几乎同时，从殿门内席卷而出的吸力被凤凰力隔开，已经被吸到门口的修仙者们纷纷跌落下来。

“快走！快走！”罗紫烟大喝道。

那些修仙者回过神来，纷纷大吼着，汇成一线往外冲。

“小卷毛，再来！”罗紫烟大喝道。

小卷毛立即又是振翅一扫，凤凰击再次呼啸而出。

殿门内本来又开始往外散发的吸力，又被这当头一击，再次给切断了。

残剩的修仙者们都是身心一松，纷纷趁机远离太寒殿大门方向，往外冲杀出去。

“小卷毛，我们快走！”看着局势已出现改观，罗紫烟不敢恋战。

小卷毛立即一个折转，贴着太寒殿一侧往外冲。在他们前头，幸存的修仙者们正趁乱冲破重围。

许久，罗紫烟和小卷毛才杀出重围，落到太寒殿外的一座山头上。从这里望去，太寒殿外的围歼战已经结束，魔物们正像回巢的蚁群，有条不紊地往太寒殿门内退去。

而杀出重围的修仙者们，则是驾着剑光，逃逸到太寒殿外各处，正惊恐地徘徊者。

“小烟，那个血魔怎么没出来？他要是出来，只怕我们就没有那么容易杀出来了！”小卷毛心有余悸地说道。

罗紫烟沉吟了下，“不是他不出来，是他没法出来。”

“为什么？”

“他要出来了，谁来掌控太寒殿呢？”

小卷毛点点头，“也对，没有九凝鼎，他要掌控太寒殿，可没那么容易了。”

罗紫烟点了点头，却又目露疑惑，“奇怪！”

“奇怪什么？”

罗紫烟道，“你还记得凤王临死前说的那一番预言吗？”

“当然了，凤王好像是说……看到很多很多的太寒殿？”

“没错！我一直在想，这个预言是不是有什么寓意？”

小卷毛想了想，摇摇头，“我不清楚，按道理来说，凤王应该是看到什么未来的幻象，就说什么话的。”

罗紫烟若有所思地道，“可如果以后真的会出现很多太寒殿，那只能说明一个原因，那就是太寒殿又恢复生机，甚至更厉害。但以现在的太寒殿来看，怎么可能？”

“会不会血魔又在耍什么诡计？”

罗紫烟沉思片刻，这才道，“凤王说得没错，血神子元神不灭之前，永远都是危险的！”

说话间，那些四散逃逸的匹练纷纷朝罗紫烟这边飞来，在她身边落了下来，个个垂头丧气，满脸不安。

“蜀王陛下呢？”罗紫烟的目光在众人脸上搜寻着，心里不由得一突。刚才形势一片混乱，罗紫烟根本无暇注意干鹊是否突围。

那些修仙者面面相觑，每个人脸上迅速蒙上一层死灰。

“楚门主，陛下被吸入太寒殿了？”罗紫烟看到楚何过来，急忙问道。楚何沉默了下，沉重地点点头。

罗紫烟的一颗心当即直坠冰窖。

“你们聚在这里干什么？快，快跟我去太寒殿，把陛下救出来！”就在此时，一声尖叫传来。

罗紫烟循声望去，只见铁姝驾着剑光，披头散发而来，满脸惶急与惊怒。

修仙者们相顾无言，没人吭声。

“怎么？你们都吓破胆了不成？陛下正在危难之中，我们必须戮力前往，救他脱出虎口，快啊！”铁姝气急败坏地叫道。

修仙者们依旧低头不言，似乎每个人突然都变得又聋又哑。

这落针可闻的静默，让铁姝更加暴跳如雷了，她指着众人破口大骂，“一群贪生怕死、忘恩负义之辈，枉你们也是修仙者，简直丢尽修仙界的颜面！”

修仙者们无不神色一变，但是看了太寒殿方向一眼，众人又恢复了沉默。

“铁姝！”罗紫烟再也忍不住了，开口说道，“大家都已尽力了，现在太寒殿的可怕你也看到了，去救干鹊只是徒增伤亡而已！”

铁姝大怒，飞步冲过来，手指着罗紫烟，“陛下对你掏心掏肺，为了你就算把命都搭上了也在所不惜，你居然敢说这种话？”

“把你的手指头放尊重点，不然我撕了它！”小卷毛霍地腾起，怒视着铁姝道。

铁姝似乎被它的样子吓了一跳，不由得缩回了手指头，但马上又是咬牙切齿大叫道，“你如果有良知，就赶快与我去搭救陛下！快点！”

罗紫烟摇摇头，冷冷看着铁姝，“现在，凭我们去救人，不过是羊入虎口而已。”

“难道你就坐视陛下被炼化成魔吗？”铁姝狂怒大吼道。

“我当然不想了，但首先你要冷静下来！”

“冷静！你要我怎么冷静？”

罗紫烟缓缓道，“很简单，不要发怒，不要着急，先和其他人回去吧。”

“你说什么？回去？”铁姝再次一指戳向罗紫烟面门，“你这贱婢，白眼狼，陛下被抓危在旦夕，你居然想要人回去！”

“你听错了……”

罗紫烟刚想解释，铁姝已经一爪向她抓来，竟是要把她眼睛抓瞎，脸面抓烂！

“听不懂人话吗！臭八婆！”小卷毛再也忍不住，猛地低俯而至，一翅横扫而出，铁姝猝不及防，当即直直摔飞了出去。

“扑通！”

铁姝稳住身子后，立即又向罗紫烟冲来，双目尽赤，似乎要喷出火来，“你这贱婢，陛下对你那么好，你却忘恩负义，我杀了你！”

四周的修仙者们都是呆呆看着这一幕，他们中许多是专程赶来襄助的各大名山洞府子弟，还不知道罗紫烟和干鹊之间的症结所在。

“臭八婆，简直是冥顽不灵！”小卷毛也是怒了，横挡在罗紫烟面前，“小烟，让我断了她的手，顺便报之前的一箭之仇！”

罗紫烟叹了口气，“你先让她冷静冷静。”

“好嘞！”小卷毛大喜，本来还生怕罗紫烟不让，现在等于得到默许，它立即翅膀一张，像是一面华丽的屏风，挡住了铁姝的去路，“给我站住！”

“滚开，我要杀了那贱婢！”铁姝恶狠狠大吼着，四相离火剑一扬，直刺小卷毛心口。

她本就对罗紫烟妒意暗生，恨之入骨。此时，怒火燃烧之下，更是恨不得手刃了罗紫烟。

“哼，你这臭八婆毒心不改嘛！”小卷毛冷笑一声，身子一闪，双爪照着铁姝抓到。

铁姝银牙一咬，四相离火剑化为一道强光，直刺小卷毛的心口。

“当！”

小卷毛双爪一动，竟是在迅雷不及掩耳之际，一爪扣住了四相离火剑，一爪扣住铁姝的肩头。

“小卷毛！”罗紫烟急叫道。

“我有分寸！”

小卷毛叫着，双爪同时一动，四相离火剑被它抓得脱手飞去，而铁姝则是身子一软，被它带得腾空飞起。

“啊？放开我！放开我！你这臭鸟！”铁姝怒吼连连，但仍是被小卷毛越提越高。

“好好好，我放了你，但你可要冷静冷静！”小卷毛冷笑一声，爪子一松，铁姝当即凌空掉落，“扑通”一声摔个结实。

“当初你暗箭伤我一下，今天我也摔你一下，算是扯平了！”小卷毛落到铁姝面前，“怎么样，还要再试试吗？”

“你……”铁姝双目一转，恶狠狠盯着罗紫烟。

罗紫烟目光悠然，只当没看到。而小卷毛则是身子一横，挡在铁姝面前，“你这是想比眼睛大吗？”

“你们……你们要有良知的话，就赶快一起去救陛下，现在也许还来得及！求求你们了！”铁姝脸上的怒色突然消失了，取而代之的是沮丧与绝望。

小卷毛不由得回头望向罗紫烟。

罗紫烟摇了摇头，“这样是没用的，铁姝，你和楚门主带着其他人先回去吧！”

“你……你这贱婢！简直是铁石心肠！”

“我这叫认清现实，想想你们来的时候有多少人？还不是被太寒殿一口吞了。现在这点人去，不过给人家当点心而已，何必做傻事呢？”

“好！好一个做傻事！”铁姝冷笑一声，猛地驾剑掉头而去。

罗紫烟眉头一皱，“你要去哪里？”

“你们都是聪明人，我是傻子，我现在要去做傻事！”铁姝冷冷说着，直奔太寒殿。

一众修仙者不由得都望向罗紫烟。

“没错，你不但傻，而且蠢！小卷毛，把这个蠢货给我抓回来！”

小卷毛却是懒得动，“小烟，让她去变成魔物好了，免得看着讨厌！”

罗紫烟脸色一板，“快去！”

“好吧好吧！”小卷毛大感无奈，翅膀一扬，像是垂天之云，后发而先至，直罩向铁姝。

铁姝惊怒交加，驱动剑光想要躲避。但小卷毛今非昔比，下沉之势又快又急，瞬间又抓住她的肩头，猛地用力一甩。

铁姝不由自主朝着罗紫烟所在的山头飞来，“扑通”一声摔在罗紫烟脚前。

“贱婢，你到底想干什么？”铁姝愤怒地爬起来，却被罗紫烟劈手一掌按住，不由双膝一软，跪了下来。

“你听我说！”罗紫烟冷冷说道，声音里透着不容置疑的威严。

铁姝不由得呆了呆，直直地看着罗紫烟，似乎不认识她一般。

“我再跟你说一遍，凭现在剩下的这些人，去救陛下只是白白送死而已！”

“难道我们就这样看着陛下没了？没有陛下，我们就什么都没有了！”铁姝怒视着罗紫烟。

“你别激动！我不让你们去，并不代表我就不救陛下。我在这里答应你，我会设法把陛下救出来，但你得答应我一件事！”

铁姝咬牙道，“只要能救出陛下，要我自杀谢罪都可以！”

罗紫烟笑了，“别想得那么严重，我只要你和大家赶快回蜀王宫，和俞利一起镇守蜀国，安抚百姓！”

铁姝难以置信地看着罗紫烟，“那怎么行？你要怎么救陛下？”

“那是我该操心的事，你不用想那么多。”罗紫烟淡淡道。

小卷毛冷笑道，“就是，你难道不知道小烟足智多谋，什么也难不住她的吗？”

铁姝看着罗紫烟，眼里闪着希望、迷惑与怀疑。

“不管你怎么看我，你都无法否认我与陛下是朋友。作为朋友，我是绝不会坐视他陷入危险而不顾他死活。”罗紫烟目光望向太寒殿，“你如果真为他好，那就赶快带人走，不要影响我救他！”

“你……你真的有办法救他？”铁姝看着罗紫烟，眼里又有了期盼的光芒，声音却在发抖。

罗紫烟看了她一眼，“我给不了百分之百的承诺，但我一定会全力以赴！”

“好，我就信你一次！”铁姝咬了咬牙，似乎下了很大的决心一般。

罗紫烟放开了手，淡淡道，“那赶快带大伙儿回去吧！”

“你必须把陛下救出来，不然我跟你没完！”铁姝狠狠瞪了罗紫烟一眼，猛地冲着楚何等人叫道，“都跟我走！”

楚何等人都是吓破胆了，只是片刻工夫，就跟着铁姝消失在天边。

“小烟，你真有把握救干鹊吗？”小卷毛好奇道。

罗紫烟望着太寒殿方向，沉声道，“哪有什么把握，我只知道，不管如何都要全力试试。他们在这里，实在碍手碍脚得很。”

“那小烟有什么办法？”

“硬闯！”罗紫烟缓缓说道。

小卷毛吓了一跳，“硬闯？那刚才怎么不直接带人进去抢人呢？”

“刚才要是进去，我也出不来了！”罗紫烟顿了下，“总得等我转变一下功体吧！”

“原来小烟是要……但那样我就没办法跟小烟配合了！”

“你在外头接应我就是。现在，先给我护法！”

罗紫烟坐了下来，数刻之后，她的功体便变成至阴功体了。

“小烟，这样真行吗？我总觉得太危险了！”

“放心吧，现在的我可不是以前的我，血魔也不是以前的血魔了！”罗紫烟抚了抚小卷毛的肩头，“你就在这里等我！”

“可我……”

“不会有事的，最不济也能在那至阴之地里全身而退的！”

罗紫烟说着，身子一掠，直飞向太寒殿。

此时，所有的魔物都已退回太寒殿内，顺便带走了被杀的同类。殿外，皑皑白雪上，只剩尘泥与血污。

被凤凰击重创的大殿之门，此时依旧洞开，黑黝黝、静悄悄的，犹如死寂的墓道。

罗紫烟毫无迟疑，飞身闪入其中。

铁姝说得没错，干鹊待她全心全意，现在他落入魔窟之中，无论如何罗紫烟都要救他。哪怕因此拼丢命，也是义无反顾。

“嘿嘿！我就猜到你会回来的！”刚进大门，一声冷笑声突然从甬道深处传来。

罗紫烟心头狂跳不已，停了下来，“我也知道，你会等我的！”

话落，血神子负着手，从甬道深处走了出来，“打交道这么久了，你越来越懂我了，我也越来越清楚你了。”

“你既然懂我，就把刚才吞的那些人放出来，否则我不会罢休的！”罗紫烟冷冷道。

血神子嘲讽地看着罗紫烟，“你应该比谁都清楚，我是不会做这种傻事的。”

“那你懂的，我会硬夺的。”罗紫烟冷冷地说着。

既然狭路相逢了，那就向勇求胜了。

斜日西转，红彤彤一轮挂在西边山头，染红了千里冰封的群玉山头。孤寂的山风穿行在这如血般的暗红之中，沙沙作响，像是从远处传来的细密战鼓声。

罗紫烟已退到太寒殿之外，她感觉自己就像一个孤独的战士，正独自面对千军万马，尽管她对面就血神子一人。

血神子一直似笑非笑看着罗紫烟，那目光仿佛是猎人看到一头中意的猎物正一步步走入陷阱之中。

“你真让我吃惊，这么快就把化血神通修炼到如此程度，怪不得他会跟我提出那样的条件……能告诉我，你是怎么做到的吗？”

“无可奉告！除非你从司明体内滚出。”罗紫烟冷冷道。

血神子哈哈一笑，“现在，就算我想退出，也退不出去了！”

罗紫烟心头一凉，“什么意思？”

“意思是说，我已经快变成他了，而他……”

罗紫烟差点跳起来，却还是一脸平静，“司明怎么了？”

“结局不用说你也懂！”

罗紫烟怒视着血神子，身子不可抑制地颤抖起来。

“而且，最近他老实多了，我已经快感应不到他了。”血神子说着，大步向罗紫烟走来，“我想，我现在杀你的话，他应该只能当个彻头彻尾的看客吧？”

话落，一股磅礴的阴气从血神子身上散发出来，直向罗紫烟袭来。

罗紫烟没有动，血神子的话，简直是对她当头一击！

司明的元神真已经被蚀到无法反抗的境地了？那岂不是留给她的时间已经所剩无几了？

“不，司明不会这么容易就范的，他一定在是暗中积攒力量，他一定不会忘记我的话！”

一个声音在心底呐喊着，罗紫烟猛地怒喝一声，双掌一推，两道雄浑的阴劲呼啸着迎向血神子。

血神子眉头一扬，“嗯？居然已练到凝丹境了？看来吸了两鼎至阴之水，给你帮助很大。”

“砰！”

两股阴劲交击一处，闷响声里，罗紫烟身子一轻，踉跄后退开来。

同样的功体发出的阴劲，交击一处并不会像功体各异时那样惊天动地。除了感受到对方阴劲汹涌难挡外，罗紫烟并无特别的感受。

“我已经记不清有多久没和懂化血神通的人交过手了。”血神子冷笑一声，再次欺身上前，又一掌向罗紫烟扣去。

罗紫烟只能咬牙再次应战。

两人所发出的阴劲毫无二致，一拳一掌都是劲道雄浑，但交击一处时，却又轻描淡写，仿佛只是两个情侣在比划着。

这个情景，让罗紫烟不由得一阵恍惚。很久以前，司明曾经热衷于教她学习散打，有时候两人也会对打。为了照顾她的体弱无力，两人每次都是花拳绣腿，情景与如今何其相似。

只是，人还是那个人，元神却不同了，心境自然也差异巨大。

“轰隆！”

“轰隆！”

源源不断的阴劲从两人身边传出，带得四周无数尘土与雪柱冲天而起。

转眼间，双方便交手数十回，看似轻松切磋，其实却让罗紫烟气喘吁吁，后力难继前力。

因为每一记出手，都要耗费体内大量的阴气，才能发出与血神子旗鼓相当的阴劲来与之对抗。

反观血神子，则是信手挥洒，全然不费力似的。

“哈哈，都半天还是没有反应，看来司明真不能为你提供帮助了。”血神子突然停了下来，一脸轻松看着罗紫烟，“那么，我可以亲手杀了你！”

罗紫烟不由得停下来，死死看着血神子。刚才她何尝不是盼着司明能赶快出现，给她带来希望，但现在血神子却无情地击碎了她仅存的希望。

一颗心，顿时如坠黑暗，如结满坚冰。

“接受现实吧，你们斗不过我的！”血神子冷笑一声，双足一点，已到罗紫烟眼前，一掌向她迎面劈来。

雄浑阴劲呼啸而来，犹如巨斧砍刀般强劲绝伦。

罗紫烟看着血神子，突然也不想动了。前尘往事，刹那间就像灰烬一般。

支撑她在这个世界里咬牙前行的，是司明苦苦挣扎的元神。如果司明都没了，那她的努力就是梦幻泡影，不堪一击。

“嗯？”

就在磅礴阴劲即将当头罩落的瞬间，血神子突然僵了僵，竟是停了下来，看着罗紫烟的目光也变得柔和起来。

“司明？”罗紫烟愣了下，突然狂喜叫道。

血神子眼里的寒光却是再次暴涨，厉吼道，“不！休想阻拦我！”

话落，他的右掌一抬，继续向罗紫烟当头盖去，汹涌阴劲狂暴雄浑。

罗紫烟却是精神一振，双掌迎面打了出去，“司明，司明！你还在对不对？”

尽管血神子的僵滞只是刹那间的事，但罗紫烟却从中看到了一线希望。

至少司明还没完全消失！

这让罗紫烟欣喜若狂，只觉全身又充满力气。

“轰隆！”

先前血神子只是在试探司明元神的反应，因此出手有所保留，此时他铁了心，要速战速决消灭罗紫烟于当场，因此掌中阴劲狂暴无比。

罗紫烟同样是强力硬接。

双方再次猛击一处，只是差距明显。一经接触后，罗紫烟再次倒飞了出去。

“砰！”

“司明！”罗紫烟落地后，立即挺跃而起，却是喉头一甜，一口血已喷了出来。

血神子眼里的寒光更盛了，右掌一竖，再次向罗紫烟扑来，“现在，可是谁也救不了你！”

雄浑的阴劲再次席卷而至，罗紫烟别无选择，只能咬牙去接。

“砰！”

罗紫烟身子一轻，纸鸢般腾空而起，一串血箭喷洒在空中。

“哼，受死！”

血神子狂喜，紧追过来，又是一掌打去，竟是不给罗紫烟喘息工夫。

“浑蛋，你敢伤我的小烟！”一声凤鸣传来，小卷毛突然从远处飞冲而来，自后一爪抓向血神子。血神子注意力都在罗紫烟身上，竟被抓个正着。

“小卷毛！”罗紫烟惊呼道。

“小烟，快走！”小卷毛大叫着，猛地抓着血神子，奋力往外一甩，血神子“呼”地被甩飞了出去。

“小卷毛，快过来！”罗紫烟却是不走，冲着小卷毛喝道。

小卷毛立即飞过来，“小烟，你快走，我来挡他！”

“你挡不了的，快驮我，跟他比脚程！”罗紫烟急道。

“小烟，你……”

“快点！”罗紫烟已经飞身跃到小卷毛背上。

几乎同时，身后冷笑声传来，血神子已一个折身再次赶到。随之而来的，是山岳一般的无形重压，压得罗紫烟和小卷毛似乎都要闭气过去。

“小卷毛，快走！”

小卷毛猛振双翅，奋力地从这雄厚阴劲中挣开，往外飞去。

“哼！困兽犹斗！”冷笑声里，血神子更迫近几分了。

“小烟，跟他拼了！”

“不要以卵击石，你快飞，帮我争取一点时间。”

“小烟，你是要……”小卷毛愣了下，翅膀扇得更急了。

罗紫烟咬了咬牙，“现在就这个办法了！”

小卷毛大叫，“没问题，要说飞的，很少人能比得过我们凤凰！”

它这一全力飞动，速度果然快了起来，已追到的血神子竟又被甩到身后去。

“就是这样，远离太寒殿，跟他比拼速度。”罗紫烟说着，深吸一口气，不再管身后的风云变动，催动体内的阴阳二气，再次进行消长变化。

阴气消退，阳体生成。

单凭化血神通，罗紫烟完全不是血神子的对手。所以，她得重新找回纯阳之体，这样有小卷毛相助，同施凤凰力，或可与血神子一战。

“轰隆——轰隆——”

“砰砰——砰砰——”

剧烈的震响在身后一刻不停。罗紫烟感觉自己就像坐在一条行驶于惊涛骇浪中的小船，随着它颠簸震荡，随时会被甩出去。

“小卷毛，你要坚持住！”罗紫烟没有睁眼，心中暗道。此时，她只能把全部的希望都寄托到小卷毛身上。

与此同时，阴气终于又被封存进丹田之中，阳气再次流遍全身。

“可以了！”罗紫烟猛地睁开眼，只见群山扑面而来，倏忽间又擦肩而过，随之而来是新的山头，一重又一重。

此时，小卷毛正驮着她，风驰电掣兜转在群山之间。在她身后，阴风啸动，血神子穷追不舍，狂暴的阴劲如影随形，不断地跟过来，打得一路山头上的乱石飞蹿不停。

“小卷毛，你没事吧？”罗紫烟又惊又喜，在如此危急的形势下，小卷毛居然可以跟血神子拖这么久！

“我没事，小烟你怎么样？”

“我已经恢复纯阳功体了，现在你继续飞，做好反击准备！”罗紫烟沉声说着，双掌落在小卷毛背上。刹那间，小卷毛全身翎羽华光暴涨。

“好啊！”小卷毛大叫着，猛地冲天飞起。

“嗯？”血神子似乎意识到不对，猛地一个急停。

几乎同时，小卷毛一个掉头，向血神子直冲而来，双翅之间同时生起一团华光，“轰”地射向血神子。

血神子眼里不由得闪过一抹惊色，“阴阳双修？！”

说话间，他还是一掌迎着那团华光击过来。

“轰隆！”

至阴至阳之力交击一处，瞬间横扫四方。小卷毛和罗紫烟不由得翻飞了出去。

而血神子则是被震得倒退出半丈，但他马上又飞身向罗紫烟扑来。

“这浑蛋，还真挺厉害的，可我们联手也不怕他！”小卷毛叫着，稳了稳身后，再次振翅飞向血神子。

“轰隆！”

阴阳二力再次交击于长空之上，带起滚滚惊雷。

血神子目露寒光，欲杀罗紫烟而后快。小卷毛则是毛发怒张，敌强益强，存心要和血神子肉搏，以测试自己的修为极限。

眨眼间，双方就交手了数十回合，从一个山头打到另一个山头，不知不觉竟又到了太寒殿数里之外。

“小卷毛，我们别跟他纠缠，还得救干鹊呢！”罗紫烟有些急了。

“可他就像狗皮膏，我们能怎么办？”

“我们去太寒殿！”罗紫烟想了想，咬牙道。

“好嘞！”小卷毛借着血神子打到的阴劲，猛地一个掉头直奔太寒殿。

“天堂有路你们不走，地狱无门倒自己要闯进去。”血神子冷笑一声，再次飞身追来。

眨眼间，太寒殿就在眼前。罗紫烟突然眼前一阵发晕，她感觉太寒殿好像在摇晃。

“小烟，你有没有觉得太寒殿好像在动？”小卷毛突然道。

罗紫烟愣了下，“你也这样觉得？我还以为是自己眼花了。”

“那现在怎么办？”

“先绕到太寒殿后面去，跟他游斗，再找机会！”

小卷毛立即沿着太寒殿边侧飞去。但血神子却没跟过来，而是突然在太寒殿门口上方停下，满脸凝重喝道，“怎么回事？”

“血尊！血尊，不好了！”片刻之后，许飞娘惊恐地从殿门内飞奔出来，“轮回厅那边，不知为何……炼化到一半，突然停下来了……”

血神子猛地飞落下来，一把揪住许飞娘的领口，几乎将她提了起来，“怎么可能？”

“好像是阴气不足，血尊，怎么办？”

血神子冷冷道，“刚吞进去的那些呢？”

“他们，他们都进胞室了，但好像都很不正常……血尊，整个太寒殿都很不对劲……”

血神子回头看了悬停于空的罗紫烟一眼，冷哼道，“马上召集你的人守住洞口，我进去看看！”

“我们没多少人了，我这就去……”许飞娘折身刚要进殿，一阵杂沓的脚步声突然从甬道深处传来。

“嗯？我不是说过，所有人都不得擅离职守吗？”血神子眉头一皱，厉喝道。

许飞娘满脸惊恐之色，“血尊，我有让他们不要乱动的……”

话落，杂沓脚步声更近了，一道人影呼啸着从殿门内冲了出来。

血神子和许飞娘不由得都愣住了，只见那人一身名门玄袍，看样子分明就是不久之前被太寒殿吞进去的一个修仙者。

惊异之际，更多的修仙者从甬道内蜂拥而出，虽然个个浑身污秽，但人人都是龙马精神，锐不可当。许多人手里还握着法器，法器上分明还沾着血迹。

一时间，太寒殿大门内外全是修仙者，血神子和许飞娘倒是被包围了。

“小烟，是他们！他们没事！”小卷毛兴奋地振翅叫道。此时，它正驮着罗紫烟飞在太寒殿上空，也被眼前的景象惊呆了。

罗紫烟狂喜不已，“快，快过去！”

话落，太寒殿内传出一声厉喝，“各位仙长，今日我们侥幸大难不死，必是上苍要假手于我们以诛灭血魔！还等什么，戮力向前，杀了此魔！”

是干鹊的声音！罗紫烟和小卷毛不由得对视一眼，都是又惊又喜。

“没错，跟他拼了！”

“反正我们都死了一回，还怕再死一次吗？”

“把这些魔徒统统干掉！”

这些死里逃生的修仙者们，无不是憋着一口气，此刻战意爆燃，纷纷把掌中法器向血神子和许飞娘招呼过去。

许飞娘首当其冲，还来不及惨叫一声，就被密集的法器当场绞得粉碎，形神俱灭。

而血神子则是见机得早，一个飞身疾退，数十道法器当即扑了个空，在空中交互撞击，叮当声不绝于耳。

“血魔，今天你在劫难逃！”

太寒殿里一声怒吼，一人飞冲出来，直扑血神子，手中一口刀耀眼夺目，让已经近于薄暮的四周，突然间又亮如白昼。

“是干鹊！干鹊没死！”小卷毛狂喜大叫道。

罗紫烟却是心头一沉，喝道，“他不是血魔的对手，我们快去帮忙！”

血神子盯着来势汹汹的干鹊，嘴角带起一抹冷笑，“来得正好！”

话落，他右掌一抬，向干鹊迎面拍去！

干鹊已扑到血神子面前，突然身子一僵，竟是动弹不得，手中日曜刀光芒也是瞬间熄灭。他目瞪口呆，难以置信地看着血神子。

“蜀王！蜀王！”

“快去救蜀王！”

一众修仙者见状，无不大惊失色，急忙飞扑过来。

罗紫烟情知，此刻干鹊的元神已经被血神子的阴劲给冻僵，只能任对方宰割。因此，她毫不迟疑，再次把凤凰力往小卷毛体内一送。

“嗯？”

此时杀死干鹊易如反掌，但面对疯狂轰击的凤凰力，血神子也不敢怠慢。只能舍了干鹊，回头一掌向罗紫烟击到。

“轰隆！”

新蜀门

阴阳交汇，冲天之力横扫四方，罗紫烟和小卷毛都是身子一轻，倒跌着飞了出去。

同时被震飞出去的还有干鹊及扑到的修仙者们，他们同时远远摔了出去。

“快带蜀王走！”罗紫烟大喝一声，再次往小卷毛身上汇入凤凰力。

小卷毛再次光芒万丈，裹着一团火球直扑血神子。血神子只能继续接招。

“轰！”

巨响声里，大地跳舞一般震颤着漫天尘土与雪片呼啸着席卷四方。那些修仙者见势不妙，早就带着干鹊逃之夭夭。

“你们——”

血神子暴怒，双掌一错，两股阴劲就要再向罗紫烟打来。

正在此时，一声怪吼突然从太寒殿深处传来，震得长空颤了颤。

血神子凛然回头，脸色已是剧变。只见本就倾斜得厉害的太寒殿，此刻竟在剧烈战栗着，还以肉眼可见的速度在萎缩着。

“哈哈！这魔殿要完了！”小卷毛兴奋地叫着。

血神子回头怒瞪了罗紫烟一眼，猛地飞身直没入太寒殿内。

“小烟，我们要不要乘人之危，落井下石呢？”小卷毛道。

罗紫烟摇摇头，“穷寇莫追，我们先去看看干鹊情况如何！”

第二十六章 | 蜀王为魔

干鹊一众，已经退到太寒殿数里之外，看到罗紫烟乘凤而来，无不欢呼起来。

“蜀王怎么样？”罗紫烟急急问道。

一个上仙门人躬身道，“已经好多了。”

说话间，罗紫烟看到了干鹊，只见他被几个修仙者扶着，坐在一块石头上，脸色煞白，双眼发直发愣，对罗紫烟的到来毫无反应。

“陛下吃了那魔头一掌后，就一直这样。”一个修仙者说道。

“难道被那魔头的阴气伤到元神了？”罗紫烟心中嘀咕着，正想着要如何解救之际，干鹊却是打了个激灵，眼里慢慢有了灵性。他呆呆地看着罗紫烟片刻，突然满脸狂喜，“紫烟！紫烟！你没事吧？”

“我没事，你怎么样？”罗紫烟喜道。

干鹊顿了下，才道，“应该没什么事，就是感觉有些飘，好像身子不是自己的。”

“可能是阴气的影响还没消退。”罗紫烟说着，扫了其他人一眼，“你们呢？”

“我们也都是人在发飘，应该是在那魔殿内吸了阴气的缘故。”一个修仙者说道。其他修仙者纷纷点头称是。

罗紫烟点了点头，突然想起一个问题，“对了，你们为什么能从太寒殿里跑出来呢？”

在这之前，除了罗紫烟和小卷毛，没有人能在被炼化之前离开太寒殿，更别说如此多的人一起逃出来了。

“我们也不知道，本来都被吸进那个魔殿里，手脚虚软了……”

新蜀门

干鹊回忆起被吸入太寒殿里的情景，仍是心有余悸。进入太寒殿里后，他们立即失去反抗之力，不由自主被吸入胞室之中。

随后，浓郁的阴气包裹过来，众人更加难以动弹了。

当人人都以为注定无幸之际，浸满全身的阴气突然消退，阳气逐渐重新归流全身。

又不知过了多久，太寒殿突然剧震，众人竟被挤出了胞室。

此时，太寒殿内的魔徒都是惊慌失措，众人趁机汇成一股，冲杀出魔殿，一路所遇到的魔徒，无不被他们屠杀个干净。

回想这一切，干鹊仍觉得像是在做梦，“紫烟，我这不会是在做梦吧？”

“当然不是了，这肯定是因为太寒殿阴气不足，才让你们有机会逃了出来。”

干鹊不由得点了点头。

罗紫烟又道，“不管怎么样，死里逃生都是好事。大家都累了，先回去休整一番，再来对付血魔不迟。”

干鹊咬牙道，“现在那魔头内外交困，我们何不乘势追击，一举铲平那魔殿呢？”

罗紫烟摇摇头，“血魔的本事你们又不是没见过，凭我们现在的人手，还是不要再去自投罗网了。”

干鹊想了想，点头道，“那我们先走吧！”

修仙者们纷纷起身，刚要离开，队伍外头突然传来一阵阵惊呼。

罗紫烟与干鹊闻声望去，只见一个修仙者挥舞着双手，在修仙者之间大喊大叫，横冲直撞，一刻不停。周围众人无不面现骇色，纷纷退避不迭。

“怎么回事？”干鹊喝道。

“他不知怎么的，突然就疯了。”一个修仙者不安地道。

“那是谁？”罗紫烟望着那人，问道。

“我认识他，他是来自九华山的盈虚真人，一直都是抗魔急先锋，怎么突然就疯了？”另一个修仙者答道。

“疯了？他之前有没有什么症状？”罗紫烟沉吟道。

那修仙者摇摇头，“他跟我们一起被吞进太寒殿，后来又一起出来的，没发现有什么不同呀！”

“怎么会这样！”干鹊一脸不安，“会不会又是血魔的什么诡计？”

“让大家散开，先不要跟盈虚真人接触。”罗紫烟道。

干鹊立即把命令传了下去，修仙者们纷纷避散开来。那盈虚真人东奔西突，嘴巴咧得老大，那模样竟似要择人而噬，疯狂万分。

“修仙人怎么会疯了？”干鹊只看得皱眉不已。

罗紫烟摇摇头，“恐怕不是发疯，应该是入魔了！”

“入魔？难道是在太寒殿里被炼化了？”干鹊喃喃说了一句，马上又摇摇头，“不对！不对！我们同进同退，他要真因此入魔了，那我们也该入魔才对。”

“嗯？”罗紫烟心头不由得一个咯噔，生出几分不安来。

“陛下！陛下！我刚才跟盈虚真人在一块儿，他发疯之前，跟我说了一句话。”这时候，一个长眉修仙者匆匆过来，大声叫道。

干鹊愣了下，“他说什么？”

“他说……好冷啊！”那个修仙者迟疑了下，才道。

干鹊眉头不由皱了起来，“这话没有什么问题啊。”

那长眉修仙者一脸凝重，“陛下莫非忘记了，我们修阳之人阳气充沛，是很难感到寒意的。”

干鹊神色骤然一变，“你的意思是……”

罗紫烟心头更是剧震，干鹊没说完的话里，正藏着她的隐忧。能让修阳之人感到身体发冷，最大的可能就是——真的被阴魔入侵了！

“陛下，还有个事，我觉得要说下。”那个修仙者迟疑了下，又道。

干鹊奇道，“什么事？”

“我自己……好像也感到有些冷……”那个修仙者缩了缩脖子，不安地看着四周，“而且，我刚才问了下，像我这样感到身子发冷的，不止一个人……”

罗紫烟心头一哆嗦，刚要再说话，一声凄厉惨叫突然传来，“啊！你干什么？”

众人闻声望去，不由得都呆住了，只见不远处一名修仙者突然紧紧抱住身旁一人，恶狠狠地往对方后颈咬去。

“他在干什么？”

“快！快让他松口！”

“邱道友，你疯了吗？”

被撕咬者惊恐万状，而咬人者则是双目发赤，神色狞厉，对周围的呼声充耳不闻。

混乱之际，数名修仙者奋力拉开那咬人者。但这时候，意想不到的事发生了，那被咬的人一挣脱后，却突然狂叫一声，纵身扑向身边一个修仙者，竟一口在对方喉咙处咬出个大洞来。

四周突然一静，所有的修仙者都是下意识地往后退开，紧紧地盯着那三个发疯的修仙者，以及身边之人。人人眼里满是恐惧与猜疑，仿佛周边之人不再是同生共死的道友，而是变成随时会反戈相向的敌人。

“陛下，他们是真的入魔无疑了！而且看样子，入魔者还会增多……”罗紫烟突然闭嘴了，她发现自己说话时，干鹊没有像之前那样认真倾听，而是目光直视前方，动也不动。

“陛下！”罗紫烟心生不妙之感，轻唤一句，干鹊依旧没有反应。

“小烟，情况不对啊！”小卷毛见状，立即飞到罗紫烟头顶，全身翎羽怒张，摆出应战架势。

而四周的修仙者们也意识到情况不对，纷纷讶然四望，个个满脸不安。

罗紫烟比了个手势，示意小卷毛不要轻举妄动，口气尽量放缓，“陛下，你听得到我的话吗？”

干鹊依旧没有作声，动也不动看着前方。

罗紫烟的心迅速滑向黑暗。她突然意识到，无论是自己，还是一众死里逃生的修仙者，都太过于乐观了。

太寒殿纵然已是半残，但依旧是世间最可怕的魔窟。干鹊一行既然已堕入其中过，焉能真的毫发无损。

“干鹊，你是死是活，是人是魔，吱个声啊！这装神弄鬼的吓唬谁呢？”小卷毛再也忍不住了，突然大叫起来。

“啊？”干鹊打了个激灵，大梦初醒一般回头看着罗紫烟和小卷毛，“紫烟，刚才你说什么？”

罗紫烟不由得和小卷毛对视一眼，片刻才道，“没什么事，陛下感觉如何？”

“没怎么样，就是……好像有点冷，奇怪，我怎么也会冷呢？”干鹊缩了缩身子，一脸不解。

罗紫烟心头越发沉重了，“那你现在还记得自己是谁吗？”

“我当然记得了，紫烟你在开什么玩笑？”干鹊愣了下，目光又转向四周，见不少修仙者正呆呆望着他，不由得更觉奇怪了，“你们为什么这样看我？”

修仙者们或是面面相觑，或是沉默以对，没有人回答他的话，气氛沉闷得诡异万分。

“啊！”

“嗷！”

就在这时候，那三个入魔的修仙者突然号叫着同时向罗紫烟这边冲来。

小卷毛立即怒哼一声，疾扑过去，又抓又甩，三个入魔者当即被甩飞了出去。

“他们……他们这是怎么回事？怎么又疯了两个？”干鹊只看得目瞪口呆，惊呼起来。

“刚才发疯的呀，难道陛下不知道吗？”罗紫烟感觉更加不妙了。

干鹊一脸发懵，敲着脑袋，“怎么回事？刚才我头脑好像混沌了下……”

“这……”罗紫烟心念急转，“陛下，你先下令，让大家驾着法器启程。”

干鹊愣了下，依言下令。立即有一半修仙者闻令后架起剑光来，但却有一半动也不动，目光呆滞。

“各位仙长，你们这是干什么？”

干鹊刚要开口招呼，却被罗紫烟拦住，“算了，不用叫他们了，他们听不到的。”

干鹊愣了下，“为什么？”

“他们可能是入魔，或者就要入魔了。”罗紫烟看了干鹊一眼。

“入魔？”干鹊神色僵了僵，眼里闪过一抹死灰，好一会儿才道，“是不是身子发冷，说话没反应，就是要入魔的迹象？”

罗紫烟看着干鹊，片刻才艰难地点点头，“我猜可能是……也可能不是，但……”

“哈哈，看来我们是高兴得太早了，我就觉得我不该有那么好的运气。”呆了呆，干鹊突然大笑起来。

“干鹊，你别灰心，你们的情况虽然比较特殊，但一定还有解救办法的。”

干鹊眼里闪过一抹希冀之光，“紫烟，你有办法？”

“我是有一个办法，但不知道对你们有没有效……”

罗紫烟所想到的办法，自然就是她解救黑凤凰的法子。但凤凰与人体质天然不同，加上干鹊等人的情况又不太一样，成效如何罗紫烟全无把握。

干鹊默然了下，满脸期盼地看着罗紫烟，“紫烟，不管结果如何，你都要答应我一件事。”

罗紫烟心头凉飕飕的，摇摇头道，“我不想听你交代遗言，我不会放弃你的，你也不要放弃自己。”

“趁着现在，我把想说的话都说了，也就没有那么多遗憾了。”

“够了！我答应你，如果你有个什么情况，我会帮你守国的，但你一定要撑住！”罗紫烟道。

干鹊脸上掠过一抹失落，“我不是想说这个，我是想说……”

话没说完，他的神情骤然一变，喉底发出一声嘶吼，“嗷呜！”

“嗷呜！”

“嗷呜！”

几乎同时，四周修仙者突然也都脸色一变，跟着嘶吼起来，个个面目扭曲。

“干什么？你们干什么？”小卷毛霍地飞起，警惕地看着四周。

“干鹊！干鹊！你怎么了？”罗紫烟又惊又急，猛地一把按住干鹊的肩头。

干鹊的嘴巴张了张，一个声音从中传来，“紫烟，来不及了，我们要入魔了，快走吧！”

声音明明是从干鹊嘴里发出，但却像是来自遥远的深渊。

“什么？”

“快点，趁我……还控制得住自己，走吧！”干鹊说着，眼里的光芒却在逐渐消失。

“小烟，我们得快走！他们都入魔了！全都入魔了！”小卷毛突然大叫起来。只见四周的修仙者正向罗紫烟四面围合而至。看这架势，分明是把罗紫烟和小卷毛当成猎物了。

“给我滚开！”小卷毛猛地双翅一振，两股凤凰力呼啸而出，扫得最前面的入魔者倒退不迭，但他们马上又是疯一般扑来。

“呜呼——”

干鹊喉底突然又是咆哮一声，扑上来的那些入魔者突然都停了下来，随后脑袋转动，目光一起落在干鹊身上。

干鹊“刷”地拔出日曜刀，跳到了上面，用无神的双眼看着罗紫烟。

“干鹊，你还有意识对不对？”罗紫烟又惊又喜，大叫道。她能感觉到，干鹊那形同枯井的眸子深处，似乎蹿动着细微的火光。

干鹊没有回答，而是驾着日曜刀，呼地腾空而去。

几乎同时，其他入魔者也纷纷驾起剑光，跟在干鹊之后飞走。

小卷毛只看得目瞪口呆，“干鹊这家伙行啊，生是人王，入魔了还是魔王！”

罗紫烟一咬牙，跳到小卷毛背上，“我们追！”

小卷毛去势极快，片刻工夫就自后追上了干鹊。罗紫烟回头冲着干鹊大叫道，“干鹊，你到底怎么样？回答我一句啊！”

“嗷呜！”干鹊猛地回头，冲着罗紫烟怒吼一声，吼声震得罗紫烟双耳阵阵剧痛。

“浑蛋，怪叫什么！停下！”小卷毛叫道。

干鹊果然停了下来，冲着罗紫烟摇了摇头，随即一个掉头，朝着另一侧飞去，其他入魔者纷纷跟过去。

罗紫烟看着他的背影，叹了口气，“我明白了，小卷毛，他让我们不要跟着他！”

“他……你的意思是，他还有意识？”小卷毛奇道。

罗紫烟想了想，点点头，“可能是这样……还有其他人也是这样，所以他们听得懂干鹊的命令。”

“那他们到底是什么？人还是魔？”

“我不知道，但总觉得他们跟一般的魔物不一样……你看他们虽然入魔了，但还用得了以前修阳时的法器。”

“对哦！入魔了怎么还用得了修阳时的法器呢？”

“所以，我觉得他们似人似魔的。”

“那我们怎么办？”

罗紫烟想了想道，“干鹊不让我们跟应该有他的原因。如果他真的意识不灭，他会管好这些魔物的，我们先回蜀国看看再说。”

铁姝跟楚何等残存的修仙者回来后，就一直守在宫城之上，只盼能看到干鹊奇迹归来。

当她看到罗紫烟骑着小卷毛独自回来，脸上立即蒙上一层寒霜，呼的一声向罗紫烟冲来，“贱婢，陛下呢！”

“贱婢骂谁呢！”小卷毛火冒三丈，反问道。

铁姝不理会它，只是怒视着罗紫烟。罗紫烟顿了片刻，才道，“蜀王已经逃离太寒殿了，但还不方便回来。”

“不方便？为什么？”铁姝咄咄逼人问道。

“这个，不方便告诉你。”

铁姝大怒，“你说什么？你这贱婢可是说了，一定要救陛下的！”

“我已经说到做到了，只是蜀王那边出了点问题，现在还不能回来。我得召集百官，商议蜀国接下来的事宜，你替我去传达这个命令。”罗紫烟说着，大步向锦城宫方向走去。

铁姝大怒，猛地自后扑来，“贱婢，你敢命令我？给我站住！”

“大胆！”小卷毛早忍她多时了，见状立即回头一个振翅横扫，铁姝还没沾到罗紫烟的衣角就被扫飞出去。

“贱婢，你根本不在乎陛下的死活，我跟你拼了！”

铁姝怒气勃发，起身再次向罗紫烟扑来。但是，小卷毛只是一振翅，便又将她扫飞出去。

“你有完没完？”罗紫烟怒了，回头瞪着铁姝，“再胡搅蛮缠，休怪我不客气！”

铁姝呆了呆，看着罗紫烟想发怒，却是说不出话来。

见她这副模样，罗紫烟倒是有些不忍了，大声道，“我再跟你说一遍，蜀王他不在太寒殿，但确实出了点状况暂时不能回来——你相信我，我会设法把他迎回来的。”

铁姝狠狠瞪了罗紫烟一眼，猛地转身就走，不再多说一句话。

“小烟，你真厉害，一下子把这臭八婆给镇住了！”小卷毛由衷地佩服道。

罗紫烟默然片刻，叹了口气，“能镇住她的是干鹊，看来我们得赶快把干鹊找到，不然这臭八婆迟早又会背后给我们一刀的。”

到了锦城宫后，罗紫烟立即找来俞利、楚何、火猴等人，让他们分别召集百官和上仙门等修仙者。

首先上殿的是文武百官，当罗紫烟对他们宣布蜀王近期未能临朝的消息，整个朝堂立刻乱成一团，百官都是面面相觑，面色惨然。

“都慌什么！蜀王不就是暂时在外头吗，又不是不回来！”俞利鄙夷地看了众人一眼，大声道，“大家只管各司其职就是，至于哭丧着脸吗？”

“俞利将军说得没错，蜀王不在，这段时间大家更要做好本职，尽心为国！”罗紫烟颔首道。

俞利又道，“不过，国君不在，总得有个人摄政才对，我看罗长老是蜀王最信赖之人，又英明能干，由罗长老来代摄朝政再好不过。”

罗紫烟愣了下，还没说话，便有人道，“让一个女子来摄政，这个可有违祖制……”

“什么祖制不祖制的，我问你，朝野之间，有谁不知道罗长老的威名？谁不知道蜀王登基之前以及登基之后，罗长老都立下赫赫功劳呢？”俞利说着，扫了百官一眼，百官都是默然不语。

罗紫烟虽是女流，又一直低调行事，但是关于她的种种传说早在朝野之间流传。要说目前除了正统的蜀王，还真没人有比她高的声望。

“反正，我只服罗长老，只听她的命令，如果由别人来命令我，我可不奉陪！”俞利大声说着，目光却望向罗紫烟。

罗紫烟知道俞利为什么力荐她来摄政，因为在他心底里，蜀国仍非家国，他之所以会留下来镇守，全因罗紫烟这个金兰之交的关系。如果换由别人来摄政，那他就有投敌之耻，所以他重申只接受罗紫烟的命令。

俞利虽非修仙之辈，但他的统兵之才、应变之能却是罗紫烟所倚重的。在这个蜀国非常时期，罗紫烟岂能让他离开。

想到这儿，罗紫烟再无迟疑，起身道，“如今广厦将倾，狂澜已起，为了大蜀的未来，这个摄政之位，我是当仁不让了！”

百官愕然，没想到罗紫烟竟没想着谦虚一下。

“这就对嘛！参见摄政王！”俞利大笑一声，躬身向罗紫烟行礼，其他百官迟疑了下，还是纷纷跟着行礼。

罗紫烟点了点头，慨然接受。她才不稀罕这所谓的摄政王，但干鹊不在，她必须为他挑起担子。

片刻之后，就有宦官搬来一张银丝绣榻，放在蜀王宝座下一侧。罗紫烟在绣榻上盘膝坐下来，开始了第一次代摄朝政。

朝事议毕，罗紫烟才让楚何、火猴等修仙者首领上殿。

“参见摄政王！”楚何在外头已经知道里面的情况，进来就对罗紫烟改口了。

罗紫烟也不在意，微微一颔首道，“我请各位前来，是有个关乎蜀王安危的事，需要大家帮忙。”

当下，罗紫烟把蜀王等人入魔的事简单说了下。

“什么？”楚何等人都是呆若木鸡，难以置信这一切。

片刻之后，火猴才急道，“那蜀王现在是死是活，是人……是魔？”

罗紫烟摇摇头道，“我不清楚，我请各位前来，是要各位分头去找蜀王。如果可以，就把他带回来，如果不行，至少要知道他的行踪。”

罗紫烟顿了下，又道，“但要注意，此事千万不能泄露出去，否则只怕蜀国上下马上就会陷入恐慌……”

日前，来投靠干鹊的修仙者以及上仙门门人，还残存五六百之众，虽然多数修为极其一般，但为了更快找到干鹊，罗紫烟还是把他们全部派出去。

反正，真要来了魔物，有俞利率领的官兵用火焰石涂就的灭魔箭，还足以一战。

而罗紫烟则是专心代摄朝政。她其实并没有太多的治国方略，但因为她声望卓著，加上又善于放权，让百官能够各行其是，因此朝政上并没有太多需要操心的。

不过，上仙门的搜寻行动，却让罗紫烟时刻揪心。

干鹊一行入魔之后，行动快如鬼魅，而且神出鬼没。纵然修仙者侦骑四出，要在苍茫大地上找到他们也是殊为不易。

就算侥幸找到他们，等大队人马赶到时，他们又不知跑哪儿去了。

关于干鹊一行人的消息，雪片般飞到罗紫烟面前，但十天过去了，始终没有一个确切的消息。

这晚，罗紫烟在晓月殿内披阅文书的时候，耳边突然传来一阵异响。

“小烟！”角落里闭目休息的小卷毛突然警惕地睁开眼，看着罗紫烟。

罗紫烟示意它别动，只把耳朵支得尖尖的。她听到一个脚步声，正向晓月殿缓慢靠近，来人走得很小心，似乎生怕被人发现。

此时，夜深人静，有人鬼鬼祟祟而来，必定有所图谋。

罗紫烟和小卷毛对视一眼，两人都读懂了对方眼里的意思。来者，很可能是刺客!

只是，怎么会有刺客呢?

“肯定是那个臭八婆！我听她私下里说，要跟小烟拼命。”小卷毛附在罗紫烟耳边低声说道。

罗紫烟眉头一皱，难道铁姝真不识趣，又来自取其辱?

“你待着，我出去看看！”罗紫烟低声说了一句，缓缓起身，贴着墙壁走到角落里的一扇窗户边，轻轻地从那里钻了出去。

殿外，夜色正深，无风无月，只有漫空朗星。罗紫烟侧耳倾听四周片刻，身子一掠直朝左侧方向飞去，来人的声音正从那边传来。

拐过殿墙一角后，罗紫烟就看到一个模糊的身影正立在晓月殿的大门口，动也不动，犹如夜色下一座凝固的雕塑。

虽知那是刺客，但罗紫烟不知为什么，心里却生起一种怪异感，她小心地潜行向那人。

那道黑影若有所觉，倏然一个转身飞蹿而去。

“站住！”罗紫烟低喝一声，紧追过去。

那黑影去势极快，一会儿在屋顶间蹿跃，一会儿凌空而飞，变化多端，罗紫烟要不是跟得紧，差点都被他甩掉了。

两道身影，去如飞星闪电，眨眼便越过半个宫城。

“什么人？”就在此时，前头宫中突然激射起两道匹练，迎空拦向那道黑影。

黑影身子一沉，避开了匹练，在一座屋顶上点了下，又冲向空中，如飞而去。

“有刺客！”

“抓住他！”

两名修仙者腾空而起，紧追向那黑影。

虽然上仙门倾巢而出寻找干鹊，但宫中还留有少数修仙者，用以防止妖魔入侵。当然，这些守卫的道行都很一般。

与此同时，罗紫烟已飞临到那两个修仙者背后。

一个修仙者急忙回头，不由得愣住了，“是……是摄政王？”

“退下，不要出声！”罗紫烟低声道。

两个修仙者点点头，同时身子一沉，直落而下。

罗紫烟目光则是紧紧锁着那道黑影，只见他已经飞蹿出蜀王宫，进入密集的民房之中。

“你跑不掉的！”罗紫烟冷哼一声，紧追而去。

没多久，两人便先后飞出成都城。这时候，那道黑影突然一沉，落到城外一座驿亭外。

罗紫烟毫无迟疑，紧跟着飞落而下。只见那道黑影，就站在驿亭外头。

这是座半废弃的驿亭，坐落在一条已经年久失修的驿道边上，因为人迹罕至，周遭草木杂生，夜色下显得分外阴森。

罗紫烟警惕地看了四周一眼，确定没有埋伏后，这才缓缓向那道黑影走过去“你是谁？”

黑影背对着罗紫烟，动也不动。

罗紫烟猛地大步走过去，“你以为不开口，我就认不出你吗？干鹊！”

黑影触电一般颤了颤，缓缓地回过身来。浓厚夜色下，罗紫烟仍是认出他来——正是干鹊！

“紫烟，你还好吗？”干鹊缓缓说道。声音还是那个声音，但罗紫烟却听出几分陌生感。不过，喜悦仍是快把她淹没了，她兴奋地冲了过去，“干鹊，你没事了？”

“我……”干鹊迟疑了下，“暂时没事了。”

罗紫烟怔了下，“暂时没事，什么意思？”

“就是……我不知道自己什么时候会有事，哎！”

罗紫烟急了，“什么意思，你说清楚点！”

“意思是说，我不知道什么时候又会入魔……”干鹊眼里闪着迷惘的光芒，“最近，我一直在魔与不魔之间徘徊，要不是看到你在眼前，我都无法确定自己是人是魔了。”

从干鹊的话里，罗紫烟才知道，这段日子对他以及其他入魔者而言，每天都是明与灰交错的日子。他们时而陷入混沌之中，时而又意识清明，就在这两种状态之中循环往复。

不过，奇怪的是，不管是人是魔，其他修仙者对干鹊的态度还是跟以前一样，唯他马首是瞻。

为了不祸害平民，只要意识清醒过来，干鹊就会带着众人，躲到深山老林和荒郊野外去，以免入魔后伤及人畜。所以，他们一直处于迁徙状态，很难被追踪锁定。

“所以，就算清醒过来，你也不敢回成都来？”罗紫烟若有所思道。

干鹊点点头，“我控制不住自己，我也不知道什么时候会再次变成魔，我更不能让蜀国百姓看到他们的王变成非人非鬼的魔物，否则蜀国只怕会迅速四分五裂。”

罗紫烟点了点头，干鹊所言没错，这也是她不敢对百官道及蜀王真实情况的原因。

凡人易恐慌，知道得越多，猜测越多，哗声越大，对蜀国的安稳越不利。

默然片刻，罗紫烟又道，“你知道，你们为什么会变成这样吗？”

干鹊想了想，“我们清醒的时候探讨过这个问题，应该就跟那次被吸入太寒殿有关。”

罗紫烟点点头，又道，“那你们有没有试着驱逐阴气呢？”

干鹊点点头，“我们试了很多办法，但没有一种可行的。因为谁也不知道什么时候会是人，什么时候又会是魔。”

“那其他人呢？”

“他们在数百里之外的山里藏着，我自己过来的。”干鹊说着，目光脉脉看着罗紫烟。

罗紫烟感受到一阵灼热，不由得别过视线，“你既然来了，就该直接进殿内找我，为什么要待在外头呢？”

“我不敢！”干鹊说着，猛地大步上前，一把拉着罗紫烟的手。

罗紫烟吓了一跳，下意识想要抽开手，但又生怕激发他的魔性，因此还是克制住内心的冲动，缓缓道，“为什么不敢？”

“我怕惊动其他人，看到我入魔的样子，我也怕你看我的眼神变了。”干鹊紧紧攥着罗紫烟的手，似乎生怕她跑了。

罗紫烟白了他一眼，“你这是什么狗屁理由！”

“我知道你不会嫌弃我，但我自己心里没有底。这些日子对我来说，不管是人是魔，其实每天都是一样灰暗的。”干鹊叹了口气，满脸沮丧。

“干鹊，你不要灰心！”罗紫烟轻轻一抽手，不着痕迹地把手抽了回来，“我救治过一些入魔的凤凰，说不定可以救你。”

“真的？”干鹊两眼放出光来。

“当然了，不过我治好的是黑凤凰，情况与你有些不同，我不知道对你有没有用。”

“我现在都这样了，还有什么好担心的，尽管拿我来试！”

如果说这世上还有谁值得干鹊深信不疑，那首先就是罗紫烟。此刻，他满脸欣喜，似乎问题马上就能迎刃而解。

罗紫烟的心里却是一点儿底都没有，但干鹊期盼的目光让她必须全力以赴。她点了点头道，“那你等下，我准备下马上就来治你。”

她必须把功体切换到纯阴之体，才能吸收干鹊体内积郁的阴气。

“别走，紫烟！”

没走几步，身后突然传来干鹊的大叫声。

罗紫烟急忙回头，只见他蹲在地上痛苦地抱着脑袋，鼻孔里“吭哧”喘息着。

“干鹊，你怎么样？”罗紫烟忙冲过去扶起他，只见他全身颤抖个不停，眼里目光错乱。

“好冷！好冷！它又要来了！”干鹊哆嗦着，含糊不清地叫道。

“你挺住！千万挺住！”罗紫烟大叫着，眼泪忍不住流了下来。干鹊这副模样，让她不由得想起司明被血魔元神打压的样子。本质上，两人的遭遇都是一样的。

“我挺不住的，它来得很快。”干鹊喘息了一声，猛地欣喜地抓着罗紫烟的手腕，“你为我流泪了……为我流泪了……我来见你……是，是有话想对你说。”

“什么话以后再说，现在先集中精力，别被魔化！”

干鹊却是摇摇头，“不行，我不知道……下回再这么清醒，得是什么时候，大蜀……就靠你了。”

“浑蛋，我才不给你接这个摊子呢，我还有自己的事，你快给我滚回来坐你的宝座。”罗紫烟大声骂道，“少说丧气话，振作一点！我会救你的！”

干鹊眼光更加茫然了，喃喃自语似的说道，“这不是最重要的……重要的是，我的心比第一次见你的时候还在乎你……紫烟，你明白吗？”

“我不明白！你要先明白自己的本心，不要被魔迷了心窍！”

“我如果不说出来，以后不知还有没有机会说……”干鹊喘息着，紧紧抓着罗紫烟的手，“紫烟，你能否答应我一回……”

“干鹊，你到底想说什么？”

“你，能不能再当我一回新娘呢？”干鹊眼里的光芒似乎再次被点燃了，满怀期盼地看着罗紫烟。

罗紫烟心头一咯噔，急道，“都什么时候了，说这些干吗！”

“不，这对我很重要，我能从天化村走到现在，都因为你……紫烟，我永远不会忘记第一次见到你的情景……”

“别说了，快集中精神，别再被魔化了！”罗紫烟能感受到干鹊抓着他的手越来越冷。

“紫烟，在我再一次被黑暗包围的时候……给我个答复吧！”干鹊喃喃说着，眼里的光芒又逐渐熄灭了。

“这……现在不是说这个的时候！你坚持住，我去准备下就来救你！”

罗紫烟抽身想离开，但干鹊却死死不肯松手，“紫烟……我想知道你的心意！”

“我……”罗紫烟深吸一口气，认真看着干鹊，“干鹊，你听我说！”

干鹊用力喘息着，直直看着罗紫烟，眼里再次闪出期盼之光。

“我知道你对我的心思，你为我所做的事我也都铭感五内，但是——”，罗紫烟深吸一口气，“我心有所属，一直以来都是，我无法再接受另一个人对我的情意了。”

罗紫烟顿了顿，认真看着干鹊，“我一直把你当作我最好的哥们，你能明白吗？”

干鹊眼里的光芒瞬间消散了，那冰块一般的手从罗紫烟手上滑落。

“干鹊！对不起，但我不能违心骗你！”罗紫烟又是不安又是愧疚，看着干鹊诚恳地道。

干鹊没有回答，目光涣散，呆呆注视着前方。

“干鹊！”罗紫烟想去抓干鹊的手，但干鹊却猛地后退几步，喉底发出野兽般的低吼声。

“干鹊，你挺住！”罗紫烟猛地右掌一翻，盖在干鹊的肩头上。

她要把干鹊留下来，等转换了功体后再来设法救他。

但是，干鹊却是暴喝一声，猛地拔身而起。罗紫烟一时未能制住他，反而被他狂暴的大力震得倒退出去。

干鹊随即头也不回地往外奔去。

“干鹊！”罗紫烟大急，飞身赶了过去。不管怎么样，都要把干鹊留下来，否则下一次要再见到他，都不知道要到猴年马月了。

“嗷！”

干鹊猛地狂吼一声，回头一拳向罗紫烟打来。霸烈的阴劲直击罗紫烟面门，逼得她只能侧身一闪，躲避开来。

干鹊掉头继续狂奔而去。

罗紫烟刚要再追，侧里突然蹿出一个身影，迎面截住干鹊，“陛下，别走！”

罗紫烟不由得愣住了，突然冒出之人，不是铁姝还有谁？她怎么会在这里呢？

“陛下，你要去哪儿？蜀国正盼着你归来呢！”

铁姝的声音里既有悲痛，又有喜悦，还有几分期盼。这些日子来，她一直在盼着干鹊回来，此刻干鹊就在眼前，她焉能不喜？

但是，干鹊却对她这深情的呼唤置若罔闻，只管往前飞蹿不停，铁姝一挡到他面前，他立即挥拳就打，逼得铁姝只能在躲避中追赶，在追赶中躲避。

只是眨眼工夫，干鹊就飞蹿到数里之外，铁姝仍是不离不弃追在后头，而罗紫烟则是随后跟了过来，大声喊道，“你怎么来了？”

“自然是跟你们来的！”铁姝白了罗紫烟一眼，态度却是缓和许多。

罗紫烟愣了下，“你从蜀王宫跟出来的？”

“当然了，我本来是要去杀你的！”铁姝身子一蹿，再次从侧里拦截向干鹊，“要不是他出现，我绝不会放过你的！”

罗紫烟愣了下，脊背不由得一阵发寒。先前，她在晓月殿里就怀疑有刺客靠近，但因为见到干鹊在殿外，所以就排除了这种可能。

现在，听铁姝这么一说她才明白，当时还真来了刺客，那就是铁姝。是因为干鹊的出现，让铁姝临时改变了主意，并跟着潜行到那破驿站来。

沉吟之间，干鹊再次逼退铁姝，远远飞奔而去。铁姝依旧穷追不舍。

“我们一起把他制服，带回去！”罗紫烟急忙跟过去。

铁姝却是猛地回头，恶狠狠瞪着罗紫烟，“你滚开！他不需要你再来伤他的心了！”

罗紫烟愣了下，不由得点了点头，“你说得没错，那你没问题吧？”

“不管有没有问题，我都会跟着他！你不用管！”铁姝回头冷冷地看着罗紫烟，“你回去吧，你想要的是蜀国江山，我要的只是他平安无事！”

罗紫烟不由得心头黯然，但还是停了下来，“那好吧！你陪着他，找到他的去处，记得把消息传给我，我会想办法去救他的！”

“我才不会把他再交给你！”铁姝冷哼一声，身影逐渐远去。

罗紫烟没有追，而是看着她的背影呆呆出神。

干鹊情况不明朗，但暂时没有生命危险，就让铁姝跟着他也好。

虽然罗紫烟对铁姝是老大不喜，但不可否认，她自私地希望铁姝能与干鹊走得近点，尤其是在这种情况下。

这样，或许能减轻她心底的一点愧疚吧。

情之一字，让人喜让人悲，折磨了多少堕入其中的人。无论是干鹊、铁姝抑或是她，都不过是在情网中挣扎的小可怜虫罢了。

小卷毛正不安地盘旋在晓月殿上空，五彩身子于黑暗中像是无数流动的珍珠。看到罗紫烟驾着争发过来，它立即狂喜飞来。

回到殿内，罗紫烟把刚才的事简单说了下，小卷毛不解地道，“小烟，你干吗不先把干鹊制服，带回来治疗呢？”

“我心里突然怯了，害怕救不好他，还害了他的性命，他毕竟是蜀国的希望啊。而且如果没治好他，把他带回来该把他放在哪儿？”

小卷毛回答不出来。

“干鹊一旦入魔，就六亲不认，很难控制住。如果被宫里的人发现蜀王疯了，或者蜀王变成魔物的消息传出去，以后谁还会认他这个蜀王？”

小卷毛不由得点点头，“说得也是，他毕竟不是一般人！”

“先让他去吧，我相信铁姝一定会盯好他的！”罗紫烟道。

小卷毛点点头，“说不定干鹊患难中见真情，发现那臭八婆的好呢！”

罗紫烟苦笑道，“真要那样，我就谢天谢地了。哎，干鹊这个事还真是麻烦，我不知道要替他守国多久呢。”

次日，罗紫烟刚早朝完毕，准备离开锦城宫的时候，楚何突然匆匆进来，神情仿佛撞了鬼。

“怎么了？”罗紫烟见他这副模样，便情知不妙。

楚何迟疑了下，才道，“摄政王，我一直以为是自己眼花了，但我真的盯着看了一个时辰，它真的走了二十多里！”

“什么意思？”罗紫烟愣了愣，虽然听不懂他在说什么，但她意识到楚何肯定是发现什么大事了。

“真的在走啊，那么大一个殿，就像是活着一样，我从来没听过房子能走动的！”楚何使劲摇着脑袋，似乎要把自己从震惊中拉回来。

罗紫烟总算听明白了，“你说……太寒殿会走路？”

“对啊！它不是原来一直固定在那里吗？但刚才我发现它在走！”

楚何回过神来，说话逐渐利落起来。原来，半天前他接到门人汇报，说太寒殿那边异象频频，所以立即赶过去。没想到，到了太寒殿附近，楚何却看到一个意想不到画面。

太寒殿正在群山之间缓缓移动。它的体量已经萎缩到不足原来三成，但仍是巍峨高耸，在群山之间分外醒目。

“它怎么移动的？”罗紫烟沉吟道。

“怎么说呢，就像是蛇一样，沿着地面滑动，有时快，有时慢。”

罗紫烟点点头，“那就没什么好奇怪的，毕竟，那魔殿就是天化虫所化的。”

顿了下，罗紫烟又道，“你看太寒殿是朝哪里移动的？”

“目前说不定，但十有八九是朝极阳宫去的。”楚何突然满脸兴奋，“想必是血魔支撑不住了，想夺回九凝鼎，他这是自找死路。”

以太寒殿如今的情况，直扑有九凝金刚罩护持的极阳宫，就像是飞蛾扑火，自找死路。

罗紫烟的心却是在往下沉，“别小看血魔，他这样做一定有他的道理！何况太寒殿的厉害我们都是知道的，不管它破落成什么样，都要十万分小心应对！”

楚何迟疑地看着罗紫烟，“那我们该怎么办？”

“从现在开始，广派侦骑，严密监视太寒殿动向。同时把派出去寻找蜀王的人火速召集回来，成都城从今天开始进入最高战备状态，严防魔物来袭扰。”

“是！”

“小卷毛，我们去看看太寒殿到底在玩什么花样！”

等罗紫烟再次看到太寒殿，它的方向已经很明确了，就是朝着极阳宫方向在进发。

跟先前相比，它不但又矮又小，而且还像一团正在融化的热蜡，软塌塌成一团。在它破败的殿体外头，则是横七竖八堆着各种碎块，那是崩摧的殿体沉积在上头。

这使得太寒殿看起来更加衰朽破败。

此时，太寒殿已经来到极阳宫外数十里处。跟它相比，巍峨极阳宫隐没于宏大的九凝金刚罩之中，金光炽天，光耀万丈，像是一座不可逾越的巨峰。

“小烟，看这样子，血魔真是来送死的！”小卷毛回头对罗紫烟说道。

“现在情况不明，我们看看再说。血神子绝不是自找死路之人，他此举必有深意。”眼前情景，让罗紫烟不由得又陷入惯有的纠结之中，既盼着太寒殿崩毁于一旦，又担心日暮途穷的血神子会被丁引打得形体俱灭。

“可凭太寒殿现在的模样，他拿什么和极阳宫拼命？我看宫主不用理会它，它自己就倒下了。”

“我们跟过去看看再说。”

小卷毛立即一振翅，直飞向太寒殿。

“小心点，别一下子靠得太近！”看它的架势，罗紫烟忍不住叫道。

小卷毛却是扑到太寒殿那斜歪下来的屋顶上空后，稍顿了下才又一掠而起。

罗紫烟的心都快提到嗓子眼了，全身凤凰力更是饱提，以应不时之需。

但太寒殿除了持续前进，别无反应。

“小烟看到没？没什么好紧张的。那些护持它的黑凤凰已经被你治好了，它现在就是一只病猫。”

“如果是病猫，那血魔驱动它来干什么？”罗紫烟道。

小卷毛绕着太寒殿一圈又一圈飞起来，“我看它是走投无路，心存侥幸，想再拼一把，将九凝鼎弄到手吧。”

说话间，太寒殿又移出老长距离，但对于罗紫烟和小卷毛的到来，里头依旧没有丝毫动静。

小卷毛绕到大门上头，只见殿门已经垮塌得只剩一个不大的口子，里头黑黝黝的，看不到丝毫光景。

“奇怪！奇怪！”罗紫烟突然说道。

“小烟，奇怪什么？”

“你难道没发觉吗？现在的太寒殿好像不冷了！”罗紫烟道。

小卷毛愣了下，一个折身，飞落到太寒殿顶上。

虽然靠得近了仍能感受到一丝丝寒气从太寒殿上面散发出来，但与先前那种阴寒入骨的感觉根本无法相提并论。

“是没那么冷了，可也很正常啊！它本身就阴气不足，加上这里离极阳宫又近，地脉里阳气充沛，自然就冲掉它的阴气了。”

“这说的也是，但总觉得哪里不对……”罗紫烟说着，突然眼前一亮，“极阳宫那边有人出来了，我们过去看看。”

远远地，只见九凝金刚罩上面那流水一般的金光，正缓缓朝着两侧流淌，露出一个巨大的口子。

等罗紫烟和小卷毛飞近了，才发现从这个口子里出来的就一个人，他负手而立，金刚罩上的口子正逐渐合拢。

“那是……”

“宫主！”

从金刚罩出来的那人，赫然就是丁引，他看着远远而来的罗紫烟和小卷毛，面无表情。

罗紫烟急忙从小卷毛身上跳下，快步上前，躬身道，“师父！”

“大蜀国的摄政王何必行此大礼，我可是受不起！”丁引看着罗紫烟，嘴角带起一抹嘲讽。

“师父，不管我身在何方，我都没忘记自己是极阳宫的一员。”罗紫烟头皮发麻，心中则是暗自吃惊，想不到极阳宫闭宫自守，消息仍是如此灵通。看来，丁引暗地里仍是对她颇为关注。

“别！你早就自立门户了，何必再来攀念旧情？”丁引冷冷道。

小卷毛再也忍不住了，“宫主，过去的事，小烟也是万不得已，并非故意要忤逆你，你又何必与小烟置气呢！”

丁引的眉头皱了起来，似乎就要发作了。

小卷毛又道，“其实，小烟一直对宫主心怀愧疚，她日夜都在挂念宫主，说宫主一直待她恩重如山，她无以为报，还伤了宫主的心，非常不应该……”

罗紫烟诧异地看了小卷毛一眼，见它依旧滔滔不绝，不由暗自苦笑，这家伙，什么时候也会睁眼说瞎话了？

她的心里满满都是司明，多数心思都用在想着怎么救回他，虽然也确实愧对丁引，但完全没到小卷毛说的那种程度。

不过，看到丁引神色稍霁，罗紫烟也就默认小卷毛说的。

片刻之后，小卷毛的夸大之辞终于说完了。丁引才冷哼道，“让摄政王如此愧疚，丁引可不敢当！”

“师父，过去种种是我的不对，还请师父大人不记小人过！”罗紫烟低头躬身道。

小卷毛已经把丁引的怒气快说没了，此时她只需趁热打铁再来一下就行了。

“算了！”丁引摆摆手，没好气地看着前方，“现在可不是听你认错的时候，我的客人来了！”

罗紫烟和小卷毛回头，只见太寒殿正蹒跚而来。

“宫主放心！小烟这次前来，就是要与极阳宫共御强敌，将功折罪的！”小卷毛道。

丁引冷冷道，“这可不行！”

“什么？”罗紫烟和小卷毛都是愣了下。

丁引冷冷道，“你们已经不是极阳宫弟子，就不该再插手极阳宫的事了。”

说着，丁引伸手向右侧一指，“烦请两位退后，到一旁作壁上观吧！”

“师父……”

丁引声音骤然一提，“这是命令！”

罗紫烟不好再多说，给小卷毛一个眼色，依言往右侧一旁退去。

太寒殿仍在一刻不停地逼近。

当它进入九凝金刚罩十里以内后，表面开始往外蒸发出一缕缕黑色阴气。

“那鬼东西真不要命了，都剩这么点块头了，还能经得起多久的折腾？”小卷毛叫道。

罗紫烟细看片刻，才道，“我看它还能撑挺久的。”

“嗯？这话怎么说？”

“你仔细看看，太寒殿的阴气蒸腾速度其实还是很慢的。”

小卷毛定睛细看片刻，点点头，“好像真的是……我知道了！太寒殿外面那层破败的东西，其实是个结界，可以阻止阴气被蒸发外溢。那个魔头，原来是披挂齐全才来的！”

“嗯，所以我觉得血魔不像是万不得已才豁命一搏，更像是有备而来。”罗紫烟说着，心里有种莫名的不安。

就在此时，丁引突然冷笑一声，大步上前，挡在太寒殿前头。

太寒殿依旧一刻不停迎面而来。

“血魔，你这是急着来送死吗？”丁引冷笑道。

太寒殿里静悄悄的，只有乏味的爬行声，一声又一声，裂帛般不断传来。

从罗紫烟这边望去，太寒殿就像一只负重而行的老牛，随时有倒毙之虞。

而立于它前头的丁引，全身笼罩在一片华光之中，犹如皓月当空，映照得太寒殿灰不溜秋。

这样的太寒殿，凭什么与极阳宫争锋，只怕要过丁引这关都难。

但是，太寒殿仍是带着蒙蒙发散的阴气，缓缓而来。

“哼！”丁引突然腾空后退，悬停在九凝金刚罩之前，冷冷看着太寒殿。

“我还以为宫主就要动手呢！”小卷毛愣了下，说道。

罗紫烟淡淡道，“这里有无尽阳气为依托，有九凝金刚罩为门户，他干吗要浪费力气呢？”

“那他刚才为什么还要过去呢？”

罗紫烟道，“他当然要确认下太寒殿的情况，否则又怎么能做到心中有数呢？”

说话间，太寒殿的移动速度突然加快，裹着巨大的“唰唰”声，直撞向极阳宫。

“它疯了！”小卷毛忍不住叫道。

罗紫烟的心不由得也是一提。但看丁引，却是云淡风轻，毫不在意。

随着九凝金刚罩的飞速逼近，从太寒殿表面覆盖物间隙里蒸腾而起的阴气更多了，一缕缕、一股股冲天而起。

从远处看，这些蒸腾而起的阴气，就像是无数冲天而起的头发。太寒殿因为它们，变成一个毛茸茸的大球。

这个大球来势不断加快，就像扑火的飞蛾，义无反顾直冲九凝金刚罩。

“呼！”

“宫主还真沉得住气啊！”小卷毛再次叫了起来，眼看太寒殿就要撞上九凝金刚罩，它都有种快窒息的感觉了。

而罗紫烟的心更像是要跳出嗓子眼。她没想到，血神子竟会聚太寒殿之力，强势破关！

九凝金刚罩对一般魔物固若金汤，但能否扛住太寒殿这种巨大魔物的冲击，罗紫烟全无把握。

第二十七章 | 太寒重生

眼看太寒殿疯狂飞扑而来，罗紫烟的心都揪紧了，但丁引却是毫不在意，任由那巨大的魔殿“轰隆”一声，结结实实撞到九凝金刚罩上。

刹那间，世界似乎要崩塌一般，天旋地转起来。熊熊的烈焰与滚滚的冰雪同时冲天而起，化为冰与火两重天。在这之中，一股巨大的狂力冲出，横扫一切。

罗紫烟与小卷毛虽然离得较远，仍被席卷而来的阴阳二力余波掀得倒跌而起，摔飞在空中，片刻之后才稳住身子。

此时，原本金光流转、华丽无比的金刚罩上面，已经多了个幽深的黑洞，像是明丽的绸缎之上被火灼出个大口子。

而太寒殿则是在这惊天一撞中，被震得倒翻了出去，落在百丈之外。

“那个魔头疯了！”小卷毛惊呼连连。

罗紫烟也是连吸冷气，她知道血神子什么都做得出来，但没想到他真拿太寒殿来做赌注，来上演这最后的疯狂。

不过，细想之下，这也在情理之中。倘若不能抢夺到九凝鼎，那留给太寒殿的就只剩末日了。横竖是要消亡，倒不如豁出去!

这时候，太寒殿再次动了起来，带着滚滚烟尘以及无数股冲天阴气柱，又一次向九凝金刚罩撞去。

“哼！自取灭亡！”丁引依旧高悬于空，动也不动。

刚才那一记狂击，九凝金刚罩受损不小，但对太寒殿而言伤害更重，本就萎缩的殿身此时又矮了许多，殿体之上更是密布着阳火灼烧后留下的黑斑，不断有阴气从中散发出来，消散于空中。

如果说来时的太寒殿是一头苟延残喘的老牛，那现在它就是一头伤痕累累随时会倒毙的老牛。

反观九凝金刚罩，经历了前所未有的震荡之后，上面被轰出的破口正有源源不断的金光流入，不断地填充着这个窟窿。

既有天然充沛的阳气，又有盖世奇宝九凝鼎驾驭这些阳气，可以说极阳宫已稳立不败之地。

但太寒殿仍像是输红眼的赌徒，再次全力狂冲而来，不死不休。

“轰隆！”

第二次轰击，再次如约而至。这次罗紫烟和小卷毛都有备在先，没有再被掀飞，当然，太寒殿的撞击力道也远逊于第一次。

在宏大的纯阳焰火与至阴冰雪相冲相击之中，九凝金刚罩再次颤动起来，似乎要垮塌一般，已经开始弥合的破口再次被撕裂开来，急剧扩大着。

而太寒殿则是又一次被震飞出去，无数残破的殿体跟着摔飞在空中。等落地的时候，它的形体已经不足来时的一半。

“这魔头真疯了！宫主难道就看着他一次次撞击吗？”小卷毛看着罗紫烟。

罗紫烟默然了下道，“他应该觉得九凝金刚罩还扛得住吧。”

就在此时，太寒殿再一次动了。甩掉了身上的废弃杂物后，它变得轻灵起来，竟像是一枚出膛的炮弹，劲射向九凝金刚罩。

“轰隆！”

第三次剧震再次传遍九凝金刚罩，罩上的金光暗了暗，似乎就要熄灭了。而那巨大的撞口，则是扩大了一倍。

抛弃了身上的冗余杂赘后，太寒殿的第三次攻击，竟是不逊于第一次。

不过，这次九凝金刚罩的反噬之力也是悉数落在太寒殿身上。当它再次被震出去之后，殿身竟又缩小一半。

落地之后“哐当”一声，殿体突然一沉，竟是斜斜往两旁垮下，似乎就要倒塌。

“看样子，那魔殿就要歇菜了！这下，那魔头是把牌都输光了。”

罗紫烟却是摇摇头，“我看未必，他一定还有底牌！”

话落，太寒殿内部突然怪吼阵阵，一道道魔影流水般从殿门汹涌而出，直扑九凝金刚罩。

一直蛰伏在殿内的魔物们此刻都如出笼猛虎，直扑九凝金刚罩破口。

血神子不计代价，全力破开九凝金刚罩，无非就是想进入极阳宫，夺取九凝鼎。

此刻，九凝金刚罩半破，太寒殿又废了，是到了短兵相接的时候了。

罗紫烟只看得皱眉不已，“那个魔头不会以为凭这些魔物，就能拿下极阳宫吧？”

虽然九凝金刚罩已现破口，但极阳宫拥有无可匹敌的地利，即便是全盛时期的魔物大举压境，也未必能从这雄厚无比的至阳之地讨到好处，何况现在太寒殿式微，极阳宫以逸待劳，胜败之局已无悬念。

唯一的解释就是，血魔必定另有图谋！

怀有同样想法的还有丁引，他依旧凌空高悬，俯视万物。对从脚下冲过，扑向九凝金刚罩破口的魔物视若无睹，眼里只有太寒殿。

就这么一会儿工夫，魔物们已经开始越过金刚罩的豁口。

“刷刷刷刷——”

几乎同时，上百道匹练突然从豁口内射出，落在魔物之中。

金刚罩内严阵以待的极阳宫弟子终于发作了。

魔物们在豁口前挤到一块儿，加上又受阳气影响，反应都明显慢了半拍，当即被匹练扫倒一大片。漫空鲜血与断肢残体随着匹练落下又升起，落满豁口内外。

只是一个照面，魔物便死伤惨重。

但这些魔物全不懂怕为何物，即便受挫仍是前仆后继，如潮般冲过豁口，直向罩内冲锋。

片刻之后，阵阵惨烈的厮杀声，便从豁口内传来。

经历三次重创，九凝金刚罩也是受伤匪浅，豁口恢复变慢，扼守在天门道外的极阳宫弟子，只能全力阻拦魔物攻击大潮。

而丁引的目光依旧像钉子般，紧紧钉在太寒殿上面。

太寒殿趴下后，就没有再爬起来的迹象，原本还算坚挺的殿体，此刻却在阳气的包围下一分分往地面沉降，看样子消亡只是时间问题。

只是，丁引的神色却是越来越凝重了。

从太寒殿出现至今，血神子一直没有露面。他不动，丁引更不能动，他越是深藏不露，丁引越感觉内中有鬼。

这种捉摸不透，反而更让人不安。即便丁引胜券在握，也不免暗自嘀咕。

因此，就算魔物大举压境，他也必须心无旁骛盯着正变成一堆废物的太寒殿。

罗紫烟和小卷毛的目光也不敢轻离太寒殿一分。在两人眼里，垮塌中的太寒殿，竟像是传说中会闹鬼的废墟，透着神秘，充满谜团。

"血魔躲在里头干什么？难不成想要跟太寒殿共存亡吗？"小卷毛忍不住道。

罗紫烟摇摇头，心中惴惴不安，"这个魔头，也该出来了！"

话落，小卷毛瞳仁突然急剧一收，"他出来了！"

只见太寒殿大门口处突然出现一个人影，缓缓地走了出来，不是血神子还有谁？

前方杀声冲天，魔物死伤惨重，身后太寒殿摇摇欲坠。但血神子却是神情如常，他扫过罗紫烟和小卷毛一眼后，目光又转到丁引身上。

几乎同时，丁引凌空直下，正落到血神子面前，"我还以为你要等太寒殿彻底垮了才出来。"

血魔淡淡一笑，"它确实要垮塌了！"

话落，"轰隆"一声，太寒殿猛地往下一沉，终于彻底垮塌了。

罗紫烟和小卷毛不由得对视一眼，虽然在意料之中，但亲见不可一世的太寒殿覆灭当场，两人仍是心神震荡不已。

丁引也是愣了下，旋即冷笑道，"现在，你还有什么话说？"

"没有什么好说的，只有殊死一战！"血神子双掌一错，周身上下顿时笼罩在刺眼白光之中，随之而来的还有皑皑冰雪盘绕在他周身。

"嗯？"丁引不由得眉头一皱，全身上下红光闪蹿而起。

血神子霍地飞身而起，双掌朝着丁引迎面击去，"今天做个了结吧！"

雄浑阴劲席卷而至，势不可挡。血神了一出手，便是全力以赴，不留余地。

丁引哼了一声，仙剑已经在手，裹着一股浩浩阳气，迎着血神子的双掌劈到。

开阳斩!

当今正邪两道最顶尖的人物，出手看似轻描淡写，实则暗潮汹涌，厉害万分。

但见掌与剑刚一触，立即各自退开，但两人四周却是腾起一股股纯阳之火与阴寒之雪，剧烈地交织一处，带起阵阵雷鸣之声。

两人一交手，便没有要停下来的迹象。

"小烟，我们要不要去帮忙？"小卷毛看得跃跃欲试。

罗紫烟反问道，"那你准备帮谁？"

小卷毛瞪圆双眼，"当然是宫主了！"

"宫主赢了，司明怎么办？"

小卷毛呆了呆，无奈道，"也是，小烟，为什么每次你都要这么纠结。"

罗紫烟心中苦涩，"所以我们看看就好。而且，咱插手的话，只怕更讨宫主嫌了。"

“也是，宫主那副态度，咱是动辄得咎，还是不要自讨没趣了！”

说话间，丁引与血神子已交手数十招了，漫天阳火红焰越发炽盛，而阴气冰霜则是不断见缩。

重返世间以来，血神子一直在全力修炼，以图恢复功体，但寄存他元神的司明毕竟只是凡躯，血神子如今离巅峰状态仍是有不小的差距。

如今，天时、地利与人和都不佳，在丁引反击之下，他迅速没了刚动手时的势头。

罗紫烟的心又揪紧起来，不争气地又担心起血神子来，担心司明跟着遭了池鱼之殃。

正在此时，小卷毛突然尖叫道，“咦，那是什么？”

罗紫烟顺着它的指向望去，不由得倒吸一口气，只见垮塌的太寒殿废墟之中，此时突然冒出一股蓝色的烟气。

刚开始这股蓝烟并不明显，直到小卷毛的叫声响起，丁引才若有所觉。他一个回头，神色倏变，猛地舍了血神子，挥剑直飞向那股蓝烟，“孽障，停下！”

“你的对手是我！”血神子冷笑一声，紧随而来，双掌向丁引后心击去。

丁引的开阳斩已经蓄势待发，听到风声啸动，却又不得不回剑自保。

“轰隆！”

冲天巨响之中，阴雪与阳火再次交织一处，激战中的两人同时后退开来。而远处那缕蓝烟，则像是夭矫飞龙，直投向九凝金刚罩的豁口。

“那是什么？”小卷毛叫道。

罗紫烟牙关一咬，“管它是什么，拦住它再说！”

现在，她突然发现自己再次低估了血神子。不管是拿太寒殿与九凝金刚罩玉石俱焚式的碰撞，还是驱动魔物前仆后继攻打极阳宫，抑或是舍命与丁引强强对决，都不过是他打出的一个个幌子。

显然，他的真正目的，是制造出机会，让那道蓝烟能顺利突入九凝金刚罩之内。

不论如何，罗紫烟都不能让他如愿。她非常清楚，要避免血神子死，更要阻止他成功。否则作为人质的司明，所处的困境只会越来越无解。

心念急转之际，罗紫烟与小卷毛已经挡在那道蓝烟面前。

蓝烟似乎无形无质，就像一缕有色的轻风迎面飞来，若有若无，令人捉摸不透。

“这到底是什么鬼？”小卷毛吃吃地道。

罗紫烟双掌按在它背上，凤凰力源源不断注入，“甭管是什么，打！”

小卷毛全身光华暴涨开来，双翅向前一扫，两道凤翼刃已经斩向那股蓝烟。

正在此时，一道蓝光骤然从蓝烟之中分出，急射出去，几乎是擦着凤翼刃的空隙，以肉眼难以觉察的速度，从罗紫烟和小卷毛眼前一掠而过。

“那是……”

小卷毛惊呼未已，两道凤翼刃已击到那股蓝烟上，却像是击中败絮那样，只是传来空响！

“不好，我们又上当了！”罗紫烟急忙回头，指着那道远去的蓝光，“快追上它！”

“狡猾的东西，居然还会玩金蝉脱壳！”

小卷毛大骂一句，急忙掉头追过去。两人都清楚地意识到，那股蓝烟原来只是用来吸引注意力的，以方便蓝光能顺利逃走。

只是，反应过来已经来不及了，那道蓝光实在太快了，一眨眼就穿过九凝金刚罩的豁口。

丁引也看到这一幕，他折身想赶来，却被血神子尾随而来一番穷追猛打，不得不返身应付。

好在罗紫烟和小卷毛及时越过豁口追了进去。

豁口内，残破的九凝金刚罩之下，已是一片修罗光景。涌入的魔物太多了，正越过层层叠叠的同伴尸体，和防守的极阳宫弟子短兵交接，双方沿着天门道之外广阔地带厮杀开来，没人注意到那道蓝光正飞闪入天门道内。

片刻之后，小卷毛驮着罗紫烟跟了进来，也消失在天门道之内。

接天门内，双日之下，一片安宁。所有极阳宫弟子都到外头御敌，这里已是空谷。

蓝光正往接天峰之上飞去，小卷毛紧跟着冲天而起，全力追赶。但它的速度纵然达到极致，却也只能眼睁睁看着蓝光越飞越高。

与此同时，蓝光的形体开始出现剧变，一道道蓝色烟气不断从它上面散发出来，粘在它的尾部，使它看起来像是一颗升空的彗星。

不一会儿，这颗“彗星”便迅速消失在罗紫烟前方。

“小烟，我们跟丢它了！”小卷毛游目四顾，着急叫道。

罗紫烟略微沉吟，大声道，“我知道了！快！快去九凝鼎那边！”

地面上惨烈的厮杀早被甩到身后。长空之上，依旧是亘古不变的安宁。

在这份绝对的静谧中，九凝鼎安然地悬浮在接天峰之上的长空，从地上望去，它就是天空中的第二轮太阳，光芒甚至压过了日轮。那炎炎阳气从鼎中沸腾而出，到了空中后便化为潋滟金光，从上往下流淌四方，成为九凝金刚罩生生不息的源头。

以鼎炉为中心的方圆数十里，炎热灼炙，即便是罗紫烟，也感到热浪逼人。

“小烟，到这里干什么？这里阳气充沛，那东西就算来了，也会被蚀化掉的！”小卷毛看着四周，不解地道。

罗紫烟直直盯着九凝鼎，“我们到九凝鼎那边去看看再说！”

“你不会怀疑那道蓝色的东西钻进九凝鼎里了吧？”小卷毛愣了下，旋即摇摇头，“怎么可能？它不会自己找死吧？”

“不，我觉得很有可能。因为我在太寒殿的地下洞室里亲眼看到过天化虫的影子，它就映在九凝鼎内……而且别忘了，最初的时候我还把它寄存在九凝鼎内，它对阳气的耐受力比我们想象的还强。”

小卷毛呆了呆，回头看着罗紫烟，“小烟，你的意思是，那蓝光就是天化虫？”

“天化天化，变化万端，我觉得很有可能！”罗紫烟沉声道。

小卷毛倒吸一口气，“小烟你这么一说，我突然觉得有道理！那道蓝色的烟就是从太寒殿残渣里发出的，很可能真是天化虫在玩金蝉脱壳的把戏！”

罗紫烟点点头，“如果是天化虫就更没错了！血魔最终的目的，就是要把它送进九凝鼎！”

小卷毛急忙疾冲向九凝鼎，“啊？那我们快点去看看！”

为了避免重蹈覆辙，罗紫烟不敢再用争发击打稳固在九凝鼎外头结界的阵眼，以免它又被天化虫带走，而是由小卷毛顶着雄浑阳气之流，穿过至阳结界，艰难地来到它的身边。

“小烟，它看起来很正常呀！”绕鼎飞了一圈，小卷毛说道。

罗紫烟沉吟道，“奇怪，难不成我们又猜错了？”

“也许它在来的半路上就被阳气给蚀灭了呢。”

“我们到鼎边看看！”罗紫烟想了想，一个飞身落到九凝鼎边上。这里阳气充沛，时刻像狂暴激流呼啸而出，即便是修阳者也难以靠近。

但罗紫烟此时的修为，已经可以承受这种至阳环境的冲击。

鼎内，由阳气炼化而成的至阳之水盈盈而动，光华耀目，壮观而又正常。

“小烟，我看咱想多了，到别的地方看看吧，说不定血魔另有打算。”

罗紫烟点了点头，刚要走，却又突然停了下来，失声道，“不对！你看这是什么？”

小卷毛探头凑过去，不由得愣住了，“它……它怎么做到的？”

只见鼎内那纯净无瑕的金波之中，此时正逐渐浮现出一缕若有若无的杂质，细看之下分明就是一条蓝色的虫子。

天化虫！

“真让那魔头给得逞了，小烟，现在我们该怎么办？”小卷毛回头着急地看着罗紫烟。

罗紫烟颓然地摇了摇头，“我也不知道……”

“但我们得阻止它，绝不能再让血魔又拿到九凝鼎！”小卷毛着急地叫道。

罗紫烟想了想，猛地探手进入九凝鼎，“不管了！”

在太寒殿，她曾想徒手把天化虫从鼎内抓出来，却被事实证明是异想天开。但现在，她毫无办法，只能再试一把。

“哗啦！”

阳流金波被拨开，罗紫烟的手探入其中，却感受不到一丝暖意。

“小烟，怎么样？”小卷毛眼巴巴问道。

罗紫烟失神了下，“奇怪，里头怎么是阴冷的？”

“啊？”小卷毛愣了下，突然尖叫起来，“不好，你看，鼎身……鼎身结冰了！”

罗紫烟急忙抽手后退，果见九凝鼎表面竟不知不觉结了一层薄薄的冰霜，而且这冰霜还在飞快增加着。

而鼎炉内的阳气金波则是突然停止了流动。

“完了，完了！大事不妙了！”小卷毛奋力扇动着翅膀，“我们赶快去告诉宫主！”

“来不及了，阻止它！”罗紫烟大叫着，飞身又落到小卷毛背上，凤凰力直贯而下。

这是她现在唯一能想到的办法，希望凤凰力能补充九凝鼎的阳气，以减少九凝鼎异变。

“轰！”

凤凰力贯入九凝鼎的瞬间，异变再次发生。大股白茫茫的阴气突然从鼎炉之中像是旋风一般扫出，让九凝鼎瞬间被一层严霜包裹住。

而罗紫烟和小卷毛则是被扫得倒飞出去。

“啊！”

“天下阳气十成，三成在极阳宫。”

这话虽然略显夸张，却是道出了一个基本事实，那就是极阳宫乃世间至阳之地。

但如今，在这人间阳气最富集之地，却又再次出现阴气。

阴气沿着冰封雪盖的九凝鼎，快速向外头蔓延，所过之处阳消阴生，薪火灭、冰霜生。随之而来的是烈烈阴风，滚滚寒流，席卷所有，吞噬一切。

“小烟，怎么可能……这些阴气怎么来的？”此情此景，让小卷毛不由得呆住了。

罗紫烟沉声道，“它们不是从别处来的，它们就来自这里。”

小卷毛愣了下，突然明白了，“你是说，这些阴气是由阳气转化过来的？”

罗紫烟点了点头，“莫忘记了，九凝鼎能吸聚阴气和阳气，也能转化阴阳！”

小卷毛瞠目结舌，“天啊！那真的完了！”

倘若九凝鼎的这些阴气是从别处的吸聚而来，那以极阳宫阳气之浓烈，尚可以将其抵消。但如果这些阴气就是汲取阳气，再转化过来的，那就意味着极阳宫丰富的阳气宝藏，将用来资敌！

“可就一条天化虫，它怎么能做到这点呢？”

罗紫烟咬牙道，“九凝鼎被血魔据有那么久，他肯定早就拿天化虫在上面做了文章！”

说话间，四周呼啸而来的阴气之风越发强烈，逼得罗紫烟和小卷毛只能不断后退。

“小烟，这样下去，整个极阳宫都要完蛋的！”

“现在我们根本阻止不了它！”罗紫烟内心一片迷惘。刚才那一记凤凰力，她和小卷毛都是全力以赴，结果看来，却是在给九凝鼎增加了一道力，加速了阴气的扩散。现在，她怎么还敢随意出手？

“那我们怎么办？”

罗紫烟想了想，有了主意，“我们分开行动，你快去通知宫主！”

小卷毛愣了下，“那小烟你……”

“我要再试着阻止它一次！”

小卷毛明白过来，“小烟，你又要用那个方法？”

罗紫烟点点头，催促道，“对的，你快走！”

“那小烟你要小心啊！”小卷毛迟疑了下，还是振翅向下飞去。

罗紫烟则是悬空坐下，全身阳脉同时一收，吸聚遍体阳气回流……

没多久，阳脉封闭，丹田开启，阴气凝丹开始流向四肢百骸。

功体再次由阳转阴，化血神通又一次回到身上。

“成了！”罗紫烟睁开眼，不由得倒吸了一口气。只见九凝鼎已经不见了，在她四周，则是涌动着一团团阴云，正往下飘动。

“咔嚓——”

一声闷响从下方传来，罗紫烟低头望去，不由得呆住了，只见接天峰之巅的九离殿，正在几团滚滚阴云的挤压下，逐渐垮塌崩毁，声势骇人。

即便是有灵性的仙殿，也扛不住这种阴气摧折。

而阴云还在向下逼压过去，气势极快。

“只能拼了！”罗紫烟化血神通一催，瞅准九凝鼎所在的方向，直冲入浓密的阴云之中。

阴云虽厚，但对罗紫烟毫无影响，她一路冲破迷雾，很快就看到了九凝鼎。

九凝鼎已变成一颗冰球，源源不断的阴气正从它上面散发出来，在四周凝聚出一团团阴云，不断往外飞去。

罗紫烟虽已身具至阴功体，但离九凝鼎近一分，就感到寒意重一分，直渗入骨髓之中。

九凝鼎吞吐的阴气数量之巨，简直难以想象。好不容易，罗紫烟才到它身边，身子不可抑制地颤抖起来。

罗紫烟仍是双掌一提，再次按在九凝鼎之上。

先前，在太寒殿深处，她吸收掉九凝鼎内的巨量阴气，给太寒殿致命一击。现在，她想到的唯一的办法就是再来一次。

虽然此一时彼一时，情势截然不同，无法确定此举是否还有效，但罗紫烟也只能放手一搏。

双掌一触及九凝鼎，立即有一股至寒阴气贯入体内。罗紫烟还来不及吸收它，就身子一轻，倒飞了出去。

直飞出十丈余，罗紫烟才稳住身子，只觉体内阴气激荡，心头更是一片冰冷。

只是一试之下，罗紫烟便清楚地知道，原来的办法已经不管用了。

此刻九凝鼎内，正处于阴阳二气激烈变化的当头，与在太寒殿时一鼎死水的状态截然不同。以罗紫烟现在的功体，要从上面吸收阴气根本做不到。

“浑蛋！”罗紫烟大骂一句，再次飞向九凝鼎，沿着它飞绕开来，仔细观察着它。

坐以待毙，可不是她的作风。

但九凝鼎裹在层层阴气坚冰之中，根本看不清里头的阴阳二气是如何转化的。

血神子为了这一记绝地反击，暗中不知筹划多久，虽然只是让天化虫来抢占九凝鼎，但却是直击极阳宫的要害，雷霆之击势不可挡。

“咔嚓！”

就在此时，身后突然传来一声雷鸣。罗紫烟回头望去，只见滚滚阴云之中，突然破开一个口子，一道冲天金光正从这口子里蹿出，染得漫空阴云金波千里。

“是师父来了！”罗紫烟大喜过望。

金光耀眼之际，丁引正驾剑飞来。在他身后，闷雷不断，紧跟着一道五彩光芒，不是小卷毛还有谁？

而在小卷毛身后，还跟着一人，正是血神子！

罗紫烟急忙迎着丁引飞去，“师父！”

“嗯？”丁引警惕地停了下来，凝神看着罗紫烟，“你……你怎么回事？”

“师父！阴气正在蔓延！”罗紫烟知道丁引觉察到自己功体有异，随口敷衍过去，又把天化虫幻化形体，躲过拦截，进入九凝鼎的事简单说了。

丁引只听得眉头紧锁，回头看了身后一眼，“替我挡会儿，我来试试！”

“是！”罗紫烟大喜，又补充一句，“师父，我刚才用凤凰力攻击过九凝鼎，但阳力一到上面就立刻被九凝鼎吸收，转化为阴气……”

“知道了！”丁引径直飞向九凝鼎。

罗紫烟立即掉头迎向血神子，此时，小卷毛正边飞边阻止血神子。但在这阴气郁积之地，它的凤凰力正一记比一记弱，被血神子连环数掌扫得跌跌撞撞，狼狈不堪。

但它仍是不肯后退，不断从侧里发起袭扰，令血神子又怒又急，却又无可奈何。

“小卷毛，退后！”罗紫烟赶到，照着血神子就是一掌打过去。

磅礴阴劲逼得血神子来势一停，他眼里闪过一抹怨毒，“来得正好！今日连同你一并儿收拾了！”

话声未已，血神子右掌一挡，罗紫烟的掌劲就立即消弭于无形。

“嘿，受死吧！”血神子阴劲顺势一吐，直扫罗紫烟面门而来。

罗紫烟避无可避，只能咬牙硬接，沉闷钝响声里，她倒飞了出去。

而血神子也是连退数丈，才拿桩站稳。

“看来这家伙，刚才跟师父斗也吃了不少亏！”罗紫烟大喜，立即又向血神子扑去。

“轰隆！”

“轰隆！”

道道阴劲激荡在阴云之海里，纵横交错，声势骇人。血神子步步紧逼，罗紫烟虽然节节败退，却仍是一次次挡在他面前。

在这至阴之境里，也只有同修化血神通的罗紫烟，才能与血神子一战。这固然是因为，血神子催动太寒殿硬碰金刚罩，又与丁引力战而导致功体消耗过甚，也因为罗紫烟的修为近期有显著的提升。

“小烟！挺住！揍死这个大魔头！”小卷毛已经无力再助罗紫烟，但它仍不肯离开，而是在一旁助阵，不断大声为罗紫烟打气加油。

鼓噪声，让血神子的神色越来越难看，他的阴劲是一记猛过一记。

罗紫烟只能咬牙顶住，只盼着丁引那边能赶快力挽狂澜，扭转乾坤。

“轰隆！”

正在此时，一声巨响骤然从身后传来，罗紫烟只觉被什么在背上一推，不由自主往前冲了出去。

血神子也是猝不及防，跌跌撞撞往后摔了出去，但他却是满脸狂喜之色，“哈哈！来了！”

罗紫烟急忙回头，不由得目瞪口呆。只见九凝鼎方向，漫天飞雪席卷而起，一座巍峨高殿正在其中显露峥嵘！

那分明是一座崭新的太寒殿，正飞速增长着！

“你们以为夺走九凝鼎，就能阻止我吗？哼，我早就让天化虫与九凝鼎心血相融了，只要它重新回到鼎内，九凝鼎便又是它的天下了！”

血神子看着那飞速增高的太寒殿，双目精光闪动，“这次，没人再能夺走它了！”

说话间，四周团团阴云突然同时扰动起来，汇流向新的太寒殿，随即消失在里头。

罗紫烟和小卷毛不由得对视一眼，血神子这番话让两人震惊而绝望。

“魔头！”太寒殿之后，突然传来一声暴喝。

声起，一道剑光驱云吞电般蹿出来，直射向血神子。

来者正是丁引！只见他一身玄袍已是褴褛破败，上面满是大大小小的破洞，而原本梳得一丝不苟的发丝则是飞散开来，凌乱不堪。那曾经洁净若皓月的面容，则是爬着道道血口子。

更让罗紫烟感到心悸的，是丁引的双眼再无淡定睿智之光，只剩怒火与疯狂。

匹练倏忽即到，势如破竹。丁引满腔怒火，这一剑毫不留后路，竟是要与血神子同归于尽。

但是，在这无穷阴气包围之下，他的阳脉受制严重，攻势看着虽狠，却被血神子一巴掌就扫飞了出去。

“丁引小儿，极阳宫气数已尽！汝之修阳大道，也要完了！”血神子冷笑道。

丁引大怒，开阳斩再次斩向血神子。

“小烟，宫主他……”小卷毛望向罗紫烟。

“刚才太寒殿突然生成，他一定是受到大量阴气侵蚀，影响了心神，我得去帮他！”罗紫烟说着，再次自后扑向血神子。

正在此时，血神子一个闪身，避开了丁引的剑锋，同时一道霸强的阴劲扫出，正击在他胸口上。

丁引闷哼一声，倒跌了出去。

几乎同时，罗紫烟从后面赶到，一掌狠狠劈向血神子，口中喝道，“快带宫主走！”

血神子闻声回头，一掌迎来，罗紫烟不由得倒跌出去。

而血神子则是借势一个后退，直飞向新生的太寒殿。

“哈哈，结束了！”

罗紫烟停下来，眼睁睁看着血神子纵身跳上太寒殿顶部，内心如坠冰窖。

“小烟，这里不能待了，快走！”小卷毛已经飞身接住了丁引，远远喊道。

接天峰下，仙魔大战已经接近尾声。魔物们的尸体从天门道外直延伸到接天谷内，倒得遍地都是，几无活口。

而极阳宫弟子则是聚集在接天谷中间，惊异不已地看着波谲云诡的空中。

虽然尽歼来犯的魔物，但看着风云变幻的天空，谁都知道大事不妙。

见到小卷毛驮着丁引飞下来，所有人同时围上来。廉红药当先抢出，扶住丁引急道，“宫主，宫主，你怎么了？”

“我……”丁引半晌才开口，一股阴气随之缓缓吐了出来。他看着四周，摇了摇头，“我没事，大家做好准备……”

极阳宫弟子面面相觑，又一起望向空中。

“宫主，上面发生了什么事？”廉红药看了空中一眼，那里阴云正在急剧收缩着，汇聚成一个巨大的云涡。

“九凝鼎，出事了！”丁引喘息一声，脸色一片灰暗，“新的太寒殿正在长出来！”

“什么？”众人不由得一阵骚动。

“小烟，你有没有发觉不对劲。”小卷毛飞到罗紫烟身边，悄声说道。

罗紫烟愣了下，“嗯？”

“你看地上。”

罗紫烟目光落到地上，发现地面上正出现一些细碎的白点，像盐粒，又像棉絮，无处不在。

只是眨眼工夫，这些白点便铺满地上，紧接着空中也开始出现白点，刚开始是一些晶状霜点，紧接着是雪片。

“不好，阴气正在向下侵蚀，我们得快走！”罗紫烟大叫道。

极阳宫众人也注意到异常，目光却望向丁引。

丁引勉强站直了，他扫了众人一眼，缓缓道，“极阳宫弟子——听令！”

“是！”廉红药等人同时躬身应是。数百人异口同声，声气直冲云霄。

“丁引无能，致令魔物潜入，侵占我九凝鼎，蚀毁我至阳宝地！如今，血魔的新魔殿正在我们头顶生成，即将侵蚀我们最后一缕阳火！”

丁引深吸一口气，拔剑而起，直指空中，“极阳宫已到生死关头，正道也徘徊在存亡边际，当此之际，我们能做的，就是拔剑而起，再与魔物殊死一战，以存我纯阳之道，扬我极阳门楣！”

“存我纯阳之道，扬我极阳门楣！”廉红药等人同时高声大喊着，个个斗志昂扬。

“师父，这样可不行！”罗紫烟大步过来，“现在整个极阳宫的地气都向阴转变，这里的地利已经不属于我们了！我们没有丝毫胜算！”

“你的意思是，我们要从自己的宗门里仓皇逃走，把正道祖业拱手让给那魔头？”丁引回头瞪着罗紫烟，冷冷说道。

廉红药等人也都是怒视着罗紫烟。显然罗紫烟的话伤了极阳宫上下的尊严，犯了众人之怒。

罗紫烟顿了下，扬声道，“师父！我不是这个意思，但与其立于危墙之下而战，何不撤离到安全之处，重整旗鼓再来！”

“极阳宫弟子就该与极阳宫同存亡共进退，哪有半途而废、闻风而逃的道理！”廉红药戟指着罗紫烟，厉声道，“罗紫烟，你妖言惑众，是想打击我们的斗志吗？”

“喂！你们都眼瞎了吗？看不到这里的阳气都在变成阴气吗？在这样的环境下，你们拿什么与血魔斗？”小卷毛越说越怒，飞到众人面前，“小烟是一片好心，你们别当作驴肝肺！想想小烟救过你们多少次！”

被它这么一说，不少极阳宫弟子眼里的怒气都熄了。

“小卷毛，你别说了！”罗紫烟喝住了小卷毛，又回头看着丁引，“师父，现在情况对我们不利，撤出也是为了以后更好的反击啊！”

说话间，地上已经覆满冰霜，而漫空落下的雪花则是越来越大，染得众人身上处处发白。

不少弟子开始露出不安之色了。

丁引看着罗紫烟，片刻之后才冷哼一声，“极阳宫弟子，坚守阵地！”

“是，准备战斗！”廉红药大喝一声，右手一扬，大红花已经在手了。

宫众们立即散开，目视空中，法器出鞘，蓄势待发。

几乎同时，空中的云涡消失了，一道巨大的黑影正从中逐渐显露，缓缓地往下降落。

“那是……”

“是太寒殿！”

“快散开！散开！”

惊呼声里，太寒殿犹如飞来峰，擦着接天峰边际，当头落下。看那架势，降落目标正是接天谷。

极阳宫众人见势不妙，立即驾着法器四散逃开。

“轰隆！”

太寒殿直直地落在接天谷里，落地后基座便向下一沉，陷地数丈，激起漫天尘土与雪花。

与此同时，它那巨大的殿身则像是竹笋拔节般，迅速向上增长。接天谷内的阴寒气息更加浓烈了。

极阳宫众人缓过神来，正从四周聚集到丁引身边。

而丁引则是双目赤红，正死死盯着太寒殿。

“宫主！下令吧！”廉红药上前，大声叫道。

罗紫烟却是从身后飞来，急道，“师父，现在它正当势盛，我们还是避它一避吧！”

廉红药回头瞪了罗紫烟一眼，“你是什么人？极阳宫的事轮到你来指手画脚吗？”

罗紫烟眉头一皱，想要发怒了，但转念一想，还是诚挚地看着丁引，“师父！”

“不必多说！”丁引一摆手，大步向太寒殿走去，“决不能让魔物占我极阳宫，上！”

极阳宫弟子纷纷大喊一声，跟着丁引涌向太寒殿。

“你们这样头脑发热有什么用呢！”罗紫烟又气又急，冲着众人背影叫道。

丁引一众置若罔闻，依旧大步前行。

小卷毛飞到罗紫烟身边，愤愤道，“小烟，他们不识好歹，让他们撞个头破血流，我们先撤吧，我有些扛不住了。”

“你先撤，我不能就这样走了。”罗紫烟说着，朝着丁引一众赶去。

她非常清楚，纵然丁引视她如无物，但面对血魔这个共同的敌人，她必须坚定地站在丁引这边。

“哈哈！各位来得正好，太寒殿空着呢，急需各位来做客！”就在这时候，太寒殿内传来一声大笑，血神子从洞口的殿门内走出来，淡然看着四面而至的强敌。

“哼！上！”丁引怒喝一声，当先冲了出去，手中仙剑破空嘶风，直取血神子面门。

与此同时，极阳宫众手中的仙器也同时动了，有的攻击血神子，有的则是攻击太寒殿。

一时间，匹练啸空，血神子与太寒殿成为众矢之的。

血神子却是视若无睹，自顾自地双手一扬，“来吧！”

“呜——”

太寒殿内骤然一声巨响，巨大的殿身竟像麻花一般扭起来，击向它的众多仙器竟是在间不容发之际被一股大力带得擦着它飞过，无一命中。

与此同时，血神子一个后掠，直退入太寒殿门内，射向他的匹练跟着追进去。但怪事却发生了，仙器们一进入殿门内，去势立即一顿，随即在空中摇摇晃晃个不停，然后蒙着一层霜，当啷掉落到地上。

在这之中，只有丁引的剑和廉红药的红花得以挣脱回来，但两口仙器上同样密布着阴气所化的冰晶。

“哈哈！”血神子再次走出殿门，仰天大笑道，“修阳小辈们，让我看看你们还有什么能耐！”

极阳宫众人无不是神色惨淡，本以为凭着人多势众全力以赴，足以踏平这座魔殿，哪想到魔殿只是一扭一吞，就把密集的攻势消弭于无形，直叫众人都是心头发凉。

“师父，我们……”

罗紫烟落到丁引身边，刚要再次进谏，丁引却是一摆手，“不用说了，极阳宫弟子们，随我共歼此魔！”

话落，他再次扑向血神子，廉红药等人紧随其后，包抄向血神子。

“真是榆木脑袋！”罗紫烟大急，只能一咬牙跟着过去。

“哈哈，很好！”

血神子狂笑一声，再次往后一掠，整个人贴在殿门口上方，双掌同时扣在殿身上，两道白光从掌心里暴涨而起，“天化——万物！”

太寒殿又一次剧烈地扭动起来，巨大的殿门猛地往里一收，“哗！”

“不好！快退开！”罗紫烟急喝道。她深知太寒殿出现如此情况意味着什么。

但是丁引等人仍是从各个方向直扑血神子，竟是要聚集全宫之力毙血神子于一役。

只要血神子死了，太寒殿纵然再可怕，总也有对付的办法。

但是，罗紫烟却知道没有那么简单。只要有太寒殿加持，血神子就如虎添翼，要杀他实是难如登天。这个时候，最好的办法是避开太寒殿，再另行想办法。

但是，丁引等人哪里听得进去？

就在众人冲到血神子面前不足十丈时，一股巨大的吸力从太寒殿的殿门内席卷而出。

“啊！啊！啊！”

极阳宫众人无不神情剧变，下意识地抽身后退，但吸力太强了，一下子就攫住众人往太寒殿内拖去。

众人的目标本是血神子，此刻却都偏离了方向，直直朝着太寒殿大门冲去。

眨眼间，最前头的几个弟子便消失在殿门内，连一声惨叫都来不及发出。

“快撤退！快撤退！”丁引到底修为高深，一个急停就稳住了身子，口中喝道。

此时，就算是瞎子也看得出来，再不后退，只怕极阳宫今日全都要交代在这里。

只是，这个命令来得太迟了，话音刚落，又有数个极阳宫弟子被吸了进去。其他人纵然全力后退，但吸力绵绵不尽，要挣脱何其之难。

纵然能与吸力抗衡一时，但功体无时无刻不受四周阴气的侵蚀，又能支撑多久？

“后退！后退！”丁引深知个中厉害，双掌连环打出，两道宏大的炎罗圣光呼啸而出，震得附近的廉红药及十几个弟子倒跌了出去，却也挣脱了吸力的束缚。

丁引身子闪动，如法炮制，又将数十人震离太寒殿大门。

在此期间，却又有二三十名弟子惨叫着，跌入那黑黝黝的太寒殿大门。

“小卷毛，你别过来！”

混乱之际，罗紫烟直扑太寒殿大门，同时冲着跟在身后的小卷毛大喝道。

太寒殿的吸力对现在的罗紫烟基本没影响，而罗紫烟对于解决眼前的困局却颇有经验，她化血神通一提，两股阴劲已喷薄而出，正击在太寒殿大门上。

“轰隆！”

太寒殿大门颤了颤，从内中发出的吸力骤然被隔断。

虽然只是一瞬间的事，却让每个被它攫住的极阳宫弟子都感到身子一轻。众人反应也是不慢，纷纷掉头就跑。

但仍有一部分人跑得慢了，再次被吸力攫住了。

“喝！”

罗紫烟第二记猛击再次到来。

“又是你！”血神子大怒，双手却不敢离开太寒殿。

罗紫烟大喜，阴劲继续轰出。只是片刻工夫，得到喘息之刻的极阳宫众人便纷纷逃出了太寒殿的吸力范围，跟着丁引退到接天门外。

罗紫烟这才一个掉头，飞奔向极阳宫众人。

此时，接天谷内外银装素裹，接天峰及四大护山都是白雪皑皑，而空中则是雪飘不断，曾经熟悉的亭台楼阁及风景，全被掩盖在这白茫茫之中。

整个接天谷，大半都被太寒殿占去。它已经停止了增长，巨大的殿体竟似有接天峰的一半高，袅袅白烟正从殿上散发出来，像雾又像云飘向四方。

“哈哈哈！”血神子猛地一收双手，立在太寒殿门口上方，远远看着极阳宫一众，“太寒殿的大门始终向各位敞开，欢迎各位随时来访！”

“魔头——”

丁引眼里怒光凛动，牙关咬得紧紧的，却又说不出什么来。而他身后的极阳宫众，则是个个脸色煞白，披头散发，狼狈不堪。

大好局面，骤然倾覆，修仙名府，一朝沦陷。

此役极阳宫所遭受的重创，对于丁引及所有极阳宫人而言，都是千古奇耻大辱。丁引想大骂，却是满腹悲怒说不出口来。

“师父息怒！他是想激怒我们过去，千万不要再上当了！”罗紫烟飞到丁引身后，小心说道。

丁引回头看了罗紫烟一眼，默不作声。

“这里的地气已经不利于我们，师父不如带领宫中弟子先到成都安顿，再寻找对付太寒殿之策……”

“免了！”丁引突然一摆手，“极阳宫尚不至于要找摄政王寻求庇护，我们先走！”

“师父！”

罗紫烟大急，想要再进谏，丁引却是面色冷峻，转身走出天门道。廉红药等人鱼贯跟了出去。

“小烟，宫主今天丢大发了，怎么还有脸跟你一起回去呢？我们也快走吧！”小卷毛警惕地看了太寒殿一眼，“不然等下那魔头来了，我们单打独斗要脱身只怕很难！”

罗紫烟点点头，不得不也往天门道走出去。

到了天门道外头，罗紫烟跳上小卷毛背上，跟着它升空而起。

飞出数里后，罗紫烟这才回头往身后望去，只见昔日的仙界名门极阳宫，此时已无一丝阳气，遍地的银白与天门山后头露出的太寒殿所呈现的灰黑色泽，成为大地上最鲜明的对比。

第二十八章 | 人间魔域

蜀国风平浪静，成都一切正常。

发生在极阳宫的惨烈变化，除了罗紫烟等人，世人对此一无所知。正因为如此，看着一如寻常的蜀都，罗紫烟心头才会阵阵苦涩。

世间正邪消长的局面已经出现根本性的改变，但却没有几个人知道这点。更没有几个人知道，即将而来的暗潮，很可能会彻底吞没这世界的一切。

而如今的形势，罗紫烟却是毫无头绪。她一个人在晓月殿踱了两天的步，想出种种的办法，却是一次次自我否决了。

太寒殿霸占了极阳宫这个宝地，通过九凝鼎能把无穷无尽的阳气转化成阴气，从而使它变成一个无敌的存在，任何外部攻击对它只怕都没什么用。

而且，一旦太寒殿立住脚跟了，血神子必定还有更可怕的计划。

这才是罗紫烟最担心的。

“小烟，我跟你说，不管你想什么办法，都不要再想着潜入太寒殿，那太危险了！”小卷毛见罗紫烟愁眉苦脸，也跟着忧心忡忡。

罗紫烟停了下来，看着它，“我当然不会蠢到认为血神子会给我第三次机会。”

“这就对了。我们还是想想有没有办法从外部打破太寒殿！”

罗紫烟摇摇头，“我想不出有什么办法……楚门主那边，有什么新消息传来吗？”

这两天，罗紫烟让楚何和火猴率领上仙门残众，时刻盯着太寒殿的动向。

小卷毛道，“半个时辰前，刚传来一个消息，不过不是太寒殿那边的，那边还是没有动静，血魔依旧龟缩不出。”

“那是什么消息？”

“关于宫主的消息。”

罗紫烟两眼一亮，“发现他们的行踪了？”

丁引率领一众弟子败走极阳宫后，这几天一直销声匿迹，罗紫烟心中另一个担心是，他们迫不及待再向太寒殿下手。

“宫主他们倒是没有再去进攻太寒殿，而是在华山竖起一杆旗帜。”

罗紫烟愣了下，“什么旗？”

“一杆讨魔旗。听说还同时向九州大地及四海八荒的修仙门派、名山洞府发出讨魔檄文。”

罗紫烟沉吟了下道，“这不就是我们以前做的事吗？但他没有给我们和上仙门吧？”

小卷毛迟疑了下，点了点头，“可能他觉得我们已经知道了……”

“小卷毛，你不用安慰我，我知道师父还在生我的气。”

“不来就不来，我们又不稀罕。”小卷毛不以为然道。

罗紫烟点了点头，“我现在最大的心病倒不是这个。”

小卷毛会意了，“小烟是担心，血魔现在有新的太寒殿，还有那么强的阴气可用……司明更加支撑不了多久？”

罗紫烟点点头，自责地道，“他本就岌岌可危，现在一定更加艰难，而我除了着急，却什么也做不了，我实在是没用！”

“小烟，你这样自责是没有道理的！你难道忘记凤王说的吗？血魔就是天道循环中的一个劫数，他是必定会降临的量劫，是整个修仙界都害怕的量劫，无论是小烟还是我，都是应劫而来的。我觉得小烟能做到现在这样，已经是难能可贵了。”

“可这个劫，我越来越不知道该如何去应对了。”

“小烟，你这样灰心丧志，我可很不习惯。不是还有我一直在辅佐你吗？”

罗紫烟看着小卷毛，心头一暖，“是啊！这些日子要不是有你，我是无论如何也撑不到现在的。”

小卷毛得意地摇摇头，刚想再说什么，外头突然传来烈烈的风声。紧接着，一个清朗的声音传来，“楚何求见摄政王！”

罗紫烟愣了下，急忙道，“进来！”

片刻之后，楚何匆匆进来，俊朗的脸上却像是蒙了张白纸似的，没有一点人色，“摄政王，情况有些……”

罗紫烟心头一颤，和声道，“楚门主，别急，慢慢说！”

“我不是急，是不知道该如何说。”楚何砸巴了下嘴巴，“情况越来越诡异了。”

“怎么诡异了？”小卷毛叫道。

罗紫烟缓缓道，“楚门主，慢慢道来。”

“是这样的，我们又发现一座太寒殿。”楚何迟疑了下，“我们也不知道是怎么回事。”

“又一座太寒殿？”罗紫烟和小卷毛都愣了下。

“没错，就在极阳宫以南四十里处，一夜之间从地里长出来的。”

“那极阳宫里头那座呢？”

“我们原以为是它移过去的，后来发现它还好好在原地不动。”

楚何满脸震惊之色，片刻才又道，“看来我们对太寒殿的了解还是太少了，它不但能走，还能像蘑菇那样长出新的！”

小卷毛目瞪口呆，罗紫烟却大步往外走，“我们去看看！”

一路风驰电掣，罗紫烟和小卷毛很快就到极阳宫以南地区。

“越过前面那座高山，便是第二座太寒殿了……嗯，那边怎么了？”楚何飞在前头带路，突然吃惊地望着前方。

罗紫烟和小卷毛同时看到，一股笔直的烟柱正从前方山头之后袅袅升空。

三人对视一眼，同时往前飞了过去。

山之后是座傍山而建的小山村，浓烟正从村中一座着火的房子里发出。奇怪的是，房子四周围着一圈人，却都只是看着燃烧的房子发呆，没有人去救火。

上百人围着一座火房子，除了噼里啪啦的火声，别无其他声音，未免诡异骇人。

“小烟，他们在干什么？好奇怪！”小卷毛道。

罗紫烟也觉奇怪，当即按下剑光落下，“去看看！”

三人落到那圈人墙外头，围观者却是毫无反应，个个仍是盯着熊熊的大火，似乎火中有什么要跑出来。

“你们这是在干什么？”楚何上前问道。

没有人回答他，乡民们的目光仍没离开那团大火。

楚何眉头一皱，不由得回头望向罗紫烟。罗紫烟心头一咯噔，隐隐感到不安。

“乡亲们——”楚何声音一提，“请问这火是怎么回事？”

乡民们依旧没有反应，火光在每个人身上罩了一层红，竟像是在往外头淌血。

楚何大步走到一个乡民身后，拍了拍他的肩头，“这位乡亲，你能听到我的话吗？”

那乡民打个哆嗦，缓缓地回过头来，只见他约莫五十来岁，一张黑黝黝老脸犹如橘皮，眼里闪着迷惘的光芒，“你是……”

楚何暗暗松了口气，“我等路过此处，见这里浓烟滚滚，火光冲天，特意前来看看，不知道这是怎么回事？”

“怎么回事？”那乡民嘀咕一句，茫然回头看了身后一眼，突然如梦惊醒一般，“啊？这个啊，我们冷呢！”

“冷？所以你们烧屋取暖？”楚何不由得愣住了，“大家都冷吗？”

罗紫烟心头一突，突然不寒而栗。

那个乡民认真地点点头，“对啊，大家都冷，所以来烤火！不然越来越冷，难受死了！”

“你们从什么时候开始感觉到冷的？”罗紫烟突然过来，紧紧盯着那个乡民。

乡民眼里又闪过一抹迷惘，“从什么时候？我不记得了，哎哟，为什么头脑一团糨糊，好多事都记不起来！”

“那其他人呢？他们怎么不说话呢？”罗紫烟不动声色地问道。

那个乡民却是没有回答，而是呆呆地看着罗紫烟，眼里的光突然急剧收缩，神情随即变得说不出的阴沉。

罗紫烟心头一个咯噔，沉声道，“楚门主，我们走！”

楚何茫然后退，“摄政王，这……这是怎么回事？”

罗紫烟刚要回答，那个乡民口中突然发出破锣般的怒吼声，紧接着猛地身子一纵，向楚何扑来。

“退开！”楚何右掌一翻，一股大力打出，那乡民当即倒跌了出去。

几乎同时，其他“烤火”的乡民，突然都一个转身，向着罗紫烟这边扑来。他们个个面目阴狠，眼里空洞，喉咙深处传来怪异的吼声，像是一群饿狼看到了绵羊。

罗紫烟三人同时腾空而起，那群乡民呼啸而来，当即扑了个空。他们怒吼着，飞身跳起，双手拼命向上乱抓。但都只是跳到半丈左右，便纷纷掉落地上。但他们马上又爬起来，锲而不舍地跳着，似乎不抓到罗紫烟等人誓不罢休。

楚何脸色已变得十分难看，“摄政王，这些人……”

罗紫烟脸色也是绷得紧紧的，半晌才道，“他们跟蜀王，还有那些从太寒殿侥幸逃出来的人一样。”

“摄政王的意思是，他们都已经被魔化了？”

罗紫烟摇摇头，“有可能只是半魔化，你看他们刚才好像还有清醒过来。”

“血魔也太饥不择食了，连这些普通乡民也不放过。”小卷毛喃喃说道。

楚何点点头，“对啊，而且，要把人魔化，不是该赶进太寒殿吗？他们好像都没有被送进去过。”

“会不会被送进去过，然后又送出来了呢？”小卷毛说道。

楚何目露迷惘，“可看他们的模样，应该不像进过太寒殿的。”

罗紫烟点点头，“没错，如果这些人真被赶入太寒殿里过，绝不会是现在这副模样了。”

这些乡民除了行为诡异，无论是衣着还是形体，都与普通百姓无异，全然不像是到太寒殿内走过一遭的。

“那他们这是怎么回事？”楚何喃喃说道。

罗紫烟没有回答，目光往极阳宫方向望去。

从这里遥瞰，罗紫烟果然看到两座太寒殿。从形体来看，它们一模一样，不同的是，一座在极远之处的极阳宫之中，一座则是近在数十里外。

虽然隔得甚远，但两座太寒殿看起来大小差不多，可知近处的太寒殿，明显比远处那座小一大截。

“我想，他们应该是受附近那座太寒殿的影响。”片刻之后，罗紫烟才说道。

楚何想了想，点点头，“是有可能……但这也太可怕了！”

“我们再去看看。”

靠近那座新的太寒殿，罗紫烟才发现，它个头比先前预估的还小，大约只有极阳宫那座太寒殿的三成左右。

“真是邪门了，太寒殿居然还能生崽？”小卷毛叫道。

虽然两座太寒殿看着像是一个模子出来的，但绕着新太寒殿飞了一圈后，罗紫烟还是发现了二者中有一个显著的不同。

那就是新太寒殿居然没有门！它整个密闭一体，真像从地上长出的一朵蘑菇那样。

没有门，它又怎么把人和兽赶进去炼化成魔？

罗紫烟正沉吟之际，小卷毛突然在耳边叫道，“小烟，你们有没有注意到一个奇怪的地方？”

“什么？”

“这座太寒殿个头不大，但阴气好像比极阳宫那个还厉害。”

听小卷毛这么一说，罗紫烟才发觉新太寒殿所散发出的阴气之强盛，即便在数十里之外，也能清楚地感觉到。

这个特点虽然很明显，但因为太寒殿散发出阴气是司空见惯之事，罗紫烟竟一时未察。

“阴气确实很强，我都要开始运功抵御了。”楚何本就觉得浑身不对劲，听小卷毛一说，才发现到症结所在。

罗紫烟刚要说什么，突然发现东方远处也生起数股浓烟。

“过去看看！”

三人向东疾飞了二十里左右，都呆住了，只见浓烟是从一座村落里的几个失火的房子生起的。在烈焰与浓烟之间，可见每座火屋外头都聚着一群乡民，正静静对着大火，动也不动。

那情景，与先前南面山村里所见的几乎一模一样。

“小烟，他们也入魔了吗？”小卷毛看着罗紫烟。

罗紫烟点了点头。

正在这时候，楚何突然指着西方，“看，那边也冒烟了！”

新太寒殿的东、西、南三处，竟然同时都有浓烟升空。

很快，罗紫烟三人就发现，新太寒殿方圆数十里内村庄的村民，全都出现了魔化迹象。

楚何满脸凝重，“这新的太寒殿也太可怕了吧，竟然连离它几十里的人都能影响到！”

罗紫烟沉吟道，“还不是最可怕的，我最担心的是……”

话没说完，一道匹练突然从远处急射而来。

来者是个上仙门人，他来不及行礼，便急急叫道，“摄政王、楚门主，大事不好了！”

“什么事，慢慢说！”

“刚才，在太寒殿东边六十里、西边五十里、北边四十里的地方，都发现又有新的太寒殿长出！”

“什么！”罗紫烟三人同时惊呼一声，又对视一眼，每个人都从对方的眼里读到了震惊。

“摄政王，我们赶快过去看看！”楚何急道。

罗紫烟想了想，摇摇头，“不用了，看这里就知道是什么情况了。楚门主，接下来得请你做一件事。”

“摄政王尽管吩咐！”

“你让人调查一下，每座新太寒殿附近有多少座村落？多远以内的村落会出现魔化的情况，多远之外的不会？还有追踪每座太寒殿之间的距离，做个详细的记录。”

“是，我这就去！”楚何带着那上仙门人掉头飞去。

罗紫烟回头对小卷毛道，“我们再到极阳宫旧地重游一趟。”

如果不是熟门熟路，罗紫烟和小卷毛完全无法相信，眼前这片冰天雪地，就是曾经的极阳宫。

小卷毛的振翅声刚响彻接天谷，血神子就从太寒殿里出来了。他面带微笑，远远说道，“我就知道，今天会有客人来为我贺喜的！”

“小烟，我们要不要撤退？”小卷毛警惕地停了下来，回头看着罗紫烟。

罗紫烟目光直视着前方，缓缓道，“不用了，就在这里，别过去了！”

“也行，那魔头真要敢动手，咱就跟他拼了！”小卷毛发狠道。

罗紫烟直盯着血神子，“现在，你又在搞什么鬼？”

“哈哈，你是问，为什么会多出那么多子殿吧？”

“子殿？”罗紫烟愣了下，“那这边这座，就是母殿了？”

“哈哈，天化虫善化万物，下崽的本事当然也有了！”

罗紫烟心头一寒，想不到这些新冒出的太寒殿，真的是由这座太寒殿繁衍出来！

“那它还能生多少呢？”顿了下，罗紫烟问道。

“嘿嘿，有道是，无生有，有生一，一生二，二生三，三生无穷也！”

小卷毛愣了下，急道，“你这魔头少吓唬我们，照你那样说，以后整个世界，不都被你这魔殿占满了！”

血神子哈哈一笑，“迟早的事。”

“吹牛，我才不相信！”小卷毛哼了一声道。

罗紫烟则是看着血神子，缓缓道，“你这样做，到底想干什么？”

血神子缓缓向罗紫烟走来，“你这么聪明，焉能不懂？”

罗紫烟冷冷道，“我猜，你想用这一座座子殿来影响附近的生灵，让它们都变成魔物，最后全部为你所驱用，对吧？”

“聪明！不过你只猜对了一大半，子殿还有另外一个作用，那就是它能吸收它所在地的一切阴气。只有这样，我才能最终掌握世间一切阴气。”

罗紫烟心头剧震，呆呆地看着血神子。血神子面现得意之色，“否则，你以为我凭一座太寒殿、一群修罗和夜叉，真能征服天下？”

“这么说来，你之前用太寒殿所做的一切，其实只是个障眼法，现在的这一切才是你真正的目的？”

“先前行事，不过是权宜之举而已。”

“权宜之举？”

“没错，那时我的功体离完全恢复还差很远，只能通过九凝鼎和天化虫操控一座太寒殿而已。而且那时候，昆仑雪域也没有足够的阴气可用，不像这里有源源不断的阳气供我转化。”

“所以，你现在是万事俱备了？”

血神子笑了笑，“没错，万事俱备，只欠个东风了。”

他直直地盯着罗紫烟，“你知道这个东风是什么吧？”

罗紫烟紧盯着他，没有说话。血神子又是一笑，自言自语道，“我知道你猜到了，没错，就是司明！”

“你把司明怎么样了？”罗紫烟强忍着心中的混乱与愤怒，咬牙问道。

血神子嘿嘿一笑，“别急，他现在还活着，不过我的功体已经恢复到八表化形之境，他的元神已经被我彻底冻结住，再也无法对我形成干扰了。”

“你……”

“按照现在的速度，假以时日，我的功体就可以突破九重归一。届时，他的元神就会彻底虚化，虽然还存在，却形同于无，我只要再把功体蜕化几次，就可以把他像蝉蜕那样，逐渐从体内赶出去。届时，这副身体就完全是我的了！”

“你……你这个恶心的强盗！”小卷毛忍不住破口大骂。

血神子冷笑一声，“弱肉强食，自古如此。弱者的谩骂，对强者来说不过是一种赞美。”

“强盗就是强盗，就善于强词夺理！”罗紫烟忍着怒气，又道，“按你说的，司明元神最后会如何？”

血神子嘲讽一笑，“这种蝼蚁般的元神，没有形体寄附，能在天地间维系多久呢？何况已经被炼化到近乎虚无的形体，只怕不用一时三刻，就被阴气罡风吹散了吧。”

“也就是说，我要赶在这之前，杀了你才能救司明？”罗紫烟冷冷道。

血神子愣了下，旋即笑了，“我非常欣赏你这种不到黄河心不死的勇气。”

说话间，他已经逼到罗紫烟面前不足十丈之处，小卷毛紧张地扇着翅膀，罗紫烟同时把双掌按在它背上，两人的凤凰力连成一处，只要血神子有个风吹草动，便要迎头痛击。

但血神子却停下来，“你们不用紧张，我今天可不准备动手。”

“那你想怎么样？”罗紫烟更警惕了。

血神子淡淡一笑，环顾四周，“整个天下已经尽在我的掌控之中，用不了多久，你们都将臣服于我，我何必浪费力气？”

“你做梦吧，我和小烟是宁死不屈的。”小卷毛愤愤道。

血神子淡淡一笑，“只要太寒子殿遍布天下，世间将彻底成为至阴之地，没有一丝阳气能存活。到时候就算是丁引，他体内的阳气也会被消耗得一干二净，也将乖乖听命于我。”

“你把什么都告诉我们，是觉得没人能阻止你了。”罗紫烟冷冷道。

血神子笑了笑，“确实如此，量劫已经开始，这回天道归我，就算丁引聚集再多的修阳者，也难逃此劫。”

血神子指着罗紫烟，“如果你现在就投诚于我，我保证可以好生待你……”

“你休想！”

血神子的笑容僵了僵，马上又展开，“也行，那你们走吧！”

说罢，他转身径自离去，身影很快就消失在太寒殿母殿之内。

四周空气像要凝固一般，小卷毛回头呆呆地看着罗紫烟，“小烟，那家伙真的放我们走？”

“他这是有目的的！”罗紫烟想了想，说道。

小卷毛一脸不解。

“这魔头故意把太寒殿的秘密透露给我们，是希望我们传播出去。”

“可底牌让人提前知道了，大家不是可以提前做好准备了吗？”

罗紫烟神色变得更加凝重，“这说明那魔头根本不怕别人知道，也就是说，他确定太寒殿最终能长遍世间，没人阻止得了。但只要我们把这个消息传播出去，人心惊惶，绝望情绪就会弥漫开来。”

罗紫烟直直盯着太寒殿，眼里似乎也闪着恐惧，“到时候，只怕没几个人有斗志来垂死挣扎了。”

“我就不相信，世间奇人异士多的去，总有抗衡这个魔殿的人！”

罗紫烟默了下，突然道，“小卷毛，你还记得凤王临死前说的话吗？”

小卷毛愣了下，眼里不由得也闪起惊骇之光，“对啊，我怎么忘记这个事了……”

“好多，无穷无尽，吞噬着大地，吞噬着一切，天下全是他的了……”

“无穷无尽，吞噬着大地……如果让它们遍布天下，世间将彻底沦陷……”

罗紫烟喃喃地重复着凤王临终前的话，“我记得当时凤王说这句话的时候，我还问它说，‘它们’是不是指魔物，但凤王却说不是，‘它们’指的是太寒殿。”

“原来凤王临死之前真的预见未来了！可我们当时还觉得太寒殿已经支撑不了多久了。”

倘若凤王看到的末日景象真出现，那太寒殿将遍布世界，它们将牢牢吸聚世间的一切阴气，并把阳气也转化成阴气。届时，太寒殿之间的一切生灵，都将被阴气侵蚀，成为易受血魔控制的魔物。

那样的话，普天之下，莫非魔土，率土之滨，莫非魔徒。生人将绝灭，世间横行的唯有魔物。

小卷毛越想越惊，“小烟，那我们现在怎么办？总不能就这样坐以待毙吧？”

罗紫烟目视着太寒殿，片刻才道，“凤王临死前让我务必阻止它们的蔓延，我们唯一能做的，就是遵照它的教诲。”

“好啊，不管怎么说都得拼一把！”

罗紫烟点点头道，“我们去华山见师父吧！”

离开极阳宫没多远，罗紫烟又碰到了楚何。他已经对新生的四座太寒子殿做了全面的调查。

四座太寒子殿，分列极阳宫四角，彼此距离在五十里到八十里之间。每座子殿六十里内的村庄全部出现魔化迹象，再往外的乡民，暂时还没有出现异常。

“这么说来，每座太寒子殿的影响范围，都在六十里以内？”罗紫烟沉吟道。

楚何点点头，“这些子殿彼此距离有限，影响范围会出现叠加状态，所以只要是在两座子殿之间的生灵都会受它们的影响。”

罗紫烟点点头，“那就意味着，只要有子殿出现，就得立刻把附近八十里内的人迁走。”

“是的！”

罗紫烟想了想，说道，“楚门主，你接下来带领上仙门众人紧密监视这些太寒殿的动向，如果再有新的子殿出现，就赶快把它周遭八十里内的人给迁走。”

“啊？还会再出现新的魔殿？”楚何神色倏变。

罗紫烟沉重地点点头，“所以你们要盯紧点！”

又交代了几句，罗紫烟这才和小卷毛继续启程，前往华山。

“除魔卫道”的大旗是立起了，共抗血魔的檄文也发出了，但是华山并没有预想的那样热闹。

不过，有数百名极阳宫弟子暂时落脚于此，山上还是比以往热闹一些。

罗紫烟和小卷毛刚到山脚下，就被两个极阳宫弟子截住。

此后，经过层层通报，半个时辰后，罗紫烟才被同意单独一人到半山腰的一个悬崖边上去见丁引。

极阳宫的惨败，堪称是丁引平生未有之耻。不过经过这几天的调整，他看起来淡然些了，见到罗紫烟时，脸上竟还露出一丝笑意，“摄政王，想不到你也会来这种地方。”

“虽然师父不把檄文传给我一份，但除魔大计，关乎每个修阳者，弟子岂能落人之后？”罗紫烟心平气和地道。

丁引冷笑，“原来摄政王也是个修阳者呀？难道我先前感觉错了，摄政王没有修一些邪道功法？”

罗紫烟心头一咯噔，情知上次极阳宫保卫战时，她情急之下施展出化血神通与血魔对抗，被丁引发觉出异常了。

“即便弟子修炼一些邪门外派功法，也是情势所迫，绝无投诚邪道之意，还请师父明鉴！”罗紫烟缓缓说道。

丁引直直盯着她，片刻后突然笑了，“你也不用一口一口师父叫着，我已经说了，我不足以当摄政王的师父了。”

“师父……”

丁引一摆手，神色骤冷，“摄政王，你再这样乱叫，我只能请你离开了。”

罗紫烟愣了下，点点头，“既然宫主心意已决，那我就改口了。”

“这就对了，说吧，摄政王大驾光临有何贵干？”

“我是来与师父，不，宫主共商除魔大计的！”罗紫烟把太寒殿最新的异变详细说了一遍。

丁引眉头皱了起来，“这才是血魔的真正目的？”

“应该就是如此。所以，趁他的局面还没完全展开，必须将太寒殿彻底摧毁。”罗紫烟眼巴巴看着丁引，“宫主，这就需要你来率领整个修仙界，尽快行动。”

丁引冷笑一声，“该怎么做我自有主张，你回去吧。”

“宫主……”

“请！”

“小烟，这宫主也太小气了，居然对你这样。”回蜀王宫的路上，小卷毛一直为罗紫烟打抱不平。

“他那么用心培养我，是希望我能对他忠心耿耿，我却公然违逆他，这正犯了他的大忌，他不废了我的功体，已经是很不错了。”罗紫烟淡淡道。

小卷毛默然片刻道，“宫主也真是的，一点儿也没有万仙之首的气度。小烟，接下来我们怎么办？”

“先回蜀王宫，密切关注太寒殿的动向。”罗紫烟目光遥望着远方，“在对太寒殿动手之前，我们打铁还得自身硬，把六阳心法和凤凰力再练练。”

太寒子殿的自我繁殖速度之快，远超罗紫烟想象。她和小卷毛前脚刚踏进蜀王宫，上仙门的信报就传回来，太寒殿又多了八座，呈圆形环绕在原来那四座太寒子殿外围。

目前来看，即将又有十六座新的太寒子殿在这八殿之外出现。

以此趋势来看，用不了十天半个月，太寒子殿将会长到成都乃至蜀王宫之外。

很快，俞利也来了。

太寒殿不断冒出的消息，成都城内已经开始有人在流传了，全城人心惶惶，有人已经开始准备远走高飞，更多的人则是盼着朝廷能赶快想出办法，阻止太寒殿一路扩张。

“现在朝野上下都像末日马上就要降临了，都盼着摄政王能尽快拿出办法呢？”

俞利满脸着急，但罗紫烟听了，却只是淡淡道，“我知道了，你让百官各司所职，不可慌张，另外多出一些安民告示。至于城中百姓，想远走高飞的，尽量给其方便就是。”

俞利愣了下，“就这样？”

罗紫烟点点头，“越是混乱的时候，朝廷上下越要镇定，否则百姓还不乱翻天了？”

“那摄政王你要出去安抚百姓吗？”

罗紫烟摇摇头，“不，我还有别的要事。”

罗紫烟所说的“要事”，就是与小卷毛离开蜀王宫，到深山中潜心修炼“凤求凰”。

自从得到凤王的指导，又在九幽火宫闭关苦修一个月后，罗紫烟和小卷毛的凤凰力，都已经先后达到第四重“凤凰击”的圆满之境。

这几乎是凤凰力的修为巅峰了，因而也带动罗紫烟的六阳心法臻于至境。

两大修阳功法，潜移默化之中相互促进，相互推动，给罗紫烟的修炼带来妙不可言的好处。

但凤凰力的最高境界——凤求凰，仍是横在罗紫烟面前的一座高山。

凤求凰，凰助凤，达此境，力倍增。

唯有凤与凰真正达到凤凰一体，才能发出这最强一击。但要达到此境，不但要求心交融，力呼应，还要有很强的实战默契。

十几天下来，罗紫烟和小卷毛一直以实战的方式，在山中轰出一记记凤凰力。

奔腾的阳劲，在二者之间流淌与共融。每一记轰击，都是惊天动地，带来雪崩与山体滑落不计其数。

在外人眼里，两人的联手威力堪称骇人听闻。但罗紫烟和小卷毛却都不甚满意，因为她们施展出来的仍是“凤凰击”，无论是气血相融，还是心灵交接，以及凤凰力的合二为一，都存在着明显的瑕疵。

这种瑕疵，看似失之毫厘，却令最终的威力，与预期中的差之千里。

这天，当又一座独峰在凤凰力的猛击下轰然倒塌的时候，罗紫烟和小卷毛都愣住了。只见在峰后数十里处，正有什么从平地之上快速向上冒。

那模样，恰似一根迎风拔节的竹笋。

分明就是一座太寒子殿！

“小烟，这里离极阳宫没有一千里，也有大几百里路吧，这魔殿怎么长到这里了？”小卷毛吃惊问道。

罗紫烟默然片刻，“这里都出现太寒子殿了，只怕蜀国境内也开始遭殃了。”

一进入蜀国，罗紫烟就发现，情况远比想象的糟。

太寒子殿不但侵入蜀国之境，还多达数十座，呈遍地开花之势。

在这些子殿之间的广阔区域，山川寂寥，无论城镇还是村落，都是寂静无声，空无一人。但每座子殿周遭，却是乌泱泱围着一圈人。他们都像圣徒一般，从各自的居住之地，聚集到附近的太寒殿周侧。

不同的子殿聚集的人数多寡不一，最少的一座也有上万之众。

这些人面无表情地绕在子殿之外，一圈圈走着，似乎永不会疲倦。即便罗紫烟和小卷毛从他们头顶掠过，也无法让他们抬头看一眼。

“小烟，我们还以为能在局面恶化之前尽快修成凤求凰，增加一点抗魔胜算，现在这样子，只怕时间不等人了。”

罗紫烟直视着下方的那座太寒子殿，“要不，我们先拿它练练手，看这十多天的进境如何？”

“可之前我们不是试过了，打它是没什么用的！”

“管它的，再试试看！”

“好嘞，小烟说的算！”小卷毛猛地尖啸一声，双翅猛烈地扇动起来。

狂急的大风从天而降，刮得子殿外环绕的入魔者纷纷往外摔了出去。

自从被凤王调治好身体后，小卷毛的身体隔几天就显著增长几分。如今，它的体型已是凤凰山归来时的两三倍大，这一全力振翅，当真是大风呼啸，飞沙走石。

诡异的是，那些入魔者对肆虐的大风恍若未觉，摔倒后爬起来，依旧迈步绕殿而行。

几乎同时，罗紫烟的凤凰力贯入小卷毛体内。小卷毛的翅膀向外一扫，凤凰击直冲太寒子殿。

“轰隆！”

摧山坼地的凤凰力，瞬间倾注在那太寒子殿上。

太寒子殿狂颤不已，一股黑气从受创之处冲天而起，像是恶魔伸向天空的黑手。

“啊？我们这是在哪里？”

“哎哟，别踩！别踩！我在地上呢！”

“我的儿呢？我的儿去哪儿了？”

太寒子殿刚一遭重创，绕殿而行的人便如梦惊醒一般看着四周，随即哭喊声四起。对于他们来说，这一切仿佛像是在做噩梦，醒来后发现身在异乡，妻离子散，人事全非，自是惊慌失措。

“小烟，你看他们还没完全入魔！这魔殿一破，他们又醒过来了！”小卷毛兴奋地道。

罗紫烟点点头，“我就说吗，他们应该跟干鹊情况一样……”

说到干鹊，她心头不由得一沉，这段时间诸事繁多，也不知道他带着那些半入魔半为人的修仙者们现在怎么样了？情况是否恶化了？

“这是不是说明，我们只要打破一座魔殿，就可以救下被它魔化的人了？”小卷毛兴奋道。

罗紫烟眉头一皱，“如果这么简单就能对付得了，血魔应该不会煞费这片苦心了！”

话落，太寒子殿受创之处突然不再往外冒烟了，创口正以可见的速度在愈合着。

哭喊声消歇下去，原本还群情激动的人群，突然又个个面目呆滞，再次绕着太寒子殿继续行走。

“好强的自愈本事。”小卷毛喃喃道。

罗紫烟咬牙道，“这就是血魔的底气！”

小卷毛怔怔道，“如果连子殿都打不掉，那我们真的奈何不了他了。”

“我们先回蜀王宫再说。”

两人刚要飞离，身后突然传来阵阵“咔咔”声。两人急忙回头，只见那已经愈合的太寒子殿，此时正快速往上长着，只是眨眼工夫就长高了数丈。

小卷毛瞠目结舌叫道，“它怎么突然又长了？”

罗紫烟心中掠过一个不安的念头，轻拍着小卷毛的背上，“别再去碰它了，我们走吧！”

离成都城最近的太寒子殿还在两百里开外，但这已让川中第一繁华大埠十室九空。

罗紫烟和小卷毛从成都南门上空飞过去，只见底下街坊无不是空空如也，连鸡犬都不见一只，就一群鸟雀在屋檐上叽叽喳喳叫着，衬得寂静的街坊更显阴沉。

小卷毛绕城飞了一圈，发现连守城的军士也没了。

不过，蜀王宫外头却是人声鼎沸。隔得老远，罗紫烟就看到宫城外头黑压压聚满了人，看服饰分明都是城中百姓。

而宫城上头，依旧是旗帜飘扬，铁甲鲜明。只是守城的官兵，却是个个长戈在手，如临大敌，有些弓箭手，甚至弓拉如满月，箭尖直指城下。

“怎么来了这么多入魔者？看样子蜀王宫快守不住了！”小卷毛大叫道。

罗紫烟细看片刻，却是摇摇头，“他们不像是入魔者。”

入魔者不会交头接耳，更不会听到小卷毛的振翅声就纷纷抬头，而且还发出阵阵惊呼声。

“是摄政王回来了！摄政王回来了！”

看到罗紫烟过来，宫城上顿时欢声雷动，其中一人更是像小孩一般大喊大叫着跑过来，正是俞利。

罗紫烟落到俞利面前，看了一眼城下，急急道，“这是怎么回事？”

俞利长长地松了口气，“摄政王，你再不回来，我都快守不住了，他们全反上天了！”

“为什么反？”

俞利大感无奈，“情况非常复杂，摄政王见见他们，自然就清楚了。”

罗紫烟点点头，身子一掠，已落到城下百姓之中。

百姓们似乎都是始料不及，纷纷后退开来，让出个空地来。

罗紫烟环顾四周一眼，缓缓道，“大家为何聚集在这里？”

“摄政王，你总算回来了，我们以为你跟蜀王都跑了！”

“就是！你是我们的王，不能丢下我们不管啊！”

“现在蜀王没有回来，如果摄政王再不管我们，我们就死定了！”

“那个魔殿，迟早会长到我们成都的，我们没地方可逃，只求摄政王能消灭它，我们愿意投入军中，与摄政王一起征讨魔殿！”

……

这些百姓群情汹涌，七嘴八舌说个不停。罗紫烟听了片刻才听明白，原来城中绝大部分百姓得知两百里开外长出魔殿后，都已经远走高飞了。

此时，宫城外的这些百姓，全都是逃不掉、无路可逃或者不想逃的人，他们本就惶惶不可终日，不知哪里又生起一条流言在坊间巷末流传，说蜀王和摄政王其实早就知道魔殿会爆发的事，因此早早地就逃出去，不管一城一国的死活。

谣言传得飞快，这些百姓本就对干鹊和罗紫烟先后离去心存疑虑与不满，被谣言稍微一煽动，立刻都急了，源源不断汇聚到蜀王宫前，要求见蜀王或者摄政王，以求朝廷能出面应对进逼的太寒子殿。

但俞利哪里肯让这些百姓进宫城里，每日严守死防，不放一人进来。如此一来，这些百姓更是不安了，越发想见蜀王或摄政王。

双方对峙，已经两天了。

此时，眼见罗紫烟出现在眼前，百姓心中的疑虑方才打消一些，但言辞仍是急切万分。

“大家安静！大家安静！”

罗紫烟默默倾听半晌，这才挥了挥手，让众人安静下来，“我知道大家的心情，我也能体会大家的不安。在此，我想告诉大家一个事实，血魔的太寒殿，如果不阻止，最终将遍布整个大地，让一切生灵都随之魔化，受他奴役。因此，这世界并没有真正安全之地，也没有什么地方可逃可躲。”

顿了下，罗紫烟继续道，“所以，无论是蜀王还是我，都不会愚蠢到以为躲起来就会没事，更不会蠢到丢弃国中百姓而逃之夭夭，请大家相信我们！”

四周骤然安静下来，百姓们面面相觑，恐惧、不安、疑惑、沉思……种种神情，交织在罗紫烟四周。

罗紫烟道，“我还要请大家相信我们，我们会尽快铲除魔殿，还世间一个太平，让大家得以安居乐业。”

“好！”人群中不知谁大叫一声，其他人纷纷鼓噪叫好起来。罗紫烟的话，就像是一道火，点燃了众人心头那本已熄灭的希望之火。

“如果大家相信我，那就请离开这里，回到家中，安心生活。离这里最近的魔殿还在两百里开外，我们大家暂时都是安全的。”

百姓们一阵交头接耳后，便逐渐散开了。罗紫烟暗暗松了口气，这才回到宫城之上。

“上仙姐姐，不，摄政王，他们还是比较服你的，我解释了半天，他们就会朝我扔臭鸡蛋！”俞利迎上前，满脸大笑地说道。

罗紫烟注意到，他的笑容里藏着几分疲倦，便点了点头，“俞将军，这些日子辛苦你了。”

“可不是。”俞利看了四周一眼，压低声音，“上仙姐姐，你不知道，你们都不在的时候，我感觉自己好像复国了，要不是怕你骂，我差点要把这大蜀旗帜改成我姓俞的旗号了！”

罗紫烟笑骂道，“你要敢这样，我就拧掉你的脑袋，我最讨厌趁火打劫的了。”

“哈哈，所以我不敢嘛。而且就算我敢，只怕摄政王的朋友也不让。”俞利笑道。

罗紫烟愣了下，“我的朋友……不让？”

“对啊，宫内来了个修仙者，自称是摄政王的朋友，已经在晓月殿等宫主一天一夜了。”

“嗯？是谁？”

“她不说，我也问不得，只能看得出来，那家伙修为高深，绝非常人……哟，摄政王，我还没有说完呢！”

罗紫烟已经飞奔向晓月殿了。

晓月殿里，果然有个人盘膝坐在大厅中间，正在闭目打坐，听到罗紫烟的脚步声传来，她睁开眼，冷冷道，“你终于回来了。”

“廉长老，你怎么来了？”罗紫烟问道。

来者赫然就是廉红药，她冷冷地起身，“我来传个信！”

罗紫烟愣了下，“什么？”

“目前，华山已经聚集了修仙宗门七十二门，修仙者三千，准备两天后收复太寒殿。”

“什么？太好了！来的人手够吗？”罗紫烟大喜过望。

“事关修阳正道的生死存亡，各派都是倾巢而出了。个个都是各派的精英，可比你们上仙门，还有以前召集的那些虾兵蟹将中用多了。”廉红药冷冷道。

罗紫烟也不在意她话里的嘲讽，喜道，“那宫主让你传信给我……”

“你错了，宫主没让我传信给你，是我自己传信给你的。”

罗紫烟不由得愕然。

廉红药逼到罗紫烟面前，冷冷地看着她，“在你之前，我从没见过宫主在一个人身上倾注那么多心血，如此用心栽培她。我也没想到，你会如此伤他的心，那样与干鹊、白谷逸之流有何区别？”

“我……”

“我知道你有苦衷，但我不在乎那是什么苦衷。我只要求你一件事，抓住这个机会，向宫主证明你的心。”

廉红药直直地看着罗紫烟。罗紫烟眼前一亮，用力点点头，“廉长老，我知道了，谢谢你！”

“不必！我走了！”

廉红药说完，掉头径自走了。

曙光微透，罗紫烟就起来了。

晓月殿之外，整整齐齐列着两列兵士，铁甲在夜色里闪着微弱的光芒，立在他们前头的正是俞利。

看到罗紫烟出来，俞利大步上前，率先向罗紫烟躬身行礼。

罗紫烟摆摆手，“免礼，俞利将军！”

“在！”

“真没想到，最后留守蜀国的重任，竟然要落到你肩头上！”

俞利挠了挠后脑勺，苦笑道，“我也觉得不可思议，这叫什么？世事无常？”

罗紫烟笑了笑，旋即正色道，“不管怎么样，我得替干鹊感谢你！”

俞利摆摆手，“替他干吗，我可不是帮他，我是帮上仙姐姐，不，摄政王的！”

“当然，我也要谢谢你，如果我们此行能安然回来，那是再好不过，如果都没有回来……”

俞利急了，“摄政王，出征之前，岂能说这种灭自己威风的话？你要觉得没有把握，那我带兵跟你一起去！”

“你又非修仙者，去了那里能做什么？你如果真要帮我，就认真听我的！”

“摄政王，你尽管说！”

“如果我们此行失败，你就带着城中的军民，尽快撤离成都，走得越远越好。”默然了下，罗紫烟又道，“虽然这样，最终也是无路可逃，但能多活一阵，就多活一阵吧。”

“这，摄政王……”

“其他的没什么，蜀国就暂时靠你了！”

罗紫烟一咬牙，不再给俞利说话的机会，身子一掠，腾空而起。

“摄政王，你放心！我会替你守好蜀国的！”俞利的叫声从脚下传来。

数尺见方的白纸上，形象地勾绘出山川地势。从西边的昆仑，直到东边的蜀国，千里之地尽在白纸上。

而在这缩微的山河图里，最引人注目的是一个又一个圆圈盘踞在山河之上，密布于白纸之间，分外醒目。

最醒目的则是中间的一个大圆圈，从它周边的地形地势来看，那分明就是崛起于凝碧崖之上、占据着极阳宫地盘的太寒殿。

当罗紫烟进入山洞的时候，丁引正指着这种地图，为各大宗门领袖讲解目前太寒殿在大地上的整体分布情况。

看到罗紫烟跟着廉红药进来，他只是愣了下，又继续讲解下去。而罗紫烟则是不声不响在最后头找个地方坐了下来。

这里是华山深处的一个大山洞，能列席于此的，无不是当今修仙界的高手名宿。

罗紫烟在此，不过是一个小辈而已。

昨天，被廉红药一提醒，她今天一早就带领火猴、楚何等三百多名修仙者赶来华山会合。

廉红药接待了罗紫烟，并带她进入这个议事洞室。

“从目前来看，太寒殿已经蔓延近千里方圆的面积了，它的扩散速度有在减弱，但只要给它足够的时间，迟早有一天，它会扩散到世间任何一个角落里。”

“它的扩散速度为什么会变慢呢？”一个光头修仙者好奇地问道。

“这个，应该是因为极阳宫转化出的阴气，支撑不了更多太寒殿的扩张了，所以要想把太寒殿往外扩张，就需仰赖其他太寒子殿从各地吸聚阴气，以供给新生的太寒子殿。”

一个白发修仙者点了点头，“也就是说，先由太寒母殿生出一批子殿，再由这批子殿聚集阴气，以生出更多的子殿？”

“嗯，这就是太寒殿一生二,二生三,三生无穷的奥秘。”

“那么，宫主有找到击毁这些子殿的办法吗？”又有修仙者问道。

“试了好几种方法，发现绝不能攻击太寒殿，否则反而会中血魔的下怀。”丁引沉声道。

修仙者们都是愣了下，“怎么说？”

“这些太寒子殿所到之处，就会聚集当地阴气。当它遭到攻击，充足的阴气就会让它迅速自愈，而且它们还能把攻击它的纯阳之力迅速转化成阴气，供它进一步生长。所以，它们不怕纯阳攻击，越受攻击，它们就长得越快。”

罗紫烟不由得点了点头，她和小卷毛联手攻击那座太寒子殿后，她就意识到这个问题了。

“这么说来，子殿攻不得，那我们只能……”

“没错，就集中力量攻打这里！”丁引指着极阳宫上的那个大圆圈，“这里是所有太寒子殿的发源地，也是血神子亲自镇守之地，应该就是最大的命门。”

“这倒是个办法，母殿不存，我就不信子殿还能存在。”

一个清瘦的修仙者突然道，“那血魔呢？这段时间他都在做什么？”

丁引眉头一皱，“最近他一直深居简出，如果我猜得不错，他一定是在全力修炼，以恢复巅峰时的功体。”

“恢复巅峰时的功体……”罗紫烟喃喃自语着，不寒而栗，那就意味着，挽救司明的最后一丝希望即将幻灭。

“如果让他恢复巅峰功体，那这个世间，就会一片阴冷寂寥。”丁引声音突然低沉下来，旋即又高了起来，“所以，这事儿没有什么可以讨巧的，我们也不能再等了，明天就出发，戮力拔除这颗世间毒瘤！”

众人纷纷起身，各自往洞外走去。罗紫烟则是逆着人流向丁引走来，躬身道，“宫主！”

丁引看了她一眼，只是点点头，大步往外走。

“宫主，请让紫烟再与宫主并肩作战一回！”

丁引走到洞口，顿了下，回头冷冷道，“明天卯时出发，过时不候。”

罗紫烟大喜，忙躬身道，“是！”

丁引已经大步走出去了。

“小烟，怎么样？”刚离开山洞，小卷毛就迎了过来，关切地问道。

罗紫烟看了它一眼，点了点头，“宫主没有反对。”

“太好了，终于可以跟血魔决一死战了。”小卷毛顿了下，看着罗紫烟，“小烟，你现在一定又很纠结吧？”

“我已经不纠结了，只是有些伤心。”罗紫烟失神了会儿，这才说道。

小卷毛愣愣地看着罗紫烟。

“我已经想通了，为了救司明，我已经是竭尽所能了。接下来，我只能尽人事而听天命。”罗紫烟叹了口气，“明天我会全力以赴去除魔。如果能趁此救出司明那是最好，如果不行，我相信司明也不会怪我。”

“小烟准备怎么做，我就跟着小烟怎么做！”小卷毛昂首挺胸，全身光彩耀眼，目中更是透着坚不可摧的光芒。

“谢谢你，小卷毛！”

“咱是凤凰，不言谢！”

“那就这样吧，反正——”罗紫烟微微闭上眼，“司明如果回不来，我也没准备再回去了。”

第二十九章 | 机关算尽

事关整个修阳正道存亡，加上有极阳宫出面召集，这回进逼太寒殿上空的修仙者，起码有三四千之多。

但是，跟太寒殿外头聚集的人流相比，这点人数实在又不值一提。

如果不是亲眼所见，罗紫烟无法相信，太寒母殿外头，竟聚集着如此多的入魔者！放眼所及，大殿之外黑压压的全是入魔者，不但挤满了接天谷，还布满天门道外广阔的地区。

跟这里相比，子殿外头聚集的那些入魔者，简直微不足道。

而在远处，仍有一股股入魔者络绎而来，像朝圣者一般汇入这巨大的人海之中。

修仙者们落到天门山上头，望着这一切，每个人都是一阵发怔。

片刻，丁引才冷笑一声，“那魔头倒是狡猾，算准了我们不会滥杀无辜，就想用这些入魔者当人盾……这样一来，他倒是可以在殿内高枕无忧。”

众人不由得面面相觑，人人都是眉头紧皱，暗暗生愁。

丁引道，“他会搞这么一出，说明他现在应该还在全力修炼，功体还没恢复到巅峰状态，这是我们的最后机会了。”

“那我们现在怎么办？只要一动手，难免要伤及无辜。”一个修仙者道。

“对啊，而且我们要是进入那些入魔者中间，也会被他们撕碎。”

“难不成我们集结了全天下的修仙者，却只能在这里干瞪眼不成？”

丁引眉头一皱，刚要说话，罗紫烟已经大步上前，躬身道，“宫主，且让我潜入里头去看看。”

“你？”丁引看着罗紫烟，迟疑道，“你想用你那功体……”

“是！”罗紫烟忙点点头，虽然没有多言，但两人相视之间，已是心照不宣。

丁引默然了下道，“真的可以吗？”

“我已经试过几次，至少可以再试试。”

“那你进去的话，准备怎么做？”丁引缓缓问道。

罗紫烟咬了咬牙道，“如果他正在修炼，我就趁机刺杀他。如果被他发现，我就把他引出来。如果没找到他，我就设法在里头搞破坏。”

丁引看着罗紫烟，片刻才点了点头，“自己小心！”

罗紫烟点点头，回头道，“小卷毛，我们走吧！”

小卷毛只是绕着太寒殿飞了一圈，罗紫烟就在它背上悄然把功体给转化了。

“行了，小卷毛，放我下去！”

小卷毛呼的一声，直冲向太寒殿大门。到了门口上方，罗紫烟立即一个纵跃，跳入底下踊动的入魔者之间，大步向太寒殿走去。

此时，她已转换到至阴功体，全身阴气蒸腾，与周围的入魔者毫无二致，因此安然行走在其中，不扎眼也不惹人注意。

只有真正走入人海之中，才能体会到人海的广阔。罗紫烟目力所及，到处是涌动的人头。她感觉自己就像一朵小浪花，掉入汹涌的海洋里。

而这个人海，正绕着太寒殿缓缓移动着。而罗紫烟前方百丈处，就是那洞开的殿门了。

罗紫烟的心跳不由得加快了。她非常清楚，血神子吸取了前几次的教训，不会再让她那么容易潜入大殿之内的。

但现在别无选择，只能怀着侥幸的心理再试一把。

“哗啦！”就在这时候，身后人潮突然一阵骚动。罗紫烟急忙回头，只见原本拥挤一处的入魔者，突然纷纷往两旁散开，让出一条道来。

一伙人旁若无人地大步走过来，所过之处入魔者都是纷退不迭。

罗紫烟目光落在当先一人的身上，不由得失声叫了出来，“干鹊！”

只见那人正是干鹊，跟在他身后的，就是当初与他一起被魔化的上仙门众人。他们的神情一如其他入魔者那样，都是双眼呆滞无神，直挺挺大步前行。

而在干鹊身旁，还紧紧跟着一个罗紫烟熟悉的人，赫然就是铁姝。只见她跟其他入魔者没有两样，也是面目呆滞，对罗紫烟视若无睹。

“铁姝……”罗紫烟心头不由得一阵狂颤，铁姝竟是为了跟干鹊在一起，不惜也入魔！

震惊之际，干鹊一行人已经从罗紫烟面前走过。他们毕竟都是修仙者，即便是入魔了，身上所散发出的威势仍是高于一般入魔者，因此普通入魔者纷纷退避开来。

“想不到，干鹊他们也会被这太寒殿给吸引过来，这个魔殿的威力还真大。”罗紫烟心念刚动，突见干鹊停下来，猛地一个回头，看着罗紫烟。

罗紫烟心头狂跳，直直盯着干鹊，“干鹊，你还认得我吗？”

干鹊眼里似乎生起一道火光，但马上又一闪而逝。紧接着，他便又掉头迈步走了。

罗紫烟的心一下子空落落的，回头看着干鹊和铁姝的背影，“干鹊，你真的迷失了吗？铁姝，你不记得我了吗？你最恨的人是我，快醒醒！”

干鹊和铁姝一刻不停，继续向前走。跟在他身后的那些上仙门入魔者，潮水般从罗紫烟身边走过，没有人回头，也没有人驻足。

“你们等着，消灭了血魔和这鬼殿，我们再想办法救你们！”

罗紫烟深吸一口气，大步向太寒殿门口走去。

虽然是崭新的太寒殿，但走入那巨大的门洞，罗紫烟满眼所见的依旧是熟悉的景象。

对这座魔殿而言，她可谓是数进宫。在这里，她曾经遭遇灭顶危险，也还残留着几分希冀。

但现在再临，她的心志全变了，她只想与血魔决一死战，终结这场无尽的噩梦。

即便不能救出司明，她也要亲手了结这一切，再以身为司明殉难。

罗紫烟深吸一口气，拳头一捏，沿着门内的甬道大步走了进去。

“站住，什么人！”甬道深处，突然传来一声厉喝，数名魔徒挥舞着法器，迎面冲来。

血神子老奸巨猾，即便是外头召集了无数入魔者来当人盾，于入口处仍是派着魔徒把守。

罗紫烟不吭不响，迎着那些魔徒冲出去，化血神通饱提，一股阴力横扫而出。

“啊！”

“啊！啊！”

那些魔徒虽然也是修阴者，但是罗紫烟的阴劲还是瞬息就穿入他们的体内，冻结了他们的元神。

在他们发僵之际，罗紫烟已经一溜烟地从他们中间穿过。

一出手后，罗紫烟便不再迟疑，全力往甬道内狂奔而去。

甬道深处，还有第二波守卫，但等他们发现罗紫烟到来时，每个人都变成了冰人，只剩角落一人，惊恐地看着罗紫烟迎面走来，“你……不要杀我，求求你不要杀我！”

“血魔在哪里？”

“我不知道，我们只是奉命在外头守卫。”

罗紫烟眉头一皱，“他难道没出来过吗？”

“有，但很少……”那个魔徒磕头如捣蒜，“上仙，求求你，不要杀我，我在这里也是为了活命。”

“这里还有多少守卫？”罗紫烟警惕地往甬道深处望去。

那魔徒使劲摇摇头，“就我们了，他只让我们守在这里，我们也进不去里头。”

“里头有结界防御？”罗紫烟明白过来了。

那魔徒点了点头，眼里闪着说不出的恐惧。

“原来如此。”罗紫烟点了点头，心中明白，血神子现在谁也信不过，这些魔徒只不过是摆设，真正的防御应该是深藏在甬道中的结界。

“那你好好睡一觉吧。”罗紫烟冷哼一声，袖子一拂，那魔徒一头撞在了墙上，晕了过去。

罗紫烟头也不回，大步往甬道深处走去。

甬道深处，果然布下了数道结界，不过化血神通所布的结界，对罗紫烟而言只是多一些门槛而已。

这些门槛，她轻松地越过了。

新生的太寒殿内，与原来的并没有两样。罗紫烟辨明方向，直奔血神子的修炼室。

不过，血神子并没有在那里。

“那魔头呢？”罗紫烟心念一转，再次返回太寒殿的主甬道，直往甬道的深处奔去。

甬道尽头，依旧是一条长长的向下斜坡，斜坡通向太寒殿深处。那里不但有九凝鼎，还有血神子，他就盘膝坐在九凝鼎前头，全身笼罩在一团蒙蒙白光之中，脸上满是晶莹白霜。

为了避免九凝鼎第二次失窃，大好局面毁于一旦，血神子竟是搬到九凝鼎这边来修炼了。

这也从侧面说明了他的功体已经强到能够承受如此宏大阴气的境界了。

看样子，血神子正在入定之中。虽然罗紫烟离他不足三丈，他依旧双目紧闭，恍若未觉。

“天要亡此魔！”罗紫烟一发狠，右掌举起，大步向血神子走去。只要趁此机会给他迎头痛击，就算不能杀得了他，至少能让他遭受重创。

每踏出的一步，都沉得像腿肚上绑着大石头。罗紫烟的心，更是绷得紧紧的。

此刻，血神子在眼前，但她眼里看到的，却只有司明的样子。

她饱提阴劲的右掌，就要击向这个世上她最心爱的，也是她一直想救的人。

世上再无比此更讽刺的事了。

罗紫烟感觉自己正被一把刀从头劈下，再一片片切开。

但是，心头却还是有个声音，逼得她双脚仍是迎着痛苦走去。

给血魔致命一击，结束这个量劫，她已经别无选择，也绝不能再有妇人之仁了。

血神子依旧沉浸在修炼之中，对迫在眉睫的杀意毫无反应。

罗紫烟深吸一口气，右掌一举，缓缓地劈出去。

来时，她已经心坚如铁，就算不能杀了血神子，也要杀伤他。因为只有那样，才能为司明争取到一点时间。

但真正要动手，罗紫烟的心却又杂念纷起，要是血神子受伤，被丁引等人联袂打得形神俱灭，那司明……

犹豫了下，罗紫烟仍是一掌劈了出去。

太寒殿不破，苍生俱为魔。要避免凤王所预见的末日出现，就得擒贼先擒王！

血神子必死！

宏大的阴劲蓄势将发瞬间，血神子的身子突然剧烈地颤抖起来，一个凄厉的声音从里头传来，“啊！啊！”

罗紫烟心头一颤，不由得停了停手，失声惊呼，“司明！司明！你还活着！你怎么样？”

“杀——杀了他！快杀了他！来不及了！”

司明的声音里夹杂着阵阵哀号，时而近，时而远，就像一道道鞭子，从远近各处挥来，不停地抽在罗紫烟身上。

罗紫烟全身的力气瞬间被抽光一般，眼泪不由得流了下来，大叫道，“司明！”

“杀了他！杀了这魔头！来不及了啊！啊！”

如果司明的叫声没有出现，罗紫烟已经下了必杀的决心。但一听到司明的声音，她的心一下子就乱了，右掌阴劲无论如何也打不出去。

就算眼前就是她恨之入骨欲置之死地而后快的魔头，但想到这一掌出去，会连累到无辜的司明，她那如石一般坚硬的心肠，也要软了下来。

“我做不到，司明，你怎么样？”

“我快不行了，不要管我，杀了他！不然你会后悔的！”

司明的叫声，声声如箭一般射在罗紫烟心头。罗紫烟感觉自己被两股力量扯得就快支离破碎，一时想痛下杀手，一时却又投鼠忌器，纠结难当。

“小烟，别犹豫了，我不行了……他故意让我发声，就是要阻止你杀他的……小烟，来不及了！”

司明的声音越来越急，却也越来越小。罗紫烟愣了愣，刚反应过来，司明的声音骤然消失了，随之而来的是森森冷笑，“嘿嘿，我就知道，只要听到他的声音，你就会心软了。妇人之仁，实在是败事之根。”

罗紫烟惊怒不已，终于明白了，血神子是觉察到她的到来，却一时无法从修炼中出定，所以故意放松对司明元神的压制，让他再次发出声音，以此来阻止罗紫烟动手。

而就这么一迟疑，血神子已经出定了，又一次把司明元神压制下去。

“你这个魔头！”罗紫烟大骂一句，右掌终于轰然打出，“去死！”

“白白浪费大好机会，现在可不是你说的算了！”血神子冷笑一声，右掌一提，迎着罗紫烟的阴劲打去。

“轰！”

罗紫烟身子一轻，不由自主飞了出去，倒跌在地上。

而血神子却是霍地起身，大步向她逼来，“不过，你今天倒是来得及时，再过一个时辰，你就永远也听不到他的声音了。”

“你……你什么意思？”罗紫烟一跃而起。刚才血神子那一掌，并没有伤到她，但是这话却让她身子晃了晃，险些站立不稳。

“让你做个明白鬼也好，两个时辰后，司明的元神将彻底被我炼化，到时候他就只是一个似有似无的存在，再也无法对这具身体有所影响了。”

血神子步伐不快，每一步却都像踩在罗紫烟心头，踩得她的心不断下沉，“我很佩服你这一路的执着，可惜愚不可及！”

“我不相信！司明不会轻易放弃的，他一定还可以支撑两天，不，两个月的！”

血神子嘲讽一笑，“我知道你们都很会给对方信心，但再坚韧的信心，能抗得过天道运行吗？”

罗紫烟心头一跳，隐约生起不安来，口中却冷笑道，“天道难不成是你定的？”

“哈哈，以前不是，但两个时辰后，天道要怎么走，可得按照我的意思来了。”血神子冷笑连连，好整以暇地看着罗紫烟，得意之情溢于言表。

罗紫烟很少从他脸上看到如此自得的表情，心中不由得信了几分，“你什么意思？”

“告诉你也无妨！”血神子环顾四周，目中得意的光芒更盛了，“两个时辰后，世间阴阳之气的消长，将尽在我这太寒殿和子殿的掌控之中。嘿嘿，到时候，我将让阳衰而阴盛，让举世之阴气尽为我所用，炼化一个元神算什么，我还要把你们这些自命不凡的修阳者的元神，都彻底摧毁。”

罗紫烟心头剧震，死死盯着血神子，只见他眉飞色舞，得意之光越发炽盛，“世人都以为我得把太寒殿遍布天下，才能彻底左右阴阳二气，他们哪知道，只要太寒殿超过两百座，所聚集的阴气就多到足以左右阴阳二气的变化了。”

这话不啻一记晴天霹雳，震得罗紫烟目瞪口呆。

“就在昨天，太寒殿刚刚超过两百座，此刻，它们正在源源不断吸聚阴气，两个时辰后，阴气集聚到一定程度，将使得所有阳气都跟着逆转成阴气！”

血神子仰天狂笑，“所以，不必再垂死挣扎了，迎接我赐予你们的命运吧！”

话罢，他大步向前，右掌一抬，宏大无比的阴劲顿时充盈满室，把罗紫烟包围在其中。

罗紫烟只觉周身奇寒，似乎连元神都要给冻住了，急忙身子一振，向血神子扑来。

“困兽犹斗！”

冷笑声里，血神子的阴劲迎着罗紫烟横扫而来。轰然声里，罗紫烟身子一轻，直线般往外飞掠而去，她竟是借着血神子这一掌的阴劲，全速往外逃离。

“嘿嘿，天地之大，已没有你们容身之地，你又能逃到哪里去？”血神子也不在意，大步跟了出来。

罗紫烟发足狂奔，现在对她来说，刺杀血神子反而不是最紧要的。她只想赶快把两个时辰后即将发生的末日劫难告知外头的人。

“呼！”

只是片刻工夫，罗紫烟便从太寒殿大门飞了出去。眼前是一片白光，日头正高起，不过却感觉不到一丝热气。

眼前依旧遍地都是入魔者，而丁引等讨魔者仍在天门山上头，焦急地盯着太寒殿。

“小烟！”

空中一片彩光流转，小卷毛俯冲而下。罗紫烟立即飞身落到它背上，口中大叫，“快，快去找宫主。”

“哈哈！你逃得掉吗？”就在此时，血神子的冷笑突然从身后传来，鬼魅般地追向小卷毛。

“是血魔！动手！”

天门山上头，传来丁引的厉喝，紧随而下的是无数道寒光匹练，密集地向血神子罩落。

丁引一行早就蓄势待发，见到血神子出现，自是竭尽所能，以求将他一举击毙。

“嗯？”

血神子愣了下，旋即冷笑一声，身子骤然往后一闪，直退到太寒殿门口处，同时双掌向外打出。

“呜呼！”

两股宏大的阴劲骤然从殿门口喷薄而出，夹杂着漫空霜点冰花，形成一面巨大的防护结界。

“当当——当当——”

密密麻麻而来的仙器射到这面结界上，有的“当啷”落地，有的则是倒射回去，阳火与阴风先是相互交融，继而是四射飞开。

只是片刻工夫，结界便被击得粉碎，而漫天而来的仙器却也被挡了回去。

几乎同时，罗紫烟也骑着小卷毛，落到了丁引面前，“宫主！大事不好了！”

“不用慌张，既然血魔出来了，今天就把他诛杀于此！”丁引不以为意地说着，同时一挥手，喝道，“准备！”

所有修仙者手中的仙器再次光华暴涨，引而待发。

“宫主，不是这样的，你先听我说。”罗紫烟急急忙忙把血神子刚才的话简单说了下，“宫主，你见多识广，他说的这话是真是假？”

“两个时辰？”丁引脸色剧变，沉思了片刻，才点了点头，“只怕，是真的。”

“真的？”罗紫烟倒吸一口气，“宫主，那我们该怎么办？”

“既然太寒殿要超过两百座，才有足够力量影响阴阳格局，那我们就让它少一座！”丁引冷冷道。

罗紫烟不由得眼前一亮，“宫主的意思是，只要我们消灭一座太寒殿，就可以解决这个危机？”

“我不确定，但至少是个机会。”丁引指着太寒殿，“我们马上铲平它！”

“是！”四周是山呼海应，所有修仙者的法器一起掉头指向太寒殿。

就在此时，原本环绕在太寒殿周遭的入魔者们，突然都疯了一般，直往太寒殿身上爬去。

远远望去，汹涌爬动的人群，就像一群包围着一块大肉的蚂蚁群，密密麻麻，触目惊心。

“嗯？这魔头好生狡猾！”丁引又怒又急。

就算众仙诛魔心切，就算仙器锋刃所面对的都是入魔者，但也没人敢第一个放出法器。

“那魔头是要想拖延时间，等两个时辰之后他的阴谋就得逞了。我们不能被他牵着鼻子走！”罗紫烟急道。

丁引回头道，“你有什么主意？”

罗紫烟盯着太寒殿黑黝黝的殿门，眼里似乎要喷出火来，“强攻太寒殿，力诛血魔！”

丁引颔首道，“正合吾意！上！”

话落，丁引驾剑当先直扑向太寒殿大门，罗紫烟紧随其后。

两人之后，一众修仙者跟着呼啸而来，密集的仙器汇成一股汹涌的匹练洪流，势不可挡。

几乎同时，血神子再次飞身跃到太寒殿大门之上，双手按在殿身上，全身刹那间白霜密布。

“小心殿门里的吸力！”

丁引对这一幕记忆犹新，当先一剑向血神子斩去，而身后的众仙则是往两旁分散开来，避免与太寒殿大门正冲直对。

“嗜嗜！”

血神子口中发出一声怪笑，双掌骤然向下一压，偌大的太寒殿猛地扭动起来。

几乎同时，丁引的剑锋已经直抵血神子面门。

血神子却是视若无睹，依旧双掌紧按太寒殿，全身上下盘起一股股白旋风，他阴冷的笑容就在风中时隐时现。

“他不怕死吗？”罗紫烟只觉得奇怪，丁引这一剑平淡无奇，却是威力万钧，纵然血魔功体已近巅峰，也不应视若无睹才对。

“呼！”

疑惑之际，一道身影突然破空而来，不偏不倚正迎上丁引的剑锋。

“咔嚓！”

来人当即被拦腰斩断，不等丁引反应过来，更多的人影迎面飞扑而来，个个直奔他手中的宝剑，随即化为碎体残肢，飞射四方，漫天血箭，触目惊心。

四周倏然安静下来，本待出击的修仙者无不目瞪口呆。而丁引则是仓皇抽身后退，在他面前，仍不断有人当头落下。

那些扑落者，分明就是刚才还在往太寒殿上爬的入魔者，此时他们个个双目发着寒光，疯了一般直往丁引剑上撞，逼得他只能撤剑后退。

血神子不但用入魔者作为太寒殿肉盾，还以这些肉盾来阻挡丁引的仙剑！

丁引虽然急退，但剑下亡魂已经不下十个了。

更让一众修仙者始料不及的是，四周啸声突起，太寒殿上爬着的入魔者，突然纷纷蹿起，朝着他们凌空扑来。

为了避免被太寒殿大门直吸进去，修仙者都是沿着大门两侧散开，不少人就靠在太寒殿墙下。谁也没想到，原本以为只是作为肉盾的入魔者，此时会变成攻击利器。

一时，人影蹿动，叫声四起。

任是修仙者造诣再高，也架不住这些入魔者的突然扑击，不少人当即被扑得连人带剑摔落下去。还有一些则被入魔者紧紧抱住，跌跌撞撞往外飞落。

入魔者几乎是同时发难，个个都是浑不怕死，纵是修仙者也难以抵挡。

只是片刻工夫，便有大半修仙者被扑入尘埃，当他们挣脱扑击者的时候，却发现四周更多的入魔者正疯狂地飞身扑来。他们前仆后继，不顾一切又冲又撞，又打又咬，修仙者们就像掉进巨大的泥淖里，难以摆脱。

与此同时，血神子狂笑一声，双掌一提，太寒殿猛地向后一缩，一股狂暴的吸力急剧而出，几十名只顾躲避入魔者飞扑的修仙者，不巧就飞到殿门口，当即身子一轻，直直被吸入殿内。

惨叫声，从大门内遥遥传出。

这一切只发生在片刻之间。罗紫烟只看得心底透凉。她对血神子的诡计多端早有防备，但仍没想到，对方控驭太寒殿的手段之多，远超预料。

眼看着丁引缓过神来，再次向血神子飞去，罗紫烟也从另一侧飞扑过去。

“哈哈，在我的地盘里，你们毫无机会！”血神子冷笑一声，双掌朝着罗紫烟和丁引分头打来。

“轰隆！”

“轰隆！”

丁引和罗紫烟都感到气息一窒，两股迎面打来的阴力之迅猛，远超想象。以罗紫烟和丁引的修为，竟是无法正面抵御，只能连连后退。

即便是跟在罗紫烟身后的小卷毛，也被阴力冲得在空中不断翻跟斗。

“哎哟，小烟，这魔头怎么突然这么厉害了？”

罗紫烟的目光落在血神子的双脚上，只见它们正牢牢地钉在太寒殿上，不由得明白过来，“他双脚就连接着太寒殿，有源源不断的阴气支持，能不厉害吗？”

“那我们怎么办？”

罗紫烟望向丁引，“宫主！我攻他下盘！”

丁引会意地点点头，一掠而出。

“小卷毛，你从旁袭扰。”罗紫烟话罢，身子一闪，直往太寒殿大门方向扑去。几乎同时，丁引则一个纵身，已飞到了高处。

“嗯？”血神子眉头一皱，旋即冷笑，“螳臂当车！”

话落，他双掌一上一下，再次席卷起宏大之力，同时向丁引和罗紫烟扫去。

与此同时，罗紫烟已经扑到血神子下方，一道雄浑阴劲遥遥击向他的双足，而丁引则是一记开阳斩，呼啸着落向血神子头顶。

两人都明白，要打败血神子，首先得把他和太寒殿分开。因为只要失去太寒殿的阴气支持，血神子的威力必大打折扣。

只可惜，血神子洞若烛火，两股阴劲一上一下，正把两人的如意算盘打烂，还震得两人倒退出去。

“血魔，还有我呢！”就在这时候，小卷毛突然出现在血神子身后，凤凰击轰然击出。

“哼！”

血神子头也不回，向后一掌扫出，凤凰击当即告破，余劲带得小卷毛飞了出去。

三人联手，其势何其猛，但血神子却是岿然不动，瞬间就把凌厉攻势消弭于无形。

而三人脚下依旧像是一锅粥似的，在疯狂的入魔者绵绵无尽的攻击下，一干修仙者只能各自为战。这些飘然出尘的修仙者，谁也不想沾上残杀无辜之名，竟被一干疯狂无知的入魔者，逼得像是泼皮打架一般应战。

“这样不是办法，两个时辰很快就会过去的！”罗紫烟心中暗忖着，回头望向丁引，却见他眉头紧皱，显然也是难住了。

数千名修仙者被不计其数的入魔者拖住，而血神子又有太寒殿之助，单凭罗紫烟和丁引、小卷毛联手，根本无法打开这个僵局。

而留给罗紫烟等人的时间已经不多了。

一筹莫展之际，脚下突然传来一声厉吼，“嗷呜！”

吼声冲天斥地，雷鸣般贯入每个人耳中。罗紫烟急忙回头，不由得又惊又喜，只见人海之中，一人正仰天狂啸，不是干鹊还有谁？

“是他？他在干什么？”丁引也认出了干鹊，不由得愀然色变。

罗紫烟迟疑了下，“应该是在召唤其他入魔者。”

“他可以号令其他入魔者？”丁引愣了下。

罗紫烟点点头，“嗯，我亲眼见过……大概是因为他是人王的原因，入魔者都听他的。”

话落，干鹊的啸声停了下来，四周则是突然一片死寂，所有的入魔者同时停了下来，个个呆若木鸡。先前被他们纠缠的修仙者，趁机纷纷腾空而起。

“什么？”血神子神色不由得一变，口中突然念念有词起来。

入魔者们再次踊动起来，目光纷纷望向空中的修仙者。

“血魔又在控制他们了。”罗紫烟喃喃地说道。

“嗷呜！”

就在这时候，干鹊再次仰天长啸，啸声直达长空，干遏层云。紧接着，他一个掉头，转身往接天门飞奔而去。

“沙沙——”

干鹊一动，环绕在他四周的众多入魔者跟着掉头就走，随之而来的是更多的入魔者跟着效仿。

只是眨眼间，太寒殿四周不计其数的入魔者便像泄洪之水似的同时沿着天门道往外涌去。

“宫主，干鹊这是在帮我们！”罗紫烟突然狂喜不已。

丁引却是眉头一皱，“他不是已经入魔了，怎么还会帮我们？”

“他不是完全入魔，是半入魔，有时候还会有清醒意识的，我亲眼见过一次。他一定是及时清醒过来了。”

丁引冷哼一声，仙剑再次向血神子一指，“众仙听令，于我一道，同诛此魔！”

“是！”

一众修仙者被入魔者牵绊得狼狈不堪，早就满心窝火，此刻立即把怒火倾泻向血神子。他们紧跟在丁引之后，所有仙器一起呼啸着，密如暴雨直把血神子淹没于此中。

血神子原本还想再以太寒殿之力，把被干鹊带走的入魔者重新召唤回来，但此刻却只能自保要紧。当下，他双手一错，大股宏伟的阴劲从体内散发出来，蟒蛇一般迅速缠绕周身。

“当当当当——”

狂飙而至的仙器，一触到那盘旋不息的阴劲结界，便纷纷倒飞了出去。

以太寒殿为根基，血神子的阴劲绵长而雄厚，只是简单的一记防守结界，就把数千修仙者的攻势都消弭于无形之中。

“这家伙，有了太寒殿简直就是无敌的！”小卷毛不由得大叫起来。

罗紫烟银牙一咬，“小卷毛，我们也上！”

话落，她身子一晃，一溜烟直向血神子射去。小卷毛紧跟其后，双翅一振，凤凰击后发先至，直击在那阴劲结界上。

此时，罗紫烟仍是至阴之体，未能与小卷毛合力，因此这凤凰击威力大打折扣。

不过，这仍是一记重击。

在阴劲结界震动的时候，罗紫烟冲向血神子，双掌猛推，两股阴劲迎面直击。

对于血神子而言，罗紫烟绝对是最特别的一个对手，因为她会以他最擅长的化血神通打他个措手不及。

因此，看到罗紫烟冲来，血神子的脸色终于变了变，立即化守为攻，双掌一吐，那盘绕于身的阴劲结界，骤然化为一股狂流，直扑罗紫烟。

“轰！”

罗紫烟身子一轻，不由得摔飞出去。而阴劲狂流仍跟着狂蹿流动，打得跟在罗紫烟之后来的仙器们如风中柳絮，凌乱飘动不已。

“小烟，你没事吧？”小卷毛急忙一振翅，逆着阴劲冲来，一把抓住罗紫烟。

“我没事……”

罗紫烟只觉胸口发闷，一口气刚缓过劲来，四周突然惊呼声四起，只见修仙者们都是紧张地望向太寒殿大门方向。

只见血神子正高举双手，而他身后的太寒殿则是使劲往后缩。

“他在干什么？”

“好像又想把人往里吸！”

议论声里，血神子双手猛地向前虚打出去。与此同时，太寒殿猛地往前一冲，“呼！”

一股黑烟骤然从殿口内冲出。

“小心有毒！”

“所有人后退！”

惊呼声里，修仙者同时后退开来。而太寒殿大门外，则是涌现出无数修罗魔和夜叉魔，恶狠狠地盯着修仙者们。

“想不到，血魔还有这么多家底。”罗紫烟心中暗惊不已。她一直以为，血魔曾经炼化的魔物，都随着旧太寒殿的覆灭而消亡了呢。

现在她才知道，血魔的底牌永远比想象的还多。谁能想到，就这么一段时间，他又在新太寒殿里炼化出这么多魔物了。

“哈哈，你们只有一个多时辰可以挣扎，想怎么玩我就陪你们怎么玩！”血神子已经跃居到太寒殿高处，居高临下看着一众修仙者。

话落，那些魔物同时动了，朝着丁引等一众修仙者扑来。

魔物数量上比修仙者少了三四成，但个个凶狠歹毒，威力无穷，远非受太寒殿阴气影响的入魔者所能比拟。

所以，眼见形势不利，血神子才会把它们都放出来。

有这些魔物抵挡住绝大部分修仙者，血神子坐拥太寒殿之利，就可以轻松应对任何攻击。

而时间就在他这边，他完全可以从容应对。

仙魔双方，眨眼间就在太寒殿之外打成一团，战况一触即是白热化。

而丁引则是率着几十个名山洞府的修仙名宿，直扑高处的血神子。

小卷毛本要跟过去，见罗紫烟立在原地不动，便又停了下来，好奇叫道，“小烟，你在等什么？”

罗紫烟想了想，摇摇头道，“小卷毛，我觉得这样不对。”

“什么不对？”

“以现在这个阵势，要跟血魔决出胜负，至少要好几个时辰，到时候我们都完蛋了。”

“小烟的意思……”

罗紫烟指了指太寒殿的大门，“你去帮宫主他们，我到里头去。”

小卷毛明白过来了，声音却是变了，“血魔怎么会没想到这点，他肯定做了足够的防护，可能还在等你自投罗网。”

“不管怎么样，这是釜底抽薪的办法！你自己小心！”罗紫烟拍了拍小卷毛的背，猛地身子一晃，已闪电般飞向太寒殿大门，眨眼间就没入其中。

血神子所倚仗的，唯有太寒殿。太寒殿的根基，在于九凝鼎。

只要破坏九凝鼎，就可以重创太寒殿，给血神子当头一棒。

而在一众修仙者之中，能够安然进入太寒殿去完成这件事的，只有罗紫烟。

当然，罗紫烟非常清楚，吃了几次亏，血神子绝不会再空门大开，让她轻易得逞的。

此去，必定是危险重重。但为了司明最后一线生机，为了避免末日量劫真的降临，罗紫烟都必须赌一把。

血神子已被丁引等人牵制住，罗紫烟毫无阻碍，一溜烟便进入太寒殿门内。

门内，迎接她的是一群怒目圆瞪的魔物。

“让开！”罗紫烟一声暴喝，迎着魔物们冲去。魔物们却是动也不动，呆呆地看着罗紫烟。在它们眼里，罗紫烟与它们气性一样，它们自然不会加以理会。

罗紫烟大喜，右掌拂动，大股阴劲席卷而出。魔物们应声往两旁摔飞出去。

这关过得远比预想的轻松，罗紫烟却没有丝毫喜色。她知道血神子后面必埋有杀招。

不过，沿着主甬道一路向内突进，罗紫烟却没有再碰到任何阻拦。

没多久，深藏九凝鼎的洞室便在眼前。

洞室外头，倒是设了数重的结界，但对罗紫烟来说这样的结界就像一扇虚掩的门，轻轻一推就可以进去。

“那魔头又在搞什么鬼？”罗紫烟越发警惕了。

外头杀声震天，但这里却是静谧无声。罗紫烟扫视着黑黝黝的洞室，她能听到自己的心跳声，一声重过一声，仿佛是重锤敲在闷鼓上。

四周并无异样，洞室之中，既无特别的结界，也无伏兵。

熟悉的九凝鼎，依旧安静地立在眼前。罗紫烟小心地走过去，鼎内那一汪清亮的至阴之水，清楚地映出了她脸上的迟疑与不安。

而在鼎底，那只肥蚕一般的天化虫，依旧静卧其中。

一切，寻常得不真实。

“这个魔头，又在搞什么鬼？”罗紫烟心中的不安更浓了，“该不会又像上回那样，想用天化虫再摆我一道吧？”

先前，罗紫烟第二次潜入太寒殿深处去破坏九凝鼎的时候，鼎内的天化虫幻影曾化为蓝光进入她的体内展开攻击，后来却被罗紫烟给吸收了。

这次，血神子难道还会故技重施？

“我不管你这魔头有什么诡计，反正我没时间陪你玩了，就这样吧！”罗紫烟把心一横，银牙紧咬，双掌再次缓缓地探入那一鼎至阴之水中。

化血神通同时一催，丹田中的凝丹飞速旋转起来，开始吸收鼎内的至阴之水。

至阴之水，从掌心劳宫穴进入后，便化为源源不断的阴气，奔腾着汇入罗紫烟丹田之中。

一切，都很正常。

罗紫烟一颗高悬的心逐渐放了下来，“看来，那魔头在跟我玩空城计！”

心念方动，原本一平如镜的至阴之水，突然烧开一般，气泡密集地从鼎底冒起。

“嗯？”罗紫烟下意识地想抽手，双手却像是被固定在水里一般，竟是抽不回来。

“那魔头果然留了一手，他想干什么？”罗紫烟一惊之下，马上就镇定下来，凝神细看四周。血神子不留一手，她始终惴惴不安，如今靴子落下，她反而心安了。

当务之急，是要弄清楚这是个什么样的杀局！

似乎除了双手被禁锢，其他并无异样。但罗紫烟知道，事情绝不会这么简单。

片刻之后，沸腾的鼎内，原本静卧于底部的天化虫突然动了，缓缓向罗紫烟右掌爬来。

“嗯？难道又是上回那个杀招吗？”罗紫烟不由得心头一动，化血神通饱提，暗做准备。

那天化虫爬到她掌心后，在那里消失了。

但这回它没有化为无数道白气流窜进罗紫烟体内，仿佛泥牛入海一般。

正当罗紫烟惊疑不定之际，一个毫无情绪的声音突然传来，“你在听吗？”

“什么？”罗紫烟心头一震，她可以肯定，那声音来自心底，而非耳畔。

“你听到我的声音了。”

“你是……天化虫？”罗紫烟在心底默念一句。

“是的！”

“你会说话？”

“只有进入你的功体，才能跟你心灵交流。”

“那你想干什么？”罗紫烟不动声色地在心底默问一句，同时运转阴劲在体内走了一周，却没有发觉任何异样，也感觉不到天化虫的存在。

“血尊让我来破了你的功体。”天化虫平淡地道。

罗紫烟心头一动，“你破得了吗？”

“当然了，只要你体内有阴气，我就可以任意施展。”

“你要怎么做？”罗紫烟心头一紧，仍是不急不缓地问道。她看得出来，天化虫虽然厉害，到底是虫长之类，问啥答啥，并无心机。

或许可以问出点东西，从中找到应对之策。

天化虫再次如实回答，“我会从你的阴气凝丹开始。”

“具体怎么做？”

“这个血尊交代了不能说。”

“我有办法化解吗？”

“这个血尊交代了不能说。”

罗紫烟又惊又怒，血神子这心思够缜密的，竟提早给天化虫下了封口令。

罗紫烟心念急转，刚要想办法，突然觉得丹田一凉，那颗本就转动不停的阴气凝丹突然间加速度了，刚开始还只是原来的数倍，后来便是数十倍。

与此同时，一股前所未有的巨大吸力从罗紫烟双掌发出，鼎内那沸腾的至阴之水突然以肉眼可见的速度下降着。

滔滔如洪流的阴气瞬间涌入体内，罗紫烟顿时有种功体快要被撑破的感觉。她下意识地想阻止阴气流入，但是丹田里的凝丹却像发疯一般，依旧在越转越快。

罗紫烟感觉自己就像一个被不断吹大的气球，随时会爆炸。

“我明白了，你是让我短时间内吸收巨量的阴气，然后撑不住爆体而亡，对吧！”罗紫烟心念一动，对天化虫说道。

“对！”

“也就是说，我没有办法了？”罗紫烟道。

“那也不是，只要你能让凝丹停下来就可以了。”

“你描述下怎么能让它停下来？”

“如果我没在其中助推，凭你的功体可以控制它的速度。”

膨胀感更强了，罗紫烟觉得自己离极限只有一步之遥，急忙又在心里叫道，“那你不要助推了！”

“这是血尊的命令，我无法违背！”

“你……那我功体被毁了，该怎么恢复？”

“恢复不了，除非你从头修炼。”

罗紫烟不由得眼前阵阵发黑，天化虫虽然认真回答，但每个答案都让她既抓狂又无力。

而就这么一会儿工夫，九凝鼎内的至阴之水已经快见底了，巨量的阴气几乎都转移到罗紫烟丹田之中，把那凝丹撑得越来越大。

罗紫烟只觉丹田越来越沉，越沉越胀，有种即将爆炸的痛苦感。

“凝丹负重过度，功体即将崩毁！”

天化虫的声音又在心底响起，平淡无奇，像是在警告，又像是在通知。

“闭嘴，不用你提醒！”罗紫烟心中惨然，没好气道。

本来想抄血神子的后路，没想到却堕入血神子的算计之中。

“司明，你可怎么办？”

绝望之际，丹田处猛地一震，那急旋不停的阴气凝丹骤然爆炸开来，无穷无尽的阴气汇集成一股股阴气洪流，横扫罗紫烟全身经脉穴位。

“啊！”罗紫烟双手仍被禁锢在九凝鼎之中，全身不可抑制地颤抖起来，体内更是传来密集的“咔嚓”声，那是化血神通功体被巨量阴气反噬下土崩瓦解的声音。

而巨量的阴气则是在这个过程中，与瓦解的功体玉石俱焚，飞速地消逝着。

“完了，司明……”

罗紫烟心底响起一个绝望的叫声，只觉全身无力，似乎连灵魂都要飞走了。

正在这时候，心底突然又响起天化虫的惊呼，“啊？怎么会有阳气？”

“嗯？”罗紫烟愣了下，旋即感到身子一热，竟是阳脉里被雪藏的阳气，因为化血神通功体被毁，突然间同时喷薄出来。

此时，那凝丹所释放的巨量阴气，已经随着化血神通功体的瓦解而消耗殆尽，汹涌的阳气迅速流遍空荡荡的筋脉穴位，同时向外喷薄而出，直冲入九凝鼎之中。

阴阳二气交织于鼎内，“轰”的一声，一股夹杂着焰火与寒冰的大火从鼎内冲天而起。

罗紫烟只觉身子一轻，竟是被这股大力顶得飞了起来，重重地撞在洞室上头，继而“砰”的一声掉落地上。

“怎么回事？我要死了吗？”

头痛欲裂，全身骨架像要散架一般，罗紫烟吃力地爬起来，只觉天旋地转。

而那远在两丈之外的九凝鼎，此时正喷出红与白两股烈焰，将洞室照得又红又亮，诡异万分。

罗紫烟迈步想往前走，却是脑袋一沉，“咕咚”一声摔倒在地上，世界瞬间黑了下来。

“我要死了吗？”

天昏地暗之中，罗紫烟觉得整个世界都要崩塌了，而她被无数又厚又冰的东西砸在地上，动也不能动，喉咙则像被什么扼住似的，周身一片冰寒。

“啊——”

憋了许久，罗紫烟终于叫出声来，一个激灵从地上坐起来，只见眼前被一团浓墨般的黑暗包裹，只在不远处有团暗红的光在闪烁，时明时暗，细看之下分明就是九凝鼎。

“怎么回事？”罗紫烟甩了甩头，只觉自己被一团无处不在的坚冰包围着，丝丝缕缕直钻入体内的寒意，让她连打寒战。

九凝鼎内仍有半指深的至阴之水，但在水上，却浮着一团红光，火一般明灭不定，看样子分明是一团即将残灭的阳气。

而那只天化虫又静静地卧在鼎底。不过，与先前蚕宝模样不同，它的背部出现了众多的黑点。

“那是……我的阳力灼烧的？”罗紫烟沉吟了下，突然明白过来。天化虫钻入她体内后，破坏了她的化血神通功体，却也把罗紫烟原本雪藏在阳脉里的阳气给引了出来。

狂暴的阳气之流冲击下，天化虫不但被冲出罗紫烟体内，还被阳气给灼伤了。

“自作孽，不可活。”罗紫烟骂了一句，只觉心头快意了几分，却又马上打了个哆嗦。

来自四周的阴气太浓了，正不断侵蚀着她的身体。

“且试试看，能不能带走九凝鼎！”罗紫烟深吸一口气，双手抓住九凝鼎，两股阳劲油然而生，直灌在鼎上。

罗紫烟惊喜地发现，她的纯阳功体并没有受到化血神通崩毁的影响，反而比先前更加精纯几分。

只是，阳劲源源不断地倾入九凝鼎，却没有引起丝毫反应。倒是在浓重的阴气包围之下，罗紫烟有种元神快被冻僵的感觉。

化血神通功体一破，她也跟其他修阳者一样，无法在这种至阴之地待太久。

“先离开这里，让宫主来处置这鼎！”罗紫烟心念一动，掉头直往外头奔去。

如今这世上，能驾驭九凝鼎的，除了血神子，也就丁引了。

进入太寒殿也就半个时辰左右，但是殿门外头的景象，已经跟先前截然不同。

首先映入眼帘的，是遍地的死尸铺满了太寒殿外头的冰天雪地，修仙者与魔物都有。而在这遍地残尸之上，激战仍在进行着，只是仍活着的修仙者和魔物已所剩无几。

纵然此次来讨太寒殿的都是修仙界的精英，但在这种至阴之境里，修阳之人天生就吃亏，因此面对疯狂的魔物，即便是名山洞府的修仙名宿，也要死伤惨重。

此时，最激烈的战斗发生在太寒殿之巅。那里，一片五彩如琉璃的光芒，像是无数道绸缎一般，环绕着立于殿顶的血神子，盘旋而动。

“那是……”

罗紫烟只看一眼，眼睛就惊得差点掉下来。

那些五彩琉璃之光，分明就是由一只只凤凰身上的吉羽映日发出的。

这群凤凰数量多达百只，领头的正是烛天，它正带领凤凰群，一次又一次地从血神子身边擦过。

血神子双掌高擎，全身上下萦绕着一层若有若无的白光，令凤凰群不敢轻易靠近。

这情景，让罗紫烟不由得想起身上开始长出凤纹后，经常会做的那个梦。在那梦里，血神子也是顶天立地站着，与盘旋于空的凤凰对峙着。

现在，虽然环境不同，但一切就像梦境的重现，历史的重演。

血魔再次降临，凤凰们也是又一次挺身而出。

凤王说得没错，血神子就是天道运行中的一个异数，是无数量劫的本源。而凤凰，始终是抗击血魔的主要力量。

只是，先前在凤凰山，凤凰不都是销声匿迹了？这段时间它们去哪儿了？

罗紫烟正发怔之际，一声欢呼从身后传来，“小烟！小烟！你出来了！”

罗紫烟急忙抬头，只见小卷毛擦着太寒殿边沿，正从上飞驰而下。看到罗紫烟安然无恙，它喜得全身羽毛根根高扬，修长的尾巴更是快乐地张开来。

“小卷毛，你没事吧？”罗紫烟长长地舒了口气，能见到小卷毛安然无事，对她来说是莫大的安慰。

“我没事，宫主受了点伤，但没关系，正在疗伤中。”小卷毛道。

罗紫烟愣了下，“宫主受伤了？”

“可不是，血魔太阴险了，他仗着这里阴气浓盛，故意与我们拖延，宫主连番出手重击，阳气消耗过甚，一个反应慢了就被他反击得手了。”

小卷毛心有余悸地看了头顶一眼，“幸亏烛天它们及时赶来，不然今天我们都得交代在这里了。”

“烛天它们怎么会突然来了？先前又去哪里了？”

“我听烛天说，它们之前藏起来了，去准备凤王交代它们的一个对付血魔的办法……”

原来，在小卷毛与罗紫烟被凤王送进“九幽火宫”闭关的第二天，凤王就让烛天带着凤凰山剩下的所有凤凰，秘密移居到昆仑山深处，除了要给小凤凰们一个安身之地生养外，还肩负着凤王给的一项重要使命——修炼“九凤牵魂阵”。

在这之前，烛天从未听过九凤牵魂阵，乍听还以为凤王是要它召集九只强壮的凤凰来组阵。

凤王却说，“九”代表着最大数，意味着这个阵法，需要尽可能多的凤凰来加入，才能发挥出尽可能大的威力。

为了修炼这个阵法，所有的成年凤凰，这段时间一直在昆仑山中深居简出，苦苦修炼。

直到得知修阳正道正与太寒殿进行最后的决战，烛天才率众赶来。

它们到来之时，恰逢正道伤亡惨重之际，烛天一行便接管了战局。

“那它们这样一直绕着血魔，就是在施展九凤牵魂阵了？看样子好像对血神子没什么威胁啊。”

小卷毛目露疑惑，“我也这样觉得的，但烛天说，凤王一再强调，这个阵法是对付血神子的利器，也是能保住司明的元神同时消灭血神子的唯一办法？”

“嗯？原来凤王说的办法就是这个阵法。”罗紫烟顾不得多想，“先带我去找宫主，我有个事需要宫主亲自出手。”

太寒殿下的雪地里，丁引和数十名修仙名宿正盘膝疗伤。

血魔的阴劲造成的创伤不轻，加上阴气无孔不入地侵蚀着，他们个个脸色惨白，遍体霜雪。

“宫主！宫主！你没事吧？”罗紫烟趋步上前，关切地问道。

丁引睁开眼，眼里多了一丝欣然，“里头情况怎么样？”

罗紫烟简单把刚才殿内的事说了，又道，“九凝鼎是血魔的最大倚仗，现在的关键是要把它重新夺过来，让它转化阴阳……”

丁引霍地起身，“我知道，这个事我去解决。”

罗紫烟点点头，却又担心地道，“但宫主的伤势……”

“无妨！”丁引淡淡地说了一句，却又回头望着罗紫烟，“你自己小心！”

话罢，他双足一点，闪电般飞射出去，消失在太寒殿门口。

“小卷毛，我们上！”罗紫烟一咬牙，跳到小卷毛背上。

飞到离九凤牵魂阵尚有半里处，小卷毛突然停了下来，随后也开始绕着阵法外围一圈圈飞转起来。

与此同时，罗紫烟感觉到一股股无形的阴劲不断迎面撞来，竟是难以再进前一步。

“嗯，这是怎么回事？”罗紫烟心头诧异不已。从局面来看，血神子分明处于守势，但靠得近了，罗紫烟却只能感受到血神子的阴劲，感受不到九凤牵魂阵的丝毫力量。

“我也不懂为什么。照这个局面看，血神子的阴劲应该无法透出九凤牵魂阵才对的。”小卷毛沉吟了下，“宫主认为，可能这个九凤牵魂阵并不是要同血神子角力。”

“那是比什么？”

“宫主也说不出个所以然，我就更不懂了。等它们搞定血魔后，我们再问问烛天。”

说话间，凤凰群又转了数圈，一点点地逼近血神子。而血神子仍是维持着原来的架势。

“这个魔头，时间在他那边，他有恃无恐。”罗紫烟恨恨道。

“可不是，小烟，我们总得做点什么。”

罗紫烟心念一动，双掌按在小卷毛背上，“那我们就突破到里头，找找机会！”

“好嘞！”

小卷毛精神一振，振翅直冲向战圈。

雄浑的阴劲一波又一波迎面扫来，罗紫烟和小卷毛一合力，仍是成功地冲进战圈之中。在这里，依旧感受不到凤凰群发出的丝毫阳劲。

“你们来这里干什么？”这时候，九凤牵魂阵又转了一圈，烛天来到了罗紫烟和小卷毛对面。

“我们来看看，有没有可以帮忙的！”罗紫烟大叫道。

“你们帮不了什么忙的，退到一旁吧！”烛天不耐烦道。

罗紫烟却是拍了拍小卷毛的后背，小卷毛会意，跟着烛天飞了过去。

“你们这是在干什么？”罗紫烟又问道。

“给你的司明续命。”

罗紫烟愣了下，旋即大喜，“怎么说？”

烛天见她一副打破砂锅问到底的架势，只得耐着性子道，“你不是让凤王想出救司明的办法……”

原来，九凤牵魂阵的根本作用，是聚合凤凰群之力，将巨量的凤凰力穿过血神子的功体防护，传递给司明的元神，以助他的元神壮大。

这个过程中，功体消耗极大，但能到达司明元神的，却只有一小部分。因此，必须聚集群凤之力，才能与有太寒殿为依托的血神子相抗衡。

“凤王说这是个笨办法，但目前只有这个办法能救司明。”烛天说道。

罗紫烟不解道，“这样怎么救出司明？”

“凤王说，救司明的关键在于司明的元神要壮大，只有他的元神壮大了，才能够从内部打败血神子的元神，才能在不伤到他的元神和身体的情况下，将他救出来，否则任何一种外力，都无法让血神子自己离开。”

凤王对血神子的了解远比任何人都多。它告诉烛天，血神子的元神是世间最强的，一旦被他寄附，他就会逐渐与被寄存者的身体融合。就算有绝世修仙者从外部施法相救，也无法保证被寄者身体不受重创，乃至元神跟着受损毁灭。

因此，对付血神子的重任，反而落在受害者司明身上。

目前，血神子几乎完全霸占司明身体，彻底炼化司明元神只是旦夕之事，外力更难将他从司明身上剥离了。

因此九凤牵魂阵成为壮大司明元神的唯一希望。凤王为了不让血神子知晓它的存在，令烛天一众深藏于昆仑山深处苦修，只在关键时刻才出来。

只是，血神子的修为之高，仍是超出凤凰群的意料，而且他脚踏太寒殿，有源源不断的阴气为基，凤凰群虽多，阳气却是有穷时，久而久之，九凤牵魂阵已经开始出现不支之状。

罗紫烟心中刚升起的一丝希望，此刻又迅速破灭了。她默然了下，又道，“我们现在去攻击血魔，来为你们策应，可以吗？”

“当然可以了！不然凤王为什么要让你们进九幽火宫去修炼？快，快去切断血魔的阴气补给，否则我们跟他耗不过的！别在这里影响我们了。”烛天的声音听起来已经有些急了。

罗紫烟想了想，立即让小卷毛带她到太寒殿门口去！

第三十章 | 生死相拥

丁引进入太寒殿已有些时间了，但太寒殿依旧安然无恙，只怕他是遇到问题了。

罗紫烟决定冒险再进殿一趟，助他一臂之力。

小卷毛刚落到殿门口，突然眼前一亮，“小烟，你看！”

“宫主，宫主得手了！”罗紫烟愣了下，旋即欢呼起来。只见原本笔挺的太寒殿大门，此刻正缓缓向下垮塌，而整个殿身也像遇热的蜡油那样，正在缓缓沉落。

这意味着，丁引已经成功地改变九凝鼎的阴阳二气格局。

“小烟，我们还要进去吗？”

“暂时不用，看看再说。”

异变来得飞快，只是片刻工夫，太寒殿便猛地往下一沉，像一摊软泥般。

与此同时，殿顶上空传来血神子的怒吼，以及凤凰群的欢呼。

“哈哈，那魔头受不了了。”

“上去看看！”

小卷毛一个腾空，冲天而起。只见血神子立在摇摇晃晃的大殿上面，全没了先前的淡定，正惊怒地看着脚下的太寒殿。

而凤凰群则是气势大振，包围圈正快速缩小。

“你怎么做到的？”烛天回头诧异地看了罗紫烟一眼，大叫道。

“不是我，是宫主控制了九凝鼎！现在怎么样？”

“那魔头阴气不继，他支撑不了多久的。”烛天兴奋不已。

罗紫烟急道，“那司明呢？他怎么样？”

“我们只负责传递凤凰力，可感知不到他。如果他的元神还没有被完全炼化掉，很快就会重新强大起来的。”

罗紫烟心头一热，急道，“然后呢？”

“然后就要靠他自己了，我们能做的也就这样了！”

说话间，九凤牵魂阵再次往里压了一圈。血神子终于急了，双目尽赤地怒吼一声，猛地冲天而起，右手骤然向下一抓，正好抓住太寒殿顶部，“天化归一！”

“小心！”罗紫烟大叫起来。她知道血神子一急，必定又有惊人之举。

烛天嘶声尖叫道，“别让他跑了！”

话落，太寒殿之中突然传来“咯吱咯吱”的巨响，不等众人反应过来，大地猛地一震，巨大无比的太寒殿竟是被血神子单手拔起。

“什么？”

惊呼声里，血神子竟是抓着太寒殿冲天而起。

“快看！宫主在下面呢！”小卷毛眼尖，指着太寒殿下方。

罗紫烟定睛望去，只见丁引就吊在太寒殿下方，双手仍是紧紧抓着九凝鼎的两端，周身上下一片霜白。

为了夺回九凝鼎，丁引也是豁出命去了。

“快！快去助宫主一臂之力！”罗紫烟大叫道。

小卷毛立即展翅直冲向丁引。

正在此时，怪事骤然发生，眼前白光一闪，丁引倏然消失了。

等罗紫烟和小卷毛回过神来，才发现太寒殿突然缩小数十倍，导致丁引突然往前飞出里许，看起来像是突然不见了。

不等众人反应过来，巨大的太寒殿已缩微得无影无踪，只剩丁引和九凝鼎正向着血神子冲去。

显然，血神子这是在驱动天化虫化去太寒殿之身，好把九凝鼎拿到手，以免被丁引夺去。他深知如果九凝鼎再度失去，那他将落入万劫不复的境地。因此，竟是顾不得对抗九凤牵魂阵，转而来争夺九凝鼎。

丁引始料不及，回过神来时已经和血神子面对面了，两人中间就隔着九凝鼎，彼此都是把全部功体押在鼎上。

谁得九凝鼎，谁就能笑到最后！

“哼，你们这群蝼蚁，斗不过我的！”一手抓住九凝鼎，血神子立即精神大振。

几乎同时，小卷毛与罗紫烟扑到丁引身后，凤凰击应声而出，直击在九凝鼎上。

“轰隆！”

九凝鼎狂颤不已，血神子脸色一紧，旋即放声大笑，“就凭你们——”

话落，他右手猛地一收，九凝鼎之上白光蹿起，一股雄浑阴劲从中冲出，横扫四方。

这股阴劲之强，远超罗紫烟意料，不但她和小卷毛、丁引当即被震飞出去，连远处的九凤牵魂阵也被震得七零八落。

“受死吧！”

血神子冷哼一声，右手高举着九凝鼎，面目狰狞。

鼎炉之上，一道巨大的虫影正逐渐显现出来。与此同时，无数翻飞的阴气之雪从四周席卷而来，聚集在九凝鼎之上。

只是片刻工夫，接天谷再次被层层叠叠的阴云笼罩。阴云如山，层层往下压，仿佛要把下面的生灵都压垮。

“小心！”

“守住！”

烛天等凤凰都是高声叫起来，但血神子威凛如天神，九凤牵魂阵仍是被九凝鼎聚拢起的阴气所隔，不断往外退去。

混乱之中，罗紫烟和小卷毛接住了凌空掉落的丁引，只见他全身裹着一层白霜，即便是呼出的气息也夹杂着缕缕阴气。

“紫烟……”

“宫主，你怎么样？”罗紫烟把丁引放到地上，惶急地大叫道。

“我阴气吸得太多了，短期内是无法再出手了，你……你们快逃吧！”

罗紫烟愣了下，摇摇头，“不行，怎么能逃呢？”

“那魔头有九凝鼎在手，天下无敌，不要白白送死……”丁引闭上眼，“快走吧，给修阳正道留一点薪火……”

“宫主，两个时辰都快到了，谁也逃不掉的。”罗紫烟一咬牙，“你告诉我，要怎么跟他拼才行？”

丁引无力地闭上眼，“你……真要拼？”

“嗯，宫主，你一定知道有什么办法，快教教我！”

丁引默然片刻，又缓缓地睁开眼，看着罗紫烟，“有一个办法，那就是让九凝鼎重新燃起阳火。只要阳火一起，阴气就会被阻隔，进而可以逆转阴气为阳气，化解这场量劫。”

罗紫烟大喜，“那要怎么才能重新点燃阳火？”

“我的驭鼎功法是可以……但现在我这样，血魔又把持着九凝鼎……”

“那岂不是没有办法了？”罗紫烟呆若木鸡。以丁引之能尚无法做到，试问修阳正道又有谁可以做到？

“倒是还有另外一个办法，但是……”丁引看了罗紫烟一眼，突然闭嘴了。

“但是什么？宫主你赶快说啊！”罗紫烟着急地看了空中一眼，只见血神子正托着九凝鼎，往远处一座冰原降落。烛天带着凤凰群，紧紧跟着绕在他周遭，但迫于鼎上发出的巨大阴劲，九凤牵魂阵的阵圈是越拉越大了。

照此情势，对司明元神还有多大的帮助，罗紫烟完全不敢想象。

“宫主，你快说啊，我们没有多少时间了！”罗紫烟大叫道。此时，整个修阳正道都被置于死地之上，只要有一线希望，罗紫烟都愿意去试。

丁引看了她一眼，却是摇摇头，“那个方法不行，太凶险了，紫烟，你不要再想了！”

“宫主，时辰一过，整个天地阴阳二气格局一变，最后所有人都要完了，现在还有什么方法不能说的？”罗紫烟急得快跳起来了。

“对啊，宫主，有什么办法直说，我都要急死了。”

丁引又是默然片刻，才下了巨大决心似的说道，“或许，涅槃之火可以。”

说着，他闭上眼，缓缓道，“但是这样，紫烟就……”

“确实不行！这样怎么行呢？”小卷毛愣了下，突然用力地摇摇头，“这样不行，宫主，你再想想别的办法吧。”

“没有别的办法了！”丁引的脸上是一片灰败，眼里透着前所未有的绝望。

罗紫烟莫名其妙，“小卷毛、宫主，你们在说什么？为什么我听不懂呢？”

“没什么小烟，我们再想别的办法。”小卷毛说着，声音里透着几分慌乱。

罗紫烟心念一动，点头道，“也行，那小卷毛，你先把宫主送到安全地方去！”

小卷毛驮着丁引离去，很快便又回来了，它停到罗紫烟身边，有些不安地看着她，“小烟，宫主已经到安全地方了，我们现在……”

罗紫烟猛地回头，紧紧盯着小卷毛，“小卷毛！我是不是你的凤主？”

“当然是了！”

“现在我们是不是已经到了无计可施的时候了？”

“是……”

“那你知道什么方法，还不快告诉我？”

“可是，那样小烟会……”小卷毛一张嘴，便意识到自己说漏了嘴，急忙抿嘴不言，眼里却是闪着恐慌。

罗紫烟深吸一口气，“说下去，我会怎么样？”

“小烟可能会死……最好的结果，也是会堕入凡胎，失去凤凰血脉……”小卷毛满脸不安，“只怪我还没完全长成，否则让我去多好。”

罗紫烟正色看着小卷毛，“小卷毛，你听我说！我本就只想做个快乐的凡人，不想当这个苦难重重的凤凰后裔。而且就算死了，也是我的命数，对不对？”

“对，也不对……”小卷毛迟疑了下，近乎哀求道，“小烟，那样太凶险了，我们再想别的办法吧。”

“宫主说了，没有别的方法了，快说！”

架不住罗紫烟严厉催问，小卷毛迟疑了片刻才道，“小烟，我告诉你，但你真要三思……我明白宫主的意思，他说的是用涅槃之火驱散九凝鼎内的阴气，然后在其中点起阳火……”

“涅槃之火？意思是我可以发出这种火？”罗紫烟若有所思道。

小卷毛点点头道，“任何凤凰都可以，但必须功体完备，像我现在还不行……”

罗紫烟大喜，“快说，我要怎么发出涅槃之火，是不是我也会被烧死？”

“涅槃之火与一般阳火不同，不会把小烟烧死，但要是小烟现在发出它，可能会烧掉五百年的功体……”

凤凰五百岁而涅槃一次，并在涅槃之中重生，再活五百岁。可以如此循环多次，最后才归于天地尘土。

但如果不到五百岁寿尽就引发涅槃之火，对凤凰来说却是凶险万分，因为那不但会提前消耗掉凤凰功体，还会令凤凰无法在涅槃之火中获得重生。

所以，凤凰谷内的涅槃之火，对于年寿未尽的凤凰来说，才会有那样大的威胁。

以罗紫烟的凤凰血统，她完全可以再活五百岁。但如果中途引发涅槃之火，那就会烧掉凤凰功体，重则当场元神焚灭，轻则也是丧失凤凰之体，堕入凡胎。

正因如此，无论是丁引还是小卷毛，都是欲言又止。

“原来是这样。”罗紫烟满不在乎地笑道，“小卷毛你瞎担心什么，看我之前丢了化血神通功体也没什么的，反而觉得轻松多了。”

“化血神通和凤凰功体当然不能比了，没有凤凰功体，小烟你……”

“别说了，我心意已决，现在唯一的问题，是该怎么做才能引发体内的涅槃之火？”

罗紫烟的声音没有丝毫情感，紧抿的嘴唇，容不下丝毫的质疑。

小烟呆呆看着她，好一会儿才道，“小烟……”

“小卷毛，你再儿女情长，我们就全部死定了。如果司明就这样丧失最后一线生机，我最恨的人就会是你。”

“可……”

“小卷毛，你明白我的心思的！”

“好吧！”小卷毛眼里的光芒黯淡下来，“涅槃之火分体内、体外两种，引发体内涅槃之火很容易，把阳脉里的阳气引入阴脉之中，以阴气为信，燃起的阳火就是涅槃之火。”

“谢谢你，小卷毛！”罗紫烟深吸一口气，猛地抱住小卷毛的脖子，在上面亲了一口，“谢谢你，让我还有一次救司明的机会！”

“小烟，你真的不再三思吗？万一你有什么，我怎么……”

罗紫烟望着远处空中依旧盘绕在血神子头顶四周的凤凰群，“小卷毛，你还有家人，而我，不能没有司明！现在，让我们去跟它们一起斗血魔吧！”

“好吧！”小卷毛无可奈何地应了一句，双翅张开，“呼啦”而起。

烛天一行，仍是在苦苦维持着九凤牵魂阵，但是面对九凝鼎在手的血神子，它们已经只能以数量优势勉为其难地同他抗衡。

随着时间的推移，这种对抗迟早是要失衡的。

血神子又恢复了从容，他全身笼罩在鼎内散发出的宏大白光里，动也不动，看似已经入定了。

“现在情况如何？”小卷毛飞经烛天身边的时候，罗紫烟大声问道。

烛天回头看了她一眼，眼里已全无先前激昂的光了，“快逃吧，我们支撑不了多久的。”

“谢谢提醒！”罗紫烟一咬牙，拍着小卷毛的后背，“小卷毛，我们走！”

小卷毛点了点头，双翅一扬，利箭般穿过九凤牵魂阵，直朝着九凝鼎冲去。

“停下，你们干什么？”烛天愣了下，大叫起来。

小卷毛仍是去势不止，从九凝鼎内飞扫出的阴劲，宏大、雄浑，越向它靠近一分，阻力越大。

小卷毛仍是全力往前冲，直冲到离九凝鼎还有将近半里路的时候，它终于动不得了。

“小烟，我只能到这里了！”小卷毛无力地大叫着。

“回去吧！”

罗紫烟早就蓄势待发，闻声一个腾身飞起，再次向九凝鼎飞了过去。

巨大的阴劲一波波迎面撞来，罗紫烟的气息不由一窒，阳脉同时一张，汹涌的阳气从中喷发而出，直流向阴脉。

阴脉中残存的阴气遇到阳气立即被点燃，罗紫烟仿佛听到“嗤”的一声响，全身骤然狂热起来。

涅槃之火燃起！

阻挡在前头的阴劲遇上这至阳之火立即消退开来，罗紫烟长驱直入，犹如在其中撞开一个口子似的，她就沿着这口子，闪电般直冲向九凝鼎。

“嗯？”

血神子双眼倏然睁开，眼里随即闪起惊骇的光芒。他下意识地右手一缩，似乎想要躲开罗紫烟，但手刚缩到一半，他的眉头却是一皱，手竟是僵住了。

“司明！司明！”

罗紫烟一看他这异常模样，就知道必是司明的元神在作梗。当下，她更无迟疑，带着巨大的燥热，直冲向九凝鼎鼎口。

“轰！”

眼前蹿起万丈白光来，紧接着倏然一暗，罗紫烟发现自己进入一团如墨般的浓黑之中。

“我……我这是在哪里？”

茫然看着四周，罗紫烟心中突然生起一个不安的念头，“难道我失败了，已经死了？”

刹那间，世界仿佛停滞住了，竟让罗紫烟有种天长地久的感觉。

随后，罗紫烟又看到了光，那是一点火光，从黑暗中蹿起，片刻间便照亮了四周。

那光，来自她的身体，随后，一团火包围了她，在黑暗中熠熠生辉。

黑暗仍似无穷无尽，但罗紫烟这团火却撕开了它的一角，而且火光还在沿着黑暗的肌体一分分往外爬着，把更多的光明传播到黑暗的心脏之中。

“这就是涅槃之火吧！”罗紫烟感觉不到一丝痛，也感觉不到一点儿热，她呆呆地看着艰难扩大的光明，内心一片安宁。

做了自己能做的一切，现在她只能听天由命。

火光，仍在一点点蔓延着，罗紫烟只盼着这光明能被带到世界的尽头。

正在这时候，“哗啦”一声，黑暗的边际中突然有什么翻腾而起，直冲罗紫烟这边而来。

“什么？”

罗紫烟愣了下，还没反应过来，一道蓝光已经呼啸着迎面射到。

“那是……”

蓝光倏忽而至，只见里头是一只硕大无比的虫子，在它肥大的身子下，是两排粗壮的脚，每只脚底都长着十几只犹如弯刀的钩子。这些钩子，此刻正朝着罗紫烟恶狠狠扫来。

那是——天化虫！

虽然多次照面，但罗紫烟还是第一次面对如此巨大的天化虫，也是第一次看清天化虫的真面目。只见它有个尖而扁的头，上面没有眼睛，却有个圆形大嘴，不断有冰渣子一般的阴气从中掉落下来。

随着天化虫的出现，四周正在蔓延的阳火当即熄灭了大半，黑暗再次吞噬了曾经光明到过的地方。

“可恶的东西，都是你在为虎作伥！”罗紫烟恨恨骂了一句，再无迟疑，矮身避开了迎面扫来的爪勾，一个箭步往前冲去，直扑向天化虫。

“嗷呜！”天化虫狂吼一声，大股黏糊糊的蓝色唾液从嘴里掉落，同时一口向罗紫烟咬来。

罗紫烟再次一闪，从天化虫嘴边擦过，同时一拳打在它身上。

天化虫挨拳之处，立即腾起大股阳火来。

天化虫惨叫一声，立刻回头，一口蓝色的唾液吐在阳火燃起之处。这种唾液实乃至阴之水，被它一浇，阳火应声而灭。

“原来你这东西也怕阳火嘛！”罗紫烟大喜，猛地抓着天化虫身子，跳到它的背上。

眼前的情景，倒是让罗紫烟愣了下，只见天化虫的背上竟有众多大小不一的黑斑。

“看来之前从九凝鼎内钻入我体内的那家伙，就是你这本尊啊！我们再来一次！”

天化虫与九凝鼎的关系，似虚似实，直到现在罗紫烟也无法判断，自己面对的到底是它的幻影还是实体。

但从这些黑斑来看，她可以肯定眼前这天化虫，就是先前钻入她体内破坏了她化血神通功体的那只小虫子。

它怎么变得这么大?

罗紫烟愣了下，突然明白过来，不是天化虫变大，而是她变小进入了鼎内。

鼎内自有乾坤，只有亲自进入其中，才能见其之广大。

来不及惊叹，罗紫烟再次飞身闪避，躲过天化虫回头咬来的嘴巴，同时踩着它的后背，大步往前飞奔出去，双拳不忘连绵落在它背上。

阳火一团团蹿起，像是一串开在天化虫背上的火花。天化虫不堪剧痛，全身痉挛起来，顾不得再追咬罗紫烟，而是慌不迭地把蓝色唾液吐落在那些阳火之上。

“你这孽畜，也就这点能耐嘛！”罗紫烟继续发足狂奔，将更多的阳火点在天化虫身上。

跟罗紫烟的灵巧比起来，天化虫显得太拙笨了，眨眼间便是遍体起火，顾此失彼，乱成一团。

而连番放出阳火，罗紫烟的身体则像被迅速掏空一般，终于撑不住，脚下一软，摔倒在地上。她回头往身后望去，只见渐次起火的天化虫正变成一个火团。

“想不到，临死之前还能拉这鬼东西垫背，也算够本了。”罗紫烟突然大笑起来。

笑声里，天化虫突然哀号一声，往一侧摔了过去，大股刺眼的阳火轰的一声从它身体蹿腾而起，四周正在围合而来的黑暗，再次被强光撕破。

眨眼间，火光便充斥着一切。不等罗紫烟反应过来，一股巨大的力量突然席卷而来，将她掀飞起来，直冲天空。

“啊！”

叫声里，罗紫烟只觉身子越来越轻，而火光则是急剧后退，先是一大片，继而变成一大团，随着后退速度加快，它又变成一小团。

而这小团火光随后竟出现了边框——那是九凝鼎的鼎口，火光就在鼎内。而罗紫烟则是被从鼎内冲出的一股大力推到鼎口上方。

刚才她进入九凝鼎内部，如今则被冲出鼎口。

惊异之际，罗紫烟突然听到血神子的怒吼，紧接着她的身子突然一弹，往外摔飞出去，“扑通”一声跌在地上，只觉全身骨架似乎都要散了似的。

“紫烟！”身后一声大吼传来，随即罗紫烟被一只强有力的手臂捞起，她急忙回头，不由得愣住了，“干鹊，是你！”

“是我！我们来迟了！”干鹊紧紧地搂着罗紫烟，被霜雪覆盖的脸上满是欣喜。

罗紫烟定了定神，才发现外头的景象与先前又是有所不同。

只见冰天雪地上，九凤牵魂阵仍在盘旋着，在它们底部中央，血神子依旧手托着九凝鼎，但他身子四周多了不少修仙者，正把各种法器往他身上招呼。

看那些修仙者，除了少数是这次征讨太寒殿的修仙者，多数都是须发飘白，正是之前与干鹊一同进入半魔化状态的上仙门门人。

“干鹊，你们醒了！”罗紫烟愣了愣神，想要起身，却发现身子软绵绵的，阳脉里更是空空如也。

“是的，你们这里打得地动山摇，我们怎么能不醒来。”干鹊关切地看着罗紫烟，“紫烟，你没事吧？刚才怎么回事？”

“我没事，刚才闯进九凝鼎一下，哎哟！”罗紫烟边说边驱动阳脉，却无端引来全身剧痛，她心头一阵颓然，知道自己发出涅槃之火后，凤凰功体真的废了。

原本阴阳双修，如今却真的堕入凡胎了。不过至少还活着，也算是不幸中的大幸。

“小烟！小烟！你总算出来了！”就在这时候，空中传来小卷毛的欢呼声，随后它裹着遍体的霜雪落到罗紫烟面前，只看一眼，眼泪就流出来了，“小烟，你……”

“没事，预料中最好的结果。”罗紫烟笑道。

小卷毛蹲下身子道，“现在这里战局混乱，小烟你到我背上吧！”

“对对！到小卷毛背上安全一些。”干鹊二话不说，忙把罗紫烟放到小卷毛背上，小卷毛立即腾空而起。

“紫烟，你保重！我去跟那魔头拼了！”干鹊大叫一声，挥舞着日曜刀，转身向血神子冲去。

“小烟，你确定没事吗？”小卷毛回头看了罗紫烟一眼，“我看你的脸色很不好。”

“我没事，就是现在让我拿把刀，我的手都会颤抖……以后我不再是你的凤主了。”

“哪里话，小烟永远都是我的凤主，不管你是凤凰后裔还是回归人身。”

罗紫烟苦笑一声，旋即眉头又皱了起来，“可我这样做，好像没什么用，你看血魔不还是生龙活虎的。”

“小烟，你此言差矣，跟刚才相比，血魔已经老实不少了。你看他托着九凝鼎，动作都笨了。之前那个生猛，谁靠近他十丈就当场倒下，现在有的都已经逼到他七八丈以内了吧。”

听它这么一说，罗紫烟才注意，果然有不少修仙者已经逼到血神子近处，而血神子的步履竟有些不稳，那托于掌上的九凝鼎更是不受控制似的左右摇动着，隐隐有光芒在从里头冒出。

“小烟，你看到九凝鼎那个样子吧？你的牺牲没有白费，里面已经开始有阳火要冒出来了！”

话落，“呼”的一声，一团火光真的从九凝鼎内蹿了出来，升起半丈高才回落下去，化为红光蹿动在鼎口之上。

阳火！

被阴寒之气冰封已久的九凝鼎终于再次蹿出纯阳之火来！

阳火来势急快，眨眼间就充盈满鼎，熊熊往外冒。

“小烟，你做到了！你太厉害了！”小卷毛兴奋地说道。罗紫烟不由得苦笑一声，这倒是个意想不到的胜利。

在此过程中，血神子一直双手死死抱住鼎炉，不断往鼎内贯入阴劲，但阳火暴涨的速度仍是超过他的预料。

“哗啦！”

一声闷响里，又一股阳火从九凝鼎内喷了出来，整座鼎身刹那间通红一片，犹如烧红的铁块似的。血神子再也托不住了，惨叫一声，九凝鼎脱手甩了出去，滚落在冰雪之上。

“嗤嗤——嗤嗤——”

冰雪被阳火一映，立即腾起道道黑灰色的烟气，以星火燎原的速度飞快弥漫开来。整片冰原，眨眼间就陷入蒙蒙烟气之中。而冰原上的魔物、入魔者身上，同样是阴气腾腾而起。

远远观之，整个世界似乎在自燃，连被阴气侵染的修阳者身上也不例外。

在这其中，血神子也不能幸免，只是他功体极强，只有丝丝缕缕阴气被阳火蒸起，如果不是细看，根本难以发现。

“九凝鼎开始在逆向转化阴阳了！”

“极阳宫的地气在恢复！”

“哈哈，我感觉身上好暖和啊！”

各种欢叫响起，对血神子而言就像四面楚歌。

而空中的九凤牵魂阵则是趁机向下一压，不断朝着血神子逼近。

“大家快上，今天绝不能让这魔头再跑了！”干鹊突然发出一声怒吼，当先朝血神子冲去。

“杀！”

“共诛此魔！”

“别让他跑了！”

恢复过来的入魔者、修仙者，无不是跟在干鹊之后，向血神子包抄过去。

血神子眼里闪着怒色，猛地双掌一错，“就凭你们，哼！”

话落，他双掌抡圆，朝着四方打了出去。磅礴阴劲随之呼啸而出，横扫向每个迎面而来的修仙者。

“不好！”

“小心！”

“快躲！”

惊呼声里，修仙者无不气息凝滞，不由自主摔飞出去。

“这魔头，没有九凝鼎还这么厉害！”小卷毛不由得倒吸一口气，又望向空中，“这九凤牵魂阵到底行不行啊，不行就让烛天他们下来，一起灭了这血魔算了！”

九凤牵魂阵虽然步步紧逼，但在空自盘旋这么久，却不见丝毫效果，难怪小卷毛要对它的作用深表怀疑了。

“凤王苦心孤诣留下这个阵法，必然有它的用处。”罗紫烟想了想，“小卷毛，你这个战力别浪费了，把我放在一旁就是。”

“可是，你现在手无缚鸡之力……”

“我没事，替我狠狠揍那个魔头！”罗紫烟咬了咬牙，如果九凤牵魂阵真没有效，就意味着司明已经彻底没救了……那她是死是活，已经没有多少意义了。

小卷毛迟疑了下，还是带着罗紫烟飞向远方，把她置于高坡上一个隐秘的地方，这才振翅向血神子飞扑过去。

就这么一会儿工夫，原本蒸腾于空的黑灰色阴气已经消散殆尽，银装素裹的极阳宫，正像换新衣裳似的，由纯白向多彩剧烈转变着。

在这其中，血神子正一步步远离九凝鼎。那个他曾经倚为生命的重器，失去了天化虫后，阳气越冒越强，血神子不但无法将它再次抓到手里，甚至连靠得太近都感到难受，逼得他只能选择退避。

而空中的九凤牵魂阵却在步步紧逼，为了抵御它们源源不断的阳劲的包围，血神子连招架干鹊等人的围攻也变得有些吃力起来。

小卷毛凶猛的凤凰击，让血神子的防守更吃紧了。

“两个时辰已经过了吧？现在只有一百九十九座太寒殿……”看着四周逐渐清朗起来的天地，罗紫烟一颗心逐渐放了下来，“看来，血魔的野心是完蛋了。不过，今天不让他也完蛋，他随时会卷土重来的。”

沉吟之际，头顶再传来厉啸声，罗紫烟急忙抬头，只见一道匹练正飞掠而过，追星赶月一般投向血神子。

“是宫主！”

罗紫烟狂喜，只见丁引的神色间已经没有先前被阴气侵染的颓色，他全身衣衫猎动，透着飞扬之色，一到血神子面前，仙剑立即直斩而下。

开阳斩虽然势不如前，但仍让血神子面色一紧，仓皇躲避。

“地气回阳让宫主也恢复过来了……有他出手血魔应该支撑不了多久了！”罗紫烟的心却又慢慢揪紧起来，司明该怎么办？

正在此时，远方的血神子突然舌绽春雷，发出一声暴喝，“咄！”

喝声里，数股白毛风应声从他身子四周盘旋而起，继而化为四股雄浑无比的阴劲，猛击向扑来的强敌。

刹那间，惨嚎迭起，四周的修仙者纷纷像纸人一般倒飞出去。

混乱之中，血神子突然一个纵身，像是一道利箭般朝着罗紫烟方向飞来。

谁也没想到，血神子还有余力发出如此狂猛的阴劲，更没想到他会突然扑向罗紫烟。

罗紫烟想要躲，却是全身虚软，哪里动弹得了。眨眼间，血神子已经追到眼前来，狰狞面目清楚可见。在他头上，依旧紧跟着九凤牵魂阵，但是凤凰群明显有些跟不上了。

“都是你这贱人在坏我的好事！”血神子怒吼着，一掌扼住罗紫烟的咽喉。罗紫烟只觉全身冰寒，动弹不得。

更让她感到心寒的是，司明的元神竟然没有像以往那样，在她遇到危险的时候及时显现阻止血魔。难道，他已经被彻底炼化了吗？

“紫烟！”

“小烟！”

惊呼声里，罗紫烟已被血神子提到他身前。

在她前面，丁引、干鹊等人正急追过来，见状不由得都停了下来。

“血魔，你的大势已去，挣扎是没用的！”丁引大步上前，沉声道。

血神子嘿嘿一笑，“天道无常，转向何方，现在言之过早。”话罢，手底突然一发力，罗紫烟不由得惨叫出声。

“放开小烟，你这个狗魔头，有本事来跟我打！”小卷毛气急败坏，想冲过来却又不敢。

“血魔，你的对手是我们，挟持她有什么意思！”干鹊大步上前，日曜刀猛地往地上一丢，“放了她，我来做你的人质好了！”

“嘿嘿！你做人质，丁家小儿又岂会在乎。”血神子冷笑一声，瞥了丁引一眼。

丁引面罩严霜，“你到底想干什么？”

“想要你这个宝贝徒弟无事，很简单，去把九凝鼎的阳火给灭了，然后将它送给我！”血神子面带微笑，声音恢复了从容，“然后我们就可以好聚好散了。”

“这个魔头，好深的心机！”罗紫烟心头急怒不已。血神子竟是要拿她来号令丁引和干鹊，以期能重新掌控九凝鼎。

只要九凝鼎再次到手，他迟早又会站到赢面上的。

“不要……不要答应他！”罗紫烟心一横，猛地摇头大叫着，脖子已被血神子捏住，她的声音含糊不清，但只要耳朵不聋眼睛不瞎，都能知道她的意思。

罗紫烟绝不能因为自己，让血神子有东山再起的机会。

“哼！”血神子手底一催，大股阴气直贯入罗紫烟体内，罗紫烟只觉口鼻发寒，全身僵冷，竟是再也发不出声，而眼前更是蒙上一层薄薄的冰霜。

血神子正把她魔化。

“小烟！小烟！”

“魔头，住手！”

丁引和干鹊、小卷毛等人无不大惊失色。罗紫烟不用想也知道，此刻她的样子一定分外凄惨可怕。

血神子扫了众人一眼，微微一笑，“像你们这样浪费时间，她很快就会变成你们口中说的魔物了，到时候，你们谁会先出来除魔卫道呢？”

丁引冷哼一声，猛地向外一指，“血魔，放了她，今天姑且放你走！”

“宫主，不可啊！”罗紫烟心中大叫着，想要发声，想要摇头，却是什么也做不了，只能直直盯着丁引。只是，眼睫毛上正逐渐增多的冰晶，逐渐掩盖住她眼里的神光。

“哈哈，请客容易送客难，你不给我一点伴手礼，怎么好意思把我打发走呢？”

血神子大笑着，又瞥了罗紫烟一眼，“你们可得快点，我看她支撑不了多久了！”

正在这时候，空中突然传来烛天的啸声，“继续！”

话落，九凤牵魂阵再次往下一沉，逼得离血神子更近了。

几乎同时，罗紫烟感到一股暖流从外头丝丝浸入，让她原本快失去的意识又逐渐清楚起来。

“这是……九凤牵魂阵传递来的阳劲吧？”罗紫烟心头一动，却更加绝望了。

在这之前，她只见九凤牵魂阵在空中盘转着，对它的真实成效并无概念。但此刻却能清楚地感觉到，这丝缕凤凰力力道十足，只是片刻工夫，就让自己快被阴气侵占的元神，恢复了清明意识。

而它们已对血神子施法那么久了，司明的元神却还没有丝毫反应。这岂非从侧面说明了，司明的元神只怕是……

想到这儿，罗紫烟顿时生趣索然。

血神子也感受到凤凰力正传入罗紫烟体内，但他毫不在意，只是恶狠狠看着丁引和干鹊二人，“看来，你们是准备让她来给我垫背是吧？很好，这样我以后也不会太孤单了！”

说着，他猛地把罗紫烟高高地举起。

众人吓了一跳，干鹊急忙大叫道，“慢点！”又回头望向丁引，“宫主，快救紫烟！”

丁引神色难看，咬了咬牙道，“九凝鼎关乎阴阳二气消长和天下苍生的性命，岂能拿来做交易？”

干鹊急道，“大道理我当然懂，但先救紫烟再说，九凝鼎以后我们还可以再夺回来的！”

“此役已折尽修仙正道，如果让血魔逃走，卷土重来之时还有谁能抗衡？”丁引冷冷道。

干鹊更加急了，“难道我们就这样看着紫烟她……她快不行了！”

“你们婆婆妈妈什么，我自己去救小烟！”小卷毛按捺不住了，猛地往前一冲，直向罗紫烟扑来。

“小卷毛，不要胡来！”罗紫烟心头大急，只恨不能叫出声来。

以现在的情况，小卷毛贸然而来，只是白白送死。

好在，丁引身子一闪，抢先一步挡在小卷毛面前，“别过去！”

“干什么？我要救小烟！”小卷毛怒声道。

丁引摆摆手，指了指空中的凤凰群，“有它们在，紫烟暂时不会有事的！”

小卷毛望着九凤牵魂阵，一脸迟疑。

“哼！”血神子猛地将罗紫烟丢到地上，一脚踩在她身上，冷笑道，“信不信我稍微一用力，她就会元神俱灭！”

干鹊大急，猛地冲上前，对丁引吼道，“快啊！救人要紧！”

丁引眉头一皱，不由得看了一眼身后远处的焰火，正在熊熊升高的九凝鼎。

“宫主，不可啊！”其他修仙者却是大叫起来，“宫主，九凝鼎不能再失，否则我们修阳界就危险了！”

丁引迟疑了下，又望向罗紫烟。

“这个浑蛋！”罗紫烟心中又怒又恨，身上踩着的血神子的脚，重若泰山，让她难以动弹。但胸口的怒火，却让她突然间全身充满力气。

她绝不能被这个魔头玩弄于股掌，鱼肉于砧板！

想到这儿，罗紫烟猛地一声厉吼，双拳骤然有了力气，狠狠地打在血神子的脚腿肚上。

“砰！”

血神子愣了下，旋即冷笑道，“你找死！”

话落，血神子的右脚狠狠向罗紫烟面门踩来。

罗紫烟一番出力，身子立刻像被掏空一般，只能眼睁睁看着那沉猛的脚掌迎面而下。

“轰！”

尘土飞扬，一颗颗沙子激射而出，子弹般打在罗紫烟脸上。

罗紫烟不由得闭眼，但血神子的脚却没有踩在她脸上，而是踩在旁边的地上，脚跟都没到地里了，可见这一脚力道何其大。

“这个魔头，终究只是吓唬我而已！”罗紫烟暗忖一句，生死关头走一遭，让她阵阵余悸未已。

丁引等人目睹这一幕，无不神色剧变，直到见罗紫烟还活着，才长舒一口气。

但血神子的脸上却是闪过一抹讶色。他猛地一拔脚，再次朝罗紫烟头上踩来，“我就不信了……”

“砰！”这一脚再次踩空，落到罗紫烟面前一尺开外。

血神子眼里的惊色更重了，再次抬脚向罗紫烟踩来。但这次脚落到罗紫烟面前就不动了，仿佛被什么托住。

罗紫烟心头一震，突然想起什么来，狂喜大叫道，“司明！司明！是你吗？”

三次异常，只能说明一个问题，那就是血神子控制不住自己的脚了。

会出现这种情况，只有一个可能，那就是司明的元神又再和血神子对抗。

“啊！”

血神子突然抱头惨叫一声，踉跄后退开来。

罗紫烟突然全身都是力气，利索地从地上爬起来，飞快地向血神子跑去，“司明！司明！你回来了？”

空中，九凤牵魂阵仍是跟着血神子后退的身影，不断盘旋着，越逼越近。

“我就不信！”血神子长啸一声，双拳猛地打出，两股霸强的阴劲直朝空中的凤凰群打去。

但是，阴劲才靠近凤凰群，就被源源不断而来的凤凰力消弭得无影无踪。

而血神子则是一屁股坐倒在地上，哀声长嚎，“不！不！”

“血魔不行了！”

“还等什么！快上！”

“杀了血魔！让他元神俱灭！”

修仙者们突然欢呼起来，同时朝着血神子飞扑过来。

罗紫烟闻声回头，急忙张开双手，大叫道，“大家别过来！大家别过来！”

修仙者们不由得停下来，莫名其妙。丁引则是眉头一皱，“紫烟，你在干什么？”

“我……”

见她这副模样，丁引眉头皱得更厉害了，“难不成你跟血魔有什么关系？”

“我跟他没关系，是他占据了我夫君的身体……”罗紫烟再也忍不住了，简单地把司明被血魔附体，而她穿越旋风谷，追到这个世界的事说了。

丁引和干鹊等人都是呆住了，纵然他们是修仙之辈，听到罗紫烟这个故事，也未免觉得匪夷所思。

“这么说来，现在是你的夫君的元神在他体内复苏了？”片刻，丁引才回过神来，直直盯着血神子，只见他坐在地上，全身发抖，似乎正在忍受着巨大的痛苦。

而九凤牵魂阵则是继续向他头顶压下。

“是的！凤王让凤凰们用这个阵法困住他，也是为了让司明的元神重新变强！”罗紫烟看了众仙一眼，“凤王说了，要消灭血神子，重点是要消灭他的元神，只有这样才能终止他不断地给世间带来量劫。现在司明正在体内跟他搏斗，请大家给司明一点时间。”

“可万一他失败呢？”一个修仙者问道。

罗紫烟牙关一咬，“司明不会失败的，他知道我在这里，会为了我跟这个魔头战斗下去！”

这话一出，罗紫烟看到干鹊满脸的失落。

“他只是一个凡俗元神，就算有九凤牵魂阵襄助，能胜过血魔元神的机会也不多！宫主，我看机不可失，现在正是诛魔的好时机。”又一个修仙者道。

“就是，趁着那魔头自顾不暇，杀了他！”

“宫主，千载难逢的好机会啊！”

修仙者们都是摩拳擦掌，恨不得立刻一拥而上，把血魔这个仇敌消灭当场。

罗紫烟着急地看着丁引，丁引还没有表态，脸上阴晴不定，谁也不知道他在想什么。

“小烟你别怕，他们要想硬闯，我替你挡住！”小卷毛飞到罗紫烟身后，大声说道。

罗紫烟心头一暖，回头冲着它点点头。

司明元神正在反击，这对罗紫烟来说是天大的好消息。她绝不能让修仙者们再对血神子动手，这样除了毁灭司明的肉体外，对于灭魔并无真正的用处。

要灭魔，还得靠司明把血神子的元神赶出体外才行。

但是修仙者们却是诛魔心切，见丁引不说话，已经有人上前就要动手了。

“你们都聋了吗？紫烟说司明元神可以，就是可以！你们激动什么！”正在这时候，干鹊突然眉头一扬，大步走到罗紫烟身边，“没有紫烟同意，谁也别过来，否则休怪我不客气！”

“蜀王，你可知道自己在做什么？”一个修仙者怒了，大叫道。

干鹊冷冷一瞥眼，“我比谁都清楚！”

“好了！”丁引猛地一挥手，沉声道，“血魔大势已去，诛它也不急一时，且看看又如何？”

有丁引这么一句话，修仙者们都不吭声了，一起凝神看着血神子。

血神子仍是坐在草地上，全身却是簌簌抖得厉害，不时有阴气从他头顶散发出来，升腾到空中。

丁引看了片刻，回头望向罗紫烟，“他体内元神交战得厉害！只怕想把血魔赶出来，没有那么容易！”

“司明一定可以的！”罗紫烟大声说道，既坚定自己的信心，也是说给司明听。

丁引没有说话，又盯向血神子。

“哼！你斗不过我的！”就在此时，血神子突然仰天狂笑起来。

修仙者们一阵躁动，有人的法器已经准备发出去了。

“别急！”丁引一摆手，众人的躁动才逐渐消歇下来。

突然，血神子的笑容僵住了，笑声随之变成惨叫，“啊——你！你！”

片刻，他的面目骤然变得狰狞万分，“没有谁能赶得走我的，要滚开的是你才对！”

四周静悄悄的，除了凤凰群盘旋所发出的轻响，一众修仙者都是寂然无声。眼前的血神子，实在诡异万分，即便是修仙者看着也要内心发怵。

“司明！司明！不要放过他，不要让他压到你头上！拿出你的血性、你的勇气，别让你的身体被鸠占鹊巢，别让你的元神仰人鼻息，别让我苦苦追寻，一直找不到你！”

罗紫烟突然大叫起来，一字一句，响彻四周。她的眼角则是又热又润，这一路走来的无尽期盼，无穷苦难，无数恐惧，此刻都化为最后的一线希望。她只希望司明能抓住这个机会，不要再给血神子机会。

此时，她已经回归弱女子之身，唯一能做的，就是用满腔的爱，为心爱之人打气，为他加油，激发他的斗志，强化他的意志。

而这样的言语助威，还真收到奇效，片刻之后，血神子体内竟传来了一个分外熟悉的声音，“小烟，我不会……不会再让他得逞的，今天不是他死……我活！”

“是司明！司明！”罗紫烟大喜，突然像小孩一般欢快地叫了起来。

之前，虽然可以想象司明与血神子搏斗得厉害，但司明始终无声无息，让她时刻揪心他的处境。现在，她相信他开始有反击的余力了。

罗紫烟的泪水再也忍不住了，哗啦流下来。她使劲抹了把脸，大叫道，“别只顾说话，给我狠狠地把那个魔头打出你的身体！”

话落，血神子的声音再次回来，“哈哈，除非你们毁了他的肉身，否则他永远都斗不过我的！”

“这个魔头真是难缠啊，这下司明跟他可有得玩的……”小卷毛喃喃说道。

罗紫烟咬牙道，“有九凤牵魂阵在，司明不会输的！”

话虽如此，凤凰群们的情况却不容乐观。只见它们虽然已经飞到血神子头顶十丈左右，但速度变慢许多，而且盘旋起来远不如先前流畅，不时会有一两只凤凰在趔趄中跌出阵法之外，又跌跌撞撞归位。

血神子竟是硬生生要把九凤牵魂阵给拖垮了！

不能再等了！罗紫烟突然心一横，大步向前走出去！

“紫烟！”

“小烟！”

丁引和干鹊等人不由得都跟了过来。罗紫烟停了下来，回头看了他们一眼，“你们别过来！”

“小烟，你要干什么？”小卷毛急道。

罗紫烟扫了众人一眼，缓缓道，“司明孤军奋战，我要去帮他！”

“你已经归为凡人了，拿什么帮他？不要冲动！”丁引声音沉了下来。

“我不是冲动，我知道司明需要什么，我能帮他什么！”

罗紫烟的眼泪又不争气地哗啦流下来，她看了众人一眼，“我希望大家答应我一件事。”

干鹊叹了口气，大声道，“紫烟，什么事你尽管说！”

“在我没死之前，请莫出手对付血神子；如果我死了，那你们随便。”

众人都是呆住了，罗紫烟冲着众人一躬身，哽咽道，“请大家给我点时间！”

说着，她再无迟疑，转身大步走向血神子。

“紫烟！”

“小烟！”

身后传来各种叫声，每一声都充满着惊讶、不解与悲切，但没有人追过来，谁都知道罗紫烟的脾气，她决定的事再大的仙力也拉不回来。

罗紫烟每一步都是又快又稳，双目则是死死盯着血神子。此时，他正蜷缩在一起，全身瑟瑟发抖。

“司明，我来帮你！你以前说过，我虽然不能给你力量，但只要抓住你的手，我就是你的力量！”罗紫烟边说着，边大步向血神子走去。她记不清这是司明哪一次出战散打擂台时说的，但她清楚地记得，当时司明说这话时眼里闪着的光和脸上露出的自信。

是的，她就是他的力量源泉，罗紫烟一直知道。同理，他也是她活下去的理由。

如果司明失败了，她也没有必要再回 21 世纪，就让她与他的元神和肉体，一起留在这个异世界里吧。

打定主意，罗紫烟心中再无畏惧，转眼就到血神子面前一丈开外。

“紫烟！紫烟！不要过来！”血神子猛地抬头，脸上竟是挂满泪水，乞求似地看着罗紫烟。

“没关系司明，我们在一起，没有什么不可以的！”罗紫烟微微一笑，如话家常一般说着，脚下却不停步。

“不，他会杀了你的！”

血神子刚要再说什么，神色却突然变得狰狞可怖，犹如要扑人而噬的恶兽，“你这个贱人，我要杀了你！”

“你杀不了我的，有司明在，谁也杀不了我的！”罗紫烟平静地说着，人已走到血神子面前半丈开外。

血神子脸上的狞厉消失了，取而代之的是惊惧，他随即跳起来，大步往后退。

“司明，我来了，就不会再让你走的！”罗紫烟深吸一口气，再次上前，同时伸出了手。

血神子像是撞鬼了一般，猛地大叫一声，“不！”

但他的右手却迎着罗紫烟伸来。

“不，快走！”血神子惊恐地大叫着，一只脚往后退，另一只脚却像是钉在地上一般，动也不动，而手已经快接到罗紫烟的手了。

“啊！贱婢！”

血神子突然怒号一声，双掌猛地向空中打了出去。

“轰隆！”

两股雄浑的阴劲冲天而起，直击向缓慢盘旋的九凤牵魂阵。

双方距离太近了，凤凰们又都是筋疲力尽，当即有数只凤凰哀鸣一声，倒跌飞出去。而其他凤凰则是被冲得七零八落，满天乱飞。

九凤牵魂阵瞬间告破！

血神子眼里闪过一抹狂喜，猛地掉头就跑。

“司明！”

罗紫烟凄厉的叫声突然从身后传来，血神子双脚不由得一顿，竟是再也跑不动了，他心头大急，奋力拔腿，只是两只脚却不听使唤。

而身后则是传来急促的脚步声。

血神子回头，不由得魂飞魄散，只见罗紫烟已经追到，双手向他抱来。

“滚开！”血神子歇斯底里狂吼一声，右拳迎着罗紫烟打来。

“呼！”

远处的修仙者们无不惊呼而起。血神子这垂死挣扎的一拳，力道何其狂猛，罗紫烟一介凡胎肉体，怎么能扛得住？

但是，霹雳般的拳头到罗紫烟面前的时候，却突然垂直落下来。而罗紫烟则是扑到血神子身上，紧紧地抱住他。

“紫烟没事！紫烟没事！”干鹊呆了呆，突然狂叫起来，眼里泛起泪光来。

丁引则是重重叹了口气。

小卷毛不以为然道，“有什么好大惊小怪的！我就知道那魔头伤不了小烟的，以前就是这样，现在当然也一样。”话虽如此，谁都听得出它的声音在颤抖。

而其他修仙者则是呆呆地看着远处的罗紫烟，只见她紧紧抱着那让全天下闻风丧胆的血魔，正附耳对他说着什么。

不可一世的魔头，此刻像是驯服的羊，被罗紫烟抱着，动也不动，没有挣扎也没有怒吼，只有丝丝的阴气正从他体内散发出来。

阴气越来越多，从丝缕变成一道道、一股股。远而观去，血神子仿佛在自燃。

“紫烟……紫烟怎么可以让血魔自己散功呢？”片刻之后，干鹊才颤声说道。

丁引道，“不是她，是司明，他终于占上风了。”

“说来说去，还是小烟的功劳啦。没有她，司明哪里斗得过那个魔头？”小卷毛道。

外头议论纷纷，罗紫烟内心一片宁静。她只想紧紧抱住司明，不让他再被带走，不让他再消失于眼前。

司明的身体冰冷，她就用自己的体温去温暖；司明全身在颤抖，她就用自己的柔情去安抚；司明的元神动荡不安，她就用自己的坚定给予支持。

她的手越箍越紧，整个人完全贴到司明那厚实的肩背上，仿佛要跟他融合一处，从此两人为一体，没有什么力量可以再把他们分开。即便是死，也要死在一起。

从司明身上散发的阴气每多一分，罗紫烟就能感觉到他的身体暖了一分。

而时间，就在这种缓慢的回暖之中，悄无声息地过去。

恍然间，罗紫烟有种就这样地老天荒的幻觉，果真能如此，未尝不是好事。

“啊！”

正在此时，司明的身体突然狂颤起来，紧接着罗紫烟感觉身子一震，有什么要从司明体内冲出。她下意识地抬头，看到一股浓厚的黑烟从司明头顶升起，直冲天际！

血魔的元神！

当初在阿尔泰山深处，它就是以这种面目钻入司明体内。

现在，它终于要从司明的体内出去了！

罗紫烟心头狂跳，这岂非梦寐以求的一刻？

正在这时候，耳旁突然传来阵阵炸喝声，“紫烟，小心！”“小心！”“快躲开！”

远处，丁引等人正如飞赶来。

而头顶那股黑烟，在空中一个折身，朝着罗紫烟头顶落下，竟是要转身寄附到她体内。

“哈哈，我最初就是想要寄存到你的体内的！”黑烟中传来血神子的狞笑声，它已经落到罗紫烟头顶了。

罗紫烟感觉到头顶一凉，同时刮起一股大风。

“呼！”

“啊！”

凄厉的惨叫声里，罗紫烟看到一道五彩琉璃光一闪而过，是烛天急冲而来，一咀啄在那落到头顶的黑烟上，黑烟当即被吞掉一大段。

几乎同时，凤鸣不断，空中五彩闪烁，其他凤凰跟着飞冲而下，环绕着那股黑烟，你一嘴我一口，拼命啄食起来。

一晃眼，黑烟就被啄得七零八落，支离破碎，血神子的惨叫声不断从中传来，却是越来越小。

而凤凰们啄到了黑烟后，先是将它吞下去，然后再一张嘴，黑烟便在喷薄而出的阳气烈焰里消失得无影无踪。

只是片刻工夫，黑烟就消失得一干二净，血神子的声音也渺然不可闻。

天道运转中的煞星，曾经带来无数量劫的血神子元神，这次竟叫凤凰群分而食之，不复存在。

远处奔来的修仙者们，无不目瞪口呆地看着这场空中盛宴，随即欢呼起来。

罗紫烟同样也是呆了，直到怀里之人轻微动起来，她这才回过神来，急叫道，“司明！司明！你怎么样？”

“呼——”

司明嘴里长长地吐出一口气，缓缓地回头，看着罗紫烟。

“司明！”罗紫烟呆呆地看着司明，只觉眼前之人既熟悉又有几分陌生，一时间竟是僵在那儿。

“小烟——”

眼泪，突然流了下来，不等罗紫烟回过神来，司明猛地扑了过来，紧紧抱着她，“小烟，这段时间苦了你！”

“司明！”罗紫烟心头一酸，再也忍不住了，号啕大哭起来。

两个人死死抱着对方，旁若无人哭得像孩子，半天都停不下来。一众修仙者们站在旁边，只看得面面相觑，有的莞尔，有的发呆。

“让他们哭吧！我们去看看极阳宫里头的情况怎么样？”丁引挥挥手，大步往接天谷内走去，背影透着说不出的寂寞。

残存的极阳宫众立即跟着过去，其他修仙者也四散而去。

“陛下，我们该怎么办？”一个上仙门人上前，冲着干鹊问道。

干鹊呆呆地看着罗紫烟和司明，半晌才道，“我们，我们……”

“还用说吗？陛下当然要回蜀王宫，蜀国百姓可都等着他呢。”一个冷冷的声音突然传来。

干鹊回头，看到铁姝正大步走来，不由得默然了。

铁姝瞟了罗紫烟一眼，“陛下，蜀国子民可是都盼着你回去呢，走吧！”

“你说得不错，我是该回去了。”干鹊突然长长叹了口气，又诚挚地看着铁姝，“铁姝，我入魔的这段时间，多亏有你在身边陪着我……”

“陛下何必说这些没意思的话，我不陪着陛下，还有谁陪着陛下呢？”铁姝微微一笑，“陛下，我们走吧！”

“走吧！”干鹊长叹一口气，又看了罗紫烟方向一眼，缓缓转身走了。

小卷毛只看得目瞪口呆，“都走了？算了，你们走你们的，我还是等我的小烟！”

第三十一章 | 千年回响

“罗鹭！罗鹭！”

只是打了个盹，罗紫烟便从梦中惊醒过来。她下意识地一摸身边，空空如也。刚才还熟睡的罗鹭已经不知所踪，只能摸到他睡过的床席，仍带着几分温热。

明晃晃的月光，从窗缝间漏了进来，今夜月圆，正当十五。

“这个小浑球，起床尿尿也不说下。”罗紫烟嘀咕一声，摸索起身，从虚掩的房门走出去。

外头没有灯，客厅角落里一张梨花木桌上，散发着一团柔和的白光。

那是几块火焰石，被置于一个银盆之中。

十年前，俞利发现火焰石可以诛杀魔物，使这种石头成为仙凡两界都喜欢之物。三年前，有人发现，只要聚集几块火焰石于银盘之中，再用一种小仙法在上面结个小型的结界，就可以让火焰石自燃，源源不断发光达数年之久。

当然，能用上这种银盆焰火的，毕竟是极少数人。

焰火之下，只见客厅摆设简单，不过四壁却挂满大大小小的画，毛笔、炭笔、彩笔画都有。画上的内容各种各样，以山水、现代建筑与风情画为主。

除了这些画外，客厅里空无一人。

“罗鹭！罗鹭！”罗紫烟呼唤着，大步往客厅后侧走去，那里有扇门直通茅房。

茅房内，一盏小小的银盆焰火照出里头的空洞。

“这小浑球跑哪儿去了？”罗紫烟喃喃一句，突然脊背发寒，猛地转身往大门奔去。

大门虚掩着！

“罗鹭！”罗紫烟尖叫一声，急忙开门冲了出去。

如纱月光洒照万物，门外是一条长坡，直通向远处一座山头。在那山头之上，矗立着一棵枝丫怒张冲天的参天大树。

那是新的凤栖树。十年之前，在地下九幽火宫的阳气滋润下，它从被血魔斩断的树桩上萌芽，迅速茁壮。如今虽远不如上一棵老凤栖树雄壮，但也成为凤凰山最为醒目的存在。

此时，凤凰树上正盘旋着一道五彩的琉璃光，那分明是一群凤凰！

“罗鹭！罗鹭！”

天地寂寥，罗紫烟的叫声远远传出去，没有人回答她，也没有见到那个熟悉的小身影。

“这小浑球不会去那儿了吧？”罗紫烟更慌了，看了凤栖树一眼，大步飞奔过去。

“不是告诉他了，月圆之夜千万不要出门，更不要到凤栖树那边去吗？”

“这个调皮的小浑球，不要命了？”

“找到他，一定要胖揍他一顿，让他长长记性！”

长坡到了尽头便是高山，从山脚往上望，山上的凤栖树简直就像顶天立地的巨人。而盘旋其上的凤凰群，则像是戴在巨人头顶的桂冠。

罗紫烟停了下来，屏住呼吸极目巡视四周，依旧没有罗鹭的身影！

难道他没到这里？可他又能去哪儿呢？

罗紫烟的心跳越来越快，耳边突然传来阵阵吼声。

吼声来自凤栖树顶端，隔得如此之远尚能听得如此清楚，可知它声音之大。

这个吼声，像是战鼓一般，响得罗紫烟心乱如麻。她小心翼翼沿着凤栖树下搜寻了片刻，这里没有密林，也没有多少乱石，月下几乎可以一眼看到老远，还是不见罗鹭的身影！

“罗鹭！罗鹭！你这个小浑球，快给我出来！滚回屋里！”罗紫烟再也忍不住了，大叫起来。

她知道此时发声，危险万分，但任由罗鹭继续在外头行走，危险更大。两相权衡，她忍不住大叫起来，只希望罗鹭听到她的声音，能赶快回屋。

但是，叫声就像是石子入海，连点波澜也没有。

“这小浑球！”罗紫烟心头阵阵焦灼。

从罗鹭出生以来，她就开始一个头两个大。这小家伙太不省心了，调皮捣蛋还胆大妄为，全无一点像司明的，与罗紫烟的行事风格也是大相径庭，以至于罗紫烟常常搞不明白，自己的教育到底哪里出了问题，才让儿子不像爹也不像妈。

平时罗鹭爱玩爱闹也就罢了，罗紫烟实在无力管他，只能选择放养。

但这样的月圆之夜，她是绝不容许罗鹭私自出来的。

外头魔氛浓重，危险重重，少有差池便有性命之危。她经常整夜不睡，一直守到天亮，既等司明归来，也防止罗鹭溜出去凑热闹。

百密当然也会有一疏，罗鹭即便不是今晚第一次偷溜出去，但像今晚这样遍寻不着，却是第一遭。

罗紫烟怎么能不担心?

“嗷呜！”

一声巨吼，突然从天而降。罗紫烟急忙抬头，不由得倒吸一口气，只见一道黑烟，正从凤栖树上直冲地面。在它后头，紧跟着盘旋不息的凤凰群，犹如一条绸带倒挂天空。

“不好！”

罗紫烟大叫一声，本能地转身就跑。

“轰隆！”

那股黑烟直直地落在罗紫烟面前，像是旋风一般猛地撞来。

罗紫烟始料不及，当即被撞得倒飞出去，“扑通”一声摔落在地。

而黑烟则是迅速向内一收，一个人从中逐渐显现出来，向罗紫烟大步走来!

“司明！”

罗紫烟爬起来，紧紧盯着来人。只见他赫然就是司明，但面目狞厉，眼里闪着幽蓝如饿狼般的目光，哪里是认识的司明?

“嗷呜！”

不理会罗紫烟的呼唤，司明大步走过来，双手之间散发出一缕缕黑烟。即便隔得老远，罗紫烟仍能感受到黑烟之中传来的刺骨寒意。

“司明，我是紫烟啊！”罗紫烟一步步后退着，眼眶里有泪水在打转，连声音都变了，“都十年了，你还不认识我吗？”

十年前，在那场震古烁今的诛魔血战中，司明最终成功地摆脱了血神子的控制，还令血神子的元神惨死在凤凰群啄食之下。

罗紫烟本以为自此可以高枕无忧，跟司明开心地过小日子了。但后来却发现，她乐观得太早了，司明体内仍残留着少许的血魔魔气，它们潜藏在身体深处，根本无法将它们彻底排挤出来。

每到月圆之夜，阳弱阴生之际，这些魔气就会发作出来，让司明变成六亲不认的魔头，凶残而无情。

在烛天等凤凰的建议下，罗紫烟和司明就搬到凤凰山住下。到了月圆之夜，凤凰们就会再次以九凤牵魂阵强化司明体内的元神，助他消除残余的魔气。

要彻底消除这些魔气，最终还得靠司明元神的强大。

只要过了月圆之夜，司明就会恢复如常，再次变成那个罗紫烟熟悉的、温和实在而又充满男子气概的司明。

在这样的日子里，两人也有了爱的结晶。

在这之前，司明和罗紫烟都恨不得马上从旋风谷重返 21 世纪。但儿子罗鹭的诞生，让司明和罗紫烟都有一种归属感，他们渐渐安心下来，决定等司明体内的魔性彻底消除，才考虑启程的时间。

但是，十年过去了，司明每个月的月圆之夜还是照例进入魔道。为了安全起见，罗紫烟和罗鹭都是被禁止在该夜外出，以免被魔性大发的司明误伤。

要不是因为罗鹭偷溜出来，罗紫烟已经很久没有见过入魔的司明了。此刻见他这副模样，再想想他平时的各种好，罗紫烟就心痛莫名。

再加上罗鹭去向不明，罗紫烟的泪水哪里控制得了。

偏偏司明对她的泪水无动于衷，依旧迈着大步过来，右手一抬，便要打了过来。

凤凰功体与化血神通功体破去之后，罗紫烟便彻底失去了修仙的根基。现在她在入魔的司明面前，别说抵挡，就是躲避也不可能。

罗紫烟也没有动，而是直直盯着司明，大叫道，“司明！你快醒醒，罗鹭不见了，我到处都找不到他！”

司明的手突然顿住了，呆呆地看着罗紫烟，似乎在思考着什么。

这副模样，让罗紫烟心头不由得一阵暗喜，小心道，“司明，你听得懂我的话吗？”

司明嘴巴张了张，话还没有说出口，一声惊呼从身后传来，“小烟！小心！”

罗紫烟还没有回过神来，便是身子一轻，腾飞到空中了。

抓起她的，是一只雄壮威武的凤凰，一身琉璃五彩翎羽在月空下熠熠生辉，额头的几根卷曲翎羽，迎风飞动分外帅气。在疾飞之中，它爪子一扬，罗紫烟被抛到空中，落下时已经在那凤凰背上了。

“小烟，你怎么出来了？刚才可吓死我了，幸亏司明没有发狂，不然其他凤凰要维持阵法，可救不了你！”

这只雄壮的凤凰，正是小卷毛。这十年来，它长势飞快，体型之雄壮，已经能与烛天相媲美了。但在罗紫烟面前，它永远都是小鸟依人的样子。

“罗鹭不见了，我在找他！”顾不得听小卷毛的唠叨，罗紫烟着急地叫了起来。

小卷毛愣了下，“上次不是闯一次祸了吗？怎么，好奇心还没有得到满足吗？”

上一次，罗鹭也是半夜偷溜出来，他非常好奇，想看看每个月圆之夜父亲都在外头做什么。

那次幸亏小卷毛发现得早，及时把他驮到背上，远远看了一下司明在消魔的样子，然后就把他送回去了。

“他的好奇心好像得到满足了……”罗紫烟突然想起什么似的，喃喃道，“糟糕，难道……”

“什么？小烟？”

“上回他偷溜出去看他爹之前，就整天嚷嚷着要看他爹在外头做什么，当时我也不在意，后来他就自己偷溜出去了。”

小卷毛愣了下，“今晚之前，他有嚷着要做什么吗？”

罗紫烟点点头，片刻才道，“他嚷嚷着要回 21 世纪，看看那时候的厦门是什么样子的。”

“啊？他想回去？那怎么回去？总不会去旋风谷吧？”

“他就是想从旋风谷走，可旋风谷离这里有上千里，他一个小屁孩怎么去得了那么远的地方？”罗紫烟着急地看着四周，“这半夜三更的，也不知道跑到哪里了！”

“糟糕！原来他是要这样！”小卷毛想起什么，突然尖叫起来。

罗紫烟听得一奇，“什么意思？”

“你不知道，前天那小家伙跟烛天讨了一根凤顶毛呢。”

“凤顶毛？”罗紫烟倒吸一口气，气呼呼道，“那小浑球没跟我说过，原来他是有预谋的啊！”

凤凰一身翎羽都是宝，尤其是凤凰头顶屈指可数的几根毛，都是无价之宝。像小卷毛头顶那几根卷曲的毛，就是极其宝贵的凤顶毛。

就算是凡人，拿一根凤顶毛，也可以借着它凌空飞行。

“他不会是想用凤顶毛飞到旋风谷吧！烛天有没有告诉他，凤顶毛带着凡人，最多只能飞出百里……”

“这个不重要！重要的是，现在确定那小家伙是去旋风谷了，我们快去追他！”罗紫烟急急道。

小卷毛点点头，刚要振翅飞去，身后突然传来强劲的烈风，同时而来的还有一声咆哮，“嗷呜！”

罗紫烟急忙回头，大惊失色，“司明！”

只见司明正飞身扑来，凤凰群大惊，急忙紧追过来。

“喝！”

刚飞扑到罗紫烟面前，司明突然停了下来，眼里的凶光消失了，取而代之的是惶急，“罗鹭去哪儿了？”

罗紫烟愣了下，突然狂喜，“司明，你……”

司明体内依旧在向外散发着黑色的阴气，但罗紫烟能感觉到，他的魔性却在消失。

“快！快去找鹭鹭！”司明大叫一句，突然神色剧变，猛地往后一翻，直落向地上，仰天再次咆哮起来。

九凤牵魂阵向下一沉，再次罩向司明。

而小卷毛则是载着罗紫烟，一飞而去。罗紫烟回头看着司明，只见他盘膝坐了下来，安然看着凤凰群。

“没想到吧小烟！”小卷毛突然回头说道。

罗紫烟愣了下，旋即点点头，“是啊，原来这十年，他还是有进步的。”

“何止是有，进步很大了。现在他基本上都是老老实实配合烛天它们的，要不是今晚被惊吓到，他也不会再发作的。”

罗紫烟若有所思地说道，“也就是说，司明现在体内的魔气已经清得差不多了？”

“这个不好说，但肯定比以前少很多了，我看他就算发作，也是比较能控制自己的，而且连你们都记起来了，这是好事。只要他肯控制，魔性应该是可以压下去的。”

“太好了，我就担心这是个无底洞，怎么也治不好。”罗紫烟喃喃说道。

说话间，小卷毛已经飞掠出数十里，游目四顾道，“奇怪，凤顶毛就算托人，也飞不了多快的，按道理我们应该追上他了才对。”

罗紫烟心头又慌了，“他不会走错方向吧？”

“应该不会，他有一次可是特意问我旋风谷的方向呢，现在想起来，那小家伙挺聪明的，事先都做好功课，我居然没有怀疑他打着小算盘。”

“他鬼着呢！”罗紫烟无奈地应了一句，突然神色一紧，指着下方说道，“那是什么？”

顺着她的手指头，小卷毛望了过去，只见在一座银纱素裹的山谷里，此时正有大群的饿狼奔跑在谷中。

“好多狼呀！”

“这么多狼集结，肯定有情况，下去看看！”

小卷毛立即向下低飞，很快就听到阵阵狼啸声，群狼正往山谷深处奔去。

“快看，那是什么？”拐过一面山壁，小卷毛突然惊呼起来。罗紫烟也看得目瞪口呆。

只见前方已到山谷的深处，那里三面绝壁高耸，群狼就聚集于西侧一道山壁之下，抬头仰望着空中。

在那道绝壁之上，此时正聚集着无数大大小小的鸟儿，飞舞不停。细看之下，罗紫烟才发现，群鸟正搭起一道又长又厚的鸟桥，从西侧绝壁直延伸向东侧绝壁。

西侧绝壁比东侧绝壁高了快一半，群鸟所搭之桥，呈西高东低，正从西侧绝壁中部，斜斜落到东侧绝壁的顶部。

“快看！罗鹭！罗鹭就挂在那山壁上！”罗紫烟突然尖叫起来。

只见西侧绝壁上，挂着一个小小的身影，他的双手攀在石壁上突起的地方，看样子随时会掉下去。而在他脚底下，则是正在迅速聚集的狼群，虎视眈眈等着他掉下来好大快朵颐。

“这小家伙！好险！”小卷毛倒吸一口冷气说道。

从眼前这情景来看，应该是罗鹭以凤顶毛疾飞进这个山谷的时候，突见西面绝壁迎面而来，一个慌张凤顶毛操控不好，撞到山壁上了。

凤顶毛有其特殊性，那就是要在空旷有风的平地，才能驱控它飞起来。而撞到这个山壁后，哪里有风？所以，罗鹭当即被挂在上面。

“不过，这个小浑球，倒是很善于利用凤顶毛嘛！”罗紫烟脸上气急，心中却又忍不住暗自骄傲。他虽然把自己搞得深陷险境，但她这个儿子并没有坐以待毙。这种不屈不挠的劲头，可是罗紫烟最欣赏的。

凤为百灵之长、百羽之王，凤顶毛还具有召唤百鸟的奇特作用。罗鹭显然是利用这个特性，招来百鸟搭桥。从鸟桥的走向来看，他显然要借助这座桥，从西壁横渡长空，落到东壁顶部，这样可以避开狼群，还能借风继续用凤顶毛远走高飞。

计划大胆而又疯狂，但也充满着灵性。罗紫烟暗自颔首，“你这小浑球，看来老娘给你讲的牛郎织女鹊桥相会的故事，你倒是活学活用了。”

“可是，这些鸟搭的桥怎么承载得了他的重量呢？”小卷毛忧心忡忡道。

罗紫烟道，“你看他也没急着过来，应该是要等鸟群再多点，桥牢固点再动手。这小浑球，倒是挺有耐心的！”

“那样太凶险了，万一失足，群狼扑来他还不够人家塞牙缝。”小卷毛往下看了一眼，聚集在山壁下的狼群，已经多达百只。不只是罗鹭，连鸟群也让它们垂涎三尺。

“小烟，我们快去把他接过来吧。”

罗紫烟直直盯着罗鹭，摇摇头，“我倒要看看他有多大的胆子，咱看热闹就是。”

“好吧，小烟你真狠心！”小卷毛停到一座山峰后，说道。

罗紫烟笑了，“他是我儿子，我都舍得让他锻炼锻炼，你担心啥，那小浑球就该磨砺他一番。”

小卷毛点点头，“好吧，真要失足，我赶去救他，希望还来得及。”

说话间，空中的百鸟之桥已经攘攘拥挤成一团，各种叽叽喳喳的叫声响彻夜空。

“那小家伙好像要过来了。”小卷毛紧张地看着罗鹭，声音都变了。只见半壁上的罗鹭，小小的身子正在动，一只脚往后踏了踏，踩在一群鹰、雕、鹊背上，在上面掂了掂。

那些被踩的鹰、雕、鹊，身子都是来回晃了晃。

“不行不行，这样太危险了！”小卷毛忍不住叫了起来。罗紫烟的心也是揪得紧紧的，但是她却没有作声，只是把双眼死死盯着前方。

那是她身上掉下的一块肉，她比谁都担心他。但她希望他能自己踏出这一步。

试了几脚，罗鹭终于一脚踏在百鸟之桥上，同时双手一松，另外一脚也踏到鸟桥之上。

鸟桥剧烈地摇动起来，罗鹭跟着猛摇个不停，看得小卷毛全身毛发倒竖，罗紫烟都快闭过气去了。

而底下的狼群，则是兴奋地抬头、跳动、尖叫，准备迎接好大一块肉从天而降。

“稳住稳住！”罗紫烟心中急得大叫起来。

罗鹭身子晃来晃去，好一会儿才逐渐站稳了。紧接着，他小心翼翼地向前迈出一步。

“这个小家伙，胆子真大啊！”小卷毛不由得感慨万分。

罗紫烟故作轻松地道，“他还不仗着自己是小浑球嘛！”

百鸟之桥像是一座极其不牢靠、随时会解体的空中浮桥，罗鹭摇摇晃晃行走在其中，当真是步步惊心，步步危险，总让人怀疑随时会掉下去。

但数刻过去，他竟然有惊无险地涉桥而过。

“真的？真的过去了？”小卷毛不由得呆住了，这数刻之间，对它来说不亚于数天之久。

罗紫烟长长地呼出一口气，一拍小卷毛的后背，“走，我们过去找那小浑球算账！”

小卷毛二话不说，立即振翅飞起。

罗鹭并没有发觉身后有异，一落到东面绝壁之上后，立即挥了挥右手，百鸟之桥应声而散，群鸟朝着四面八方飞去。漫天振翅声，响彻夜空。

而罗鹭则是朝着东方，再次高举右手，只见那里有一道琉璃彩光在闪动。

那是凤顶毛！看样子他是在等风来，准备乘凤顶毛继续飞走。

“小卷毛，缴了他的械！”

“好嘞！”

叫声未已，小卷毛已经飞到罗鹭头顶。

罗鹭听风声不对，急忙回头时已经来不及了。只觉手一轻，凤顶毛已经被小卷毛一嘴叼走，而他身子同时一轻，被小卷毛爪子抓住，直抛到空中。

“啊——”

罗鹭刚叫出口，就看到五彩琉璃光一闪，已被小卷毛接住，落在它背上。他刚要说话，却又急忙闭嘴，因为一张他最害怕看到的脸，就横眉竖目出现在眼前。

“怎么，哑巴了？”罗紫烟冷冷道。

“妈……”嘴角僵了僵，罗鹭马上笑了，向罗紫烟怀里扑来，“你来得正好了，刚才我差点死了，我以为再也见不到你了，呜呜！”

哭声刚出来，罗鹭就被母亲一把推开，“假哭没用，装可怜做啥？你不是很厉害吗？月夜走千里，搭个鸟桥横渡天空，我说你这小浑球，还有什么事不能做出来？”

罗紫烟怒目而视，她早就知道自己生的儿子是什么德行，说得那么可怜，无非就是要博取同情，避免挨骂。

罗鹭眼泪还没挤出来，就被母亲看破了，只得干笑一声，“妈，你不是常说，做人要勇于探索，锁定目标后就不抛弃不放弃吗？”

“但我可没让你偷偷溜出来跑去旋风谷吧？”

罗鹭愣住了，“妈，你知道我要去哪里？”

“就你那点小心思，我还猜不破吗？”罗紫烟给罗鹭一个爆栗，看着他捂着脑袋却又笑了，“不过，你刚才的表现可圈可点！不愧是我跟你爹的种。”

“嘿嘿，我就知道妈你会夸我的。”罗鹭得意地说道。

说话间，小卷毛已经掉头直往凤凰山飞去。

身后，东方正在逐渐露出曙光。

飞到木屋上头，罗紫烟意外发现，司明正站在门口翘首以盼。

看到小卷毛载着妻儿飞回来，他欣喜若狂地奔了过来，“紫烟！鹭鹭！”

“咦，今天他恢复得很早嘛。”小卷毛惊奇地道。

以往，司明要完全恢复正常，得到日上三竿的时候，像今天这样，天刚发亮就“回来了”，着实前所未有。

“爸，你今天怎么这么早？”罗鹭跳了下来，也是注意到今日的不同之处。

司明摸了摸他的脑袋，无奈地道，“还不是被你这小屁孩吓得，魔性都没了！”

“好了，我也休息去了！”小卷毛识趣地想离开，却被罗鹭一把抓住，“喂，卷毛姐姐，我好像还有什么东西在你那里呢！”

小卷毛没有回答，而是望向罗紫烟。

“别理他小卷毛，把凤顶毛还给烛天吧。”罗紫烟冷冷地说道。

“抱歉了小家伙！”小卷毛无奈地看了罗鹭一眼，振翅飞走了。

罗鹭大感失落，看了母亲一眼，大步跑回屋里去，“我一定会去厦门看看的！”

司明苦笑一声，大步过来，一把将罗紫烟揽在怀里，“紫烟，你辛苦了，鹭儿也是太想回到厦门去看看，也不能怪他。”

“我知道，其实我也想早点回去，都不知道我妈她还在不在这个世上呢。”罗紫烟说着，把头贴在司明宽阔的肩膀上，一阵黯然伤神。

罗紫烟很小就没有父亲，是母亲一手抚养长大的。但她跟母亲似乎天生脾气相克，住在一起经常怄气闹矛盾，因此和司明谈恋爱之后，就没再跟母亲居住了。独自到阿尔泰山的时候，也因为走得匆忙，并没有跟母亲做最后的道别。

十年之前，她一门心思只想着救司明，根本没有心思去想家乡，想母亲。但自从血神子死后，随着时间推移，对厦门与母亲的思念，是一年强过一年。

只是，司明体内的残留魔性如果不彻底消除，罗紫烟如何能放心回去？

两人温存片刻，这才走进屋里，只见罗鹭坐在地上，呆呆地看着四壁墙上的画。

这些画多数出自罗紫烟之手，也有少部分是罗鹭的习作。画的内容，一部分是厦门的山水、风光与建筑，尤以鼓浪屿、轮渡码头、中山路、环岛路、植物园等名胜居多。

其中，罗紫烟的画尤其精美，栩栩如生。而罗鹭跟着摹画的，则是笔墨差许多，但却多了不少他的想象。

“妈，你说厦门这么漂亮，我却整天只能在画里看，有什么意思？”听到声响，罗鹭回头气鼓鼓地说道。

“等你爸魔性消除干净了，我们自然会回去！你现在不要乱来，不然下回我真打你屁股。”

罗鹭看了司明一眼，撇了撇嘴，“谁知道我爸要拖到什么时候呢？”

司明脸色不由得变了变，露出尴尬的笑容。罗紫烟却是急了，“你这个小浑球，怎么说话的？敢情你爸拖你后腿了？”

“我不是那个意思，但妈你想到没有，咱再拖下去，我可能见不到姥姥了。”

罗紫烟脸色不由得变了，罗鹭的无心之言，却像是针一般刺入她的心头。原本被压抑的痛苦，又泛浮起来。

“你们不是说，把我的名字取为罗鹭，是因为厦门岛又叫作鹭岛，你们梦想是有一天，能带我重新回到鹭岛吗？”

罗紫烟不禁哑然，当初给罗鹭取这个名，确实是寄托着回鹭岛的满腔希望，她又有什么理由打击儿子对厦门的向往？

肩头一沉，司明拍了拍罗紫烟的肩头，示意她不要再说了。而他则是大步走到罗鹭面前，看着他，“鹭鹭，是爸不好，拖累你这个小小的愿望。”

“爸，我不是怪你，谁叫你们总是把厦门描绘得那么好，把21世纪说得那么好呢！”

“我知道，你有很强的好奇心，也有很强的探险欲，我是不该拖你的后腿了。”

“爸，你别这样说，哎哟，我也不知道怎么说！”看到父亲对自己道歉，罗鹭倒是不安了。

司明微微一笑，“你相信不相信爸？”

“什么？”

司明严肃地看着罗鹭，“下个月的月圆之夜，我就不再借助凤凰们的帮助，而是自己控制体内的魔性。只要成功了，我们就一起回厦门。”

“真的？”

“烛天说了，我留在这里洗伐体内魔气的根本目的，是要让我自己能控制魔性。只要我做到了，就可以回去了！”

“好啊！但是……爸，你做得到吗？”

司明看了罗紫烟一眼，又认真地看着罗鹭，“你应该说，相信你爸说到做到才对！”

次月十五，当听到司明说不再上凤栖树，不再接受凤凰们的帮助，决定以一己之力抗衡魔性时，凤凰群便炸开了。烛天亲自来木屋，要司明多洗伐几次，这样比较稳妥。

但是，司明却一口拒绝了，“没事的，今晚我一定可以挺过去的！”

“那好吧，你跟我们到凤栖树下，我们在那里等着你，如果发现情况不对劲，我们还是会再次施展九凤牵魂阵的。”

司明点点头，刚要跟着出去，罗紫烟从后面赶来，“慢点！司明，今晚你就留在屋里。”

司明愣住了，烛天则是大叫起来，“那怎么行？他要是魔性大发，你们母子就完了。”

司明迟疑了下，“对啊紫烟，这个有点冒险……”

“我可不相信你会对我和鹭鹭动手，就算是以前有血神子主掌你的身体，你都没办法杀我，现在你怎么下得了手！”

罗紫烟看着司明，“你说对不对？”

司明默然片刻，突然笑了，回头对烛天说道，“那今晚我就不到凤栖树下了！”

“什么？这丫头要疯，你也跟着癫狂？要是有个万一呢，谁来帮你？”烛天更急了。

司明看了罗紫烟一眼，又摸了摸罗鹭的头，“没事，他们就是我最大的帮手！”

“好吧好吧，你们夫妻真是一个德行，你要反悔就赶快到凤栖树来找我们。”烛天大感无奈，转身飞走了。

明月再次从东方升起，一家三口端坐在客厅上，在银盆焰火中相对而视。

“老爸，等下就看你的了，我会为你加油的！”对于即将到来的凶险，罗鹭似懂非懂，只是兴奋异常。

司明微微一笑，看着罗紫烟，“相信我！”

“反正我们娘俩的命都操控在你手里了，你自己看着办。”罗紫烟淡淡地说道。

月，一分分往上升。以往这个时候，司明已经被带到凤栖树之上，但是今夜，他身上风平浪静，脸上也挂着轻松的微笑。

“反正闲着也是闲着，爸，妈，你们就给我讲讲你们以前的故事吧。”罗鹭笑道。

司明和罗紫烟对视一眼，笑着说道，“好啊，讲什么呢？”

“关于你们的一切我都喜欢听，就从你第一次见到我妈的时候说起吧！”

罗紫烟嗔道，“人小鬼大，想知道那么多干什么？”

“做儿子的想知道老爸和老妈的罗曼史很正常啊，何况现在这么无聊！爸，你快说快说！”

“好好！我回忆下，我第一次见你妈啊，是在一次散打比赛上。当时，我打败了对手，你妈找到我，假装是记者采访我……”

“等等，妈你为什么要假装记者呢？”罗鹭不解地看着罗紫烟。

罗紫烟撇了撇嘴，“你不知道，他们这些打拳的个个死拽的，只有装扮成记者，说要采访他们，他们才会正眼看你，跟你说话呢。”

“那妈你有什么企图？”

“去！小破孩懂什么企图，我是为了搞创作，懂不懂？”

“不懂，我就觉得妈你是暗恋我爸，所以想借这个机会来跟我爸搭讪。”

罗紫烟吃惊非小，“小浑球，人小鬼大啊，搭讪、暗恋你都懂了！”

“常理推测嘛，你看我爸英俊潇洒又特别能打，你看着暗暗春心荡漾也是很正常嘛。”

罗鹭越说越觉得对，罗紫烟却听得一脸无奈，“小浑球，春心荡漾这个词可不能乱用。”

罗鹭毫不在意，冲着司明道，“老爸，你说我猜得对不？”

司明微微一笑，“你妈当时真的是想采访我，为她准备创作的一部格斗题材漫画积累素材。她觉得我过往经历料足，就引诱我……”

“什么引诱，说清楚点！”

司明笑了笑，“好好，不是引诱，是希望我能长期配合她创作……好了好了，你别瞪眼，你来说，以你的口径为准。”看到罗紫烟眼睛瞪圆了，司明立即识趣地闭嘴。

罗紫烟哼了一声，“不行，你来说，但我警告你，要忠于历史真相！”

司明知道，她这是要让自己来讲，以分散心神，避免被魔性影响，便点点头，“好了，我来说吧。你妈当时请我喝一杯咖啡后，就跟我说实话了，想以我为原型创作一部格斗漫画，当时她的眼睛就像会说话一样，我看着就是无法拒绝……”

想起与罗紫烟相恋的种种前尘，司明嘴角挂起笑容，往事犹如开闸的流水一般，滔滔不绝讲起来。

罗紫烟才发现，过去许多她都忘记的细节，司明都能如数家珍。听着司明娓娓道来，她仿佛又回到了过去，内心被如水般的柔情浸润着。

“已经过了半个时辰，司明，你要坚持住！”

时间一分一秒在流逝，照进屋里的月光越伸越长，继而又一分分往外缩。

“现在已经过了子时了吧？”罗紫烟悄悄看了窗外一眼，心中暗自欣慰，“司明好样的，已经撑过半夜了，只要再坚持两三个时辰……”

思忖未已，司明突然捂住心口，神色剧变，“不好……”

几乎同时，一缕缕黑色的阴气开始从司明的身上往外冒。

“司明！”罗紫烟不由得惊呼一声，刚要过去，司明却是摆摆手，“没事，我能坚持住。”

话虽如此，黑色的阴气却是冒得更多了，司明的身子开始颤抖起来。

“司明，你要挺住！”

“我……我会的……”司明深吸一口气，声音却是在颤抖了。

几乎同时，满室阴风流动，直透骨髓而来。罗紫烟和罗鹭立即有种快要被冻僵的感觉。

“爸，我好冷！”罗鹭突然叫了一声，向司明扑了过去。

这个动作罗紫烟始料未及，急忙伸手去阻拦，“鹭鹭！”

但她仍是慢了，罗鹭一下子扑入司明怀里，使劲把头往里扎。

“啊！”司明身子狂颤，双手骤然一抬，就要往下劈。

“司明！”罗紫烟再也顾不得了，飞冲过去，自侧里抱住司明，“你别忘记了自己是谁，别忘记了我们是谁！”

她不知哪里来的力气，紧紧抱着司明，再也不肯松手。

“喝！”

半晌，司明喉咙里突然发出一阵低沉的吼声，双手还是落了下来，却是在罗鹭的背上轻轻地拍了拍，“没事了，鹭鹭，睡觉吧！”

“嗯，爸爸，我困了，你可要坚持住……”

到底是年纪小，罗鹭虽然明白点事，却不太明白父亲此刻的境遇，加上瞌睡虫来，很快就在司明怀里睡着了。

而司明体内的阴气，则在飞快消散着。

“司明，你可要记住了，我们娘俩的性命就在你一念之间。”罗紫烟仍不敢松手，低声说道。

司明点点头，“我明白，我一接触到你们的体温，内心就比谁都清醒。紫烟，你困了也可以睡一觉。”

“不，这对你来说是艰难的一夜，我要陪你到天亮。”

“那好吧，我们再回味回味当年，你是怎么追我的？”

“什么我追你？明明是你先表白的好不好？”

当旭日洒照在木屋之上，罗紫烟和抱着沉睡罗鹭的司明一起推门出来的时候，两人看到的是大片五彩光芒点缀在屋外。

为了以防万一，凤凰群也在外头守了一夜。

“天啊，原来昨晚隔墙有耳呀！”

“看来他们以后要说起我们，可不缺谈资了。”

两人对视一眼，都坦然地笑了。这时候，凤凰中流光一闪，烛天和小卷毛同时振翅飞过来。

“紫烟，等下你来说吧。”司明回头低声对罗紫烟道。罗紫烟眼里却闪过一抹疑虑，“要不要等下个月再观察观察？”

“你看这小家伙迫不及待的样子，再让他等一个月，他估计会做出更惊人的事出来。”司明看了怀里的罗鹭一眼，微微一笑，“相信我，你们才是我克服魔性的最大帮手，何况我现在已经可以控制自己了。”

“嗯！”罗紫烟点了点头，朝着烛天走去。

“小烟，你们没事吧？”

“好得很，小卷毛、烛天，我们昨晚做了个决定。”罗紫烟迟疑了下，缓缓说道。

小卷毛和烛天对视一眼，两人都是默然了下，片刻后小卷毛才道，“小烟，决定了？”

罗紫烟知道无须废话，便点了点头道，“是的，我们准备回 21 世纪的厦门去。”

小卷毛呆了片刻，好一会儿才道，“真来了，这十年我最怕的就是这一天……”

“小卷毛，人生终须有别，我们相聚这么久，缘分已经匪浅了，我非常感谢这些日子你能陪我……”罗紫烟想宽慰小卷毛，但不知为什么，声音却先哽咽了。

司明见她这副模样，也开口了，“感谢各位这些日子对我们一家的帮助，但天下无不散的筵席，鹭鹭想回 21 世纪去看看，我们也觉得那里才是我们的家，所以我们只能忍痛告辞，还请各位理解。”

“这也是意料之中的事，聚散有时，都在天道之常里。”烛天开口了，“我就关心你们准备什么时候走？”

“如果可以，明天就出发吧！”罗紫烟深吸一口气，看着小卷毛，“小卷毛，你送我们去旋风谷，好吗？”

“可我想跟小烟一起去。”

“傻瓜，在21世纪你没有同伴的，而且那里也不适合你，你还是留在这里吧。说不定以后我们还会来看你们的。”罗紫烟微微一笑说道。

烛天也点头道，“没错小卷毛，你与紫烟的缘分，其实从十年前她跌入凡身之后就结束了，能多续十年，也该知足了。”

“哎！好吧……”

离别总是充满着愁绪，即便归心似箭的罗紫烟和司明，也对凤凰山的一切充满着恋恋不舍，倒是罗鹭没心没肺的，只盼着能赶快出行。

和司明商议之后，罗紫烟决定什么也不带，把房子和屋里的一切留在凤凰山，也算是给小卷毛留点念想了。

“你要不要去见干鹊呢？”司明问道。

罗紫烟摇摇头，“他现在跟铁姝王后过得好好的，我又何苦去打扰人家宁静生活？万一铁姝又认为我要跟她抢蜀王，那我岂不是跳进黄河也洗不清？”

这些年，在蜀王干鹊的治理下，大蜀日益强盛，铁姝也如愿以偿成为蜀王后。而在漫长的岁月里，干鹊对罗紫烟的情分，已经因为她身边有了司明，而逐渐淡漠了。

这正是罗紫烟理想中的结果，所以想来想去，还是觉得相见不如思念好。

“那要不要去拜别丁引宫主呢？”

“他啊，三年前不是又把极阳宫封锁起来了吗？我们怎么进得去？再说了，我现在是个凡胎了，他也未必想见我。”

血魔伏诛后，极阳宫虽然重新夺回洞府，但元气大伤，丁引不得不重新封宫休养。

不过，修仙界却是更热闹了，涌现出不少新的宗门。其中，峨眉、青城、武尊、百花、仙禽、灵狐等六大宗门声势日盛。

而这六大宗门的开创者，恰恰都是极阳宫的长老。他们不想随着极阳宫封隐，就出来自立门户。虽然丁引对此大发雷霆，却也无可奈何。

罗紫烟说着，语重心长地拍了拍司明的肩头，“看到没有，为了你这棵树，我可是舍弃了整片森林，你以后可不要做负心汉！”

“你觉得在你的英明领导下，我敢做那种人吗？”

“难说，这里日子清静，你有花心思也没地方施展。回到 21 世纪花花世界，说不定你就变心了。”罗紫烟笑了笑，“当然，说不定我先变心了。”

“老妈，听你们说的，21 世纪好像很考验人心。”罗鹭插嘴道。

罗紫烟笑道，“可不是，物欲横流充满功利的花花世界，不过我还是喜欢那里胜过这里。”

次日一大早，小卷毛就如约早早来到木屋外接罗紫烟一家。

而凤凰群则是摆列满天，以最绚丽的光彩，来为罗紫烟一家三口送行。

在凝重的气氛里，是沉重的道别。

随后，小卷毛毅然振翅飞去。

罗紫烟最后一次回头，看到烛天率领的凤凰群依旧整整齐齐地罗列在空中目送着他们。她的眼眶不由得湿润了，虽然她已经失去凤凰后裔血统，但是凤凰一族仍是把她当作亲族。

此去，只怕再无相见之日，以后彼此都要沉沦于轮回之道，再难以聚首了。

“妈，你舍不得吗？”罗鹭见罗紫烟这副模样，小心问道。

罗紫烟回过神来，摇了摇头，“舍得？当然舍得！有舍才有得嘛。”

一路无话。

到达旋风谷之前，罗紫烟让小卷毛先去一趟天化村。从空中望去，只见曾经屡经劫难的天化村，如今又恢复了安宁与生机。

而旋风谷外头环绕的绝命河，仍在静静流淌着。跟罗紫烟穿越过来时它所掀起的波澜相比，它现在安静得像个腼腆的小姑娘。

“紫烟，我们现在再穿回去，真还走得通吗？”

虽然一路信心十足，但是到了旋风谷深处，看着那狭小而又黑黝黝的洞口，司明还是迟疑了。

罗紫烟望向小卷毛，“这个问题的答案，我就相信小卷毛的。”

“放心吧，我多方查证了，旋风谷是古今相通的一个隧道，有时开有时闭。只要洞口看得见，就说明它是开着的。我唯一担心的是，你们现在肉体凡胎的，能否安然度过……”

顿了下，小卷毛眼巴巴看着罗紫烟，“小烟，我觉得这个风险很大……”

“我来的时候就是肉体凡胎，不是好好的？”罗紫烟说着，回头望向罗鹭，“不过，这个还得看我们的小男子汉怎么看？”

罗鹭愣了下，嚷嚷道，“我就要回到 21 世纪的厦门！”

“鹭鹭，就算回去路上有危险，你也愿意回去？”司明问道。

罗鹭雄赳赳气昂昂地说道，“我才不相信会有什么危险呢，我们都来了当然要去了。”

司明点点头，“既然这样，那我们就回去吧！”

“哎，你们一家子都是犟。”小卷毛摇摇头，突然伸爪在头顶用力一抓。

“小卷毛，你干什么？”罗紫烟愣了下。

却见小卷毛爪子放下来，头顶的三根卷毛已经到了爪子上了，“这三根凤顶毛，是我给你们的最后礼物，你们带在身上，可以防身，而且应该也可以抵御时空通道里的撕裂力。”

罗紫烟呆呆地看着小卷毛，眼泪再也忍不住了，“小卷毛，你……”

“小烟，你来时一人一根凤羽，回去时三人三根凤羽，也算是一条圆满旅途了。到那一边，看着凤羽要记得我！”

说着，小卷毛猛地双翅一扇，冲天而起，迅速飞去。

“小卷毛！”罗紫烟悲鸣一声，不由得蹲了下来，难以自禁地哭了起来，泪水如珠滴落在尘埃之中。

“小烟，保重！”

小卷毛的声音隐约传来，它只是在空中顿了下，看了一眼罗紫烟，便径自远飞而去，眨眼消失得无影无踪。

“爸，卷毛姐姐为什么要走得那么急呢？我都还没跟它好好道别呢，看她不跟妈妈道别，妈妈哭得多伤心。”罗鹭撇嘴道。

司明叹了口气，拍了拍儿子的肩头，“它不是不想道别，而是用这种方式道别，对双方来说，眼泪和时间都可以省去不少。”

说着，司明扶起了罗紫烟，“走吧紫烟！”

罗紫烟深吸一口气，擦掉面颊上的眼泪，一手拉起罗鹭的手。

司明会意，拉起罗鹭的另一只手。

三人同时往身后望了一眼，这片古代的天空、古代的大地、古代的气息，在瞬间深深烙入脑海之中。

“走吧！”罗紫烟说道。

司明点了点头，“嗯，走吧。”

罗鹭仰天欢呼起来，“走喽！”

三人手拉着手，一步一个脚印，来到那幽通古今的洞口前。现在旋风谷明显不属于活跃期，洞内既没有强大的吸力，连一丝风也没有。

一切都是静悄悄的，静得三人都能听到自己心头的狂跳声。

“等下不管怎么样，我们都要拉紧彼此的手。”罗紫烟看了丈夫和儿子一眼，沉声说道。

司明点点头，“让我第一个进去吧！”

“快点吧，我迫不及待想知道穿越时空是什么样子呢。”

罗紫烟不由得莞尔一笑，“那走吧！”

司明点了点头，大步走入洞口之中，身影瞬间消失。与此同时，一股巨大的力量猛地一扯，罗紫烟母子一个趔趄，跟着消失在洞口了。

一个月后。

罗紫烟和司明坐在小区的老旧凉亭里，望着小区入口处的小径。罗鹭在旁边一刻不得安宁，时而站到横椅上，时而爬到凉亭柱子上，时而在亭内亭外跳来跳去。

“罗鹭，快下来！跟你说多少遍了，现在我们是到了文明社会，别像孙猴子一样屁股坐不住。”罗紫烟不时提醒道。

罗鹭毫不以为意，“太无聊了，外婆怎么还不回来呢？”

“听说她出去买菜了，我们再等等吧。”

“妈，这不是你家吗？你怎么会没钥匙？”

罗紫烟看了司明一眼，淡淡道，“当年妈出远门，带什么钥匙？再说了，妈当时也没有想到出一趟门居然花了十多年才回来。”

司明深深看了罗紫烟一眼，“小烟，真没想到，我们竟然真的活着回来了，想想这一切真像做梦呢！”

“爸，我觉得这一个月的旅程，才像做梦呢！我们穿越了时空，徒步走过大山，蹚过大河，坐过驴车和拖拉机，也坐过高铁和飞机，一会儿在城市，一会儿又在乡村里……”罗鹭兴奋地说道，“简直每时每刻都在做梦。”

“小声点，别到处嚷嚷，生怕别人不知道我们穿越过来似的！”罗紫烟低声道，“小心被人抓去解剖研究！”

“我才不怕，我有卷毛姐姐给的凤顶毛！”罗鹭得意地摊开手，手心紧紧攥着那根凤羽。

罗紫烟摇摇头，“你少迷信它，如果凤顶毛真的无所不能，凤凰一族也不会到现在绝迹世间了。”

“对的，鹭鹭！”司明认真地看着罗鹭，“过去的时代已经过去了，现在的社会有现在的规则和生活方式，你要努力融入现代社会之中，好吗？”

罗鹭眼里闪过一抹失落，“好吧！不过，爸，现在真的没有修仙者，没有凤凰了吗？”

司明不知该如何回答，望向罗紫烟。罗紫烟摇摇头道，“这我也说不准，谁知道呢。”

罗鹭眨了眨眼睛，“我觉得这个世界啊，人人都是修仙者，你看现在的人可以开车、开高铁、开飞机，甚至开宇宙飞船，这些可都比修仙者用的法器快得多了，而且现在的人，还会用枪、大炮、导弹和火箭，更别说那什么原子弹了，可比最厉害的法器还厉害！我感觉我们进入一个更厉害的修仙世界了！”

罗紫烟不由得笑了，“你这样一说倒也是，人类社会毕竟是在进步嘛！”

司明突然触电般站起来，兴奋地搓着手，“看，妈回来了。”

罗紫烟急忙回头，只见母亲的身影果然出现在小区入口处。

十多年不见了，母亲明显苍老许多，鬓边白发苍苍，步履缓慢。看她这副老态龙钟的模样，罗紫烟再也忍不住，眼角阵阵发热。

片刻，母亲才慢吞吞从门口走进来，但她的一只手却往后伸着，拉着另一只手。

一个同样银发满头的男人跟在母亲之后，从门口处走来，他一手紧紧攥着母亲的手，一手提着一袋子的东西，青绿色的葱尾从袋子外头垂下来，带着浓郁的生机。

“那是……”罗紫烟目瞪口呆，看着母亲与那老人缓缓沿着小区内的小径迎面走来，突然间竟说不出话来。

“看来，妈老来有伴了！”司明笑着说道。

罗紫烟的眼泪再也忍不住了，用力点头，欣喜道，“太好了！太好了！我还一直担心，她一个人孤苦伶仃怎么过来的，有人替我照顾她，她晚景也不会那么凄惨……”

“外婆！”

就在这时候，罗鹭如脱缰的野马突然冲了出去，直扑向罗紫烟的母亲。

罗紫烟的母亲和那老人正在专心致志注意着脚下的路，突然冲出来的小毛头把两人都吓了一跳。罗紫烟母亲说道，“小娃儿，你认错人了吧？”

“没认错，我妈说你就是外婆！”罗鹭仰着头，认真说道。

罗紫烟母亲一脸发懵，刚要说什么，身边的银发老人却上前摸了摸罗鹭的头，“他说得没错，你看他脸的轮廓很像司明，眉毛、鼻子、眼神都跟紫烟很像。”

“妈——”

一声撕心裂肺的叫声打破银发男人的分析，罗紫烟已经踉跄着扑过来了。

母亲眼睛眨了几下，声音变了，全身都在发抖，“小烟！小烟！我不是在做梦吧！”

“妈！真的是我，我回来了！”罗紫烟再也忍不住，一把抱住母亲，母女两人都是痛哭起来。

而司明，则是惊奇地看着那个银发老人，“你，你不是小烟家隔壁那个老林……”

“嘿嘿，你还记得我！以前小烟她妈总叫我林疯子，但现在不那样叫了！”老林笑了笑，上前拍了拍司明的肩头，“因为我总告诉她，有一天你们一定会回来的，她就喜欢我说这句话。”

司明也笑了，又看了罗紫烟母亲一眼，压低声音道，“那你跟紫烟母亲……”

“这还得多谢你们呢，你们一起不见了这么多年，紫烟母亲没人照顾，我才有机会。”老林笑了笑，“我这个老鳏夫才迎来第二春！”

司明大喜，“太好了，夕阳红最美了！”

老林神秘一笑，“可不是，我们可是领证的哦。”

司明更是喜了，“那我岂不是要改口了？”

“当然了，我现在是你爸！”老林嘿嘿一笑，神情间充满着得意。

这时候，罗紫烟和母亲才收了悲喜交加的眼泪，两人看着对方，眼里都充满了欣喜。罗紫烟一把拉过罗鹭，“来，再叫一声外婆！”

“外婆！”

“哟！你叫什么名字啊？”母亲欣喜地抚着罗鹭的脑袋。罗鹭仰着头，大声说道，“我叫罗鹭！”

“罗鹭？为什么姓罗？”母亲狐疑地看了司明一眼，又看着罗紫烟。

罗紫烟笑道，“这个啊，是司明的意思。”

司明走过来，笑道，“妈，咱都是一家人，姓啥都不重要。”

“对对对，你们一定有很多故事吧？先到屋里坐，我可是有好酒！”老林扬了扬手中的袋子，大笑说道。

司明忙接过袋子，“我来吧！”

一家人说着笑着，沿着小径往罗紫烟家的老房子走去。头顶，晴空万里，天蓝得刺眼。

完